国家社科基金丛书
GUOJIA SHEKE JIJIN CONGSHU

20世纪中国小说
互文类型研究

The Intertextual Types of
Chinese Novels in the 20th Century

李明彦　著

人民出版社

序　言

程光炜

2019 年 8 月,在长春召开"张炜与中国当代文学"创作座谈会,李明彦先生受命去长春西站接我,于是我与他结识了。他在东北师大文学院教文艺学,研究生念过文艺学和中国当代文学,曾经与我是同行。

明彦年轻有为,有当代文学研究做情感的导引,再辅助以文艺学的专业训练。明眼人一看就能想到,这部专著《20 世纪中国小说互文类型研究》一定好看。"互文性"是兴起于西方学界的、继承了结构主义发展而来的一种新的文本理论。"互文性"是法国符号学家兼女性主义批评家朱丽娅·克里斯蒂娃在她的著名论文《巴赫金:词语、对话和小说》一文中最早提出来的。其中的理论要点是,"任何文本都是由隐喻的镶嵌品构成的,任何文本都是对其他文本的吸收和转化"。换句话说,每一个文本都是其他文本的镜子,每一个文本都是对其他文本的吸收与转化,它们相互参照,彼此牵连,形成一个潜力无限的开放网络,以此构成文本过去、现在、将来的巨大开放体系和文学符号学的演变过程。说老实话,我虽然私下里读西方文论著作和论文,但实际上是门外汉,远不如明彦专业。然而我们做中国现当代文学史的人,在具体研究中,为激活问题意识,展现新颖视角,常会把私下学来的一鳞半爪不动声色地运用到自己的研究中去。

20 世纪初,随着中国古典时期的结束,迈入现代时期,文史哲与社会科学之间的壁垒逐渐被打破。尤其是近年来,随着中国越来越深地融入世界体系,加入了世界知识的再生产、再消费过程,"跨学科"已然成为一种很时髦的风气。我自己,不仅读传统的文学史和文学理论书,也大量阅读社会科学书籍,比如法学和经济学的书籍,尤其是社会学的书籍,更是常常找来看,也劝我的学生们看。这种"跨学科"的知识重组和知识视野更新过程,事实上是自我不断成长的过程,即使是老教师,也应该拿不断成长这句话来激励自己,才能跟上当前学术发展的潮流。所以说,明彦这本书我喜欢读,相信其他关注文艺学与当代文学融会贯通的学人,也会看出它的种种好处。

本书开宗明义,自从法国学者朱丽娅·克里斯蒂娃提出互文性概念后,这一理论已经成为当下文学批评领域使用频率最高的术语之一。本书在国内外学界研究的基础上,通过知识考古学的方式,纵向梳理互文性这一理论话语的脉络和流变历程,厘清其内涵与外延,进而以此视角切入 20 世纪中国小说的历史现场。看本书各章的设计,尤其是对分析对象的设定,就能知道,明彦是要参与到中国现当代文学史研究之中,至少是给后者提供某些具有启发性的研究成果。我个人比较欣赏他对"革命文学"和白先勇杰出小说《游园惊梦》的研究。在他看来,已经完全"互动"或者说"互文"的当今世界,已容不下一个封闭的文学文本,所有的文学现象,包括经典文学文本,都可以被纳入"比较性""参照性"的知识视野中来认识和评价。由此,从中不断生发出新的文学意义,所谓文学经典的再经典化,也都是这样产生的。对此,我深以为然,收获匪浅。

2020 年 11 月 7 日

于北京

目　录

绪　　论

一、 研究缘起与研究意义

自从法国符号学家朱丽娅·克里斯蒂娃在 20 世纪 60 年代首次提出"互文性"这一术语以来,互文性研究已成为文学研究中重要的理论视角和研究方法。克里斯蒂娃提出的互文性概念,其核心思想是"任何文本都是由隐喻的镶嵌品构成的,任何文本都是对其他文本的吸收和转化。互文性的概念代替了主体间性,诗学语言至少可以进行双声阅读"①。"文本是许多文本的排列和置换,具有一种互文性:一部文本的空间里,取自其他文本的若干部分互相交汇和中和。"②在克里斯蒂娃看来,任何文本都是对其他文本的吸收、引用、模仿、修正和转换,都是一种"引文"的拼接,一个文本总是包含着其他文本,它受制于文本网络又成为文本网络中的一员。互文性通常用来考察两个或两个以上文本之间发生的关系,这里所说的文本,既可以是文学文本,也可以是文学文本之外的其他非文学或非语言的符号系统如社会历史实践等广义文本。前者是一种诗学性的互文理论,即考察语言系统内部文学文本之间的

---

① Julia Kristeva, "Word, dialogue and novel", in Toril Moi (ed.) , *The Kristeva Reader* , Oxford: Basil Blachwell, 1986, p.37.

② Julia Kristeva, "The Bounded Text" in Richter, D.H. (ed.) , *The Critical Tradition* , New York: St.Martin's, 1989, p.989.

关系,考察某一文本通过吸收、引用、重复、修正等方式与其他文本所发生的互涉关系;后者则考察文学文本和其他类型的非文学文本之间的对话关系,也就是一种跨文化研究。在克里斯蒂娃这种广义的理解上,互文性理论具有了极大的包容性和自由性,它既可以在文本与文本之间自由穿梭,也可以与文本周边的其他文化文本进行对话;它既可以是此作家的文本与彼作家的文本之间的相互照应,也可以是一个作家的前后文本对同一现象的反复书写;既可以以建构的方式发现不同文本之间的同质性、共通性和结构性,还可以以解构的方式宣布"作者已死"(罗兰・巴特语)和文本意义的"延异"(德里达语)。因此,这一概念的提出对 20 世纪的诸多批评理论产生了实际影响,如结构主义、精神分析、解构主义、西方马克思主义等。在实际的批评实践中,互文性所形成的互文性批评,也成为文学批评中运用较多的批评手段。

中国古代也有"互文"一词,只不过其意指内涵被限定为具体的修辞格,是一种句中前后语义互相包含的修辞方法,常常指的是语句中上下文两部分相互补充,参互见义,"在中国,互文是一个修辞学概念,其目的是用简约的语言表达出丰赡的意义内容"①。这明显和西方理论家所说的互文性概念在内涵和外延上有很大不同。虽然两者有很大不同,但它作为修辞格所常用的技巧却和西方理论家所说的实现互文的具体手段上有相通之处。中国所说的"互文"修辞格,其常用技巧如引用、仿拟和用典等,也是实现西方理论家所说的互文常用的技巧。如引用就是对先前文本的直接挪用,这是互文的基本手法。像《三国演义》中"荀彧回书"就是直接引用,小说将《魏书・武帝纪》和《魏书・荀彧传》中所记载的荀彧书信合二为一直接纳入小说。这种引用可以使现实与传统、个人经验和历史记忆瞬间复活,使新旧文本之间形成一种直接的互文关系。再如,仿拟包括拟作和效体。拟作就是摹拟前人所作的诗歌,通常是沿袭原题;效体则是效仿前人的诗歌体例,像白居易《效陶彭泽体》16

---

① 赵渭绒:《西方互文性理论对中国的影响》,巴蜀书社 2012 年版,第 219 页。

首就是模仿陶渊明诗歌体例而作。用典也是中外作家创作中最常见的一种互文形式，也是中国古典诗歌常见的创作方法。被称为用典大师的李商隐，曾有一首《牡丹》："锦帏初卷卫夫人，绣被犹堆越鄂君。垂手乱翻雕玉佩，招腰争舞郁金裙。石家蜡烛何曾剪，荀令香炉可待熏。我是梦中传彩笔，欲书花叶寄朝云。"这八句中，每一句都有用典，像"卫夫人""鄂君""垂手""折腰""石家蜡烛""荀令香炉""彩笔""朝云"，都有其典故出处，具备共同文化记忆和先在阅读经验的读者很容易将其识别。这些文学现象说明，虽然中国古代没有我们所说的互文性理论，但一直存在着互文现象。

不仅中国古代如此，20世纪中国文学中更是存在大量的互文现象。比如，主题互文现象，即出现大量相似主题的文学，在这一主题的统摄下，不同的文学文本在叙事成规、美学诉求和意义建构等方面存在一致性和相似性的倾向。举例来说，在革命的主题下，蒋光慈的小说就和丁玲、马烽、赵树理等人的小说以及新中国成立后"十七年""文化大革命"中的革命历史题材小说都存在着诸如人物类型、情节结构、叙事模式和价值指向等方面的相似之处。还有文类之间的互文现象，如戏曲和小说两种文类通过引用、粘贴、戏仿、改编、合并等方式，形成文类的交叉融合，互融共生，像白先勇的《游园惊梦》、叶广芩的《状元媒》和毕飞宇的《青衣》等，都将各种戏曲元素大量引入小说，使得小说结构呈现出戏曲的"戏中戏"的特点，语言上也因为大量唱词的引入而婉转优雅。还有如文本的改写和戏仿，使源文本和改文本之间形成明显的互文关系，如鲁迅的《故事新编》、沈从文的《慷慨的王子》、施蛰存的《将军底头》、凌叔华的《绣枕》、汪曾祺的《聊斋新义》、李冯的《孔子》、王小波的《红拂夜奔》《寻找无双》、李修文的《大闹天宫》以及苏童《我的帝王生涯》《武则天》等，都是对已有文学的再创造，两者在对比阅读中能够互文见义，扩大文学经典的阐释空间。还有文本中存在的语图互文现象。中国古代就有左图右史传统，语图互文是中国古代小说的常见现象。从晚清《点石斋》画报开始，语图互文现象也成为20世纪中国文学中的一个很重要的现象。文学文本中伴随衍生的封面插图、扉页装帧等相关图像作为"副文本",与文学文本结合在一起,相互映衬,语图交错,以一种共时呈现和显性互文的方式构建了文本的意义空间。这些互文现象是 20 世纪中国文学史中多彩的文学形态,是我们文学研究中不可忽略的关注点。

以上所列举的例子,都是不同作家的不同作品之间存在的互文现象,同一作家的不同作品之间也会存在着互文关系。如鲁迅的小说《狂人日记》和杂文《灯下漫笔》就存在一种互文关系。《狂人日记》创作在先,写于 1918 年,可视为是前文本。这部小说主要的创作动机是揭示中国文化中的"吃人"真相,所以在小说中,鲁迅才会有从写满"仁义道德"的纸缝中发现写满了"吃人"二字这样的表述。《灯下漫笔》写于 1925 年,可视为是后文本。在这篇杂文中,鲁迅呼应《狂人日记》的主题,对中国文化"吃人"的真相予以揭露:"自己被人吃,但也可以吃别人。一级一级的制驭着,不能动弹,也不想动弹了。因为倘一动弹,虽或有利,然而也有弊。我们且看古人的良法美意罢——""因为古代传来而至今还在的许多差别,使人们各各分离,遂不能再感到别人的痛苦;并且因为自己各有奴使别人,吃掉别人的希望,便也就忘却自己同有被奴使被吃掉的将来。于是大小无数的人肉的筵宴,即从有文明以来一直排到现在,人们就在这会场中吃人,被吃,以凶人的愚妄的欢呼,将悲惨的弱者的呼号遮掩,更不消说女人和小儿。"①从《灯下漫笔》和《狂人日记》的互文阅读中,我们可以有效避免对文本的"误读",更能体会鲁迅这一发现的深刻意义。

20 世纪中国小说中存在大量的互文现象,为我们的文学史提供了丰富的研究样本。遗憾的是,学界对这一现象的研究成果,基本上都是单篇论文,鲜有专著。这些论文不乏真知灼见,但限于篇幅,大多偏重于微观研究,尚没有对 20 世纪中国文学中几大互文模式给予宏观的观照,没有建立起完备的理论体系,对互文性理论发展的内在路径和理论内涵的阐释也不够清晰。基于以

---

① 鲁迅:《鲁迅全集》第十一卷,人民文学出版社 2005 年版,第 365 页。

上考虑,本书立足于从 20 世纪中国小说中的互文现象入手,通过对互文性理论的考察,梳理其内涵与外延,进而将这一理论话语资源注入对 20 世纪中国小说中的互文现象进行观照,通过宏观与微观的考察,揭示文学传统的连续性和衍生性,发现文学创作中共同的"文化记忆",从而揭示文学发展中隐藏的规律。因此,从这个意义上来说,这一课题的研究是有其价值和意义的。

另外,从理论视角看,互文性理论强调每一个文本不可能离开其他文本所构成的网络系统,它都会与其他文本发生联系,即便是独创性很强的文本也不可能是封闭自足的存在,只能是文本网络系统中的一部分,它和其他文本彼此吸收、上下牵连、互为参照、相互改造,形成一个潜力无限的网状结构。互文性理论一方面肯定和印证着传统的"引用""模仿"等在文本创作和阅读中的作用;另一方面,它更以一种独特的视角使我们可以重新认识文本意义的生成规律、文本阐释和误读的理论路径以及文学传统与叙事创新的转换关系。它以对历时性文学传统的重视、对共时性同时代文学的包容以及对文学阐释多元性和文学阅读开放性的推崇而成为文学研究中重要的理论视角和话语资源。因此,互文性理论视角是有价值和意义的。

二、 研究现状与文献综述

从 20 世纪 80 年代开始,克里斯蒂娃的互文理论伴随着结构主义理论的译介进入中国后,国内关于互文性理论的研究以及借用互文性理论研究文学现象渐成规模,研究也愈加深入。当下,"互文性"因其开放性与包容性,已不再是文学研究独有的概念,它也得到跨学科多层次的研究与运用。与国外相比,国内互文性研究的广度和深度虽取得了长足的进步,但仍有待发展。回顾并梳理互文性理论在中国的传播与发展,对我们深刻认识这一理论是大有裨益的。

国内学界对互文性的研究起于 20 世纪 80 年代中期。80 年代之前,也有对互文进行研究的,但所研究的"互文"指的是古代诗歌中的修辞格,不是本书所讨论的"互文"。作为古诗修辞格的"互文",它指的是诗词中上下文相互交错、相互补充,从语义上形成的一种参互见义关系。如"秦时明月汉时关"一句中,看似说的是秦朝的明月,汉朝的关隘,实际上这句中有互文关系,两者可以参互合指,实际上说的是秦朝的明月、汉朝的明月,秦朝的关隘、汉朝的关隘。还有如"烟笼寒水月笼沙",互文见义后,指的是烟、月笼水,烟、月笼沙。80年代初期,所刊发的以互文为题的论文如张涤华的《互文和变文》(《语文学习》1978 年第 8 期)、曹忠祺的《"互文"还是"对偶"?》(《语文学习》1978 年第 8 期)、金志仁的《互文·通感·博喻》(《语文学习》1980 年第 4 期)、丁忱的《〈诗经〉互文略论》(《武汉师范学院学报》1982 年第 3 期)、刘国泰的《"互文"与"合说"》(《当代修辞学》1983 年第 1 期)等文章,都是讨论中国古诗中的这种修辞方式,与我们所说的西方互文性理论相去甚远。西方互文性理论真正引入中国,是从 80 年代中期开始,经历了早期单纯以译介的形式引入,到 90 年代初步进行系统性理论探讨,再到 21 世纪之后用于分析各类文学现象以及跨文化研究三个阶段。下面主要从译介研究、理论研究、批评研究三个方面进行具体阐述。

(一)译介研究

互文性是结构主义的标志术语之一。从 20 世纪 60 年代法国学者克里斯蒂娃在《巴赫金:词语、对话和小说》中首次提出互文性理论至今,西方学界出版了大量有关文本理论和互文性理论的研究专著。早期互文性理论伴随着结构主义的译介开始传入中国。60 年代,结构主义主要作为语言学流派和哲学流派被少量译介进中国,如布达哥夫·拉林的《我们对结构主义的看法》(冯嘉芳译,《语言学资料》1963 年第 3 期)、亨利·列斐伏尔的《关于结构主义和历史的几点思考》(戴修人译,《现代外国哲学社会科学文摘》1964 年第 9 期)等。结构主义作为文学理论流派传入中国大概是在 20 世纪 70 年代末 80 年代初,国内以袁可嘉等人为代表,译介了一批结构主义文论,主要有罗兰·巴特的《结构主义——一种活动》(原文将作者译为罗朗·巴尔特,袁可嘉译,《文艺理论研究》1980 年第 2 期)、J.库勒的《文学中的结构主义》(张金言译,《国外社会

科学》1982 年第 6 期）、R.E.帕尔默的《解释学》（鲁旭东译，《哲学译丛》1985
年第 4 期）、Б.Л.冈察洛夫的《结构主义、后结构主义和系统分析——诗歌作品
中艺术联系的等级层次》（亦舟译，《国外社会科学》1985 年第 12 期）、谷川渥
的《作为美学的结构主义——评列维-斯特劳斯的艺术论》（刘绩生译，《国外
社会科学》1985 年第 12 期）等。这些论文对结构主义的文本理论和文学批评
方法多有介绍，虽未直接提到"互文性"字样，提及结构主义时主要还是围绕
罗兰·巴特、列维-斯特劳斯等人，没有提及克里斯蒂娃的名字，但这些译作
已经涉及了互文性理论周边相关的文本理论。

　　J.M.布洛克曼的《结构主义：莫斯科—布拉格—巴黎》是国内较早翻译的
介绍结构主义理论概况的著作。该书国内译本由商务印书馆 1980 年出版，译
者为结构主义研究专家李幼蒸。布洛克曼的这本书对结构主义的各个流派进
行了细致的分析，在讨论巴黎结构主义时，提到了克里斯蒂娃的名字，文中说，
"任何文本都不会只产生一位作者的创造意识，它产生于其他文本，它是按照
其他文本所提供的角度写成的。因而克里斯蒂娃谈到文本间性，它与文本内
的文本，与一切文本密切关联，即重叠和组合，以及与功能关系及其不断变化
的"①。虽然该书涉及互文性的内容仅有这一小段文字，所提到的术语使用的
是"互文性"的早期译名"文本间性"，但这部译著的确为国内最早的关于互文
性理论译介的可考资料，也正是从这部译著开始，引起了国内学者对"文本间
性"理论即"互文性"理论的研究与关注。② 此后，克里斯蒂娃的名字逐渐为

---

　　①　［比］J.M.布洛克曼：《结构主义：莫斯科—布拉格—巴黎》，李幼蒸译，商务印书馆 1980
年版，第 79 页。
　　②　赵渭绒在其所著《西方互文性理论对中国的影响》一书中，认为国内学者最早使用"互
文性"一词是张寅德译介的罗兰·巴特《文本理论》（《上海文论》1987 年第 5 期）一文，这是值得
商榷的。通过对国内互文性理论译介的爬梳剔抉发现，布洛克曼《结构主义：莫斯科—布拉格—
巴黎》一书最早提到"互文性"理论。如果因为李幼蒸翻译时使用的是"文本间性"不算"互文
性"术语的最早译介的话，那么，张隆溪的《结构的消失——后结构主义的消解式批评》一文，则
是国内最早明确提到"互文性"术语并给予界定的理论论文。参见张隆溪：《结构的消失——后
结构主义的消解式批评》，《读书》1983 年第 12 期；赵渭绒：《西方互文性理论对中国的影响》，巴
蜀书社 2012 年版，第 1 页。

中国学界所熟悉,甚至进入钱锺书的视野。据张隆溪回忆,在 1981 年他和钱锺书的谈话中,钱锺书"批评了像克利斯蒂瓦(Julia Kristeva)这样一类人的理论"①。证明至迟 1981 年,钱锺书已经知道了克里斯蒂娃的名字,并已经对她的互文理论有了一定的了解。

克里斯蒂娃作为"互文性"理论术语的提出者,她的相关理论著作译介引进中国反而较晚。而另两位法国理论家罗兰·巴特和热奈特的互文性理论,则先于克里斯蒂娃被国内学界译介和关注。

罗兰·巴特的互文性思想被译介引进中国是在 1987 年,他的《文本理论》(《上海文论》1987 年第 5 期)一文由张寅德翻译。在这篇文章里,巴特从文本理论、文本与作品、文本活动三个部分介绍了自己的文本思想。在第一部分文本理论中专门谈到了"互文":"任何文本都是一种互文。在一个文本中,不同程度地、以各种多少能够辨认的形式存在着其他的文本。任何文本都是过去引文的重新组织。""因为文本之前与周围永远有言语存在。互文性是各式各类一切文本的条件,当然不能简单地等同于某种起因与影响的问题。互文是一个无名格式的总场。那些无名格式的来源很少能够被人发现,它们是无意识的、自动的、引用时不加引号的引文。"②在这篇文章里,罗兰·巴特对互文性的基本含义和核心概念做了较为明确的界定,影响了后来学界对互文性概念的认知。罗兰·巴特这篇《文本理论》在当时的法国理论界影响较大,在结构主义理论史上具有里程碑意义,该文被翻译成中文后,极大地推动了互文性理论在中国的传播,成为国内学者早期接触互文性概念的重要来源。随后,趁着这股"巴特风",罗兰·巴特的《恋人絮语:一个解构主义的文本》(汪耀进、武佩英译,上海人民出版社,1988 年)、《符号学原理——结构主义文学理论文选》(李幼蒸译,生活·读书·新知三联书店,1988 年)、《符号帝国》(孙乃修译,商务印书馆,1994 年)被译介进中国,他的互文性思想和文本理论

---

① 张隆溪:《钱锺书谈比较文学与"文学比较"》,《读书》1981 年第 10 期。
② [法]罗兰·巴特:《文本理论》,张寅德译,《上海文论》1987 年第 2 期。

随着这些译介成为国内学者所熟悉的理论话语。

2001年,随着《热奈特论文集》(史忠义译,百花文艺出版社,2001年)的翻译出版,另一位在互文性理论方面颇有建树的理论家热奈特开始为中国读者所熟悉。在热奈特这部理论著作里,收录了《广义文本之导论》的全译、《隐迹稿本》的节译以及《虚构与行文》的全译。前两篇译文直接体现了热奈特的互文性理论思想,后一篇译文对于我们理解热奈特的文本理论具有参照作用,三篇文章都是互文性理论发展史上重要的理论文献。在《广义文本之导论》中,热奈特首先批判了长久以来西方学者把"三分文学领域"的观点强加给柏拉图和亚里士多德的现象,概括了体裁发展史和"三分法"的形成经过,提出了自己的文本思想。《隐迹稿本》中,热奈特阐述了与文本相关的若干概念,区别了"共存关系"(互文性)和"派生关系"(超文性),标志着互文由广义开始向狭义的转变。热奈特在这两篇文章中都提到了跨文本性的一种类型为"承文本性"(即互文性),认为承文本性也是文学性的一种普遍形态,"没有任何文学作品不唤起其他作品的影子,只是阅读的深度不同唤起的程度亦不同罢了;从这个意义上说,所有的作品都具有承文本性"①。这和克里斯蒂娃的互文性思想具有一致性。

克里斯蒂娃的学术思想传记也被陆续译介引进中国。日本学者西川直子的《克里斯托娃——多元逻辑》(王青、陈虎译,河北教育出版社,2002年)一书以克里斯蒂娃的学术思想为线索,从符号学、意义生成、权力话语和女权主义等方面展示了克里斯蒂娃的理论贡献。该书将"互文性"译为"间文本性",认为"间文本性概念彻底着眼于文本的能指,瞄准的是把握文本和他文本的关系,进而瞄准的是文本和他者的关系"②。西川直子认为,"间文本性"是一个超语言学的概念,和巴赫金的语言思想密切相关,这对我们找到互文性理论

---

① 〔法〕热奈特:《热奈特论文集》,史忠义译,百花文艺出版社2001年版,第76页。
② 〔日〕西川直子:《克里斯托娃——多元逻辑》,王青、陈虎译,河北教育出版社2002年版,第51—52页。

的巴赫金路径有指导价值。

21 世纪后,除了以上三位法国互文性理论家的学术思想被译介引进国内之外,国外专门研究互文性理论的学术专著开始陆续被翻译引进中国。法国学者蒂费纳·萨莫瓦约的《互文性研究》(天津人民出版社,2003 年)一书是国内译介的第一本以互文性理论为专门研究对象的学术专著。该书在结构上分为三个部分:第一部分主要阐述了"互文性"作为一种"不稳定的概念"有广义和狭义之说。其中广义概念包括巴赫金及其对话理论、克里斯蒂娃的互文性概念、巴特及其引文的拼接艺术以及里法特尔(通译为里法泰尔——引者注)的文本修辞学。狭义概念包括热奈特文本再现的形式论述、安东尼·孔帕尼翁及其对引文研究的论述、洛朗·坚尼根据修辞格和意识形态对互文进行的分类、米歇尔·施奈德以心理分析的观点对"重提"所做的解释等。第二部分讨论了互文性的具体手法,主要包括合并和粘贴,还论证了包括文本、作者、读者三个方面在内的文学记忆是如何形成的。第三部分则主要论述了以互文为途径,文学通过替换或者以切实存在的两种方式与世界建立关系的可能性。该译著的出版弥补了国内长期以来缺乏专门的互文性译介译著的遗憾,在互文性理论研究史上具有重要地位。

除此之外,法国学者托多罗夫的《巴赫金、对话理论及其他》(蒋子华、张萍译,百花文艺出版社,2001 年)一书以巴赫金为研究中心,对巴赫金对话理论的主要内容如陈述理论、互文性、文学历史等进行了阐释,这对我们理解巴赫金在互文性理论方面的贡献非常有帮助。2012 年,《文化与诗学》首次刊登了由李万祥翻译的克里斯蒂娃的《词语,对话和小说》一文,使国内学者一睹这篇划时代论文的真容。2013 年、2014 年《当代修辞学》连续两年刊登了克里斯蒂娃在复旦大学所作的系列演讲的讲稿的中译版,分别是《互文性理论对结构主义的继承与突破》(《当代修辞学》2013 年第 5 期)和《互文性理论与文本运用》(《当代修辞学》2014 年第 5 期)。这些都极大地推动了互文性理论在中国的传播,国内学界再次掀起"互文性"研究热潮。2015 年,"克里斯蒂娃学术精粹选译"丛书出版,包括《语言,这个未知的世界》《符号学 符义分析探索集》《克里斯蒂娃自选集》等。2016 年,克里斯蒂娃在复旦大学的演讲被结集成书出版,收录在《主体·互文·精神分析:克里斯蒂娃复旦大学演讲集》(祝克懿、黄蓓编译,生活·读书·新知三联书店,2016 年)一书中。克里斯蒂娃在演讲集中详细地阐述了她的互文性理论中一些关键问题,如互文性理论对结构主义的继承与发展、互文性理论与文本运用、互文性理论的产生与发展、互文性理论与弗洛伊德的关系等,是迄今为止克里斯蒂娃本人解释互文理论最为详细的一部著作。

但笔者整理统计相关译介资料发现,我们对国外理论论著的译介相对滞后,西方丰富的理论资料亟待引进和译介。像理查德·鲍曼(Richard Bauman)的《他者话语的世界:互文性研究的跨文化视角》、格雷厄姆·艾伦(Graham Allen)的《互文性》、珍妮·帕里西耶·普罗泰尔(Jeanine Parisier Plottel)的《互文性:文学批评的新视角》等重要理论著作,国内都还没有译介。这不能不说是遗憾。

(二)理论研究

对互文性进行理论研究是国内互文性研究最主要也是最重要的部分,这方面的成果较为丰富。下面我们从论文和著作两部分来看:

1. 研究论文

互文性理论的研究论文最初是国内学界对结构主义理论进行研究的副产品。1979 年,袁可嘉发表了《结构主义文学理论述评》(《世界文学》1979 年第 2 期)一文,这是国内较早介绍结构主义文学理论观点的论文。这篇论文中,袁可嘉系统地梳理了从索绪尔的语言学,到列维-斯特劳斯的结构主义人类学,到弗拉亥(现在通译为弗莱——引者注)的原型理论,到普罗普的民间故事结构形态的结构主义发展路径,对结构主义的语言学背景、人类学和精神分析方法都给予了细致的梳理。在这篇论文中,袁可嘉提到了劳特曼(现在通译为洛特曼——引者注)的结构主义诗学观点。劳特曼认为结构主义将所有文学现象视为一个复杂整体的组成部分,"一首诗的本文与结构互为条件,而且都只在相互关系中得到实现",并由此提到了结构主义诗学的一个原则即"返回原则","一个诗篇所运用的语汇、形象、比喻、典故等等经常要返回到它们出现过的过去的文献中做比较,引出新的联想和意义"①。"返回原则"实际上就是互文性理论所强调的研究路径,考察"语汇、形象、比喻、典故"与过去文本的关系也正是互文性理论的研究对象。虽然这篇文章没有明确提到"互文性",但已经将互文性思想的理论内涵予以了论述。

袁可嘉的这篇研究论文偏重于对结构主义理论做概括式介绍,个别提法涉及和暗含了互文性思想的某些方面,并没有明确提到"互文性"术语以及对"互文性"的看法。真正明确提到"互文性"术语并有所讨论的是张隆溪。1983 年,张隆溪连续在《读书》杂志上发表了四篇介绍结构主义批评的文章,分别是《语言的牢房——结构主义的语言学和人类学》(《读书》1983 年第 9期)、《诗的解剖——现代西方文论略览·结构主义诗论》(《读书》1983 年第10 期)、《故事下面的故事——论结构主义叙事学》(《读书》1983 年第 11 期)和《结构的消失——后结构主义的消解式批评》(《读书》1983 年第 12 期)。在《结构的消失——后结构主义的消解式批评》一文中,他简要介绍了克里斯蒂娃的互文性理论,这也是在国内首次明确提到克里斯蒂娃发明了"互文性"这一理论术语。在这篇文章中,张隆溪不仅提到互文性,还提到克里斯蒂娃对互文性所下的定义:"任何作品的本文都是像许多引文的镶嵌品那样构成的,任何本文都是其他本文的吸收和转化"②。我们现在对互文性概念的界定,都与张隆溪的这个翻译有关,基本上都是在这一翻译的基础上对个别词汇和语序的调整。这篇文章介绍了后结构主义对逻各斯中心主义的批判、后结构主义中的语言游戏以及后结构主义中的读者理论和作者理论,是一篇全面讨论

---

① 袁可嘉:《结构主义文学理论述评》,《世界文学》1979 年第 2 期。
② 张隆溪:《结构的消失——后结构主义的消解式批评》,《读书》1983 年第 12 期。

后结构主义理论建树的研究文章,是我们研究结构主义和后结构主义不能忽略的一篇文献。同时,在这篇文章中,张隆溪还意识到中国古人所说的"互文"和西方的互文理论是不同的,不能简单等同。虽然中西方所说的"互文"在内涵和外延上都有不同,但中国古代常见的写作技巧"用典"却与互文性有关,它可以帮助我们理解互文性,"中国诗文讲究用典,往往把前人辞句和文意嵌进自己的作品里,使之化为新作的一部分,这很可以帮助我们理解所谓'互文性'的概念"①。该文不仅指出了互文性与中国诗文中的"用典"有相通之处,同时还辩证地指出了"用典"和互文性在内涵和外延上明显的不同,"'互文性'不仅指明显借用前人辞句和典故,而且指构成本文的每个语言符号都与本文之外的其他符号相关联,在形成差异时显出自己的价值"②。这篇论文还提到了其他理论家如德里达和罗兰·巴特等人的文本理论,虽未将这些人的理论明确纳入互文性理论的体系,但已经暗含了互文性理论演变发展的历史线索。

"互文性"术语被中国学界广泛使用和讨论,是以 1985 年为时间节点。1985 年之前都是零星的讨论,1985 年之后,互文性研究成为最热的话题之一,这一现象的出现和一次学术会议有关。1985 年 8 月,在法国巴黎召开了国际比较文学协会第十一届年会,一些中国学者也参加了这次大会。这次会议规模盛大,理论交锋激烈。一些国外流行的新理论在这次大会上被广泛谈及,比如叙事学、互文性、符号学、解构主义等。此后,这些理论术语逐渐成为热点名词,成为中国文学理论研究的热点问题。互文性理论借这股东风,被当作新理论成为国内学界讨论的热门话题。1986 年,杨周翰发表《国际比较文学研究的动向——国际比较文学协会第十一届大会述评》(《外国文学》1986 年第 3 期)一文,向国内学界介绍了这次国际文学理论的新动态,这其中便提到了会议中讨论的互文性理论问题。之后,盛宁发表的《文学本体论与文学批评的

---

① 张隆溪:《结构的消失——后结构主义的消解式批评》,《读书》1983 年第 12 期。
② 张隆溪:《结构的消失——后结构主义的消解式批评》,《读书》1983 年第 12 期。

方法论——关于西方当代文学批评理论的两点思考》(《外国文学评论》1987
年第 3 期)一文,是 80 年代比较重要的讨论互文性理论的论文。在这篇论文
里,盛宁通过对结构主义符号理论的介绍,提到了互文性,并将互文性和神话
原型批评理论以及结构主义理论联系起来,"在结构主义者看来,这是一个由
语言符号构成的、与现实世界不同的世界,这个世界之所以具有一定的意义,
是语言产生的;在另一些人看来,这是一个由文学传统的积淀形成的文学世
界,一个自给自足的世界,后来的文学都是过去的文学的改写,当然,这些人中
的看法也不相同,有的偏重于对故事性的考虑,强调作品主题的重复再现,于
是有了所谓神话原型批评;有的偏重于对作品文字风格的考虑,于是有了后结
构主义所谓的'互文性',有了所谓受语言传统制约的'弱'诗人与突破语言传
统的'强'诗人的区别等"①。这篇文章对互文性与原型批评两者关系的阐述
以及将互文性视为是后来文学对过去文学的改写等,都极为准确地抓住了互
文性理论的关键。柯平的《文化差异和语义的非对应》(《中国翻译》1988 年
第 1 期)也是这一时期影响较大的互文性理论研究论文。这篇文章侧重于研
究互文性理论为翻译提供了哪些理论视角和方法。柯平在文章中重点谈到了
克里斯蒂娃的互文理论,认为典故和暗引等互文手法对文学翻译而言是非常
重要的,"我们可以用法国后结构主义文艺批评家朱莉娅·克里斯蒂瓦的'互
文性'概念,在更广泛的意义上讨论典故和暗引的实质。克里斯蒂瓦认为:所
有的文本都同其他的文本相关联,因为没有哪一个文本能完全脱离在它以前
的以及和它同时存在的其他文本的影响"②。这是较早从翻译角度来谈互文
性理论的论文。

　　还有一些介绍法国"太凯尔"集团和"如是派"的论文,也提到了克里斯蒂
娃的互文理论或文本理论。如义行在《当代符号学对结构主义的突破及符号

---

　　① 盛宁:《文学本体论与文学批评的方法论——关于西方当代文学批评理论的两点思
考》,《外国文学评论》1987 年第 3 期。
　　② 柯平:《文化差异和语义的非对应》,《中国翻译》1988 年第 1 期。

学文论的几个学派》(《外国文学评论》1989 年第 2 期)一文中,简要介绍了以罗兰·巴特为代表的法国符号学派,提到了以克里斯蒂娃为中心的"太凯尔"集团构成情况及理论观点,"克利斯蒂瓦以符号分析论取代了索绪尔的语言模式符号学和皮尔斯的逻辑模式符号学","克利斯蒂瓦的'符号分析学'所强调的能指历史性自行产生的理论,都对突破共时模式做出了贡献","符号学研究的进一步深入则要求解决符号释义这最困难的问题,从而可产生一系列的新观点,如法国克利斯蒂瓦的'互文性'观念"[1]。由于这篇文章主要是介绍符号学的几个流派,所以只是简单提及了互文性,并没有展开来谈。

整体来看,20 世纪 80 年代,国内关于互文性理论的研究是松散零碎的,互文性并不是研究的中心,往往是夹杂在结构主义或后结构主义的论述中被提及。这种情况从 90 年代之后开始改变,互文性理论进入较为系统研究的阶段。这种系统性研究体现为三个方面:

一是对互文性理论概念及其理论流变的研究,以殷企平、程锡麟、秦海鹰、黄念然、陈永国和李玉平等人为代表。

殷企平的《谈"互文性"》(《外国文学评论》1994 年第 2 期)一文,首先对互文性概念的内涵与外延进行了界定,认为互文性是结构主义和后结构主义的中间连接点,是后现代主义广义文化研究的一种武器。在这篇文章中,他认为"互文性"是对文本理论的继承、发展和超越,分别从作家、读者、批评家三个层面梳理了互文性的具体表现形式,即从作家的角度来说,互文性表现为对文本的改写;从读者角度来说,互文性表现为文本的完成;从批评家角度来说,互文性则表现为对文本的阐释。这篇文章对互文性的理解偏重于从严格和狭义的角度来阐释,因而认为互文性研究虽然有诸多开放性,但还存在理论盲点,"虽然互文性是对结构主义拘泥于共时性研究以及对文本的封闭式研究等思想的超越,但它强调的仍然只是文本,即文本之外的文本。将这种思想推

---

[1]　义行:《当代符号学对结构主义的突破及符号学文论的几个学派》,《外国文学评论》1989 年第 2 期。

向极端,必然导致文本与现实的割裂,意识与物质的割裂"①。显然作者并未将克里斯蒂娃所说的广义社会文本纳入考察范围,只是从狭义角度出发来考察,才得出了这样的论断。另外,较为遗憾的是,这篇论文只是从逻辑的层面来讨论互文性,没有从历史的层面梳理互文性理论的演变过程。

程锡麟的《互文性理论概述》(《外国文学》1996 年第 1 期)一文,从历史与逻辑两个层面对互文性理论进行了全面的梳理。从历史的层面来说,论文梳理了从巴赫金、克里斯蒂娃、罗兰·巴特、德里达、里法泰尔、乔纳森·卡勒等人的互文性理论观点;从逻辑的层面来说,归纳出了用互文性理论进行文学研究与传统文学研究的差异,互文性理论的广义和狭义的界定以及互文性研究的意义等。同时,论者也指出了互文性理论的不足,"在强调读者在文本阅读、阐释活动中的作用的同时,忽略了作者的作用;同时,在作品的阐释问题上走向了相对主义,某些极端的主张甚至走向了不可知论"②。

秦海鹰的《互文性理论的缘起与流变》(《外国文学评论》2004 年第 3 期)一文,是目前为止"互文性"理论研究方面引用率最高的文章,是国内互文性理论研究的代表作之一。文章对互文性理论的历史背景和走向做了宏观概述,同时对"文本""互文本""互文性"这三个含义混乱、长期混用的词语做了明确的辨析。作者还尝试对互文性适用范围进行界定:"互文性是一个文本(主文本)把其他文本(互文本)纳入自身的现象,是一个文本与其他文本之间发生关系的特性。这种关系可以在文本的写作过程中通过明引、暗引、拼贴、模仿、重写、戏拟、改编、套用等互文写作手法来建立,也可以在文本的阅读过程中通过读者的主观联想、研究者的实证研究和互文分析等互文阅读方法来建立。其他文本可以是前人的文学作品、文类范畴或整个文学遗产,也可以是后人的文学作品,还可以泛指社会历史文本。"③这篇文章的贡献除了对互文

---

① 殷企平:《谈"互文性"》,《外国文学评论》1994 年第 2 期。
② 程锡麟:《互文性理论概述》,《外国文学》1996 年第 1 期。
③ 秦海鹰:《互文性理论的缘起与流变》,《外国文学评论》2004 年第 3 期。

性的广义和狭义定义进行界定外,最主要的是对经常混用的三个概念"文本""互文本""互文性"进行区分,对这三个术语的理论适用性进行了讨论。之后,秦海鹰还发表了一系列有关互文性理论的研究成果,主要有:《克里斯特瓦的互文性概念的基本含义及具体应用》《罗兰·巴尔特的互文观》等,为国内互文性理论研究作出了巨大的贡献。

除以上三篇论文外,黄念然、陈永国和李玉平三位学者也在此问题上作出了较多的贡献。黄念然的《当代西方文论中的互文性理论》(《外国文学研究》1999 年第 1 期)一文,区分了互文性理论的广义与狭义、共时性与历时性,同时还梳理了互文性理论的发生脉络和阐释方式。陈永国的《互文性》(《外国文学》2003 年第 1 期)一文除了介绍互文性理论的渊源影响之外,还特别讨论了互文性在布鲁姆"影响的焦虑"中的体现。李玉平的《互文性新论》(《南开学报》2006 年第 3 期)一文,将互文性分为积极互文性和消极互文性,并尝试对互文性存在的理由进行了阐述。

二是对克里斯蒂娃等理论家文本理论的研究并兼及互文性的讨论,以史忠义、罗婷等人为代表。

互文性理论本质上是一种文本理论,因此,国内学界对文本理论的研究,特别是对结构主义文本理论的研究,多少会涉及对互文性理论的讨论,两者往往是紧密联系在一起,很难分开的。史忠义在《"文本即生产力":克里斯特瓦文本思想初探》(《外国文学研究》1999 年第 4 期)一文中,对克里斯蒂娃的文本理论进行了全面的阐释,这也是国内对克里斯蒂娃文本理论阐述最全面的一篇论文。这篇论文没有局限于对互文性理论的讨论,而是从"文本即生产力"、"成义过程"、"现象文本与生殖文本"、讲述者与受述者、文字与解读两种互相交错的生产力和空间、多义性、表意手段发展变化的多元程序、文本处于社会整体这一大文本之中等思想出发①,对克里斯蒂娃的文本理论做了详细

---

① 史忠义:《"文本即生产力":克里斯特瓦文本思想初探》,《外国文学研究》1999 年第 4 期。

地分析,使我们对克里斯蒂娃提出互文性观点的理论背景有了更全面地了解。2001 年,史忠义发表了《泛对话原则与诗歌中的对话现象》(《外国文学研究》2001 年第 3 期)一文,将巴赫金的对话理论和克里斯蒂娃的互文性理论进行关联性研究,"茱莉亚·克里斯特瓦是最早介绍、阐释并发挥了巴赫金对话思想的法国学者。她的一大贡献是用互文性解释巴氏的对话原则"①,认为克里斯蒂娃从四个方面发展了巴赫金的对话理论,最终形成了克里斯蒂娃的互文理论。这是一篇非常有见地的研究克里斯蒂娃互文性理论与巴赫金对话理论的渊源关系的理论文章。

2001 年,罗婷的《论克里斯多娃的互文性理论》(《国外文学》2001 年第 4 期)从互文性的定义、互文本的生成过程以及小说文本中的互文性内容这三个方面进行探讨,认为互文性理论是一种复杂的文本思想,是对传统文学研究和结构主义文本理论的一种超越。还有刘文的《辩证性和革命性:克里斯蒂娃和巴特的互文本理论》(《西南民族大学学报》2005 年第 5 期),重点讨论两位理论家对文本物质化辩证过程的看法,并对其中蕴含的哲学本体论意义进行了讨论。

三是对互文性批评的理论设想与学术探讨,以李玉平和焦亚东等人为代表。

李玉平的《互文性批评初探》(《文艺评论》2002 年第 5 期)一文,提出了互文性批评的理论设想。作者认为互文性是当代文学批评中最常用但又最混乱的术语之一,作为一种重要的文本理论,互文性理论转换成互文性批评是这一理论的应有之义。文本意义生产、文本阐释以及文学批评等方面,都离不开互文性理论,因此,我们完全可以在互文性理论的基础上提出互文性批评,作为新的文本解读方式。文章还从互文性批评之可能、构想和实践三个方面,初步探讨互文性批评的一些基础问题。

---

① 史忠义:《泛对话原则与诗歌中的对话现象》,《外国文学研究》2001 年第 3 期。

焦亚东的博士论文《钱锺书文学批评的互文性特征研究》(华中师范大学,2006 年)将钱锺书视为互文性批评的代表,认为钱锺书的文学批评实际上是一种中国式互文性批评,他和西方的互文性理论有诸多相似之处,完全能够进行关联研究。论文共有五章:第一章以"互文性理论的中西对话"为题,重点阐述了钱锺书文学批评思想中的互文性因素,勾勒了他的文学批评和互文性之间存在的理论联系。作者指出"传统文论中的互文性思想、类书的互文性空间对文学言说活动产生的影响,使中国文学积淀有丰富的互文现象,这就为文学批评关注互文性问题提供了对象和可能"①。第二章以"互文关系的生成及显现"为题,考察钱锺书有关互文关系生成的原因、互文关系的外在表现等。第三章以"文中之文"为题,讨论钱锺书对文本内部构成形态的认识以及对构成文本的几种主要话语成分进行了分析。第四章以"转换与手法"为题,分析钱锺书对文本之间的模仿与改造关系以及模仿改造手法所做的研究。第五章以"意义阐释"为题,考察钱锺书文学批评的意义阐释思想、策略及方法。论文最后概括了钱锺书的互文思想,并在此基础上思考中国文学批评实践与西方文论的本土化之关系。论文在中西方跨文化对话中对互文性理论进行研究,具有较高的学术价值。

除上述论文之外,在比较视域下,将互文性与其他理论进行对比研究,也是互文性理论研究的重要组成部分。李玉平的《"影响"研究与"互文性"之比较》(《外国文学研究》2004 年第 2 期)一文,认为"互文性"作为一种流行的文学批评关键词与传统的文学批评术语"影响"存在着一定的冲突。作为一种现代性概念,"影响"以作者为中心,凸显了权威意识,而"互文性"关注非中心化的领域,具有民主平权意识。论文从语源分析、学术背景、中心着眼点、研究策略和意识形态等五个方面出发,对这一对概念进行了辨异。杨乃乔的《诗学与视域——论比较诗学及其比较视域的互文性》(《文艺争鸣》2006 年第 2

---

① 焦亚东:《钱锺书文学批评的互文性特征研究》,博士学位论文,华中师范大学中文系,2006 年,第 1 页。

期)一文,从比较文学研究的视域出发讨论互文性。文章第一部分探讨了什么是比较视域,在此基础上提出了比较诗学的基本内涵。论者认为所谓比较诗学,就是以对中外诗学之间的互文性、中外诗学及其相关学科之间的互文性进行汇通性研究为对象,它实际上就是一种互文诗学。第二部分梳理了比较视域与互文性的概念。论者还以《庄子》为例,认为从互文性的视角研究《庄子》与相关文本所发生的联系,对从事作为国别文论研究的中国古代文学批评有着重要的启示意义。文章第三部分对比较视域与互文性做了扩大化理解,"把一种相对独立的文学运动视为一部相对独立的文本"①,这和互文性理论对广义文本的理解是一致的。

互文性与其他理论进行对比研究的文章,还有王洪岳的《元叙事与互文性》(《郑州轻工业学院学报》2004 年第 4 期),将互文性与元叙事联系起来,认为两者大量出现在现代派小说之中,造成了现代小说叙事的重大转型。胡宝平的《诗学误读·互文性·文学史》(《国外文学》2004 年第 3 期)与《布鲁姆"诗学误读"理论与互文性的误读》(《外语教学》2005 年第 2 期),吴昊的《"互文性"与"语境"——20 世纪文学研究思想发展的共同趋势》(《天府新论》2007 年第 1 期),刘绍静的《延异·撒播·踪迹——德里达的互文性理论与超文本的结构、意义》(《临沂大学学报》2015 年第 3 期)等,是这一时期较有创见的研究论文。还有一系列研究互文理论中"语图"互文关系的论文反响较大,有于德山的《中国古代小说"语—图"互文现象及其叙事功能》、周宪的《"读图时代"的图文"战争"》、赵宪章的《传媒时代的"语—图"互文研究》《文学和图像关系研究中的若干问题》《语图互仿的顺势与逆势——文学与图像关系新论》《语图符号的实指和虚指——文学与图像关系新论》《语图传播的可名与可悦——文学与图像关系新论》、赵炎秋的《实指与虚指:艺术视野下的文字与图像关系再探》、张玉勤的《"语—图"互仿中的图文缝隙》等,在此

① 杨乃乔:《诗学与视域——论比较诗学及其比较视域的互文性》,《文艺争鸣》2006 年第 3 期。

不再一一罗列介绍。

2.研究著作

互文性理论研究著作主要有以下成果：

罗婷的《克里斯特瓦的诗学研究》(中国社会科学出版社,2004年)梳理了克里斯蒂娃(该书译为克里斯特瓦——引者注)文学批评理论,对"解析符号学""互文性""女性主义""精神分析法"等批评理论做了系统的探讨。其中第三章"文本的对话性与互文性"中,侧重讨论了克里斯蒂娃在语词之间的反射交织中看到了文本之间的反射交织关系,从而提出互文性理论即每一个文本都是对其他文本的吸收与转化。该书还通过对克里斯蒂娃互文理论的阐述,发现互文理论和结构主义之间依然有一种继承和发展的关系。这是国内第一部系统全面阐述克里斯蒂娃诗学思想和理论的著作。

王瑾的《互文性》(广西师范大学出版社,2005年)一书,从历史的角度勾勒了西方互文性理论的基本发展过程,详细阐释巴赫金、克里斯蒂娃、罗兰·巴特及布鲁姆的互文性思想,重点考察了互文性在历史发展中的主要变化。专著的后两节将互文性理论的发展分成了"解构批评"和"诗学"两个方向,前一个方向是以德里达、保罗·德曼和希利斯·米勒为代表,对克里斯蒂娃的理论进行丰富和延伸,更关注互文性的解构特征,重点讨论它是如何破坏文本原有的结构和认识范式的;后一个倾向于对互文性进行精准的定义,使其成为一种描述工具,这一方向剔除了克里斯蒂娃原本的意识形态目的,将其仅作诗学理解,代表人物有热奈特、孔帕尼翁等。该书是国内互文研究影响较大的一部论著,也是国内这一领域最早正式出版的研究专著。

赵渭绒的《西方互文性理论对中国的影响》(巴蜀书社,2012年)是一本特点鲜明的研究著作。该书最突出的特点是对互文性理论诞生的社会语境、哲学背景、基本思想和诗学嬗变做了详细的探讨,其中不乏亮点和创见,如对互文性理论与洛特曼的文化符号学思想的关联研究、互文性的理论流变、中西互文的异同的辨析等,可见出论者有很强的理论功底。但该书存在一些不足,主要是偏重于"互文性理论"的探讨,而在互文性理论对中国的影响方面的讨论偏弱,仅仅以李修文、李冯两位作家的文学创作为样本,没有将文学史中丰富的互文现象进行讨论,这不能不说有些遗憾。

李玉平的《互文性——文学理论研究的新视野》(商务印书馆,2014 年)是在其博士论文的基础上扩充而成。全书分为互文性研究的历史与逻辑、互文性问题研究、互文性与文学意义、互文性与文类、互文性与文学经典、互文性与比较文学六章,该书可以说是国内研究互文性理论的一个高峰。前两章为上篇,后四章为下篇。上篇主要探讨论述了"互文性"的概念、分类价值等基础理论问题。李玉平将互文性定义为"互文性是指文本与其他文本及其身份、意义、主体以及社会历史之间的相互联系与转化之关系和过程"。"在这里,互文性是一种意义于其中转换生成的函数关系(功能而非本体)。构成互文性必须具备三个要素:文本 A、文本 B 和它们之间的互文性联系。"①同时选取了跨体互文性、文化挪用和超文本三个互文性类型进行剖析。下篇则以"互文性"为视域,依次对文学意义、文类、文学经典、比较文学等相关问题展开讨论与阐发。此外,该书还通过对《小红帽》改写史上的三个代表性文本进行比较分析,阐明了文学话语与社会变迁之间复杂的互文性联系。

钱翰的《二十世纪法国先锋文学理论和批评的"文本"概念研究》(北京大学出版社,2015 年)一书,主要以第一手资料为基础,通过围绕"文本"这一当代关键理论术语,对 20 世纪法国先锋文学理论做了全景式扫描和梳理。其中在第四章第四节专门谈论"互文性",对许多重要理论问题,如文本性和互文性的关系、互文性移植与传统的渊源研究的区别、互文性与对话性的关系等,予以了解释和厘清。文中提道"要真正理解其互文性概念,必须首先搞明白文本性是什么,以及文本与作品这两种文学概念的对立,因为在某种意义上说,文本性就是互文性",强调了互文与文本的内生关系。另外,论者并不认

---

① 李玉平:《互文性——文学理论研究的新视野》,商务印书馆 2014 年版,第 5 页。

同长期以来学界将互文性分成狭义和广义两类的做法,他认为"这两种不同的互文性真正的差异,并不是狭义或者广义。它们是根本不同的,甚至针锋相对的两种互文性,而对这个概念的不同运用和理解,所代表的是两种截然对立的文学观,这才是两种互文性概念"①。在他看来,比起传统的继承观,两种互文性更像是对手。这种新颖的看法,对我们更深入地了解互文性可能存在的内在悖论是有启示的。

从 2010 年开始,国内对互文性的理论研究的脚步开始放缓,研究逐步向具体的文学批评实践、翻译实践及语言应用等领域靠拢。

(三)批评研究

互文性作为一种文本批评方法,很早就有学者提出了互文性批评的理论设想,即运用互文性理论对中外文艺作品进行文本解读和文化阐释。互文性文本的批评研究是互文性研究的重要组成部分,也是互文性研究的一大领域,成果丰富而庞杂。随着研究的深入和发展,产生了一大批理论运用于实践的研究成果出现。

互文性理论在文学批评领域的运用首先体现在诗歌领域。陈嘉平的《凡人的渴望与拒绝——从互文性看第三代诗人的一种姿态》(《当代作家评论》1991 年第 3 期)一文,通过对比诗人韩东的作品和其他诗词的关系,讨论朦胧诗与后现代诗人创作的联系。这篇文章较早地探寻了互文性在诗歌创作和诗歌评论中的作用。朱徽的《互涉文本:美国现代诗中的古诗研究》(《中国比较文学》1995 年第 1 期)一文,运用了互文性理论,对美国现代诗中插入中国古诗这一"互文"现象进行观察与探讨,并对互文性在跨文化视域下的意义进行了分析,由此证明中西诗学对话的可能性。吴伏生在《互文理论与中国古典诗歌研究》(《江西社会科学》2000 年第 10 期)一文中,分析了互文理论与中

---

① 钱翰:《二十世纪法国先锋文学理论和批评的"文本"概念研究》,北京大学出版社 2015 年版,第 215—235 页。

国传统诗论的异同。文章认为由于中国诗歌大量运用各种典故,对这种互文现象的研究一直也是传统诗论的重要特征。文章认为互文性理论在诗歌研究方面有其重要作用,"互文理论会为我们理解和欣赏传统诗歌提供启示和帮助。它使我们放开视野,不但关注作品的细节,而且将这些细节放到更大的环节,尤其是某一作品所属的体类以及与其他体类的关系上进行探讨。这样,我们也便能从更深的层次上欣赏传统诗歌的系统性、复杂性"[①]。张晓红的《互文视野中的"女性诗歌"》(《云南大学学报》2004 年第 1 期),借用互文理论,重点考察"女性诗歌"与其他文本的对话性,分析了前辈诗人如李白、白居易、艾青、何其芳、济慈、霍桑、艾略特、埃里蒂斯、叶芝、金斯堡等,和当代女性诗人如翟永明、唐亚平、陆忆敏等之间存在或隐或显的主体互文性。这些以互文性理论为视角研究诗歌的论文,在文本细读等方面为我们提供了可资借鉴的经验。

除了诗歌外,互文性理论作为一种重要的文学解读方法,广泛运用于各个领域的批评实践,特别是小说研究领域。克里斯蒂娃提出互文性理论,是建立在对小说文本的分析判断基础上。具体来说,克里斯蒂娃的互文性思想大多都在她的博士论文《作为文本的小说》中有体现,这篇论文将研究对象设定为小说,以符号学作为研究手段,分析小说中的结构语言学框架,可见,互文性理论和小说文体之间的联系是极为紧密的。作为叙事文本,小说以其强大的包容性和多义性,成为互文性理论研究的重要对象。倪伟的《"乱写"与颠覆:〈莫须有先生传〉的叙事解读》(《中国现代文学研究丛刊》1993 年第 3 期)是较早借用互文理论研究中国现代小说的一篇论文。论文通过文本细读的方法,将废名的《莫须有先生传》与《诗经》《论语》《孟子》《礼记》等经典以及晚明小品进行互文性关联,发现它们有内在联系,为《莫须有先生传》的解读提供了一种新的思路。瑞士批评家安如峦的《从互文性看〈儒林外史〉的讽刺手

---

① 吴伏生:《互文理论与中国古典诗歌研究》,《江西社会科学》2000 年第 10 期。

法》(《明清小说研究》1997年第1期)一文,较早地尝试用互文性理论对中国古典小说进行文学批评分析。该文通过《儒林外史》分别与《琵琶记》《诗经》《三国演义》《史记》互文辨析,引证了在《儒林外史》里的互文参照的一个重要功能:"著名的文学形象通常引借典故引喻来含蓄地评说小说人物"①。洪治纲的《互文性的写作》(《小说评论》2001年第1期)是其"先锋文学聚焦"系列的第七篇,论文以互文性为理论武器,分析了先锋文学中存在诸多的互文现象,如余华的《许三观卖血记》对越剧和《马太受难曲》等作品的内在节奏的借用,潘军的《独白与手势》中大量借用插图作为语言的互文对象介入文本叙事之中等。姜飞的《〈怀念狼〉与〈西游记〉》(《宜宾师范高等专科学校学报》2001年第1期),从互文性视角解读贾平凹的《怀念狼》与《西游记》之间的相似性和内在关联。王瑾的《互文性:名著改写的后现代文本策略——〈大话西游〉再思考》(《中国比较文学》2004年第2期),考察的则是电影《大话西游》和小说《西游记》之间的戏仿式互文改写,论文认为正因为戏拟、滑稽反串、拼贴等互文性手法的大量运用,才使得电影对小说形成一种开放式和解构性的解读,产生了震撼人心的效果。孙先科的《〈白鹿原〉与〈创业史〉的"互文"关系及其意义阐释》(《杭州师范学院学报》2004年第4期)是一篇颇有见地的论文,作者将《白鹿原》和《创业史》置入互文框架内进行文本细读和意义阐释,通过两部小说中人物设置如白嘉轩与姚士杰、田小娥与素芳的相似性,发掘前者对后者的有意"误读"所带来的文学意义。郭剑敏的《〈将军底头〉与〈迷舟〉的互文性研究——兼论新历史小说的本土艺术渊源》(《西南交通大学学报》2005年第1期)一文,以互文性为视角,将施蛰存和格非的小说在情节结构、角色设置、冲突模式和人物心理描写方面存在的诸多相似之处进行比较,从而发现了新历史小说与新感觉派历史题材小说的内在联系。罗岗的《视觉"互文"、身体想象和凝视的政治——丁玲的〈梦珂〉与后五四的都市图

---

① 安如峦:《从互文性看〈儒林外史〉的讽刺手法》,《明清小说研究》1997年第1期。

景》(《华东师范大学学报》2005 年第 5 期），从文字与视觉的复杂关系出发，挖掘丁玲小说处女作《梦珂》中的视觉化呈现方式，进而发现丁玲早年与电影这一视觉形式的密切关系对其小说创作的巨大影响，由此扩展到思考中国现代文学在面临"技术化观视"挑战时应该如何回应的问题。屈雅红的《论梅娘小说的"复调"艺术——以〈动手术之前〉和〈旅〉为例》(《苏州大学学报》2005 年第 5 期）一文，借助巴赫金的对话理论和克里斯蒂娃的互文理论，分析梅娘小说中的重复意指和"潜在文本"。张谦芬的《从互文性评张爱玲与丁玲的土改书写》(《理论与创作》2006 年第 1 期）一文，将丁玲的《太阳照在桑干河上》作为"前文本"，张爱玲的《赤地之恋》《秧歌》视为"后文本"，考察两者之间的互文联系，将后文本对前文的改写、重组方式进行了梳理，由此来观照张爱玲和丁玲创作中的同与异。冯茜的《互文性与文化融合——张爱玲的〈魂归离恨天〉与艾米莉的〈呼啸山庄〉之互文性》(《徐州师范大学学报》2009 年第 3 期）一文，对中外作家不同作品中存在的题名、叙事手法、故事模式、意象、语言风格等方面的相似性，来考察张爱玲对艾米莉的互文借鉴。阎浩岗的《〈祝福〉及其两个前文本的互文性研究》(《鲁迅研究月刊》2011 年第 11 期）一文，通过对鲁迅小说《祝福》的文本细读，发现它与叶绍钧的《这也是一个人》及许钦文的《疯妇》构成互文关系，后面两篇小说虽然艺术水准一般，却对《祝福》的成文有着诸多的影响。还有很多借用互文理论对中国小说文本进行研究的论文，以及对外国小说进行互文性批评的论文，在此不一一列举。

除了借用互文理论对小说和诗歌进行文学批评外，语图互文理论的文学批评实践成为 21 世纪头几年的一个研究热点。这一时期将语图互文理论运用于古代小说图像研究的较多，主要以 2010 年陆涛的博士论文《中国古代小说插图及其语—图互文研究》和 2011 年张玉勤的博士论文《论明清小说插图中的"语—图"互文现象》为代表。前者主要讨论古代小说插图和文本之间形成的互文张力；后者则扩展到整个图像，着力探讨语图互文的呈现形态、形成原因和运作机制等,并对这种互文现象的内在张力给予了论证。

除上述的论著之外,当下的互文性研究在翻译、语言学等领域也得到长足发展,产生了一批丰富成果。特别是在网络文学盛行的当下,亦出现了许多运用互文性理论解释网络文学的论著,陈定家的《文之舞:网络文学与互文性研究》(社会科学文献出版社,2014年)是这一研究领域的代表。

综上所述,近年来国内对"互文性"的研究从早期单纯的理论译介到现在多学科、多层次的发展,涉及的领域越来越多,研究深度和广度也得到了加强。但是国内研究仍有许多不足,具体表现为:

第一,对国外学界互文性理论研究成果的译介还有不足。与国外学界已经产生大量研究成果相比,译介引进国内的理论数量仍十分欠缺,亟待补充。一些重要的互文性理论研究专著,如格雷厄姆·艾伦的《互文性》、珍妮·帕里西耶·普罗泰尔的《互文性:文学批评的新视角》等,国内还没有译介。

第二,互文性批评方面的研究还存在较多不足。国内运用互文性理论进行文本批评的研究成果多以单篇论文的形式呈现,对两个文本进行互文性细读与比较研究的较多,而专著数量较少,这也说明国内研究的系统性方面还有拓展空间。

第三,对互文现象宏观类型的分析和把握这方面的研究较为欠缺。国内学界对互文性文学批评实践的研究,常常集中于互文的具体手法如明引、暗引、拼贴、模仿、重写、戏拟等技巧上,导致许多研究成果只是对象不同,而具体的方法、路径和结论趋于雷同。因此,总体性的研究较为欠缺,尚缺少对互文类型的具体分类和宏观把握。

第四,对中国诗学体系中的互文性思想的研究还远远不够。中国古代诗学理论中,像"用典""孳生""暗合""秘响旁通"等提法,就和西方的互文性理论有较多的相似之处,彼此可以相互印证,但学界对本土的互文性理论的研究还很薄弱。

三、 研究方法与研究思路

本书采用宏观论述与微观阐释相结合、历史与逻辑相结合的研究方法,对 20 世纪中国小说中的互文现象予以观照。一方面对某一类互文现象做一个整体的描述和判断,以历史的视角梳理它的发展流脉,勾勒出这一现象的美学价值和艺术魅力,提炼出核心命题或关键词作为讨论的基点;另一方面,围绕这些现象选择具有典型性的文本作为研究和分析对象,从逻辑的角度对小说文本的话语生成方式、叙事成规以及审美特征进行分析和讨论,来印证这一典型命题的呈现方式,更为有效地对文本进行阐释。

本书的研究思路是:首先,在国内外学界研究的基础上,对互文性理论给予较为全面的意义阐释和价值判断。通过知识考古学的方式纵向梳理互文性这一理论话语的脉络和流变历程,对它的内涵、外延进行辨析。其次,以互文性理论为视角切入 20 世纪中国小说,主要选取具有代表性的叙事文本,通过文本的对比细读和叙事分析,力求找出不同文学文本间的叙事相似性,以及相似背后的异构现象,探究文本在生产、阐释和阅读过程中的文学成规,发现互文本生产背后隐藏的文学规律,从而解释 20 世纪中国小说的意义生成、文本的阅读与阐释、传统与创新等问题。

四、 研究对象与基本框架

本书原先的设想是以整个 20 世纪中国文学为对象,但在实际研究过程中,为使讨论更为集中,主要是以 20 世纪中国小说为研究对象,未将诗歌、散文等文学形态纳入考察范围。这有两个方面的考量:一方面,如果将这两个文体纳入考察范围,所涉及的对象过于庞杂,体量过于庞大,在实际操作中容易顾此失彼,相关讨论难免会流于浮泛;另一方面,互文现象的类型并不是很多,互文性技法也是有限的,如果既考察小说文本,又考察诗歌、散文文本,难免会出现大量雷同的论述。此外,小说文本作为叙事文本,其背后的互文网络之复杂较诗歌、散文要更典型,更具有讨论价值。基于以上考虑,本书选取 20 世纪中国小说作为研究对象,以互文性为理论视角切入,主要涉及互文性理论谱系的考察,20 世纪中国小说中互文现象的分类、特征及其影响的探讨。具体来说,本书的主要框架安排如下:

第一章梳理西方互文理论的发展脉络和理论路径。从索绪尔的语言学开始,沿着巴赫金、克里斯蒂娃、罗兰·巴特、热奈特、里法泰尔等人的互文性理论路线掘进,对这一理论形态的历史线索进行梳理总结,由此发现互文性理论的内在逻辑,归纳出它作为理论话语的内涵与外延,在这一理论概念的基础上提出互文性批评。

第二章讨论互文现象中的主题互文模式。这一章主要通过考察文学传统和主题互文的关系、20 世纪中国小说中的革命主题互文现象以及蒋光慈、丁玲和马烽三位作家的创作的异同,对革命主题小说文本互文背后存在的一致性和同源性以及文本的异质同构、同质异构等复杂情况进行分析,厘清这些现象背后蕴藏的"共同母体"与"潜藏符谱"。

第三章考察的是文类互文模式。本章主要选取小说与戏曲之间的互文关系作为考察重点,将 20 世纪中国文学中小说与戏曲互文的历史脉络予以呈现,以三位作家白先勇、叶广芩和毕飞宇为个案,分析小说与戏曲文类互文的制作过程、运行机制和意义效果,进而发现文类越界背后的诸多可能性。

第四章探究的是改写互文模式。改写是最有特点也是最常见的互文手法,它对文学经典的意义重构方面有着重要的作用。因此,本章通过对改写与互文性的关系、20 世纪中国小说的改写对象和改写形态的讨论,并以汪曾祺《聊斋新义》对《聊斋志异》改写过程的爬梳,考察作为互文手段的经典改写所常见的变形路径、操纵因素及其意义和难度,进而拓宽和加深对这一互文现象的理解和研究。

第五章研究的是语图互文这一模式。本章主要在中国诗学背景下考察语图互文成立的理论基础,历时地梳理 20 世纪中国小说中的语图互文史,进而讨论图像和文字之间是如何进行意义上的互动交流的,最后以先锋作家残雪的小说为个案,考察封面图像与语言系统之间的互文对于文本阐释的意义。

第一章　互文性理论的历史与逻辑

　　"互文性"(Intertexuality)又称"文本间性""文本互涉",源于拉丁语"in-textexto",在法语中写作"intertextualité",在英语写作"intertexuality",常常用来描述两个或两个以上文本之间的互涉关系。互文性理论既内生于结构主义文学理论,同时又对结构主义的研究方法进行突破,是结构主义向后结构主义转向的标志。作为一个重要的文学批评概念,最早由法国文学理论家、女性主义学者朱丽娅·克里斯蒂娃提出。朱丽娅·克里斯蒂娃不满结构主义过于强调语言的封闭性、结构的稳定性以及结构主义对形而上学传统的依附和越来越极端的形式化倾向,提出了互文性这一理论概念。作为新的文学观念和理论概念,互文性意在打破结构主义僵化的话语界限和身份藩篱,消除文本的等级秩序,使文本关系变得平等和开放,追求文本意义的无限衍生。1966年,她在《词语、对话和小说》一文中,对巴赫金的"后形式主义"和对话理论予以介绍,并用"互文性"概念替代了巴赫金的"对话性"概念,这是互文性概念的首次提出。后来,这一概念后又经过克里斯蒂娃的丰富和阐释,被收入《符号学:符义解析研究》一书并于1969年由法国塞伊出版社出版。互文性理论甫一提出,就被视为是结构主义向后结构主义过渡的标志性术语,成为文学研究的常用理论概念。克里斯蒂娃提出的互文性理论,深度发掘和讨论了文本与文本之间、文本与历史之间、文本与社会之间、文本与主体之间存在着的影响关系,打破了结构主义局限于共时性结构研究的方法,将结构主义先前对文本的认识限定于封闭的文本内部而扩展到文本与文本的关系以及文本与文本之外的领域,消解了结构主义的中心霸权思维,使互文性不仅成为后结构主义常用的理论术语,更是成为 20 世纪下半叶最重要的文学研究范式。

克里斯蒂娃提出的互文性理论,其思想根源可以追溯到瑞士语言学家费尔迪南·德·索绪尔在《普通语言学教程》对语言体系的认识和巴赫金提出的"对话理论"和"复调理论"。作为结构主义批评家,克里斯蒂娃在这两位理论家的基础上,融汇了弗洛伊德精神分析学思想、俄国形式主义批评、法国结构主义理论家罗兰·巴特的文本思想以及列维-斯特劳斯的结构主义人类学思想,进而提出的互文性理论。它超越了结构主义符号学封闭的文本研究方法,将互文性理论发展成一种关注意义生成机制的开放理论。除了克里斯蒂娃外,还有许多法国及美国理论家提出过与互文性理论相似的概念,他们或是在克里斯蒂娃互文性基础上进行补正和充实,或是另起炉灶从不同视角关注这一理论,如热奈特、里法泰尔、孔帕尼翁、布鲁姆、德里达、保罗·德·曼、希利斯·米勒等。这些理论家的互文性理论,对这一理论话语的内涵的丰富与外延的扩大,都起到了重要的作用。本书通过对这一理论进行历史溯源式的梳理,可以廓清它的理论轮廓,这对于我们理解这一理论话语及其背后的研究方法与意义指向是非常重要的。

第一节　互文性理论的语言学基础：
索绪尔的开创意义

费尔迪南·德·索绪尔(1857—1913),瑞士语言学家,是 20 世纪最著名也是影响最深远的语言学家。1875 年索绪尔在日内瓦大学学习语言学,后又转到德国莱比锡大学学习,博士毕业后在巴黎高等研究院任教,培养了一大批著名的语言学家,如梅耶、格拉蒙等,后又回到日内瓦大学任教。索绪尔逝世后,他的弟子根据其手稿和讲义以及笔记整理结集成《普通语言学教程》一书,于 1916 年出版。该书后来多次重版,并被翻译成多种语言。索绪尔的共时语言学思想、对语言符号进行能指和所指的划分、提出语言是一种表达观念的符号系统并对语言中的组合关系和联想关系进行区分,以及在二元对立中寻找意义的方法,这些思想不仅对语言学的发展产生了深远的影响,而且影响了 20 世纪西方文学理论中最重要的理论流派之一的结构主义,索绪尔因此被人们称为"现代语言学之父""结构主义之父"。

作为语言学家,他的研究领域只限于语言学,并未涉及文学研究领域。索绪尔也没有提出过互文性理论,甚至他的有些观念如重视语言而忽视言语和言语主体,考察语言时将文字排除在外等,与互文性的理论旨趣和研究方法并不一致。但是,索绪尔将语言视为一个关系系统的思想,还有他对外部语言学的有关论述以及对语言意义来源的思考,这些都直接形成了结构主义的理论根源,并影响到了互文性理论的理论预设。因此,索绪尔被视为互文性理论的先驱,梳理互文性理论是绕不开索绪尔的语言学思想的。

索绪尔在《普通语言学教程》中,设想开创了一门新的学科,即符号学,"研究社会生活中符号生命的科学,……我们管它叫符号学"[①],将礼仪、习惯等也视为符号,并将语言学纳入符号学,以一种关联性思维去考察符号的意义生产与存在价值。索绪尔这些最基本的符号学思想带来新的思维方式,对互文性理论有直接的影响。克里斯蒂娃对此有过这样的论断:"符号学已成为一种思想方式,一种方法。它今日渗入一切社会科学,渗入与意指方式有关的一切科学话语或理论(人类学、精神分析、认识论、历史、文学批评、美学)中,并位于科学和意识形态在其中相互斗争的场所内。"[②]索绪尔的结构语言学思想,对互文性理论的影响,主要体现为三组概念的提出。

---

① ［瑞士］索绪尔:《普通语言学教程》,高名凯译,商务印书馆 1980 年版,第 38 页。
② 罗婷:《克里斯特瓦的诗学研究》,中国社会科学出版社 2004 年版,第 31 页。

一、 语言与言语的区分

索绪尔在《普通语言学教程》中,将人类的语言活动分为语言和言语两个系统。索绪尔以国际象棋为例,将语言比喻成"棋法",将言语比喻成"棋局"。国际象棋的系统和规则这样一些内部必须遵守的规约,就是"棋法";一盘盘棋局,虽然具体的形式是千变万化的,但每一盘棋局都受到"棋法"这一内部系统规则的制约。因此,从索绪尔的举例我们能看出语言和言语的区别和联系。所谓语言,是由词汇、语法和语音构成的系统,这一系统有自己固有的秩序和完整的结构,是一套完整的内部规则和语言惯例系统,它是内部的、社会的、抽象的、稳定的存在;所谓言语,即我们在日常情境中所使用的个体语言表达活动,它是外部的、个人的、具体的、不稳定的存在。语言与言语的关系是互相关联、彼此依存的,正如索绪尔说的那样,"这两个对象是紧密相连而且互为前提的:要言语为人所理解,并产生它的一切效果,必须有语言;但是要使语言能够建立,也必须有言语"①。一方面,语言的本质规定了言语的本质。共同的语言规则是我们日常进行言语交流的前提,是言语活动目标得以实现和达成的必要条件。没有语言这个内部结构,交流双方不掌握共同的语言规则,言语活动就无法正常进行,言语交流体现了语言的规定性;另一方面,语言的内部结构和规则,又必须建立在具体的、大量的言语实践活动基础之上。从这个意义上来说,语言既是言语的工具,又是言语的产物,它受言语的制约。索绪尔对语言和言语的区分,意在表明虽然具体的言语行为是千差万别的,但都享用共同的语言(内在结构和规则),这一思想对结构主义的影响颇为深远。结构主义正是将索绪尔语言学观点扩展到文本上,以一种二元对立的方式寻找每个文本的内在结构作为自己的理论目标。

在区分了语言和言语的基础上,索绪尔提出语言学研究的对象是语言,并

---

① 〔瑞士〕索绪尔:《普通语言学教程》,高名凯译,商务印书馆 1980 年版,第 41 页。

将语言细分为"历时态"和"共时态",由此提出两种语言学设想,即共时语言学与历时语言学。在索绪尔看来,共时语言学是一种静态语言学,研究的是同时要素间的关系;历时语言学是一种动态语言学,研究的是语言从一种状态向另一种状态的演化过程,"描写语言的一个接一个的状态还不能设想为沿着时间的轴线在研究语言,要做到这一点,还应研究使语言从一个状态过渡到另一个状态的现象。……有关语言学的静态方面的一切都是共时的,有关演化的一切都是历时的"①。在索绪尔看来,共时语言学作为一个语言系统,"涉及同时存在的事物间的关系,一切时间的干预都要从这里排除"②,共时语言学研究"同一个集体意识感觉到的各项同时存在并构成系统的要素间的逻辑关系"③,而历时语言学"研究各项不是同一个集体意识所感觉到的相连续要素间的关系,这些要素一个代替一个,彼此间不构成系统"④。索绪尔认为此前的语言学研究是一种历时语言学研究,研究的是语言的演变过程,这种研究不足以发现语言系统的稳定规则。因此,索绪尔将语言系统视为一个整体,强调语言学研究重点是研究语言的共时态,建立了共时语言学,即研究语言系统的结构性质,以及各个要素间的关系结构。

共时语言学学说的提出,发现了语言是一个关系系统,强调了语言系统间的关系、相似和差异等问题,"既然语言是一个系统,它的所有的辞项都有连带关系,而其中一个辞项的价值只不过就是另一个辞项同时存在的结果"⑤,这扭转了传统语言学将语言视为实体的观念,也将语言从芜杂的言语活动中分离出来。另外,索绪尔还在《普通语言学教程》中指出:"不管在什么时代,哪怕是追溯到最古的时代,语言看来都是前一时代的遗产。"⑥索绪尔通过对

① ［瑞士］索绪尔:《普通语言学教程》,高名凯译,商务印书馆 1980 年版,第 119 页。
② ［瑞士］索绪尔:《普通语言学教程》,高名凯译,商务印书馆 1980 年版,第 118 页。
③ ［瑞士］索绪尔:《普通语言学教程》,高名凯译,商务印书馆 1980 年版,第 143 页。
④ ［瑞士］索绪尔:《普通语言学教程》,高名凯译,商务印书馆 1980 年版,第 143 页。
⑤ ［瑞士］索绪尔:《普通语言学教程》,高名凯译,商务印书馆 1980 年版,第 127 页。
⑥ ［瑞士］索绪尔:《普通语言学教程》,高名凯译,商务印书馆 1980 年版,第 107—108 页。

语言和言语的区分以及对共时语言学和历时语言学的讨论,提出所有语言的价值都应该放到这一关系网络中去理解才有意义,并将语言视为遗产,这种思想对互文性理论有直接的影响。既然语言是一个关系系统和过去时代的遗产,那么语言符号构成的文本自然也是一个关系系统和过去时代的遗产,需要在关系网络中确定彼此的价值和意义,这为克里斯蒂娃的互文性理论的产生提供了一种全新的理论思维方法。互文性理论的核心思维即是一种关系思维——任何文本都不是一个孤立的完全独特的存在,它一定会与其他文本构成一个关系体系。这与索绪尔对语言和言语的区分及其结论具有相似性。

二、 能指与所指的提出

索绪尔语言学研究的另一贡献,是将语言视为一个符号系统,认为符号是能指和所指的结合体,能指和所指构成了符号的一体两面。同时,索绪尔还在研究了拉丁语"树"的能指与所指之后,认为能指与所指之间的关系是任意的。索绪尔的这一语言学思想也成为互文性理论重要的理论资源。

自柏拉图以来,西方传统语言学对语言和实在关系的认识,都认为语言是对外在客观事物的命名或描述,语言就是外在客观事物的"命名集",因此,语言符号连接的就是事物和它对应的名称。语言作为名词术语表,它的数量应该和客观事物是一样多的。索绪尔在《普通语言学教程》中认为这种传统语言学观念是错误的,语言是一种表达观念的符号系统,语言连接的不是事物和对应它的名称,连接的是概念和音响形象的结构性关系①,索绪尔将其称为所指和能指。能指就是"音响形象",所指是"概念",两者像一枚硬币的两面,是不可分割的,只有当音响形象和概念连接在一起,才能构成一个完整的词语。索绪尔认为,所指和能指不是纯粹物理的东西,不是物质的声音,而是声音的心理印迹,这就彻底斩断了语言与外在事物之间的客观联系,进而得出它们之

① ［瑞士］索绪尔:《普通语言学教程》,高名凯译,商务印书馆 1980 年版,第 101 页。

间联系是任意的也就是顺理成章的了。因此,索绪尔提出,语言符号是能指(音响形象)和所指(概念)的结合,它虽不可分,但二者之间的关系是任意的,"能指和所指的联系是任意的,或者,因为我们所说的符号是指能指和所指相连接所产生的整体,我们可以更简单地说,语言符号是任意的"①。在《普通语言学教程》中,索绪尔以法语和德语中"牛"的所指所对应的能指的不同为例,来说明能指与所指之间的联系是任意的。索绪尔的能指与所指及其关系的提出,将语言符号和客观世界割裂开来,指出了语言的非实体性。这实际上是将语言视为语义物而非观念物,说明语言作为一个具有独立价值的符号系统,与外部现实无关。

既然语言符号的能指和所指之间的联系具有任意性,那么如何确立语言的价值和意义呢? 索绪尔认为,既然词语都是语义物而不是观念物,与外部世界没有必然的联系,那么,词语不能作为独立意义单位出现,词语的所指意义主要依赖于符号与符号之间的差异关系来确立。一个孤立的词语是没有意义的,意义取决于该词语与其他词语之间的关系。这种思想和方法与互文性理论如出一辙。互文性理论也将文本视为非实体性存在的语言符号,由语言符号构成的文本都不是一个孤立的存在,文本意义的确立必须在该文本与其他文本之间的关系中才能确立,即意义来自文本间性。可见,索绪尔对能指与所指的区分正是互文性的理论来源之一。

三、 内部语言学和外部语言学的划分

在《普通语言学教程》中,索绪尔将构成语言的要素划分为内部要素与外部要素,进而将语言学研究划分成内部语言学和外部语言学。所谓内部要素,即语言的组织和语言的系统相关的要素,除此之外,都是语言的外部要素,"要把一切跟语言的组织、语言的系统无关的东西,简言之,一切我们用'外部

---

① [瑞士]索绪尔:《普通语言学教程》,高名凯译,商务印书馆 1980 年版,第 102 页。

语言学'这个术语所指的东西排除出去"①。索绪尔所说的外部要素,主要是指不属于语言结构系统的要素,包括民族、文化、政治、制度、地理等。索绪尔认为,外部要素对语言的发展会起到一定的影响。例如,民族风俗习惯会对民族语言起到作用;古罗马征服其他民族将语言移植到被征服地区导致语言发生变化;各种制度如教会、学校的制度以及沙龙、宫廷、科学院等形成的制度,都会对语言发生影响;地理上不同地方的方言和语言的发展紧密联系在一起。这些外部因素对语言的使用和发展有着重要的作用,但索绪尔却坚持认为,抛开这些外部因素,也能对语言系统和组织结构进行研究,也能认识语言的内部结构,"外部语言现象的研究是富有成果的;但是不能说,没有这些现象就不能认识语言的内部机构"②,语言学的真正研究对象是内部语言学,研究语言的组织和系统,"就语言而研究语言","语言学的唯一的、真正的对象是就语言和为语言而研究的语言"③。

索绪尔内部语言学研究的提出,将语言视为一个有完整的内在结构的体系,使语言学的研究重点转向对语言系统和一般性结构的研究上。很显然,索绪尔将语言视为一个封闭的结构,语言学只有研究这封闭的结构才有意义。这对结构主义产生了深远的影响,结构主义正是在索绪尔的内部语言学思想的基础上才得以发展。结构主义从方法论上和索绪尔是一致的,认为系统只有在封闭的状态下才可能形成稳定的结构,才能产生意义。

索绪尔的内部语言学偏于封闭,外部语言学呈现出开放的姿态。内部语言学对结构主义有深远的影响,但对互文性理论而言,反而是被索绪尔忽视和排斥的开放的外部语言学的影响更为直接和重要。互文性理论最核心的思想,概而言之,即任何文本都是其他文本的镶嵌和变形,是其他文本的排列和置换。在互文性理论的提出者克里斯蒂娃看来,文本不能被狭义地理解,文本

---

① [瑞士]索绪尔:《普通语言学教程》,高名凯译,商务印书馆 1980 年版,第 43 页。
② [瑞士]索绪尔:《普通语言学教程》,高名凯译,商务印书馆 1980 年版,第 45 页。
③ [瑞士]索绪尔:《普通语言学教程》,高名凯译,商务印书馆 1980 年版,第 323 页。

是各种文化的汇集,其中就包括民族、政治、制度、地理等聚合而成的广义文本。文学文本正是从这个广义文本中派生出来的,它们拥有从母体带来的共同要素,因而彼此之间能形成一种互相参照的互文关系。克里斯蒂娃的互文性理论正是建立在反对索绪尔的内部语言学、反对结构主义的封闭方法的基础上提出来的,她的互文性思想正是力图要找到结构和结构之外、结构和他者之间的动态联系,这实际上是被索绪尔忽视的外部语言学所研究的对象。

第二节　走向互文性:巴赫金的对话理论 及其影响

如果说索绪尔的语言学思想主要是在方法论上为互文性理论提供了理论资源,那么,对克里斯蒂娃提出互文性理论有直接帮助的则是俄国理论家巴赫金。巴赫金批判了索绪尔语言学只注重研究语言而忽视言语、只重视语言系统的抽象客观而忽视语言的社会历史语境等问题,提出了超语言学,并提出了语言的"不确定性""内在性"以及"狂欢化"等问题,这些都直接为互文性理论提供了话语基础,促使了结构主义向后结构主义批评的转向。克里斯蒂娃认为,互文性概念虽不是巴赫金直接提出,但相关理论思想可以从巴赫金的著作中推导出来。她正是在综合了索绪尔的语言观念和巴赫金的复调理论、狂欢理论的基础上发现了巴赫金对话理论的意义进而提出了互文性理论。因此,托多罗夫甚至说"互文性"一词其实就是巴赫金"对话主义"的法文翻版①。格雷厄姆·艾伦也认为,"在我看来,与其说互文性的概念源自巴赫金的著作,不如说巴赫金本人就是一位重要的互文性理论家"②。

在克里斯蒂娃提出互文性这个新词之前,她已经对巴赫金的理论有了深入的研究。她在 1967 年发表了研究巴赫金的论文即《巴赫金:词语、对话和小

---

① 秦海鹰:《互文性理论的缘起与流变》,《外国文学评论》2004 年第 3 期。
② Graham Allen, *Intertextuality*, London and New York: Routlege, 2000, p.16.

说》。这篇文章从"文本空间内的词语"等十个方面,首次向西方理论界介绍了巴赫金的对话主义理论。这篇论文本是克里斯蒂娃在罗兰·巴特的研讨班上所作报告的修改版,一度引起了罗兰·巴特对巴赫金的兴趣。在这篇文章中,克里斯蒂娃对巴赫金对话理论为互文性理论提供的理论视角给予了高度评价:

> 词语(或文本)是众多语词(或文本)的交汇,人们至少可以从中读出另一个语词(文本)来,在巴赫金的作品中,这两者分别以对话和背反的形式出现,他没有对二者明确区分。尽管缺乏严密的论述,但这一视角确实是巴赫金首先引入文学理论里来的。①

1968 年到 1970 年间,克里斯蒂娃又先后将巴赫金的两部重要著作《陀思妥耶夫斯基诗学问题》和《拉伯雷的创作和中世纪及文艺复兴时期的民间文化》翻译成法文版和英文版。克里斯蒂娃认为,巴赫金的思想对于欧洲而言是一场真正的革命,他提出的对话理论、超语言学、他者和无意识等概念,对欧洲文艺理论一直发挥着重要的影响。巴赫金留给互文性理论的遗产,一是他的文化学与符号学的思想,二是贯穿在复调理论、狂欢化理论和他者理论中的对话主义思想,互文性理论正是在这两者的基础上生成的变体。正如克里斯蒂娃承认的那样,"'互文性'这一概念……它是发展巴赫金的某些思想"②,"我从巴赫金而来,但我发展出了被结构主义忽略的两个方向:一是话语主题;一是历史的维度"③。

巴赫金的对话理论或对话主义思想对克里斯蒂娃影响最大,他的对话理论又主要贯穿在他提出的超语言学、复调理论和狂欢化理论之中。下面通过对巴赫金文学理论的分析,来具体看看对互文性理论有哪些影响。

---

① 王瑾:《互文性》,广西师范大学出版社 2005 年版,第 5 页。
② [法]克里斯蒂娃:《朱莉亚·克里斯蒂娃谈米哈伊尔·巴赫金》,载王杰主编:《马克思主义美学研究》第 16 卷第 1 期,中央编译出版社 2013 年版,第 216 页。
③ [法]朱莉娅·克里斯蒂娃:《主体·互文·精神分析:克里斯蒂娃复旦大学演讲集》,祝克懿、黄蓓编译,生活·读书·新知三联书店 2016 年版,第 189 页。

一、　超语言学

巴赫金在批判索绪尔语言学观点的基础上，提出了自己的语言学理论，即超语言学。索绪尔的语言学研究，侧重于内部语言学和共时语言学的研究，立足于对封闭的语言体系做静态的共时性研究，忽略外部语言学和历时语言研究，忽略语言的具体历史语境与意识形态。针对索绪尔结构主义语言学的相关观点，巴赫金做了针对性批判，提出了超语言学的观点。所谓超语言学，"不是在语言体系中研究语言，也不是在脱离开对话交际的'篇章'中研究语言；它恰恰是在这种对话交际之中，亦即在语言的真实生命中来研究语言"①。这种超语言学思想，对互文性理论的影响，主要表现为它将语言学研究对象确定为话语，并将话语看作是具备主体间性的多重表述的聚合体，这种具备主体"间性"的话语与互文性理论强调文本的"间性"具备相同的理论演化路径。

索绪尔的语言学研究，强调研究语言内部的结构和规则，明显受到欧洲唯理主义的影响。索绪尔将语言等同于数学符号系统，而与个人行为相关的丰富的言语现象则被排除在研究视域之外，目的是要研究一个抽象的语言体系和规则，呈现出强烈的抽象客观主义倾向。巴赫金超语言学的提出，在反对索绪尔语言学的基础上，将研究对象确定为具备自我和他者双重主体性的话语而非抽象、封闭的语言。他认为语言学研究对象不是句和词这样的语言单位，而是"表述"这样的交流单位，这一改变使得语言符号的研究对象由封闭走向开放，同时也将索绪尔语言学所忽视的言说主体纳入研究范围。话语作为一个与社会历史语境、意识形态、语言交际、主体变化、自我和他者的对话等密切相连的语符，它取代索绪尔的语言成为语言学研究的对象，这使得对语言的研究不再局限于封闭的语言规则和语言体系内，不再局限于语言中各种句段成分的修辞关系，而是强调语言的变化性、对话性和语言背后的多重主体性。索

---

① ［俄］巴赫金：《巴赫金全集》第 5 卷，白春仁、顾亚铃译，河北教育出版社 1998 年版，第 269 页。

绪尔的语言学思想,对于结构主义理论而言,无疑是有其开创意义的。但这种排除语境、排除听者和说者因素、排除一切外部言语行为的抽象语言研究,在巴赫金看来,虽然有其必要性,但将语言系统的研究当作语言学研究的唯一合法对象,是毫无意义和必要的。他提出的超语言学,研究的对象不再是索绪尔所说的静态的语言,而是话语。只有进入特定的语境,与社会历史背景和意识形态发生联系,并能获得特定的说话者和听话者,形成一种交际关系的具备言语主体和言语交际功能的言语,才是话语。很显然,巴赫金非常注重语言的对话性质和主体间性,极为强调语言的交际功能,具体语境中使用的语言即话语才是他研究的重点。

巴赫金认为,所有的话语,都是与语境相关,都与他者相联系,都被历史因素和意识形态所制约,"在一个谈话的集体里,哪个人也绝不认为话语只是一些无动于衷的语句,不包含别人的意向和评价,不透着他人的声音。相反,每个人所接受的话语,都是来自他人的声音,充满他人的声音。每个人讲话,他的语境都吸收了取自他人语境的语言,吸收了渗透着他人理解的语言"①。在这里,巴赫金的超语言学强调话语研究的合法性,强调话语不是一种孤立的言语行为,而是渗透和吸收他者话语的"活的语言",语言的目的在于对话,语言的合法性和意义只有在对话中才能显现。超语言学所研究的话语,不是一种独立自足的封闭存在。按巴赫金的说法,没有话语可以独立存在,每一个话语表述都充斥着先前的表述,都是对先前表述的回应,这些表述是融合了自我和他者、体现着主体之间意识和情感交流并时刻处于对话关系中的语言,折射出的是不同表述主体的对话和斗争。巴赫金认为,语言中的每个词都存在三个层面,即语言之词、他人之词和我的词②,语言之词也就是词典中的词,他人之

---

① [俄]巴赫金:《巴赫金全集》第 5 卷,白春仁、顾亚铃译,河北教育出版社 1998 年版,第 269 页。

② [俄]巴赫金:《巴赫金全集》第 4 卷,白春仁、晓河等译,河北教育出版社 1998 年版,第 174 页。

词和我的词意味着每个词都是在多重主体对话过程中形成的,并被社会历史因素和意识形态所制约的众声喧哗。这说明话语是在横向轴(他人—自我)和纵向轴(语言—背景)坐标中予以定位的,强调话语背后自我和他者的对话关系,并强调每一个词语背后的语境关系。这种具备主体间性的超语言学思想,对互文理论的文本间性思想具有直接的启示意义。克里斯蒂娃互文理论所设定的坐标系,正是在将巴赫金的话语坐标系改造成了文本坐标系,将其中的横向轴变成了作者—读者,纵向轴变成了文本—外部文本/语境。巴赫金超语言学思想对语境关联的重视及其蕴含的对话精神,都被互文性思想所吸纳。

二、 复调理论

1929 年,巴赫金发表了《陀思妥耶夫斯基的创作问题》(1963 年修订版改为《陀思妥耶夫斯基诗学问题》)一文,将陀思妥耶夫斯基小说的诗学特征概括为"复调"。复调是一个从音乐理论移植到文学理论中的术语,原指多个声部的音乐作品中,通过和声的方式使得多个相关但又有区别的曲调有机协调地结合在一起,形成多旋律的和谐奏鸣。这一概念被巴赫金借用于文学研究,其含义的外延变得极为丰富,具备极强的理论辐射力。它既是一种哲学范畴,还是一种文学理论;既指一种小说体裁,亦指一种思维类型;既是一种创作方法,又是一种美学原则。"复调"是巴赫金文学理论的关键词,他不仅在《陀思妥耶夫斯基诗学问题》中用大量篇幅阐述过"复调",还在其他很多重要文章中谈到过,如《语言学与文学和其他人文学科中的文本问题》《1970 年至 1971年笔记》两篇札记和晚年的访谈中,都一再谈论到"复调",可以说,这一理论术语是巴赫金理论研究的核心术语。

巴赫金在《陀思妥耶夫斯基诗学问题》中是这样定义复调的:

> 有着众多的各自独立而不相融合的声音和意识,由具有充分价值的不同声音组成的真正的复调——这确实是陀思妥耶夫斯基长篇小说的特点。在他的作品里,不是众多性格和命运构成一个统一的

客观世界,在作者统一的意识支配下层层展开;这里恰是众多的地位平等的意识联通它们各自的世界,结合在某个统一的事件之中,而互相间不发生融合。陀思妥耶夫斯基笔下的主要人物,在艺术家的创作构思之中,便的确不仅仅是作者议论所表现的客体,而且也是直抒己见的主体。①

复调的实质恰恰在于:不同声音在这里仍保持各自的独立,作为独立的声音结合在一个统一体中,这已是比单声结构高出一层的统一体。如果非说个人意志不可,那么复调结构中恰恰是几个人的意志结合起来,从原则上便超出了某一人意志的范围。可以这么说,复调结构的艺术意志,在于把众多意志结合起来,在于形成事件。②

巴赫金提出的复调理论是针对"独白型"传统小说模式而言的。他认为,传统小说都是一种独白型和单旋律小说,作者依靠自己的意识支配和书写霸权,运用全知全能的叙事手段,使笔下的人物变成作者意识操控下失去了自主性的纯粹客体。巴赫金把托尔斯泰的作品作为独白型小说的代表,他认为托尔斯泰的小说,人物形象单一,意义单一,都是托尔斯泰的独白,没有第二种声音和作者的声音相结合,所要传递的信息和价值都是单一和清晰的,不具有对话性和多重性。而陀思妥耶夫斯基的小说则不同,它是一种复调型的小说,即是一种具备"多语体、杂语类和多声部"的对话性小说,这种对话性主要体现在小说中的人物既是作者意识中的客体,更重要的是它同时也是能够"直抒己见的主体",小说的话语是多种杂语。陀思妥耶夫斯基复调型的小说中,作者声音不再是高度权威化的,作者意志也不是高度绝对化的,作者与人物之间的关系不再是一种单向的控制与被控制的关系,作者与人物的关系是一种平

①　[俄]巴赫金:《巴赫金全集》第 5 卷,白春仁、顾亚铃译,河北教育出版社 1998 年版,第 4—5 页。
②　[俄]巴赫金:《巴赫金全集》第 5 卷,白春仁、顾亚铃译,河北教育出版社 1998 年版,第 27 页。

等的对话关系,人物与作者一样都是具备独立自主主体地位的存在,作者意识与人物意识拥有各自的世界、具备同等价值,人物与人物之间的关系也是一种平等主体间的对话关系。这也意味着陀思妥耶夫斯基小说中,每个陈述背后都有两个或多个话语主体,话语的意义需要考察两个或多个不同主体才能确立,这种具备对话关系的"复调",实际上就是一种"主体间性"理论,关注的是自我与他者主体间的彼此平等、异质共存的关系。

克里斯蒂娃认为巴赫金提出复调理论,实际上是一种具备"对话性"和"双值性"①特点的主体间性理论,她的互文概念正是在将这种"主体间性"改造成"文本间性"的基础上提出的一种文本理论。巴赫金所强调的是主体间的审美对话,这种"主体间性"实际上是离不开"文本间性"的一种"主体间性"——没有脱离文本的所谓主体,也没有脱离主体的所谓的文本,主体间的关系都是通过文本来呈现的,正如巴赫金自己谈到作者的主体性时说的那样,"作品的作者只存在于作品的整体之中……不存在于脱离了整体的作品内容中"②——也就是说,复调理论强调主体间的对话关系,背后深层的其实正是文本的对话关系。这种文本中的对话关系,实际上就是一种互文关系,正如托多罗夫论述巴赫金的思想时说的那样,"陈述文与其他陈述文之间有着相互联系,这一点很重要。巴赫金认为陈述文的普遍理论仅仅是一种不可避免的转弯抹角,有利于他对这种现象进行研究。为了说明陈述与其他陈述的这种关系,他使用了对话主义这个词……我在这里更喜欢用互文性这个词,朱莉娅·克里斯蒂娃在介绍巴赫金的文章中使用了这个词"③。

---

①　克里斯蒂娃认为,所谓"双值性",是在一个词语、一个段落、一段文字里,交叉重叠了几种不同的话语,也就是几种不同的价值与观念,有时甚至相反。正是这种交叉产生了意义的多声部。详见[法]朱莉娅·克里斯蒂娃:《主体·互文·精神分析:克里斯蒂娃复旦大学演讲集》,祝克懿、黄蓓译,生活·读书·新知三联书店2016年版,第17页。

②　[俄]巴赫金:《巴赫金全集》第4卷,白春仁、晓河等译,河北教育出版社1998年版,第378页。

③　[法]托多罗夫:《巴赫金、对话理论及其他》,蒋子华、张萍译,百花文艺出版社2001年版,第258页。

巴赫金在晚年写作的《人文科学方法论》中,已经将此前强调的"主体间性"转为强调"文本间性","文本的每一个词语(每一个符号)都引导人走出文本的范围。任何的理解都要把该文本与其他文本联系起来"①,"理解是与其他文本相互比照,并在新的语境(我的语境、现代语境、未来语境)中重作思考"②。"文本只在与其他文本(语境)的相互关联中才有生命。只有在诸文本间的这一接触点上,才能迸发出火花,它会烛照过去和未来,使该文本进入对话之中。"③这一系列的表述,实际上已经和克里斯蒂娃提出的互文性理论的核心思想趋于相同了。这也不难看出,巴赫金早年提出的复调理论,其内在理论精髓和互文性理论具有一致性。

三、 狂欢化诗学

狂欢化诗学理论是巴赫金在研究陀思妥耶夫斯基和拉伯雷小说的基础上,系统考察了欧洲"狂欢节"民俗的兴起原因、表现形态和文化影响,并由此推及和梳理欧洲文学中"狂欢化"的发展脉络后提出的一种诗学理论。这一理论提出以来,存在种种争议,有的认为狂欢化诗学是一种历史诗学,有的认为是一种体裁诗学,有的则认为是一种总体性诗学。④ 无论将其定义为哪种诗学,这些争议都能看出巴赫金提出的狂欢化诗学的复杂性和多样性。限于篇幅,本书不就这些争议展开论述,而重点考察狂欢化诗学对互文性理论的影响和两者理论路径上的相似之处。

巴赫金的狂欢化诗学理论,主要出自他晚年修订之后的两部论著。一部

---

① [俄]巴赫金:《巴赫金全集》第 4 卷,白春仁、晓河等译,河北教育出版社 1998 年版,第 379 页。

② [俄]巴赫金:《巴赫金全集》第 4 卷,白春仁、晓河等译,河北教育出版社 1998 年版,第 380 页。

③ [俄]巴赫金:《巴赫金全集》第 4 卷,白春仁、晓河等译,河北教育出版社 1998 年版,第 380 页。

④ 程正民:《巴赫金的文化诗学》,北京师范大学出版社 2001 年版,第 228 页。

是《陀思妥耶夫斯基诗学问题》,这本书中的复调理论和对话思想为"狂欢化"提供了理论支撑;另一部是《弗朗索瓦·拉伯雷的创作与中世纪和文艺复兴时期的民间文化》,这部论著为狂欢化诗学找到了历史证据。前者修订于1963年,后者写于1965年。巴赫金在研究欧洲"狂欢节"民俗时发现,"狂欢节"起源于远古时期的原始宗教仪式,逐渐演变成民间传统节日。这种民间文化传统后来融合了古希腊罗马时代的酒神精神和日神精神,对中世纪、文艺复兴时期的民众生活产生了很大的影响。这些民间文化传统形成了一种另类历史,很少出现在官方正史之中。欧洲的狂欢节上,乞丐、傻瓜等被用来扮演国王和主教,小丑则被选来参加加冕仪式,举行葬礼,书写墓志铭,并接受人们的致意;或通过污言秽语的方式,模仿交媾、分娩、生长、吃喝、排泄等"肉体生活剧"①来达到对神圣与崇高的亵渎。这些节日以游戏的方式诙谐地取笑官方的神圣和严肃,通过倒置的二元对立来颠覆业已形成的正统秩序和官方意识形态。巴赫金通过对狂欢节一整套形式和它所体现出的对世界的看法的考察,把这一理论从狂欢节民俗引入对欧洲文学中存在的狂欢节书写的梳理,提出了"狂欢化"诗学,"狂欢节上形成了整整一套表示象征意义的具体感性形式的语言,从大型复杂的群众性戏剧到个别的狂欢节表演。……这个语言无法充分地准确地译成文字的语言,更不用说译成抽象的概念语言。不过它可以在一定程度上转化为同它相近的(也具有具体感性的性质)艺术形象的语言,也就是转化为文学的语言。狂欢式转化为文学语言,这就是我们所谓的狂欢化"②。狂欢化作为一个从狂欢节派生的术语,和狂欢节是紧密联系在一起的,它是巴赫金晚年一直思考的理论问题。狂欢化理论对互文性理论的影响,主要有以下几个方面:

---

① ［俄］巴赫金:《巴赫金全集》第6卷,李兆林、夏忠宪等译,河北教育出版社1998年版,第103页。

② ［俄］巴赫金:《巴赫金全集》第5卷,白春仁、顾亚铃译,河北教育出版社1998年版,第160—161页。

　　一是狂欢化理论中的解构主义思想对互文性理论的生成有直接的影响。巴赫金在《诗学与访谈》一文中,提到了中世纪的民众生活是一种分裂的生活,"中世纪的人似乎过着两种生活,一种是常规的、十分严肃而紧蹙眉头的生活,服从于严格的等级秩序的生活,充满了恐惧、教条、崇敬、虔诚的生活;另一种是狂欢广场式的自由自在的生活,充满了两重性的笑,充满了对一切神圣物的亵渎和歪曲,充满了不敬和猥亵,充满了同一切人一切事的随意不拘的交往"①。很显然,非狂欢节的生活是一种充满等级秩序的生活,而狂欢节的生活则是一种打破等级的自由生活。巴赫金说,狂欢节有几个特性,最主要的特性就是取消了等级制,将人类社会业已形成的畏惧、恭敬、仰慕、礼貌以及人类各种不平等所造成的距离予以消除,打破了不可逾越的等级屏障,呈现出自由平等的姿态,"人们相互间的任何距离,都不再存在,起作用的倒是狂欢式的一种特殊的范畴,即人们之间随便而又亲昵的接触"②。按照巴赫金的说法,这种狂欢式打破了种种身份和地位的限制,将人们从一种非狂欢式的生活和社会不平等的束缚中解放出来,以半现实半游戏的形式打破强大的等级关系。这种带有解构性质、追求平等对话的狂欢化思想,植根于开放的民间文化沃土之中,具有无限的开放性。作为一种特殊的思维方式,它在精神气质上契合了互文性理论的思想精髓。互文性理论强调的也是要打破文本的固有秩序特别是由一系列文学经典构成的稳固的文学秩序,认为任何文学经典都不是完全独创,而是其他文本"镶嵌其中",每一个文本之间构成的对话关系是平等的、相互的。这无疑是受到巴赫金狂欢化思想的影响。

　　二是讽刺性摹拟作为狂欢化的表现形式,它与互文性理论的内在路径有

---

① ［俄］巴赫金:《巴赫金全集》第 5 卷,白春仁、顾亚铃译,河北教育出版社 1998 年版,第 170 页。

② ［俄］巴赫金:《巴赫金全集》第 5 卷,白春仁、顾亚铃译,河北教育出版社 1998 年版,第 161 页。

一致性。巴赫金认为,狂欢化的体裁本能地蕴含着讽刺性摹拟,两者之间具有不可分割性。[1] 巴赫金以古希腊罗马文学为例,认为古希腊罗马文学中狂欢化体现得最充分的是在讽刺剧中,这些讽刺剧将一切可笑的地方都进行了摹拟讽刺,从而和对象形成一种比较,"在狂欢式中,讽刺摹拟应用极广,形式和程度也极其不同:不同的形象(如狂欢式中各种成双成对的东西)以不同的方式,从不同的角度,相互摹拟讽刺,这很像是一整套的哈哈镜,有把人像拉长的,有缩短的,有扭曲的,方向不一,程度也不同"[2]。巴赫金进一步阐述在陀思妥耶夫斯基的小说中,讽刺性摹拟主要体现在同貌相似者这一点上,即每一个重要的主人公都有几个相似者,他们以不同方式摹拟这些重要的主人公。如有拉斯科尔尼科夫作为主人公,就有斯维德里加依洛夫、卢仁、列别加尼科夫等讽刺性摹拟者。戏仿是互文性常见的手法,克里斯蒂娃、萨莫瓦约等互文性理论家都将戏仿作为互文性的一种特殊形态,它是一个文本以扭曲和滑稽的方式指涉另一个文本,形成两个或多个文本的相互交织,从而发生互文联系。讽刺性摹拟实际上就是一种戏仿,源文本与摹拟文本之间始终会保持一种直接的联系,这两者之间的关系就是一种典型的互文关系。

　　除了以上两点之外,狂欢化理论还为互文性理论提供了一种历史维度和文学人类学的开掘路径。巴赫金认为,狂欢节作为一种特殊形式的生活,它是官方意识形态和民间意识形态的互文,即两者通过二元倒置的方式发生了互文关系。狂欢节实际上是占统治地位的官方意识形态将社会生活塑造成一个统一的、秩序森严的"文本"(社会历史生活),给居于被统治地位的、带有各种未完成性的民间"文本",来了一次颠覆和更新,两个文本在交替和变更、死亡与新生、摧毁与重建中,形成了一种具备历史维度的互文关系。同时,巴赫金

---

① [俄]巴赫金:《巴赫金全集》第 5 卷,白春仁、顾亚铃译,河北教育出版社 1998 年版,第 167 页。

② [俄]巴赫金:《巴赫金全集》第 5 卷,白春仁、顾亚铃译,河北教育出版社 1998 年版,第 167 页。

将狂欢节溯源到原始先民的宗教崇拜,这种对原始制度和原始思维的重视,带有"原型"色彩,使得后世的文本逃离不开对"原型"的引用和摹拟,这也在为互文性理论的人类学维度开掘了一条溯源路径。

总之,无论是超语言学思想、复调理论,还是狂欢化理论,巴赫金对互文性理论最大的贡献,就在于贯穿于巴赫金理论中无处不在的对话主义思想。巴赫金的"一切文本皆对话"思想,为我们研究文本与文本、文本与历史、文本与主体的关系提供了研究思路。互文性理论就是对话理论的衍生物,这也是巴赫金留给文学理论最重要的精神遗产。

第三节　互文性理论的提出:克里斯蒂娃

20 世纪 60 年代,克里斯蒂娃在对结构主义语言学弊端的反思中,首次提出了互文性这一理论术语。结构主义语言学力图在纷繁复杂的语言背后找到稳固的深层结构,这固然有它独特的意义,但结构主义语言学过于追求语言的科学性、系统性与整体性,排斥个性与差异性以及结构的自身调整性,将语言学研究的重心放在对语言的静态结构上,忽略了语言的历时结构和语言活动的主体性,这种重视本质忽略现象的研究趋向,使得结构主义语言学变成了一种封闭的研究方法。因此,越来越多的结构主义理论家急切地想要寻找新的理论资源,以拯救越来越僵化的结构主义批评方法。克里斯蒂娃正是在这一背景下,提出了互文性的理论构想,力图使封闭的结构主义研究向外敞开,将社会、历史、文化、主体等被结构主义漠视的要素纳入文学研究视野,从而使结构主义向后结构主义过渡,获得新的理论生命力。

克里斯蒂娃 1941 年出生于保加利亚。保加利亚地处马克思主义辐射下的东欧,俄罗斯文化对其极有影响力。因此,作为具有马克思主义背景并了解俄罗斯文化的理论家,她对俄国形式主义文论和巴赫金的理论有充分的了解,这也是她能够将巴赫金的重要理论翻译成法文并在巴赫金理论的基础上提出互文性理论的原因之一。1965 年,克里斯蒂娃来到法国,并在原籍为保加利亚的法国理论家托多罗夫的介绍下,顺利加入法国社会科学高等研究院歌尔德曼和罗兰·巴特开办的研讨班。歌尔德曼研究班的主题是"小说的社会学"。歌尔德曼本人是一位来自东欧的马克思主义学者,克里斯蒂娃受到了歌尔德曼的影响并在他的指导下完成了论述小说语言起源的文章。罗兰·巴特在研究班上主要讲授文本理论。克里斯蒂娃为巴特的研究班带来了法国理论界并不了解的俄国形式主义和巴赫金理论,从而促使罗兰·巴特了解并吸收了巴赫金的理论思想,完成了其从结构主义向后结构主义转变的代表作《S/Z》①。在巴特的研究班里,克里斯蒂娃结识了自己的丈夫索莱尔斯,索莱尔斯是法国《原样》(Tel Quell,也有音译为太凯尔)杂志的主编。《原样》杂志是当时法国理论家的大本营,德里达、罗兰·巴特、福柯、拉康等法国知识界的精英都是杂志的作者。这些都为克里斯蒂娃提出互文性理论提供了充分的思想土壤。

克里斯蒂娃作为结构主义向后结构主义过渡的关键人物,她早期的著作主要是以结构主义的术语与方法探讨语言学、符号学和精神分析学,后期则主要研究政治哲学和女性主义。她的主要著作有《符号学》《作为文本的小说》《诗歌语言的革命》《关于中国女性》《恐怖的权力:论卑污》《爱情传奇》《反抗的意义与无意义》等。"互文性"这一术语,是 1966 年克里斯蒂娃在巴特的研究班做专题讨论时提出来的,这一发言经过克里斯蒂娃的修改发表在法国最重要的理论刊物《批评》上,后以"词语、对话和小说"为题收入克里斯蒂娃1969 年出版的《符号学:符义解析研究》一书中。克里斯蒂娃对"互文性"理论的贡献,主要在于她在前人研究的基础上第一次提出"互文性"概念,并在阐释这一概念的基础上,对文本及其历史提出了新的看法,摧毁了结构主义的封闭理论,使得这一概念成为后结构主义的理论武器,甚至是溢出了后结构主

---

① [日]西川直子:《克里斯托娃——多元逻辑》,王青、陈虎译,河北教育出版社 2002 年版,第 18 页。

义,对整个文学理论研究都有极大的影响。下面我们具体来看看克里斯蒂娃的理论贡献。

一、 互文性概念的提出

克里斯蒂娃提出"互文性"这个新概念,最初是用来取代索绪尔的符号学以及巴赫金对话理论的一个全新的术语。至于何为"互文性"? 克里斯蒂娃在不同的著作中都有提到这一概念:

> 任何文本都是由隐喻的镶嵌品构成的,任何文本都是对其他文本的吸收和转化。互文性的概念代替了主体间性,诗学语言至少可以进行双声阅读。①

> 文本是许多文本的排列和置换,具有一种互文性:一部文本的空间里,取自其他文本的若干部分互相交汇和中和。②

> 互文性一词指的是一个(或多个)信号系统被移至另一个系统中,但是由于此术语常常被通俗地理解为对某一篇文本的"考据",故此我们更倾向于取易位(transposition)之意,因为后者的好处在于它明确指出了一个能指体系向另一个能指体系的过渡,出于切题的考虑,这种过渡要求重新组合文本——也就是对行文和外延的定位。③

克里斯蒂娃的丈夫索莱尔斯后来在其所选编的《理论全览》中给互文性下了这样一个定义:

> 每一篇文本都联系着若干篇文本,并且对这些文本起着复读、强

---

① Julia Kristeva,"Word,dialogue and novel",in Toril Moi(ed.),*The Kristeva Reader*,Oxford:Basil Blachwell,1986,p.37.

② Julia Kristeva, "The Bounded Text", in Richter, D. H. (ed.), *The Critical Tradition*, New York:St.Martin's,1989,p.989.

③ [法]克里斯蒂娃:《文学创作的革命》,转引自[法]蒂费纳·萨莫瓦约:《互文性研究》,邵炜译,天津人民出版社 2003 年版,第 5 页。

调、浓缩、转移和深化的作用。①

从克里斯蒂娃的诸多表述中不难看出，互文性理论本质上是一种文本理论，通常是指两个或两个以上文本之间相互置换的关系。在克里斯蒂娃看来，文学符号本身不是一个固定的词语，不是一成不变的，而是"文本空间的交汇，若干文字的对话"。同时，她还认为，"文本是一种生产力"，"文本与语言的关系是一种（破坏—建立型的）再分配关系，人们可以更好地通过逻辑类型而非语言手段来解读文本；其次，文本是诸多文本的排列和置换，具有一种互文性"②。也就是说，一个文本的表意系统，并不是单个文本所能最终确立的，而是处在多个文本交织的网状结构中由其他文本构成的坐标系来确立的。文本之间的相互指涉对文本意义的生成起着决定作用，这里所说的指涉是指一个文本对其他文本的吸收、引用、改写、扩展，只有依据这两个及两个以上文本关系的考察才能最终确定文本的意义。克里斯蒂娃提出的互文性理论，相较其他法国理论家如热奈特等人而言，是一种广义的互文性理论，不仅研究两个具体或特殊文本之间的关系，研究两个文本之间的记忆、重复、修正、引用、否定、摹拟、影射、迂回、浓缩等现象，还要研究文本与文化文本（历史、社会等宏大文本）之间的关系。克里斯蒂娃提出的互文性理论，不仅是一种文学研究方法，在某种程度上而言，它还是一种文学思维方式。也就是说，它既是一种用来观照某种特定文学生产方式和文学知识生产的理论方法，同时它蕴含着打破话语界限和所有文本都向其他文本敞开的平等思维，这对于后结构主义重新定义文本意义的生成有着重要的作用。

克里斯蒂娃提出的互文性概念，对她的老师也是法国当代杰出的思想家和符号学家罗兰·巴特的文本理论的提出也有很大的影响。罗兰·巴特1970年出版的《S/Z》以及随后面世的《从作品到文本》《文本的愉悦》等文

---

① ［法］蒂费纳·萨莫瓦约：《互文性研究》，邵炜译，天津人民出版社2003年版，第5页。

② Julia Kristeva, "Word, dialogue and novel", in Toril Moi (ed.), *The Kristeva Reader*, Oxford: Basil Blachwell, 1986, pp.36–37.

章和著作中,大量使用这一术语,德里达、热奈特、里法泰尔等理论家在其著作中也广泛使用这一术语。这一术语产生以来,成为后结构主义、西方马克思主义、女性主义、新历史主义、符号学、叙事学、文体学、语言学等研究领域的关键词,这也是克里斯蒂娃对 20 世纪后半叶以来文学理论研究所作出的贡献。

二、 对文本空间及其历史的开拓

结构主义认为,文学文本是一个封闭的语言实体,意义只存在于语言内部各个因素的相互关系之中,文本研究重在对文本进行客观化和科学化的语言分析。克里斯蒂娃的文本概念显然要比结构主义的理解宽广得多。克里斯蒂娃的互文性理论对文本做了一种广义的理解,将政治、经济、文化等社会实践都视为同文学文本一样是一个语言符号不断进行能指转换的意指系统,每个文本都是多种话语彼此交汇、相互影响的产物,这一论断使得文本的界域被扩大。在克里斯蒂娃看来,任何一个文本的符号系统都携带着前人的言语及其涵盖的意义:从纵向来说,它是对已有文本所构筑的语言秩序的重新分配、整合、排列与置换;从横向来说,它也是对其他文学文本和非文学文本的一种吸纳。克里斯蒂娃的互文理论,超越了结构主义仅仅着重对文本进行形式主义研究的痼疾。她并未简单地将互文理论仅视为一种修辞诗学,而是将文学、艺术、建筑与影像都纳入文本的历史。文本不仅仅是我们狭义上理解的文本,还是包含着由各种话语、惯例、习俗等与社会和历史语境相关成分构成的文本。因此,按克里斯蒂娃的说法,这种疆域的扩大无疑是把文学研究纳入"社会、政治、宗教的历史"①之中。这些对文本的广义理解,也是克里斯蒂娃互文性理论对文本外延界定的理论贡献。

另外,克里斯蒂娃的互文性理论也对文本的历史维度有所开拓。克里

---

① [法]朱莉娅·克里斯蒂娃:《主体·互文·精神分析:克里斯蒂娃复旦大学演讲集》,祝克懿、黄蓓译,生活·读书·新知三联书店 2016 年版,第 11 页。

斯蒂娃的互文理论所强调的,正是要对文本的历史给予足够的重视,而不是像结构主义那样,仅仅是对文本做静态和封闭的把握。克里斯蒂娃认为,文本阅读不能仅局限于文本本身,文学与历史及其语境的关系体现在各种形式技巧的使用、话语的转化与补充等生产过程中。因此,文本不可能作为一种单独的存在,而是要在历史的链条中去梳理它的内在脉络,需要考察和阅读此前和此后的"复数"文本。这些文本既包括作者创作的文本,也包括作者对其他文本的接受,还包括读者对所阅读文本的接受等。作者创作的不同文本之间,会天然地带有相似的印迹;作者对其他文本的接受,也会被吸收转化到他的创作中来;读者的阅读经验也会对当前文本的意义生成构成影响。可见,克里斯蒂娃所说的文本,都是由作者、读者和外部文本所共同构成的。她将文本的坐标分为"横向轴"和"纵向轴"。横向轴指的是"文本中的词语在写作主体和读者层面",纵向轴指的是"文本与外部文本的关系"①,"横向轴(作者—读者)和纵向轴(文本—背景)重合后揭示这样一个事实:一个词(或一篇文本)是另一些词(或文本)的再现,我们从中至少可以读到另一个词(或一篇文本)"②。这也说明,文本的符号意义不是一种孤立的存在,而是在文本的书写以及不同文本的相互吸收、转化以及作者的阅读反馈中才慢慢形成的。显然,文本不是一种静态的客观物,而是处于动态的流转和交换之中的,文本的意义不是固定的,而是在不断与他者发生关系的过程中予以确认的。这种带有鲜明的后结构主义色彩的理论,将文本从此前孤立、自足和封闭的状态中解放出来,这对于考察文本意义的生成、转换有着十分重大的意义。

克里斯蒂娃互文性理论对文本的开拓还表现为她将历史和社会也予以文本化。克里斯蒂娃互文性概念立足于广义的文化层面,因此,历史和社会

---

① [法]朱莉娅·克里斯蒂娃:《主体·互文·精神分析:克里斯蒂娃复旦大学演讲集》,祝克懿、黄蓓译,生活·读书·新知三联书店 2016 年版,第 13 页。

② [法]蒂费纳·萨莫瓦约:《互文性研究》,邵炜译,天津人民出版社 2003 年版,第 4 页。

不仅仅是作为语境出现,更是作为文本直接参与了文学文本的话语建构与意义生成。这一看法使得克里斯蒂娃的互文性理论暗含着意识形态的路径。历史和社会作为一种意识形态充盈的"文本",自然会和诸多文学文本形成互文,从而使文学文本变成由各种意识形态斗争和话语冲突构成的符号空间。

三、 主体的退隐与文本的平等

与巴赫金对话理论重视对话的主体不同,克里斯蒂娃的互文理论将巴赫金的主体间性改为文本间性,可见克里斯蒂娃对主体的态度有别于巴赫金。巴赫金对话理论中所说的主体间性,强调对话至少包括两个主体的表达,是说话者和听话者发生对话关系的产物。克里斯蒂娃并不否认文本的主体性,事实上也无法否认文本是由主体创造的这样一个事实。然而,她将主体间性改造成文本间性,其背后的话语转换是值得注意的。日本学者西川直子在为克里斯蒂娃所作的传记中评述说,"所谓间主观性,是指在不同复数主观之间,能够相互理解的场被打开的事实,使间主观性的观念向文本的平面移动,就是间文本性"①。西川直子所说的"间主观性",现在一般翻译为"主体间性","间文本性"翻译成"文本间性",也就是互文性。克里斯蒂娃将主体间性改造成文本间性,很显然将作家中心转为文本中心,研究重心也就由对主体的辨认转为对文本内容的辨识。也就是说,巴赫金的理论路径强调创作主体的关系,而克里斯蒂娃强调的则是不以作者主观意志为转移的,甚至是作者自身也无法意识到的各种符号累积和文化积淀所形成的文本。这一理论观点,实际上也使得互文性理论对主体的看法呈现出退隐的趋向。

与之相印证,克里斯蒂娃将主体区分为言说主体和发音主体。前者是"言说或思考的主体",后者是"叙事行为的主体"。前者是实际具体的行为人

---

① [日]西川直子:《克里斯托娃——多元逻辑》,王青、陈虎译,河北教育出版社 2002 年版,第 59 页。

发出的声音,后者只关注言语实体本身,可以脱离发声人。前者是"我在说话",后者是"话在说我"①。"话在说我",预示着人被语言所控制,说话的主体是"他者"而不是"我","我"只不过是语言体系中的一部分,语言系统的规则规定了主体的所有可能性。因而,这里的"我"是不具备传统哲学所说的主体性的。互文性理论强调文本间的关系而不是主体间的关系,背后暗含着主体退隐和主体消解的理论预设:当一个作品被完成后,其主体性就已经终结,处于空白和匿名的状态。所有的主体都是被文本以及文本间关系所构成的巨型网络所控制和淹没,实际上这也意味着主体的消解。

克里斯蒂娃互文性理论消解主体的观点,背后正是后结构主义批判结构主义对传统形而上学的依附以及追求文本平等的内在冲动的体现。后结构主义者如克里斯蒂娃、罗兰·巴特和福柯等人,都认为符号意义具有无限衍生性,没有决定作品终极意义的绝对真理,所有的表意系统都是一个无中心多点网层层展开的无尽过程。就互文性理论来说,如克里斯蒂娃在《受限的文本》中认为那样,"文本是使直接瞄准信息的交际话语与以前或同时的各种陈述文发生关系,并重新分配语言顺序的连贯语言实体"②。从外部而言,每个文本都是多个文本的排列和置换;就内部而言,文本自身的陈述里,也是其他文本的陈述相互交汇在一起的、依照不同语言顺序排列的话语序列。这样,一个文本只有和其他文本确认其位置和关系才能进行意义生产,一个文本内部的解读也需要其他文本陈述作为参照,每一个文本都是平等和开放的,是没有中心和等级秩序的网状结构。文本的界限是没有边缘,也没有尽头,每个文本的话语身份界限被打破,因而每一个文本都是一个动态的过程,每一个文本也都是平等的。这和后结构主义消解中心霸权,倡导多元中心主义的思想是一致的。

---

①　李玉平:《互文性:文学理论研究的新视野》,商务印书馆 2014 年版,第 27 页。

②　Julia Kristeva,"Word,dialogue and novel",in Toril Moi(ed.),*The Kristeva Reader*,Oxford:Basil Blachwell,1986,p.36.

互文性理论追求文本平等的思想还可以从与互文性特别相像的另一个概念——影响模式的比较中看出。哈罗德·布鲁姆曾提出过"影响的焦虑"一说,强调的就是先辈诗人对后世诗人强大的压抑性力量。"影响模式"重点强调的是过去的文学对当下文学的影响,暗含着过去文学优于当下文学的等级秩序在其中,它是一种流线型和进化型的文学认识模式,侧重于分析过去对现在的决定性作用和影响,存在明显的等级权威和价值优劣的理论预设。而互文模式则是将文学视为一个网状结构,这种网状结构是由纵横交错的文本构成的,无中心,无等级,都处于同一个平面,不存在权威和身份界限。

互文性理论的提出,克里斯蒂娃是居功至伟的。克里斯蒂娃广义互文性理论将互文性视为文学的基本特征和普遍原则,发掘各种知识、代码、表意实践所构成的文本网络在文本意义生产过程中的作用,考证前文本对当下文本所起到的影响,深化了我们在主题、意象、形式、独创性等方面的认知。这对于我们扩大对文学文本多层次、立体审美空间的理解,有极其重要的理论贡献。但不得不说,相比较克里斯蒂娃的符号学和女性主义理论,互文理论并不是她理论研究的重心,也并没有建立起完整的阐释互文概念的理论体系。她的广义互文性理论,不可避免地也存在"无边的互文"的弊端。但是,作为一种哲学精神和理论方法,互文性概念的提出,在哲学领域,它重新构筑了我们认知世界的基础;在文学理论领域,它重新解释了文本生产、阐释、传承和创新的路径,对法国理论界特别是后结构主义影响甚大,罗兰·巴特的文本理论、德里达的"延异"理论和动态文本理论等,多少都受到互文性理论的影响。这一理论对世界文学研究范式的影响也是巨大的,伴随着文本的所有环节(生产——阐释——接受),覆盖了文学意义生成问题、文本的阐释问题、文学疆域的扩容问题、文学的传承与创新问题、文学的文体交融问题、创作者和批评家的地位问题以及文本生产与文学表意实践的关系等问题。可以说,克里斯蒂娃这一独创性概念的提出,为文学创作和文学批评提供了新的理论视角和研究思路。

第四节　其他理论家的互文性理论

克里斯蒂娃提出的互文性概念,指出了文学文本之间相互交错和彼此交融的特征,这一文本理论对法国理论界产生了巨大的影响。在她提出这一理论后,不少理论家对此进行过各种探讨。本节主要讨论巴特、热奈特和里法泰尔等理论家关于互文性的观点。

一、　罗兰·巴特:文本是由各种引证组成的编织物

克里斯蒂娃作为罗兰·巴特的弟子,她的互文性思想对巴特也产生了巨大的影响。1965 年,正当罗兰·巴特写作他那部被视为是结构主义向后结构主义转变的里程碑式的著作《S/Z》时,克里斯蒂娃参加了巴特的研讨班,并为他带来了巴赫金理论和俄国形式主义理论。这对罗兰·巴特的文本理论的形成起到了关键性的作用,"巴特文本论的发展如果没有来自东欧的这个女留学生的出现是不可能的,这恐怕不是言过其实吧!"①巴特对克里斯蒂娃的互文性理论赞赏有加,他的文本理论就不乏对互文性的理解和表述。巴特对互文的理解主要体现在他将文本视为"能指的织物"这一文本观中。

1967 年,罗兰·巴特写作了他那篇富有想象力的论文《作者的死亡》(又译为《作者之死》),后来发表在 1968 年的《占卜术》杂志上。在这篇论文中,他提出了一个惊世骇俗的论点——作者已死。从尼采的"上帝已死"提出来以后,西方哲学中理念、绝对物、逻各斯、神、中心等先在之物瞬间坍塌。从尼采反对基督教、提出价值重估并宣告"上帝之死",到福柯宣告启蒙运动中理想人类的"人之死",再到巴特的文本理论宣布"作者已死",一次次激进的口号无不冲击着千百年来西方哲学的理性主义基础。罗兰·巴特提出"作者已

---

①　[日]西川直子:《克里斯托娃——多元逻辑》,王青、陈虎译,河北教育出版社 2002 年版,第 18 页。

死"，否定了作者是创作活动的主体，以"抄写者"取代了"作者"，从而消解了传统文学理论中的作者中心论，打破了作者对文本意义的绝对控制。"作者，在人们相信有的时候，总被认为是其书籍的过去时，书籍与作者处于同一条线上，但这条线却被分成前面和后面两部分：作者被认为筹划书籍，也就是说他在书籍之前存在，他为书籍而思考、而忍受、而活着；他与其他作品之间存在着一种父与子的先后关系。相反，现代抄写者却与其文本同时出现；他不以任何方式具有先于或超出其写作的某个人，他仅仅是其书籍作其谓语的一个主语。"①"为使写作有其未来，就必须把写作的神话翻倒过来：读者的诞生应以作者的死亡为代价来换取。"②如果说克里斯蒂娃的互文理论使主体处于退隐地位，罗兰·巴特则直接消解了主体，消解主体的方式就是宣布作者已死，用"抄写者"取代"作者"。在罗兰·巴特看来，作者扮演着"天然父亲"的角色，对作品构成有绝对的专制和垄断；而抄写者不同，"抄写者身上便不再有激情、性格、情感、印象，而只有他赖以获得一种永不停歇的写作的一大套词汇：生活从来就只是抄袭书本，而书本本身也仅仅是一种符号之物、是一种迷茫而又无限远隔的模仿"③。作者死亡之后，用抄写者取代作者，抄写者本身不具备作者的主体地位，主体的消解意味着文本自身的意义才开始凸显，文本也由"可读的文本"变成了"可写的文本"。所谓可读的文本，是一种按照明确规则和模式并只能进行有限解读的文本；可写的文本则是一种开放性、可以有无限多的方式进行表意的文本。之所以有这种变换，除了作者死亡后抄写者走上前台外，还有一个重要的方面，就是巴特认为文本不是作者意图的体现，它只不过是能指的织物，是由其他文本所编织而成的织物，是一本包罗万象的字典：

　　现在我们知道，一个文本不是由从神学角度上讲可以抽出单一

---

① ［法］罗兰·巴特：《巴特随笔选》，怀宇译，百花文艺出版社 2005 年版，第 298 页。
② ［法］罗兰·巴特：《巴特随笔选》，怀宇译，百花文艺出版社 2005 年版，第 301 页。
③ ［法］罗兰·巴特：《巴特随笔选》，怀宇译，百花文艺出版社 2005 年版，第 301—302 页。

意思(它是作者与上帝之间的"讯息")的一行字组成的,而是由一个多维空间组成的,在这个空间中,多种写作相互结合,相互争执,但没有一种是原始写作:文本是由各种引证组成的编织物,它们来自文化的成千上万个源点。①

作者只能模仿一种总是在前的但又从不是初始的动作;他唯一的能力是混合各种写作,是使一部分与另一部分对立,以便永远不依靠于其中的一种……他打算"表达"的内在"东西"本身只不过是包罗万象的一种字典,其所有的字都只能借助于其他字来解释,而且如此下去永无止境。②

一个文本是由多种写作构成的,这些写作源自多种文化并相互对话、相互滑稽模仿和相互争执;但是,这种多重性却汇聚在一处,这一处不是至今人们所说的作者,而是读者。读者是构成写作的所有引证部分得以驻足的空间,无一例外;一个文本的整体性不存在于它的起因之中,而存在于其目的性之中,但这种目的性却又不再是个人的:读者是无历史、无生平、无心理的一个人;他仅仅是在同一范围之内把构成作品的所有痕迹汇聚在一起的某个人。③

从巴特的表述中不难看出,文本作为一种织物,是其他文本和文化所构成的网状体,读者都可以找到其他文本的踪迹。作者在文本中已死,不是作者在说话,而是语言在说话,不是作者在表演,而是语言在行动。文本在这里是一个语言的意指过程,读者则走上前台,成为参与文本意义生产的重要一极。这里的读者,也不是传统意义上作为接受者的读者,他不以追求文本的意义为目的,而是要"重写文本",在织物中重新构筑各种代码。这些论断和克里斯蒂娃对"互文性"的理解非常一致了。在他另一篇重要理论文章《S/Z》中,巴特

---

① ［法］罗兰·巴特:《巴特随笔选》,怀宇译,百花文艺出版社 2005 年版,第 299 页。
② ［法］罗兰·巴特:《巴特随笔选》,怀宇译,百花文艺出版社 2005 年版,第 299 页。
③ ［法］罗兰·巴特:《巴特随笔选》,怀宇译,百花文艺出版社 2005 年版,第 301 页。

直接借用了克里斯蒂娃的互文概念:

> 任何文本都是互文本;在一个文本中,不同程度地并以各种多少能辨认的形式存在着其他文本。例如,先前文化的文本和周围文化的文本。任何文本都是过去引文的一个新织体。①

以上表述基本上是克里斯蒂娃互文概念的重述。罗兰·巴特将互文代码细分为五种:阐释代码、内涵代码、象征代码、行动代码和文化代码,这无疑是对克里斯蒂娃互文性理论的一种细化。我们逐一梳理罗兰·巴特的理论路径,能看出他的文本观中最重要的一点就是互文本观念——文本都不是独一无二的,都是互文本。由此可见,文本是能指的织物,由多种不同的文本或文化汇聚在一起。既然文本是能指的织物,并不是作者意图的体现,那么,传统意义上的作者没必要存在,他在创作出作品后就已死亡。当然,这一理论路径也可以逆推。这也可见出巴特的互文性理论,一个重要的特点是消解作者的主体地位,将读者的地位予以拔高,是贴近阅读一极的互文性理论。

二、 热奈特: 跨文本性及其分类

热拉尔·热奈特(Gérard Genette,1930—2018),是 20 世纪后期法国最重要的结构主义理论家,也是欧洲经典叙事学的重要代表。热奈特早年毕业于巴黎高等师范学校,并一直任教于索邦大学,后与茨维坦·托多罗夫、赫尼·希克斯等人一起创办了《诗学》杂志,德里达那篇反思欧洲形而上学的著名论文《白色神话学:哲学文本中的隐喻》就首发在《诗学》杂志上。以《诗学》为中心,热奈特和法国理论群学人如托多罗夫、福柯、罗兰·巴特等人相交甚密。从 1959 年起,热奈特就开始发表符号学和叙事学领域的批评文章,代表性作品主要有"辞格"系列(《辞格之一》《辞格之二》《辞格之三》《辞格之四》《辞

---

① Roland Barthes, "Theory of the Text", in Untying the Text: A Post-structuralist Reader, London:Robert Young and Kegan Paul,1981,p38.中译本见[法]罗兰·巴特:《文本的理论》,怀宇译,《上海文艺》1987 年第 5 期。

格之五》)、《叙事话语》、《论摹仿》、《广义文本导论》、《隐迹文本》等。

热奈特的文学研究,很少采用文学理论这一现代术语,而是沿袭了亚里士多德的"诗学"概念来讨论文学理论,他的理论构成了结构主义诗学的重要组成部分。热奈特的互文性理论,散见于《广义文本导论》《隐迹文本》等作品中。在术语选择上,热奈特以"跨文本性"(transtextuality)取代克里斯蒂娃所说的广义"互文性"。他对这一个概念和术语进行了缩小和窄化,并依据读者的阅读类型,对文本间的指涉关系进行了复杂的分类。萨莫瓦约曾高度评价热奈特的互文思想,认为正是他的理论"使互文性这一术语不再含混不清,而且把它从一个语言学的概念决定性地转变为一个文学创作的概念。同时,他还为理解和描述'互文性'的概念做了决定性的工作,使'互文性'成为'文'与'他文'之间所维系的关系的总称"①。热奈特所说的所谓跨文本性,指的是"所有使一文本与其他文本产生明显或潜在关系的因素"②,这实际上和克里斯蒂娃互文性理论的核心思想是一致的。

热奈特将跨文本性细分为五类,把"互文性"这一术语用作"跨文本性"五个层面中的一个方面。这五类分别是:

第一类是互文性,即"朱丽雅·克里斯蒂瓦以'文本间性'名义所挖掘的类型",热奈特对这个定义进行了限定,指的是"两个或若干文本之间的互现关系,从本相上表现为一文本在另一文本中的实际出现"③。构成互文性的常用方法有三种,第一种为"引语实践",第二种为"剽窃",第三种是"寓意形式"等。第二类是副文本,主要是讨论"标题、副标题、互联型标题;前言、跋、告读者、前边的话等;请予刊登类插页、磁带、护封以及其他许多附属标志"④,还包括草稿、梗概和提纲等。第三类为"元文本性","人们常把元文本性叫做

① 〔法〕蒂费纳·萨莫瓦约:《互文性研究》,邵炜译,天津人民出版社2003年版,第17—18页。
② 〔法〕热奈特:《热奈特论文选》,史忠义译,百花文艺出版社2009年版,第56页。
③ 〔法〕热奈特:《热奈特论文选》,史忠义译,百花文艺出版社2009年版,第57页。
④ 〔法〕热奈特:《热奈特论文选》,史忠义译,百花文艺出版社2009年版,第58页。

'评论'关系,联结一部文本与它所谈论的另一部文本,而不一定引用该文,最大程度时甚至不必提及该文本的名称"①,也就是说,元文本性是一种评论和被评论的关系。热奈特以黑格尔的《精神现象学》暗示性地影射了狄德罗的《拉摩的侄儿》为例,认为元文本性可以引导读者的阅读期待以及决定着作品的接受程度。第四类是承文本性,其指的是"联结文本 B(承文本)与先前的另一文本 A(蓝本)的非评论关系"②,也就是文本改写、改造后生成的文本。第五类就是广义文本性,指的是"每个具体文本所隶属的全部或超验类型——如言语类型、陈述方式、文学体裁等"③,广义文本性是一种秘而不宣但又约定俗成的惯例所构成的互文关系。

热奈特所列举的五种类型的跨文本性,并不是自我封闭和相互没有交流的,而是相互影响、彼此缠绕的。热奈特的互文性理论实际上是对克里斯蒂娃互文性理论的细化和窄化,偏重于从纯粹意义上的文本出发来做理论思考,侧重于从诗学意义上来理解这一术语,并且相信读者的阐释能力。他没有像克里斯蒂娃那样,将社会、历史等都视为文本,进而将互文性导向意识形态,而是将这一术语严格限定在诗学层面。虽然热奈特的理论表述并不严密,互文性分类的疆界并不清晰,但是,他提出的一些概念,比如副文本、承文本性等,都有填补空白的理论意义。他提出的广义文本性中,对诸如文体、结构、叙事等构成的惯例对文学的意义,直接影响到了结构主义诗学理论家乔纳森·卡勒——卡勒归化理论中对"逼真性"的五种划分,无疑是受到热奈特的影响。

三、 里法泰尔:共同母体与潜藏符谱

里法泰尔(1924—2006),美国理论家,长期任教于哥伦比亚大学,主要著作有《诗歌符号学》《文本生成》《虚构的真实》等。他的《诗歌符号学》是一本

---

① [法]热奈特:《热奈特论文选》,史忠义译,百花文艺出版社 2009 年版,第 58 页。
② [法]热奈特:《热奈特论文选》,史忠义译,百花文艺出版社 2009 年版,第 59 页。
③ [法]热奈特:《热奈特论文选》,史忠义译,百花文艺出版社 2009 年版,第 56 页。

系统研究诗歌符号学理论的著作,分别从主型、模式、核心语、追溯阅读法等具体诗歌阅读方法出发,建立了"主型——模式——文本"的诗歌阐释框架。

里法泰尔的文学理论,偏重于从读者和接受者层面来把握,"超级读者"这一提法就是里法泰尔的理论设想。超级读者即从事理论研究的诗人、批评家、翻译家等组成的读者群,是最好的读者和最能理解文本的读者。这些经过专业训练的读者能够消除个别读者因自身的主观倾向束缚所导致的不可避免的变异,能够准确找出文本中隐匿的各种信息,从而实现对文本意义理解的最大化。他的互文性理论也是如此,非常注重读者这一极,将读者与文本的关系作为思考这一理论问题的出发点。

里法泰尔的互文性理论,将读者视为是互文辨识的主体。他认为互文性"同时涉及作品,解读作品的读者和读者对作品的解读",同时互文性是一个"由文本生成的、对读者的接受加以约束的结构性网络"[1],因此,互文这个理论术语,重点讨论的应该是文本与读者的关系,侧重指向的一极应该是读者的阅读方式,即读者在对文本进行解码过程中的一种运作机制。他将读者阅读过程分为两个阶段:第一阶段他称之为"启发式阅读",即读者认定文本与外部事物的指涉是一一对应的,作品的语言是直指的;第二阶段称之为"反思式阅读"。[2] 这两个阶段是逐次进阶的,读者在第一阶段的基础上,回溯、反思和修正第一阶段对文本所做的直陈式理解,文本真正的意义是在第二阶段获得的。如果说第一阶段是文本有意识阶段,那么,第二阶段则是文本无意识阶段,发现互文本并进行互文性阅读是第二阶段发现文本意义的有效方法和手段,"文本无意识是互文本性的,而交互文本是文本的相似或对立面孔,进而,特定文本或文本系列被正在阅读的文本挑选出来作为指征的对象。而且,交

---

① 刘震军、王晓玲:《里法泰尔的互文性概念——以艾略特〈荒原〉一诗为例》,《河北联合大学学报》2014 年第 2 期。

② 姚基:《徘徊在文本与读者之间——里法泰尔的〈诗歌符号学〉述评》,《外国文学评论》1990 年第 2 期。

互文本必须能够辨识出来,通过我们试图解释的语言序列的各元素,至少,它的可能的地位能够被显示。交互文本就像心理无意识一样隐藏,以至于我们不得不费力找到它"①。在里法泰尔的潜台词里不难看出,他将所有的文本都看作是一个互文本,都是其他文本的拼贴、杂糅和预设,读者进行反思性阅读的目的,就是要发现辨识出互文本构筑的网络,进而发现文本中的"共同母体"和"潜藏符谱"。

"共同母体"是里法泰尔的一种理论假设,"共同母体是假想的,它仅仅是作为结构的语法或词汇的关节点","共同母体是一单词、短语或句子,⋯⋯它表征着文本符号结构建立的核心"②。他认为文本之所以是互文本并被读者所识别,是因为文本都是由共同母体衍生而来。读者在进行反思性阅读的过程中,要对文本的非直陈意义进行阐释和辨认,从而发现隐藏在所有互文本背后的"共同母体",以此实现对文本意义的真正理解。在《诗歌符号学》中,里法泰尔认为诗歌与其他文体不同,它是一种复杂的非字面的迂回式表达,充满了诸多的潜台词。因此,潜台词法则在诗歌阅读中是需要遵守的一个基本准则。"无论在什么情况下诗性符号的生产都是由潜台词的派生来决定的:一个词或一个短语只有在涉及到一个前在的词群时才能被诗化。潜台词已经是一个至少包含着某种意思的符号体系,它可能有文本一样大的范围。"③里法泰尔所说的潜台词,又译为潜藏符谱,即一种包含着过去符号代码并隐藏在当下文本之中的语言信息,它是一个符号体系,本身就是各种互文本构成的网状体。很显然,里法泰尔是从结构主义的视角出发,"共同母体""潜藏符谱"的假设实际上就是将文本视为有某种稳定结构的事物。

基于这种理论假设,里法泰尔的互文性理论特别强调读者的作用。里法

---

① 赵渭绒:《西方互文性理论对中国的影响》,巴蜀书社2012年版,第138—139页。
② 李玉平:《互文性:文学理论研究的新视野》,商务印书馆2014年版,第45页。
③ 姚基:《徘徊在文本与读者之间——里法泰尔的〈诗歌符号学〉述评》,《外国文学评论》1990年第2期。

泰尔认为互文就是"读者对一部作品与其他作品之间的关系的领会,无论其他作品是先于还是后于该作品存在"①。因此,他提出了"互文阅读"的概念,"互文阅读就是对文本与文本之间的可比较性进行感知;或者说如果目前没有互文本可供比较,那么就通过假定来进行这样的比较。在后一种情况下,被阅读的文本具有识别等待在某处的一个互补性的互文本的线索(如形式的和语义的空白等)"②。可见,里法泰尔是将互文性作为一种阅读方法和阅读模式予以阐述,使互文性概念从一个后结构主义的文本术语,变成了一个接受理论的概念,宣告了读者在互文性文本中有着明确的主体地位。因此,萨莫瓦约评价里法泰尔时说,"随着麦克·里法特尔的研究,互文性才真正成为一个接受理论的概念,因而形成了这样一种阅读模式,它以深层把握修辞现象为基础,主要是把文学材料里的其他文本当成是本体文本的参考对象"③。

小　　结

本章简要梳理了西方互文性理论的发展脉络和理论路径。作为与互文性相关的互文现象,在文学文本中是一种普遍并且永恒存在的现象。只要文学存在,文学文本内部自然就会存在一种与前文本和周围文本的对话关系。因此,萨莫瓦约说:"互文性让我们懂得并分析文学的一个重要特征:即文学织就的、永久的、与它自身的对话关系,这不是一个简单的现象,而是文学发展的主题。"④那么,什么是互文? 如何给互文性下一个严格的定义呢? 这实际上是很难的和危险的。我们知道,任何定义都是以牺牲现象的丰富性为代价所

---

① [法]蒂费纳·萨莫瓦约:《互文性研究》,邵炜译,天津人民出版社 2003 年版,第 17 页。
② 辛斌:《互文性:非稳定意义和稳定意义》,《南京师大学报》2006 年第 3 期。
③ [法]蒂费纳·萨莫瓦约:《互文性研究》,邵炜译,天津人民出版社 2003 年版,第 13—14 页。
④ [法]蒂费纳·萨莫瓦约:《互文性研究》,邵炜译,天津人民出版社 2003 年版,第 1—2 页。

做的抽象、简化和概括,但是,我们又不能完全放弃在论述中对相关概念进行必要的界定。对互文性概念的界定也是如此。或许可以借鉴纳塔丽·皮艾格-格罗相对中性客观的定义:"互文性是一种一个文本转引另一个文本的运动,而互文本就是被一个作品纳入自身的所有文本,它或者以不在场的方式指涉另一文本(映射),或者以在场的方式重写(引用)。这个广泛的范畴包括各种的形式:仿拟、抄袭、重写、拼贴……它是文学的一个构成要素。"①或者借用中国学者秦海鹰的界定:"互文性是一个文本(主文本)把其他文本(互文本)纳入自身的现象,是一个文本与其他文本之间发生关系的特性。这种关系可以在文本的写作过程中通过明引、暗引、拼贴、模仿、重写、戏拟、改编、化用等一系列互文手法来建立,也可以在文本的阅读过程中通过读者的主观联想、研究者的实证研究和互文分析等各种互文阅读方法来建立。其他文本可以是前人的文学作品、文类范畴或整个文学遗产,也可以是后人的文学作品,还可以泛指社会历史文本。"②这两个界定中所显现的内涵和外延,使我们可以在这一概念的基础上提出另一个词:互文性批评。

互文性批评,自然是一种相对开放的文学现象阐释模式和文本解读模式。按照乔纳森·卡勒的说法:"首先,互文性关系到一个文本与其他文本的对话,同时它也是一种吸收、戏仿和批评活动;其次,互文性表明文学所依赖的特殊手法与阐释运作,都具有一定的人为性或欺骗性。它揭示出文学作品的特殊指涉性:当一部作品表面上指涉一个世界时,它实际上是在评论其他文本,并把实际指涉推延到另一时刻或另一层面,因而造成了一个无休止的意指过程。"③这说明,互文性批评具有重要的理论和实践意义。具体来说,互文性批评作为一种文本阐释策略,它的意义在于所有的文本解读终将是互文性的解

---

① 钱翰:《二十世纪法国先锋文学理论和批评的"文本"概念研究》,北京大学出版社 2015年版,第 216 页。
② 秦海鹰:《互文性理论的缘起和流变》,《外国文学评论》2004 年第 3 期。
③ 赵一凡等编著:《西方文论关键词》,外语教学与研究出版社 2006 年版,第 219 页。

读。互文性理论强调每一个文本都和其他文本有关联,它不是孤立存在的,而是相互参照、彼此关联的,每一个文本都会吸收和改造其他的文本,以此形成一个具有无限文本潜力的开放空间,文本的互文链条构成了文本过去、现在和将来。它在肯定和印证着传统的"引用""模仿"等文本间关系的同时,更以一种独特的文本阅读方式为我们重新认识文本意义的生成和阐释、传统与创新提供了一个全面又卓有成效的视角。它以对文学传统的包容、对多元文本的重视、对文学类型的偏爱以及对文学研究视野的开拓,在文学研究和文学写作中扮演着越来越重要的角色。因此,这一理论在具体的文学批评中是有其价值和意义的。

第二章 主题互文：革命叙事
背后的"潜藏符谱"

　　主题互文(Thematic Intertextuality)最初是一个语言学概念,是功能语言学研究的一个领域。美国当代语篇研究理论家杰伊·莱姆克(Jay Lemke)是"主题互文"研究的集大成者。杰伊·莱姆克对主题互文的认识,建立在对社会群体语言使用方式和语篇意义获得的研究基础上的,意在揭示语言结构背后的现实根源。莱姆克所说的主题互文,指的是"一个语篇的互文本是我们用以理解意义的所有他者文本,其中一些文本共享命题内容的相同主题模式(共同主题语篇),另一些可能例示相同的人际或价值取向观点(共同取向语篇),还有一些属于相同活动结构中的另一个成分(共同活动语篇)、或具有相同的体裁结构(共同体裁语篇)","我们能立即认识到,对应于在概念经验资源使用方面的语义相似性,语篇之间具有'共同的主题'被解释为主题互文关系"①。也就是说,在一个语篇中,拥有相同主题会使这些语篇的语义呈现出相似性,这种相似性背后在现实根源和概念经验方面会呈现出明显的互文关系。如果把语言学中的主题互文概念移入文学,我们不难发现文学叙事中主题互文现象更为明显。这个概念有助于我们了解主题指涉相同的文本之间的

---

　　① Lemke, "Intertextuality and educational research", *Linguistics and Education*, 1992, pp.259-260.

互文关系及其衍生谱系,发现文本背后的潜藏符谱。

第一节 文学传统与主题互文

如上一章所说,互文性是一个文本把其他文本纳入自身并构建成关系网络的现象,是一个文本与其他文本之间不可避免发生关系的特性。文本互文关系的实现,可以通过引用、拼贴、模仿、改编、化用等具体互文手法的使用来达到,也可以通过对同一主题的摹写即主题互文来实现。前者侧重于从具体的陈述以及语义的表层结构入手来实现,后者则从语言的意义体系以及话语的深层指向等来达到和前文本的勾连。主题虽然是由词语构成,但我们谈论主题时看重的是词语背后丰富的意义体系,正如洛德所说的那样,"主题是用词语来表达的,但是,它并非是一套固定的词,而是一组意义"①。主题之所以是一组意义,还在于主题是创作主体"对世界的看法直接有关的事实"②,是围绕一个核心词语所组成的语义场。因此,本文所说的主题互文,是指在文学的发展链条中,不同文本对同一主题的指涉、观照下使用的知识代码和表意实践所形成一个相互联系的网络和谱系,前后文本因主题相似构成明显的互文关系并成为彼此阐释的参照系。主题互文在文学阐释中有重要的作用,它充分发掘了读者在文本阅读中的主体性,读者可以利用对前文本的主题认知图式来达到对后文本主题意义的阐释和解码,由此使得前后文本产生意义的互文增殖。具体说来,对主题互文进行考察,可以通过前后文本间主题的"同质"和具体描写的"异象"的比较和参照,从而激活读者携带的前文本的阅读储备和先在经验,唤起读者的相关阅读记忆与认知心理,激活前文本的相关内容,进而对前后文本话语建构和意义诠释有更深的理解。

---

① [美]阿尔伯特·贝茨·洛德:《故事的歌手》,尹虎彬译,中华书局 2004 年版,第 97 页。
② [法]罗杰·法约尔:《批评:方法与历史》,怀宇译,百花文艺出版社 2002 年版,第10 页。

　　萨莫瓦约在《互文性研究》一书中曾指出:"在历史上,所有的作者所谈论的题目都是共通的,比如索福克勒斯和欧里庇得斯就常常谈及同样的话题。"①可见,发现话题(主题)的一致性是互文性研究的一个重要方面。萨莫瓦约在讨论互文的类型时,将主题互文看作是其中一个非常重要的方面,并将重写视为是主题互文的重要方法,"主题之鉴,在主题和语言之间不甚配合的情况下,重写可以反照出表述及其内容(主题的归化或意义的差别使得作者在选择话语时受到困扰,为着明确自我,他不得不不断地重述话语);这种自鉴—互文性使得语言形式的主题永远是它自己本身"②。萨莫瓦约解释说,在沿用前文本的故事和主题的同时,还需根据实际情况确立时空、人物、虚拟世界和语言,这都是互文性的功能之一。

　　主题互文之所以成为互文现象中一个隐秘而又强大的存在,其合法性的获得与互文性这一理论话语自身的特性有关。我们不妨从创作主体、文本和读者三个层面来考察其存在的理由及其合法性。

　　从创作主体而言,每一个主体都是哈罗德·布鲁姆所说的不可避免受到"影响的焦虑"的创作者。布鲁姆在《影响的焦虑》一书中,指出前辈诗人对后辈诗人无所不在的影响,每一个后代诗人的创作,无不经历了一次类似于俄狄浦斯一样需要弑父娶母的处境。也就是说,后代诗人在面对前辈诗人业已命名并已生成的优势话语时,他必须先进入这个话语体系,然后通过对前文本的跟随、误读、修正、位移和重构来消除前辈诗人的影响,实现自己创作的意义。在他看来,诗歌是后辈诗人和前辈诗人交战的"心理战场",所谓互文性最初是由于主体与主体之间的影响造成的,指向的也是主体。后辈诗人和前辈诗人形成的对话关系,就是一种互文性的体现,它意味着后辈诗人不可避免地要与作为先驱和权威的前辈诗人进行艰苦卓绝的"斗争"。为打破前辈诗人的话语霸权,斗争的阵地逐渐由主体的互文关系转为文本间的互文关系,后辈诗

---

① [法]蒂费纳·萨莫瓦约:《互文性研究》,邵炜译,天津人民出版社 2003 年版,第 65 页。
② [法]蒂费纳·萨莫瓦约:《互文性研究》,邵炜译,天津人民出版社 2003 年版,第 89 页。

人面对这种文本关系时只能拿出最重要的斗争武器——"误读","影响意味着,压根不存在文本,而只存在文本之间的关系,这些关系则取决于一种批评行为,即取决于误读或误解——意味诗人对另一位诗人所做的批评、误读和误解"①。"诗的影响——当它涉及两位强者诗人,两位真正的诗人时——总是以对前一位诗人的误读而进行的。这种误读是一种创造性的校正,实际上必然是一种误译。一部成果斐然的'诗的影响'的历史……乃是一部焦虑和自我拯救之漫画的历史,是歪曲和误解的历史,是反常和随心所欲的修正的历史,而没有所有这一切,现代诗歌本身是根本不可能生存的。"②实现误读的有效方式之一,就是后辈诗人选用前辈诗人相同的主题,在语言结构、叙事方式和意义指向等方面实现对前辈诗人的修正和重构,从而克服"影响的焦虑"。可见,主题互文在布鲁姆看来就是克服"影响的焦虑"的选项之一。

从文本而言,"每一本书都是回应前人所言,或是预言后人的重复"③。文本作为语言符号,会携带大量其他文本符号和非文本符号,这就不可避免地使得不同的文本会出现相同的主题。维特根斯坦曾提出过词的家族相似性理论,这对于我们解释文学中的主题互文有参考意义。维特根斯坦在反形而上学、批判本质主义时,以游戏为例提出了"家族相似"理论,指出不同的游戏之间如同家族成员一样总是具有一些相似性,"我想不出比'家族相似性'更好的表达式来刻画这种相似关系:因为一个家族的成员之间的各种各样的相似之处,体形、相貌、眼睛的颜色、步姿、性情等等,也以同样方式互相重叠和交叉。——所以我要说:'游戏'形成了一个家族。"④在维特根斯坦看来,文学也如游戏一样,存在这种家族相似性,存在着主题相近、风格相同、体制相仿的

---

①　[美]哈罗德·布鲁姆:《误读图示》,转引自朱立元主编:《当代西方文艺理论》,华东师范大学出版社 1997 年版,第 316—317 页。

②　[美]哈罗德·布鲁姆:《影响的焦虑》,徐文博译,生活·读书·新知三联书店 1989 年版,第 31 页。

③　[法]蒂费纳·萨莫瓦约:《互文性研究》,邵炜译,天津人民出版社 2003 年版,第 69 页。

④　[奥]维特根斯坦:《哲学研究》,李步楼译,商务印书馆 2000 年版,第 67 页。

特性。戴维·洛奇也说过,"互文性与英国小说的根源紧紧缠绕在一起,而且,在小说编年史另一头的当代小说家倾向于利用——而非抗拒——互文性,他们随心所欲地'循环使用'古老的神话以及既有的文学作品,为的是自己能创新地刻画当代生活,焕古喻今"①。法国结构主义理论家列维·斯特劳斯曾将作家比喻为"修补匠",认为创作过程中会大量使用"修补术"。在修补的过程中,创作者会从已有的文本中选用主题、情节、意象等,"用'修补匠'的语言说,因为诸'零件'是根据'它们总归会有用'的原则被收集或保存的","他必须转向已经存在的一组工具和材料,反复清点其项目;最后才开始和它进行一种'对话',而且,在选择工具和材料之前,先把这组工具和材料为其问题所能提供的可能的解答加以编目"②。这也说明,当下的文学文本,都是借用已有文本提供的各种工具和材料对业已存在的文本进行修补,它天然地会取用已有文本的主题、情节、文类、意象等,从而和前文本形成互文关系并产生意义。因此,从文学文本层面来看,文本自身的特性导致不可避免会存在大量的主题互文现象。

从读者层面来看,任何阅读都是一种互文性阅读。每个读者在阅读过程中都不会是一张白纸,都会带着自身的阅读经验去体会文本中的每一个字词,总要把某种应该如何阐释文本的假设和惯例带入文本——阅读本质上是读者的阅读经验和文本经验之间的对话,这实际上就是一种互文性阅读。乔纳森·卡勒曾说过:"阅读一部作品,必须与其他本文相联系或对照才行,其他本文如同一层格栅,通过它的筛滤,这本书才能按照阅读前的目的和期待进行阅读和架构。读者的期待使他从中挑选醒目突出的特点,并赋予它们某种结构。"③卡勒这段话表明,具备主体地位的读者,是一个由多种文本组成的阅读经验的多元复合体,他在阅读的过程中,不可避免地会调用此前的阅读经验,

---

① [英]戴维·洛奇:《小说的艺术》,卢丽安译,上海译文出版社 2010 年版,第 115 页。
② [法]列维-斯特劳斯:《野性的思维》,李幼蒸译,商务印书馆 1987 年版,第 23—24 页。
③ 金元浦:《接受反应文论》,山东教育出版社 1998 年版,第 303 页。

按照已有的文本经验将当下的文本对象纳入自身视界所允许的范围,继而进行互文性阅读和阐释。接受美学理论家姚斯也说过,"对过去作品的再欣赏是同过去艺术与现在艺术之间,传统评价与当前的文学阐释之间进行着的不间断的调节同时发生的"①。这种过去与现在的不间断的调节,说的就是互文阅读,即读者在期待视野的对象化过程中,会不断用以往的经验和惯例来观照当下文本,潜意识里会"强迫"自己去发现过去文本与当下文本主题的一致性,由此验证自己的阅读期待并生成发现的喜悦和阅读的快感。可见,所有阅读都是互文性阅读这一论断,也是主题互文得以存在的理由。

主题互文得以大量存在,还与文学发展历程中强大的文学传统有关。传统一词,拉丁文为 traditum,英文为 tradition,它最早的词源意思是交出、递送,逐渐引申为表达或传递知识给其他人,后用来指"传承的一般过程"并有"敬意"和"责任"意涵。② 希尔斯曾对传统下过一个定义,"传统是一个社会的文化遗产,是人类过去所创造的种种制度、信仰、价值观念和行为方式等构成的表意象征;它使代与代之间、一个历史阶段与另一个历史阶段之间保持了某种连续性和同一性,构成了一个社会创造与再创造自己的文化密码,并且给人类生存带来了秩序和意义"③。希尔斯将传统看作是在几代人之间延续的稳定的事物和惯例,既包括各种物质实体,亦包括各种文化建构。中国学者徐复观认为传统是某一集团或某一民族代代相传的生活方式和观念。他将传统的特点分成了五个:一是民族性。民族是由血缘、语言文字、共同利害等多种因素形成的,在这些因素中,酝酿出共同的感情愿望和生活方式,这就是传统。民族和传统是密不可分的。二是社会性。传统代表了人与人之间的共同之声,是社会性的创造。三是历史性。传统是在历史中产生和形成。四是实践性。

---

① ［德］H.R.姚斯、［美］R.C.霍拉勃:《接受美学与接受理论》,金元浦、周宁译,辽宁人民出版社 1987 年版,第 25 页。

② ［英］雷蒙·威廉斯:《关键词:文化与社会的词汇》,刘建基译,生活·读书·新知三联书店 2016 年版,第 492 页。

③ ［美］E.希尔斯:《论传统》,傅铿、吕乐译,上海人民出版社 1991 年版,译序第 2 页。

它存在于人们的日常生活之中。五是秩序性。它代表着共同的生活秩序,对社会起到制衡作用。① 徐复观的传统观更侧重于将文化视为抽象的文化结构而不是物质实存。在他看来,传统是世代相传的并对人类的行为、思想产生影响的文化密码,它作为一种先在原则带有内在的强制规范性,对属于同一文化共同体的人们起到制约作用。它的形成是一个历史过程,形成之后则对社会共同体起到规约作用,这种规约既可以是直接的,也可以是深藏不露的。很显然,文学传统具备徐复观论传统时所说的五个特点,它是传统的一个重要方面,必然会对所有的文学写作产生影响。

文学传统作为一种历史遗留物,其内在的先验逻辑和隐蔽结构携带了文学再生的密码,带给我们以"秩序和意义",从形式到内容都留给后世文学诸多遗产。这些遗产规范了文学的意义生产,并在促进文学发展的稳定和文学内在的延续起着重要作用,它使得过去的传统和当下的文学之间形成或隐晦、或清晰的互文链条。萨莫瓦约曾将互文性看作是一种"文学记忆",将之直接等同于文学传统,"当我们把互文性看成是文学的记忆时,我们提议把文学创作和释义紧密联系起来"②。姑且不论萨莫瓦约的这种论断是否过于武断,但这也说明文学传统和互文性之间的关系是极为紧密的。希尔斯在《论传统》一书里也有和萨莫瓦约相似的论断,"过去的伟大事件之理想和整个时代之理想,经过千百年之后,便构成了人类最先入之见的根基"③。这也就是说,文学传统一旦形成,天然拥有的"先入之见"就具备了规范性和强制性,对后世文学发挥影响。即便是出现了传统的变体,往往也会被视为传统母体上新生的枝丫,而且由于同源性的原因,这些变体通常也会围绕同一主题展开,"传统的延传变体链也被称作传统,如'柏拉图传统'或'康德传统'。作为时间链,传统是围绕被接受和相传的主题的一系列变体。这些变体间的联系在于

① 李维武编:《徐复观文集》第一卷,湖北人民出版社 2002 年版,第 12—13 页。
② [法]蒂费纳·萨莫瓦约:《互文性研究》,邵炜译,天津人民出版社 2003 年版,第 35 页。
③ [美]E.希尔斯:《论传统》,傅铿、吕乐译,上海人民出版社 1991 年版,第 282 页。

它们的共同主题,在于其表现出什么和偏离什么的相近性,在于它们同出一源"①。文学传统作为带有"事实规范性"的历史存在,必然会对前后出现的文学作品的主题、风格和形式施与惯性力量,使之即便出现变体也存在内在的相似性。文学传统这种规范性效应,通过生成文学经典的方式给予后世文学家以示范作用,会引来后世文学的大量效仿,这也就不可避免地会出现主题互文的现象。反过来说,主题相似也正是保证传统延续性和规范性的一种必要手段,它既是文学传统的必然结果,也是延传文学传统、保证文学传统稳定运行的有效方式。

艾略特在谈到诗人和传统之间的关系时也提到了主题互文与文学传统的关系。他认为后世诗人身上即便是被视为最个人、与别人最不相同的独创性,也是来自传统,也受传统标准的制约,"他的作品中,不仅最好的部分,就是最个人的部分也就是他前辈诗人最足以使他们永垂不朽的地方"②。在艾略特看来,施展个人才能并没有超出文学传统的基本精神,对艺术家和艺术作品的鉴赏是和以往的艺术家和艺术联系比照得出的,即便是被认为有独创性的新的作品出现,它也不是单方面产生的,只不过是以前的全部艺术品的一个新变种。这种新艺术和文学传统之间的联系,一个重要的方面是靠主题的相似亦即主题互文来实现。南帆在《论文学传统》一文中,表达了和艾略特相似的理解,他对主题互文与文学传统之间的关系有更清晰的分析。他认为,作家的写作不可能背离文学传统,"从典故的涵义到体裁的风格,从字眼的推敲到故事的编码,文学传统已经存在了一套又一套完整的典章制度","所有文学均已进入'互为文本'的状态"③。文学传统对作家的控制,犹如文学史上"主题"对于作家想象的控制一样,都是自然而然形成的,文学传统的存在构成了主题

---

① [美]E.希尔斯:《论传统》,傅铿、吕乐译,上海人民出版社 1991 年版,第 17—18 页。
② [美]T.S.艾略特:《传统与个人才能》,载赵毅衡编选:《新批评文集》,百花文艺出版社 2001 年版,第 28 页。
③ 南帆:《论文学传统》,《文艺争鸣》1993 年第 1 期。

互文的前提。

第二节　革命主题的互文及其隐迹：蒋光慈小说的前文本意义

主题互文在文学史上是非常常见的现象,古今中外概莫能外。一提到罗贯中的《三国演义》,我们自然想到《三国志》;一提到明代汤显祖的《南柯记》,我们自然会想起唐代传奇沈既济的《枕中记》和李公佐的《南柯太守传》;一提到元代王实甫的《西厢记》,我们自然能想到唐代元稹的《会真记》、金代董解元的《西厢记诸宫调》;一提到清代洪昇的《长生殿》,我们自然会和唐代白居易的《长恨歌》、元代白朴的《梧桐雨》联想在一起……之所以会出现这种现象,就在于这些作品大多是对旧作的直接改写或再创造,主题大多雷同,看到后文本自然会想到前文本。外国文学史上,这种情况也较常见,如莎士比亚的《安东尼与克奥佩特拉》和普卢塔克的《希腊罗马名人传》、菲尔丁的《约瑟·安特鲁斯》和理查逊的小说《帕美拉》、博尔赫斯的《死亡与罗盘》和爱伦·坡《莫格街谋杀案》、格雷厄姆·斯威夫特的《遗言》和福克纳的《我弥留之际》、布朗的《达·芬奇的密码》与刘威斯的《达·芬奇遗产》、伊恩·麦克伊文的《赎罪》和露茜勒·安德鲁斯的《没有时间去浪漫》等,都是一种主题互文现象。

回到 20 世纪中国文学的现场,不难发现,中国主题互文现象也是非常突出的,这一现象贯穿了整个文学史发展历程。这除了与 20 世纪以来中国此起彼伏的社会变革和政治运动为我们提供了丰富的素材和主题有关外,还与我们对"主题"的独特认知有关。"20 世纪的中国文学,'主题'是一个关键词,主题的好与坏、轻与重、和时代关系之密切和疏远,常常是评判一部(篇)文学作品优长短劣的首要标准。"①在大多数人看来,主题特别是和时代紧密相连

---

① 洪子诚、孟繁华主编:《当代文学关键词》,广西师范大学出版社 2002 年版,第 277 页。

的重大主题,可以满足文学者阐释历史的野心,可以满足文学家的预言家和立法者的身份想象,谁占有了宏大主题,谁就占有了真理,就天然地站在了文学的道德高地,就有了成为文学经典的前提,就可以心安理得地在文本中排兵布阵、发号施令。"写什么远远要比如何写重要""主题直接决定了文学的价值"等这些我们耳熟能详的观点,深刻反映了主题在 20 世纪中国文学史上所占有的地位。我们继续深挖这种认知背后的潜台词,不难发现,这种文学观念来自我们对文学社会功用的重视。不论是对文学功用的直接表述如"经世致用""薰浸刺提""文学要成为无产阶级最高的政治斗争之翼"①"文学是宣传……是反映阶级斗争的实践和意欲"②"文学艺术都是为人民大众的,首先是为工农兵的"③,还是 20 世纪以来一系列文学论争,如文言与白话之争、为人生与为艺术之争、文学革命与革命文学之争、国防文学和民族革命战争的大众文学之争、"歌颂"与"暴露"之争等,背后都游荡着"写什么样的主题"以及"文学如何能发挥它的社会功用"的巨大阴影。俄国理论家瓦·叶·哈利泽夫认为,主题"同作者对艺术之外的现实的诉求是相联系的,要是没有这种诉求,艺术便不可思议"④。主题同现实诉求这种密切联系和形影不离,决定了主题问题是贯穿 20 世纪中国文学的一个重大理论问题。主题一方面联系着我们的文学传统,一方面联系着我们的现实诉求,关系着文学与时代是否能形成互动,关系着对社会重大问题的看法,关系着对读者"期待视野"的回应,关系着文本社会效应的最大化,所以,它是否重大直接关系着我们文学意义是否重大。

　　20 世纪中国文学中,启蒙、救亡、革命、爱情、乡土、现代性等一系列宏大

---

　　① 蒋光慈:《关于革命文学》,《太阳月刊》1928 年 2 月号。
　　② 李初梨:《怎样地建设革命文学》,《文化批判》1928 年第 2 期。
　　③ 毛泽东:《在延安文艺座谈会上的讲话》,载《延安时期党的重要领导人著作选编》(上),中央文献出版社 2014 年版,第 213 页。
　　④ 〔俄〕瓦·叶·哈利泽夫:《文学学导论》,周启超等译,北京大学出版社 2006 年版,第64 页。

词语所组成的语义场,成为我们文学史中不断出现的重大主题。这些具备宏大历史意识与急切现实关怀的重大主题,是 20 世纪中国文学的普遍追求,成为不同代际作家的"集体无意识",这也不可避免地导致主题的雷同与相似,形成了明显的主题互文关系。曾有论者将 20 世纪中国文学的主题模式概括成"乡土模式、农民模式、文人模式、女性模式、爱情模式、生死模式、复古模式"等十二种①,虽然这种概括有扩大化并有将母题与主题混用的嫌疑,但也说明从很早开始,学界已经注意到了 20 世纪中国文学中的主题互文现象。那么,哪一个主题是 20 世纪中国文学中最突出、影响最大的主题呢?毫无疑问,当属革命主题。革命作为一个宏大词汇,是我们考察 20 世纪中国文学最重要的话语形态,它作为一种文学主题和叙事样态,几乎贯穿了整个 20 世纪中国文学,成为我们理解 20 世纪中国文学的意义基点。限于篇幅,本章我们只选取革命主题的互文进行讨论,借一管以窥视全貌,讨论这一互文形态的特点。

革命作为一种话语形态,是晚清时期从日语转译到中国的词汇。进入中国经过本土话语的改造之后,成为中国传统政治变革及其社会合法性所依赖的"元叙事",成为时代的核心主题,并逐渐由社会政治领域扩展到文学领域,成为 20 世纪中国文学史上最流行的宏大叙事。这里我们所说的革命,其意涵并不是中国古人所说的"汤武革命",也不是梁启超式的"维新",而是和无产阶级的阶级属性紧密联系在一起的政治话语,特指中国共产党领导下的无产阶级工农革命。这种话语进入文学并成为流行主题,是从 20 世纪 20 年代中后期开始萌芽,经 30 年代左翼文学兴起并一直延续到新中国成立的头三十年。它成为文学流行主题,经历了从理论倡导、文学论争到文学实践的发展过程。

20 世纪 20 年代,一批革命家已经开始推崇革命文学,如李大钊、邓中夏、恽代英等。在文学领域,一批革命文学家在理论上为革命主题文学摇旗呐喊。

---

① 参见罗强烈:《原型的意义群——二十世纪中国文学主题》,百花文艺出版社 1991 年版。

1923 年,郭沫若发表《革命与文学》一文,倡导要替被压迫阶级说话的革命文学。1924 年,留苏归来的蒋光慈在 1924 年第三期《新青年》上发表了《无产阶级革命与文化》一文。该文以蒋侠僧的笔名发表,具体阐述了文学的阶级性以及无产阶级文学产生的必然性。1925 年,蒋光慈又发表了《现代中国社会与革命文学》一文,批评了表现"市侩的生活"的叶圣陶和表现"市侩式的女性"的冰心,倡导革命文学并希望"代表民族解放运动的精神"的革命文学家出现。1928 年,成仿吾发表了《革命文学与它的永远性》《从文学革命到革命文学》两篇文章,强调文学的阶级性,并将无产阶级文学称之为革命文学,正式宣告革命文学的到来,震动了中国文坛。在此之后的几个月,成仿吾陆续发表了《全部的批判之重要——如何才能转换方向的考察》《毕竟是"醉眼陶然"罢了》《革命文学的展望》等文,引发了革命文学的论争。这场论争一直到 1930 年"左联"成立之后才逐渐消弭。虽然不同理论家在革命文学的问题上存在着不同的看法,但经历过诸多革命理论家的阐述和倡导,革命文学观念逐渐深入人心,革命主题成为流行主题,对后世文学产生了极大的影响,成为后世文学互文链条的源头。我们以左翼文学中蒋光慈的革命主题小说创作为个案,梳理这一主题对后世革命主题文学的互文影响。

需要说明的是,按文学史的惯常分期,左翼文学指的是 20 世纪 30 年代初"左联"成立到 1936 年"左联"解散这段时间内"左联"作家创作的文学。这种严格的时间区分实际上会掩盖文学现象的复杂性;同时,将一个政治团体的成立作为文学流派的起始日期,无疑是斩断了文学自身发展流变的内在延续性。事实上,左翼文学将无产阶级革命文学作为自身的创作目标并不是首创,20年代普罗文学已经将它作为自己的文学追求和艺术目的了。左翼文学和普罗文学之间具有连续性和一致性,并不是直到"左联"成立才有无产阶级革命文学的。因此,本书所提到的左翼文学概念将普罗文学也纳入讨论范围。

左翼文学家群体中,既有理论建树又有文学实践的,影响最大、开创风气之先的,当属蒋光慈。如前文所述,蒋光慈除了以饱满的革命热情在理论上大力呼吁革命文学外,他在文学创作领域也是先行者,创作出了一批具有典型革命色彩的小说,为现代中国文学提供了革命文学的艺术样本。这些创作实绩成为彼时革命文学书写的典范,并影响到了后世革命文学的叙事模式。

1927 年,蒋光慈的中篇小说《短裤党》由泰东书局出版。这篇不到六万字的小说,以上海工人在中国共产党的领导下武装起义反抗军阀血腥屠杀为背景,歌颂了党的领导人郑仲德、杨直夫、史兆炎等人的革命斗争精神。在这篇小说里,以瞿秋白为原型的杨直夫,是党的领导人和中央执委,因身患重病,没有直接参加工人的武装暴动,但一直关注和领导武装起义。暴动失败后,还不顾个人安危,参加了中央和区委举行的联席会议,总结斗争失败的经验教训,体现了共产党人忘我无私的斗争精神。小说结尾还特意留有光明的尾巴——当工人武装起义成功的消息传来,抱病在床的杨直夫和妻子秋华还唱起了《国际歌》。另一位领导人史兆炎是以上海工人武装起义的领导人共产党人赵世炎为原型。身患肺病的史兆炎不顾病体,每天到工厂演说,总结斗争经验,终于取得了斗争的胜利。《短裤党》是现代文学史上第一部正面表现共产党领导工人阶级反抗压迫的力作,蒋光慈带着强烈的使命感,意图使这部小说成为"中国革命史上的一个证据"①。这部小说为工人阶级塑造了集体群像,宣传了无产阶级革命运动思想,突出了革命斗争的合法性和艰巨性,并用文学的方式回答了革命主题小说中的一个核心问题——谁是革命胜利的保证。这部小说得到的答案是"党的领导是工人阶级取得最后胜利的根源",这也为之后类似主题的小说提供了一条标准答案。

除了这部以工人革命斗争为主题的小说外,蒋光慈的长篇小说《咆哮了的土地》则将关注的目光转向农民革命斗争。《咆哮了的土地》创作完成于1930 年,1932 年蒋光慈逝世后改名《田野的风》出版。蒋光慈的小说一贯以复杂、动荡、矛盾尖锐的社会为其大背景,这部小说也不例外。这部小说受当

---

① 蒋光慈:《短裤党》"写在本书的前面",载方铭编:《蒋光慈研究资料》,宁夏人民出版社1983 年版,第 32 页。

时蓬勃发展的农民革命运动的影响,描写的是"四一二"反革命政变前后湖南某农村贫苦农民在农会的带领下,觉醒并走上武装斗争道路、建立民主政权并最后突围走向金刚山(隐喻井冈山)的故事。作品以全知全能视角,着重描写了地主阶级叛逆者李杰是如何在工人阶级领袖张进德的引导下一步步走上革命道路的。李杰是地主李敬斋的大少爷,由于和贫农女孩兰姑恋爱受阻,在兰姑自杀后愤而出走,加入革命军,成为进步青年。后来回到故乡,在工人阶级领袖张进德的引导下,进一步成长,成为农会领袖闹起了革命,火烧了李家老楼。地主乡绅不甘于失败,趁马日事变发动反攻,李杰不幸牺牲,张进德带领革命群众冲出重围,直奔金刚山与农民革命军会师。之所以将蒋光慈这两部小说单独拿出来讨论,是因为这两部小说的革命主题的书写模式,实实在在地影响到了后世小说中的革命主题书写方式,形成了一条鲜明的互文链条。具体来说,蒋光慈的革命小说,对后世革命主题小说的互文性影响,体现为特定主题下叙事模式的重复出现,前后文本的核心语义和话语构建方式呈现出相似性。

一、"革命英雄+革命者群像"的人物塑造模式

蒋光慈在《关于革命文学》一文中提出了他的革命文学主张,他反对个人主义,提倡集体主义,这与五四新文化运动对个人主义的标榜和推崇是不一样的。蒋光慈认为革命文学中的主角应该是群众,而不是个人:

> 旧式的作家因为受了旧思想的支配,成为了个人主义者,因之他们所写出了的作品,也就充分地表现出个人主义的倾向。他们以个人为创作的中心,以个人生活为描写的目标,而忽视了群众的生活。他们心目中只知道有英雄,而不知道有群众,只知道有个人,而不知道有集体。[①]

---

① 蒋光慈:《关于革命文学》,《太阳月刊》1928 年 2 月号。

在他一系列革命小说中,有明显的集体主义倾向。在《短裤党》中,除了塑造杨直夫、史兆炎、李金贵、林鹤生等领导人外,还塑造了上海工人群像。钱杏邨曾从群众革命的角度认为《短裤党》有很高的历史价值,认为"像《短裤党》这样以群众为主体的小说,就是我们祈求而难以得到的小说"①。在《咆哮了的土地》中,则塑造了一群农民革命者群像。相比《短裤党》流于政治情感的简单宣泄,人物形象刻画单薄不同,《咆哮了的土地》在人物群像塑造方面有了不小的进步,群像刻画背后还在一定程度上保有具体形象的鲜活性,人物心路轨迹的刻画更有迹可循和真实可信。如老一辈农民王荣发、荷姐等人的形象,就具备一定的典型性。王荣发是一个封建迷信、安分守己、忍耐顺从、传统守旧的老农民,安于自己受苦的现状,将自己的希望寄托在菩萨身上而不知反抗,甚至自己的女儿兰姑因婚姻受阻自杀也未能让他觉醒。当革命风潮来到时,他首先想到的是革命不是农民该做的事,"什么革命不革命,不是我们种田人的事情",并不理解儿子王贵才参加农会和女儿毛姑剪辫子闹革命的举动,直到民团把儿子王贵才从床上拖出去枪杀后,他才真正觉醒跑上了山,参加了自卫队。

虽然蒋光慈提倡塑造革命者群像,反对个人英雄主义倾向,但在他的文学实践中,却和这种文学主张表现得恰恰相反。他的小说中有着难以克服的个人英雄主义倾向,如他之前创作的《冲出云围的月亮》《少年漂泊者》《菊芬》《最后的微笑》等小说中一直存在这种倾向,王曼英、汪中、菊芬、阿贵等人,无一不是个人英雄主义者。这种倾向一直延续到他的《短裤党》《咆哮了的土地》,这两部小说的人物塑造模式无疑是一种"革命英雄+革命者群像"的混合书写模式。如果说革命者群像代表的是"量",表现的是革命在"量"的规定性上所具备的合法性,肩负着实现民族集体的情感认同之功能,那么,革命英雄代表的则是"质",后者在文学文本中起到了保证作者创作意图、阶级立场和

---

① 钱杏邨:《关于〈评短裤党〉——读王任叔〈评短裤党〉以后》,《太阳月刊》1928 年 2 月号。

革命信仰的顺利传达,以及确保文本叙事的走向符合革命叙事的要求与高度,它肩负着实现革命主题崇高美学化的重任。"革命英雄"作为一种"卡里斯玛典型",自身带有神圣性,从而保证文本中革命叙事的合法性,唤起读者崇高、悲壮的审美情感。卡里斯玛出自《新约》,马克斯·韦伯用来指称具有神圣性、原创性和感召性的特殊力量,文学研究中的卡里斯玛通常指的是"艺术符号系统的创造的、位于人物结构中心的、与神圣历史力量源相接触的、富于原创性和感召力的人物"①,具体说来,文学作品中的卡里斯玛人物,"大致相当于所谓'圣人''英雄''先知''伟大人物''杰出人物''领袖'……这种人物的力量的源泉,不是在于'灵感''天启''神恩'等,而就在历史本身的运动中"②。汪中(《少年漂泊者》),杨直夫、李金贵(《短裤党》),张进德、李杰(《咆哮了的土地》)等人,都是具备卡里斯玛意义的革命英雄人物。

这种"革命英雄+革命者群像"的人物塑造模式,我们很容易在其他革命主题小说中发现,可以轻易地从抗战时期一直到"文化大革命"结束时的文学序列中,罗列出一条长长的链条。《差半车麦秸》中的王哑巴,《敌后武工队》中的魏强,《北方的原野》中的黑虎,《胶东的"暴民"》中的高占峰,《山洪》中的章三官,《地水》中的罗三,《吕梁英雄传》中的雷石柱,《太阳照在桑干河上》中的程仁、张裕民,《创业史》中的梁生宝,《保卫延安》中的周大勇,《新儿女英雄传》中的牛大水,《红日》中的沈振新,《林海雪原》中的杨子荣,《野火春风斗古城》中的杨晓冬,《艳阳天》中的萧长春,《金光大道》中的高大泉,《铁道游击队》中的王强等,都是如此。这些作品除了突出这些革命英雄外,革命者群像的塑造也是很重要的方面。像《红岩》中,除了江姐和许云峰,还塑造了齐晓轩、成岗、华子良、刘思扬等一大批革命家;《青春之歌》中,除了卢嘉川和林道静外,还塑造了林红、戴瑜、白莉萍、许宁等革命家群体;《林海雪原》中,除了少剑波、杨子荣等革命英雄外,还塑造了高波、刘勋苍、孙达得等

---

① 王一川:《中国现代卡里斯玛典型》,云南人民出版社1994年版,第12页。
② 王一川:《中国现代卡里斯玛典型》,云南人民出版社1994年版,第8页。

一大批革命家群像……在革命的主题下,无论是抗战文学、延安文学,还是"十七年"文学、"文化大革命"文学,采用的大多是这种"革命英雄+革命者群像"人物塑造模式。从这点来说,蒋光慈的小说无疑具有"原型"意义,它可谓是后世革命主题文学难以避开的"源文本"。

需要指出的是,蒋光慈的革命主题小说,虽然具有源文本意义,对后世文学具备示范作用,但也不可避免地具有了"原始性"和"粗糙性",如他对革命英雄和革命者群像的描写,存在着一定的"自然主义"倾向,对革命家群像中个别革命者的不革命行为给予了自然主义式的暴露和揭示,对革命者的日常生活进行了不加掩饰的直笔书写。后世革命主题小说,则在这方面进行了进一步的简化和提纯,过滤掉了革命中的杂质和杂音,将历史丰富而芜杂的原生态生活以"典型化"的方式予以抽取和加工,使得这一叙事模式更符合革命叙事的需要,从而使这一人物书写模式更贴合革命主题的终极目标。即便如此,我们也更应该认识到蒋光慈因未对革命主题小说进行提纯书写所具备的丰富而庞杂的意义。

二、"革命+恋爱"的欲望叙事模式

"革命+恋爱"叙事模式是蒋光慈首创并发扬光大的,这是学界共识。"在现在的时代,有什么东西能比革命还活泼些,光彩些? 有什么东西能比革命还有趣些,还罗曼蒂克些?""说起来,革命的作家幸福呵! 革命给予他们多少材料! 革命给予他们多少罗曼蒂克!"①在蒋光慈的认知里,革命就是一种罗曼蒂克的事情,它和恋爱在气质上是一致的,两者之间的天然渊源使得恋爱成为革命主题文学的应有之义。正因为有这种认识,从《野祭》开始,蒋光慈就祭出了"革命+恋爱"的叙事模式。《野祭》中,作家陈季侠租住了章淑君的房子,天长日久,小学教师章淑君爱上了陈季侠却被拒绝。章淑君将自己的恋爱不

---

① 蒋光慈:《十月革命与俄罗斯文学》,载《蒋光慈文集》第 4 卷,上海文艺出版社 1988 年版,第 62—65 页。

成归因为陈季侠的革命信仰的阻隔,转而投身革命。蒋光慈创作这部小说的目的本来是想得出救赎小资产阶级身上的阶级原罪与性原罪的途径只有依靠革命这样的结论,但这部小说却充满着罗曼蒂克气质,并未真正为解决当时流行的革命文学罗曼蒂克化找到一条出路。钱杏邨曾从文学家的生活和现实中青年的不同肯定了蒋光慈"革命+恋爱"模式具有时代性,"这部小说(指《野祭》——引者注)高出于其他恋爱小说的最重要点,就是作者没有忘却他的时代,同时主人公们也不是放在任何时代都适宜的人物。这是一部含有时代性的恋爱小说","真能代表时代的恋爱小说,这是中国文坛上的第一部"①。但也有诸多批评家对这种情节程式化、人物脸谱化、思想口号化的叙事模式颇为不满,提出了诸多批评,比如1932年华汉的《地泉》再版时,瞿秋白借为之作序的时机,将"革命+恋爱"模式称之为"革命的浪漫蒂克",批评它不能以客观辩证法去理解现实,认为"这种浪漫主义是新兴文学的障碍,必须肃清这种障碍,然后新兴文学方才能够走上正确的路线","应当深刻的认识客观的现实,应当抛弃一切自欺欺人的浪漫蒂克"②。茅盾更是在《革命与恋爱的公式》一文中,对此提出批评,认为这是一种没有创见的公式化写作。③

　　蒋光慈的"革命+恋爱"小说,虽然在艺术性上受到革命文学家群体的质疑与非难,但获得了商业上的成功,也产生了巨大的社会效应——蒋光慈成为版税与鲁迅比肩的畅销书作家,成为青年人的偶像,"许多的青年,因着他的创作的鼓动,获得了对于革命的理解;走向革命"④。这种模式下的写作,不可避免地会出现公式化、幼稚化的特点,但是,这种模式化的写作方式,却"成功地塑造了这一历史时期公众心理和表达方式","传达了马克思主义意识形

---

① 钱杏邨:《野祭》,《太阳月刊》1928年2月号。
② 瞿秋白:《乱弹及其他》,上海霞社校印1938年版,第317页。
③ 茅盾:《茅盾全集》第二十卷,人民文学出版社1990年版,第339页。
④ 方英:《在发展的浪潮中生长 在发展的浪潮中思维(1901—1931)》,《文艺新闻》(追悼号)1931年9月15日。

态……同时也制造了社会和文化认同"①。因为有两个能使肾上腺素飙升的因素存在,也因为这一模式在商业化方面的成功,引起了后世文学家的自觉或不自觉的模仿,一批类似的作品大量出现。在革命主题的召唤下,诸多作家开始尝试这一模式。左翼作家不用说,洪灵菲的《流亡》,戴平万的《前夜》,孟超的《爱的印照》,华汉的《地泉》,胡也频的《光明在我们的前面》,丁玲的《韦护》,这些都是在革命主题下选用了这一冲突模式。很多非左翼阵营的作家也有明显的"革命+爱情"特色,像巴金的《灭亡》《新生》,庐隐的《曼丽》《风欺雪虐》等,甚至连新感觉派也赶起了时髦,像刘呐鸥、穆时英等人的很多小说中也采用这一公式。红色经典里,《红日》中梁波和华静,《林海雪原》中少剑波和白茹,《敌后武工队》中魏强和汪霞、《创业史》中梁生宝和改霞,《红旗谱》中春兰与运涛,《青春之歌》中林道静与卢嘉川,《野火春风斗古城》中银环和杨晓冬等,皆与蒋光慈的小说形成鲜明的互文性,都是这一模式的翻版。

当然,"革命+恋爱"的欲望叙事模式也出现过一些改写和变体。在 20 世纪 40 年代到 70 年代出现的红色经典文学文本中,这一模式因为革命话语的过度提纯和简化,导致革命话语对恋爱话语形成遮蔽,革命的公共性、集体性对恋爱的私人性和个体性进行了强有力的占有,前者作为主流话语和强势话语成为显性存在,后者则处于隐匿状态。比如在《创业史》初版本中,曾有梁生宝内心想要亲吻改霞但最后因革命的理智而放弃的心理描写,这一细节着墨不多,用语简略,明显能见出作者写作时的有意克制,但在后来的修改版中,将这种恋人之间的情感描写也删减干净了。但是,爱情话语在革命主题文学中并没有完全消失,即便是《艳阳天》这样的作品也有隐约的爱情书写,只不过由"革命+爱情"变成了"爱情革命化",我们只有从文本的间隙才能发现这些变异了的"革命+爱情"。如《山乡巨变》中陈大春和盛淑君的爱情故事即是如此。陈大春在党的哺育下成长起来了,他是实现合作化斗争中最坚决的力

---

① [美]刘剑梅:《革命与情爱》,郭冰茹译,上海三联书店 2009 年版,第 36 页。

量。陈大春和盛淑君一次夜间一起执行任务，热恋中的盛淑君一直希望陈大春向她表白，可换来的却是陈大春谈论合作化建设中的种种问题。爱情作为私人话语被革命话语所改装和置换，但小说在书写过程中也隐晦地对爱情话语进行了呈现——"两个口字作成了一个吕字"，这样的隐晦表述显示出爱情是无法完全从文学中消隐的。《林海雪原》中，作者虽然处处再现革命斗争场景，但也有一小段描写了少剑波见到白茹酣睡的场景，这种对女性身体的审视正是"革命+爱情"的隐晦表达。虽然有论者批评作者曲波"有意在艰苦的战斗中抹上一笔桃红的彩色"，却"笔调轻浮""无论情调、气氛、语言和描写方法都与全书的格调相径庭"[1]，但也说明，在阶级性被极端强调并成为大多数人的无意识的年代，革命对爱情也未能实现完全的占有，革命外衣下的恋爱本能总能从裂隙中涌出。这不能不说蒋光慈的"革命+爱情"有着强大的互文影响力。

总的来说，蒋光慈的"革命+恋爱"模式作为一种叙事策略，在文本中起到调和革命的政治欲望与爱情的身体欲望两方面的冲突，为革命意识和恋爱故事找到了一个可行的情节分配模式；作为一种想象革命的方法，将阶级属性和人性需求的矛盾作为革命话语的构成要素提出来了，试图找到一条解决革命理性和身体感性的矛盾解决方式，为知识分子与革命之间建立了一种历史修辞关系。蒋光慈的"革命+恋爱"的写作模式，对后世文学家的影响是极为深远的。

三、　知识分子改造

蒋光慈的诸多小说，都或隐或显地涉及知识分子改造问题。《冲出云围的月亮》中，就通过对王曼英疯狂行为的书写来反映小资产阶级知识分子自我改造的艰难。《野祭》中，已经在文本中潜在地表达了要改造知识分子的倾

---

① 侯金镜：《一部引人入胜的长篇小说——读〈林海雪原〉》，《文艺报》1958年第3期。

向。他将这种改造的书写寄托于陈季侠的身上,通过陈季侠的忏悔,向我们展示了知识分子思想改造的合理性。在《咆哮了的土地》中,为实现对知识分子的改造,蒋光慈特意设立了一个知识分子角色李杰。李杰作为一个青年知识分子最后走上革命道路的心路历程,就是一部知识分子的改造史。蒋光慈通过对李杰走上革命道路的历程,为知识分子量身打造了一套改造程序,即决裂——转换——重生。首先,李杰为了消除自己因家庭出身所带有的原罪,努力和自己的家庭特别是他父亲李敬斋决裂。他非常痛恨自己的出身,"我想起来我的过去,唉,这讨厌的过去啊! 它是怎样地纠缠着我",因父亲反对和兰姑的恋爱,最终和家庭决裂,到上海流浪并投考黄埔军校。小说为了突出这种原生家庭所天然带来的阶级性和原罪性,特意为李杰设立一个参考的角色,即工人阶级代表张进德。张进德唯一的亲人也就是他母亲去世之后,他和这个村庄的血缘联系就再也没有了,他从物质到精神层面都变成了彻底的无产阶级。李杰在与家庭决裂的心路历程中,非常羡慕张进德"没有房屋,没有天敌,以及其他什么财产,而且连一个亲人都没有"这种既无亲情伦理羁绊又无物质牵挂的彻底的革命性。其次,李杰最初回乡的目的,是因为看清楚了革命军未必能真革命,抱着"要立在农民的队伍中间,显一显威风给他那做恶的父亲看",他的这种想法让他不时陷入一种精神危机之中。随后在张进德的教育引导下,李杰克服了自身尚存的小资产阶级性,做到了和农民同吃同睡,明白了革命是为了饥寒交迫的穷苦人。后来他成为农会的领导人,思想发生了翻天覆地的变化,"大家别要再叫我李大少爷了。我现在和你们一样,只是一个革命党……从今后我们种田的人要联合起来,打倒田东家,不要再受他们压迫才是",甚至在火烧李家老楼时,李杰表现得比张进德更激进,不顾张进德劝阻说李家老楼还有他的母亲和妹妹,毅然决然一把火烧掉李家老楼以示革命的彻底性。最后,在对地主武装的围剿中,李杰在革命斗争中献出生命,以肉体的毁灭完成了精神的永生,这也意味着,为革命而献身是知识分子洗脱原罪、得以重生的最后仪式。

蒋光慈革命主题小说所提供的"决裂——转换——重生"的知识分子改造路径,成为后来诸多革命小说知识分子改造的互文样板。《青春之歌》中的林道静,也是与家庭彻底决裂之后走上革命道路的。林道静和李杰一样,对自己家庭所带给革命者的原罪性痛恨不已,在送走自己的弟弟后,林道静"脸上露出了坚毅的神色"毅然出走,和自己的地主阶级家庭决裂,踏上流亡之路。当她遇到共产党人卢嘉川之后,内心完成了对革命的认识,实现了小资产阶级思想向无产阶级革命思想的转换,最终成为一名成熟的革命战士,汇入时代洪流而得以重生。在《红岩》中也有类似的情节。刘思扬也是不顾兄长的劝阻,决然地和自己的家庭决裂之后,在革命的召唤下转变了思想,走上了革命道路。《三家巷》中的周榕离家出走后,先后在剪刀铺、鞋匠铺、中药铺当学徒,接受了社会大熔炉的改造,最后才激发起自身的反抗意识和阶级意识,走上革命道路获得新生。这些都显示出蒋光慈小说所具有的前文本意义。

四、 暴力美学化

革命与暴力是一对孪生子,既然是革命主题小说,自然少不了对暴力的描写。《咆哮了的土地》中,暴力比比皆是。如癫痫头因为关帝庙归农会了,嫌老和尚住在庙里很讨嫌,直接打死了老和尚。作为农会的领导人,李杰认为打死一个寄生虫老和尚不是什么了不得的事,张进德对打死老和尚也没有认为有什么不妥,只是怕土豪劣绅借这个机会造谣言。在描写批斗张举人的场景时,蒋光慈用了大量的笔墨来表现暴力场景:"大殿中沸动着拥挤着的人们的头颅。一篇鼓噪着的声音,几乎是同一神情的面孔,令人一时很难辨认得清楚。""众人都只注意到癫痫头打趣的神情,不料说到最后一句时,他将牙齿一咬,哗喳一声向张举人的肩背上打了一鞭,狠狠地骂道:'我打死你这做恶的老东西! 我造你的八代祖宗'。""'大哥! 你知道吗? 我想出来了一个好办法……就是,不如把张举人和胡根富绑着游街,使人们出出丑。弄一套锣鼓,妈的,一面拉着游街,一面敲着,怪热闹的,你说可不是吗?'"①这样的游街示众的批斗镜头,在之后的文学作品中经常出现,成为一种有意味的革命仪式。周立波的《暴风骤雨》中就有类似的场景:"从四面八方,角角落落,喊声像春天打雷似的轰轰地响。大家都举起手里的大枪和大棒子,人们潮水似的往前边直涌,自卫队横着枪去挡,也挡不住。""无数的棒子举起来,像树林子似的。人们乱套了,有的棒子竟落到旁边的人的头上和身上。"丁玲在《太阳照在桑干河上》也描写道:"人们都拥了上来,一阵乱吼:'打死他!''打死偿命!'""人们只有一个感情——报复! 他们要报仇! 他们要泄恨,从祖宗起就被压迫的苦痛,这几千年来的深仇大恨。"②诸如此类的暴力场景,我们都可以读出蒋光慈的味道。

蒋光慈的革命主题小说,对暴力的书写进行了美学化的装扮,这也成为后世许多革命主题小说常见的手段。这种美学化处理,主要是靠对暴力的仪式化和狂欢化的再现来实现的。人类学家吉哈德认为,暴力对于人类是恐惧和迷恋的产物,"暴力之所以使人恐惧,是因为它会产生无序化的可能和破坏性的结果;而暴力之所以为人们所迷恋,是因为我们将它视为一种存在的标志,像神性之于宗教情境那样","就功能而言,仪式在于'净化'暴力"③。在吉哈德看来,暴力作为人类与生俱来的行为,它和原始欲望是紧密黏附在一起的,原始人类的仪式中有很多就是围绕暴力展开的,暴力也成为仪式化场景中最常见也是内涵最丰富的表现对象之一。柯泽曾指出:"仪式达成重要的组织需求,它将实际的权力关系神秘化并为其提供合法性,甚至在明显缺乏共识的地方也有助于促进普遍的团结,它引导人们按特定的方式去构想他们的政治宇宙。在某些方面,仪式对革命运动和革命政权,甚至比对建立已久的政治组织或政权更为重要。要将激进的政治变动制度化,必须有强大的支持为后盾,

---

① 蒋光慈:《蒋光慈文集》第 2 卷,上海文艺出版社 1983 年版,第 317—321 页。
② 丁玲:《太阳照在桑干河上》,人民文学出版社 1956 年版,第 216 页。
③ 彭兆荣:《人类学仪式的理论与实践》,民族出版社 2007 年版,第 270 页。

这就需要人们放弃根深蒂固的积习以及此前建立的关于世界的陈规陋见。"①
柯泽的这段话,让我们不难理解为什么革命主题小说中的暴力常常是以仪式
化的形式出现。一方面,仪式赋予暴力合法性。原始人类的仪式是和祭祀、庆
典等连在一起的,是个体与群体连接在一起的重要途径。革命主题下,暴力的
仪式化作为一种象征庆典,消除了人们内心深处对暴力的本能恐惧,唤起了对
革命崇高性和合法性的认知,进而唤起对革命暴力的迷恋。另一方面,仪式还
可以对暴力进行"赋魅",增强革命的神圣性甚至使之成为某种图腾。仪式化
无疑可以使带有权威象征性的暴力所带有的强大力量成倍增加,使得特定的
族群共同体对暴力"所赋之魅"产生心理认同,使之成为一种"集体无意识"。
因此,在蒋光慈的小说中,抓住张举人之后革命者们举行了戴高帽游街的仪
式,张进德"见着那白纸糊成的高帽,感觉得(原文如此——引者注)一种滑稽
的意味",并且经过这一戏谑的仪式后,乡下人终于知道了"有钱有势的人并
不是什么天上的菩萨,打不倒的,只要我们穷人联合起来,哪怕他什么皇帝爷
也是可以推翻的","乡下人的粗糙的手掌是很有力量的,从前这力量未被他
们意识到,可是现在他们却开始伸出这东西来了。在这东西一伸出来了之后,
这乡间的空气便根本地改变了"②。这种仪式化的革命斗争场景,在丁玲的
《太阳照在桑干河上》中批斗钱文贵,在周立波的《暴风骤雨》中批斗韩老六时
都出现过。

除了对暴力进行仪式化的修饰外,对暴力进行狂欢化的书写在蒋光慈的
小说中也初露端倪,比如批斗张举人和胡根富、火烧李家楼等。在批斗张举人
时,小说是这样描写的:

> 只见一大群的人众从东南方的大路上,向着毛姑的家里这方向

① David I.Kertzer, *Ritual, Politics, and Power*, Yale University Press, 1988, pp.152-153.译文转引自李跃雪:《精神秩序的整一化与革命历史主体的诞生——论革命文学对革命信仰的书写与强化》,《文史哲》2011 年第 4 期。
② 蒋光慈:《蒋光慈文集》第 2 卷,上海文艺出版社 1983 年版,第 322—330 页。

涌激而来了。听着他们的敲锣鼓的声音,好象是在玩龙灯,又好象是在出什么赛会,但时非正月,有什么龙灯可玩? 又不是什么节期,有什么赛会可出? 两人无论如何猜度不出这是一回什么事来。

人众越来越近了。两人渐渐看出他们的面目来。张进德和李杰并着肩走着。他俩的前面有几个人持着红的和白的旗子,在后面有些人推着拥着两个戴高帽子的人,又有些人敲打着锣鼓。空手的也很多,小孩子要居半数,他们跳着嚷着,就是在玩龙灯的时候也没有这么的高兴。①

狂欢化实际上也是一种仪式,按巴赫金的说法就是一种节日仪式。巴赫金提出狂欢化思想的时候,就意识到两者之间是密不可分的,"这是仪式性的混合的游艺形式。这个形式非常复杂多样,虽说有共同的狂欢节的基础,却随着时代、民族和庆典的不同而呈现不同的变形和色彩"②。这也意味着狂欢化的场景都是与群体相关的,全民性就是它的特征之一,即所有参与者既是演员又是观众,这两者的区分不存在了,甚至连舞台也不存在了。在蒋光慈的笔下,狂欢的人群在暴力狂欢中,个体被压抑的生命本能得以宣泄,仪式化的场景使群体更容易获得集体认同,狂欢化的场景则让群体更容易获得一种情感愉悦和高峰体验。革命主题小说在书写这些狂欢化的场景时,在看似无序的场景背后都因为革命话语的加入而暗含了整饬的秩序,最后始终导向了革命话语所制定的游戏规则。

综上所述,蒋光慈的革命主题小说,是我们研究主题互文现象及其意义不可多得的文学样板。互文性强调文本间的相互滋养、彼此勾连的关系,强调通过对前后文本的互文研究,既能发现前文本对后文本造成的"影响的焦虑",又能通过对后文本互文性的发现,重新认识前文本。萨莫瓦约曾在《互文性

---

① 蒋光慈:《蒋光慈文集》第 2 卷,上海文艺出版社 1983 年版,第 325 页。
② [俄]巴赫金:《陀思妥耶夫斯基诗学问题》,白春仁、顾亚铃译,生活·读书·新知三联书店 1988 年版,第 175 页。

研究》一书中指出，"文学是在它与世界的关系中写成的，但更是在它同自己、同自己的历史的关系中写成的。文学的历史是文学作品自始至终不断产生的一段悠远历程。如果说文学作品是它自己的源头，那它同时又是一个大家族的一员，而它又多多少少反映了这一存在"①。萨莫瓦约的这段话，提醒我们应该关注文本的源头。主题所具有的源头意义在很多文学作品中得到过验证，这也是我们研究主题互文的意义所在。研究主题互文，并不会否定经典的原创性和独特性。虽然互文理论强调没有一个文本不是对其他文本的映射和引用，但后文本在对前文本进行互文书写的过程中，作者的独创性依然有强大的生命力，因为文本不会自动生成，它必然熔铸了主体的审美实践、创作意图以及文学技巧等创造性的因素。也就是说，虽然这里重点以蒋光慈为核心讨论了革命主题对后世文学的影响，这种互文影响不是整齐划一的，在具体的文本之间又是各有特色的。但是，作为 20 世纪中国文学中最核心、最关键的主题，蒋光慈的革命主题小说的确对后世文学发挥了巨大的示范作用，这种主题之间的互文性是值得我们思考的。

第三节　革命主题下的农村叙事：《咆哮了的土地》
与《太阳照在桑干河上》互文关系考察

英国著名诗人、理论家艾略特曾戏谑地说："小诗人借，大诗人偷。"艾略特这句话精辟地道出了文学传统对作家创作的影响。他在《传统与个人才能》一书中为拯救已经被唾弃沦为贬义的"传统"一词，把传统看作是文学谱系中具有共时性、动态的、积极的、权威的和开放性的序列，认为传统的影响无处不在，是推动文学发展的动力。也就是说，在文学创作谱系中，每个作家都要面对源远流长延绵不绝的传统或惯例，他们不可避免地会以吸收和改造的

---

① ［法］蒂费纳·萨莫瓦约：《互文性研究》，邵炜译，天津人民出版社 2003 年版，引言第 1 页。

方式来参与这个谱系,而不能完全脱离和不受制于这个谱系,就像艾布拉姆斯说的那样,"任何一部文学文本'应和'其他的文本,或不可避免地与其他文本相互关联的种种方法。这些方法可以是公开的或隐秘的引证和引喻;较晚的文本对较早的文本特征的同化;对文学代码和惯例的一种共同累积的参与等"①。因此,要真正理解和考察一个文本,一定要考察这个文本的文学谱系、嵌入历史的方式以及与其他文本的互文关系,这有助于我们对文学传统的理解,有助于我们对文学谱系及其嬗变过程的理解。

长篇小说《咆哮了的土地》是蒋光慈 1929 年从日本回国后所写的一部作品,这部作品完成于 1930 年 11 月,直到蒋光慈去世一年后的 1932 年才改名《田野的风》得以出版。《咆哮了的土地》是蒋光慈最后一部作品,描写的是 1927 年前后湖南某地的农民在农会的带领下展开了一场轰轰烈烈的以土地革命为核心的农民运动,这部小说被认为是"第一部正面描写土地革命的小说,在中国现代文学史上第一个艺术地再现了井冈山道路,填补了中国文学史上的一项空白"②。丁玲的《太阳照在桑干河上》写作始于 1946 年,完成于 1948 年,是丁玲根据自己在河北怀来、涿鹿一带参加土地改革的真实经历创作而成。小说表现的是 1946 年中共"五四指示"发布到 1947 年全国土地会议以前的华北一个叫暖水屯的村子土地改革的情况。这部作品被冯雪峰认为是"一部艺术上具有创造性的作品,是一部相当辉煌地反映了土地改革的、带来了一定高度的真实性、史诗性的作品;同时,这是我们社会主义现实主义的最初的比较显著的一个胜利,这就是它在我们文学发展上的意义"③。这两部相隔差不多 20 年的作品,放在一起做互文性书写的考察,是有道理的。这两部作品虽然创作背景和年代不一样,但也有诸多相似的元素。其中最大的相似

---

① [美]M.H.艾布拉姆斯:《欧美文学术语词典》,朱金鹏、朱荔译,北京大学出版社 1990 年版,第 373 页。

② 马德俊:《蒋光慈写在中国革命文学史上的十五个第一》,《党史纵览》2001 年第 4 期。

③ 冯雪峰:《〈太阳照在桑干河上〉在我们文学发展上的意义》,《文艺报》1952 年 5 月 25 日第 10 号。

就在于主题都是农村革命,农民、土地、革命、阶级斗争是这两部作品共同的"关键词",这让两者之间有了最重要的相似基因。另外,两位作家都是革命文学序列中的作家,这种身份和角色上的类似也是笔者把两部作品进行互文性解读的有力支撑。具体而言,这两部在革命主题统摄下的作品,在以下方面的互文是值得注意的。

一、　引路型和成长型的人物关系

蒋光慈作为早期引领革命文学创作风潮的小说家,他的小说中公式化和概念化的弊端是毋庸讳言的。在他早期的小说里,蒋光慈曾自称是"专门从事革命文学工作的人"①,将大量的革命文学理念深植于文本之中。纵观蒋光慈的小说创作历程,不难发现,在他的这些小说中都有一个"引路人"和在"引路人"的带领指引下一步步变成革命者的"成长型"人物存在,这在他的小说创作中几乎是不能回避的人物塑造模式。在《少年漂泊者》中,引路型人物是维嘉先生,成长型人物则是汪中。少年汪中在与维嘉先生的通信中,由一个在黑暗中找不到出路的懵懂少年一步步成长为自觉为革命事业献身的革命者。在《短裤党》中,引路型人物是华月鹃,成长型人物则是邢翠英和陈阿兰;《野祭》中引路型人物是陈季侠,成长型人物则是章淑君;《最后的微笑》中,引路型人物是沈玉芳,成长型人物则是阿贵;《冲出云围的月亮》中,引路型人物是李尚志,成长型人物则是曼英。正是因为有引路型人物的存在,才有汪中、阿贵等成长为一个真正的革命者,才有邢翠英与陈阿兰这些社会下层女性革命意识的觉醒,才有章淑君、菊芬这些知识女性背叛自己的阶级和家庭成长为现代革命女性。

在蒋光慈的最后一部作品《咆哮了的土地》中,我们依然能清晰地看到作品中显在的"引路型—成长型"这种人物关系存在。引路型人物是革命者张

① 蒋光慈:《关于革命文学》,载《蒋光慈文集》第4卷,上海文艺出版社1988年版,第166页。

进德,成长型人物则有李杰、毛姑、何月素等。《咆哮了的土地》第一章和第二章直接引出了小说主人公张进德的身世。张进德是一个没有家室的人,没有房屋,没有田产,唯一的老母亲死后更是没有一个亲人,没有亲情的牵挂,"自从母亲死去了之后,这乡间已经没有什么东西可以牵得住张进德的一颗心了,——在这乡间他不但没有房屋,没有田地,以及其他什么财产,而且连一个亲人都没有了"。把张进德塑造成一个纯粹的无产阶级以及在亲情血缘关系中了无牵挂的人,蒋光慈的意图非常明显,即只有真正的"无产"阶级,才能成为革命的领导者,成为最坚定的革命家和引路人。张进德显然具备成为一个"引路人"的先天条件:

> 乡间差不多还是半年前的乡间,可是张进德却完全不是半年前的张进德了。半年前的张进德所能告诉乡人的,不过是些矿山上的琐事,半年后的张进德却带回来了一些无形的炸药。无声的巨炮,震动了这乡间的僻静的生活。自从他回到乡间之后,一般青年的农民得到了一个指导者,因之,他们的心已经不似先前的平静,而他们的眼睛变得更为清明……①

> 在一般青年的眼光中,他简直是"百事通",他简直是他们的唯一的指导者。青年们感觉得自己的眼睛,自己的心,在此以前被一种什么东西所蒙蔽住了,而现在他,张进德,忽然将这一种蒙蔽的障幕揭去了,使着他们开始照着别种样子看待世界,思想着他们眼前的事物。他们宛然如梦醒了一样,突然看清了这世界是不合理的世界,而他们的生活应当变成为别一种的生活。②

张进德的身世和引路人形象,这和《太阳照在桑干河上》里的张裕民极为相似。张裕民生活在无母爱、无温暖和贫穷的环境中,父母早逝,"从来不知道有什么亲爱一类的事",跟随像头牛一样只知道受苦干活的舅舅生活到十

---

① 蒋光慈:《蒋光慈文集》第 2 卷,上海文艺出版社 1983 年版,第 161 页。
② 蒋光慈:《蒋光慈文集》第 2 卷,上海文艺出版社 1983 年版,第 159 页。

七岁便"独立门户"当了长工,是一个经济上一无所有,亲情血缘了无牵挂的
无产者:

> 他自从八岁上死了父母,和刚满周岁的兄弟住到外祖母家去以
> 后,他就从来不知道有什么亲爱一类的事。他成天跟着他舅舅郭全
> 在地里做活。舅舅是个老实人,像条牛,生活压在他头上,只知道受
> 苦,一点也不懂得照顾他。他们的关系,是一同劳动的关系,像犁跟
> 耙一样。外祖母也无法照顾他,常常背着他兄弟到邻村去讨吃。因
> 为舅舅收得的粮食都交租了,即使是好年成,他们也常常眼看着别人
> 吃肉,吃白面,吃小米,他们是连几顿正经高粱饭也难吃到的。他就像
> 条小牛似的,只要有草吃也可以茁壮起来。他长到了十七岁,于是他
> 自己立了门户,他拿自己的工资来养活着他兄弟。那瘦孩子就担负着
> 捡柴,烧饭等等的事。这一切只使他明白一个道理,穷人就靠着自己
> 几根穷骨头过日子,有一天受不了苦啦,倒在哪里,就算完在哪里吧。①

张裕民和张进德一样,在经济上和在亲情上是了无牵挂的无产者,这也暗
示革命主题的小说,在引路人设置背后有一个共同的潜台词,即家庭亲情对于
革命者而言无疑是一种羁绊,阶级情的重要性远远胜于亲情。这样的人物身
世背景,读过这两部作品的读者,一眼能看出张裕民实际上是张进德的翻版,
有着浓厚的张进德色彩,甚至两位作者在为人物取名时都不约而同地让他们
姓张。张裕民是暖水屯的第一个党员,也是暖水屯的党支部书记,是暖水屯土
改运动的引路人和中坚力量。虽然丁玲并未把张裕民塑造成"高大全"式的
人物,也曾因张裕民这一人物形象"色彩是不够丰满不够鲜明的""他的行动
的积极性,是表现得不够的。他后来曾经在斗争中表现的多疑,犹豫等缺点,
也被作者写得相当模糊"②受到批评,但不可否认,张裕民在作者笔下一直是
被当作暖水屯土改运动的引路人来塑造的,张裕民身上被作者赋予了诸多引

---

① 张炯主编:《丁玲全集》第2集,河北人民出版社2001年版,第39页。
② 陈涌:《丁玲的〈太阳照在桑干河上〉》,《人民文学》1950年第5期。

路人的品质,比如始终如一、有才干,对党的事业深信不疑,被区委书记认为是"雇工出身诚实可靠而能干的干部"。张裕民早在抗日战争期间就成为暖水屯的第一个党员,为八路军工作过,经受住了种种考验。暖水屯的土地改革之所以最终成功,离不开张裕民的"引路"。在农村阶级斗争极其复杂的情况下,只有张裕民能透过重重迷雾,指出暖水屯真正的地主和斗争对象是"八大尖"中的钱文贵。当时的钱文贵为了掩盖恶霸地主的身份,先是送儿子去"参军",在政治上获得一个"抗属"的身份,又将家里的绝大部分土地分到两个儿子名下,并把女儿嫁给村里的治安员张正典,频繁利用侄女黑妮与农会主席程仁的恋爱关系获得庇护,这些招数蒙蔽了村里的许多人。加上一部分群众认为时局不稳,怕变天,对钱文贵的罪行虽然恨之入骨但又顾虑重重,不敢起来斗争。甚至土改工作组组长文采,也认为钱文贵是"中农""抗属",属于团结的对象而不是斗争的对象。只有张裕民对此有清晰的认识,排除万难,最后终于发动群众认清了钱文贵的真实面目,土改工作才顺利开展下去并在暖水屯取得了巨大的胜利。可以说,暖水屯土改取得胜利,引路型人物张裕民起着决定性的作用。

"引路型"人物的形塑在某种程度上是作家的自喻。如果考察蒋光慈和丁玲的创作心理,不难发现即便是性别、遭际有很大不同,但两位作家将自己视为革命"引路人"的心理却惊人的一致。作为普罗文学的先驱,蒋光慈把革命文学看作是自己当仁不让的选择,把自己看作是革命文学的引路人。为此,他批评叶圣陶为"市侩派文学家",批评冰心为"暖室的花""贵族式的女性"[1],他认为革命文学家应该成为时代的"引路人","一方面是文艺的创造者,同时也是时代的创造者"[2],"我愿勉力为东亚革命的歌者","用你的全

① 蒋光慈:《现代中国社会与革命文学》,载《蒋光慈文集》第 4 卷,上海文艺出版社 1988 年版,第 151—152 页。

② 蒋光慈:《论新旧作家与革命文学》,载《蒋光慈文集》第 4 卷,上海文艺出版社 1988 年版,第 177 页。

身、全心、全意识——高歌革命"①。丁玲也是如此，她曾不止一次说过，作家应当"真正走在时代的前列，代表人民的要求"②，作家应当担当"引路人"的角色，这是作家的职责之所在。

既然有引路型人物，那么势必有"被引路型"人物存在，笔者把这类人物称之为"成长型"人物。这里所说的成长，主要指的不是肉体的成长，而是精神和思想境界的成长，具体而言，即由最初的不成熟状态成长为符合革命话语要求的新人。巴赫金认为，人物成长的意义就在人物的成长"自身反映着世界本身的历史成长"③，人物成长映射着"世界本身的成长"即顺应着历史发展潮流，这种人物成长与历史规律的关联性，正是革命主题小说愿意设置成长型人物的原因所在。在《咆哮了的土地》中，成长型的代表人物是李杰。李杰本来是地主大少爷，因为父亲阻碍自己的恋爱导致怀有身孕的王兰姑自杀而毅然决然同家庭决裂，走上了革命道路。他"具着复仇的心情"，"显一显威风给他那作恶的父亲看"，回到了故乡，参加乡间的农民运动。李杰在蒋光慈的笔下明显带着青年人的盲动，充满着幼稚的想象和犹疑不决的立场，这也暗示出大部分成长型人物在背叛家庭与阶级后呈现出精神的无根性与断裂性，这种无根和断裂为引路型人物的介入提供了话语操作空间。在参加农民运动时，由于自己的出身受到农民的怀疑，李杰主动向引路型人物即农民出身后来成长为工人阶级的矿工张进德学习，他认为张进德是"可以帮助他一切的"，"在将来的工作上，自己免不了要以张进德为'向导'"。在张进德的引领下，李杰首先学会了从日常生活习性向张进德靠拢，在面对异常粗劣的饭菜，"粘着许多洗濯不清污垢"的碗筷而毫不犹豫地进食。李杰的这些举动实际上暗示了知识青年必须放弃原有的精英意识，必须从日常生活皈依工农大众以获取身份认同而不是以高高在上的启蒙姿态俯视工农大众。

---

① 蒋光慈：《自序》，载《蒋光慈文集》第3卷，上海文艺出版社1985年版，第256页。
② 袁良骏编：《丁玲研究资料》，知识产权出版社2011年版，第171页。
③ ［俄］巴赫金：《小说理论》，白春仁、晓河译，河北教育出版社1998年版，第233页。

展现"新人"的成长也是《太阳照在桑干河上》的目的之一。丁玲曾毫不讳言地说,由于在共产党的领导下,社会制度改变了性质,人的精神也根本改变,因此,她的重心在于"极力探求新的人,新人的内心生活",写《太阳照在桑干河上》的主观意图就在于要反映"农村的变化,农民的变化","想写那些原是很落后的农民,在革命发展中,怎样成为新人"①。她在《太阳照在桑干河上》俄文版前言中也提到,写这部小说的目的是要表现土地改革在农村是如何进行的,以及"村里的人们又是如何成长起来的"②。在《太阳照在桑干河上》这部小说中,成长型人物的代表是程仁。程仁作为农会主席,曾经是钱文贵的长工,也是暖水屯早期的党员。但是,他在暖水屯土改运动中表现得不坚决不彻底,这与他和钱文贵的侄女黑妮有着感情上的牵连不无关系。经过张裕民和章品等人的引领,程仁终于发现为了爱情而袒护一个地主恶霸是"丑恶"的,在严词拒绝了钱文贵老婆的求情之后,程仁"不再为那些无形中捆绑着他的绳索而苦恼了",成长为一个真正的革命者。这两部小说中的成长型人物成长的心路历程比较相同,两个作家都着重描写了这种成长过程中的焦虑、痛苦和犹疑。比如李杰在革命运动给自己的母亲和妹妹带来伤害时的痛苦焦虑,程仁在想到黑妮和钱文贵的关系时的焦灼,都极其相似。甚至连成长仪式也相同,即在引路型人物的指引、带领以及在他们直接或间接的帮助下,在暴力革命的血与火的历练中,改变了原有的单纯、犹疑、不坚定,变成一个符合革命要求和斗争需要的真正的革命家。李杰是在火烧李家老楼这个"成长仪式"之后,才成长为一个真正的革命者;程仁也是在不徇私情以暴力的方式批斗钱文贵之后才成为一个坚定的革命家。两人都以大义灭亲的方式成长为作者所期望的革命家。

---

① 丁玲:《生活、思想与人物》,《人民文学》1955 年第 3 期。
② 袁良骏编:《丁玲研究资料》,知识产权出版社 2011 年版,第 495 页。

二、 二元对立的情节设计

法国理论家罗兰·巴特曾通过考察文学文本中的"二元对立"现象,提出了在文学批评中应对这种"二元对立"现象予以重视,他认为"通过找出文本中其他的对立双方以及分析这些对立双方是怎样相关的",就能够"解构文本并解释其意义"①。在文学创作中,二元对立的情节设计模式是普遍存在的,如生——死、黑——白、忠——奸、美——丑、好——坏、新——旧、正义——邪恶、必然——偶然、普遍——特殊、现实——幻觉、清醒——疯狂、永恒——暂时、真实——虚假、进步——落后、革命——改良、真理——谬误等。前者作为强势话语具有天然的优势,后者的存在更多的是为了彰显前者的意义。在这一系列二元对立中,两种对立的因素既对立又相互联系,甚至是互相转换,从而在联系与区别中,我们可以了解共同的生存悖论以及克服冲突的逻辑模型,更清晰地认识和把握对象。

二元对立的情节设计模式历史悠久,从中国古典小说中流传下来的忠奸模式就是典型的二元冲突模式。在革命文学兴起之初,"革命+恋爱"的二元冲突,作为一种流行的情节设计模式,曾被广为利用。《咆哮了的土地》和《太阳照在桑干河上》中,也有"革命+恋爱"的二元冲突设计,除此之外,两部小说在父子冲突、革命伦理与民间伦理的冲突设计上也惊人的相似。

(一)革命与恋爱的冲突

"因为蒋光慈写过不少的小说,有众多的读者,而且被认为普罗文学的'师'。"②蒋光慈既是普罗文学的"师",也是普罗文学中"革命+恋爱"这种情节模式的始作俑者。20世纪20年代蒋光慈的作品之所以风行一时,与他在小说中无处不在的"革命+恋爱"二元冲突设计有很大关系。这种二元叙事模

---

① 朱刚:《二十世纪西方文论》,北京大学出版社2006年版,第383页。
② 茅盾:《茅盾全集》第十九卷,人民文学出版社1991年版,第278页。

式,既是一种文学叙事,也是许多革命家真实经验的再现。蒋光慈引领了"革命+恋爱"小说的流行,这也成了蒋光慈的独特标签。他的所有小说,都有"革命+恋爱"的元素。这种古典小说"才子佳人、英雄美人"模式的现代变种,极大满足了读者尤其是青年读者对革命的想象。革命和爱情的同构,使得刀光剑影的革命愈发浪漫,也使得花前月下的爱情更加神圣,这种宏大叙事和私人话语的杂糅,让政治与性在相互转换间产生了巨大的文本张力。

作为蒋光慈最后一部小说,《咆哮了的土地》中革命和恋爱的因素表现得依然明显。李杰走上革命的道路,正是因为"恋爱"失败促成的——恋人王兰姑的惨死促成了他和家庭的决裂。在李杰看来,革命和恋爱是二而一的事情,密不可分,革命的对象和恋爱惨剧的仇人是同一对象,"我们的革命成功之后,你的仇也就可以顺带地报了"。这里明显是用革命来"补偿"恋爱的挫败。茅盾曾在《"革命"与"恋爱"的公式》一文中,把"革命+恋爱"小说分为三种类型:第一类是"为了革命而牺牲恋爱",即小说里的主人公,干革命,同时又闹恋爱,恋爱妨碍了革命;第二类是"革命决定了恋爱",几个男性追逐一个女性,结果女性会选中最"革命"的男性;第三类是"革命产生了恋爱"——因为同样的革命理念,一对男女怎样自然而然成熟起来并开始恋爱。接下来,茅盾把这三类连接起来,使其组成了一个与"历史"发展相一致的进化过程。他认为,"革命+恋爱"的第一类是恋爱大于革命,在文本叙事时给恋爱穿上革命的外套,内里依然是以恋爱为主;第二类是恋爱等于革命,两者同样重要;第三类是革命大于恋爱,"革命"代表着人生的意义,是主要题材,"恋爱"代表着日常例行需要,是穿插和点缀。① 在蒋光慈的《咆哮了的土地》中,李杰和毛姑之间的革命与爱情算是第一类,李杰以一套"革命"话语感召了毛姑,收获了毛姑的爱情——他向毛姑讲解"北伐军""国民革命""打倒帝国主义""唤起民众""妇女部""女宣传队",这些具有魔力的革命话语瞬间使毛姑"处女的生活史

---

① 茅盾:《茅盾全集》第二十卷,人民文学出版社 1990 年版,第 338—339 页。

中","第一次感到对男性的渴望","感觉到李杰这个人隐隐地与她的命运发生了关系"①,公共的革命话语被巧妙地嵌入到私人的恋爱心理之中了。张进德、李杰和何月素的三角恋爱属于茅盾所说的第二种——革命决定了恋爱。李杰为了革命,一再拒绝对他芳心暗许的毛姑和何月素,他认为"毛姑是可爱的""这时候,的确不是讲恋爱的时候""恋爱一定要妨害工作""工作要紧啊,我的敬爱的月素同志"。何月素原先喜欢的是李杰,由于农民出身的张进德比地主出身的李杰更革命,加上曾经英雄救美,何月素最后选择了农民革命领袖张进德。作者以充满罗曼蒂克的笔调描绘了这一场景:

> 张进德并没答言,走上前去,用着两只有力的臂腕将她的微小的身躯抱起来了。何月素也不反抗,两手圈起张进德的颈项。两眼闭着,她在张进德的怀抱里开始了新的生活的梦……②

革命和恋爱虽然有冲突,但两者并不是不可调和的,在蒋光慈看来也是可以相互转化,革命既可以成全恋爱,恋爱亦能促进革命。蒋光慈曾说过:"革命就是艺术,真正的诗人不能不感觉到自己与革命具有共同点。诗人的罗曼谛克更要比其他诗人能领略革命些。罗曼谛克的心灵常常要求超出地上生活的范围以外,要求与全宇宙合而为一;革命越激烈些,它的怀抱越无边无际些,则它越能捉住诗人的心灵,因为诗人的心灵所要求的,是伟大的、有趣的、具有罗曼性的东西。"③冯雪峰也说过:"恋爱的热情的追求是被'五四'所解放的青年们的时代要求,它本身就有革命的意义,而从这要求跨到革命上去是十分自然,更十分正当的事。"④蒋光慈对五四时代过来的青年的心理非常了解,在讲述"革命+恋爱"的故事时,往往将革命与恋爱都罗曼蒂克化,在处理两者的冲突时,表面上是革命话语战胜恋爱话语,但因为对恋爱有大费笔墨的渲染,

---

① 蒋光慈:《蒋光慈文集》第 2 卷,上海文艺出版社 1983 年版,第 245 页。
② 蒋光慈:《蒋光慈文集》第 2 卷,上海文艺出版社 1983 年版,第 421 页。
③ 蒋光慈:《十月革命与俄罗斯文学》,载《蒋光慈文集》第 4 卷,上海文艺出版社 1988 年版,第 68 页。
④ 冯雪峰:《从〈梦珂〉到〈夜〉》,《中国作家》1948 年 1 月第 1 卷第 2 期。

使得这种战胜有时候显得不那么真实。

在丁玲的《太阳照在桑干河上》里，也有革命与恋爱二元冲突的情节设计。黑妮是地主钱文贵的侄女，被伯父一家人当作使唤丫头，她爱上了伯父家的长工程仁，然而伯父却要将黑妮另嫁。正当恋爱的悲剧要发生的时候，"革命"解救了"恋爱"——日本投降后，八路军解放了村子，程仁成了农会主席，成为革命的代言人，这种身份的转换解决了恋爱的危机。后来，"恋爱"成了"革命"的绊脚石，程仁由于黑妮的关系，一直不能正确地面对地主钱文贵，在批斗钱文贵的立场上，表现出不革命的一面，这是茅盾所说的"革命+恋爱"公式中的恋爱妨碍了革命。第四十六章，当钱文贵的老婆以黑妮为筹码试图收买程仁时，程仁反而迸发出了革命的激情，以革命的方式迅速解决了此前恋爱带来的羁绊——程仁严词拒绝了钱文贵老婆的收买，"你来收买咱，不行！拿回去，咱们有算账的那天"，"他已不再为那些无形中捆绑着他的绳索而苦恼了，他也抖动两肩，轻松地回到了房里"。这些描写不难看出蒋光慈小说的互文影响。

（二）父与子的对立

在普罗文学的创作公式中，父与子的对立也是一个必不可少的元素。父与子的对立，实际上是旧与新的对立，落后与进步的对立，不革命与革命的对立。在达尔文进化论思想的影响下，新永远要胜于旧，革命永远要胜于不革命，进步永远要胜于落后。《咆哮了的土地》里的父子对抗，实际上就是新型农民和旧式农民的对立。王荣发作为旧式农民的典型，一辈子勤劳、本分、隐忍、认命，小心翼翼地生活在封闭的乡村。当他见到已经是革命青年的李杰时，"恭恭敬敬地将迎接他的李杰扶到上横头坐下"，听到李杰说脱离家庭，参加革命军，老人的第一想法是"大大的不孝""简直是疯话"，始终理解不了地主大少爷的革命行为。当儿子王贵才向他说起土地革命，他认为土地革命是"违背天理"的思想，"土地革命！这是我们种田人的事吗？""贵才是发了疯，中了魔,忘记了穷人的本分","亘古以来,哪里有佃户打倒地主的道理"。儿子王贵才则代表着革命感召下的新型农民,有着青年人的革命热情,充满了斗争精神,善于接受新的思想,不像父辈那样面对不公平的社会制度只有隐忍和屈服。王贵才在张进德的带领下,积极参加农会打击地主的斗争,最后还献出了年轻的生命,以自己的生命唤醒了旧式农民的王荣发,最后王荣发毅然拿起了武器,加入革命的队伍中来。

《太阳照在桑干河上》中的父子二元冲突和《咆哮了的土地》表现得极为相像。《太阳照在桑干河上》里的侯忠全就是《咆哮了的土地》中的王荣发,《太阳照在桑干河上》里的侯清槐就是《咆哮了的土地》中的王贵才。侯忠全年轻的时候是一个极其伶俐的小伙子,娶了一个漂亮的媳妇。后来,侯忠全的媳妇和地主侯殿财勾搭成奸,被侯忠全打了一顿之后跳井自杀。侯忠全因此蹲了两个月大狱,赔了六亩地,父母也气死了,从此变得一无所有。他一年四季只能在"劳动中麻木自己",变成了一个"不只劳动被剥削,连精神和感情都被欺骗的让吸血者俘虏了去"的旧式农民。在大家让他出来斗争地主侯殿魁时,这位老实本分的农民认为自己受的苦是"前生欠了他们的","他要拿回来了,下世还得变牛变马",并把分到手的一亩半地给退了回去。他还是革命的阻力,一向革命的儿子侯清槐被他关在屋子里不让参加土地改革运动,在程仁的眼中,侯忠全是一个"死也不肯翻身的人"。而他的儿子侯清槐则是一个积极要求上进的青年,先是积极参加农会,后来又参加了运输队和评地委员会,积极响应党的土改号召。这种父子冲突模式不难看出有蒋光慈小说的影子。

父子冲突在后来的农村题材长篇小说中也是极其常见的情节设计。《创业史》中梁三老汉与梁生宝之间,《山乡巨变》中盛佑亭和盛学文、陈先晋与陈大春之间,《艳阳天》中萧老大和萧长春之间,都是如此。父子冲突的情节模式,儿子的反叛意味着对既有权威的反抗,对僵化阻碍革命前进的制度、思想以及伦理的反抗,儿子的胜利既隐喻了革命的正义性,也暗示革命实际上是要消除文化上的恋父心理,以抽象的革命取代文化上的父亲,从而在文化心理层面把革命切入进来。这种父子冲突模式被纳入革命话语体系,实际上是在古老的审父主题中加入了革命化诉求,这也是后来诸多红色经典的情节设计套路。

(三)革命伦理与民间伦理的龃龉

革命伦理是革命斗争中为了特定的革命利益、政治理想而形成的道德准则,它强调革命利益高于一切,统摄一切,强调革命的正义性,要求为了革命的目的牺牲和奉献一切。它是以"集体主义""阶级至上""党性至上"为其最基本的信仰和规范,先天地具有阶级性、目的性和排他性。革命伦理在现代民族国家的建构中发挥了极其重要的作用,"没有革命伦理教化以及革命者对革命伦理的积极实践,包括无数先烈的英勇行为,就不可能有中国革命的成功和现代民族国家的建构"①。而民间伦理,是在日常生活中形成的引导规范着大众的普遍行为模式的伦理规范、伦理信念、善恶观念和道德标准,它是一种"自生自发的秩序"。家庭伦理和民间道义是它的两个重要组成部分。前者是围绕家庭血缘这个核心展开的伦理规范,它强调亲情和血缘的重要性,强调家庭的施恩与图报,以家庭家族的利益为旨归。后者是在日常生活中产生的习俗风气、行为方式和价值观等,强调惩恶扬善、善恶有报,以民间特有的正邪、善恶观念作为伦理准则。与正统伦理不同,民间伦理在乡村的现实生活中对民众的影响更大、更直接。

在诸多的革命文学中,都有对革命伦理和民间伦理的叙事。作家或是把无产阶级历史革命想象为民间的道义行为,或是把革命当作是重塑民间伦理的手段,或是把民间伦理视为革命的绊脚石。革命伦理与民间伦理的尖锐冲突,这样的设计在《咆哮了的土地》和《太阳照在桑干河上》中都有明显的体现。《咆哮了的土地》实际上就被设计成了革命伦理和民间伦理发生冲突并

---

① 刘铁芳:《生命与教化——现代性道德教化问题审理》,湖南大学出版社 2004 年版,第 107 页。

最终取代民间伦理的过程。王兰姑因为与李杰的身份差距,俩人的恋爱被李杰的父亲大地主李敬斋活活扼杀,王兰姑嫁人不成还珠胎暗结,未婚先孕在民间伦理看来是不能接受的,王兰姑最后不得不自杀。这在革命伦理看来,王兰姑的死也是不能接受的,不是因为其违背了民间伦理,而是体现了一个阶级对另一个阶级的压迫。吊诡的是,王兰姑的父亲王荣发并没有因为这件事而对李敬斋充满阶级仇恨。蒋光慈在小说中,没有用一句话来表现王荣发对兰姑之死的看法,似乎是暗示在民间伦理层面,王兰姑的死与李敬斋并无关系,因为两人阶级不同、经济地位不同,"出身卑贱""门不当户不对",加上未婚先孕违背民间伦理,所以王兰姑死于民间伦理,而与阶级压迫无关。王荣发把自己的受穷受苦都归结为"生前造了孽""他家的坟山不好""'八字'生来就是受苦的命",而李敬斋的福气是"李家老楼的风水好""东家的命好",所以,张进德、王贵才闹革命,他认为是"世道日非,人心不古",租户应该守着纳租的本分,夺取东家的田是"违背天理"的事。更让王荣发想不通的是,李杰的革命理论是"一遍荒唐言,句句该打嘴",是"连父母两老子都不要了",这种行为是"禽兽不如"。李杰的革命行为在王荣发看来,完全违背了民间伦理尤其是家庭伦理。李杰所操持的革命伦理话语,在以民间伦理为规范的王荣发这里并没有发挥任何作用,可见民间伦理对革命伦理的排斥。在蒋光慈的小说中,民间伦理既是阻碍旧式农民向革命靠拢的因素,也是促使他们走向革命的动力。王荣发从最初对革命不理解不赞同的落后典型,到最后走上革命的道路,并不是革命的感召或者说是对革命伦理认同的结果,他的落后和先进都是民间伦理在起作用:正因为儿子王贵才被地主武装杀害才促使他走进革命队伍。这其中的动因完全是因为家庭血缘伦理的作用,与革命伦理无关。

从写作意图来看,蒋光慈试图宣扬革命伦理优越于民间伦理,宣扬要成为真正的革命者,必须以革命伦理为准绳,打破民间伦理的束缚。这也是为什么主人公李杰为证明自己是真正的革命者,置年迈的母亲和年幼的妹妹于不顾而火烧李家老楼,这种以革命伦理第一而置家庭伦理于不顾的举动,读来多少令人感觉不可思议。但实际上,我们仔细阅读文本,会从文本裂隙中看出,蒋光慈文本中一套公式化的革命伦理并不占据优势,反而它在与民间伦理的对抗中显得左支右绌。革命伦理的胜利不是从文本中顺其自然地流露出来,而是叙述者在叙事过程中被强行介入和刻板说教实现的。

与之不同的是,丁玲在《太阳照在桑干河上》对革命伦理和民间伦理的冲突的处置却相对聪明,这也体现出丁玲的写作才情要远远胜于蒋光慈。丁玲并不是简单地把民间伦理作为革命伦理的对立面,把革命伦理和民间伦理简单地以进步与落后来定位。她看到了民间伦理对于革命伦理而言是一把双刃剑:既是阻碍革命伦理话语取得胜利的因素,又是革命伦理话语取得胜利的基础和有力支撑。因此,她在《太阳照在桑干河上》中处理革命伦理和民间伦理时,首先是突出了民间伦理的意义。她并没有像蒋光慈那样,以一套刻板的说教来展现革命伦理的重要性,而是看到了稳定的民间伦理秩序是革命伦理合法性的前提。因此,她将笔下的地主恶霸,首先置于民间伦理的审判台——被民间伦理认定的最坏的人必然是革命对象。比如,孟家沟那个叫陈武的地主,胡乱打人,强奸女人,买卖鸦片,私藏军火。这种人首先就冒犯了民间伦理规范,因此土改还未在暖水屯开始陈武就被镇压了。还有暖水屯最终要斗倒的地主恶霸钱文贵,也是在民间伦理层面激起了极大的民愤。比如说他勒索房屋钱财,以欺骗的方式送人到矿山当苦力导致他人丧命,欺骗刘满的爹开磨坊,让他赔了钱,以及将刘满的哥哥刘乾逼疯。虽然他隐藏很深,使坏都在暗里,没有公开违反民间伦理,但这些暗地里的使坏已经触及了民间伦理的底线,因此被看作是暖水屯最大的“恶人”,最后被批斗的只有钱文贵。其他几个地主,并未直接违反民间伦理,因而在暖水屯的土改运动中没有受到“武斗”。比如,李子俊是个“窝囊地主”的形象,他体弱、胆小、无能,家里的产业不是偷来抢来,也不是靠自己的能力挣来而是祖先留下的。他和革命家张裕民并无直接冲突,所谓的过节也只是李子俊老婆让张裕民倒尿盆损害了他的男性尊严,使张裕民感到屈辱愤而辞工。张裕民因怄气辞了他家的工,李子俊不得不自己去井边挑水,累得病了两个月。李子俊一辈子懦弱怕事,谨慎小心,并没有冒犯民间伦理的地方,因此获得了革命的同情。另一个地主侯殿魁也没有冒犯民间伦理。和侯忠全老婆通奸害得侯忠全家破人亡的不是侯殿魁,而是侯殿魁的哥哥侯殿财。侯忠全妻子和侯殿财通奸并不是地主强占民女,而是因为侯忠全妻子"水性杨花"。相比早死的哥哥侯殿财,弟弟侯殿魁在民间伦理看来是一个没有恶行反而是个民间口碑很不错的地主。侯忠全租了侯殿魁的地,侯殿魁不仅没有多收地租还给侯忠全两间屋子用以栖身,还给了一些破烂衣服,即便是侯忠全欠了租子也很少去催逼。可以算得上侯殿魁"恶行"的只有一个,即侯殿魁曾经"把公款买了一个花牛,说是自己的"。暖水屯还有一个地主是江世荣。在小说的交代来看,江世荣完全是一个受了夹板气却大气不敢出的地主。在日伪时期做过甲长,这个甲长没干过坏事,反而还给八路军送过粮食。八路军站住脚后,他行事都要看看村干部的脸色,唯唯诺诺,小心翼翼,还在赵得禄一家没有粮食下锅时,托人转手借给他粮食救急。他的恶行屈指可数,主要有他曾经拐来个女人,到佃户家催欠租拿走了人家的生活用具,乱派款项、乱派伕子,因怀疑郭富贵调戏他女人而罚郭富贵到下花园驮了两趟煤。

丁玲的高明之处就在于她看到了支配乡村社会正常运行的民间伦理的巨大作用,并且意识到了民间伦理之于革命伦理,并不是决然对立的两种标准。相反,她从农村的实际生活经验出发,看到了革命伦理的确立有诸多借重民间伦理的地方。小说最后之所以找出隐藏最深的"恶霸",并不是革命伦理的胜利,反而是民间伦理的胜利,最后的"决战"仪式,实际上就是民间伦理的胜利大狂欢。在这部小说中,她并没有像蒋光慈那样,冷冰冰不近人情地把民间伦理和革命伦理看作是两种对立的话语体系。因此,她的小说里没有《咆哮了的土地》中为了实现革命而不顾伦理人常的情节,相反有对诸如李子俊等人充满人情味的"有限同情"。同时,丁玲也看到了革命伦理和民间伦理作为两套不同的标准规范和话语体系之间难以弥合的差异,看到了民间伦理会以各种隐匿和变通的方式阻碍、改变革命伦理。因此,她在小说中也一再表现了民间伦理对革命伦理的阻滞和拆解。比如,侯忠全之所以把拿回来的地又退给侯殿魁,是因为他认为侯殿魁没有作恶,固守着善恶有报的民间伦理准则而不敢违心地去拿地。去拿李子俊的地的农民,之所以无功而返,并不是因为他们被李子俊女人"所演的戏麻醉了",最主要的是革命伦理提供的道德合法性并没有战胜农民的心目中固守的民间伦理。土改最后以狂欢的方式取得了胜利,实际上是革命伦理以强大的政治权力、经济利益为后盾驱散了农民心中坚守的民间伦理准则。这种对民间伦理和革命伦理的不同姿态,也是丁玲小说对蒋光慈小说进行互文书写后的改造。

三、 翻身翻心的结构模式

在 1946 年至 1948 年的土地改革运动中,在农村曾广泛地开展了"翻心"运动,这是解放区在通过革命斗争取得政权后,对政治上翻身做主的农民开展的一次革命教化活动。当时的报纸曾广泛报道农村"翻身翻心"的经验。1946 年 10 月下旬的《冀中导报》曾刊载过冀中土改,里面就指出:"因耕者有其田是一新的工作,群、干对此多很模糊,……故工作一开始,首先要打破群众思想上的障碍,启发阶级觉悟,让其翻心。"不久,冀中区党委在关于土改第一阶段的经验介绍中更为明确地提出"欲翻身必先翻心""只有翻透心才能翻透身"。区党委还指出:"发动群众的标志,是群众不仅从经济上得到利益,而且要有主人翁的自觉。反对单纯经济观点,认为得了土地就行。"[1]可见,丁玲在以河北解放区的土改运动为背景创作《太阳照在桑干河上》时,无疑会受到这种"翻身翻心"思想的影响。小说中这种"翻身翻心"结构模式的建构,虽然是时代的要求和政治的需要,然而,从文学层面来说,《太阳照在桑干河上》并不是最早的以"翻身翻心"为结构的小说,蒋光慈的《咆哮了的土地》中早已有这

---

① 李放春:《苦、革命教化和思想权力》,《开放时代》2010 年第 10 期。

样的结构模式。

在《咆哮了的土地》中,蒋光慈一方面通过渲染暴力革命和阶级斗争来反映农民取得了政治上的翻身;另一方面,他又通过革命教化和诉苦仪式、反省仪式来反映农民提高了自己的阶级觉悟,实现心理上的"翻心"。翻身往往是和气势恢宏的暴力革命场景相连。毛泽东曾在《湖南农民运动考察报告》中指出过革命的暴力性质:"必须把一切绅权都打倒,把绅士打在地下,甚至用脚踏上。所有一切所谓'过分'的举动,在第二时期都有革命的意义。质言之,每个农村都必须造成一个短时期的恐怖现象,……矫枉必须过正,不过正不能矫枉。"①这种暴力场景在《咆哮了的土地》中比比皆是:

> 大殿中沸腾着拥挤着的人们的头颅。一片鼓噪着的声音,几乎是同一神情的面孔,令人一时很难辨认得清楚。当张进德、李杰和王贵才三人向着人众里挤进去,打算看一看是一回什么事的时候,沸动着的人们好像没有察觉到他们的存在也似的。只见大殿中的几杆柱子上,除开原被捆绑着的胡小扒皮以外,又加上了两个新的。张进德一眼便认出那一个是胡根富,一个是发已雪白的张举人。癞痢头手持着竹条,正有一下无一下地鞭打着张举人逗着趣。众人的视线都集中到这两个新囚的身上,有的拼命地骂着,有的相互讨论着如何处置他们的对象。②

翻身不可避免地与阶级暴力相勾连,翻心则和诉苦仪式密不可分。蒋光慈的《咆哮了的土地》是较早描写翻心的"仪式化"程序的。在第五十三章中,癞痢头、何三宝等人分别通过回忆、反省和诉苦来显示自己的"翻心":

> "你们以为我从前做小偷是乐意的吗?我要养活我的母亲,我要养活我自己,我不得不做这种事呵!可是这种事并不是容易做的。有一次我因为偷一只鸡,几乎没被两条恶狗撕掉。有一次我被捉住

---

① 《毛泽东选集》第一卷,人民出版社1991年版,第17页。
② 蒋光慈:《蒋光慈文集》第2卷,上海文艺出版社1983年版,第317页。

了,打了一个半死。这是容易做的事情吗? 我曾经打了几次的主意,妈的,决意不做这种事情了,可是,他妈的,帮人家帮不掉,不做小偷只得饿死。可是我想活着,我不愿意饿死……我为什么饿死呢?"

"我本来是有田可以种的,只因为我的父亲亏欠了胡扒皮的许多债,不得已只得将几亩田卖给他了。我一家子就是被胡家弄穷了。我恨不得将胡扒皮打死才能出气……"

"你们都说你们苦,可是你们不知道我比你们更苦呢! 张举人把我家的田强买了,将我的父亲打了一顿,我的父亲活活地气死了。我的母亲投了水……"

"所以现在我们要革命了。"癞痢头接着很坚决地说道,"我们一定要弄得人人都有饭吃,人人都有田种,不准不做工的人享受现成的福气。我们怕的就是不齐心! 如果我们穷人能团结起来,妈的,还怕他们什么何二老爷,李大老爷! 妈的,天王爷我们都不怕!"①

这种暴力革命的翻身场景以及仪式化的翻心场景,在《太阳照在桑干河上》都再次重演。在第五十章批斗钱文贵时,作者有这样的描写:

人们都涌了上来,一阵乱吼:"打死他!""打死偿命!"一伙人都冲着他打来。也不知是谁先动的手,有一个人打了,其余的便都往上抢,后面的人群够不着,便大声嚷:"拖下来! 拖下来! 大家打!"人们只有一个感情——报复! 他们要报仇! 他们要泄恨,从祖宗起就被压迫的苦痛,这几千年来的深仇大恨,他们把所有的怨苦都集中到他一个人身上了。他们恨不能吃了他。虽然两旁有人拦阻,还是禁不住冲上台来的人,他们一边骂一边打,而且真把钱文贵拉下了台,于是人更蜂拥了上来。有些人从人们的肩头上往前爬。

钱文贵的绸夹衫被撕烂了,鞋子也不知失落在哪里,白纸高帽也

---

① 蒋光慈:《蒋光慈文集》第 2 卷,上海文艺出版社 1983 年版,第 406—407 页。

被踩烂了,一块一块的踏在脚底下,秩序乱成一团糟,眼看要被打坏了,张裕民想起章品最后的叮嘱,他跳在人堆中,没法遮拦,只好将身子伏在钱文贵身上,大声喊:"要打死慢慢来! 咱们得问县上呢!"民兵才赶紧把人们挡住。人们心里恨着,看见张裕民护着他,不服气,还一个劲地往上冲。①

《太阳照在桑干河上》的翻心仪式和《咆哮了的土地》高度相似,表现得更为激烈:

> 刘满用着他两只因失眠而发红的眼睛望着众人,他捶着自己的胸脯,他说:"咱这笔账可长咧,咱今天要从头来说。咱的事有人知道,也有人不知道,啊! 你们哪里会清楚这十年来的冤气。咱就是给冤气填大的。"他又拍了拍胸脯,表示这里面正装满了冤气。"咱爹生咱们弟兄四个,咱弟兄谁也是个好劳动,凭咱们力量,咱们该是户好人家呀! 事变前咱爷儿五个积攒了二百来块钱,咱爹想置点产业。真倒霉,不知怎么碰着了钱文贵,钱文贵告咱爹,说开磨坊利大,他撺掇咱爹开磨坊,又帮咱爹租了间房子。他又引了他的一个朋友,来做伙计,又不是咱村上人,咱爹不情愿,可是看他面子答应了。那个朋友在磨坊里管起事来,不到两个月,他那朋友不见了。连两匹大骡子千来斤麦子全不见了。咱爹问他,他说成,骂那个朋友,说连累了他,他拉着咱爹,一同到涿鹿县去告状,官司准了。咱告诉大家这官司可打不得呀! 咱们一趟两趟赔钱,官司老不判案。咱爹气病了,第二年就死了。咱们四弟兄在年里杀鸡赌咒,咱们得报这仇。唉! 咱们动还没动,有天咱大哥给绑上拉去当兵啦! 这还要说么,这里边是有人使了诡计啦! 咱大哥一走,日本鬼子就来了。石头落在大海里,咱们年年盼,也盼不到个信息。咱大嫂守不住,嫁了。落个小女子,不还

---

① 丁玲:《太阳照在桑干河上》,人民文学出版社 1956 年版,第 216—217 页。

跟着咱吗?"①

"咱也要同钱文贵算账咧。"王新田那个小伙子跳了上来。几天的工夫,已经改变了他,他好像陡的长大了几岁。他不再是那么荒荒唐唐的,他心里已经有了把握,他把闹斗争这件事看成了天经地义似的,好像摆在眼前,就这一件事好干,越闹越有劲。他看见有些人还在迟迟疑疑,唉声叹气,他就着急。这个年轻小伙子充满了信心,他诉说过去刘乾做甲长时,钱文贵暗里使诡计用绳子捆他,要把他送到青年团去的事。他在台上问他爹要不要钱文贵退还房子。他爹在台下答应他:"要他退还房子!"于是人们便吼起来:"钱文贵,乱捆人,要人房子,要人粮!"从人丛中又走出一个老头儿,他是人们把他推上去的。他一句也不会说,只用两眼望着大家。人们都认识他叫张真,他的儿子被送到铁红山,当苦力,解放后有许多苦力都回家了,只有他的儿子一直没回来。他对大家望着,望着,忽然哭起来了。大家催促他:"你说呀! 不怕!"可是他张了张嘴,说不出话来,又哭起来了。唉! 全场便静了下来,在沉默中传来嘘唏的声音。②

另外,《太阳照在桑干河上》还有许多细节和《咆哮了的土地》设置极为相似。比如黑妮和何月素的角色设定,她俩一个是地主钱文贵的侄女,一个是地主何松斋的侄女,两人都自发地背叛自己的家庭和血缘亲情。再如两部小说的开头都采用的是外来者介入模式,表现的是外界的信息如何进入闭塞的乡村,都强烈地暗示即将爆发的革命风暴。《咆哮了的土地》开头,描写的是矿工张进德回到乡间,带回了一些新思想和新的语言,预示着这个古老的乡村将要接受来自外界的革命冲击。《太阳照在桑干河上》则是由顾涌从外面赶着胶皮大车回到暖水屯带来的丰富的消息作为开头。还有,程仁和张进德在面

---

① 丁玲:《太阳照在桑干河上》,人民文学出版社 1956 年版,第 210 页。
② 丁玲:《太阳照在桑干河上》,人民文学出版社 1956 年版,第 211—212 页。

对爱情的时候,都有"一颗心不禁软动了一下"的描写。诸如此类细节的相似,都让我们看到了两部作品之间存在着明显的互文关系。

综上所述,我们不难发现,构成互文关系的前文本对后文本的影响自不待言,后文本对我们解读前文本也有重要的作用。当我们读过《太阳照在桑干河上》再来理解《咆哮了的土地》,我们的这种体会会更深。我们详细地分析了《太阳照在桑干河上》和《咆哮了的土地》的诸多相似之处,只不过是想证明前文本对后文本的互文影响是巨大的,并不是说丁玲的小说抄袭了蒋光慈的作品。相反,在革命主题的互文下,虽然在叙事模式上有诸多相同之处,但丁玲的《太阳照在桑干河上》艺术性远远超出《咆哮了的土地》。前文本生命的延续与后来者的个人才能息息相关,后来者对于前文本的互文书写及其文学传统的发现与整合,才使得我们的文学形成了一个完整并上升的谱系。

第四节 革命主题下的女性叙事:《我在霞村的时候》与《金宝娘》互文背后的"异构"

20世纪中国文学中,革命主题的作品较多,革命主题文学中涉及女性的也不少,但真正以女性命运为最终关注点的作品并不多。20世纪二三十年代蜚声文坛的女作家白薇就说过:"前几年闹革命文学,作者大家的心血,都在为劳动者从九层地狱里呼冤;而那时对于埋在十八层地狱的妇女,似乎绝少人去注意她们加倍的悲惨。现在是时代轰轰然开着倒车,五四以后抬起头来的妇女,时代的黑手又把她们拖回家庭,拖回坟墓去。"[1]白薇的这一说法指出了女性与革命之间的一种尴尬关系。20世纪以来,革命作为一个具有强烈男权

---

① 白舒荣、何由:《白薇评传》,湖南人民出版社1983年版,第153页。

特征的宏大词汇,与处于边缘地位的女性似乎格格不入,女性命运成为这一宏大叙事无暇关注的盲点。男革命作家自是不用多说,天然带有的性别视角的遮蔽,使他们在国家、革命、民族等宏大词汇的召唤下未能真正顾及女性,真正关注女性与革命的关系。即便是许多女革命作家,在为女性呼吁张目时,也时常陷入这样一种困境——革命中的女性,只有抹平男女性别的沟壑与身体的差异,只有向男性看齐以男性化的身份才能参与革命的构建过程。这导致了革命主题文学中,对女性命运有深刻反思的并不多见。

革命主题的小说中,真正对女性命运有深刻洞见的,丁玲应该算一个。丁玲的《我在霞村的时候》,以对主人公贞贞命运的书写,深刻探讨了革命与女性的关系。这是 20 世纪中国文学中难得的思考革命与女性关系的小说。这部小说与后来马烽创作的《金宝娘》,虽说文学史地位和艺术价值不尽相同,但都将关注的目光放在女性身上。丁玲的《我在霞村的时候》创作于延安解放区,马烽的《金宝娘》创作于晋绥边区,两篇小说虽时间指向不一致,但也有诸多相似之处。如两者都是革命主题小说,设置的故事空间均是发生在解放区;从作家层面看,去除性别的差异,两人都是具有相同的政治身份,都是具有革命意识的小说家。更重要的是这两篇小说都"关切农村社会中被邪恶势力和世俗观念折磨着的苦命的灵魂"①,探讨的是农村失贞女子的现实困境和出路问题。这两篇以失贞女性为言说对象的作品,有着超越时间和空间的相似性,形成了鲜明的互文关系。互文性研究,除了找出文本之间的相似之处外,更为重要的是在差异中发现文本的价值,"构成本文(文本在 20 世纪80 年代常翻译为本文——引者注)的每个语言符号都与本文之外的其他符号相关联,在形成差异时显出自己的价值"②。因此,看似明显的互文背后,我们又能发现这背后存在着丰富的异质同构、同质异构的复杂情况。比较分析两篇作品的互文背后的同与异,有助于我们更深刻地体会革命主题下女性

---

① 杨义:《中国小说史》第三卷,人民文学出版社 1998 年版,第 565—566 页。
② 张隆溪:《结构的消失——后结构主义的消解式批评》,《读书》1983 年第 12 期。

书写的复杂性。

一、 故事样本：听来的与看到的

丁玲的《我在霞村的时候》和马烽的《金宝娘》的主题都是反映农村失贞妇女面临的困境和出路问题。这两个故事的主题词是一样的,如失贞、妇女、革命、出路等。但两者的普遍相似中,故事样本的来源却不一样,这也在一定程度导致了两者的写法大相径庭。

丁玲的《我在霞村的时候》于1941年发表在《中国文化》6月20日第三卷第一期,讲述的是霞村一个叫贞贞的年轻女子,因反抗包办婚姻,跑到天主教堂去做姑子,结果被日本人掳去做了"慰安妇"[①]。因不堪忍受,贞贞两次从日军那里逃回来,后来因游击队情报工作的需要,贞贞又回到了日军那里。染了一身性病后,回到霞村的贞贞被村民视为不洁之物处处受到歧视和排挤。据丁玲的回忆,这篇小说并不是丁玲根据亲眼所见的现实加工而成,而是"听"来的故事:

> 我写《我在霞村的时候》就是那样。我并没有那样的生活,没有到过霞村,没有见过这一个女孩子。这也是人家对我说的。有一个从前方回来的朋友,我们两个一道走路,边走边说,他说:"我要走了。"我问他到哪里去,干什么? 他说:"我到医院去看两个女同志,其中有一个从日本人那儿回来,带来一身的病,她在前方表现很好,现在回到我们延安医院来治病。"他这么一说,我心里就很同情她。一场战争啊,里面很多人牺牲了,她也受了许多她不应该受的磨难,在命运中是牺牲者,但是人们不知道她,不了解她,甚至还看不起她,因为她是被敌人糟蹋过的人,名声不好听啊。于是,我想了好久,觉得非写出来不可,就写了《我在霞村的时候》。这个时候,哪里有什

---

① 董炳月:《贞贞是个慰安妇》,《中国现代文学丛刊》2005年第2期。

么作者个人的苦闷呢？无非想到一场战争，一个时代，想到其中不少的人，同志、朋友和乡亲，所以就写出来了。①

从丁玲晚年的回忆来看，《我在霞村的时候》中贞贞的故事梗概和精要部分完全和"前方回来的朋友"讲述的故事一致。这一故事样本也在延安时期萧军所记的日记中出现，和丁玲的回忆大体相同。萧军在 1940 年 8 月 19 日的日记中记载过《一个干部的小脚老婆》《一个从侮辱中逃出的女人》《一个妇委秘书》《月亮》四则小故事。这四个小故事的核心都与女性有关。其中，《一个从侮辱中逃出的女人》记载了这样一个故事：

> 一个在河北被日本掳去的中年女人，她是个党员，日本兵奸污她，把她掳到太原，她与八路军取得联络，做了很多的有利工作，后来不能待了，逃出来，党把她接到延安来养病——淋病。②

在萧军的日记中，丁玲的代称是"T"。从萧军的日记来看，8 月 15 日、8 月 16 日和 9 月 1 日都有萧军和丁玲的倾心长谈，9 月 8 日萧军要见毛泽东和洛甫之前也特意找过丁玲进行商量，9 月 24 日清晨萧军曾在丁玲卧室里谈论杜益退夫斯基回忆录，10 月 6 日日记还记载了丁玲向萧军询问萧红的过往，10 月 9 日丁玲把自己和母亲、孩子九年前的合影拿给萧军看。从两人这种密切联系来看，萧军日记中记载的故事和丁玲晚年回忆听朋友讲的故事出处应该是相同的。

1940 年 9 月下旬，丁玲遇到了人生的一次政治风波。因为丁玲在 30 年代曾被国民党拘捕三年，到延安之后特别是在 1940 年，一度盛传丁玲有过自首叛变失节的行为，延安中央组织部就丁玲的这段历史展开调查，并于 1940 年 10 月 4 日由陈云和李富春出具结论，认定丁玲并无自首情节。"政治上是否失贞"这一问题给丁玲造成的压力和困扰可想而知。丁玲创作《我在霞村

---

① 丁玲：《谈自己的创作》，载张炯主编：《丁玲全集》第 8 卷，河北人民出版社 2001 年版，第 87 页。

② 萧军：《萧军日记（1940）》，《新文学史料》2007 年第 3 期。

的时候》的具体时间有不同的说法,有的认为创作于 1940 年,有的认为创作于
1941 年 1 月 2 日①,大体可以肯定的是写作时间恰好是丁玲最苦闷最压抑的
审查时期。这也可以从萧军的日记中找到佐证。据萧军 1940 年 9 月 24 日的
日记记载,当天萧军去找丁玲,丁玲正阅读《杜益退夫斯基回忆录》,丁玲对萧
军说:"我近来的感情不知怎的……总好像对杜氏小说中人同情一样,对每个
人全感到可怜!""她说着,一只眼睛有一条泪流落到枕头上了。"②可见此时
的丁玲内心汹涌的情感喷薄欲出,内心里掩藏的难过、屈辱和不安一定是极为
强烈的,想要说话的冲动让她重新对这个故事进行了加工改造。因此,这则
"听来的故事"变成了小说,可以想见作家对笔下人物寄予了强烈的情感,作
者通过笔下人物来抒发心中愤懑和进行自我辩解显然也是情理之中的事情,
这也是为什么这一时期同为作家的丁玲和萧军都听到这个故事,却只有丁玲
把它改造成小说的原因。另外,丁玲早期小说有一个显著的特点就是大量描
写年轻女子反对封建包办婚姻,反对旧传统对女性的禁锢,笔下的女性形象都
有鲜明的个性特征。因此,在创作《我在霞村的时候》,她把故事原型中的中
年女子改成了自己熟悉的年轻女子,并虚构出逃婚的情节,以此来作为小说的
一个引子,这都是作家写作惯性的延伸。

　　马烽的小说《金宝娘》是以作者 1947 年在晋绥边区参加土改的经历为素
材创作而成,是一个"看到"了之后再进行加工创作的故事。《金宝娘》写于
1948 年 11 月,最初发表时小说名为《一个下贱女人》,发表在《晋绥日报》上。
1949 年改名《金宝娘》发表在《新华周报》第 1 卷第 12 期上,1949 年 11 月,马
烽以《一个下贱女人》为小说集名被天下图书公司印行出版。马烽的这部小
说集是作为"大众文艺丛书"推出的,这一丛书还包括赵树理的小说集《传家
宝》、曾克的小说集《铁树开了花》、孙犁的小说集《嘱咐》、康濯的小说集《亲
家》、方纪的小说集《人民的儿子》、秦兆阳的小说集《平原上》、杨朔的中篇小

---

① 王周生:《丁玲年谱》,上海社会科学院出版社 1997 年版,第 77 页。
② 萧军:《人与人间——萧军回忆录》,中国文联出版社 2006 年版,第 335 页。

说《望南山》、赵熙的中篇小说《问题在哪里?》、陈森的中篇小说《劳动姻缘》、孙犁的中篇小说《村歌》、俞林的中篇小说《杨赶会的一家》、董均伦的中篇小说《刘志丹的故事》、吕剑的报告文学《十月北京城》,萧也牧的散文和报告文学合集《山村纪事》、严辰的散文和报告文学合集《在城郊前哨》、王亚平的诗集《穆林女献枪》、严辰的诗集《生命的春天》、胡奇的剧本《报功单》、逯斐和陈明等的剧本《生死仇》,这些都是当时解放区文学家的作品,以反映农村革命和建设以及解放战争为主要内容。马烽原先在《晋绥大众报》从事编辑和创作工作,1947 年春边区政府开展了土地改革运动,《金宝娘》正是马烽根据自己在山西崞县参加土改运动的亲身经历写成。

"视觉符号有助于精确的模仿,声音则能更有效地激发听者的意欲。"①作为一个从看到的故事加工而成的《金宝娘》,在秉持"真实地反映现实生活"②这一创作理念的马烽那里,为了"客观地再现现实生活",在创作时会尽可能地把自己所看到的故事原型以写实的笔法真实地再现出来。囿于这种限制,传统现实主义观念下的作家对故事样本进行加工改造和情感渗透的程度要弱一些,熔铸作家想象力的空间要小一些。马烽曾回忆说:"《金宝娘》就是这时候写成,发表在《晋绥日报》上的。后来还写了《村仇》《光棍汉》《赵保成老汉》等几篇,也都是参加土改的收获。这些短篇,自我感觉比以往的作品有所提高。主要原因是有一定的生活基础。从此,我也更加坚信毛主席《讲话》中所指出的:'生活是创作的唯一源泉'这一真理。"③加上此时的马烽和西戎在《晋绥日报》有一个专版,有直接的写稿压力和动力,他的这些创作未尝完全是生命力冲动的结果,有时候是出于革命的功利目的。而《我在霞村的时候》作为一个"听来的故事",作者可以虚构和展现的空间更多,需要填补"听者的

---

① [法]卢梭:《论语言的起源:兼论旋律与音乐的模仿》,洪涛译,上海人民出版社 2003 年版,第 6 页。
② 马烽:《偶然机遇,步入文坛》,载《中国当代作家选集丛书·马烽》,人民文学出版社 1992 年版,"代序"第 29 页。
③ 马烽:《扎根吕梁山(续)》,《当代文学研究资料与信息》1996 年第 6 期。

意欲"的要素更多,加上此时的丁玲被怀疑为"政治失贞",这对视政治清白为生命的丁玲而言是一种创伤体验。从心理学的角度而言,创伤体验之后需要寻求某种心理代偿,对于一个作家而言,最好的心理代偿方式无疑是借助自己手中的笔。听来的"失贞故事"和作家欲对"政治失贞"谣言的阻击,在这里形成了自然的对接。可见,丁玲"听到的故事"创作而成的小说,作家因压抑、愤懑而导致的情感渗透要胜于马烽"看到的故事"中的情感投入,要借小说抒胸中块垒的情绪更强烈。一般而言,听来的故事往往更考验作家的感受力,看来的故事更考验作家的观察力,虽然两者并无优劣之分,但感受力更考验作家的艺术才情、想象力以及结构文本的能力,因而文本的指向空间要更宽广。听来的故事,需要作家用更多的生命体验去填补各个故事细节的空白,从而使听来的故事成为熔铸自己生命体验带有强烈个性特征的文本。因此,两个小说文本中故事来源的不一样,以及作家主体创作情感的不一样,几种因素的综合作用,使得两个文本在意义、旨趣和写法上有较多的差异。

二、　人物形象:圆形人物与扁平人物

在丁玲把《我在霞村的时候》的主人公命名为"贞贞"的时候,就已经显现出了作者对这一人物赋予了极大的情感认同。失贞之实和贞贞之名构成了一个巨大的反讽,从一开始我们就能感受到作家对笔下人物坚定的支持和内心的呐喊,也让贞贞的人物形象丰富而多元。这篇小说所塑造的贞贞,因视角不同和声音的不同,形象也大相径庭,这也使得小说呈现出"多声部"的特点。在丁玲笔下,贞贞不是肮脏的,反而是如圣女般的纯洁无瑕:

> 她的身子稍稍向后仰地坐在我对面,两手分开撑住她坐的铺盖上,并不打算说什么话似的,最后把眼光安详地落在我的脸上了。阴影把她的眼睛画得很长,下巴很尖。虽是很浓厚的阴影之下的眼睛,那眼珠却被灯光和火光照得很明亮,就像两扇在夏天的野外屋宇里

洞开的窗子,是那么坦白,没有尘垢。①

这是丁玲在《我在霞村的时候》中第一次见到贞贞时的外貌描写。无疑,面对一个失贞于日本人并被乡邻所厌弃的女子,这样倾注情感的外貌描写是很大胆的。丁玲曾在一份写于 1942 年下半年的检讨与说明中,非常直白地言及自己对贞贞的喜爱,"我曾经向很多人说过,我是更喜欢在霞村里时的贞贞的。为什么我会更喜欢贞贞呢? 因为贞贞更寄托了我的感情,贞贞比陆萍更寂寞更傲岸,更强悍"②。作家王蒙曾这样评价过丁玲和她的笔下的贞贞:"她是那一辈人里最有艺术才华的作家之一。特别是她写的女性,真是让人牵腑挂肚,翻瓶倒罐。丁玲笔下的女性有一种特殊的魅力,娼妓、天使、英雄、圣哲、独行侠、弱者、淑女的特点集于一身,卑贱与高贵集于一身。她写得太强烈,太厉害,好话坏话都那么到位。少年时代我读了《我在霞村的时候》,贞贞的形象让我看傻了,原来一个女性可以是那么屈辱、苦难、英勇、善良、无助、热烈、尊严而且光明。十二岁的王蒙似乎从此才懂得了对女性的膜拜和怜悯,向往、亲近和恐惧,还有一种男人对女人的责任。这也就是爱情的萌发吧。少年的王蒙从丁玲那里发现了女性并从而发现了自己。"③这告诉我们,贞贞无疑是现代文学史上少有的文学形象。

如何评价和认识贞贞这一人物形象? 这篇小说给我们提供了至少三种视角:一是"我"看贞贞,二是霞村村民看贞贞,三是贞贞看贞贞。"我"看贞贞还可细分为作为政治部干部的"我"看贞贞、作为女人的"我"看贞贞、作为知识分子的"我"看贞贞。这就使得贞贞这一人物形象多元而复杂,成为现代文学史上一个经典的"圆形人物"。下面我们具体看看这篇小说中作家是如何来评价贞贞的。

"我"看贞贞。《我在霞村的时候》和《金宝娘》一样,都采用了"外来者介

① 丁玲:《我在霞村的时候》,载《丁玲文集》第 3 卷,湖南人民出版社 1982 年版,第 231 页。
② 丁玲:《关于〈在医院中〉(草稿)》,《中国现代文学研究丛刊》2007 年第 6 期。
③ 王蒙:《我心目中的丁玲》,《读书》1997 年第 2 期。

入"的叙事模式,即具有一定先进思想(政治的、文化的)外来者进入封闭的空间(通常是乡村),从而与这一封闭空间的民众形成一种看与被看的关系,"看者"往往带有政治启蒙或者思想启蒙的任务,代表着进步的一极;"被看者"则往往是一群病态的庸众,代表着一种否定性的意义,这种模式的最终目的是要显现病灶并找到治疗的方法。作为外来者的"我"是如何看贞贞的呢? 我们先看作为政治部干部的"我"是如何看贞贞的。"我"认为贞贞是英雄。在《我在霞村的时候》初版本中,作者借村里的负责人马同志之口这样评价贞贞:"刘大妈的女儿贞贞回来了。想不到她才是英雄呢"①,后来的修订本中这段话被丁玲改成了"刘大妈的女儿贞贞回来了。想不到她才了不起呢"。作为具有政治觉悟的"我"而言,贞贞为了革命利益而牺牲自己的行为是值得赞赏的,贞贞就是一个光辉的英雄形象。但是,这一评价在作品中却时常被作为女性的"我"所怀疑和担忧。在小说中,作者常常借阿桂之口说"我们女人真作孽",表达了对贞贞这一做法的同情、忧虑和无能为力。"我"从女人的角度深刻地知道贞贞这一举动的不易,尤其是在面对男权话语为主导的乡村社会。但这并不妨碍作为女人的"我"与同样为女人的贞贞"关系更密切了,谁都不能少了谁,一忽儿不见就会彼此挂念"。当贞贞拒绝了夏大宝的求婚时,作为女性的"我"希望"找到一个可以哭的地方去哭一次",认为她是"受伤太重",并指出因拒绝父母的再一次逼婚而发怒的贞贞是"复仇女神"。而作为知识分子的"我"在文中出现的频率较少,"我"第一次见到贞贞时,贞贞是把"我"当成一个知识分子(文化人)和女人来看的,贞贞向"我"求证南方女人是不是念过很多书,充满了对知识的渴望和新生的向往,而在知识分子的"我"看来,贞贞并不是一个愚昧的盲众,而是一个有着自尊和理想、具有独立人格的人,是一个类似于"莎菲"的有自主思想和独立人格敢于反抗传统的人。这三重身份在小说中,相互缠绕,又相互掣肘,使得贞贞的形象变得极为复杂。

---

① 丁玲:《我在霞村的时候》,《中国文化》1941 年第 3 卷第 1 期。

霞村村民看贞贞。在霞村村民看来,女性的贞操胜于女性的生命,一个失去贞洁的女人,其作为女人的价值就不复存在,何况贞贞的贞操是被民族敌人所夺去,相当于二次失节——不仅失掉了女人贞洁,更失掉了民族气节,这就更被唾弃了。像杂货店老板和"因为有了她才发生对自己的崇敬,才看出自己的圣洁来,因为自己没有被敌人强奸而骄傲"的霞村妇女们,把贞贞视为"缺德的婆娘","比破鞋还不如"。在这些带有男权色彩的男人和被男权意识同化的女人们看来,女人的贞操大于女人的生命。饿死事小失节事大,贞操是女人之为女人的前提和基础,失去贞操的女人,无论是为了民族大义,还是为了革命利益,在他们看来,这都是不具有合法性的。不仅霞村不相干的村民这么看,连贞贞的爱人夏大宝、贞贞的父母亲人的潜意识里又何尝不是这样想的。在这种道德逻辑下,贞贞是一个荡妇形象。

贞贞看贞贞。在这篇小说中,贞贞对自己的评价也是分裂的,可以分成"作为革命事业参与者的贞贞"看自己和"作为女人的贞贞"看自己。作为革命事业的参与者的贞贞是如何看自己的呢？贞贞认为为了革命利益做出的牺牲,并不是一件丢人的事,因此,贞贞第一次见到"我"的时候是坦然的,"不显得拘束,也不觉得粗野",在讲述她的历史的时候"心平气和,甚至使你以为她是在说旁人那样"。这正是因为在贞贞的心中,革命利益才是最高的利益,个人的身体在崇高的革命利益面前所做的牺牲是正当而值得的。如果贞贞仅仅是这样单向度地看待自己,那么,这篇小说就是一部传统的反法西斯主题的革命小说,不会引起那么大的争议。作为女人的贞贞在看待和评价自己时,往往又和作为革命事业参与者的贞贞完全不同,两者之间的裂隙在文本中时隐时现。作为女人的贞贞是如何看待自己的呢？在贞贞的潜意识里,因为失贞的缘故,即便是有"革命利益大于一切"的说辞为自己辩护,也并不能以革命的正当性来解释自己的失贞行为,作为女人的她时常陷入一种难以释怀的境地,常常认为"我已经是一个有病的人"。对贞操的本能维护实际上是贞贞生命中最重要的事情,这一隐性的链条贯穿了整篇小说,这或许是丁玲的有意为之。小说中贞贞对外界的胁迫有过三次拒绝,这三次拒绝实际上都与"拒绝失贞"有关。当贞贞父亲嫌贫爱富要把贞贞嫁作米铺老板的填房,贞贞以跑到天主教堂做姑子的方式拒绝了来自父性权力的安排和压迫,试图保住自己的贞洁,这是贞贞的第一次拒绝;贞贞被日本人强暴并被胁迫带走后,"跑回来过两次",这也是贞贞为保护自己不再受辱所采取的拒绝失贞的行动,这是贞贞的第二次拒绝;第三次拒绝是贞贞回到霞村后,拒绝了恋人夏大宝的悲悯和同情,以到延安去治病和学习的方式斩断了和霞村的联系,这是贞贞的第三次拒绝。既然霞村村民鄙夷和唾弃贞贞的失贞,贞贞的拒绝暗示了和传统贞操观念的决裂,她要以出走的方式"拒绝失贞(妥协)"于庸众。可以说,贞贞的三次拒绝占据了小说的主要情节,说它是小说的主体并不为过。这说明在贞贞的心里,她虽然反抗传统但又时刻以传统来衡量自己,虽然像莎菲一样有着个性解放的一面又无论如何也迈不过"失贞"这一前提性和本源性的缺失所带来的心理创伤。即便小说最后留下一个光明的尾巴,让贞贞去革命圣地延安,以迈向新生来和过往决裂,这又何尝不像中国版的"娜拉","娜拉走后怎样"的疑问和可以预见的命运又何尝不会宿命般地降临在她身上。

如果说《我在霞村的时候》中女主人公贞贞的形象丰富而多元,含混而歧义丛生,她既是英雄、复仇女神,又是有独立个性的"莎菲"(丁玲曾说过,贞贞"比莎菲乐观,光明,但是精神里的东西,还是有和莎菲相同的地方"[1]),还是民族革命战争的受害者、传统道德的受害者,她难以用简单的几句话穷尽,是福斯特所说的"圆形人物";那么,马烽《金宝娘》中女主人公翠翠可谓是"扁平人物",单一而直白,简单而明了,像是为了实现作者某一写作理念而生活在矛盾冲突之中的人物。《金宝娘》中的主人公翠翠,和贞贞一样,是一位失贞的农村妇女。但在这篇小说中,马烽对翠翠这一人物形象的处理极为简单,她和《白毛女》中的喜儿一样,都是一种"类型化"人物。对于翠翠这一人物形

---

① 丁玲:《生活、思想与人物》,载袁良骏编:《丁玲研究资料》,天津人民出版社 1982 年版,第 156 页。

象,更像是为实现作家先行设定的意图即"旧社会把人变成鬼,新社会把鬼变成人"的需要而存在。在小说中,翠翠本是一个"全店头村挑头的好闺女",嫁给根元之后,恪守妇道,勤俭持家,侍奉老小,日子虽不富裕却也安稳。地主刘贵才觊觎翠翠美色,先是陷害根元,迫使根元逃亡外地,更可恶的是日本人来了之后当上伪村长的刘贵才逼着翠翠把她送入日本人的碉堡,从此翠翠彻底堕落,变成了不事劳作靠卖淫为生的坏女人。店头村解放后,不思悔改的翠翠成了"女二流子",直到新政权进行土改之后,放荡懒惰的女性象征符号"翠翠"在叙述者笔下变成了家庭伦理的母性象征符号"金宝娘"。在"我"的引导下,金宝娘幡然醒悟,认识到自己所遭受的一切并不是因为自己的命不好,并不是命里注定要受罪,而是因为阶级压迫。最后通过对刘贵才的批斗和土地改革,金宝娘获得了解放,失踪已久的根元也回到了故乡,一家人团圆,过上了男耕女织的生活。

那么,小说是如何看待金宝娘这一人物形象的呢?从通篇来看,可以分成"我"看金宝娘,男性村民看金宝娘,女性村民看金宝娘。"我"在《金宝娘》中有双重身份,一是作为土改干部的政治身份,二是作为男人的性别身份,但和《我在霞村的时候》中"我"分裂为三种视角相互掣肘、相互否定和相互怀疑不同,这篇小说中的"我"的两种身份往往是合二为一出现的。例如,在小说中,"我"第一次见到金宝娘的时候是这样描写她的外貌的:"惨白的脸上有很多皱纹,眼圈发黑。剪发头,宽裤腿,还穿着一对破旧的红鞋"。这既是以男性的眼光在审视一个堕落的女子——"破旧的红鞋"无疑直指传统文化中男人对堕落女人的代称和想象,同时也是以政工干部的身份在审视一个农村的好逸恶劳、游手好闲、不事劳作的二流子。男性视角下的金宝娘和政治视角下的金宝娘并没有矛盾和撕裂。至于男性村民和女性村民如何看待金宝娘,小说交代得极为简略,因为在小说中除了"我"之外,发过声的只有刘拴拴、刘拴拴他娘。男性村民如刘拴拴认为金宝娘是个烂货、贱女人,一脸的鄙夷和唾弃,女性村民如刘拴拴他娘认为金宝娘走上卖淫之路是没有办法,表现出一丝女性的同情。在"我"的政治开导下,很快所有发声的人都取得了一致,认为金宝娘的堕落不在她自身,而是万恶的旧社会和地主阶级的压迫造成的。综观全文,金宝娘这一人物形象是作者为了突显"翻身道情"这一意旨需要而设立的一个单纯的指称对象,远远不如贞贞丰满和立体,呈现出"扁平人物"的特点。

三、 话语冲突: 民间伦理的胜利与政治话语的狂欢

《我在霞村的时候》与《金宝娘》中最集中的冲突模式,都不约而同地涉及民间秩序与政治话语之间的矛盾、斗争和调和,这一组二元矛盾也是很多革命小说所常用的冲突模式。民间秩序主要指的是乡土中国的传统意义秩序,这其中起主要作用的是民间伦理。政治话语,指的是革命话语和阶级斗争话语。民间伦理是乡土中国几千年遗留下来的"集体无意识",带有传统性,革命话语指向的是崇高的革命事业和革命目的,往往被视为是具有现代性的话语,这两者之间被视为差异性的存在,但并不是不可调和的。这两篇小说都写到了民间伦理和政治话语之间的矛盾,但表现方式和效果却大为不同。

《我在霞村的时候》表现了民间伦理和政治话语之间的分歧,但结果却是民间伦理塑造了政治话语。《我在霞村的时候》中,虽说政治话语掺杂进了小说叙事,但却没有左右其叙事的进程。相反,民间伦理叙事在这篇小说中是显性叙事,政治话语叙事在文中往往作为隐性叙事出现,如边区政府派贞贞去日占区,又让贞贞去延安治病学习等,都是作为"背景"而不是"前景"进行展示,这也预示了民间伦理话语与政治话语的势力并不均衡。在作者笔下,民间伦理的力量异常强大,远远胜过政治话语,政治话语一直试图与民间伦理和解,但实际两者未能实现步调一致。

首先,失贞的贞贞在民间伦理看来是被唾弃的。虽然贞贞是受害者,她的失贞行为是被迫的,但在霞村这一封闭空间里她依然被视为异类,被乡民称之为"起码一百个男人'睡过'","还做了日本官太太",是个"缺德的婆娘","是

不该让她回来的"。这种民间伦理的力量充斥环绕着霞村的每个角落,让人无处可逃,甚至连"我"也不得不被动介入到这一空间去——"我"刚到霞村的时候村民们鬼鬼祟祟的议论和那些让人摸不准头脑的"极简单的对话"就是例子。之所以"我"一开始被村民所排斥,除了对外来者本能的警惕外,还因为"我"来自政治部,自然被村民视为政治力量的代言人,是"政治话语"的化身,这体现了民间伦理和政治话语之间并不是毫无裂隙的。民间伦理的道德预设和强大力量,又使得被视为"政治话语"代言人的"我"不得不被霞村村民放置在民间伦理的天平上一再被"称量",正如小说中写道"连我也当着不是同类的人的样子看待","尤其那一些妇女们,因为有了她才发生对自己的崇敬,才看出自己的圣洁来,因为自己没有被敌人强奸而骄傲",显然,"我"并没有被霞村的村民视为"民间秩序"的践行者,并没有被民间伦理完全接纳。即便是后来贞贞和她父母以及夏大宝发生冲突时,大家想让"我"介入其中调和矛盾,但从小说的字里行间,"我"并未被视作是他们的同类人,只不过因为"我"是从政治部下来的,身上天然带有"政治标签"。让"我"劝贞贞,只不过是希望借助"我"的政治权威性,改变贞贞的态度和想法,从而向强大的民间伦理认同和妥协。

其次,已经失贞的贞贞逃回来之后又被组织上派去搜集情报工作,这种牺牲个人成就集体利益的方式在民族革命战争中的正义性是无须多言的。然而,强大的民间伦理以其固有的道德逻辑,并不认可政治话语的简单认定,而是以强大的力量裹挟了霞村村民的头脑,包括贞贞的父母亲人和恋人。除了霞村的积极分子马同志认为贞贞"了不起"外,几乎所有霞村的村民并不认可这种牺牲。在他们的道德逻辑里,已经失贞的贞贞为民族革命战争所做的一切,其伦理合法性是值得质疑的,没有了稳固的伦理合法性作为基础,贞贞这一行为的政治合法性就更值得质疑了。显然,在村民的意识里,民间伦理是被视为政治话语合法性的前提和基础,民间秩序所判定的"失贞"同时也等同于政治上的"失贞",不管贞贞的牺牲自我成就集体如何政治正确都于事无补。

从某种程度上来说,民间伦理和道德秩序塑造和决定了政治话语的性质和可能性。这也是为什么贞贞即便是做了于民族而言有功的行为还被视作是异类的原因。小说把贞贞被掳为"慰安妇"的故事作为背景,而把贞贞和民间伦理之间的冲突作为前景,显然是丁玲意识到了在霞村这一封闭的话语空间里,民间伦理因其固有的道德逻辑而产生的运转力量之巨大是不可抗拒的,甚至民族国家话语和政治话语在这里都如"强弩之末",丝毫不能动摇其根本。丁玲要讨论的不是"过去时"状态下谁导致了贞贞的悲剧,而是立足于"现在时"的当下时空,把贞贞放置在一个相对封闭和独立的民间伦理场域之中,让种种矛盾聚焦于贞贞身上,从而突显了民间道德伦理的无形力量。小说最后,贞贞以去延安治病和学习逃离了霞村这一民间伦理场域,转换到一个政治话语场域,以一种极为简单粗暴的方式"逃离"而不是"解决"自己所面临的困境,看似是政治话语取得了胜利,实际上我们读出来的却是相反的隐喻:以一种逃跑式的方式来达到民间伦理和政治话语的和解,在掩盖了矛盾的同时,更显出了民间伦理对政治话语的压倒性优势,两者的裂隙并未因贞贞的离去得到和解。

政治话语和民间伦理之所以未能达到预期的调和效果,显然和叙述者"我"的认知、立场和创作意图有关。正如有论者指出的那样,《我在霞村的时候》中的叙述者"我""在某种程度上仍然接近那个制造大众与文化人矛盾的不协调因素"[1]。如前文所论述的那样,这个有判断、有自我的叙述者所持有的女性立场干扰了"我"的话语表述,导致"我"并不是政治话语与民间伦理的缝合者和沟通者,相反,"我"所持有的女性主义立场加大了两者的裂隙。这部作品中,叙述者态度的暧昧不明,对事件走向的介入和控制不力,使得小说中民间伦理话语完全占据了上风,压过了政治话语,后者甚至不得不处于"失声"状态,因而造成了小说的含混性,甚至也让人怀疑边区政府牺牲贞贞的贞操去搜集情报的正当性。加上小说中主人公贞贞在谈论民族敌人时"从没有

---

[1]　孟悦、戴锦华:《浮出历史地表》,中国人民大学出版社 2004 年版,第 128 页。

向我表示过对人有什么恨",还谈到"日本的女人也都会念很多书,那些鬼子兵都藏得有几封写得漂亮的信……总哄得那些鬼子当宝贝似的揣在怀里",这种生活日常性的突出无疑消解了战争的残酷性、非正义性,以及政治话语的权威性、合法性,甚至削弱了失贞这一事件的屈辱性。这也是为什么丁玲在50年代受到批判时这篇小说被认为"立场有问题"①的原因。

《金宝娘》这篇小说中民间伦理与政治话语之间的分歧和冲突也是存在的,但在处理两者的关系时,叙述者对叙事走向的强力控制使得政治话语更加显在地、更全方位地介入到叙事中去,从而与丁玲《我在霞村的时候》中政治话语与民间伦理话语的龃龉局面极为不同。在强大的政治话语主导和统摄下,政治话语变成了前景和主旋律,民间伦理变成了背景和伴奏,后者的存在无非是印证前者的正确性。在"我"问中农刘拴拴金宝娘靠什么过活时,刘拴拴以鄙夷的口吻说:"田不耕,地不种,腰里就有米面瓮。这女人,嗨!不能提了,以前接日本人、警备队,后来又接晋绥军。烂货!"这里算是民间伦理的直接发声。除此之外,隐约能读到的民间伦理的发声体现在对地主刘贵才违背公序良俗,勾引金宝娘,陷害根元以及把她送给日本人这些行径的揭露上。事实上,作为一个类似于"白毛女模式"的翻身故事,作者重点是要把政治话语对民间伦理话语的引导书写出来,因此,在小说中,作为政治符号的"我"这样对刘拴拴说,"这不能怪金宝娘,这都是旧社会逼害的! 在旧社会,不要说女人,就是男人,被逼走上邪道的也不少"。当金宝娘在"我"的引导下,明白了自己之所以变成人人唾弃的"下贱女人",是因为地主刘贵才的勾引和压迫,即一个阶级对另一个阶级的压迫。所以,在打倒地主的过程中,先是对刘贵才进行了道德控诉,最后以"打倒"这一阶级斗争方式使得民间伦理和政治话语合二为一,同时使读者意识到,要解决民间伦理问题最有效和最直接的方式是政治话语(阶级斗争)。可以说,作家预设了"旧社会把人变成鬼,新社会把鬼

---

① 华夫:《丁玲的"复仇的女神"》,《文艺报》1958 年第 3 期。

变成人"这一意义指向时,就决定了政治话语必须从一个隐蔽的叙事动力源上升到表层,从而在文本中发挥更大的作用,成为起决定作用的主导话语。

政治话语对民间伦理的引导、吸收和归化,除了和小说预设的意义指向有关外,还和文中的叙述者"我"有密切的关系。正因为作为政治化身的"我"时刻统摄全局,处处发声,才使得这篇小说变成了政治话语的狂欢。《金宝娘》中,小说一开头就明确写道:"一九四七年冬天,我被分派到店头村领导土地改革",这种明确的政治身份和阶级指向参与了后续的一系列叙事,使得小说叙事从开始被纳入政治叙事的框架。而《我在霞村的时候》开头,对"我"去霞村的原因解释为政治部太吵,需要一个安静的地方休养,并没有明确的政治任务,政治身份也基本未予交代,"我"更多的是以文化人(知识分子)的身份出现在霞村。另外,与《我在霞村的时候》中把贞贞失贞的原因作为虚化的背景不同,《金宝娘》用了整整一章即占全小说四分之一的篇幅回叙了金宝娘失贞的原因在于地主刘贵才的阶级压迫与陷害,也就是小说中所说的"旧社会的逼害",既是为了让故事的来龙去脉更清晰,同时也是为后来的政治解决方案埋下伏笔。另外,《我在霞村的时候》里,故事发生的空间一直是封闭和恒定的,只有霞村这一空间预设,没有发生过空间位移。丁玲正是通过这种稳定而封闭的空间结构,来隐喻民间伦理及其道德逻辑的恒定和强大。而在《金宝娘》这篇小说中,故事的空间发生过位移。故事的前三部分发生在店头村,故事的最后一部分发生在区里,"区里"是强有力的新政权所在地,它预示着更广阔和强大的政治空间和力量,空间的转换既暗示了问题得以解决的原因,也象征着一个失贞堕落女人的重生,同时也让读者更真切地体会到阶级斗争才是解决问题的正确手段。因此,在作者的潜意识里,底层农民的进步和变化与社会空间的变化是相契合的。同样的,小说一开始出现的鞋是"破旧的红鞋",最后出现的鞋是"崭新的黑布鞋",这种前后对比无非是让"翻身道情"的主题进一步升华,让充当最后解决力量的政治话语在文本中实现了狂欢。《我在霞村的时候》中没有这些对比和变化,自然无法给予政治话语更多的主导地位,只能默默地看着民间伦理在文本中成为叙事的主导力量。

总体而言,创作于 1947 年的《金宝娘》和创作于 1940 年的《我在霞村的时候》在很多地方都有相似之处,比如,两篇小说都是在革命的主题框架下讨论失贞妇女的出路问题,采用的外来者介入的"看——被看"的叙事模式,对政治话语与民间伦理冲突的展现等,这些相似背后又有诸多相异之处,形成一种互文效应。马烽是否阅读过丁玲的《我在霞村的时候》,从现有史料来看不得而知。但据马烽回忆,1940 年冬天到 1943 年初,马烽在延安"鲁艺"附设的部队艺术干部训练班学习,比较系统地阅读了新文学作品和外国文学作品,对丁玲的《水》印象深刻①。马烽于 1942 年春天在《解放日报》文艺副刊上发表了《第一次侦查》,而丁玲任《解放日报》文艺副刊主编是在 1941 年 9 月到 1943 年 3 月,在时间点上两者是有交集的。在延安时期,马烽很有可能阅读过丁玲的《我在霞村的时候》。当然,马烽是否阅读过丁玲的《我在霞村的时候》并不重要,马烽与丁玲都对革命主题下女性命运的关注以及两篇小说后来的命运更值得我们思索。

可以这样说,《金宝娘》是《我在霞村的时候》的"洁本",前者对后者进行了种种纯化和修正,把与革命意识形态相契合的成分予以保留,对叙述者暧昧不清的态度予以清晰化和坚定化,对人物命运的走向修改得更为直接和明朗,把小说结构变得更简单和清晰,把小说语言写得更通俗易懂,这些互文性的借用与"修正"使得小说更贴近延安文艺座谈会上所提到对"立场问题""态度问题""为谁服务""如何服务"的要求。或许是吸取了《我在霞村的时候》中歧义丛生让人难以把握的教训,《金宝娘》在小说结构上进行了一系列"简单化"的处理,四个部分可以分为"发现问题(产生误会,发现存在的问题)""分析问题(找到问题的根源,一般都是阶级压迫)""解决问题(阶级斗争的方式)""主题升华(阶级斗争成功后带来光明前途和大团圆结局)"。这种结构模式

---

① 马烽:《偶然机遇,步入文坛》,载《中国当代作家选集丛书·马烽》,人民文学出版社 1992 年版,代序第 25 页。

也成为后来的许多革命历史题材小说的结构样本。这种提纯和简单化是以文本的丰富性和多义性的散失为代价的，"多声部"变成了"单旋律"，复调变成了独白。出现这一原因，就这两篇小说而言，除了作家才情、文学修养、生活积累、写作视野和性别差异之外，一个很重要的原因在于《我在霞村的时候》创作于延安文艺座谈会之前，《金宝娘》创作于延安文艺座谈会之后。马烽曾系统学习过延安文艺座谈会精神，对党的文艺方针、路线政策以及作家应持何种政治立场、文学写什么和如何写都比较了解。据马烽回忆，1943 年左右，他来到晋绥文联文艺团工作，"领导人给我们传达了毛主席《在延安文艺座谈会上的讲话》记录稿（当时还没有公开发表），这使得我们对党的文艺方针、路线，有了一个清晰的理解"。"一九四七年春，边区开始了土地改革运动……土改结束后，陆续写了《金宝娘》《光棍汉》《村仇》等几个短篇小说，都是侧面反映土地改革的。"①马烽类似于小故事的写法虽带来了艺术性的不足，但却很好地实践了延安文艺座谈会上提到的民族化、通俗化写法，成为新中国成立初期文学的主流走向。有意味的是，《金宝娘》还积极参与了新中国的社会改造，成为妓女改造的教育材料，起到了不小的作用。1950 年在北京兴起了改造妓女的运动，除了封闭妓院、安置妓女生活外，还加强了对妓女思想的改造，"对妓女的教育改造，首先是向她们解释人民政府封闭妓院及对待妓女的政策，稳定她们的情绪。然后用生动的典型例子进行教育，给她们讲述《白毛女》《血泪仇》《一个下贱的女人》等故事，组织观看《日出》《九尾狐》等话剧。教养院还组织她们进行政治学习和文化学习，使她们逐步克服'命中注定'以及寄生思想，树立起重新做人的信心和劳动观点。"②两篇小说带来不同的社会作用，这也预示着在后来政治环境的变换中，会有不同的命运在等待着它们。

---

① 马烽：《偶然机遇，步入文坛》，《中国当代作家选集丛书·马烽》，人民文学出版社 1992 年版，"代序"第 27—29 页。
② 中共北京市委党史研究室：《中国共产党北京历史 第二卷（1949—1978）》，北京出版社 2011 年版，第 42 页。

小　　结

　　主题互文实际上是前文本所负载的文学传统和文学惯例的强大规约能力在当前文本中的显现。萨莫瓦约在谈到互文性的疆界时曾说过,"文本离不开传统,离不开文献,而这些多层次的联系,有时隐晦,有时直白"①,他认为文本所承载的文学记忆和文学传统正是构成主题互文的一大方面。我们通过主题互文的考察,无疑可以发现纷繁复杂的文学现象背后所存在的一致性和同源性。文学传统构成了我们文学发展延续中的文学基因,成为里法泰尔所说的"共同母体",文学传统强大的辐射能力和再生能力正是主题互文得以大量存在的重要依据和原因。我们谈论主题互文,一方面是发现这种主题同源性背后的"潜藏符谱",更重要的方面是发现同一主题书写背后不同的建构路径与实践形态,在同和异的比照中,跨越历史的鸿沟,发现文本意义生产的控制因素和文本多义性的原因。

　　革命作为 20 世纪中国文学最大和影响最深的主题,不论是历史叙事还是文学叙事,它都是一种如卢卡奇所说的那样,是一种总体性的存在,被视为是历史问题、现实问题和文学问题的核心,是我们研究 20 世纪中国文学回避不了的存在。革命主题从 20 世纪 20 年代萌芽,经过 30 年代蒋光慈的星星之火,到 40 年代的丁玲、赵树理等的提升,再到毛泽东《在延安文艺座谈会上的讲话》,它一跃成为 20 世纪文学的最强音。它之所以成为 20 世纪中国文学中的宏大叙事和最大主题,除了文学之外的原因如政治话语的召唤和意识形态的控制外,还在于它内在的理论预设、思想倾向、情感色彩、价值取舍、叙事规范、美学控制和话语公共性等方面都具有极强的统摄能力。这种统摄力是其他主题所不具备的。

----

　　① 　[法]蒂费纳·萨莫瓦约:《互文性研究》,邵炜译,天津人民出版社 2003 年版,第 33 页。

　　革命主题作为一种具有特殊性的文学主题或叙事类型,在20世纪中国文学中有其复杂性和动态性,但在这种复杂性背后,不难发现,革命主题有着"父法"意味,如同雅克·拉康所说的那样是一种"象征性符号秩序",这也是革命主题文学的"潜藏符谱"。相比别的文学主题而言,革命主题是一种"卡里斯玛"权威,先在的文本对所有家族成员会形成普遍的规训,在叙事模式和美学成规等方面为后来的文学形成示范效应。尤其是以蒋光慈为代表创作的革命主题小说,这种示范效应更为明显。我们说它带来示范作用,并不是说其在艺术水准上极为高超,是后世同主题小说仰望的高峰,而是因为蒋光慈以一个革命家的敏感,预设了一系列文学话语模式,还预设了超出文学话语的阶级话语和政治话语,最终生成了具备解释主体地位的历史话语,成为海登·怀特所说的历史存在物,并规定了"历史分析的语法"①,因而它具备容易模仿的叙述模式与极强的意义效力。一旦它与政治权力话语结合之后,变成了布尔迪厄所说的"卡里斯玛意识形态"后,就具备了可以解释历史的一切的能力,反过来对后来的文学话语形成一种强大的约束力和控制力。革命主题也有着"共同母体"和"潜在符谱",留下了清晰的因果关系脉络,拥有了强大的阐释机制,为文化共同体成员提供相似的语义场,使共同体成员将许多无关宏旨的边角余料遗弃,将所有的异质冲突排除出"母体",进而使所有成员趋向于寻找革命话语所提供的总体图景。这就意味着,在革命主题的统摄下,只要是同一文化共同体成员,不管是作者还是读者,都能在它编织的互文网状结构中发现相同的因子。革命主题小说因其主题的宏大性和公共性,对叙事话语构建的内容和方式有着极强的规定性,对作家的私人话语和独创性也形成了压倒性制约,并对文本意义的阐释空间也有诸多预设,因此,不论是蒋光慈、丁玲还是马烽的作品,抑或是后来的红色经典革命小说家们创作的小说,不管在细部有多少不同,但是我们依然能在革命主题的宏大框架下,发现它们内在的一

---

　　① 　[美]海登·怀特:《元史学:十九世纪欧洲的历史想象》,陈新译,译林出版社2004年版,第152页。

致。革命主题热衷的是宏大的框架和普遍的模式,它作为稳定的结构成为同一主题文学的深层模式和集体无意识。在文学叙事层面,它具有叙事修辞的功能,会对同一主题的创作格局和叙事轨迹进行总体把握,后来的文学都是围绕这个主题运转选取题材并完成对题材的征服和超越的。这也是主题互文所特有的文本特征,发现这些特征正是我们研究主题互文的意义所在。

第三章　文类互文：小说与
戏曲的文本置换

　　文类作为一个术语，主要指的是文学的种类、类型，常常与体裁互用。这一词汇源于法语，主要意思有三个："一、文学艺术的种类体裁；二、风格、态度；三、趣味、口味"①。文学研究中，使用得最多的是第一个意思，即文类是文学艺术领域用以区分种类和体裁的一个术语。作为一个具备家族特征、意义潜能（meaning potential）并有顽强遗传功能和趣味区隔能力的术语，文类的命名和分类的背后，带有强制规范性和形式凝聚力，它通过划分疆域的方式对文本进行符合文类要求的编码控制与话语约束。

　　文类和文学创作、文学接受和文学阐释都有很大的关系，文类和作家、读者、文本都有密切的关系。从作家层面而言，文类作为一种观念形态是对文学类型的提炼和概括，它的形式规定性和惯例成规是文学创作的前提。没有对文类的清醒认知，创作主体是无法从事真正意义上的写作的。具体来说，文类的选择是作家剪裁外部世界的一种方式，创作者文学意图的实现和文学的意义生成都会受到文类的限定。就文本层面而言，不同文类在形式结构、主题内容、修辞方式等方面有不同的规定性，它是一个相对封闭的框架。从读者层面

---

　　①　李玉平：《互文性：文学理论研究的新视野》，商务印书馆 2014 年版，第 142 页。

而言,文类是一种"认知图式",带有成规性的知识,这构成了阅读视域的先在内容。文本视域与读者的阅读视域达到伽达默尔所说的"视域融合"后,文学接受才真正发生。而读者所具备的先验的文类阅读经验,会在文本阅读过程中产生具有规定性的"阅读期待",从而会影响到文学阐释模式的选择。也就是说,读者的阅读过程实际上是文类的成规性知识作用于读者的阅读先见的过程。因此,文类是一种具有权威性的文学存在和具有稳定性的文学记忆,在文学发展历程中具有相当重要的地位。

需要指出的是,虽然文类具有稳定性,这并不意味着文类的疆域就是固定不变的,并不意味着文类的地位是岿然不动的。相反,无数文学史事实已经告诉我们,不同时代对文类的选择往往会不同。晚清以来,中国的主导文类即诗词逐渐被小说、戏曲等文类所取代。这一兴衰历史说明每个时代都有属于自己的主导文类,文类的兴衰起伏与时代之间构成了复杂的互动关系。同时,文类的疆界也在不断地做着调整,文类的内容规定性也会有所变动,会吸收转化其他的文类。对于这一论断,福勒曾有过精彩论述。他以色彩为喻,认为文类之间是一种交融混杂的没有明确界限的存在,一个文本除了带有自身的文类所规定的属性外,还有其他文类的特征,"文学文本正像色彩一样相互重叠;在色泽浓重时它们很容易区别,但是它们有如此多的变化和如此多的不同形式,以至于我们无法弄清何处是一种的结束另一种的开始"①。

罗兰·巴特认为,文本是"跨学科的"和"多主体性的",文本之间是交互作用、互相渗透和互相转化的,因而文本的"越界"是必然的,他甚至"趋向于取消诸种文类和诸种艺术的区分"②。罗兰·巴特是站在解构主义的立场以解构的方式提出的文本理论,不乏惊人之语,如取消艺术分类这样的主张,但这背后也有真知灼见,如他对文本越界的看法就颇有见地。伊瑟尔也有类似的看

---

① Alastair Fowler, Kinds of Literature: An Introduction to the Theory of Genres and Modes, p.37. 转引自李玉平:《互文性:文学理论研究的新视野》,商务印书馆 2014 年版,第 145 页。
② [法]罗兰·巴特:《S/Z》,屠友祥译,上海人民出版社 2000 年版,第 100 页。

法,他将虚构性视为文本的核心特征,进而得出这样的结论:文本生产是一种跨界行为的虚构。伊瑟尔说:"所有这些在虚构文本中被我们细致区分开来的虚构化行为,都具有这样一个共同的特点,这个特点,可一言以蔽之——越界"①。从巴特和伊瑟尔的论述中,我们可看出文本的越界是文本的应有之义。文本的越界,自然会带来文本类型即文类的越界,必然是各文类之间相互融合、交错杂糅。也就是说,文类越界是文本越界的必然后果。从这个意义上来说,文类互文是必然会发生的,"就某种意义而言,一切文类都是互文性的产物,每一种文类都是互文性的"②。之所以文类和互文性密切联系在一起,具体而言主要有如下两点原因:从纵向来说,在历史长河中,有很多文类都是从其他相关文类中派生出来的,文类之间天然有着千丝万缕的联系。如从史传中派生出来的传奇小说,从诗词、民间歌谣俚曲中派生出元曲,它们发展成独立的文类后,必然还与母体文类有诸多的关联。也就是说,文类作为一个历史话语和文学传统,它的生成过程必然勾连着过去与当下,文类正是互文性研究中"影响研究"这一研究视角的重要关注点。从横向来说,不同国家的文学之间具有相同的文类,文类之间的相似性决定了这种横向的关联也是互文性研究要考察的重要方面。这说明文类互文是文本自身特性所赋予的,因此,荷兰理论家佛克马就直言不讳地指出:"互文指涉可以贯穿一个文本与一种文类之间的联系"③。

文类互文概念的提出,源于著名语言学家辛斌的《从批判的角度来看互文性》一文。他在这篇文章中谈到了文类互文的概念,认为互文性可以分为两类,一类是具体互文性,即一个文本对其他文本话语的引用、改写等;另一类就是文类互文性,即不同文类的混合交融。④ 辛斌所说的文类,大体就等同于

① [德]沃尔夫冈·伊瑟尔:《虚构与想象——文学人类学疆界》,陈定家、汪正龙译,吉林人民出版社 2003 年版,第 34 页。
② 李玉平:《互文性:文学理论研究的新视野》,商务印书馆 2014 年版,第 150 页。
③ [荷兰]佛克马:《松散的结尾并非终结:论形式手段、互文性与文类》,王蕾译,《西南民族大学学报》2007 年第 7 期。
④ Xin Bin,Intertextuality from a Critical Perspective,Chinese Semiotic Studies,2014.

我们常说的文体。他所说的文类互文性,主要指的是单个文本中融合了多个相异文类的过程。举例来说,中国古代四大名著中,文类毫无疑问都是小说,但每个文本中会不时插入诗、词、文、赋等异于小说的文类,使得各种文类之间形成"各体相杂"的混合交融的面貌。辛斌提出的文类互文,对于互文性的研究是有开拓性贡献的。但他将文类互文仅仅限于单个文本,有碍互文性研究的开放性。我们不否认研究单个文本中的文类互文关系是非常重要的研究路径,但就互文性精神而言,我们更应该将文类互文的研究视野打开,对不同文本间的文类互文给予观照。克里斯蒂娃提出的互文性理论,不局限于单个文本,更注重不同文本间的互文关系。因此,本书所说的文类互文,既研究单个文本中究竟有哪些文类混合,也研究不同文本、不同文类间的互文关系。

文类之间的互文现象很多,本章主要讨论小说和戏曲这两种文类之间的互文关系。之所以选取这两种文类之间的互文作为讨论的重心,一是戏曲和小说都是在晚清之后才真正从末流文类转而成为两种重要的文类,特别是在五四之后,这两种文类在 20 世纪中国文学史上有了重要地位,为社会变革发挥了重要作用,二者在发展的时间节点和文学史地位上具有一致性。对于这一点,鲁迅曾有过明确的论述:"小说和戏曲,中国向来是看作邪宗的,但一经西洋'文学概论'引为正宗,我们也就奉之为宝贝,《红楼梦》《西厢记》之类,在文学史上竟和《诗经》《离骚》并列了。"[1]二是这两个文类关系密切,属性相近,地位相同,互文特点明显。"戏剧与小说,异流同源,殊途同归者也"[2],两者在文类属性上有很大的相似性。在中国古代,诗文是文学正宗,是文学经典的遴选对象,小说和戏曲甚至不被视为"文学",鲁迅就说过,"在中国,小说不算文学,做小说的也决不能称为文学家,所以并没有人想在这一条路上出世"[3]。这种认知导致长期以来戏曲也被人称之为"小说",即"小道之说","古凡杂说

---

① 厦门大学中文系编:《鲁迅论中国古典文学》,福建人民出版社 1979 年版,第 40 页。
② 蒋瑞藻:《小说考证》,上海古籍出版社 1984 年版,第 337 页。
③ 厦门大学中文系编:《鲁迅论中国古典文学》,福建人民出版社 1979 年版,第 39 页。

短记,不本经典者,概比小道,谓之小说"①,小说和戏曲都属于不入流的街谈巷议,属于"闲书"。因此,两种文类性质相似、地位相等,导致人们长期将小说和戏曲视为一体。比如,严复就说过,晚清的时候,《西厢记》《牡丹亭》《长生殿》这样的戏曲也被称为"小说",汤显祖、孔尚任都被称为"小说家"与施耐庵、罗贯中等人并列。② 即便到了 20 世纪,随着启蒙意识的萌芽和社会变革运动的频发,拉开了现代文学革命的大幕,小说和戏曲依然保持着密切的关联。文学史事实表明,现代文学的变革正是以小说、戏曲为先导的,可见两种文类关系之密切。鲁迅甚至说,"我们国民的学问,大多数却实在靠着小说,甚至于还靠着从小说编出来的戏文"③。这说明,小说与戏曲之间的文类互文是 20 世纪以来一个重要的文学现象。这也是本章主要选取这两种文类来讨论的重要理由。

第一节　20 世纪中国文学史中戏曲与小说的互文关系

中国戏曲作为集词曲、腔调于一身,融声色、韵律为一体的具有高度美学价值的舞台艺术,其衍生于原始社会的民间歌舞中。从起初用于祭祀的歌舞到春秋战国时期的优舞、汉代的百戏、唐代的参军戏以至歌舞戏,戏曲逐渐从附属地位中脱胎自塑成形。在历史发展进程中,戏曲杂糅了诗歌、舞蹈、杂技、美术、服饰等元素,成为一个独立的文类。

戏曲作为一个文类,在中国出现较早而成熟较晚。由于中国的诗文传统之强大,导致我们的主导文类一直是以抒情为主色调。这种强大的抒情传统

---

① 翟灏:《通俗编》,中华书局 1985 年版,第 24 页。
② 严复:《〈国闻报〉附印说部缘起》,载《晚清文学丛钞·小说戏曲研究卷》,中华书局 1960 年版,第 12 页。
③ 厦门大学中文系编:《鲁迅论中国古典文学》,福建人民出版社 1979 年版,第 40 页。

对叙事文学形成一种遮蔽和压制,使得以叙事为主的文类发展相对较弱,像小说和戏剧等的命运即是如此。即便是后来戏曲发展成熟,也未能脱离抒情传统的影响,这也是为什么我们谈到中国古代戏剧时经常用"戏曲"这一指称的原因,因为中国的戏剧特别强调音乐性和抒情性,强调"戏"的唱腔、曲调、伴奏、动作等抒情手段,"曲"的重要性和"戏"的重要性几乎等同甚至有过之而无不及。因此,中国戏曲并没有像古希腊戏剧那样,强调叙事性,并在很早就形成高峰。直到元杂剧的出现,才标志着中国戏曲艺术发展的成熟。王国维曾盛赞过元曲在中国文学史上的地位,将之和楚骚、汉赋、唐诗、宋词并列,"凡一代有一代之文学:楚之骚、汉之赋、六代之骈语、唐之诗、宋之词、元之曲,皆所谓一代之文学,而后世莫能继焉也"①。元杂剧在文类上属于戏曲,其叙事元素的来源如题材、内容大多因袭前代,特别是唐传奇。如元郑德辉的《倩女幽魂》就取材自唐陈玄祐的《离魂记》。《离魂记》的主人公是王宙和倩娘,二人幼时有婚约,待长大成人后,感情日盛。后来,倩娘之父张镒将倩娘另许他人,二人伤心不已。待王宙要赴京之时,偷携倩娘连夜逃走。二人与家人断绝关系,在蜀地生活五年,生二子。天长日久,倩娘思念父母,王宙乃携妻回家探视。王宙独自先到张镒家,向岳父陈情请求原谅。张镒却说,倩娘一直在家卧病不起,怎么可能会跟你在蜀地生活五年呢?王宙接来妻子,此时张镒家里卧病在床的女子闻讯而起,与王宙妻子合为一体。《倩女幽魂》的剧情设置和《离魂记》如出一辙,也是倩娘和书生王文举的爱情故事。略有不同的是倩娘无父,悔婚之事是母亲操办的。后王文举赴京赶考,倩娘半夜逃出欲与之私奔。王文举认为不合礼法拒绝了,与倩娘约定高中之后再来迎娶。文举赴京日久,倩娘思念过度,离魂出窍。待文举高中后,才还魂回阳,终与文举结秦晋之好。可以这么说,几乎所有有名的唐传奇都被后世作家改编成了戏曲,像《长恨歌传》被改编成《梧桐雨》,《枕中记》被改编成《邯郸记》,《霍小玉传》被

---

① 王国维:《王国维文学论著三种》,商务印书馆 2001 年版,第 57 页。

改编成《紫箫记》《紫钗记》,《南柯太守传》被改编成《南柯记》,《李娃传》被改编成《袖襦记》《郑元和风雪打瓦罐》《李亚仙诗酒曲江池》,《莺莺传》被改编成《西厢记》,《柳毅传》被改编成《柳毅传书》……几乎所有的戏曲都是从小说中汲取养分,无论是人物设置、情节设置还是主题意旨,都呈现出明显的前后因袭关系。也就是说,属于小说文类的唐传奇,和属于戏曲文类的元杂剧,两个文类之间很早就形成一种互文关系。

戏曲与小说的这种互文关系,伴随着元杂剧一直影响到明清戏曲的发展。被视为明代戏剧巅峰之作的《牡丹亭》,其故事就来自稗官小说《太平广记》中的《法苑珠林》《幽明录》和《列异传》,其母本还可以追溯到当时的话本小说《杜丽娘慕色还魂》。汤显祖自己在《牡丹亭·题词》中就明确承认了故事来源于《太平广记》,"天下女子有情宁有如杜丽娘者乎? 梦其人即病,病即弥连,至手画形容传于世而后死。……传杜太守事者,仿佛晋武都守李仲文、广州守冯孝将女儿事。予稍为更而演之。至于杜守收考柳生,亦如汉睢阳王收考谈生也"①。清中晚期,中国的戏曲经徽汉合流后,在民间俗曲影响下以徽调、汉调、昆曲、秦腔为基础,经过综合、融化、丰富、提高这一动态过程,一种以西皮和二黄腔为主要唱腔的新剧种诞生于北京,因而名为京剧。京剧集中继承了传统戏曲文化深厚的底蕴,成为中国戏曲的代表。清代京剧也和传统小说渊源极深,改编自《三国演义》这部小说的剧目就数不胜数。像《桃园三结义》《捉放曹》《辕门射戟》《三战吕布》《连环计》《衣带诏》《青梅煮酒》《三顾茅庐》《长坂坡》《草船借箭》《蒋干盗书》《借东风》《空城计》《甘露寺》《定军山》《单刀会》《阳平关》等曲目,都是从《三国演义》中挪用而来,形成了庞大的"三国系"。还有根据《水浒传》中的故事改编而成的剧目,如《醉打山门》《林冲夜奔》《时迁盗甲》《武松》《三打祝家庄》《花田错》《艳阳楼》《李逵大闹忠义堂》等,也形成了明显的"水浒系"。到清末民初,剧目又加入了聊斋系

① 汤显祖:《牡丹亭》,徐朔方、杨笑梅校注,人民文学出版社 1963 年版,第 1 页。

列、红楼梦系列、公案侠义系列等,都是来自小说这一文类。可以这么说,中国戏曲的发展史,就是一部小说改编史。

小说和戏曲的关系,并不一直是一种单向的影响,而是在艺术发展过程中,二者之间形成了一种复杂的双向互动。特别是到了 20 世纪之后,戏曲经过多年的发展,逐渐成为一个自成体系的艺术门类,有了一套完整的表意体系,它反过来开始影响到小说创作。这种现象在五四之后表现得更为明显,许多著名文学家同时也是戏曲票友,戏曲反哺小说与小说改编成戏曲都蔚然成风。这一现象在鸳鸯蝴蝶派作家群中非常常见。鸳鸯蝴蝶派对人物情爱中悱恻辗转之哀情的书写,与戏曲这一文类的人物形塑、故事情节、整体基调与审美风格都十分接近。例如,鸳鸯蝴蝶派代表作家张恨水就酷爱戏曲,他写小说,也经常听戏,时常向京剧演员请教,替人拉胡琴伴奏,时常上舞台"票戏"。他对戏曲的喜爱已经超出了单纯的艺术欣赏,熔铸到了日常生活的角落,这也使张恨水自觉地将对戏剧的认知挪入小说创作中去。因此,他的小说,无论是语言风格还是情感基调都有着浓郁的京剧风。

张恨水生于安徽潜山,"京剧鼻祖"程长庚与"武生泰斗"杨小楼也生于此。浓厚的戏曲传统使他自小就会用戏曲来消遣闲暇时间,戏曲成为张恨水童年时期的文学记忆。长大后,他一边继承了古代白话章回小说的传统,一边游戏于京剧的表演与观赏中。具体而言,他从古典小说中积蓄了丰厚的素材及深厚的笔力,从京剧中抽出更多的哀美之思、情爱之极,再以审视的目光处理这些材料,为小说创作提供了肥沃的养料。张恨水小说作品中流传最广的有《啼笑因缘》《金粉世家》《八十一梦》《纸醉金迷》《五子登科》《夜深沉》等,这些小说不管从题名还是内容来看,都与古代戏曲有着难以明传的渊源。如小说《夜深沉》,书名取自京剧曲牌名。不仅是小说名,在小说内容上表现得更为明显。小说《春明外史》中的杨杏园和李冬青就是戏曲中典型的才子佳人形象。在小说中出现的祭文、对联、诗词歌赋大多出自才子杨杏园之手,而李冬青在杨杏园印象里是个未见其人、先闻其诗的才女,两人在人物形象上便符合了戏曲中才子佳人的人物设置模式;在情节上,小说中两人一见钟情,也符合才子佳人一见倾心的戏曲模式。除此之外,张恨水的小说中还大量关注戏曲艺人颠沛流离的生活,自然而然地将一些戏曲内容带入文本之中。如《啼笑因缘》中唱大鼓书的沈凤喜,《天河配》中名冠京城的坤伶白桂英,《斯人记》中戏曲演员芳芝仙,《满江红》中红极一时的歌星李桃枝,还有《秦淮世家》中歌姬唐小春等,都是张恨水借戏曲来书写对世情人情的看法,可见他对戏曲的深刻关注与独特理解。除了小说创作外,张恨水还写了很多评价京剧表演的剧评文章,论述自己对戏曲艺术的各种精辟见解,显示出他深厚的戏剧艺术修养。

抗战十四年是戏剧发展的黄金期,也是戏剧逐渐脱离小说走上自主发展道路的一个重要时期。九一八事变后,国土濒临破碎,人民颠沛流离,国家危亡与民族自救的各种运动促使文艺界也掀起爱国主义高潮,这种情况一直持续到整个抗战期间。相比小说和诗歌等文类,戏曲因社会介入性较强,宣传鼓动效果好,对观众的受教育程度要求低,成为抗日战争时期领文艺界风气之先的文类,成为抗日救亡运动中主要的文化武器,并且这种文类优势和影响一直延续到四十年代。这一时期的戏曲和小说的关系,因为文类地位的变化,出现了较大的变化,小说不再是戏曲主要的改编对象,独立创作戏剧或旧剧新改较为流行。具体来说,比如京剧这种传统戏剧,经过近一百年的发展,已经自成体系,较少改编新的小说。抗战时期的京剧通常采用借古喻今式的"旧酒装新瓶"手法,改编古代剧来配合抗日救亡的主题,借以唤起全国人民的爱国与自救热情。如梅兰芳曾三演京剧《生死恨》以示抵抗外敌之决心,这部戏是齐如山和许姬传根据明代戏剧家沈鲸创作的戏曲《易鞋记》中宋朝抗击金兵的故事新编而成的;还有周信芳的《明末遗恨》《亡蜀恨》《文天祥》等,也是如此。再有如街头剧,也较少改编自小说。街头剧一般在街头、广场演出,没有舞台的限制,演员拉近了和观众之间的距离,还不时地和观众进行互动,甚至还安排演员混入观众之中,极具宣传鼓动效果,像《放下你的鞭子》《三江好》

《最后一记》等著名街头剧,都是这一时期创作的。街头剧大多集体创作,较少改编自小说。这一时期还出现了诸多优秀的剧作家,像夏衍、田汉、于伶、沈西苓、陈白尘、熊佛西、阳翰笙等,他们大多是自己写戏,或是改编古代故事来借古喻今,或者将外国小说改编成中国风格的话剧,较少从现代小说中找资源。如田汉曾把歌德的《威廉·迈斯特》中的媚娘故事改编成独幕剧,张庚将梅里美的小说《马特渥·法尔哥勒》改编成独幕剧《秋阳》,许幸之将都德的《最后一课》改编成独幕儿童剧《最后一课》,李健吾将美国作家 W.C.Fitch 的《真话》改编成话剧《撒谎世家》,将萨尔都的小说《托斯卡》《花信风》《喜相逢》《风流债》改编成话剧《金小玉》《花信风》《喜相逢》《风流债》。这一时期,改编自五四以来的中国小说且影响较大的,有巴金的《家》被吴天改编成同名戏剧,这篇小说后来也被曹禺改编为同名话剧;秦瘦鸥的《秋海棠》被黄佐临、顾仲彝、费穆改编成同名戏剧等。

抗战时期,在解放区开展了戏曲改革运动,对带有迷信、暴力、恐怖、色情等成分的戏剧予以修改删除,提倡各种参军戏、斗争戏、时事戏和模范戏,以服务于抗战的整体需要。一些适应抗日需要的传统剧目被重新编排上演,如《打渔杀家》等,还新编了很多和时代紧密联系的现代戏,如《劝夫参军》《送子参军》《血泪仇》《枪毙杨小脚》《田玉参军》《反抢粮》等。这一时期,解放区的剧种主要有京剧、晋剧、评剧、河北梆子、豫剧、秧歌剧等,剧目大多是集体合作编排,较少改编自小说。1942 年延安文艺座谈会之后,解放区的秧歌剧因其喜闻乐见的娱乐形式被延安文艺工作者改造,将抗战和革命内容移植其中,有良好的传播效果,因而得到了蓬勃发展,成为影响较大的剧种。1943 年,张万一将赵树理的小说《小二黑结婚》改编成秧歌剧,演出近 4000 场,成为这一时期小说改编成戏剧的上佳之作。之后,赵树理的小说《李有才板话》也被张万一改编成秧歌剧,赵树理也成为作品被改编次数最多、影响最大的作家。这也说明,赵树理的小说是解放区践行延安文艺座谈会精神的典范,也因其浓郁的乡土气息和大众化风格成为戏剧改编的不二选择。

新中国成立后的 1951 年,成立了中国戏曲研究院,梅兰芳为院长,毛泽东为戏曲研究院题词"百花齐放,推陈出新",对戏曲提出了具体的指导方针。同年政务院由周恩来总理部署发布了《五五指示》:"对人民有重要毒害的戏曲必须禁演者,应由中央文化部统一处理","对不良内容和不良表演方法进行必要和恰当的修改,在表演上要删除野蛮的、恐怖的、猥亵的、奴化的、侮辱自己民族的成分"①,进而对京剧进行"改戏、改人、改制"的"三改"政策。在这段整治时间,各类京剧如雨后春笋般不断露面,改编古代、现代小说和古今故事蔚然成风。较有代表性的有根据《水浒传》中"反登州"的情节加以改编的《猎虎记》,这部戏塑造了顾大嫂、谢宝、孙立等一群符合意识形态要求的农民英雄形象。另有根据古代话本小说《莺莺传》改编而成的京剧《西厢记》。京剧《西厢记》由著名戏剧家田汉改编,他颠覆了传统戏本以红娘为主的艺术处理模式,而改以崔莺莺为主把反封建的主题提上前台,让崔莺莺这一角色人物更加立体饱满,具有反抗精神。他将红娘塑造成为社会主义献身的正面人物形象,张生塑造成堂堂正正的革命者,而非原小说中忘恩负义、登徒好色之辈。对旧小说进行革命话语式的提升进而改编成戏曲,这也成为这一时期戏曲改编的常见路径。

1950—1957 年,《红岩》《赵一曼》《林海雪原》《智取威虎山》《青春之歌》《红旗谱》等一大批革命英雄题材的"红色经典"被改编成戏曲。京剧《红岩》是根据同名小说集体改编而成。这是发生在重庆解放前夕,共产党人在渣滓洞狱中与反动派抗争的故事。为了表现剧中人物悲惨命运与愤慨的情感,大胆地借用了传统京剧《锁五龙》的高昂唱腔,"追悼龙光华"时则使用了"四平调"轮唱。京剧《林海雪原》《智取威虎山》《智擒惯匪座山雕》都源于小说《林海雪原》,改编时或取一个经典片段,或取整个故事情节进行改编。其中,《林海雪原》选取了同名小说中"奇袭奶头山"的片段:东北解放区进行土改时,国

---

① 关保英主编:《教育行政法典汇编 1949—1965》,山东人民出版社 2016 年版,第 52 页。

民党残匪偷袭村庄,杀人放火,我军为保护人民及土改成果,设立小分队与敌人抗争,并最终取得胜利。剧中将胡广韵与京韵的韵白加以混合使用,创造性地用韵白表现当代人物,丰富了革命英雄叙事的表现方式。1959 年,袁韵宜、黄秉德根据杨沫同名小说改编的《青春之歌》,由北京文艺团演出,亦是才子佳人模式的革命变种。

随着"文化大革命"开始,京剧逐渐被自身的变异体"样板戏"所取代。艺术与政治联姻后,阶级话语借助戏曲演出的广泛性、参与性和互动性,迅速占领了全国人民的文化生活。"样板戏"摒弃京剧中的才子佳人模式,反对自然情感的抒写,反对戏曲中的"水腔""老腔老调"等,认为这些有违革命意识形态,无法表达英雄人物刚健、崇高的精神气质。因此,样板戏首先要做的是给京剧穿上革命外衣,将革命内容注入京剧体内,将两极对立的阶级斗争哲学作为京剧的出发点。他们将"帝王将相,才子佳人"的题材与样板戏对立起来,认为"帝王将相,才子佳人"属于旧文化,需要根除,不允许此类情节出现在戏曲之中,将旧戏剧千百年的传统话语置换为阶级斗争话语,宣扬革命文化成为唯一的戏剧目的,并用一整套革命浪漫主义、理想主义的阶级斗争符号给予大众以"想象性满足"。因此,它排斥爱情婚姻家庭之类的题材,排斥戏剧中出现男女之爱、夫妻之情、人伦之乐。当然,并非所有的样板戏都彻底与旧戏剧模式绝缘,有很多穿着革命外衣的样板戏,不经意间在阶级描写的缝隙中会露出古代戏剧的才子佳人腔调。如革命样板戏《白毛女》中,显在的革命话语背后也有传统戏剧"才子佳人"模式隐含其中。总的来说,这一时期的"样板戏"以"三突出"为原则,即"在所有人物中突出正面人物","在正面人物中突出主要英雄人物","在主要英雄人物中突出最主要中心人物"①。"三突出"被奉行为文艺创作的金科玉律,其后果是机械地把文学作品中的人物关系归结成为阶级关系,将艺术的政治意识形态宣传功能提到无以复加的地步,创作中主

---

① 于会泳:《让文艺舞台永远成为宣传毛泽东思想的阵地》,《文汇报》1968 年 5 月 23 日。

题先行,肆意拔高英雄人物,无视生活的丰富性和文学创作的复杂性,使得京剧流于单一、枯燥和刻板。这一时期的"样板戏"主要有《智取威虎山》《红灯记》《沙家浜》《白毛女》等,这些"样板戏",大部分是集体重新创作,极少部分是依据革命题材小说改编,如《智取威虎山》。

说到这一时期"样板戏",不得不提到一个人,那就是汪曾祺。作为主要执笔修改"样板戏"《沙家浜》的汪曾祺,在此期间与京剧结下了不解之缘。他对京剧的了解与探究,为他此后的戏剧创作与小说写作打下坚实基础,戏曲的风格与叙事手法几乎贯穿他的整个写作生涯。在创作样板戏之前,汪曾祺对小说改编成戏曲并不陌生,他曾将吴敬梓《儒林外史》中的"范进中举"故事改编成新编历史剧《范进中举》。《范进中举》讲述的是秀才范进在参加多次科举考试不中后,终于金榜题名继而癫狂谵妄的故事。在当时的特殊时期,汪曾祺既要适时的借古喻今以表现封建八股对人的毒害,又要突出工农兵的正面形象,这对作家的文学改编能力是一种考验,要求作家对戏剧极为熟稔。这些都没难倒有戏剧功底的汪曾祺。据汪曾祺自己回忆,他父亲会拉胡琴,会唱老生,也会唱青衣,他打小便经常听戏、唱戏,受戏曲艺术的熏陶。上大学后,汪曾祺因为读的中文系,还学唱了昆曲,致力于在戏曲和小说之间架起一座桥梁,使它们之间实现真正意义上的融合,即"把京剧变成一种现代艺术,可以和现代文学作品放在一起"①。因此,在汪曾祺的创作中,就常将戏曲的声画感和动作感等运用到小说中去。

新时期后,为正本清源,解除禁锢在戏剧艺术上的枷锁,戏剧界掀起拨乱反正的高潮。1978 年 5 月 11 日,《光明日报》刊登的《实践是检验真理的唯一标准》一文,针对戏剧为政治服务越走越窄进入死胡同的问题,提出要重视戏剧的创作民主,提出艺术为政治服务的多样性,要求肃清"四人帮"极"左"路线的流毒问题②,并为《海瑞罢官》《李慧娘》《谢瑶环》等京剧平反。此后,出现

---

① 汪曾祺:《逝水》,中国青年出版社 2004 年版,第 193 页。

② 上海艺术研究所编著:《中国京剧史·下卷》第一分册,中国戏剧出版社 2005 年版,第 1998 页。

了一大批优秀的戏剧,如苏叔阳的《丹心谱》、宗福先的《于无声处》、丁一三的《陈毅出山》、沙叶新的《陈毅市长》、崔德志的《报春花》等。随着西方现代派戏剧理论的传入,传统现实主义戏剧模式逐渐被颠覆,时空重叠、象征隐喻和荒诞手法等现代派技巧成为戏剧中常见的元素,出现了《绝对信号》等一批探索剧。

20 世纪 90 年代以来,商品经济大潮兴起后,小说在大众生活中的地位越来越边缘,戏曲更是沦为小众人群的消遣娱乐,剧目也越来越以传统剧目为主,对当下小说进行改编的剧目越来越少。较有影响的有王安忆的《长恨歌》被赵耀民改编成话剧,张爱玲的《金锁记》被王安忆改编成话剧。虽然直接将小说改编成戏曲的现象越来越少,但戏曲和小说的关系并没有被斩断,依然有许多作家在小说创作中,会借鉴各种戏曲元素。这些参与到小说文本叙事的戏曲,对小说情节的丰富和文学意义的生成都有较大影响。戏曲成为很多作家进行历史批判和文化反思的窗口。我们选几个有代表性的作家来看。比如,台湾作家白先勇因家庭原因自小受昆曲的影响,昆曲成为他人生的一部分,这也使得他的小说形成了"道是无情却有情"的独特戏曲风格,小说所表露出的冷艳、柔美与悲凄之情都是受昆曲的影响。他的《游园惊梦》中钱夫人晚宴上追溯年华往事,一如《牡丹亭》中杜丽娘黄粱一梦的情节。杜丽娘梦中遇见自己的情郎,梦外如同失了魂魄;小说《游园惊梦》却是梦中梦,钱夫人赴约如同入梦,宴会入梦是她对往昔的追逝与怀念。宴会醉酒一梦,她梦见自己的情人并与之梦中风月一番,正如杜丽娘般是个空空造梦者,梦外却是七分痴迷,三分迷惘。这种对旧上海繁华的追忆,对故居的惦念和对上流社会盛极而衰再循环往复的悲剧的再现,都是借助对戏曲的引入而实现的。作家叶广芩的小说中,从《采桑子》《状元媒》《逍遥津》这些小说名字到每部小说的章节名,都来自戏曲剧目。叶广芩的小说中,总弥漫着"戏曲式"伤感,这种伤感赋予她小说一种古典、传统与怀旧的气质。戏曲对叶广芩来说,是时间的陪伴者,历史的见证者,情感的倾诉者。毕飞宇小说《青衣》中将京剧《奔月》的上演作为情节线索,使戏曲与小说中的线索齐头并进,嫦娥的情痴与筱燕秋的戏痴在小说中彼此相遇,嫦娥求长生吞药飞升与筱燕秋为登台唱戏吞药打胎类比并置,"叙事"的小说和"表情"的戏曲相互交杂互文,形成了强烈的张力。还有莫言的《檀香刑》对山东地方戏茂腔的直接再现,贾平凹通过借鉴、引用、粘贴传统秦腔大戏《斩单童》中的唱词创作出小说《秦腔》等,也是一例。从这些互文现象中,我们不难看出,戏曲对小说叙事中的人物形象的塑造、情节发展的推动、艺术技巧的借鉴以及故事氛围的营造等都有重要的作用,小说与戏曲糅合后的艺术效果的确非同一般。

综上所述,20 世纪小说与戏曲的互文性借鉴,常常表现在以下层面:

1. 小说常常借用戏曲曲目和唱词。比如叶广芩的《采桑子》和《状元媒》,下面的小分章《状元媒》《大登殿》《三岔口》《逍遥津》《三击掌》《拾玉镯》《豆汁计》《小放牛》《盗御马》《玉堂春》《凤还巢》都是以京剧的戏曲名为题,并在小说文本中大量引用戏曲唱词内容。还有如王安忆的短篇小说《天仙配》、李碧华的《霸王别姬》等,也是如此。

2. 戏曲的文体、情节和结构被小说借鉴,使小说呈现出戏剧化的特点。如鲁迅的《起死》,就是以话剧剧本形式写成的小说。《起死》是《故事新编》中的一篇,它采用独幕剧的形式,将《庄子》中庄子与骷髅的对话进行敷设排演,将寓言故事改成了小说。这种借用戏剧文体进行创作的方式,令人耳目一新。还有如《药》中对戏曲情节结构的借用,也是戏曲进入小说的一种方式。《药》的结构和戏曲一样,采用了戏曲常见的外部情节结构和内部情节结构结合的方式来表现。外部情节结构是华家为救治华小栓而发生的故事,内部情节结构则是革命者夏瑜参与革命并被杀继而成为人血馒头的过程。前者是实写的明戏,被一一展现在舞台之上,后者是虚写的暗戏,通过戏曲中人物的语言转述而实现。这和戏曲结构是完全一致的。

3. 小说借鉴戏曲的动作性及画面感。如张天翼的小说《速写三篇》,包括《谭九先生的工作》《华威先生》和《"新生"》,将戏剧的场景化移入小说,如同演出多幕剧,呈现出丰富的画面感。像《谭九先生的工作》,将故事叙事场景化,选取了学校场景、商店场景、家中场景、抗敌大会场景等,这些场景如同戏曲中的舞台,一一将谭九先生这位混迹于抗日阵营的反面人物的行止予以呈现,有强烈的戏曲现场感和画面感。小说中,还有对谭九先生日常生活场景中动作的描写,如"端着""躺着""呵斥"等,都通过定格的方式来呈现,如同戏曲中的舞台动作。

4.戏曲对小说的借鉴,主要表现为小说改编为戏曲。这种改编往往变动会较大,戏曲一般只保留小说中的主线和主要情节,对人物、语言、故事走向等都会大量改动,以符合舞台演出的需要。如京剧《青衣》对毕飞宇小说《青衣》的改动就是如此。

通过以上的梳理,我们可以总结一下戏曲与小说的互文共生关系。从发生学的角度看,戏曲和小说作为两种不同文类各自有各自的艺术规范,但两者在很多地方有相似性,彼此能形成互补。戏曲作为一种舞台表演艺术,强调人的表演、曲的合奏、词的念唱,对服饰、妆容、唱腔有着极为严苛的要求,有其直观性;而小说是用文字将作家、作品、读者联系起来,有其间接性、多义性和含蓄蕴藉性。话又说回来,戏曲离不开剧本,戏曲剧本却又和小说很相似,双方都属于语言艺术,都涉及人物、情节和环境等几个要素。另外,戏曲和小说都是以讲故事的方式诉诸情感,让笔下人物在世间诸相中体会悲欢离合,都是以挖掘人的真善美为最终目的。这些相同点注定戏曲和文学能友好共存并相互交流,彼此间容易构成一种互文共生的关系。

需要强调的是,小说与戏曲两个文类间的互文是双向的,在保留自身特质的基础上,二者互相借鉴、相互进入,彼此杂糅,互文共生,在历史长河中形成了文入戏,戏入文,文又入戏的局面,彼此推动,彼此发展。如曹雪芹《红楼梦》中第十八回"元妃省亲",元春点了四出戏:《豪宴》《乞巧》《仙缘》《离魂》,这是一种最常见最简单的戏曲进入小说的方式。《红楼梦》中黛玉葬花一段,被后人再创作成戏曲剧本《黛玉葬花》,则是小说进入戏曲。明代剧作家汤显祖的《牡丹亭》《邯郸记》是以宋人编撰的《太平广记》和唐传奇小说

《枕中记》为蓝本,选小说之材进入戏剧进而改造而成,改造而成的戏曲《牡丹亭》则又进入白先勇创作的小说《游园惊梦》;京剧《状元媒》进入叶广芩小说《状元媒》;京剧《嫦娥奔月》进入毕飞宇小说《青衣》,邓友梅的《那五》以及张爱玲小说都有将戏曲内容纳入小说等,这些现象无不说明文学史上戏曲与小说的互文历史悠久,已经成为一个独特的文学现象。

第二节　怀旧与创新:《游园惊梦》对 《牡丹亭》的文本嫁接

　　白先勇是将门后裔,打小便受到良好教育,亦有从显赫家世到颠沛流离的落魄历程,这导致他的文学书写呈现出对人心人性、人的命运的永恒叩问与终极关怀。在古典文化的浸淫下,加上对昆曲的由衷喜爱,白先勇的小说创作常与戏曲相勾连,因而语言典雅、清丽,加上他曾留学美国,较好地吸收了西方现代小说技巧如意识流和象征手法,小说也不乏现代精神。白先勇偏爱戏曲,晚年致力于昆曲版《牡丹亭》的改编、筹划、动员、巡演等活动,以实际行动支持昆曲的发展。由此观之,昆曲是白先勇小说创作的重要文学资源。本节主要以白先勇《台北人》小说系列中的《游园惊梦》为研究对象,以昆曲为切入点,探讨昆曲是如何在白先勇小说中实现互文性嫁接的,并分析这种嫁接背后的创作动机。

一、　白先勇的小说创作及其与昆曲的渊源

　　白先勇 1937 年出生于广西南宁,自小因家庭缘故辗转于重庆、南京、上海、广州等地。白先勇幼时性子孤僻不合群,童年是黯淡无光的,父亲常年在外征战,兄妹散居各地,日军侵略,战事连年,白家举家迁徙不断,这些在白先勇的内心深处留下深浅不一的伤痕,为他往后的创作积累下丰富的素材和不可磨灭的印痕。在重庆西温泉小学就读之际,白先勇不幸感染肺病被隔绝在外,"父母在园子设宴,一时宾客云集,笑语四溢。我在山坡的小屋里,悄悄掀开窗帘,窥见园

中大千世界,一片繁华,自己的哥姊,堂兄表弟,也穿插其间,个个喜气洋洋。一霎间,一阵被人摒弃,为世所遗的悲愤兜上心头,禁不住痛哭起来"①,这时的白先勇已形成一种自我感伤的细腻情怀。在养病期间,他从身边的厨子老央口中第一次听到《说唐》《征西》这些古旧的传奇和戏文,这给白先勇在那段黯淡岁月带来微茫之光。他开始大量阅读这些通俗文学作品和古典文学著作,打下了坚实的文学基础。几年带病隔离如笼中之鸟,本不外向的白先勇变得越发孤僻、自闭、敏感,这些性格反而为他日后的创作带来得天独厚的洞悉力。

1945 年抗战胜利后,白先勇与家人先迁南京,后又移居上海。在南京和上海期间,白先勇接触到了昆曲,并看到了梅兰芳和俞振飞等京剧大家出演的《牡丹亭》,这些都为他后来创作《游园惊梦》提供了素材。1951 年,白先勇来到台湾,开始读书和写作生涯。他真正的创作起点是在台湾大学期间。受《文学杂志》主编夏济安的赏识,白先勇走上了文学创作的道路。1958 年,白先勇首篇小说《金大奶奶》在《文学杂志》第五卷第一期发表之后,一发不可收拾,作品如雨后春笋相继问世,早年代表作有《寂寞的十七岁》《玉卿嫂》《那晚的月光》等。1960 年,还在台湾大学读大三的白先勇,和欧阳子、王文兴、陈若曦等人一起,创办了《现代文学》刊物,倡导现代主义,先后出刊五十一期,直到 1973 年因经济拮据而停刊。1976 年,《现代文学》复刊,白先勇仍任社长。《现代文学》培养和发现了诸多文坛大家,像陈映真、施叔青、於梨华、黄春明、王祯和等人,他们的作品大多经白先勇之手刊发而被文坛所熟知。

1963 年,白先勇赴美国任教,其间母亲、父亲、姊妹、友人相继离世,致使他极度伤感,加上中西文化冲突带来的认同危机,疏离感、孤独感和失落感使他这一时期小说创作中的人物似他般漂泊无根。在此期间,白先勇接触到了现代主义文学方法,继而开始用现代主义的创作方法和中国古典小说的叙事方法来处理文学素材,先后创作了《台北人》与《纽约客》系列小说。《台北

---

① 白先勇:《蓦然回首》,台湾尔雅出版社 1978 年版,第 66—67 页。

人》系列共十四篇:《永远的尹雪艳》《一把青》《岁除》《金大班的最后一夜》
《那片血一般红的杜鹃花》《思旧赋》《梁父吟》《孤恋花》《花桥荣记》《秋思》
《满天里亮晶晶的星星》《游园惊梦》《冬夜》《国葬》。《纽约客》系列共有小说
六篇:《谪仙记》《谪仙怨》《夜曲》《骨灰》《Danny Boy》《Tea for Two》,除此之
外还著有小说集《孤恋花》,散文集《蓦然回首》,长篇小说《孽子》等。《台北
人》《纽约客》小说系列以其纯熟老练的文笔为骨,百态各异的诸像为皮,颠沛
流离、冷暖自知的情为魄,以新旧参半调和的盛衰之色为逝去的"美"造人、造
物、造像,在剥开一层层幻象、一层层华裳之后,无一不透露白先勇那颗被层层
包裹着的幼年时期不可磨灭的内心最深处的悲凉。它们不仅是白先勇的代表
作,更是白先勇生平之情感心绪的写照。

　　《台北人》以《永远的尹雪艳》开篇,《国葬》结尾,这一系列中的主角大多
是从大陆迁至台湾,多描写物是人非之境。随着白先勇去美国任教,他笔下的
人物亦随他去纽约漂泊。《台北人》寄满对故园的憧憬,《纽约客》则充溢对故
国的忧思,故事的每一个走向,人物的每一个神貌动作都是白先勇以血书成。
两个小说系列在主题上都彰显着今夕何夕、物是人非的变迁感,人世所历荣华
富贵竟如梦如幻,如泡如沫,雁过无痕,叶落无声,这和汤显祖的《临川四梦》
所表之意境无比贴合,呈现出鲜明的古典戏曲特点。

　　在我们探讨白先勇的创作与昆曲之渊源时,有必要先简要介绍一下昆曲
的前生今世。昆曲又称昆剧、昆腔,兴起于江南,是我国古老剧种之一。昆曲
主要是集声、乐、舞、诗等视觉听觉艺术于一体的美的艺术形式,其唱词、曲调、
身段、布景都要求精致有韵,激发人的视听愉悦美感。昆曲的特点是"转音若
丝","纡徐绵渺,流丽婉转,优美动听","表演上,载歌载舞、舞蹈性强,风格优
美",因此昆曲剧目通常演的都是高雅的文戏。但由于其"曲律过于严格,文
字典雅深奥,表演比较凝滞,所以不易深入群众"。[1] 就在昆曲因"不易深入群

---

[1] 华今:《文化与历史的迷思:当代文史观个案述评》,漓江出版社 2016 年版,第 30 页。

众"而逐渐式微时,白先勇《台北人》系列小说横空出世。他在小说创作中大量融入昆曲元素,将两种不同文类交融杂糅,取得了很好的反响。这种成功在昆曲历史上是很难见到的。将昆曲元素与小说骨血结合,不仅对昆曲具有划时代意义,更让我们对白先勇小说风格有了更清晰的认识。

白先勇的戏剧感从他一开始进行小说创作就已露端倪。符立中说:"小说大家白先勇,幼年受古典通俗文学中'说部'影响,奠定戏剧因子;及长……特别喜爱梅兰芳……这使得他从事小说创作之后,在'戏剧性'和'演绎感'上缔造出惊人的成就。"①昆曲题材小说把戏曲元素与故事写作融为一体,显得别致、精湛,带有古典底蕴和超然脱俗的气质。在他创作《游园惊梦》时,对昆曲元素的运用达到了顶峰,戏剧感在这部小说中也体现得最充分。

在白先勇与符立中关于创作与戏曲的对话中,白先勇提到第一次看昆曲时才十岁。因抗战罢演八年风花雪月、闲情逸致类戏曲的梅兰芳与俞振飞,在上海美琪戏院公演《游园惊梦》②。这一看,白先勇便被"如花美眷、似水流年"的凄美唱词,被举手投足、一颦一笑都极为柔美的唱角梅兰芳,被低吟浅唱、跌宕起伏的曲调勾了魂去。此后白先勇不仅对戏曲表现出强烈的兴趣,而且对《红楼梦》等传统古典小说十分痴爱。通过这种长期积累和潜移默化,白先勇以小说为容器,将这些元素尽数吸纳熔铸,使之散发出独特的艺术魅力。小说《游园惊梦》中,白先勇不仅将梅兰芳所唱的昆曲《牡丹亭》纳入,亦将京剧《贵妃醉酒》悉数收入,可见梅兰芳带给白先勇的印象之深,影响之大。一颗被戏曲浸染过的爱美与钟情的种子,落在白先勇那片情感丰沃的土地上,谁也不会想到,历经时间的淘洗,这颗种子会在当代文坛上开出一朵别具风骨的文学之花。

"昆曲无它,得一美字。唱腔美、身段美、辞藻美,集音乐、舞蹈及文学之美于一身,经过四百多年,千锤百炼,炉火纯青,早已到达化境,成为中国表演

---

① 符立中:《对谈白先勇——从台北到纽约客》,现代出版社 2015 年版,第 237 页。
② 符立中:《对谈白先勇——从台北到纽约客》,现代出版社 2015 年版,第 155 页。

艺术中最精致最完美的一种形式。"①这是白先勇在一次对话中谈到自己对昆曲的认识。在白先勇的小说中,我们不难感受到昆曲满含古韵唱词与婉转迂回的情思。1966 年发表的小说《游园惊梦》,正是白先勇对昆曲一见钟情的献礼。在白先勇心中,总还欠那段惊艳他儿时岁月的昆曲一个梦,这篇小说算是白先勇还梦之作,他要把那些深埋在心底里的凄与美拿出来,让旧情以新姿展露在最适合它们出现的舞台上。

二、《游园惊梦》与昆曲《牡丹亭》的互文关系

《游园惊梦》写的是深秋季节,台北窦公馆女主人窦夫人,举行了异常盛大的宴会,邀请昆曲名家和当年"得月台"学戏的姐妹来赴宴。好友蓝田玉是当年在南京时被称为"秦淮河上第一人"的昆曲名角,亦来赴会。宴会中表演的昆曲《游园惊梦》,勾起了已是钱夫人的蓝田玉的无限伤感和对过去的回忆。蓝田玉沉浸在昔日胜友如云的繁华景象中不可自拔,谁知时过境迁,人生如梦,这一切最终都如梦幻泡影般消失了。曲终人散,只有蓝田玉还留在原地,在寒风中瑟瑟发抖。《游园惊梦》大量借用了昆曲《牡丹亭》的元素,两者之间存在着明显的互文关系。《游园惊梦》和《牡丹亭》的互文主要体现在戏曲语言的引用、"戏中戏"情节结构的挪用以及虚实相交戏剧技法的借鉴上,这些鲜明的互文特点又使得小说在美学特色上向戏曲靠拢,呈现出明显的声画并茂的特点。下面我们一一对此进行阐述。

(一)戏曲语言的引用

在小说语言层面,我们不难看出白先勇有意将《牡丹亭》的唱词元素糅入小说《游园惊梦》中。在唱词的化用上,白先勇又极有层次地通过直接引用和间接引用两种方式,来实现戏曲和小说的嫁接。

---

① 刘俊:《情与美·白先勇传》,花城出版社 2009 年版,第 1 页。

　　《游园惊梦》中的直接引用,往往是借小说人物之口将戏曲唱词半段或整段直接唱出,这样处理既保留戏曲中唱词元素的原貌,又使戏曲之韵味得以保全、凝聚不散。唱词出现的时间、场景以及是否贴近人物当下的内心活动,都被处理得毫无异物感,仿若那段词本该就属于那个位置。这里我们可以通过表 3-1 中对《游园惊梦》的语言与《牡丹亭》唱词的一一对照,来看看戏曲唱词是如何直接进入文本的:

表 3-1　小说《游园惊梦》与昆曲《牡丹亭》对比

小说《游园惊梦》	戏曲唱词	唱词出处
原来姹紫嫣红开遍, 似这般都付与断井颓垣。 良辰美景奈何天, 赏心乐事谁家院?	原来姹紫嫣红开遍, 似这般都付与断井颓垣。 良辰美景奈何天, 赏心乐事谁家院? 朝飞暮卷,云霞翠轩, 雨丝风片,烟波画船。 锦屏人忒看得这韶光贱!	《牡丹亭·皂罗袍》
没乱里春情难遣, 蓦地里怀人幽怨, 则为俺生小婵娟, 拣名门一例一例里神仙眷。 甚良缘,把青春抛的远。 俺的睡情谁见——	没乱里春情难遣, 蓦地里怀人幽怨, 则为俺生小婵娟, 拣名门一例一例里神仙眷。 甚良缘,把青春抛的远。 俺的睡情谁见? 则索要因循腼腆, 想幽梦谁边, 和春光暗流转。 迁延,这衷怀那处言? 淹煎,泼残生除问天。	《牡丹亭·山坡羊》
迁延,这衷怀那处言? 淹煎,泼残生除问天——	没乱里春情难遣, 蓦地里怀人幽怨, 则为俺生小婵娟, 拣名门一例一例里神仙眷。 甚良缘,把青春抛的远。 俺的睡情谁见? 则索要因循腼腆, 想幽梦谁边, 和春光暗流转。 迁延,这衷怀那处言? 淹煎,泼残生除问天。	《牡丹亭·山坡羊》

小说《游园惊梦》	戏曲唱词	唱词出处
人生在世如春梦, 且自开怀饮几盅。	通宵酒,啊,捧金樽, 高装二士殷勤奉啊! 人生在世如春梦, 且自开怀饮几盅。	《贵妃醉酒》

从列表来看,白先勇只截取了昆曲《牡丹亭》中的《皂罗袍》《山坡羊》及京剧《贵妃醉酒》三段唱词的片段。有意思的是,在引入《山坡羊》时,白先勇将一段唱词断成两部分分别引入:

没乱里春情难遣/蓦地里怀人幽怨/则为俺生小婵娟/拣名门一例一例里神仙眷/甚良缘,把青春抛的远/俺的睡情谁见——

这一段词在"俺的睡情谁见"便戛然而止。《山坡羊》中这段唱词是写杜丽娘春情难遣,思春怀春心切,想着与柳梦梅云雨一番,而在小说中白先勇运用西方意识流技法,再现了"蓝田玉"即钱夫人醉时与郑彦青交欢的场景。此时昆曲唱词中的性幻想与小说中的性幻想里应外合,腾挪转换间无缝对接。戛然而止处,既是唱词的情感突变,亦是小说中钱夫人同郑彦青云雨幻境后,又忽然想到她去世的丈夫钱鹏志,想起师娘的劝诫,想起抢去自己姻缘的亲妹妹十七月月红以及自己如烟散去的荣华富贵……唱词的突然中断,正是要突出往日记忆的交织带给钱夫人汹涌如潮的痛苦与烦闷:

迁延,这衷怀那处言? 淹煎,泼残生除问天——就是那一刻,泼残生——就是那一刻,她坐到他身边,一身大金大红的,就是那一刻,那两张醉红的面孔渐渐地凑拢在一起,就在那一刻,我看到了他们的眼睛:她的眼睛,他的眼睛。

小说中出现的唱词"迁延,这衷怀那处言? 淹煎,泼残生除问天",正好表现出钱夫人此时满心的怨情苦恨,以及徘徊于心无处宣泄的隐忍。对她来说,这触景思人思旧事荡起的伤情是一种莫大的煎熬,她内心的苦楚在此刻是满的。她想泼出去的不仅是她隐忍的情绪,亦是她当下处于上流社会的窘境,更是她无法预知的落寞的残生。这里直接引用并非直接套作入文,而是白先勇在深思熟虑后做了适当的改动,将原唱词予以人为中断,以配合主人公意识的流动。唱词的突然中断和跳开,应和着主人公的心理变化,使语义表达暂时滞涩,增强后文情感的急转。

除了直接引用形成互文外,小说也大量采用间接引用的方式汲取戏曲语言。小说中对戏曲语言的间接引用就更为多样化了,它几乎无处不在,流溢在对人、事、物的描写里,充盈在小说的人物对话里。这里我们列举两类不同引例,来讨论小说如何做到间接引用昆曲元素的。

一是昆曲唱词及其唱词蕴含的景、情、境碎片式散落在小说各个部分,小说在其基础上进行二度创作,以间接引用的方式与原唱词形成鲜明的互文。

《游园惊梦》中,有大量的昆曲唱词散碎在小说各处。这种间接引用非常巧妙,并未出现与《牡丹亭》完全一样的唱词,而是灵活化用打碎后融入整个文本叙事中去了。例如,《牡丹亭》中"原来姹紫嫣红开遍/似这般都付与断井颓垣"这两句既是昆曲《牡丹亭》的经典唱词,亦是碎裂在《游园惊梦》小说各处但又能聚合成一块紧吸全文的磁体——几乎每处只要有今昔比对都会被这两句唱词所裹挟。下面我们选出几段话,体味这种姹紫嫣红、时过境迁后化成断井颓垣的哀情:

> 那时在南京梅园新村请客唱戏,每次一站上去,还没开腔就先把那台下压住了的。

> 跟了钱鹏志那十几年,筵前酒后,哪次她不是捏着一把冷汗,任是多大的场面,总是应付得妥妥帖帖的? 走在人前,一样风华翩跹,谁又敢议论她是秦淮河得月台的蓝田玉了?

> 可是她总觉得台湾的衣料粗糙,光泽扎眼,尤其是丝绸,哪里及得上大陆货那么细致,那么柔熟?

> 可是台湾的花雕到底不及大陆的那么醇厚,饮下去终究有点割喉。

迁延,这衷怀那处言？淹煎,泼残生除问天——就是那一刻,泼残生——就是那一刻,她坐到他身边,一身大金大红的,就是那一刻,那两张醉红的面孔渐渐地凑拢在一起,就在那一刻,我看到了他们的眼睛:她的眼睛,他的眼睛。完了,我知道,就在那一刻,除问天——(吴师傅,我的嗓子。)完了,我的喉咙,你摸摸我的喉咙,在发抖吗？完了,在发抖吗？天——天——(吴师傅,我唱不出来了。)天——天——完了,荣华富贵——可是我只活过一次,——冤孽、冤孽、冤孽——天——天——(吴师傅,我的嗓子。)——就在那一刻,就在那一刻,哑掉了——天——天——天——

蒋碧月从车门伸出手来,不停地招挥着,钱夫人看见她臂上那一串扭花镯子,在空中划了几个金圈圈。①

以上小说选段中,并未明确出现"原来姹紫嫣红开遍/似这般都付与断井颓垣"这几句唱词,但小说文本却是将这一凝练概括的唱词予以故事化,通过故事画面和人物意识流动来呈现这两句唱词的内容。前两个段落是写钱夫人今日之窘态,低落之情使她念及自身往日在南京时期的风华盛况。所有的过往云烟都只是过往云烟,如今她已经比不得桂枝香了,更不用说昔日的自己了,南京和台北,这使她的心情如同那两句唱词一样跃然纸上。三、四段选文则是钱夫人不忘往日奢华,总觉得台湾的货没有大陆的纯正,不仅仅是绸缎和酒,还有她的身份地位,以及南京和台湾的人与事。这里亦是对往日的追忆,可这些追忆又能如何,她也只能穿台湾的缎料,只能喝台湾的酒,只能做当下的钱夫人,只能看着往日没有名气的桂枝香反过来宴请她。第五段选文则是钱夫人醉酒之后的幻想,但这些幻想是她潜意识里不肯承认但真实发生过的旧日往事。她曾有过情郎,有过丈夫,有过姐妹,还有过师娘善意的劝诫,可是如今她只有孤身一人留在异乡为客。面对这幅浮世绘,所有该有的不该有的

---

① 　白先勇:《游园惊梦》,花城出版社 2000 年版,第 4 页。后引此书不再一一标注。

都要她一个人承受,此等变迁怎能不伤怀不感慨!最后一段选文是对桂枝香的妹妹蒋碧月离场时的动作描写。巧合的是蒋碧月是桂枝香的妹妹,也抢过桂枝香的姻缘,这里白先勇让蒋碧月以这种方式离场似乎暗示着女性命运的轮回。"一串(八只)扭花镯子""在空中划了几个圈圈"与"原来姹紫嫣红开遍,似这般都付与断井颓垣"这句唱词透露出的韵味竟是如此神似——繁花似锦在尘世游历兜圈,到头来竟然只是几个空圈,竟然什么也无法追寻到。以上可见白先勇匠心之精巧,将一句唱词吹散在小说各处,并使之成为自己所表之情、所载之意的关键词。

再如,《牡丹亭》开篇《绕地游》中的唱词"云髻罢梳还对镜/罗衣欲换更添香",以及《步步娇》中"停半晌整花钿/没揣菱花偷人半面/迤逗的彩云偏",写的是杜丽娘在游园前对自己容貌衣着的再三打量与整理,而在《游园惊梦》中是这样写的:

> 钱夫人走到镜前,把身上那件玄色秋大衣卸下,一个女仆赶忙上前把大衣接了过去。钱夫人往镜里瞟了一眼,很快地用手把右鬓一绺松弛的头发掭了一下。下午六点钟才去西门町红玫瑰做的头发,刚才穿过花园,吃风一撩,就乱了。钱夫人往镜子又凑近了一步,身上那件墨绿杭绸的旗袍,她也觉得颜色有点不对劲儿。她记得这种丝绸,在灯光底下照起来,绿汪汪翡翠似的,大概这间前厅不够亮,镜子里看起来,竟有点发乌。难道真的是料子旧了?

这段话是钱夫人受桂枝香的邀约前往窦公馆赴约时的动作和心理描写。在戏曲唱词中,因为曲格的限制,我们只能看见人物的语言和动作,不能进入人物的心理活动。白先勇的小说创作则加入了钱夫人这个大陆贵族迁至台湾风光不再的人物的心理活动,将戏剧之短予以弥补。钱夫人带着往日的骄傲,即使她深知自己没落的处境,但依旧要把派头做足,因为她参加的是桂枝香的宴会,是那个当年在南京时她做东为之设席摆台的小舞女的宴会。从这里可以看出,白先勇把《牡丹亭》中几段杜丽娘游园前整理妆容衣着的唱词打散,将其叙事节奏拉长并集中到钱夫人身上,使得钱夫人像极了汤显祖笔下的杜丽娘,两者在形象上互为参照,形成一种互文同构的关系。白先勇用两片碎裂的唱词熔铸成小说中对钱夫人的一段描写,并添加了符合小说角色的心理活动,这就是在汲取戏曲元素基础上的二度创作。

二是昆曲元素如乐器、声色、布景等融入小说,形成一种间接引用的互文。

昆曲元素契入小说,使白先勇《游园惊梦》这篇小说语言富含戏曲感和演绎感,在阅读小说的过程中使读者能体会到戏曲特有的声画特点。《游园惊梦》中,昆曲的乐器、各类声色、唱角体态、布景均能以文字的方式进入小说。从下面小说选段中我们可以了解一二:

接着锣鼓齐鸣,奏出了一支"将军令"的上场牌子来。窦夫人也跟着满客厅……去延请客人们上场演唱,正当客人们互相推让间,余参军长已经拥着蒋碧月走到胡琴那边,然后打起丑腔叫道:"启娘娘,这便是百花亭了。"

蒋碧月身也不转,面朝了客人便唱了起来。唱到过门的时候,余参军长跑出去托了一个朱红茶盘进来,上面搁了那只金色的鸡缸杯,一手撩了袍子,在蒋碧月跟前做了个半跪的姿势,效那高力士叫道:"启娘娘,奴婢敬酒。"

钱夫人看见那些椅子上搁满了铙钹琴弦,椅子前端有两个木架,一个架着一只小鼓,另一只却齐齐地插了一排笙箫管笛。厅堂里灯光辉煌,两旁的座灯从地面斜射上来,照得一面大铜锣金光闪烁。

第一段是以全知全能叙事视角去旁观周遭环境,小说这里只做客观描述,没有主观抒怀。戏剧是小说中的戏剧,锣鼓齐鸣是小说中戏剧乐器发出的声响,一支"将军令"是小说中戏曲的曲牌名。这样来看,作者把戏曲元素放在小说中所虚构的戏剧中,虚构的戏剧有着现实中戏剧的要素,使得小说与戏曲的互文之中呈现出一种亦真亦幻感——不知道是人唱戏,还是戏唱人。余参军长在小说中打着丑腔,是小说人物与戏曲角色(生旦净末丑)中滑稽调笑的丑腔元素相结合。"启娘娘,这便是百花厅了",则是化用了《贵妃醉酒》戏本中高力士的人物台词。这里,作者将余参军长与戏本高力士的动作神态用相同的语言描绘一番,写出余参军长对蒋碧月的诏媚。自然而然,蒋碧月也就与戏本里的娘娘形成了互文类比。第二选段与第一选段无大差异,亦是余参军长模仿戏本中高力士的语言和动作,"托、撩、半跪"这些戏曲里细致的身段描写都在小说人物身上被还原,让我们进入戏曲之境,重温了高力士这个人物形象,又在此基础上再塑了余参军长这个小说角色。余参军长的小说人物形象,便被戏本人物衬托得更立体,小说环境也因人物变得更富戏剧性,更值得玩味;小说语言也因戏曲的介入更为风趣幽默、可观可感,可谓"入戏"。第三段是戏剧的布景,"搁满了铙钹琴弦,椅子前端有两个木架,一个架着一只小鼓,另一只却齐齐地插了一排笙箫管笛",这是小说创作中的"出戏",即跳出戏曲戏本唱词,无关人物,无关情节,只将戏曲外部布景元素写入文本,这也是戏曲元素的间接入文。

以上对戏曲进入文本创作的"入戏""出戏"做了简要讨论,这种讨论仍然是建立在戏曲如何与小说进行文本嫁接和文类融合的基础上。当我们再把焦距调远,从昆曲的整体风格与小说创作来看,白先勇在戏曲的熏陶下创作的作品自然有他自己的格调与气质。昆曲无论唱角的妆姿,还是舞台效果,抑或是音乐曲词多以明艳、典雅、华美著称,具有色彩美、音乐美、绘画美。白先勇在创作中自然也受到了这些氛围的浸染,所以小说语言都呈现出色彩美、音乐美和绘画美。

先看色彩美:

蒋碧月身上那袭红旗袍如同一团火焰,一下子明晃晃地烧到了程参谋的身上,程参谋衣领上那几枚金梅花,便像火星子般,跳跃了起来。蒋碧月的一对眼睛像两丸黑水银在她醉红的脸上溜转起来,程参谋那双细长的眼睛却眯成了一条缝,射出了逼人的锐光,两张脸都向着她,一齐咧着整齐的白牙。

这段文字中所用的色彩"红""金""黑""白"都是戏曲中常见的主色调。

这些颜色的加入造成的视觉碰撞和戏剧脸谱色差形成相互呼应,给人深刻的印象,也为小说打下浓墨重彩的基调,视觉上的画面感从文字中喷涌而出。

再看音乐美:

> 洞箫声愈来愈低沉,愈来愈凄咽,好像把杜丽娘满腔的怨情都吹了出来似的。杜丽娘快要入梦了,柳梦梅也该上场了。

> "荣华富贵——只可惜你长错了一根骨头。冤孽,妹子,他就是姐姐命中招的冤孽了。你听我说,妹子,冤孽呵。荣华富贵——可是我只活过那么一次。懂吗?妹子,他就是我的冤孽了。荣华富贵——只有那一次。荣华富贵——我只活过一次。懂吗?"低沉、越发凄咽的洞箫和笛音的声音与怨情互相交织缠绵。

"杜丽娘快要入梦了,柳梦梅也该上场了",这两句对仗工整、一唱三叹。在"荣华富贵""冤孽""只一次""懂吗"几个词的重复中,展现出了古典戏曲的用句讲究、择词精细,极富韵律美,乐感十足。

最后看绘画美:

> 她看见那片秋月恰恰地升到中天,把窦公馆花园里的树木路阶都照得镀了一层白霜,露台上那十几盆桂花,香气却比先前浓了许多,像一阵湿雾似的,一下子罩到了她的面上来。

戏曲作为舞台艺术,对造景更是十分讲究,尤其是昆曲《牡丹亭》"惊梦"环节,不仅要造景,更要造境。本段选取窦公馆宴席散去,钱夫人置身园中所见之景,白霜给人不真实的虚幻感,桂花香却愈发浓郁,亦虚亦实,如梦似幻,将钱夫人要离园之前对游园幻境的最后一瞥凸显得意味深长。白先勇把钱夫人这种迷茫的心理植入到朦胧美幻的画面中去,精湛巧妙。

(二)"戏中戏"情节结构的挪用

在情节结构上,《游园惊梦》采用了昆曲《牡丹亭》的"游园和惊梦"的叙事结构,甚至在角色设置上,白先勇笔下的钱夫人和《牡丹亭》里的杜丽娘都有鲜明的互文关系——他有意让杜丽娘这个角色在钱夫人身上"还魂"。在钱夫人"游园"和"惊梦"的过程中,小说大量借鉴"戏中戏"的情节结构来安排故事走向。

《游园惊梦》虽然运用了大量的现代派写作技巧,将意识流、象征和隐喻融入文本,但从整个故事结构来看,完全是对《牡丹亭》情节的套用,两者都是以"游园"和"惊梦"作为线索。小说中钱夫人的游园情节,和《牡丹亭》里杜丽娘的游园如出一辙。戏曲中,杜丽娘游园伤春,回来后梦中与柳梦梅共赴云雨,梦醒时便独自入园内寻情郎;小说中,尝过南京繁华转而迁至台湾逐渐没落的钱夫人受邀入窦公馆,进而开始了游园:"窦公馆那座两层楼的房子便赫然出现在眼前,整座大楼,上上下下灯火通明,亮得好像烧着了一般"。这便是钱夫人所游之园,在园中她以另种身份看见了曾经的自己。这里我们要提到邀约钱夫人前来"游园"的窦夫人桂枝香,桂枝香在某种程度上我们也可以把她看作是昔日的钱夫人蓝田玉。当年蓝田玉在南京一夜成名,得势后为桂枝香置办的酒席好不热闹气派。钱夫人那时如鱼得水,在上流社会得心应手,可谓风光无限。而今风水轮流转,桂枝香在隐忍多年后终于爬上了上流社会,一如当年的蓝田玉;蓝田玉有一个抢走自己姻缘的亲妹妹十七月月红,桂枝香也有一个破坏她姻缘的妹妹蒋碧月;蓝田玉和桂枝香都是昆曲优伶,如此相似的命运,如此相似的桥段,不免使人将两个角色合二为一。钱夫人似乎又回到南京那个繁华的年代,回到那戏曲连台名流成堆的宴会里去了。小说对钱夫人的心理描写,让我们看见这个人物内心的苦痛与隐忍,她注定像戏曲《牡丹亭》中所唱的那样"泼残生——"般郁郁而终。另外,虽然小说并未交代窦夫人最后的命运,但从钱夫人身上我们可预见这种姹紫嫣红开遍,最终断井颓垣的悲凄结局,这也正合"游园惊梦"的主题。

在白先勇小说中,钱夫人所眷恋的其实是她在南京时期钱权尽握、集宠爱于一身的功名场、温柔乡,所以在小说中钱夫人的"巫山云雨"是通过窦夫人回现自己的前半生来实现的。但等"游园"结束晚宴散席后,她"惊梦"于自己的现世。白先勇在《游园惊梦》这部小说中多处用"戏中戏"的方式穿插了关于钱夫人昔日的旧忆,而每回忆一次都是带领我们再次"游园",每回到现实都是一次"惊梦",让我们在虚、实交织而成的网状结构线上,更能体味游园惊梦之怅然,对人世沧桑与人世无常的体悟会更深。这种"游园""惊梦"的设计正是借用了《牡丹亭》"戏中戏"的框架。白先勇借《牡丹亭》的戏曲结构,设计了钱夫人游窦公馆,又在窦公馆安排了一场今昔对比的"戏中戏",借窦夫人之手重现往昔南京的筵席盛况,让钱夫人神往眷恋。蓝田玉深知自身处境,她不可能再回到南京那段繁荣岁月中去了,也不是风华绝代的钱夫人了,只是一个做客台湾的异乡人。荣华不再,兴衰更迭,人世竟是那般"年年岁岁花相似,岁岁年年人不同"。人不同则逼人惊梦,梦醒更是眷恋梦中盛况,越是眷恋就愈伤怀,这也正应和《牡丹亭》中杜丽娘春梦醒后怅然若失之态,恍恍惚惚去寻她的梦中情郎,终归如梦一场。

弗莱指出:"就伟大的经典作品而言,它们似乎本来就存在一种回归到原始程式的普遍倾向……一部深刻的名篇佳作却能强烈地吸引我们,我们仿佛见到无数寓意深刻的文学模式都会聚在它之中。"[1]白先勇将昆曲《牡丹亭》情节模式的借用,正是一种"回归原始程式的倾向"。他将"游园""惊梦"的故事桥段及"戏中戏"的结构有机融入小说,借对人物命运的书写,通过隐喻、象征等手法突出小说姹紫嫣红到断井残垣的"幻世"主题,以此表达自己对人世无常的伤怀。这种将戏剧"戏中戏"结构引入小说,实在绝妙,对主题的传达也恰到好处。

(三)"虚实相交"戏曲技法的借鉴

"游园""惊梦"的情节结构和《牡丹亭》相同,其中所采用的虚实相交的写作技法也与《牡丹亭》相似。小说中,常常实写游园,虚写惊梦,使得这个文

---

① ［加］弗莱:《批评的解剖》,陈慧等译,百花文艺出版社 2006 年版,第 23—24 页。

本和《牡丹亭》一样,呈现出一种虚虚实实、云里雾里的朦胧美感。"惊梦"的描写,因涉及梦境,常常用一种意识流的表现方式来予以呈现,使得文本中的时空不时交错,不时重叠,如梦如幻。

小说中,众人入席就座互相推让的场景,让钱夫人想起"从前钱鹏志在的时候,筵席之间,十有八九的主位,倒是她占先的。钱鹏志的夫人当然上坐,她从来也不必推让"。接着,"南京那起夫人太太们,能僭过她辈分的,还数不出几个来……大厨师却是花了十块大洋特别从桃叶渡的绿柳居接来的",将当下和过去勾连在一起,将不同空间重叠并置,带来了强烈的对比,令人浮想联翩,沉浸在近乎梦境的虚幻之中。"可是台湾的花雕到底不及大陆的那么醇厚,饮下去终究有点割喉……弯着身腰柔柔地叫道:夫人。"这段描写蒋碧月(桂枝香的妹妹)在酒席间向钱夫人敬酒后,钱夫人看见她在酒席间放荡做派便想起了自己的妹子十七月月红,想起自己被亲妹子抢去的姻缘,想起了她的情郎郑彦青,这相同的场景勾起关于南京那晚伤心的往事。"大陆真正的绍兴老酒也是十分伤人",这里的绍兴老酒隐喻的正是月月红抢亲这段伤人的情事,而台湾的花雕也正是暗示蒋碧月抢了她姐姐桂枝香的姻缘。花雕割喉则是钱夫人看不惯甚至恶心这种卑劣的人事,以前是伤己,但现在再以戏外人看戏中人,却带着不齿。钱夫人游昔日南京晚筵,游那处有月月红、郑彦青相继敬酒倍感心伤之园,惊今时风水轮流,事件重发,心生憎恨、厌恶,这是小说用虚实相叠,造出的游园惊梦之像。

"然而月月红十七却端着那杯花雕过来说道……五阿姐,该是你'惊梦'的时候了"。这一次游园惊梦,白先勇将西方意识流手法运用到小说中来。他同样是借钱夫人醉酒,使钱夫人在潜意识里与郑彦青行云雨之欢。这一段文字中,不仅描写了钱夫人内心对爱情的欲望,还将高潮时出现的幻觉画面铺陈开来。丈夫钱鹏志对她的欢疚,师母对她的告诫,妹子的无情,昔日荣华的覆灭,这些场景如剪辑错乱的片段蒙太奇般在她脑海里乱窜。钱夫人这个人物在此刻是复杂的,她舍不得,她爱,她恨,她怨,她怒,隐忍或爆发都在蒋碧月的一句"五阿姐,该是你'惊梦'的时候了"中豁然舒展了。该"惊梦"了,梦终要醒了,她拒绝再次登台唱戏,她要保存自己最后一丝颜面,留给众人关于她在南京时最风华绝代的记忆。她不忍自己惊梦,更不忍让昔日旧人惊梦,可她的内心却比谁都清楚,她早已"惊梦"了——她是个寡妇,是个年华尽散、唱功不再的妇人,是对这些上层名流毫无作用的废人!

从《游园惊梦》中虚实相生的"幻""梦"书写中我们可以看见,它们都是借用《牡丹亭》的"游园""惊梦"的主题框架以虚实交错的方式完成整个故事,这些叙事方式与《牡丹亭》相关联的"三梦"形成明显的互文关系。白先勇在借用《牡丹亭》的这些元素时,又加入了西方现代派的艺术技巧进行改造重组。从由实引虚再入实的叙事过程中,小而完整的"游园""惊梦"被白先勇用蒙太奇剪辑手法和虚实相生的创作技巧,一一铺就在小说中。这些篇幅极为短小,呈现出碎片化特点。"游园"与"惊梦"片段看似独立,却又处处勾连,每每都与戏曲《牡丹亭》中的"游园"与"惊梦"的结构保持一致。当然,这种"游园""惊梦"的虚实感,读来和《红楼梦》也颇有相似。《游园惊梦》中的人物、衣着、环境、对白、情感、举止和风貌,我们还能依稀辨出《红楼梦》的影子。特别是小说中表现出的世事沧桑和人生无常的哀凄之感,读来每每如读《红楼梦》。

总的说来,白先勇小说对昆曲的互文引入,使得戏曲叙事的写意化、象征性与小说结构的写实性和铺陈性进行了互动交融。《游园惊梦》既有昆曲精致婉转的抒情之美,又有小说丰满深刻的叙事之美。这种小说文本和戏曲文本的互文书写,对读者而言,既是一种挑战,也是一种文本愉悦。读者在阅读时,除了被小说情节牵动之外,还时刻被引向戏曲《牡丹亭》的意境,只有彼此参照,才能更深切地体会小说中味外之旨。这也正是小说与戏曲文类互文的意义。

三、《游园惊梦》互文嫁接背后的"怀旧"与"创新"

《游园惊梦》之所以能成为白先勇《台北人》小说系列中的翘楚,并非因为它篇幅最长,而是它将昆剧之蕊、梨园用典、花魂艳魄这些精湛曼妙的意境交织于小说当中,将昆曲中的爱与美、情与境展现得动人心魄。白先勇曾谈到过《游园惊梦》的创作动机,"由于昆曲《游园惊梦》以及传奇《牡丹亭》的激发,我便试图用小说的形式来表现这两出戏的境界,这便是我最初写《游园惊梦》的创作动机"①。他幼年钟爱昆曲,甚至达到痴迷的程度,终生未改其志。这从《游园惊梦》中对昆曲《牡丹亭》"致敬式"的移植和改造可以看出。戏曲的声乐、唱词、颜色、布景等元素进入小说文本,成为装饰小说的重要物件,"镶嵌"进了小说文本,也成为明显的互文标记。白先勇对各类元素的精心编排、先后顺序的巧妙衔接、上下行文的深浅有法,使得《游园惊梦》与昆曲《牡丹亭》之间呈现出参差交错的互文关系。这种互文关系的背后,是白先勇在"怀旧"与"创新"两种情怀交织背景下做出的文本选择。

蒂费纳·萨莫瓦约在《互文性研究》一书中,提到了现代艺术作品和古典作品有着根深蒂固的怀旧关系,"现代艺术作品似乎和以往的作品之间维持着一种从根本上怀旧的关系……它是古典作品投射的影子,那些作品在这协调中熠熠生辉"②。白先勇的小说,也是出于对《牡丹亭》的怀旧。他的"怀旧",体现在他以对中国古典文化的熟稔,将昆曲这一传统文化经典作为小说的源头,并将《三国演义》《红楼梦》等古典小说的沧桑感融入文本。他在提到创作《游园惊梦》的过程时说,"是我写得最辛苦的一篇小说,前后写过五遍。因为头三遍用传统的叙述法,无法写出时空交错的回忆片段,一直到我尝试用意识流手法,才打破时空限制,将昆曲的节奏与诗意融入小说情节中,可以说,昆曲是这篇小说的主要灵感来源。"③可见,在创作《游园惊梦》之初,白先勇的创作意图显然是想用古典昆曲的结构、用古典的叙述方式来抒发自己古典

---

① 白先勇:《〈游园惊梦〉小说与戏剧》,载《白先勇文集》(五),花城出版社 2000 年版,第 336 页。

② [法]蒂费纳·萨莫瓦约:《互文性研究》,邵炜译,天津人民出版社 2003 年版,第 62—64 页。

③ 白先勇:《蓦然回首》,文汇出版社 2000 年版,第 267 页。

的怀旧情绪，即中国文学传统中的历史兴亡感和人世沧桑感以及佛家的人世无常感。正如白先勇自己说的那样，"中国文学的一大特色，是对历代兴亡、感时伤怀的追悼，从屈原的《离骚》到杜甫的《秋兴八首》，其中所表现出人世沧桑的一种苍凉感，正是中国文学的最高境界，也就是《三国演义》中，'青山依旧在，几度夕阳红'的历史感，以及《红楼梦》好了歌中'古今将相今何方，荒冢一堆草没了'"，因此他的小说就是要表达"对过去、对自己最辉煌时代的一种哀悼"。①《游园惊梦》在对《牡丹亭》的转化中，最大限度地保持"源文本"形式上的独立性和故事内核的完整性。《牡丹亭》依旧是《牡丹亭》，白先勇并未在它本体上修动改造，而是将它故事的魂魄抽离出来，将杜丽娘游园惊梦的结构抽离出来，与钱夫人的故事相杂糅。同样，白先勇也未在戏曲本身上改动，而是将戏剧中的代表元素抽离出来化入自己小说创作中去。所以我们能在小说《游园惊梦》中品到钱夫人游窦公馆便是杜丽娘游园，离园便是杜丽娘惊梦，同时我们亦能看到"蓝田玉""桂枝香""月月红"等类似于曲牌的名字，发现"丑腔""胡琴""笙箫""启娘娘，这便是百花亭"这些戏剧元素，它们保留着自己原汁原味的独立性，亦贴合白先勇小说中环境与人物的现况。可见，白先勇先是对"源文本"有深层次的认识，在自身小说故事大致成形后再从"源文本"中抽出贴合小说的元素，并以自身为容器，以语言为材料，加以熔铸。在《游园惊梦》小说中，各元素仍有自身的形态色泽，镶嵌进小说后在推动故事情节的基础上依然具有梦幻性和戏剧感，兼具小说与戏曲两种艺术魅力。

　　《游园惊梦》的互文书写，除了大量使用昆曲元素外，它对《红楼梦》也有过直接的移植。李欧梵对《游园惊梦》的文学血脉有过如下描述："《游园惊梦》是现代小说，再上面是《红楼梦》，再上面是《牡丹亭》。"②白先勇曾将《红

　　①　白先勇：《白先勇的文学生涯》，转引自黎湘萍：《台湾的忧郁》，生活·读书·新知三联书店 1994 年版，第 217 页。
　　②　白先勇：《蓦然回首》，文汇出版社 2000 年版，第 247 页。

楼梦》的语言视为古典小说的至境,《红楼梦》这部古典小说的语言如"相干""作怪""妥当""标志""体面""难为""横竖""回头""莫过……不成"等①,还有《红楼梦》中大量的"二元世界"模式如盛与衰、灵与肉、红与青、玉与金等的并置对立也被大量移植嫁接进《游园惊梦》文本中。整体观之,《游园惊梦》这部小说中,《红楼梦》小说元素、《牡丹亭》戏曲元素并借用西方意识流、蒙太奇等现代写作技巧,将中国古典的意象与现代主义的技巧进行了融合,将古色古香的各部分和谐调配,营造出崭新的诗学空间,令人心驰神荡,凑出一曲低婉哀沉的乐曲。

当然,白先勇将古典戏曲和小说的元素纳入自己的创作体系,形成互文的过程中,并不是简单地复制,而是运用了西方现代派的技巧,各元素在相互融合时保持了彼此的开放性和对话性,体现出他对传统进行创新的追求。"源文本"与小说《游园惊梦》并非封闭存在的,它们都具有开放性,这种开放性促使它们之间进行交流对话。如《游园惊梦》描写"入梦""惊梦"时,就借用西方现代派技巧对《牡丹亭》进行开放式的引用和改造。《牡丹亭》中杜丽娘的入梦是自己进入梦境,而《游园惊梦》的"入梦"却是钱夫人在窦夫人身上的"入梦",让自身重温昔日南京繁华幻梦,颇有"庄生晓梦迷蝴蝶"之感,这既是对《牡丹亭》的借用又是一种超越;"惊梦"则是钱夫人离筵惊梦感慨世事变迁,如杜丽娘惊梦般怅然若失。小说创作中,白先勇巧妙打造一场"戏中戏",即运用现代派意识流手法让正在入梦温习往日的钱夫人,再次入梦与郑彦青云雨,这又刚好契合杜丽娘与柳梦梅云雨场景。还有上文说的虚实相生的幻梦,都是贴合了"游园""惊梦"的意蕴,虽然表现的故事和形式不同,但都是沿着游园惊梦的主线直奔"姹紫嫣红付与断井颓垣"而去的,都是感慨世事变迁,世人如在繁华深巷里兜转迷幻,终归镜花水月。从上面分析来看,我们可以看到被抽离出来关于《牡丹亭》戏曲元素与小说《游园惊

---

① 李穆南、郄智毅、刘金玲主编:《中国台湾文学史》,中国环境科学出版社、学苑音像出版社 2006 年版,第 153 页。

梦》灵魂的深层对话,不仅形似而且神仿,正如《牡丹亭》还魂《游园惊梦》,一个是魂魄,一个是肉体,谁离开谁都活不成,只有两者彼此附着,才能灵动存活。

《游园惊梦》中,白先勇通过片段式的场景转换使文本按照意识的流动来构建,戏曲中诸多元素如唱词、声乐、颜色及故事等,都被白先勇用意识流等现代派手法予以零碎式的拆解。在台湾读书期间,白先勇已经接触过意识流等现代派技巧。到爱荷华大学读书后,他还曾专门揣摩过意识流理论和意识流小说家,对乔伊斯、伍尔夫和福克纳等人的意识流技巧心悦诚服,这使他在小说创作上具有了现代意识。《游园惊梦》中意识流的拆解带来两个艺术效果:一是造成文本的破裂感,应和小说以"梦"为中心的行文方式,并给文本氛围时刻笼罩上一种"梦醒"后无路可逃的破碎感;二是碎片被作为互文性的颗粒在白先勇小说作品中游离、介入、渗透,让文本时刻与昆曲《牡丹亭》进行勾连,时刻提醒读者两者之间的内在联系。这种空间式撒播具有扩散性,导致作为源文本的《牡丹亭》种子如蒲公英般四处飞散在《游园惊梦》小说文本中,生根、发芽,又各自具有独立性的成长。在《游园惊梦》这篇小说中,产生了众多关于《牡丹亭》的衍生品,从而在白先勇故事中构成了网状结构,它们在里面对话交流,使彼此在文本中结晶,大放异彩。

"创新的过程必然是从传统出走,但也必然又对传统多次回归……当创新之灵出走而忘返,追随异国他乡文化而去,我们需要对它呼唤,呼唤它回归母体,将它的'新'带给'母体'。"①这证明小说《游园惊梦》在"新"中重回"母体"走了一遭,使之得到另一独特的"新"。白先勇将自己未加修饰的新故事投入自己调和抽选的传统文化之中,打捞晾干成形后得到新的文学样本。在白先勇的叙述调配下,以隐喻、象征、陌生化、意识流等方式将各种词曲牌名、戏曲剧目名、戏曲唱词等戏曲元素纳入小说并赋予深意,形成一个纵横交错的

---

① 李蕾、张进进:《青春版〈牡丹亭〉:以大美之姿致敬戏剧大师》,《光明日报》2016年9月9日。

互文网络,以点带面,将古典文化传统以网状形式呈现在读者面前。它既是怀旧的,又是创新的,这是白先勇创作的重要特色。

白先勇的"怀旧"与"创新",实际上是思考"传统"与"现代"的关系所做出的文本选择。总的来看,《游园惊梦》相当成功地找到了"传统"与"现代"的契合点。正如有论者评价的那样,"百年来,中国文学始终在传统与现代、本土与西方之间摇摆振荡。在这样的背景下,白先勇是一个具有特殊意义的存在。他的小说富有古典美,又极具现代感;他曾经是台湾文坛'现代派'的代表,又怀有浓厚的'乡愁'意识;他旅美多年,却又被公认为'一个道道地地的中国作家'。"①《游园惊梦》的成功,给予我们诸多的启示。在当今戏曲一度式微的困境下,走小说与戏曲互文融合的发展道路,重新嫁接启用传统戏曲文本,这可能是今后戏曲文化再次走入大众视野的路径之一,也是小说文本向戏曲文类索要资源的途径之一。20 世纪 80 年代,白先勇的《游园惊梦》改编成舞台剧上演,引起了广大观众的注意,反响颇大。这正好印证了小说中积累的戏曲艺术的文学代码和文学惯例是读者能接受的,作为小说文本的《游园惊梦》向传统戏曲《牡丹亭》借资源是成功的。这也说明,以文类互文方式,将小说与戏曲进行文本嫁接,以现代意识续接传统所做的尝试和努力是成功的。

第三节　叶广芩的京味小说与京剧的互文

上一节我们以台湾小说家白先勇为个案,讨论小说和戏曲的文类互文的实施路径与实践意义。本节以大陆本土作家叶广芩为代表来讨论两个文类之间的互文意义,以求使我们的讨论更具广泛性和说服力。

当代作家叶广芩所创作的家族系列小说中,充满着戏曲元素,这成为她文

---

① 张晓玥:《书写心灵无言的痛楚——论白先勇小说》,《文学评论》2007 年第 2 期。

学创作的一个重要特色。可以说,戏曲在叶广芩生活中有不可替代性,也是她文学创作生生不息的资源。在京剧的影响下,叶广芩的小说形成了独特的"京味"特点。叶广芩有意识地实践着京剧与小说的对话、指涉和融合,使双方彼此依存,在文本中形成巨大的张力,使文本绽放出全新的生命力。本节以叶广芩的京味小说为个案,讨论叶广芩京味小说与京剧之间的互文关系,由此考察京剧在小说文本意义生成过程中的作用。

一、 叶广芩及其京味小说

叶广芩的叶姓来源于叶赫那拉氏的第一个字。她作为叶赫那拉氏的贵族后裔(慈禧太后侄孙女),有着比一般八旗子弟更为显赫的身份。然而,这些显赫的家族背景也仅仅只是一个背景,因为叶广芩出生的时候已经家道中落,靠变卖祖上的财产维持日常生活。但贵族人家的文化血脉、老辈人对家族故事的讲述以及家庭生活中旧式做派的言传身教,对她的影响还是很大的。叶广芩的父亲是清朝遗老,贵族气息颇浓,擅长诗词歌赋,对京剧颇有研究,曾在国立北平艺术专科学校教书,他对叶广芩的影响是很大的。成年后的叶广芩将这些童年经历变成一种文学叙述,成为小说的有机组成部分,从她的很多小说中我们都能看到家族带给她的影响。比如,《不知何事萦怀抱》中对皇家建筑风水的熟知,《黄连·厚朴》对宫廷御医生活的介绍,《雨也萧萧》对古玩的把玩,《谁翻乐府凄凉曲》对京剧票友的画形,《采桑子》对旗人家族生活的刻画,《瘦尽灯花又一宵》对八旗子弟礼仪的展示,《注意熊出没》对宫廷菜制作的娓娓道来,这些都是童年经验带给她的先天创作财富。因自小生活环境的影响,她有着比常人更为从容雍雅的气质,这种气质渗透到她的生活和创作中。1956 年父亲去世后,叶广芩没有了生活来源,她逐渐体味到了贵族世家的衰落与残破。"很长时间以来,我们家基本是靠变卖东西来维持生活。我很小的时候就和寄卖商店打交道,卖各式各样的东西。我父亲 1956 年就去世了,我们没有生活来源,老是这种状态。这种状况下长大的孩子,一个是敏感,再一个是自卑。"①这些家庭变故和人生体验使她的小说从情节、语言、人物形象、审美意蕴由内而外生出一层迷人的缅怀与哀叹。这种缅怀与哀叹,正是叶广芩"以血书者"情绪的必然产物,亦是她在用内省态度审视记忆中深刻的往事。这些往事中,京剧就占据了她记忆的大部分空间。因此,我们在谈论她的小说时,有必要了解叶广芩与京剧的深厚渊源。

如果说家族成员的经历与时代的流变带给叶广芩丰富的写作素材,那么她打小所受到传统文化的熏陶,则是能将叶广芩记忆中客观存在的素材炼化成可供运用的招式的"三昧真火",而这团火源远流长,至今一直燃烧在叶广芩创作的小说中,这团火就是京剧。叶广芩自打儿时便受到京剧的影响,家里经常摆戏台,唱戏文,叶广芩的兄妹中也有唱戏文和研究戏文的,所以京剧对叶广芩的影响并非是断续性、碎片化的,而是整体的。叶广芩在她的自述《戏缘》中曾谈到她与戏曲的渊源,"我爱戏,爱得如醉如痴。我这种爱好,从很小的时候就开始了","我父亲有本叫《梦华琐簿》的书,闲时他常给我们讲那里面的事情,多是清末北京梨园行中的轶事,很有意思。我大约就是从这本书,从父亲那颇带表演意味的讲述中认识了京剧,迷上了京剧,同时,将那本书看作神奇得不得了的天下第一书"②。叶广芩父亲是京剧票友,自己会拉二胡,会唱京剧。叶广芩曾回忆说:"父亲不仅戏唱得好,京胡也拉得好。一家人经常在晚饭后一起演戏,父亲和三大爷坐在金鱼缸前、海棠树下,拉琴自娱。而几位兄长也各充角色,生旦净末丑霎时凑全,一家人演《打渔杀家》《空城计》《甘露寺》《盗御马》等,戏一折连着一折,一直唱到月上中天。"③在她小的时候,父亲还教她唱过《捉放曹》《四郎探母》等传统京剧。正是在京剧文化的不断炼化下,叶广芩的文学才能和艺术内涵都在不断地被京剧浸染,被去粗存精,京剧唱词中的语言文字,京剧曲段中

①　周燕芬、叶广芩:《行走中的写作——叶广芩访谈录》,《小说评论》2008 年第 5 期。
②　叶广芩:《戏缘》,《美文》2004 年第 3 期。
③　叶广芩:《琢玉记》,北京十月文艺出版社 2015 年版,第 6 页。

的故事情节,京剧情感中的悲欢离合,都在一点一点堆积,塑就叶广芩独特的艺术魅力和创作方式。因此,在她的小说中,"叙事写人如数珍,起承转合不温不燥,举手投足流露出闺秀遗风、文化底蕴。内行看门道,这文风这意味装不出来学不到家,只能是生活浸泡环境熏陶先天素质后天修养多年浸泡酝酿而成"①。

叶广芩将自身的生命体验化为文学情思,自觉地接续了京味小说一脉,用老北京的方言,讲述老北京的故事。她曾在谈到自己为何创作这些"京味小说"时说,"对于老北京的文化,对于我们这一代人的经历,如果今天我要再不说的话,恐怕知道的人就更少了","我还说着纯正的北京话,用过去这种传统语言来叙述北京的人已经不多了。老一辈的,像老舍啊他们还可以,但是人已经不在了。再有年龄大了,思维受制于身体、精力"②。作家邓友梅曾评价说,叶广芩的小说中的京味读着最解渴,"叶广芩写的老宅门自成一家""叶广芩的作品好就好在'够味儿',不仅有京味共性,还有她叶赫家的个性"③。可以说,叶广芩小说的"京味儿",是对叶广芩的小说语言与文学风格最为凝练的概括。当然,能从一系列"京味儿"小说中脱颖而出的不只是其小说单纯描写老北京的生活环境、民俗风情,也不只是因为老北京话之诙谐市井,更重要的是,她的与众不同在于小说中大量借用"京剧"元素提升了她"京味"小说的表现力度。叶广芩曾在一次访谈中谈到老北京文化中对她影响最深的是"戏曲",她说:"最喜欢老北京的戏。那时候老百姓是没有报纸电视的,他们所有的认知,他们的道德观,他们的行为规范,都是从戏曲来的。戏是教给人怎么做人,如何做人。那么,这种传统的东西,塑造了北京人的认知观,是一种博大

---

① 邓友梅:《沉思往事立残阳——读叶广芩京味小说》,载李伯钧主编:《叶广芩研究》,陕西师范大学出版社 2014 年版,第 145 页。

② 范宁:《当代著名作家访谈录:写作成为居住之地》,江苏文艺出版社 2017 年版,第 280 页。

③ 邓友梅:《沉思往事立残阳——读叶广芩京味小说》,载李伯钧主编:《叶广芩研究》,陕西师范大学出版社 2014 年版,第 143—145 页。

精深的东西。后来我的《状元媒》里,全是戏曲的东西。《状元媒》是第一部,写的就是我最爱的,最能理解的,最得心应手的戏曲。"①京剧既是叶广芩京味小说的书写对象,又是她反思传统文化的切入点,这也是她的京味小说区别于其他作家的主要不同。

叶广芩小说的京味,很大程度上来源于她对京剧的熟稔以及在小说创作中大量借用京剧元素。叶广芩主要文学作品中,有长篇小说《采桑子》《战争孤儿》《状元媒》等,中短篇小说集多部,电影、话剧、电视剧多部。其中,她的家族题材小说最引人注目,也是本节探讨叶广芩京味小说与京剧互文的主要讨论对象,此类代表作有《采桑子》《状元媒》《全家福》等。她的家族系列小说起始于 20 世纪 90 年代,这个时期文化寻根的热潮已退,叶广芩却用创作重新接续了这一热潮。家族系列小说中,作为叶赫那拉氏贵族后裔的叶广芩,并没有为家族的日薄西山一味哀感叹惋,相反,在这类小说中,叶广芩总是以缅怀式的态度书写着她记忆中关于家族事件的点滴,既有身临其境的致哀,又有隔岸观火的审视。面对与自身命运的纠缠不清和不幸的家族史,叶广芩并未似南唐后主李煜那般沉郁悲凄。她在追悼往昔的同时,总潜藏着对未临之日的期待,始终秉着股韧性,在与古老而神秘的消极和死亡对抗。在她的小说中总能熟悉地看到老北京的风俗人情,总能感受到传统京剧中的别样风味。她以最平实的市井话语来呈现出自身脱缰却又不失大家之风的赤子心性,这种趋俗又不同流的风格,正是她的创作特色。

叶广芩曾在一部描写"家族"与"逆子"的小说《三击掌》中,给自己下了一个注释:"我生性是一个简单的人,写文章也是如此,郑板桥的'难得糊涂'是一种大智慧,我是一种浸泡在迷糊中的真憨傻,是难得清醒的笨拙呆滞,我

---

① 范宁:《当代著名作家访谈录:写作成为居住之地》,江苏文艺出版社 2017 年版,第281—282 页。

写文章是永远没有主题,永远是信马由缰。"①从叶广芩这段对自己写作性情的归纳,可见出她始终用一颗赤子之心在创作,一直持有那份坦率、天真的真性情以及信马由缰的洒脱情怀。这与她在那段喧哗与躁动的生活,感伤与哀凄的经历息息相关,从她时而质朴平实,时而浓墨重彩的小说语言中可见一斑。

二、 京剧与京味:戏曲与小说的互文共生

叶广芩家族系列小说里,她将对京剧的痴迷从自己的人生体验延伸进小说文本。她把对京剧剧名的借用、唱词的汲取,以及对京剧情节的借鉴都用于小说创作中去,不仅使传统京剧在小说中复活,更赋予它全新的面目和别样的意蕴。借助京剧的书写,叶广芩抒发对历史的感悟和对现实的观照。因此,讨论叶广芩的小说,绕不开对小说与戏曲互文的讨论。

在整体布局上,叶广芩喜欢将完整的京剧打碎,根据小说文本创作的需要,选取所需的京剧情节、唱词,甚至是人物性格,通过碎片组合、重写等方式衍生新文本。京剧的碎片化以及作者选取的随机性,致使京剧星星点点地"镶嵌"在小说之中,绚烂缤纷地缀饰着文本。如《状元媒》中《扑灯蛾》的词写得好,'俺与他一旦契合,恁与他五百年前石上结三生'",《状元媒》中"我为没能看上《锯碗丁》而遗憾,想象着它的情节,应该是比父亲喜爱的《逍遥津》《盗御马》们更可信",以及《小放牛》中对京剧《小放牛》唱词的引用,小说《豆汁计》对京剧《豆汁计》桥段的引用及改写等,如阡陌纵横,随取随用。这是叶广芩对京剧使用上的一个特点。

叶广芩对京剧的使用,最明显的是将京剧曲目名和唱词直接"引用"进小说文本。"引用"是互文关系中最为常见和最为直白的呈现方式,这种形式几乎普遍存在于各类文学作品中。直接引用最常见,它不需要作家改编,不需要

---

① 转引自王童:《明天的预感》,敦煌文艺出版社 2014 年版,第 142 页。

转化,不需要凝聚与扩张,只需要做到文本间的横向移植即可;间接引用即化用,化用则需要超越表面上的移植和缝合,而是从形式到内容、从蕴含到题旨都深入到文本内部。叶广芩小说对京剧的"引用",这两方面的技法都有所涉及,具体来看主要体现在:

一、引用戏曲名作为小说章节名。小说《采桑子》中的九个章节名,完全借用清朝词人纳兰容若的《采桑子·谁翻乐府凄凉曲》这首词,而《采桑子》和《状元媒》里的小分章《状元媒》《大登殿》《三岔口》《逍遥津》《三击掌》《拾玉镯》《豆汁计》《小放牛》《盗御马》《玉堂春》《凤还巢》都是以京剧的戏曲名作题。如小说《逍遥津》,就是借用的同名京剧剧目为题,以此移植和预设京剧中的悲剧主题。京剧《逍遥津》讲述的是汉献帝被权臣曹操威逼无助,预以衣带诏联合孙权、刘备锄奸而失败的悲剧故事。叶广芩直接借用剧目名作为小说名,这种直接引用也预设了七舅爷两父子一生命运多舛的人生悲剧。再有如京剧《三击掌》,讲的是唐朝王宝钏因婚姻之事和父亲王允闹翻,被赶出家门,父女三击掌以示断绝父女关系。小说《三击掌》讲述的是王阿玛和他儿子王国甫反目成仇的故事,这和京剧的主要情节完全一致,叶广芩直接挪用京剧名作为小说名正是借重剧中的情节走向。还有小说《拾玉镯》,借用的也是同名京剧名,甚至连京剧人物孙玉娇也成为小说人物的姓名。

二、引用唱词。叶广芩经常会安排一段京剧唱段做前言,使得全文与戏文中的人物故事相互映照。"京剧文本在展开事件情节、推进人物行动方面,基本采用点线结构。这种结构方式,基本遵循古代戏曲剧作创作理论中'一人一事'的重要观点,从繁复的事件过程中提炼出主要线索,以主要人物的行动为情节发展的核心,因而保持了观众欣赏中的简洁、明快,并为观赏者留出了赏析演技的丰富空间……京剧传统式文本的一场场戏中,基本上遵循了从古代流传下来的唱念格式的文辞方式,主要人物出场时,一般都要有一种相对庄重的表示,这些庄重的表示就采用了'打引子''定场诗''坐场白'以及'上场诗''上场对子'等程式。"①在叶广芩的小说中,使用京剧唱段作前言,有如京剧中的"上场诗",起到了呼应主人公的作用。这种看似直接的引用(唱词入小说),背后是对戏曲结构方式的整合和化用(唱词在小说中的作用如同京剧中的"上场诗")。这种直接位移式引用,使得小说文本有如京剧舞台,文本故事和戏曲情节相互交错,历史与当下彼此杂糅,让读者阅读小说如同看戏,带来一种"人生如戏"的心理预设和阅读体验。如《状元媒》中的前言"好一位吕状元颇有预见,论计谋称得起诸葛一般"(京剧《状元媒》八贤王唱段);《盗御马》中"将酒宴摆置在聚义厅上,我与众贤弟叙一叙衷肠"(京剧《盗御马》窦尔敦唱段);《采桑子·谁翻乐府凄凉曲》中"别馆接莲池,谱来杨柳双声,古乐府翻新乐府;故乡忆梅市,听到鹧鸪一声,燕王台作越王台"(某戏台楹联);在《豆汁记》里有"莫姜进厨房了,我在院里扭扭捏捏地学唱金玉奴,'人生在天地间原有俊丑,富与贵贫与贱何必忧愁'",这句话中的"人生在天地间原有俊丑,富与贵贫与贱何必忧愁"出自京剧《豆汁记》里金玉奴的唱词。还有如在《采桑子》第一章中,"悠悠的胡琴声中,大格格缓缓唱出西皮二六:'春秋亭外风雨/何处悲声破寂寥/隔帘只见一花轿/想必是新婚渡鹊桥/吉日良辰当欢笑/为什么鲛珠化泪抛/此时却又明白了/世上何尝尽富豪'",以及本章在回忆金家大姐金舜锦死前唱段时,作者将《锁麟囊》的二黄唱段《一霎时把七情俱已昧尽》全部引进小说,以此来突出金舜锦死前肝肠寸断的哀凄之情,也借此段词表现出作者对当时未听清的唱词今日想来竟是如此之感慨。一种顿悟与凄清,追逝与悼念百感交集之情跃然纸上,这段唱词使人物更为饱满,情感一触即发。

小说对京剧的直接引用并非是毫无章法随意拿取。这些引用都要符合小说语言、人物情感以及故事情节走向,是作者为塑造小说人物形象、渲染小说环境背景而精心挑选出的。有的是直接以戏曲名为题的方式或以前言、后记

---

① 田至平:《京剧文本特色研究》,《戏曲艺术》2010 年第 3 期。

等热奈特所说的"副文本互文"方式将京剧安插进小说文本;有的是直接引用京剧唱词,或在小说文本中直接评论京剧。总之,直接引用的方式提高京剧元素的出场率,借京剧写人生,借京剧写历史,从而处处营造出一种"京剧场",形成一种与老舍不太一样的"京味"。

需要指出的是,她的小说还有很多间接引用的转述描写,将隐匿身份的京剧转化成文学语言进入小说。如《采桑子》中,秦蓝薇女士演出《贵妃醉酒》,小说中是这样描写的:"演的雍容华贵,行头好,扮相好,举手投足都很到家,但也要饮场。只见她唱一句'这才是酒入愁肠人易醉',喝一口水;唱一句'平白诓驾又何情',又喝了一口水。"这段描写既有唱词的直接引用,又是对京剧舞台艺术的转化描写,把京剧的舞台动作、相貌转化成文字进入小说,使舞台背景成为小说故事背景,舞台人物和小说人物合二为一,成为牵动叙事走向的关键要素。这种非直接横向移植戏文入文本的方式,往往是对京剧中非文字性部分如人物动作、场景、身段等以文字的方式进行格式转化,使其更好地进入小说当中。还有在《三击掌》中,小说开头将京剧"三击掌"的故事进行转述,在共时性的小说叙事框架中,引入了唐朝为背景的历时性维度,从而使得文本中父与子的故事有了一个完整比照的坐标系。

间接引用的转述描写方法在小说《采桑子》中还以戏仿的手段出现过。《采桑子·谁翻乐府凄凉曲》一章中,"我以后稍稍长大了些,脑子里装了些男女之事,才知道与俞菊笙演的《金钱豹》不同的是,我们家有三只金钱豹:老二、老三、老四",这些描写是对京剧《金钱豹》中的人物借用来比拟小说中的几个人物,达到调侃嘲讽的效果。此处叶广芩是借金钱豹这一角色对小说中老二、老三、老四被美娇娘黄四咪迷得神魂颠倒干出糊涂事的嬉笑与调侃,以此来表达小说中"我"这个角色对黄四咪的好奇,以及对三个不成器哥哥的鄙夷,看出作者借用京剧人物形象来勾画小说人物形象做出的努力。这是京剧进入小说的又一种方式。

从以上文本细读中不难发现,叶广芩的每一个以戏曲命名的小说故事情节都与戏曲故事对接,她在转写的过程中予以寓言式叙述,即两个事物在情节结构设计上大体一致,不同时代背景、人物、语言及不同结局走向都显示出极大差异,只大体轮廓相似,不涉及血肉。叶广芩在家族系列小说创作中借助戏曲人物形象设置和唱词去贴近自己记忆中的家族人物、事件,更鲜活地表达出自己的人生观、历史观。这种在戏曲中汲取符合自己所要描绘的故事的因素,正是互文性的集中体现。在此基础上,叶广芩进行添加、改编,借用隐喻塑造了小说人物形象,深化了小说情感,升华了小说主题。此处以叶广芩家族系列小说《豆汁计》和《状元媒》为例进行讨论分析。

京剧《豆汁计》又名《金玉奴》,讲的是比乞丐还落魄的穷书生莫稽饿晕在叫花子门口,被叫花子女儿金玉奴用一碗豆汁救醒,书生"以身相许";而后书生考取功名后却设计要害死糟糠之妻,金玉奴被林大人救起,收为义女,机缘巧合许配给莫稽。莫稽在洞房遭到金玉奴棒打,终于醒悟,第二日夫妻和好如初,皆大欢喜。小说《豆汁计》则是按照文本中"我"对京剧《豆汁计》故事的认知加之于莫姜这个人物形象上,文中的莫姜既是莫稽又是金玉奴的化身,这里的双重人物形象只有结合京剧情节才能真正理解。这也说明,任何特定的文本必须与对互文文本的阅读紧密联系才有可能被真正理解,"文本只有通过阅读的过程才存在——阅读的时刻所生产的东西是读者携带的各种文本对一个组装文本(比如一本书)进行异花授粉的结果。对读者所不知的、因此未受到注意的一部作品的一点点暗示会在那种阅读中占主导。另一方面,读者对某种实践或作者所不知的理论的经验能引发全新的阐释"①。小说将京剧《豆汁记》中莫稽和金玉奴两个角色合二为一放到莫姜身上。莫姜被"父亲"带回家,"母亲"用一碗豆汁给她充饥,"父亲"相当于京剧中的林大人,他救下了被丈夫抛弃的莫姜,给她带来安定的生活,此时的莫姜是金玉奴的化身。

---

① ［美］于连・沃尔夫莱:《批评关键词:文学与文化理论》,陈永国译,北京大学出版社2015年版,第155页。

终于,她的丈夫又回来,夫妻二人又在一起生活。"母亲"或"我"的家庭救下了莫姜版的"莫稽",用一碗豆汁给她填饥;莫姜成为我们家的厨子,则是京剧《豆汁计》中莫稽的"以身相许"在小说中的化用。当莫姜为了自己的生活最后选择离开了"我们"家,这是京剧《豆汁记》中莫稽的离弃。对我们家来讲,莫姜既是金玉奴又是莫稽。叶广芩在《豆汁计》的谋篇布局上可谓煞费苦心,从一个小细节可以看出——文中莫姜左颊有一条长疤,脸色蜡黄,模样极符《豆汁计》唱词"人生在天地间原有俊丑,富与贵贫与贱何必忧愁"。此处也是京剧唱词直接进入小说文本,作者叶广芩也正是通过莫姜这一人物,来表达对世事难料、人生如戏的感喟。小说《豆汁计》不似京剧中那般拥有美满的大团圆结局,莫姜和她的丈夫虽生活在一起,但结果却是夫妻两人用煤气自杀了,而"我"的家庭也在不断衰落。作者实则借京剧与小说互文来传递她对往事和对莫姜这类秉承纯粹之心的人的怀念,传递出对人的欲望坦然的审视,有着对真善美更为深入的体悟和活在当下的豁达。京剧中的桥段和人物被变更重写进入小说文本,小说文本亦在隐秘折射出京剧里的人物与桥段,相互之间对文本意义的生成都产生了影响。我们读小说《豆汁记》时,自然离不开京剧《豆汁记》对文本阅读的影响;而这种阅读体验一旦建立,也必将影响我们对京剧《豆汁记》的理解。这正是互文性的魅力之所在。

这种互文现象不仅在《豆汁计》中出现过,在叶广芩小说《状元媒》中也出现过小说情节与戏剧情节相映射的现象。《状元媒》同样以京剧人物情节与小说人物情节并行的双线结构来进行文本书写。京剧《状元媒》写的是宋朝柴郡主随皇上狩猎,不幸被番邦掳走,后被杨昭延所救,郡主赠珍珠衫以示爱意,功劳却被傅丁奎抢去;皇上欲将郡主许配给傅丁奎,经过状元吕蒙正周旋,并让傅、杨二人当场对质才真相大白,吕蒙正成为柴郡主和杨昭延的媒人。小说《状元媒》中,"我"的父亲和母亲亦是由最后一位状元刘春霖从中做媒才结为夫妻,这一点与京剧《状元媒》有共同之处。小说中,与其说是做媒不如说是骗媒，刘春霖将新郎的年龄大新娘一轮的实际情况在婚前披得死死地，但也终成全了一段姻缘。这种明暗情节相交杂的叙述手法，从京剧蓝本中衍生出小说文本，实现对源文本的改写。叶广芩在京剧的基础上进行改造，让京剧参与到小说中，又不让它完全与小说重合。这种时隐时现、点到为止的创作方法，正是叶广芩京剧与小说互文的一个特点。

三、 京剧对叶广芩"京味"小说创作的意义

艾略特在《传统与个人才能》中，提出传统是互文性的来源之一，因为没有脱离过去文本和现在文本而独立存在的文本。处在语言系统和社会文化系统的宏大框架下，没有作家能独善其身孤立地进行创作，也没有作品能独立地存在，它总是流动在过去与现在的文化交汇的洋流里。罗伯-格里耶也指出，尽管作者想独立，但是他们无力摆脱当前深陷传统文化泥淖的困境，在过去已成的文学中，他们无法摆脱传统，无法摆脱自己。① 这说明，互文性的最大来源是传统，任何文本都是接受传统而后又将自己的再创造加入传统，变成新的传统。

对于叶广芩来说，京剧早已潜移默化地成为她文学生命力里不可或缺的营养成分，所以在叶广芩家族系列小说及其他小说创作中，早已牢固盘虬了密密麻麻的京剧根须。在京剧传统源源不断为写作提供能量的背景下，叶广芩的小说也越发枝繁叶茂，枝叶摇曳间散发着古典灵气。京剧和小说在叶广芩的笔下浑然一体，相互共生，互相成就。具体来说，京剧对叶广芩小说创作的贡献可以从以下几个方面来说：首先，它带给小说丰厚的传统文化知识和文化底蕴，锻造了独特的文学性；其次，它提供了可供模仿的情节结构，开拓了文本的建构空间；再次，对京剧的有意误读和灵活化用，使叶广芩得以将京剧随时植入小说，从而不受拘束地完成跨时空、跨文本对话，极

---

① ［法］罗伯-格里耶：《未来小说道路》，载伍蠡甫主编：《现代西方文论选》，上海译文出版社 1983 年版，第 312 页。

具开创性;最后,京剧进入文本,丰富了作品的情感内涵、美化了语言修辞、扩大了作品的审美意蕴。像《采桑子》中,大格格金瞬铭是戏痴,她的一生被京剧耽搁得彻彻底底,醉生梦死;《豆汁计》中的"我"再也没有见过像莫姜那样的人,没喝过那样的豆汁,表达的是作家内心对昔日往事的喟叹与悼念;《盗御马》结尾处,"我想我该和五狈说点什么,却轻轻地哼起了《盗御马》……我与同众贤弟诉一诉衷肠……/一片云彩飘来,天上起了雨,女子拉我在土崖下避了,远远的我看见五狈的坟在雨水中腾起阵阵尘土,五狈知道我来了/一出《盗御马》,唱过了,曲终人散",这样细腻的情思与京剧化的语言相结合,使言辞具有戏曲美,使情感更为立体,想象更为繁复。这不仅构成了叶广芩小说的独特品性,丰富了作品的美学效果,更使得作品呈现出别致的"京味"。

赵园在《北京:城与人》一书中说:"'京味'是由人与城间特有的精神联系中发生的,是人所感受到的城的文化意味。'京味'尤其是人对于文化的体验和感受方式。"①叶广芩对"京味"也有自己的看法,她说:"近些年写了一些'京味小说'……人们可以不看,但我不能不写,因为它们是北京的一部分","北京是我的故乡,年轻时走向了西北……但儿时的精神烙印一直起着决定作用,幼年的性格铸造已经定型,即便是走南闯北,即便是鬓间白发丛生,也是无法改变的,命运的根把我牢牢地系在北京,系在东城那座老旧的四合院里,无论走多远也离不开这个中心"②。京剧是叶广芩观察和体味北京世态人情的重要视角,这也是她"京味小说"的最大特点。相比于邓友梅的《双猫图》《那五》《烟壶》《"四海居"轶话》等"京味"小说对老北京旮旯胡同各种掌故的熟知和对鬼市里各类古玩珍藏的通晓,相比于刘心武《钟鼓楼》、薛燕平《琉璃》的"京味"关注北京胡同贫民的俗世生活,叶广芩的小说创作不管内容、形式还是意指内涵方面都表现得更丰富。可以说,京剧使她的作品中弥漫着一

---

① 赵园:《北京:城与人》,上海人民出版社 1991 年版,第 18 页。
② 叶广芩:《心之声》,《小说选刊》2009 年第 10 期。

种"戏如人生""人生如戏"的感喟。她的作品既能"俗",亦能"雅"。俗的方面,她的作品中的视角和其他京味小说作家一样,始终关注着老北京胡同里的旧式生活,始终想把"故都京味"作为自己烹饪的主调。她曾说自己之所以关注老北京胡同世相,是因为"胡同里的人物,各个都是一部精彩的故事,每一个人的生活都与众不同;在泛出北京人特有的生活色彩的同时折射出历史的发展,社会的变动"①,"我自己从小生活在市民社会,接触的大多是普通百姓,经历了中国社会的风云动荡,遍尝底层生活的苦甜酸辣,我生活的动力和快乐,包括我小说中的人物和故事,都是世俗生活给予我的"②。可见,关注老北京胡同里的俗事俗物一直是她创作的基点。雅的方面,她的贵族出身带给她和同时代作家甚至前辈京味小说家不同的气质,凡俗日常生活书写背后,叶广芩又引入大量的被视为"雅"的京剧,在文本中时常透露出旧式士大夫般的感时忧国与生命抗争。在她的作品里,我们既看到了用"京白写京事",还看到了用"京剧看京人"。"京味"不仅是小说中对老北京风土人情的描写,不仅是小说中出现的牡丹缎鞋、炕、春饼、胡同、长袍马褂等传统生活物件,以及状元、镇国将军、大夫人、二夫人、大福晋,大小姐、格格等称呼——这些当然都是京味的一部分,也是很多京味作家能做到的部分——京味还应有儒家传统高贵的情怀和知识分子的价值认同,胡同气之外还应有贵族气,还应有对历史的审视,这也是"京味"的有机组成部分。叶广芩对此有着清醒的认识,她认为"贵族气"或"贵族意识"不仅仅体现在描写贵族的生活和宫廷的文化上,更重要的是要体现出对贵族精神的反思和守成,"我觉得所谓贵族意识不是吃得好,穿得好,不是高人一等,而是精神层次的自尊和守成。我们今天所缺的正是这种精神,缺少一种贵族气质。所以很多人喜欢这些作品,我想原因也就在这儿"③。

---

① 叶广芩:《去年天气旧亭台》,北京十月文艺出版社 2016 年版,第 399 页。
② 周燕芬:《叶广芩——行走中的写作》,《小说评论》2008 年第 5 期。
③ 范宁:《当代著名作家访谈录:写作成为居住之地》,江苏文艺出版社 2017 年版,第280 页。

叶广芩的独特之处就在于小说中无处不在的京剧,它的穿插交叠给叶广芩小说增添了不少别样的京味之趣,让我们在俗世生活气息背后感受到了丝弦之乐。京剧的穿插与京剧结构进入小说,这些都使得叶广芩的小说中,京剧的比重远远超过了对胡同里巷的叙述,她小说的"京味"很大程度上得益于"京剧之味"。赵园在评价老舍的京味小说时曾说,"老舍作品少'学问气''书卷气',少了剥离了审美的历史兴趣"①,这个评价是比较中肯的。事实上,老舍也精通京剧,还写过京剧,改编过鼓词,但我们读老舍的小说,弥漫在文本中的"胡同气"远远盖过了其他气味。叶广芩的京味小说恰好弥补了老舍这方面的不足,既有生活气,又有书卷气。生活气主要来自小说对胡同里巷的描写,书卷气很大部分来自京剧的引入。戏曲与小说的互文同构,成就了叶广芩小说的独特性。

叶广芩吸收京剧进行"京味"小说的创作,有其文学史意义。特别是在 20世纪 90 年代以来,京味文学不可避免地走向异化和衰败,叶广芩的京味小说创作更显得弥足珍贵。曾有论者这样描述过京味文学的衰相:"你可以继续用北京话、描北京场、讲北京事、写北京人、画北京风俗、道北京情等等,但一代真正的'故都京味'已经无法靠现在的人们打造出来了","原有的对故都北京残韵的非批判性和纯欣赏性文化体验的展示的动力源在耗竭其最后的能量后趋于干涸。而事实上,王朔、刘恒、王小波、冯小刚等第三代作家、导演也确实没有了第二代拥有的那份故都雅兴,而是集中关注当代北京大院中新时代弄潮儿'顽主'的生活体验与前景。丧失了应有的美学资源,京味文学在其第三代走向衰败是必然的"②。叶广芩在历史血脉上,接续了 20 世纪 30年代老舍京味文学关注平民生活的一脉,又在士大夫文化上有所建树,承接了传统京味小说的美学资源又有所开拓,这也是她的文学史意义。赵大年曾将京味概括成由宫廷文化、士大夫文化、宗教文化和民俗文化四大部分组

---

① 赵园:《北京:城与人》,上海人民出版社 1991 年版,第 33 页。
② 王一川:《京味文学:绝响中换味》,《北京社会科学》2006 年第 6 期。

成,刘一达认为京味文化有两个脉络,一是皇家文化,一是胡同文化。① 叶广芩将大量京剧纳入小说,无疑在赵大年所说的"宫廷文化""士大夫文化"以及刘一达所说的"皇家文化"方面,丰富了京味小说的表现内容,使得她的京味小说有此前京味文学中所没有的"贵族精神"。叶广芩的小说创作,使得京味文学并未像有的论者所预言的那样,经过第三代作家之后,彻底地衰败了,反而是有了一次波峰。因此,京剧与小说的互文同构,对叶广芩而言,是她的小说区别于其他京味小说家的最大不同,也使她的创作显现出独特的文学史意味。

第四节 《青衣》:从小说到京剧

汪曾祺说:"中国戏曲与小说,有割不断的血缘关系。戏曲和文学不是要离婚,而是要复婚。"②白先勇和叶广芩文学创作中戏曲和小说的互文关系,主要讨论的是戏曲文类对小说文类的影响,本节所要谈的《青衣》,则是讨论小说文类对戏曲文类的反哺形成的互文效应及对我们双向解读文本所产生的影响。

小说改编成为京剧并非一蹴而就,因为京剧需要剧本,剧本需要有唱词、动作及情绪提醒等详细文字,演员需有所饰人物的专属剧本,且演员自身也要贴近所饰人物的身份,感受其喜怒哀乐,将自身暂时代入角色中来完成演出。除此之外,灯光、布景、音乐也是京剧舞台演出不可忽视的重要元素。这些都对编剧提出了极高的要求。编剧杨蓉凭借着不俗的戏剧功底,曾将沈从文的小说《三三》改编成戏剧《三三》,大获成功。但这并不意味着小说《青衣》就能够很容易改编成京剧。毕飞宇的《青衣》,情节庞杂,结构多变,人物众多,

---

① 王中:《方言与20世纪中国文学》,安徽教育出版社2015年版,第149页。
② 汪曾祺:《中国戏曲和小说的血缘关系》,载《晚翠文谈新编》,生活·读书·新知三联书店2002年版,第121页。

线索复杂,不适宜舞台表演的心理描写也非常多,如何改编这部作品,特别考验编剧的能力。编剧杨蓉在对小说进行深度揣摩的基础上,对《青衣》中的人物、情节、环境做出相应的取舍增删,用对白、旁白和独白以及更为精简富含韵味的台词来替代小说的叙述文字,对唱腔、台词、舞美、道具、灯光、音效以及时空转换等小说文本不需要或很少浓墨重彩的元素,都一一进行舞台化重写,最后将小说《青衣》改编成京剧《青衣》并取得成功。她这种互文性改编,对文本的改编者而言,对编剧和演员而言,都是一次挑战。杨蓉以对传统京剧的熟稔,对文本的一再揣摩以及与原作者毕飞宇的一再沟通,终于将小说文本成功改编成了京剧,以另种美学之姿将小说的人物形象、故事结构和主题意蕴进行了互文性改编。本节重点谈谈京剧《青衣》对小说《青衣》是如何进行改编的、改编后的作品对我们阐释和解读源文本有何影响以及这种改编有何意义。

一、 京剧对小说"三要素"的修正

小说主要以三要素即人物、环境、情节为重心来进行创作,它侧重于刻画人物形象、再现现实环境和叙述故事情节。其中,人物是三要素中最核心的要素,环境和情节都是服务于人物塑造的需要。美国学者塞米利安在他的《现代小说美学》中提到"人物是小说的原动力","我们看一部小说主要看小说中对人物性格的揭示,这也就是构成小说的魅力和教育意义的因素"①。和小说三要素不同的是,台词是戏曲的中心,所有矛盾冲突和人物形象都要借助于台词实现。它也有人物、情节和环境的要求,但这些要求都是附着在台词上的。由此,戏曲《青衣》要改编小说《青衣》,必定要对这三要素进行改动。我们分别围绕小说《青衣》三要素,从团长乔炳璋、烟厂老板、李雪芬、面瓜、春来、筱燕秋这些小说主要人物及

---

① [美]利昂·塞米利安:《现代小说美学》,宋协立译,陕西人民出版社 1987 年版,第138—140 页。

人物关系进入戏剧后的变化,以及牵连的情节和环境变化是如何在戏剧中得到处理的,来考察京剧《青衣》对小说的互文性重构。由于小说的人物、情节和环境这三要素往往是较为紧密地作为一体出现,本节对它的论述不一一分开。

小说《青衣》中,以戏班团长乔炳璋参加宴会与烟厂老板讨论《奔月》、烟厂老板打算资助《奔月》重演作为开篇。烟厂老板是个道貌岸然的暴发户,擅长藏匿自己的贪婪和欲望,人前正人君子,满口仁义道德,一副救灾济世的活菩萨模样,人后却是个肉欲横流的肮脏形象。他对戏团的资金支持完全是因为觊觎饰演嫦娥的筱燕秋的美色,投资《奔月》重演就是为了占有筱燕秋,所以在小说中还详细描写了烟厂老板迫使筱燕秋和他发生关系的情节。正如小说中乔炳璋所想的那样,“资本来到世上,从头到脚都滴着血和肮脏的东西。这话对。”①毕飞宇用烟厂老板这个人物形象串联起了《奔月》的重演、筱燕秋为戏献身、春来替角以及最后筱燕秋的戏灭心死,这一角色在揭示金钱权力对人性的戕害以及人性之恶是不可或缺的。而在京剧中,是以筱燕秋唱《奔月》片段作为序幕。从一开始京剧就直接删掉了烟厂老板这个角色,将《奔月》得以重排登演的原因归为市局拨款的支持。这样改动,是出于舞台形象净化的需要。新中国成立初期,鉴于旧式京剧中存在不少糟粕成分,国家意识形态曾对戏剧进行过直接的清污和改良,对不良内容和不良表演方法进行必要和恰当的修改,在表演上要删除野蛮的、恐怖的、猥亵的、奴化的、侮辱自己民族的成分。京剧演员冯子和在编纂《南航集》时曾说,“春航之新剧,已脍炙人口,设丰富以新思想,万不足以如此。碧云之旧剧虽有名,惟仅以艳丽胜,无丝毫大方气概,参而观之,假引旧时代,尚足以取欢社会,至现今时代,自是万不及冯。”②可见,当代语境对京剧的新要求是重其与时代相应和的新思想,轻其外在的轻浮艳丽、低级做作。至今,京剧仍以此为戒,把戏曲艺术的社会功

---

① 毕飞宇:《青衣》,《花城》2000 年第 3 期。
② 马少波主编:《中国京剧史·上卷》,中国戏剧出版社 2005 年版,第 316 页。

能(认识作用和教育作用)看作戏曲美的重要构成因素,而不仅仅是限于唱腔、动作等技术性环节。京剧《青衣》中,杨蓉删除那些容易引起争议和舞台效果不佳的情节,抹去了多个暗点,实与京剧的艺术成规和戒律有关。京剧与小说不同,礼乐传统对它有诸多的限制,温柔敦厚、悲喜圆融、广其节奏和雅俗共赏是它的美学诉求①,它可以表现丑但不可以将审丑作为自己的美学诉求,可以写恶但不可以将人性之恶进行极致表现,结尾更不能是悲剧性的,必须像李渔所说的有"团圆之趣"的结尾才符合观众的接受心理。京剧中虽有审丑的成分,但生旦净末丑中丑角排在最后,不是主流,主要是起到插科打诨、博人一笑的滑稽效果。钱穆曾说,京剧中免不了对一个人生问题进行思考,"每一剧中,总有一问题或不止一问题包含着,如死生、忠奸、义利、恩怨等,这些都是极刺激人的人生大问题",但京剧必须"把太刺激人的真实人生来加以戏剧化""使看的人于重大刺激之后获得了轻松与解放"②。烟厂老板角色的消失使整个故事情节发生巨变,小说后文中烟厂老板与筱燕秋发生不正当关系以及和春来发生不正当关系的情节自然都没有了,这也使小说中那些狰狞的现实和冷峻的主题,被京剧中温暖的大团圆结局所取代。

京剧《青衣》不仅没了烟厂老板这一角色,也对李雪芬这个引起冲突的角色进行了虚化处理。小说中,李雪芬这个嫦娥 B 角的饰演者是必不可少的,她是筱燕秋二十年前离开《奔月》演出团队的主要原因,更是筱燕秋受到处分离岗的根源。京剧中,李雪芬这个名字仍存在着,但她只是出现在他人的回忆里,舞台上没有李雪芬的饰演者,反倒多了一个叫夏明的角色。夏明是春来的师兄,李雪芬与筱燕秋的纠纷都是由夏明向春来讲述的。舞台上以回忆式的演绎方法,将小说中的多条线索进行了简化,使得舞台仅仅呈现矛盾集中、张

---

① 朱文相主编:《中国戏曲学概论》,文化艺术出版社 2004 年版,第 347—355 页。
② 钱穆:《中国京剧之文学意味》,载《中国文学论丛》,生活·读书·新知三联书店 2002 年版,第 174 页。

力最强的几幕。夏明被设定为全知全能的人物,不仅连通了新生代演员春来,让她得知来龙去脉,更是带着《奔月》红极一时的历史走来,为我们交代了筱燕秋那一代人的恩怨纠葛,成为连接历史与当下的一个关键人物。夏明这一角色的出现,巧妙地化解了小说角色庞杂,时代跨度大的演出难题,将诸多的线索予以了简化,使京剧的矛盾和高潮更集中。

团长乔炳璋的人物形象在京剧中也被改动。在小说中并没有安排筱燕秋和团长乔炳璋的情感纠葛,在京剧中却借由夏明的寥寥几句便端出他俩的一段陈年旧情事——这种改编正对应了《奔月》中嫦娥偷灵药所致终身孤寂、与后羿不得圆满的悲惨结局。为了和剧中演出的《奔月》这出戏相映照,京剧《青衣》将乔炳璋这个人物也做了大改造。在小说中,乔炳璋是老团长,没有登上台和筱燕秋唱过对手戏。他只是一个管理者,戏班是他的命根,一生都在为戏班和自己的前程忧虑。在京剧《青衣》中,乔炳璋不仅是团长,是戏班的管理者,而且还扮演《奔月》里的后羿,他与筱燕秋同台完成《奔月》这出戏。正因如此,为了与《奔月》形成呼应,使戏剧矛盾更集中,京剧《青衣》中,后羿的扮演者变成了乔炳璋,他不仅在《奔月》中与嫦娥有缘无分,在现实生活里也无法同筱燕秋喜结连理。尽管他对筱燕秋戏里戏外有着剪不断理还乱的情意,但因筱燕秋对李雪芬犯下了糊涂事,乔炳璋为保住他的戏团,还是选择与筱燕秋划清界限。但他的内心又何尝不与《奔月》中的后羿一样悲苦至极呢? 正像剧中他唱的那样,"为前程狠狠心咬咬牙忍痛割舍,二十年细细呵护——情——腔"。"是这杯水——泼掉了她的前程,泼掉了她的舞台,也泼掉了他们的好姻缘","台上戏、台下情,他们一往情深……"①

再看筱燕秋的丈夫面瓜。面瓜这个人物形象在小说和京剧中都是交通警察,他是憨厚,老实顾家,还稍微有点自私的普通男人。为了考虑京剧的演出

---

① 毕飞宇:《青衣》,《花城》2000 年第 3 期。

效果与情感表达的需要,京剧将小说中面瓜和筱燕秋的相识过程进行了改编。小说中,二人是在筱燕秋离开舞台后,由介绍人引至公园的一棵柳树下见面认识的;在京剧中,筱燕秋与面瓜相识是在大街上,面瓜正守岗,筱燕秋因离岗失魂落魄,面瓜怕筱燕秋寻短见便去劝导,一碗鸡汤便俘获了筱燕秋。面瓜对筱燕秋说,喝了那碗鸡汤压压惊,喝了那碗鸡汤就有路可走,就能飞。筱燕秋因入戏太深只觉自己是嫦娥,是陨落尘世的嫦娥,她要飞,这碗鸡汤如同舞台上嫦娥所偷的灵药成了她的希望和寄托。这种戏剧性的剧情设置,无疑可以看出传统戏曲中"英雄救美、美人以身相许"的大团圆套路,也和"戏中戏"《奔月》有了一种呼应。

筱燕秋对面瓜是没有深情大爱的,这一点京剧和小说倒是相契合的。京剧因戏剧自身有时间的限制和演出规则,仅取主要矛盾进行艺术化处理,删除了小说中大量日常生活场景,删繁就简使矛盾集中。面瓜登台仅在第二幕"面瓜追忆初相识、燕秋喜庆再登台",和第四幕夫妻二人讨论打胎中存在过,再无其他。关于筱燕秋与面瓜二人的婚姻生活,京剧中又做了一大改动。小说中,筱燕秋和面瓜已有了一个女儿,筱燕秋为登台演出要去打胎的是他们的第二胎。而在京剧《青衣》中,筱燕秋和面瓜结婚二十年未得一子,筱燕秋打掉的孩子是他们多年梦寐以求的宝贝。戏本上没有交代二人为何在二十多年来未产一子,偏偏在筱燕秋有机会二次登台时恰好有孕,这里的偶然充满了戏剧性的刻意安排。这种戏剧性的安排,在小说中也许会显得突兀,但在京剧中则符合戏剧性的要求,符合人物的形象和情感走向。筱燕秋为再演《奔月》打掉他与面瓜二十多年所期盼的孩子,可见筱燕秋已为戏走火入魔,为艺术她可以奉献自己的一生,婚姻是,孩子亦是。

无论小说还是京剧中,春来这个角色都是不可或缺的。她是青衣的继承者,是筱燕秋一手栽培出来的青出于蓝而胜于蓝的后辈,是筱燕秋对嫦娥的寄托。在小说中,春来这个乡下丫头一心想往吃得开的花旦里跑,不想唱那不景气又难把握的青衣,是筱燕秋一再强求才留住春来。同时,筱燕秋内心又是矛盾的,她羡慕嫉妒春来的年轻貌美,她舍不得放手那个虚扣在自己身上根深蒂固的嫦娥的魂魄。筱燕秋虽碍于形势,放口让春来演嫦娥 B 角,但在演出时却霸台不放,她始终觉得嫦娥只有一个,那就是她自己,以至当春来登场她看见"老板坐在了第三排的正中央。他像伟人一样亲切地微笑,伟人一样缓慢地鼓掌。筱燕秋望着老板,反而平静下来了"①。筱燕秋在此刻才恍然大悟,春来能登场的原因豁然开朗,正是那个和自己发生过关系道貌岸然的烟厂老板,"筱燕秋知道她的嫦娥这一回真的死了。嫦娥在筱燕秋四十岁的那个雪夜停止了悔恨。死因不详,终年四万八千岁"②,她的嫦娥顷刻间魂飞魄散了。而在京剧《青衣》中,更多弘扬的是传业授道的师道精神和对传统戏剧文化的继承精神,没有了烟厂老板这个角色,春来这个角色因此也被彻底净化了,小说中的"残酷美学""极致美学"也被京剧中的"慈悲美学""团圆美学"所取代。她不再是那个贪恋世俗、唯利是图、不择手段的女弟子,而是一个既对传统文化强烈喜好,又虚心求教、尊重师长的好学生。她在戏院小树林里偷学筱燕秋练戏的腔法近三年,勇敢地对筱燕秋表明自己对戏曲、对青衣、对嫦娥的热衷与喜爱,最后被筱燕秋接受,师徒二人共同合力把《奔月》嫦娥一角拿下,这正符合了传统京剧大团圆结局的审美需要。

最后我们再看筱燕秋。筱燕秋自身就是一个矛盾体,不可否认,她是一个戏痴,但更像幻想症患者。她认为嫦娥就是她自己,在小说和剧本中她都像疯魔一般。小说中的筱燕秋更加偏执,她把每个阻止她登台唱戏的人、事、物都当作假想敌,包括她自己。为了登台唱嫦娥,她拼命减肥、打胎、美容、打压春来、和烟厂老板发生不正当关系……她不允许任何东西阻止她登台演出,阻止嫦娥的复活,她不允许自己老、胖、丑,不允许自己一手培养出来的春来接她的班。她对戏曲的偏执,最终导致她的生活一团糟。在毕飞宇的笔下,进退失

---

①　毕飞宇:《青衣》,《花城》2000 年第 3 期。
②　毕飞宇:《青衣》,《花城》2000 年第 3 期。

据、无所适从的筱燕秋是无法面对自己的生存困境的,她的性格决定了自我救赎注定是一场悲剧。在小说中,筱燕秋因为嫉妒李雪芬饰演嫦娥,泼热水自毁前程,二十年后筱燕秋得知《奔月》被安排重演她仍是 A 角后,压抑在她内心二十多年的嫦娥又再次觉醒。她花钱去美容,拼命减肥。小说中将筱燕秋减肥的艰辛与隐忍呈现得十分极致:"筱燕秋不是在'减'肥,说得准确一些,是抠。筱燕秋热切而又痛楚地用自己的指甲一点一点地把体重往外抠,往外挖。"①此外,小说还写了筱燕秋打胎时的疯狂,第一次吃药没起作用,第二次医生让她吃完药跳跑把肚子里的死胎排出来,筱燕秋像嫦娥一样吞下药。

> 楼板"咚"地一下,吓了筱燕秋一跳,听上去却鼓舞人心。筱燕秋倾听了片刻,再跳,楼板"咚"地又一下。楼板的轰隆声激励了筱燕秋,筱燕秋越跳越疼,越疼越跳,颠跳伴随着疼痛,疼痛伴随着颠跳。筱燕秋越跳越高,越跳越来神了。

> 她的头发散开来了,像一万只手,在半空中乱舞乱抓。筱燕秋就想叫,只想叫。不过不叫也没有关系,这样就足够了。筱燕秋都忘记了为什么而跳的了,她现在只是为跳而跳,为"咚咚"作响而跳,为地动山摇而跳。筱燕秋痛快淋漓了,升腾起来了,飞起来了。②

筱燕秋认为只要吞下药打了胎,她就能抓住演出的机会,就能再次成为嫦娥。所做的一切违背伦理道德的事,在她看来只要登台演出成功后就能够被原谅。而在戏剧中,筱燕秋的打胎是无奈之举。小说中,春来是她在戏校任教二十年一手培养的"嫦娥",但她舍不得就这样将"嫦娥"拱手于人,接受不了一辈子精心呵护的"嫦娥"转眼冷酷无情地移身她人。她几欲变态地抚摸春来,想从春来身上汲取年轻的养分,想拥有春来那豆蔻年华的青春,想挽留自己已经逝去的一切。小说结尾,"筱燕秋穿着一身薄薄的戏装走进了风

---

① 毕飞宇:《青衣》,《花城》2000 年第 3 期。
② 毕飞宇:《青衣》,《花城》2000 年第 3 期。

雪……自己给自己数起了板眼,同时舞动起手中的竹笛。她开始了唱,她唱的依旧是二黄慢板转原板转流水转高腔……筱燕秋边舞边唱,这时候有人发现了一些异样,他们从筱燕秋的裤管上看到了液滴在往下淌。液滴在灯光下面是黑色的,它们落在了雪地上,变成了一个又一个黑色窟窿"①。小说中,筱燕秋自身的悲剧,很大程度上源于现实身份"筱燕秋"、职业身份"青衣"和舞台身份"嫦娥"三者交织混乱,三者身份连接在"女人"这一点上,又使得文本讨论的重心趋向于讨论女性的身份及这一身份所带来的命运走向。从这点来看,小说最终要通过筱燕秋这一形象来讨论女性性格与命运之间的关系。毕飞宇说:"人身上最迷人的东西有两样,一性格,二命运,它们深不可测,它们构成了现实与虚拟的双重世界。筱燕秋的身上最让我着迷的东西其实正是这两样。有一句老话我们听的次数太多了,曰:性格即命运,这句话因为重复的次数太多而差一点骗了我。写完了这部小说,我想说,命运才是性格,这个结论是狰狞的,东方式的。"②小说通过筱燕秋二十年命运史的描写,就是要将这种东方式的残酷美学予以极致的展现。

而在京剧《青衣》中,这些小说中追求的东西都被删改。"戏曲美学的原则从一切构成元素上都反对所谓从人物的'性格逻辑'或从'生活逻辑'出发,行当程式、唱念做打、代言叙事、砌末杂技等多种构成元素,从根本上是非生活化、非性格化的。"③正是因为京剧不从"性格逻辑"和"生活逻辑"出发,小说中对筱燕秋复杂性格的书写并不是京剧的艺术追求,改编成京剧的《青衣》,对筱燕秋的性格进行了简化,呈现出类型化的特点。筱燕秋这个人物形象被美化了,不再像小说那样是个为"嫦娥"不惜一切代价的傀儡,有了温度。在京剧《青衣》中,无论对面瓜还是自己的孩子她都是有感情的,这是京剧对筱燕秋形象从无情到有情的改编。剧中的筱燕秋虽然同

---

① 毕飞宇:《青衣》,《花城》2000 年第 3 期。
② 毕飞宇:《〈青衣〉问答》,《小说月报》2007 年第 7 期。
③ 邹元江:《梅兰芳的"表情"与"京剧精神"》,《文艺研究》2009 年第 2 期。

小说一样依旧曲高和寡、冷艳,依旧曲艺超群,是公认的嫦娥,但得知自己又在此时怀孕,筱燕秋决定为艺术自我牺牲,打掉面瓜和自己的第一胎,她是难过的,并非像小说里那样不顾人伦,吃药蹦跳,只为甩掉肚子里的包袱那般疯狂。在剧中,她得知自己有孩子时表现出的情绪是惊喜,而非面无表情,在和面瓜讨论起有孩子后的日子,她是非常渴望和向往的。她有为人妻和为人母的仁爱之心,在堕胎这件事上矛盾过、挣扎过。京剧《青衣》中的唱词这样写道:

> 有了你,有了你咱的家才能完/有了你妈妈我才是女人/多么想伴你长高每一寸/多么想记下你前行每一分/搂着你日落到天明/牵着你清晨到黄昏/母子依偎好风景/我朝思暮想四十春/此一刻脚下道路分两径/哪一条都是撕肝裂肺步步惊。①

可见筱燕秋是有血性的戏子,没有为戏痴迷至极,她懂得现实生活与戏曲之间微妙的区分,但她又是那般为艺术着迷,有该完成的使命。她吞下药,就像小说中的筱燕秋一样决绝,就像吞吃灵药的嫦娥一样"午夜里时辰已到须决断,吃灵药赴月宫不再彷徨"。嫦娥吃药赴的是月宫,筱燕秋吃药要赴的正是那被人淡忘的京剧艺术。另外,剧中筱燕秋对春来的严苛也只是一种为人师的严苛,非小说中的那般充满性变态的攫取心理。她对春来倾囊相授,没有半点嫉妒春来的年轻貌美。戏本最后,筱燕秋承认自己年华已逝,唱腔中气不足,敢于面对自身的缺点,敢于直面惨淡的人生,远比小说中逃避现实的筱燕秋更加勇敢。在戏剧《青衣》第六幕中,"(行大礼,韵白)筱燕秋向嫦娥深深跪拜,行大礼送我的女神奔月行——〔筱燕秋缓缓向春来走去,轻轻地挥手(深深地一拜,起身将春来推向舞台)〕"。这是对春来的肯定,亦是对自己的放过,更是对传统文化得以传承的欣慰。京剧《青衣》继承了小说《青衣》中筱燕秋对艺术的痴迷作为始发点,又对京剧《奔月》的唱词精雕细

---

① 杨蓉:《青衣》,《剧本》2017 年第 11 期。后引此文不再一一标注。

琢,立足于人的日常生活,打磨出京剧《青衣》中有血肉、甘为艺术献身、严苛、积极弘扬传统文化的筱燕秋的正派形象,用日常温情替代了小说中的"残酷美学"。

京剧作为舞台艺术,受到时间、地点、空间的制约,要将一部小说里的世事诸像在短短一两个小时内极限压缩呈现给观众,在情节结构上难免要对小说进行删增和篡改,对舞台难以达到的或费时达到的情节会以旁白简略概述,或不做提要。所以,京剧《青衣》中,不管是人物、环境和情节,都对原著进行了大量的简化和提纯,将小说中的复杂性和残酷性进行了弱化和删改。钱穆曾将中国京剧的特点概括为"抽离现实"四个字,即中国京剧是假戏,与真实人生有隔,面对太刺激的真实人生时会以戏剧化的方式进行冲淡,因为京剧的精神是教人放松,教人解脱,它更注重审美形式因,而不是思想意识因。他在《中国京剧之文学意味》一文中说:"一切严重的剧情则如飞鸟掠空,不留痕迹,实则其感人深处,仍会常留心坎,这真可谓是存神过化,正是中国文学艺术之最高境界所企。若看西方戏,因其太逼真,有时会使人失眠,看了不能化……在中国则是人生而戏剧化。其戏剧中之忠孝节义感人之深,却深深地存在,这正是中国艺术之精妙处。"[1]正因为中国京剧的这种艺术追求,《青衣》的改编是符合京剧的艺术精神、美学惯例以及观众的接受习惯的。"戏曲就是通过一系列复杂化的形式因、程式化的创造组合来表现,因此,如何使复杂化的程式组合、化合表现一个个类型化的人物、情绪、本事(故事梗概),使一切表现性元素充分审美化地呈现出来,才是戏曲艺术的本质问题。"[2]当然,这种类型化的处理人物形象、情感情绪以及故事本事的方式,虽然符合戏曲艺术的审美追求,符合戏剧观众的接受惯例,但和小说相比,过多的删改和提纯,使得京剧改本失去了小

---

[1] 钱穆:《中国京剧之文学意味》,载《中国文学论丛》,生活·读书·新知三联书店 2002 年版,第 175 页。

[2] 邹元江:《梅兰芳的"表情"与"京剧精神"》,《文艺研究》2009 年第 2 期。

说中那种动人心魄的人与命运抗争的悲剧性力量,失去了对女性身份与男权话语的关系的深入思考,失去了对历史反思的深度。因此,京剧改本对小说原著中的"极致美学"和"残酷美学"的"去势",使得京剧的艺术反思力弱化不少。

二、 京剧台词对小说语言的改编

中国戏曲的台词由念唱构成,既有唱的韵文体又有念的散文体,对音乐性有较高的要求。戏剧台词的独特属性要求小说语言进入戏曲时,必须符合它自身的特点并适合舞台演出。因此,京剧《青衣》对小说改动最大的方面,体现在叙述语言上,即以人物念白的方式大量替换小说中叙事性话语。

京剧《青衣》主要靠演员们的排练与舞台演绎,所以戏剧语言需要直白明了,不像小说人物身份、故事背景都需要大量叙述性话语来交代。在京剧《青衣》剧本的开篇中,便清楚罗列了时间、地点、人物(时间:20 世纪末/地点:都市/人物:筱燕秋、春来、面瓜、乔炳璋、夏明、B 角,嫦娥,剧团团员若干),并将主要人物的年龄、社会地位逐一列出。开篇明朗,条理清晰,让我们感受到戏剧有别于小说大费篇幅的拖沓叙述,感受到戏剧紧凑、集中、凝练的特点。

京剧《青衣》主要分为序幕和六大部分,总共七部分。我们具体来看看这七部分是如何来安排结构的:

首先是序幕。筱燕秋随音乐起舞,众演职员围观凝视。序幕将地点(戏院舞台)、人物(筱燕秋、剧团演职员)、音乐(《奔月》)、动作提醒、灯光提醒安排得井然有序,这一段序幕又似乎像小说《青衣》结局部分,众人围观筱燕秋用西皮二黄腔唱《奔月》。序幕又恰好呼应了戏剧的结尾,戏剧结尾筱燕秋唱《奔月》谢幕后众人从四面八方走上来,凝视……幕徐徐闭,便让人怀疑戏剧的序幕是一场倒叙,又或它只是一场美的幻灭前的回忆,又或只是带动观众进入戏曲。但序幕这样安排实则不同于小说结局那般悲惨，反倒增添了朦胧美感，奠定京剧如梦如幻的"戏"之基调。序幕里表现筱燕秋对嫦娥的痴迷，众人对筱燕秋的欣赏，仅只一幕。只有看完整个演出后才反品其中味，首尾呼应，让人沉醉其中，回味无穷。序幕的安排吸引了观众的视听，以独特的舞台魅力将声、色、形、态融为一体，引人入胜。

序幕后切光换场进入第一部分的演绎。第一部分写了"戏团重排奔月行，夏明解惑溯前因"；第二部分戏剧和小说一样开始对筱燕秋和她的家庭情况作出说明，写了"面瓜燕秋忆往昔，重演嫦娥喜难禁"；第三部分"春来偷艺吐心声，演出在即燕秋孕"；第四部分"燕秋面瓜论孕事，燕秋痛心舍爱子"；第五部分"燕秋自省难奔月，心力交瘁愧于心"；第六部分"亲送春来奔月行，师徒二人通情意"。这七幕环环相扣的戏剧，很大程度上是靠大量的旁白、对白和独白之力。这些要素错落有致地分布在其中，在戏剧冲突的起因、经过、高潮和结局等方面发挥着自己的作用：

　　筱燕秋(从现场抽离，反观这一切)他们欢呼一片！都没看出来，这是一次失败的排练。我的神一直飘在外，没能与嫦娥合为一体；我的眼是空泛的，没看到广寒宫；我的脚是游离的，没落到月殿。我迂回了拖腔，因为我的中气支撑不住；我收敛了表演，因为我舞不到位……我用技巧掩饰了破绽，但是，骗不了自己，骗不了舞台，骗不了天，骗不了地，骗不了……嫦娥！(忽然醒悟，被自己的语言惊呆，唱)一声自问惊得我浑身战栗——血凝滞，气难吸，脊背生寒冷汗滴，深深痛楚谁人知。两耳边似还闻喝彩声起，一字字一句句如箭穿击。《奔月》是我生命维系，嫦娥是我心中神祇。二十年仰望不止，二十年眷念不息。二十年残存期冀，二十年，二十年苦练晨曦。二十年斩不断续不尽，丝丝缕缕缠缠绵绵总交织。一夜夜梦嫦娥难舍难弃，一日日处困境力争转机。一遍遍仰苍穹祈求天赐，一回回，一回回魔怔怔盼生奇迹。盼来东风起，为何难撑持，明明在咫尺，遥遥身难及。恰似那命运多舛残阳里,风摇落叶难回枝。①

　　这一段台词是京剧《青衣》中第五幕筱燕秋与乔炳璋合唱《奔月》的场景,其中便结合了人物的旁白和独白。又如第四幕筱燕秋决定打胎前与面瓜的对白,吞药时自身痛苦的念唱都是她的旁白与独白相交织。再有第六幕筱燕秋送春来登台饰演嫦娥时,用旁白与独白表达自身的失落与惆怅以及寄愿之情,这些无一不显示着京剧《青衣》其内在结构便是由旁白、念白和独白三大台词表现形式构成的。京剧《青衣》正是靠着台词来完成对小说诸多线索和情节的快速厘清。

　　七幕的情节结构,每一个布局都十分严谨,且有因可循,像火车车厢一样一环扣一环,一节连一节,这样的线性结构使饰演者能定位自己的角色,体会角色的情感,清楚自己的台词,也能使观众条理清晰地知道每一幕发生的事情。第一部分中,通过乔炳璋和众人的对话、春来和众人与夏明的对话、夏明回忆二十年前,在舞台上他扮作二十年前的李雪芬,用他和筱燕秋的对话,来传递给观众大量的信息。从乔炳璋和众人台词中,我们知道《奔月》将获重演;从春来的对话中,我们知道春来苦学十二载想登台演嫦娥B角的渴望,而也正是由春来的疑问,引出夏明回忆二十年前《奔月》停演的前因后果。短短一幕不超过半小时,就将《奔月》被禁与开封的前世今生交代得清清楚楚。据统计,剧本第一部分算上姓名、各类非台词提醒以及台词,字数才不到两千字,而在小说中需要将近八千的字数才交代完。

　　编剧杨蓉在京剧《青衣》中增加了夏明这个角色,让他充当中间人,让他当场回忆二十年前导致《奔月》停演的纠葛,让他当场饰演李雪芬,瞬间重回二十年前,重演了李雪芬与筱燕秋争吵事件。为了更好地认识戏剧与小说的差异性,这里分别列出李雪芬和筱燕秋争端事件的不同语言表达方式:

————————

① 杨蓉:《青衣》,《剧本》2017 年第 11 期。

表 3-2　筱燕秋与李雪芬争端事件对比

小说《青衣》	京剧《青衣》
《奔月》剧组到坦克师慰问演出是一个冰天雪地的日子。这一天李雪芬要求登台。事实上,李雪芬的要求不过分。她毕竟是嫦娥的B档。相反,过分的倒是筱燕秋。《奔月》公演以来,筱燕秋就一直霸着毡毯,一场都没有让过。嫦娥的唱腔那么多,戏那么重,筱燕秋总是说自己"年轻","没问题","青衣又不是刀马旦","吃得消的"。其实大伙儿早就看出来了,闷不吭声的筱燕秋心气实在是旺了,有吃独食的意思。这孩子的名利心开始膨胀了,想着法子横在李雪芬的面前。可是谁也没法说,领导一找她,她漂亮的小脸就成了猪肝。筱燕秋没心没肺,就有猪肝,她是做得出来的。领导们只能反过来给李雪芬做工作,让她"多指点指点年轻人","多扶持扶持年轻人"。可是李雪芬这一次的理由很充分,李雪芬说,她演《杜鹃山》的时候就经常下部队,今天下午还有很多战士冲着她喊"柯湘"呢,她在部队有观众基础,她不上台,"战士们不答应"。 　　李雪芬在这个晚上征服了坦克师的所有官兵,他们从嫦娥的身上看到了当年柯湘的影子,当年的柯湘头戴八角帽,一双草鞋,一把手枪,威风凛凛。而今夜的柯湘却穿起了古装。李雪芬嗓音高亢,音质脆亮,激情奔放,这种高亢与奔放经过十多年的巩固与发展,业已构成了李雪芬独特的表演风格,即李派唱腔。基于此,李雪芬在舞台上曾经成功地塑造过一连串的巾帼豪杰,透过李雪芬的一招一式,观众们可以看到女战士慷慨赴死,女民兵英姿飒爽,女知青豪情冲天,女支书须眉不让。李雪芬在这个晚上重点展示了她的高亢嗓音,战士们有组织地给她鼓掌,掌声整齐而又有力,使人想起接受检阅的正步方阵。没有人注意到筱燕秋。其实戏演到一半,筱燕秋已经披着军大衣来到舞台了,一个人站立在大幕的内侧,冷冷地注视着舞台上的李雪芬。谁都没有注意到筱燕秋,谁都没有发现筱燕秋的脸色有多难看。厄运在这个时候其实已经降临了,它笼罩着筱燕秋,同时也笼罩着李雪芬。《奔月》演完了。五次谢幕之后,李雪芬来到了后台。	夏明　　(唱)时光倒逝二十载—— 　　那一日,演嫦娥的B角憋足了劲第一次登台。她早看不惯筱燕秋独占舞台,说她把嫦娥演得清冷孤傲,拒人千里,阴气沉沉,又期期艾艾,只见她抬头挺胸、昂首阔步、神采飞扬——(接唱)穿上戏衣她走上了舞台…… 　　(上前,穿上戏服,扮当年演嫦娥的B角) 　　(似乎回到二十年前。) 　　夏明　　(唱)从此后每到月华升天际,便是我碧海青天夜夜心。 　　众人　　好一个英姿飒爽的女英雄! 　　夏明　　(得意地上前)燕秋,你看我演的嫦娥怎么样? 　　筱燕秋　　(一丝冷笑)你忘了带两样东西。 　　夏明　　什么?(惊诧地看着自己全身上下) 　　筱燕秋　　一双草鞋,一把手枪。 　　(众人大笑。) 　　夏明　　你什么意思? 　　筱燕秋　　你演的是柯湘、江水英,独不是月宫中不染风尘、甘守寂寞、自断后路的嫦娥! 　　众人　　(哄堂中议论着)江水英!柯湘! 　　夏明　　你……哼,你演的嫦娥就是关在月亮里卖不出去的货! 　　筱燕秋　　你、你、你!(气得浑身颤抖) 　　演员甲　　要出事, 　　演员乙　　现危机, 　　乔炳璋　　心焦急, 　　筱燕秋　　难呼吸, 　　演员甲　　快阻止, 　　演员乙　　莫延迟。 　　乔炳璋　　(忙递上一杯开水)燕秋,冷静,冷静! 　　(筱燕秋接过乔炳璋递过来的水,猛然泼向夏明,夏明一声尖叫。众人呆立。)①

---

① 杨蓉:《青衣》,《剧本》2017 年第 11 期。

续表

小说《青衣》	京剧《青衣》
脸上洋溢着一股难以掩抑的飞扬神采。李雪芬就是在这个时候和筱燕秋在后台相遇了,面对面,一个热气腾腾,一个寒风飕飕。李雪芬一看见筱燕秋的脸色便主动迎了上去,左手拉着筱燕秋的右手,右手拉着筱燕秋的左手,说:"燕秋,都看了?"筱燕秋说:"看了。"李雪芬说:"还行吧?"筱燕秋却不开口。说话的工夫许多人已经走上来了,围在了她们的四周。李雪芬掀掉肩膀上的军大衣,说:"燕秋,我正想和你商量呢,你看看这样,这样,这句唱腔我们这样处理是不是更深刻一些,哎,这样。"李雪芬这么说着,手指已经翘成了兰花状,一挑眉毛,兀自唱了起来。艺人们都是知道的,同行是冤家,即使是师傅传艺,"宁教一声腔,不教一个字,宁教一个字,不教一口气"。可是李雪芬不。她把李派唱腔的一字一气毫无保留地演示给了筱燕秋。筱燕秋不声不响,只是望着李雪芬。人们站立在李雪芬和筱燕秋的四周,默默地看着剧团里的两代青衣,一个德艺双馨,一个谦虚好学,许多人都看到了这个令人感慨的一幕,这个令人心宽的一幕。但是筱燕秋的眼神很快就出了问题了,是那种极为不屑的样子。所有的人都看得出,燕秋这孩子的心气实在是太旺了,心里头不谦虚就算了,连目光都不会谦虚了。李雪芬却浑然不觉,演示完了,李雪芬对着筱燕秋探讨性地说:"你看,这样,这才是旧社会的劳动妇女。我们这样处理,是不是好多了?"筱燕秋一直瞅着李雪芬,脸上的表情有些说不上来路。"挺好",筱燕秋打断了李雪芬,笑着说,"只不过你今天忘了两样行头。"李雪芬一听这话就把双手捂在了身上,又捂到头上去,慌忙说:"我忘了什么了?"筱燕秋停了好大一会儿,说:"一双草鞋。一把手枪。"大伙儿愣了一下,但随即就和李雪芬一起明白过来了。燕秋这孩子真是过分了,眼里不谦虚就不谦虚吧,怎么说嘴上也不该不谦虚的!筱燕秋微笑着望着李雪芬,看着热气腾腾的李雪芬一点一点地凉下去。李雪芬突然大声说:"你呢? 你演的嫦娥算什么? 丧门星,狐狸精,整个一花痴! 关在月亮里头卖不出去的货!"李雪芬的脚尖一踮一踮的,再一次热气腾腾了。这一回一点一点凉下去的却是筱燕秋。筱燕秋似乎被什么东西击中了,后台立即变成了捅开的马蜂窝。筱燕秋愣	

续表

小说《青衣》	京剧《青衣》
在原处,鼻孔里吹的是北风,眼睛里飘的却是雪花。这时候一位剧务端过来一杯开水,打算给李雪芬焐焐手。筱燕秋顺手接过剧务手上的搪瓷杯,"呼"地一下浇在了李雪芬的脸上。 　　看着无序的身影在自己的面前急速穿梭,耳朵里充斥着慌乱的脚步声。脚步声轰隆轰隆的,从后台移向了过道,从过道移向了远处,最后变成了远处汽车的马达声。眨眼的工夫后台就空荡荡的了,而过道更空荡,像通往月亮的路。筱燕秋站立在原处,愣了好大一会儿,沿着寂静的过道拐进了化妆间。筱燕秋站在镜子面前,吃惊地盯着镜子里的自己。直到这个时候筱燕秋才弄明白自己到底干了什么。她失神地望着自己的双手,一屁股坐在了化妆间的凳子上。①	

　　小说允许作为解说者的作者在文本中存在,他随时可以介入文本,对笔下的一切进行分析、解释和调配,而戏曲受舞台演出的限制,它强调的是直观、感性的呈现,作者是不能随意介入戏曲的。另外,小说长于叙事,短于抒情,京剧则长于抒情,短于叙事。因此,相较小说,戏曲对语言要求更为简洁和精练。因此,从以上表格,我们可以看清《青衣》的剧本较之小说,处理故事更为精练,其中夏明、筱燕秋、众人的台词表达效果各不相同。夏明是李雪芬的替身,在舞台上他就是李雪芬本人,他拥有李雪芬的语气和动作。"二十载"这一时间提示告诉观众这里用了插叙,开始解释说明陈年纠葛的前因后果;用夏明和春来之间谈话的矛盾点交代了李雪芬和筱燕秋之间的矛盾,以矛盾引矛盾,这种台词安排十分巧妙,正是契合了戏剧由人物台词去揭示故事矛盾、推动戏剧情节发展的需要。

　　京剧《青衣》中的台词除了俭省外,还极具韵律和美感。京剧除了人物对话还有唱词,唱词和着音乐,美妙的韵律和华美的实景搭配,带给观众无尽的

---

① 　毕飞宇:《青衣》,《花城》2000 年第 3 期。

视听美感：

> 筱燕秋　（魔怔一般）与星辰同寐……
>
> 面瓜　（唱）二十年点点揣摩。
>
> 筱燕秋　与众鸟同飞……
>
> 面瓜　（唱）终于点亮了灯火——
>
> 筱燕秋　与山川同翠……
>
> 面瓜　（唱）终于融化了冰河
>
> 筱燕秋　与日月同辉……

在第二部分筱燕秋与面瓜互诉衷肠的对唱中，筱燕秋的唱词压着"寐、飞、翠、辉"韵，以及第三部分春来倾吐心声时的唱词中：

> 春日里青青枝条如帷幕，
>
> 秋日里层层落叶似氍毹。
>
> 雪地里您踏出第一串脚步，
>
> 皑皑白雪映衬嫦娥水袖舒。
>
> 夏日里您惊动第一滴晨露，
>
> 唤醒了燕儿雀儿同追逐。
>
> 那一日草丛中石头绊您摔倒，
>
> 欲上前怕您尴尬不敢扶。
>
> 那一日见您身影罩浓雾，
>
> 浓雾中飘出的唱腔澄如甘露润如珠。
>
> 那一日绵绵细雨湿了您的衫裤，
>
> 欲遮挡怕您惊忧又踟蹰。
>
> 可心里为您撑开了一把伞哪，
>
> 聆听那天籁之声如山涧清泉飘然出。

这里每句的最后一个字"幕、毹、步、舒、露、逐、扶、珠、蹰、出"都押着韵。不仅是以上举例的两处，在戏曲《青衣》中有大量的唱词，都不约而同地押着尾韵,唱词的韵律被演员柔美地唱出,让观众有美的享受。戏剧这种直观的诉诸人的感性体悟,这是小说文字叙述难以达到的。

还有如"再难回弯弯曲曲的田野小径,再难听清清澈澈的泉水淙淙。从此后每到月华升天际,便是我碧海青天夜夜心"。这段引用京剧《奔月》的唱词,它存在于每一幕戏中,让观众咀嚼,像熏香一般萦绕笼罩整个京剧《青衣》。"眼神清透明澈,身姿纤巧婀娜",这两句是第六幕中春来换上戏服,燕秋夸赞她的唱词。"眼神清透明澈,身姿纤巧婀娜"是对偶,可见戏剧的改编对台词要求极为精致,一个妆容完美,明眸皓齿,身姿婀娜的青衣角色就活脱脱地站在我们面前,她就是春来,春来就是嫦娥。语言富含美感,词语贴切妥当,加深了观众对春来的好感。

> 筱燕秋　（闻言一愣,上前）好! 我来问你——
>
> （唱）你可知一轮孤月苍穹里,何情何境度晨夕?
>
> 你可知广寒宫中清宵立,何念何想慰情思?
>
> 你可知万里碧空如霜洗,何处何物可偎依?
>
> 你可知田野小径遥天际,何年何月是归期?
>
> 你可知奔月的脚步何处起,一寸寸一尺尺一丈丈一里里,多少汗

多少泪多少血点点滴滴铺成天梯。

这段唱词是第一幕中,春来想演嫦娥 B 角筱燕秋对她的四连问。这四连问问得春来哑口无言。从语言的角度分析,这一段唱词里面出现了"孤月、苍穹、广寒宫、碧空……"一系列在《奔月》中嫦娥所处之地的各类清苦幽冷的意象,这些意象让我们可以自由地想象戏剧中另一个孤寂之地,那么的冷清、凄惨。四连问不仅在句式上铿锵有力,在逐一逼问中也加强了筱燕秋作为老师、作为嫦娥的扮演者认真负责的态度,也衬托出春来的不知所措,说明了春来饰演嫦娥还不到时机,这也为春来之后能否登台设置了悬念。一寸寸、一尺尺、一丈丈、一里里这些叠词与量词都是情感的集合,心血的凝聚,是筱燕秋对春来技艺与目的的质问与告诫,也说明嫦娥这个角色在筱燕秋内心分量之大不

容他人亵渎。

嫦娥(手持丹药,念)午夜里时辰已到须决断,吃灵药赴月宫不再彷徨。

春来我喜欢嫦娥长长的水袖,款款的台步,飘飘的衣袂,翩翩的身姿……美得让我着魔……

这两段唱词是筱燕秋在第四幕中吞药打胎时幻想出的情景,其中一处出自戏曲《奔月》,一处出自对之前春来话语的回忆,是人物的旁白,同台演员是看不见的。这些都是筱燕秋自身的幻觉,但是需要演员来进行演绎,这样才能让观众知晓筱燕秋当下复杂的情思。嫦娥的唱词是《奔月》中的原词,具有古典艺术美,而春来的台词则具有现代语言美,"长长、款款、飘飘、翩翩"这几个叠词都有轻柔之感,给人以时隐时现的幻觉美。这里采取了虚实结合的手法,筱燕秋吞药时的心理与她的想象在情感上相互契合,在场景上虚实相生,让观众更能体悟她内心的挣扎与决绝。

戏剧中除了诗化的语言,还有通俗易懂的白话,即生活中浅显易懂用于交流的话语,白话在人物对话中最常见:

乔炳璋 去认错!

筱燕秋 我没错!

乔炳璋 去道歉!

筱燕秋 她污辱嫦娥!

乔炳璋 嫦娥只是个虚构的剧中人!

筱燕秋 不,她活生生的在我心里!

乔炳璋 你不能戏里戏外拎不清!

筱燕秋 孰轻孰重我自分明!

众人 处分!检查!停演!

除此之外,诗化与白话结合的台词表现方式也常出现在戏剧中:

喜讯传来乐开花,

面瓜我要当爸爸。

三口之家常描画，

梦中都想抱个娃。

筱燕秋　（唱）《奔月》即将要公演，此时已是箭在弦。显怀难往台中站，舍弃嫦娥我心不甘。

面瓜　（唱）好燕秋你千万绝此念，切不可信口胡乱言。须念我四十得子难，须念我盼儿年复年。

筱燕秋　（唱）二十年我苦期盼，苦等苦待此机缘。日思夜念总梦魇，终年终岁常失眠。

面瓜　（唱）二十年我也苦期盼，期儿盼儿眼望穿。白天盯着婴儿看，夜里梦中娇儿牵。

这两段同出自第四幕，都是被诗化的白话，浅显易懂，以诗句的形式，通过对称、押韵来艺术化地表现日常语言，这也是京剧的一大特色，更是小说《青衣》改为戏剧最为核心的台词表达方式。这种方式平衡了大俗大雅，既不像古旧文言那样晦涩难懂，又不像日常语言那样直白粗鄙，能被观众所接受，符合现代京剧发展的要求。

三、 从《青衣》的改编看小说对京剧的反哺意义

改编作为互文理论中一个很重要的方面，对我们理解新旧文本的意义非常重要。改编意味着当下文本与先前文本之间存在着一种明确的互文关系，"改编涉及具体文本之间的转换、改写，一般会明示所改编文本与前文本的互文性关系，而且大多伴随文类转换（从小说到电影、从文学到连环画等等）"①。两个不同文类之间的改编，既可以在忠实原著的基础上（不改变原作的题材、主题和意义）进行艺术再创造，亦可以对源文本只提取故事框架和

① 李玉平：《互文性：文学理论研究的新视野》，商务印书馆2014年版，第91页。

主要人物,改文本则加入大量新的素材进行艺术再创作,还可以"故事新编"的方式即只取源文本中并不重要的小点进行生发、铺陈。京剧《青衣》对小说《青衣》的改编,显然是第二种方式的改编,它超越了传统的"忠实原著"的认知,对小说原著主题思想进行了改造,人物形象也进行了改造,语言更是进行了大量改造。这种改造体现出一定程度的原创性,文本的变形和利用所构成的互文性,让我们在对比中发现源文本和改文本的深层关系,加深对源文本的理解和阐释,以及理解不同文类之间如何跨越文体的鸿沟形成对话,都有理论意义。

戏曲和小说虽为不同文类,但都属于文学这一大系统,彼此之间的美学追求较为相同。在情节安排、人物塑造和线索铺设等方面两者都有较大相似性,以至于不少作家将小说视为"无声戏",认为戏曲与小说的区别仅在于有声与无声。从历史的角度来看,两者在历史长河中早已不能独善其身,早已形成你中有我、我中有你、相互交杂的状态。两个文类的这种相似性,使得文类的鸿沟并非是无法跨越的,两种文类之间的互文建构也成为可能。同时,戏曲与小说之间的互文不是一个消极传递的过程,不是新瓶装旧酒的过程,更不是复制粘贴、机械化的剽窃过程,而是一个处于不断增添和改变话语的过程,正像斯塔姆说:"改编……置身于互文的指称与变形的连续旋涡中,置身于文本无尽的再次利用、变化、变形并不断生成其他文本的连续旋涡中"①。小说《青衣》变更话语符码改编成戏剧,它的人物形象、主题意蕴都发生了翻天覆地的变化,审美表现力和美学诉求也都出现了变化,被赋予了不同的社会历史意义。

《青衣》由小说改编成戏曲,有其现实示范意义。从历史来看,小说哺育戏曲,将小说改编成戏曲,从魏晋笔记小说开始,到唐传奇,到宋元话本、明清小说,一直到近现代,都是文学的主流,是一种普遍的文学现象甚至可以称之为文学规律。然而,这种情况到当代以后,则来了大反转,戏曲这一文体逐渐

---

① 张英进:《理论、历史、都市:中西比较文学的跨学科视野》,复旦大学出版社 2015 年版,第 41 页。

边缘化,较少从其他文类的改编中获取新的成分。"一种文学样式在初兴时,总是以改编为主,并时有改编佳作。当它发展成熟不再以现有题材为改编依据而由作者独立创作时,这种文学样式也便逐渐走向衰落了。"①这一论断大体符合戏曲的发展史。戏曲的衰落,既有戏曲文体发展成熟的因素,也有因时代的变迁戏曲逐渐小众化而失去创新动力的因素。在这个戏曲艺术日渐式微的今天,我们更应该从《青衣》的改编中,认识到小说是能为戏曲改编提供可供使用的文本资源的。

张爱玲曾认为戏曲是照进"今天"的"另一个年代的阳光"②,是中国"传统"与"新生"的交相辉映的体现。在日新月异的当下,传统京剧对大众的吸引力日益减退,京剧要求发展、谋出路就要敢于自我创新,要从小说中汲取养分,注入时代的新鲜元素。这种打破文体界限的互文发展思路,才能真正开拓新的戏剧理论,续写新的戏剧发展史。京剧《青衣》正是在继承了京剧《奔月》的前提下吸收小说《青衣》中的人物和情节、环境,灵活改变、增删小说中不符舞台演唱和京剧规则的东西,才有了这出京剧的成功。这说明,不同文类间通过互文性建构的方式,形成话语交流并生成新的艺术文本的尝试是值得鼓励的。

但是,也应看到,小说改编成京剧,也存在诸多值得注意的问题。小说的文类特点、时空处理、情节铺设和叙事方式上和戏曲有诸多不同。小说对文本背景可以进行铺排式的描绘,对人物内心世界可以进行细腻的刻画,对人物关系可以进行错综复杂的设置,对时空关系可以进行自如的突破,这些都是小说文类的特点,也是不容易被戏曲进行互文转换之处。因此,小说改编成戏曲,改得好,则使得改文本在源文本的基础上产生话语增殖;改得不好,则很容易出现画虎类犬的情况,对源文本和改文本的表意能力都会有所折损。如京剧《青衣》对原著所作的改动中,小说的情节、人物和环境被删增和篡改,它删除

---

① 李玉莲:《元明清小说戏剧传播方式研究》,《社会科学辑刊》1998 年第 5 期。
② 张爱玲:《张爱玲典藏全集》,哈尔滨出版社 2003 年版,第 143 页。

了烟厂老板这一形象,筱燕秋、春来师徒关系被美化,乔炳璋的身份变化都展现出小说在戏剧中很难完满还原;还有小说想要揭露的金钱、物欲对人的性格的改造、对人的命运的侵蚀,以及原著中筱燕秋的冷漠无情、执迷戏痴、心狠、固执的人物形象也进行了脱胎换骨的改变等。这些为了符合戏曲演出特点而进行的删减,是一种简化和提纯,最终使得小说文本中的复杂的"残酷美学"指向被京剧浅显的"团圆美学"所取代,失去了小说中那种动人心魄的悲剧命运感。和小说相比,京剧《青衣》显然没有了小说原著带给读者的"震惊"效果,这也是我们应该注意的问题。

小　　结

本章主要从白先勇、叶广芩和毕飞宇三位作家的文本分析出发,来讨论戏曲和小说两种不同文类之间是如何做到互文重构的。对白先勇和叶广芩创作的考察,主要讨论戏曲是如何被镶嵌在小说文本中,分析其制作过程、运行机制和意义效果;对毕飞宇小说《青衣》改编成戏曲的考察,则重点讨论文类改编这种互文形态中,戏曲和小说的不同特点造成了哪些不一样的艺术效果,并分析小说和戏曲文类置换过程中,是如何形成叙事交流的,有哪些叙事阻隔。从以上的分析中不难看出,对于文本的生产者和接受者而言,文类都具备互文潜能,"构成一个相互联系的星座系统,为话语的生产和接受提供作为惯例的导向框架"[1]。借助于文类的"惯例导向框架",戏曲文类很容易进入小说叙事——戏曲有大量元素可以被小说叙事借用,像戏曲中的台词、"戏中戏"的戏曲结构、误会与巧合等戏曲技巧、戏曲的故事氛围、戏曲演出特征等方面,都容易转换成小说叙事,成为小说叙事中的有机组成部分,从而使得小说文本充满浓郁的戏曲艺术氛围和文化魅力。这无疑是小说扩大想象疆域、保有活力

---

[1]　Richard Bauman, *A World of Others′Words：Cross-Cultural Perspectives on Intertextuality*, Malden：Blackwell Publishing, 2004, p.3.

的一个有效方式。同时,这也让戏曲这一已经式微的文类得以发挥它的文本潜能,激活我们的艺术想象和文化记忆,使之更好地得到承传,就像萨莫瓦约所说的那样,"激活一段经典故事之余,还让故事在人类的记忆中得到延续"①。小说与戏曲作为同属于叙事类的文类,在情节冲突、文本结构、形象塑造、语言对白等方面均有较大的相似,因此,小说改编成戏曲也具备先天的优势。戏曲可以通过改变长度、剪裁情节、精简对白、削减角色、合并场景等方式,将小说文本变成戏曲文本。

巴赫金说:"人的意识具有用以观察和理解现实的一系列内在的文类",每一种文类"都是用来理解性地掌握和穷尽现实的手段和方法的复杂体系"②。米勒也认为,文类是"作为社会行为结果的话语种类、在某种程度上具有强制意义的惯例、形式上的区别、文化上的建构、个人与社会之间的调节力量"③。文类作为文化传统和文学惯例的重要载体,本身承载着特定的文学规范和文学记忆,是作家和读者都默许遵守的文学"契约"。虽然诸多理论家都较为看重文类的"纯粹化",但我们认为,文类一定要在与其他文类的互文共生中才能越来越有活力。

从本章的论述中,我们可以看出,文类是一个不断变化的矢量,随着新的文类的相融生成出新的话语,越界扩容、众声喧哗和互文共处是文类不断创新、保持生命力的途径。文类互文有意识突破文类与读者的"契约",打破阅读惯性,以文本重组的方式将另一文类纳入本文类之中,无疑是丰富了文类的书写对象和表现方式。曾有学者担心这种文类互文会导致文类不纯而使文类丧失原有的特性,变得不伦不类。虽然这种情况在一些先锋派极端的文本实验中曾出现过,但大可不必担心。理由有二:一方面,新生成的文类背后所特

---

① ［法］蒂费纳·萨莫瓦约:《互文性研究》,邵炜译,天津人民出版社2003年版,第108页。

② ［俄］巴赫金:《巴赫金全集》第2卷,李辉凡等译,河北教育出版社1998年版,第289页。

③ 张瑜:《言语行为理论与文学理论》,《文学评论丛刊》2008年第2期。

有的文学形式和文类惯例依然发挥着"在场"的力量,加上文类有自洁功能,不会从根本上改变文类的特点;另一方面,将不同文类进行互文融合,混杂寄生和扩张变异,丰富了文类的表现方式,打破了文类禁忌,反而会促使文类不断地自我完善和重构。

第四章　改写互文：经典重构的
策略及其难度

　　如第一章所述，"互文性"（Intertexuality）又称"文本间性""文本互涉"，源于拉丁语"intertexto"，在法语中写作"intertextualité"，在英语中写作"intextuality"。作为一个重要的文学批评概念，最早由法国文学理论家、女性主义学者朱丽娅·克里斯蒂娃于 1969 年正式提出。这一概念的思想根源可以追溯到瑞士语言学家费迪南德·德·索绪尔在《普通语言学教程》中对语言体系的认识和巴赫金提出的"对话理论"和"复调理论"。克里斯蒂娃强调一切文本都是一种互文文本，文本与文本间存在着一种相互指涉关系、影响关系、相互依存的关系，以此形成了无限开放的文本网络。该理论将文本间的关系形容为一个包含了过去与现在的开放体系，认为"任何一个文学文本都不是独立的创造，而是对过去文本的改写、复制、模仿、转换或拼接"①。这也提醒我们，作为互文性策略一个很重要的方面，"对过去文本的改写"是这一概念的应有之义，因为改写直接涉及改文本对源文本的复制与模仿、拼接与转换，涉及两个文本之间的对话关系，这正是互文性理论的核心内涵。本章我们讨论 20 世纪中国小说中的改写互文，分析改写互文的对象来源、存在形态以及

------

①　Julia Kristeva, "The Bounded Text", in Richter, D. H. (ed.), *The Critical Tradition*, New York：St.Martin's,1989, p.989.

路径方法,并以汪曾祺为个案,考察小说改写的难度与意义。

第一节　作为"互文性"策略的改写

"改写"(Rewriting,或译为"重写")是作者有意对前文本进行复述和变更后创造新文本的文学行为。"有意",指的是改写是一种自觉的主体创造行为,作者有明确的意图对源文本进行改动并期待读者意识到这是作者有意为之的文本叙事策略;"复述",意味着新生成的文本也就是改文本和源文本之间有着明显的内在关联,改文本会大量挪用源文本的叙事要素;"变更",则意味着改文本对源文本进行了关键性的改变、迁移和重构,两者之间又有明显的不同。按照卡林内斯库的说法,改写涵盖了众多传统诗学的概念以及批评性的注解,前者包括如模仿、置换、戏仿、拼贴、改编、翻译等传统诗学概念,后者包括"对于源文本的描述、概要、有选择地引用"等方式。①

改写是文本间发生互文关系最常见的手段。著名叙事学家杰拉尔德·普林斯曾将"文本改造"作为互文性定义的关键要素,他在所著的《叙事学词典》中是这样定义"互文性"的:"一个确定的文本与它所引用改写、吸收、扩展或在总体上加以改造的其他文本之间的关系,并且依据这种关系才可理解这个文本的存在。由此看来,每一个文本的意义产生于它跟其他文本的相互作用中,同时互文性理论体现了文本之间的继承和发展关系。"②普林斯认为"文本改造"是互文得以形成的前提,文本改造本身就包含着改写之义,它必然是互文性理论不可回避的理论问题。法国文论家热拉尔·热奈特在《广义文本导论》中用五种"跨文本性"总结了文本间的互文关系,其中"承文本性"是指联

---

① Matei Calinescu,"*Rewriting*",in *International Postmodernism*:*Theory and Literary Practice*,Amsterdam:John Benjamins Publishing Co.,1997,p.243.中译本见李玉平:《互文性:文学理论研究的新视野》,商务印书馆 2014 年版,第 214 页。

② Prince.Gerald,*A Dictionary of Narratology*,London:University of Nebraska Press,1987.p.46.

结文本 B 与文本 A 之间的非评论性攀附关系，二者是派生关系，实际上就是我们所说的改写。热奈特说："我把任何通过简单改造或间接改造而从先前某部文本中诞生的派生文本叫作承文本"①，承文本不但包含对蓝本的改写、改编之后的文本，还包含续写之后出现的文本，在其他理论家的表述中也常常称之为改文本。可见，改写是互文性理论的一个重要方面——原创和改写是如何互动，互文改写的对象和形态有哪些，改写活动受到哪些因素的制约，背后所牵扯的话语权力及其操纵过程——都是这一理论研究的应有之义。

改写互文有何特点？这里将其与第二章的主题互文进行比较，能更清楚地理解这一互文形态的理论特点。概而言之，改写互文是一种"引出"和"派生"式的互文关系，主题互文是一种"再现"和"共生"的关系。"引出"和"派生"式的互文是一种显性和直接的互文，改文本毫不隐瞒它是源文本的附属与衍生，通常会以显在的方式暴露两者之间的"寄生"关系，同时改写互文在强调源文本和改文本的派生关系时也有意展示两者之间的裂隙，互文的目的性也更强；而"再现"和"共生"式的互文关系，则比改写互文显得隐秘得多，改文本更愿意隐藏和源文本的联系，常常以一种隐性的方式显示和源文本具有相同的文化语法，改文本和源文件是一种话语再现与话语共存关系。因此，作为互文现象中的一个重要形态，改写行为以显性的方式为源文本与改文本建立了直接的联系，源文本作为记忆文本全程参与了改文本的建构与重述过程，改写互文总是涉及源文本与改文本双重符码的阅读、编制与再造，因而它最后形成的文本是一个既具有重复性又具有他性的"复合文本"。因此，对改文本的解读与阐释必须是以源文本为参照系才能真正发现改文本的意义，这是改写互文一个重要的理论特点。

改写不是一种简单的重复与照搬，而是一种以积极写作的方式强行介入已有文本和他人话语系统并赋予新的意向的行为，它将已有的文学记忆予以

---

① ［法］热拉尔·热奈特：《热奈特文集》，史忠义译，百花文艺出版社 2001 年版，第 74 页。

继承、传递、创造与重构,使得文学文本派生出新的枝叶,延续了文学的生命力。荷兰理论家佛克马曾说:"重写则预设了一个强有力的主体的存在。重写表达了写作主体的职责。在我看来,重写是这样一个语词,它比文本间性更精确地表达出当下的写作情境。"①因此,改写不是一种"消极写作",而是一种具有强烈主体性的文学改造行为。改写除了与主体有密切联系外,它还与"文学四要素"中的其他三要素有着紧密联系。改写行为紧密联系着源文本和改文本,它本身是作者对源文本的阐释、接受之后的再创作行为,这一行为对源文本的文学传播与文学阐释起到推动作用。从这个意义上来说,改写是一种集文学创作、文学接受、文学传播和文学阐释四种功能于一体的艺术手段。正因为改写的这一特性,使得从文学的发展历史来看,不论是在中国还是西方,改写都是一种普遍的文学现象,"已经形成了一个巨大的话语堆积层"②,很多优秀的后世作家对文学经典的改写都在不同程度上丰富并发展了本民族的文学传统。正如勒非弗尔所说的那样,"文学作品的内在价值并不能充分保证它的存活,改写在保证它存活的重要程度上至少与作品的价值旗鼓相当"③。

在以往的研究中,文学经典的改写并没有得到应有的重视,很多学者对改文本持有偏见,认为"文学经典的改写经常被视作拾人牙慧的'影子的影子'、'汤的汤的汤',完全是前文本的寄生物,毫无创造性可言",然而,"文学经典的改写之作固然鲜有可以与前文本相匹敌的,但是,在'经典改写'业已成为作家'创造性叛逆'重要手段的后现代时期,改写之作的独立地位和独特价值

---

① [荷兰]佛克马:《中国与欧洲传统中的重写方式》,范智红译,《文学评论》1999 年第 6 期。

② 张德明:《经典的普世性与文化阐释的多元性——从〈荷马史诗〉的三个后续文本谈起》,《外国文学评论》2007 年第 1 期。

③ Lefevere Andre, *Translation*, *Rewriting and the Manipulation of literary Fame*, London and New York:Routledge, 1992, p.112.

应给予足够的重视"①。改写行为本身暗含着我们对文学传统的判断,并不是所有的作品在作家心目中都有改写价值,它常常是以文学经典文本为对象,是对文学经典的"再语境化",是改写者与经典作家的互文游戏。改写不仅仅体现在对文学经典的形式、主题与技巧的再造上,还为人们认识现实和历史提供一种新的观察视角,这对文学经典的意义生成及其丰富性的获得有直接的影响,因为所有的文学经典的生成都是对文学史上无数互文文本的重复、综合和再创造。因此,从这个意义上来说,改写本身也是经典重构的一个重要部分,成功的改写可以使我们通过对改文本与源文本的比较阅读中窥视到艺术观念和意识形态对经典意义生成的影响,使得经典的阐释空间不断扩大。

改写作为文学互文中最常见的艺术手段,我们可以将之分为广义的改写和狭义的改写。具体而言,所谓广义的改写,指的是不同媒介之间的文本改写,如小说改编成影视,影视改编成小说等,它涉及文字符号和视觉图像之间的转换和生成关系;狭义的改写,不涉及媒介符号的转换,是同一符号体系下通过模仿、谐拟、拼贴、戏仿、重构等方式实现对源文本的创造性改动。本章所讨论的,主要都集中于狭义的改写,侧重于从文学疆域内部的改写现象来谈,这主要是因为在第三章对文类互文的探讨中,已经涉及广义改写的相关问题,在此不再重复阐述。事实上,文学领域内狭义的互文改写现象样本是最为精彩和丰富的,完全可以借一管窥全貌,来探索这一互文现象背后的诸多可能性。

纵观中外文学史,改写特别是对文学经典的改写已是一种普遍的文学现象。在西方文学史上,唐纳德·巴塞尔姆的小说《白雪公主》以碎片"拼贴"的手法对格林童话经典《白雪公主》进行了改写,在多达107个碎片的拼贴描写中,将源文本中的价值体系予以颠覆,代之以明显的平庸、虚无和荒诞的价值指向,呈现出鲜明的后现代色彩。还有如美国作家简·斯迈利的小说《一千

---

① 李玉平:《互文性:文学理论研究的新视野》,商务印书馆2014年版,第216页。

亩地》,是对莎士比亚经典戏剧《李尔王》的戏仿式改写,他的小说将主人公命名为拉里·金(Larry King),有意用 King 即国王对应李尔王的国王角色,两者情节也具有相似性和对应关系,这种改写有着鲜明的互文色彩。还有如乔伊斯的《尤利西斯》也有着对文学经典《奥德赛》明显的戏仿式改写的痕迹,《奥德赛》是《荷马史诗》中的一部,主人公奥德修斯的拉丁文名字就叫尤利西斯,除此之外,每章具体的情节设计也一一参照了《奥德赛》,像《奥德赛》第一章《忒勒马克斯》是一个"寻父"故事,讲述因奥德修斯不在家,人们争先恐后地想鸠占鹊巢,纷纷向他的妻子求婚,以至于奥德修斯的儿子忒勒马克斯不得不外出寻父。《尤利西斯》的第一章讲述的是斯蒂芬寻找精神之父的故事,二者情节上的互文对应关系十分明显。还有如库切通过对 18 世纪英国作家达尼尔·笛福的小说《鲁滨孙漂流记》进行后殖民主义式的改写创作出的小说《福》,里斯通过对《简·爱》的改写创作出的小说《藻海无边》,玛格丽特·阿特伍德通过对史诗《奥德赛》的改写创作出的小说《珀涅罗珀记》,艾克对塞万提斯小说《堂吉诃德》的改写创作出的同名小说……这种例子数不胜数。

在中国文学史特别是 20 世纪中国文学史上,互文改写的现象也是很多的。20 世纪中国文学史上,对神话传说、历史故事和文学经典进行改写并可以称之为典范的,可以追溯到鲁迅的《故事新编》。《故事新编》收录的八篇小说均是对中国传统神话传说、历史故事进行现代性改造后的二次创作,其中所采用的反讽的修辞、戏拟的语言、颠覆性的英雄形象塑造方式和"油滑"的叙事姿态穿越于历史与现实之间,成为改写的名篇,其所采用的改写手段也成为改写文学经典的常用技巧。20 世纪 30 年代,新感觉派作家施蛰存的《石秀》《将军底头》《鸠摩罗什》《阿褴公主》等,借用弗洛伊德的精神分析学说将旧故事重新演绎和改写,将叙事视角聚焦于人性本能冲动下主人公的内心意识的变化,也是改写文学经典的成功典范。当代文坛中也有很多作家都曾在经典作品的改写方面做出了有益尝试,其中李冯的创作较为集中且具有代表性。他的很多小说都是对经典文本的再创造,或是对历史人物的重新评论,如他的长篇小说《孔子》就是以高度象征化的方式,通过大量的独白、重复、设迷、幻觉等技巧,对既定的形象进行戏仿式改写,对原故事进行颠覆和重构,从而生产出异于原作的文本意义。他的很多小说都是改写而来,因而被称为"文本寄生者"①,像《武松打虎》《孙行者》《我作为英雄武松的生活片段》《另一种声音》《祝》《牛郎》《十六世纪的卖油郎》《庐隐之死》等,都是对经典文本的改写,这些改写都丰富了文学经典的阐释空间。

综上所述,从中国的文学传统来看,对文学经典的改写已经形成了一个巨大的话语空间,文学经典在流传的过程中必然要"以其对他者的开放而保持其同一与完整"②,而文学经典得以延续与扩容的一个重要途径就是对经典进行改写。不论是正向的仿格改写,还是逆向的戏仿改写,抑或是自我改写,它本身也是经典重构的一个重要部分。成功的改写可以使我们通过对改文本与源文本的比较阅读窥视到艺术观念和意识形态对文学经典的意义生成所产生的影响,使得经典的阐释空间不断扩大。这也是我们研究互文现象避不开的一个理论问题。

第二节 20世纪中国小说的改写对象

第二章所讨论的主题互文,是一种并列式的互文关系,即文本间因主题的相似而呈现出的互文关系是一种并列相似关系,并不是一种派生关系。本章所讨论的改写互文则是一种派生性的互文关系,即改文本是源文本派生出来并对源文本进行了或重复、或挪用、或转换、或扭曲的叙事处理过程,源文本和改文本之间有明显的前后生成关系,源文本中的一些要素比如事物命名、情节结构、人物形象、场景空间以及其他细节等会重复出现于改文本中,构成了可以轻易识别的、鲜明的互文标志。改写互文这一理论形态中,从作者层面而

---

① 李振声:《"文本寄生者"李冯和他的长篇〈孔子〉》,《当代作家评论》1997年第6期。
② 李玉平:《互文性:文学理论研究的新视野》,商务印书馆2014年版,第251页。

言,作家的改写意图是直接而明确的;从文本层面而言,改文本的符号体系是对源文本的借鉴与再造;从文学接受层面而言,读者在阅读改文本时会自动激活已有的文化记忆,将其与源文本联系起来,自动将源文本设为参照系和阐释之源。改写作为一个同时承载着源文本和改文本两种编码体系的互文技巧,是中外文学常见的创作手段。而中外文学中改写的对象,也就是为互文改写提供源文本的,大都集中于神话传说、历史故事以及文学经典三个方面。下面就这三个方面分别进行阐述。

一、 神话传说

神话一词的英文为 myth,其词源来源于拉丁文 muthos 和希腊文 mythos。按雷蒙·威廉斯的考证,这个词常常用来和古希腊哲学所提倡的逻各斯进行对比,表示"不可能真正存在或发生的事情"①,因而从词源意义而言,它兼有故事和寓言双重含义,这也说明神话一词本身就带有想象、虚构和不可靠叙述之义。神话的词源意义,与我们对文学的定义和认知其实是完全一致的,这足可以见出神话与文学的亲缘关系。加拿大理论家弗莱就直接将神话视为和文学一样是一种具有叙事功能的文化形态,"神话主要是具有一种特殊社会功能的故事、叙事或情节"②,反过来,"文学是一种有意识的神话……神话故事渐渐变成了讲故事时的结构原理,而其神话观念……变成了思维中惯用的隐喻。在一种充分成熟的文学传统中,作家们都生活在一个传统的故事及形象的系统之内"③。弗莱的前一句话所说的"特殊社会功能",意在表明神话最重要的功能是仪式化功能,"故事、叙事或情节"则表明这种仪式化场景实际

---

① [英]雷蒙·威廉斯:《关键词:文化与社会的词汇》,刘建基译,生活·读书·新知三联书店 2016 年版,第 359 页。
② [加]诺思洛普·弗莱著,吴持哲编:《诺思洛普·弗莱文论选集》,中国社会科学出版社 1997 年版,第 227 页。
③ [加]诺思洛普·弗莱著,吴持哲编:《诺思洛普·弗莱文论选集》,中国社会科学出版社 1997 年版,第 268 页。

上是神话的文学性表达;后一句话说明神话已经完全融入我们的现实生活和生命体验中了,文学思维就是神话思维的一种现实体现。弗莱的这种"神话—原型"思想指出了神话和文学的同源性,他的这种思想直接受惠于英国人类学家弗雷泽的理论启发。弗雷泽曾将艺术的起源和巫术仪式联系在一起。弗雷泽在研究了人类的原始巫术和原始宗教后发现,不同地域、不同文化背景的人类,却有相似的神话传说和巫术仪式,由此他认为人类的文化起源于巫术仪式。这些巫术仪式是原始神话的现实表现形态,它在发展的过程中逐渐成为人类思维的一部分。文学是人类思维的高级表现形态,神话这种具备逻辑原型的思维模式自然会影响到文学的生成并成为文学的表现对象。

总的来说,西方哲学对神话的认知,大体上是沿着心理层面和语言层面两个方向掘进。前者以弗洛伊德和荣格为代表,后者以卡西尔和列维-斯特劳斯为代表。弗洛伊德和荣格将神话视为与人的心理紧密相连的存在,弗洛伊德从俄狄浦斯神话中得出了人类具有俄狄浦斯情结,进而用之解释文学;荣格将神话视为人类遗传自祖先的集体无意识,将神话看作人类普遍的思维方式和心理结构。卡西尔则将神话和语言联系起来,认为两者是一棵树上的不同枝丫而已,本身具有同源性,都源于人类对象征表现的一种本能追求,"语言诸要素与宗教和神话的概念形式之间是相互交织、相互交错的……全部言语发声对处于神话阶段的意识所具有的那种魔法般或魔鬼般力量无非是那一次经验的客观化产物而已"[1]。以列维-斯特劳斯为代表的结构主义者也将对神话的认知导向了语言,将神话视为一种用语言符号进行的叙事活动,认为神话是"人类语言的一部分"[2]。因此,从以上理论家的阐述不难看出,神话作为一种具有原型意义的结构模型,它必然对文学产生直接而又久远的影响。

---

[1] [德]恩斯特·卡西尔:《语言与神话》,于晓等译,生活·读书·新知三联书店 2017 年版,第 83 页。

[2] [法]列维-斯特劳斯:《结构人类学》,谢维扬、俞宣孟译,上海译文出版社 1995 年版,第 224 页。

在中国,神话也被视为文学的源头。鲁迅的《中国小说史略》从发生学的角度考察了文学的产生与神话有关,认为神话起源于原始初民对自然界变异之象的解释,由解释推演为叙说,继而又成为一种信仰而敬畏、歌颂和美化它。神话不仅仅是宗教的源头,也是文学的源头,"故神话不特为宗教之萌芽,美术所由起,且实为文章之渊源"①。周作人也认为,神话看似荒诞不经,但它是古代原始初民习俗和信仰习惯的体现,不是随意编造出来的,我们现在所接触的神话,本来是文学或者说是以文学的方式来记载的,"本来现在的所谓神话等,原是文学,出在古代原民的史诗史传及小说里"②,而且周作人还认为,可以把神话"当作古代文学看,用历史批评或艺术鉴赏去对待他,可以收获相当的好结果"③。也就是说,神话与文学之间,是很难分彼此的,神话是文学的内容,文学是神话的形式,两者如一体两面,难以分开。茅盾也认为神话是原始初民的文学,一个民族的神话是一个民族文学的源泉,也是一个民族文学的基因,"一民族的神话即成为一民族文学的源泉:此在世界各文明民族,大抵皆然,并没有例外"④。郭沫若则以诗人的眼光来看神话,认为神话是"绝好的艺术品,是绝好的诗"⑤。闻一多在考察了中国的上古文学后,认为神话不仅仅是一种信仰,不仅仅是一种文化力量,它自身蕴含着诸多文学性的因素,为后世的文学在叙述方式和文学题材等方面提供了诸多可资借鉴的资源,"神话……显然也是一个记述。是记述,便有它文学的一方面。它往往包含以后成为史诗、传奇、悲剧等的根苗,而在文明社会的自觉的艺术以内,被各民族的创作天才利用到这种方面去"⑥。闻一多所说的神话"被各民族的创作天才"

---

① 鲁迅:《中国小说史略》,载《鲁迅全集》第九卷,人民文学出版社 2005 年版,第 19 页。
② 叶舒宪主编:《中国神话学百年文论选》(上),陕西师范大学出版社 2013 年版,第 32 页。
③ 叶舒宪主编:《中国神话学百年文论选》(上),陕西师范大学出版社 2013 年版,第 32 页。
④ 茅盾:《茅盾全集》第二十八卷,人民文学出版社 1993 年版,第 86 页。
⑤ 郭沫若:《郭沫若全集》第 15 卷,人民文学出版社 1990 年版,第 284 页。
⑥ 闻一多:《闻一多全集》第十卷,湖北人民出版社 1994 年版,第 43 页。

所利用,是世界各国文学中广泛存在的文学现象,诸多的文学事实也证明了这一点。比如,希腊悲剧的所有素材,几乎都来自于希腊神话,希腊史诗中丰富的文学题材、曲折的故事情节和鲜明的人物性格很多也是来自于希腊神话。中国的神话传说如"嫦娥奔月""夸父逐日""精卫填海""女娲补天"等自创生起,就成为中国文学中的常见素材。像月宫、玉兔、嫦娥、月桂等,不仅是诗词中常见的意象,也是构成古典小说的常见情节要素,如《西游记》《聊斋志异》等就大量借用这些元素。可以说,神话是各个民族的文学最丰厚的艺术资源之一。

神话为文学提供了丰富的原型意象和文学母题,它背后蕴含着的民族意识、普世诉求和浪漫想象等也为文学提供了丰富的资源,成为激发 20 世纪中国小说家创作的重要素材,也成为实现改写互文的一大来源。比如中国古代神话中的"嫦娥奔月"和"后羿射日"等,对 20 世纪中国小说的创作影响很大,先后被不同代际的作家改写成小说,如鲁迅的《奔月》、谭正璧的《奔月之后》、南容的《嫦娥奔月》、邓充闾的《奔月》、叶兆言的《后羿》和李洱的《遗忘》等,都借鉴了这一神话的故事内核。萨莫瓦约说过:"重写神话绝不是对神话的简单重复,它还叙述故事自己的故事,这也是互文性的功能之一:在激活一段典故之余,还让故事在人类的记忆中得到延续。对故事做一些修改,这恰恰保证了神话故事得以留存和延续。"①事实也正如此,这些小说对神话的重述,大多做了较大的修改,呈现出不同的审美意趣。下面以不同时代对"嫦娥奔月"神话的改写,来看看改写的丰富性与多样性。

鲁迅的《奔月》完成于 1926 年年底,最初刊发于《莽原》1927 年第 2 卷第 2 期,后收入《故事新编》小说集中。在这篇小说中,鲁迅借对神话的重述来自况自比,暗指现实人事,回应针对他的流言。这篇小说写于鲁迅与许广平恋爱而受到高长虹诽谤之时,也是鲁迅与章士钊、陈西滢等人笔战未休之时,作者

---

① [法]蒂费纳·萨莫瓦约:《互文性研究》,邵炜译,天津人民出版社 2003 年版,第108 页。

内心正处于极度苦闷与悲哀之中,所以小说通过重述神话的方式,以虚写实,来直指对现实和历史的思考。小说塑造了一个忘恩负义的逢蒙形象来讽刺高长虹,同时作者也以后羿自况,通过改写神话故事的方式植入"英雄/小人""启蒙/反启蒙"的深层结构,寄寓了鲁迅对英雄落寞与启蒙失败的孤寂、彷徨与悲愤之情。这种改写与"嫦娥奔月"这一神话传说的主旨相去甚远,只是借用了神话故事的零星要素,将神话进行大面积的改造和重构,这种互文性改写使源文本和改文本在相似之中形成一种奇特的差异与比照,丰富了文本的阐释空间。

谭正璧的《奔月之后》首发于《杂志》1943 年第 11 卷第 4 期。小说以李商隐的《嫦娥》一诗为题记,并配有董天野所作的两幅插图。这篇小说将嫦娥设置为叙事中心,将嫦娥描写成一个受到爱情蛊惑而追求自由的女子,重点阐述了她飞升成仙之后的悔恨。小说将神话中没有解释嫦娥飞升成仙的原因进行了充分的想象,认为一是因为丈夫后羿不解风情,为了部族之事忽略了家庭很少回家,导致嫦娥一直生活在孤独和无聊之中;二是吴刚在嫦娥梦幻和想象中成为她情欲的追求对象,再加上姑母小时候对月宫的美好描述成为她飞升的直接动力。小说用大量的笔墨,展现了嫦娥窃药飞升后月宫生活的冷清孤寂,既没有想象中的美男子吴刚,也没有花木扶疏、草长莺飞,只有一个连人、飞禽和走兽都没有的冷清残酷的世界。谭正璧的这篇小说,将神话故事改写成爱情悲剧故事,接续了鲁迅提出的"娜拉走后怎样"的思考,是当时思考女性命运和表现青年人梦碎之后的迷惘的一篇力作。

南容的《嫦娥奔月》连载于《太平》1943 年第 2 卷第 10 期和第 11 期。这部小说借用了神话传说中的人物角色,却又对之进行了大量的改动,将神话改写成了一部三角恋爱悲剧。他将嫦娥设置为河伯之妻,后羿杀死河伯意图占有嫦娥;嫦娥力弱不得不求助逢蒙,逢蒙射杀后羿后,嫦娥又用毒药毒死逢蒙,自己喝下不死药飞升成仙。邓充闾的《奔月》刊于《文艺先锋》1947 年第 11 卷第 6 期。作者将故事时间设置为远古的母系氏族社会。作为女王的嫦娥选择了自己并不了解的后羿做丈夫,权力欲望膨胀的后羿想要取代嫦娥成为统治者,并想把最后一个太阳也射掉。嫦娥无力阻止,最后只能是吃下药飞升月宫自我放逐。小说借用神话的外衣,将自己对英雄与权力的悖论关系以及人生无常的思考植入其中。

在当代小说家叶兆言的《后羿》中,后羿本是一个具有孩童心智却有着一身本事的超人,因妻子嫦娥的刻意安排,打开了后羿身上的欲望之门,从此他变成了一个滥杀无辜的独裁者,嫦娥也因此变成了一个疯狂报复的女人。叶兆言的这部小说重在思考权力、人性与欲望的关系。而李洱的《遗忘》与前几部小说的改写不同,它不是在神话本事上的加工和杜撰,而是采用了一种拼贴、变形、降格、戏仿和对比的方式将古代神话与现代生活融为一体,重构了一部知识分子的堕落史。小说将现实生活和神话故事揉捏在一起,将神话传说中过去时的后羿、嫦娥、逢蒙等转世为现在时的侯后毅教授、侯后毅的妻子嫦娥以及博士生冯蒙,演出了一场讽刺知识分子的荒诞闹剧。小说的互文性改写呈现出鲜明的后现代色彩,作者以荒诞的笔法写出了对知识分子精神人格的忧思。

不仅小说界如此,儿童文学和戏剧领域也对嫦娥奔月神话颇感兴趣。1925 年,筑夫将"嫦娥奔月"神话改写成儿童文学《嫦娥奔月》,作为"中国神异故事之五"连载于《儿童》第 16—17 期。筑夫的改写主要将与月有关的一系列神话连缀成一个具备完整情节链条的故事,弥补了神话中的一些情节缺失,比如嫦娥偷药的目的,嫦娥成仙后月宫的生活等。还有绍川将"嫦娥奔月"神话改成适合儿童阅读的神话故事《嫦娥奔月》(《儿童良友》1934 年第 1卷第 11 期),知冰将嫦娥奔月神话改成童话《嫦娥奔月》(《儿童周报》1947 年第 2 期)。戏剧领域对《嫦娥奔月》的改写较有影响的有两次。一次是在 1915年,齐如山将《嫦娥奔月》改编成京剧。这一出古装新戏由梅兰芳出演嫦娥,并在京剧史上第一次使用"追光"作为造型和表情手段,大获成功。另一次是在 1947 年,吴祖光将神话《嫦娥奔月》改写成戏剧剧本刊于《人世间》1947 年第 3 期上,单行本则由上海开明书店出版。吴祖光将后羿视为"暴政"的象征,将嫦娥的"奔月"视为对自由的追求。戏剧将后羿设置为反动势力的代表,逢蒙为反抗阶级压迫的代表。在这部戏剧中,后羿是一个纵容手下滥杀无辜的暴君,被压迫的百姓们在逢蒙的带领下奋起反抗,终于射杀后羿,将原有的神话重述成了一部具有鲜明时代特色和阶级斗争指向的关于进步与反动之间残酷斗争的戏剧。吴祖光在这部戏剧的序言中直言是受到了鲁迅《奔月》的影响,因此,戏剧中的人物设置和台词对白都较多地源于鲁迅的小说《奔月》。除了以上两部戏剧影响较大外,还有如陈娟将"嫦娥奔月"神话改写成歌剧《嫦娥奔月》(《文潮月刊》1948 年第 6 卷第 1 期),也有一定影响。

除了神话之外,民间传说也是作家进行互文改写热衷的对象。所谓传说,与神话极有渊源,它是将神话的神格降格之后以半人半神或英雄为主角的口头叙事文学。鲁迅曾对神话和传说的渊源关系有过这样的论述,"迨神话演进,则为中枢者渐近于人性,凡所叙述,今谓之传说。传说之索道,或为神性之人,或为古英雄,其奇才异能神勇为凡人所不及"①。这也说明,有时候神话和传说的界限并不是绝对清晰的,两者的内涵和外延是相互交叉的。因此,本节将神话传说作为一个整体词汇和研究对象来阐述,其理由正是基于此。

改写民间传说较多的小说家是张恨水。张恨水在民国时期多以创作言情小说为主,新中国成立后则转向改写民间传说。这种转变除了政治格局的变化导致张恨水式的言情小说不受欢迎外,还与他在 1949 年的一次中风有关。中风之后的张恨水,自觉写作能力在衰退,自感无法写出响应时代召唤的革命题材,于是只好开始转向改写和重编民间传说,文体也由此前的长篇改为中短篇。他先后改写了《梁山伯与祝英台》(北京宝文堂,1954 年)、《白蛇传》(通俗文艺出版社,1955 年)、《孟姜女》(北京出版社,1957 年)、《孔雀东南飞》(北京出版社,1958 年)。这些改写大多是在民间传说基础上的简单扩充,与

① 鲁迅:《中国小说史略》,载《鲁迅全集》第九卷,人民文学出版社 2005 年版,第 20 页。

他二三十年代创作的《啼笑因缘》《八十一梦》《金粉世家》相比不可同日而语。

2005 年,英国坎农格特出版公司出版人杰米·拜恩为拯救业已式微的"神话"叙事,向全球 25 个国家和地区发起的"重述神话"项目,得到了中、美、日等国小说家的响应。作为这一行动的结果,中国作家苏童根据中国民间传说孟姜女哭长城的故事创作出小说《碧奴》,李锐夫妇根据《白蛇传》创作出《人间》,阿来根据藏族史诗《格萨尔王传》创作出小说《格萨尔王》,还有上文提到的叶兆言根据嫦娥奔月的故事创作出的《后羿》。在这四篇重述神话传说的小说中,苏童的《碧奴》影响最大。在这部小说里,苏童将没有名字的孟姜女赋予了一个全新的名字"碧奴",小说围绕主人公的"哭泣"与"行走"来突出"寻找"的主题。在这篇小说里,苏童保留了民间传说中的"千里送寒衣"和"哭倒长城"的基本情节,但也以超凡的想象,设置了诸多极具张力的情节,比如他以奇谲的想象为碧奴设置了九种哭法,眼泪可以从她的眼睛、手指、头发、乳房等所有孔窍中流出,成为她追寻爱情和反抗暴政的手段。"泪"作为小说极力渲染的最柔软、最无助的武器,却在最后时刻哭倒了最坚硬的长城,一弱一强的力量对比使得故事充满张力;再如他在小说中增设了一个人物少器,作为碧奴的参照系,两者一柔一刚,一阴一阳,一悲一喜,少器和碧奴作为对秦始皇充满仇恨的两个角色,在行走与复仇的路上却大相径庭,少器处心积虑地要刺杀秦始皇却又阴差阳错一次次行刺失败,而看似柔弱的碧奴却最终以"哭"为武器,战胜了秦帝国强大的城墙。这些改写有着一贯的苏童特色,细腻的女性心理描写、个性鲜明的人物形象塑造和精雕细琢的语言都使得改写的小说呈现出与传说不同的风貌。

综上所述,神话传说之所以成为不同国别、不同民族、不同时代、不同性别的创作者们进行互文性改写的选择对象,有这样几个原因:

一是神话传说是一个民族的共同文化记忆和集体无意识,它自身就是文学原型,是文学生产离不开的母题。神话传说的这种"原型"和"母题"属性,注定了它已经成为包括创作者、接受者和阐释者在文化熟知层面所能共同拥有的最大公约数。对神话传说的改写同时承载着神话传说从前的意义和现在的理解，它会保留神话传说的一些叙事元素，使得改文本与源文本有共同的文化熟知点，便于读者的理解与介入；同时，互文性改写对神话传说所做的修改，又使得改文本具有一定的陌生化特点，这种改写会激发读者的关联性想象，既有可能带来阅读共鸣，也有可能带来阅读震惊。这些方面的因素使得神话成为互文改写的对象。

二是神话传说大多呈现出原始性、粗糙性和简略性，这为文学创作者的改写提供了极大的想象空间和操作便利。像中国四大神话传说《后羿射日》《嫦娥奔月》《共工触山》《女娲补天》，在古代典籍中的记载都十分简略和粗糙，如《后羿射日》的故事在《淮南子·本经训》中是这样记载的：尧时十日并出，草木皆枯。尧命羿仰射十日，中其九。《嫦娥奔月》的神话传说在《淮南子·览冥训》中也只有寥寥几句：羿请不死之药于西王母，姮娥窃以奔月，怅然有丧，无以续之。《共工触山》在《淮南子·天文训》中是这样记载的：昔者共工与颛顼争为帝，怒而触不周之山，天柱折，地维绝，天倾西北，故日月星辰移焉；地不满东南，故水潦尘埃归焉。这些典籍记载的神话传说，大多只有零星的记叙，没有完整和丰满的情节链条，没有对人物形象的精雕细刻，需要后来者在创作时依据自己的创作意图将神话的细节和主旨予以丰富和补足，这有利于创作者发挥自己的主观能动性，可以充分地将自己对人生和世界的思考移入对神话的重述之中。

三是神话传说的"虚拟"特性也有利于改写。如前文所述，神话传说带有想象、虚构和不可靠叙述之义，这种虚拟特性和文学的特性具有一致性。也就是说，神话传说具备极强的文学性，甚至可以说，神话传说本身就是文学。神话传说的虚构和想象特性，无疑有利于作家穿越沉重的现实，充分发挥自由想象，自由穿梭于历史与现实之间。特别是在 20 世纪中国的文学语境里，文学与政治的纠缠不清，导致意识形态话语时常会对文学进行规训与干预，借助神话传说来"托古讽今"无疑是一种安全而有效的写作策略。

　　当然,对中国作家而言,对神话传说的改写也存在一定难度和风险,这主要体现在两个方面:一是中国的神话并不像欧洲文化中的神话那样,有完备的故事体系和人物体系。中国神话只是零星的存在,按鲁迅的说法是因为中国人重实际轻玄想以及与儒家的"不言鬼神"对它的排斥有关。所以,中国小说要改写中国神话,对作家的想象力和创造力要求更高;二是神话传说作为一个民族的集体无意识和文化心理结构,它已经成为一个具有标本意义的存在。"起源崇拜"作为一种普遍的文化心理使得同一文化共同体的人们,对作为原型和母题的神话传说有一种天然的遵从和维护,任何重述和改写神话传说都意味着是对我们耳熟能详的话语模式的一种挑战和冒犯。如果仅仅是简单地套用和扩展神话传说,并不能有多少文学创见,不能引起读者的兴趣,更不能引起读者的思考;如若是颠覆或解构神话传说,尺度把握稍有不当,容易陷入无厘头式的恶搞,这是对具备同样文化记忆的读者的一种挑衅,极易被读者所抛弃。

二、 历史故事

　　历史作为一个宏大词汇,一提到它自然会让人想起它随身携带着诸如真理、真相、本质、规律、传统等极具价值指向的语词。"历史"无形地暗示了某种期待:人们往往把历史视为具备传统经验和普遍法则的客体对象,对历史的研究意味着对真理、权威和知识的探究。这种观念不论是西方还是中国,都是一种普遍的认知模式。这在一定程度上使得历史成为文学重要的书写对象。

　　回到中国的文化语境中,我们发现,史官文化的异常发达导致史传传统一直影响着中国的文学史。像《史记》中的人物纪传体模式,就深刻地影响到了后世的文学,如唐传奇、宋元话本和明清小说等。在中国文学史各种文学类型中,又以小说与历史的关系最为紧密。早期的小说是寄生于历史典籍之中的,它的叙事模式和话语系统完全淹没于历史文献所构筑的叙事话语之中,受到它的监视与制约。在《汉书·艺文志》中,班固曾对小说与历史的关系有过如下表述:"小说家者流,盖出于稗官。街谈巷语、道听途说者之所造也。"(《汉书·艺文志》)小说家出自于稗官,小说则出自于稗官所著之野史,两者之间是密不可分的,小说往往被视为是史的支流,"传记、小说,皆处于史乘之流"(《新唐书·艺文志序》)。事实上,除了史传传统影响到小说叙事外,中国的历史叙事从一开始采用的就是一种小说式的表达方式,本身就具有小说的虚构特性,如不少历史典籍将卜筮、异象、梦境等纳入历史叙事;另外,历史在安排因果链条、精简选择史料以及话语模式选择方面,和小说文本的叙事安排都极为相像。这种历史和小说的难分彼此,导致很长时间里小说和历史都没有明确的边界进而难以分化走上不同的道路。像《史记》《左传》等史籍,我们既把它当史学典籍来看,又把它视为古代文学经典。即便是到了近现代,经过晚清梁启超的"小说界革命"之后,小说的地位得到了提升,从"无用之学"变成能够对社会变革起到推动作用的"致用之学",但学界对小说与历史的学科分野和理论认知也存在着模糊之处,如历史学家吴晗就说过,"广义地说,历史和小说不过是名词的不同,事实上是同一的"①。这种历史与小说的"同源异体"的关系,使得历史故事成为小说互文改写重要的对象,并产生了历史小说这一新的小说门类。

五四新文化运动以来,诸多的小说家将改写的目光聚焦于中国丰厚的历史传统之上。不仅一些立足于现实主义批判的小说家如鲁迅、郭沫若、郑振铎、廖沫沙等人,有大量的改写历史之作来对现实发声,就连一向被认为与现实保持距离的小说家或诗人如废名、冯至等人,也有一些改写历史故事的佳作留存于世(见表 4-1)。这些改写之作,或通过叙事者对叙事对象的重新书写表明对历史的认同与重现以及对历史的反思与审视;或托古事著新义,将代表进步的"启蒙""救亡""民主""科学""现代性"等思想埋植于文本之中;或借

---

① 吴晗:《历史中的小说》,载《吴晗全集》第 7 卷,中国人民大学出版社 2009 年版,第 167 页。

古喻今,揭露现实的残酷与黑暗;或呼应革命的需要,以革命意识形态重构历史;或通过文学性的润色和想象性演绎,突显自我的审美诉求,以新的创作理念改编历史故事。

表 4-1　现代小说改写历史故事简要统计表

序号	作者	小说篇名	历史故事
1	鲁迅	《非攻》	根据《墨子·公输》中墨子的故事改写
2	鲁迅	《理水》	根据《史记·夏本纪》中大禹治水的故事改写
3	鲁迅	《采薇》	根据《史记·伯夷列传》中伯夷叔齐不食周粟的故事改写
4	鲁迅	《出关》	根据《史记·老庄申韩列传》中老子的故事改写
5	鲁迅	《起死》	根据《史记·老庄申韩列传》以及《庄子·至乐》中骷髅的故事改写
6	郭沫若	《孔夫子吃饭》	根据《吕氏春秋》中孔子的故事改写
7	郭沫若	《孟夫子出妻》	根据《荀子·解蔽篇》中"孟子恶败而出妻"的故事改写
8	郭沫若	《司马迁发愤》	根据《史记·太史公自序》中司马迁的故事改写
9	郭沫若	《贾长沙痛哭》	根据《史记·屈原贾生列传》中贾谊的故事改写
10	郭沫若	《秦始皇将死》	根据《史记·秦始皇本纪》中秦始皇的故事改写
11	郭沫若	《楚霸王自杀》	根据《史记·项羽本纪》中项羽的故事改写
12	郭沫若	《齐勇士比武》	根据《吕氏春秋·仲冬季》中齐国勇士的故事改写
13	郭沫若	《函谷关》	根据《史记·老庄申韩列传》中老子的故事改写
14	废名	《石勒的杀人》	根据《资治通鉴》中石勒和王衍的故事改写
15	许钦文	《牛头山》	根据《三国志》中姜维的故事改写
16	冯乃超	《傀儡美人》	根据《史记·周本纪》中烽火戏诸侯的故事改写
17	孟超	《陈涉吴广》	根据《史记·陈涉世家》中陈胜、吴广起义的故事改写
18	孟超	《怀沙》	根据《史记·屈原贾生列传》中屈原的故事改写
19	施蛰存	《鸠摩罗什》	根据《晋书》中鸠摩罗什的故事改写
20	施蛰存	《阿褴公主》	根据《蒙兀儿史记》《元史》《明史》中段功的故事改写
21	曹聚仁	《亚父》	根据《史记·项羽本纪》中范增的故事改写

续表

序号	作者	小说篇名	历史故事
22	曹聚仁	《孔老夫子》	根据《史记·仲尼弟子列传》中孔子的故事改写
23	沈祖棻	《马嵬驿》	根据《旧唐书·杨贵妃传》《资治通鉴》中马嵬事变的故事改写
24	茅盾	《大泽乡》	根据《史记·陈涉世家》中陈胜、吴广起义的故事改写
25	郑振铎	《汨罗江》	根据《史记·屈原贾生列传》中屈原的故事改写
26	郑振铎	《桂公塘》	根据《宋史》中文天祥的故事以及文天祥的《指南录》所载故事改写
27	郑振铎	《黄公俊之最后》	根据《太平天国轶文》等野史所载故事改写
28	郑振铎	《毁灭》	根据《明史》中阮大铖和马士英弄权误国的历史故事改写
29	冯至	《仲尼之将丧》	根据《史记·仲尼弟子列传》中孔子的故事改写
30	冯至	《伯牛有疾》	根据《史记·仲尼弟子列传》中冉伯牛的故事改写
31	冯至	《伍子胥》	根据《史记·伍子胥列传》中伍子胥的故事改写
32	王独清	《子畏于匡》	根据《史记·仲尼弟子列传》中孔子的故事改写
33	陈子展	《楚狂与孔子》	根据《史记·仲尼弟子列传》中孔子的故事改写
34	非厂	《"子见南子"之后》	根据《史记·仲尼弟子列传》中孔子的故事改写
35	聂绀弩	《鬼谷子》	根据《史记·苏秦列传》中鬼谷子的故事改写
36	李拓之	《焚书》	根据《史记·秦始皇本纪》中焚书坑儒的故事改写
37	刘盛亚	《安禄山》	根据《旧唐书·安禄山传》中安禄山的故事改写
38	严敦易	《马嵬》	根据《旧唐书·杨贵妃传》《资治通鉴》中马嵬事变的故事改写
39	蒋星煜	《嵇康》	根据《晋书》中嵇康的故事改写
40	刘圣旦	《新堰》	根据《隋书》《资治通鉴》中隋末农民起义的故事改写
41	刘圣旦	《白杨堡》	根据《明史》中明末农民起义的故事改写
42	陈翔鹤	《广陵散》	根据《晋书》中嵇康的故事改写
43	廖沫沙	《陈胜起义》	根据《史记·陈涉世家》中陈胜、吴广起义的故事改写
44	廖沫沙	《东窗之下》	根据《宋史》中岳飞和秦桧的故事改写

续表

序号	作者	小说篇名	历史故事
45	宋云彬	《玄武门之变》	根据《资治通鉴》《旧唐书》中玄武门之变的故事改写
46	巴金	《马拉的死》	根据法国雅各宾派领导人马拉遇刺的历史改写
47	巴金	《丹东的悲哀》	根据法国雅各宾派领导人丹东被杀的历史改写
48	巴金	《罗伯斯庇尔的秘密》	根据法国雅各宾派领导人罗伯斯庇尔的历史改写
49	张爱玲	《霸王别姬》	根据《史记·项羽本纪》中虞姬的故事改写

以上简表只选取了现代小说中明确改写各种历史典籍的作品进行简要的统计，从中也可以看出，改写历史而成的小说，在 20 世纪 20 年代开始已经成为一种潮流，并在 30 年代鲁迅创作完成《故事新编》达到一个高峰。现代作家之所以热衷于将历史故事改写成小说，除了中国史传传统的强大影响到了中国作家的写作惯性以及中国历史典籍之丰富为小说家提供了充足的历史改写对象外，它在五四新文化运动之后形成一股文学创作潮流，还有以下原因：

一是与历史与小说之间的可通分性有关。小说是现实生活的记录与人生体验的再现，历史也是过去时代的人类生活的记录和人生体验的再现，彼此都有相通之处。正如克罗齐所说的那样，一切历史都是当代史，历史记载的过去的生活和当下的现实生活必然是有所勾连的。历史与现实的这种密切关系，使得改写历史故事成为小说的一大来源。郁达夫曾在讨论历史题材之于小说的意义时说："若专靠目前我们所接触的记录来描写人生，必有矢穷弦尽的一天。所以最后我们势不得不向人类过去的生活里去捞点材料。人类已经有几千年的历史在背后，古今中外人生的核心不变，生活的内容，也都是一样的。并且现代的人生，是过去的人生的连续，也是将来的人生的桥梁，我们要知道现世，预测将来，也一定非知道过去的历史不可……历史对于小说家的意义的重大，可以不必说了。"①因此，20 世纪的中国小说家们都试图在丰富的典籍

---

① 郁达夫：《历史小说论》，《创造月刊》1926 年第 1 卷第 2 期。

中打捞历史,从历史的片段和时间链条中抽取出最能"表情达意"的部分为己所用,通过对历史的重述来疏泄改造历史的冲动,通过对历史的文学改造实现撬动现实的企图。像张爱玲年轻时的改写之作《霸王别姬》,有意解构了历史故事中的"英雄美人"叙事传统,选取了虞姬"自杀"和"杀人"之间的犹疑作为小说的中心,从而思考男性话语霸权下女性如何进行自我身份的认定,透露出女性主体意识觉醒背后女性命运的悲凉与孱弱。这与后来张爱玲其他小说对女性命运的思考具有一致性。这也可见出这些对历史故事的改写,作家们往往都是选取自己最感兴趣的、最能发挥创作才情并与自我的文学理念相适应的故事进行的。

二是与短篇小说这一文体在现代以来受到的重视有关。受中国史传传统的影响,传统小说往往追求故事情节的完整性和叙事时间的有序性,遵循物理时间的规律来安排情节,讲究因果相承和前后衔接,讲究叙事的全面与圆满,"往往先将书中主人翁之姓氏、来历,叙述一番,然后详其事迹于后;或亦有用楔子、引子、辞章、言论之属,以为之冠者,盖非如是则无下手处矣。陈陈相因,几于千篇一律,当为读者所共知"①,这种追求导致明代以来的小说都以长篇章回体为主,较少回归到魏晋与李唐时期的短篇小说形式。按陈平原的考察,中国古代短篇小说虽有过辉煌的历史,但从清乾隆后期开始,白话短篇小说基本绝迹,"当梁启超等'新小说'家登上文坛时,面对的传统小说形式,主要是章回小说,其次还有笔记小说;至于文言或者白话的短篇小说,极少有人提及,似乎早被人们遗忘了"②。从五四新文化运动之后,西方短篇小说被陆续译介进入中国,短篇小说这一文体才重新获得了新的生命力。短篇小说因其具有胡适所说的两个特性"事实中最精彩的一段或一方面"和"最经济的文学手段"③,

① 陈平原、夏晓红编:《二十世纪中国小说理论资料》第1卷,北京大学出版社1997年版,第111页。
② 陈平原:《二十世纪中国小说史》第一卷,北京大学出版社1989年版,第171页。
③ 胡适:《论短篇小说》,载陈平原选编:《新青年文选》,贵州教育出版社2014年版,第111—112页。

得到了文学界的认可并被广泛运用于创作实践之中,成为一种自觉的文体意识被诸多小说家所接受。与之相应的是,西方短篇小说的一些叙事技巧,如预叙、倒叙、插叙、片段化、内聚焦、意识流、视角变换、心理时间等,都被中国作家广为运用,使得中国短篇小说在五四之后很快达到了一次高峰。从鲁迅的《狂人日记》这一具有开创之功的现代短篇小说开始,短篇小说这一文体成为现代小说史上最时髦的文学形式。这种对短篇小说文体的认知,也在一定程度上影响到了历史故事的改写。短篇小说文体使得小说家们具备了更多的创作自由,完全可以借一个主要历史事件和历史人物进行"横截面"式的改写,不必受制于此前历史的线性链条和物理时间的约束,完全可以将短篇小说的各种技巧充分地运用于创作而不必处处讲究叙事的全面与圆满。这种文体的改变带来了创作理念和创作方式的变化,给予作者以充分的自由,这也是为什么五四之后改写历史故事蔚然成风的文体原因。上面简表中所列举的改写小说,绝大多数都是短篇小说,中篇和长篇小说寥寥无几。这些小说,大多如胡适所说的那样,选取了历史故事中的一个"横截面",通过集中的笔力来展现其中作者认为最精彩的部分,以达到借古喻今和借古抒怀的效果。

三是民国时期越来越严的文艺审查政策对作家的影响较大,限制了作家对"写什么"的选择。受到政治意识形态的影响,加上社会斗争激烈,许多文艺政策对现实题材的小说审查特别严格,这也使得许多关注现实斗争的小说家不得不转向更为安全的"历史"领域,通过借古喻今和以古讽今,以变通的方式向现实发声,为革命呐喊。民国时期,南京国民政府先后出台了《新出图书呈交条例》《宣传品审查条例》《出版法》等法规,还成立了专门的图书杂志审查机构"图书杂志审查委员会"来查禁、缴毁各类违禁刊物,将书刊审查制度由出版后审查改为出版前审查,仅 1934 年被查禁的文艺书刊就多达 149种,鲁迅、郭沫若、茅盾、丁玲、蒋光慈、巴金等人的作品都曾被禁。像茅盾现实题材的作品如《子夜》《三人行》《蚀》等,都曾因内容"反动"被禁。因此,许多作家不得不采用一种变通的方式,通过对已有历史片段的互文性改写来回应现实问题,再现自己的政治主张。比如郭沫若的《孔夫子吃饭》《孟夫子出妻》,将孔夫子的圣人形象和孟夫子的亚圣形象予以解构,揭露其虚伪与自私,用以讽刺当时的国民政府提出的"新生活运动"和"尊孔复古"运动。还有他的《秦始皇将死》,借用秦始皇的故事来书写对暴政和独裁的不满,小说将蒋介石比之为秦始皇式的暴君来予以谴责,带有明显的借古讽今性质;再有如《楚霸王自杀》,通过对楚霸王自杀的描写,来比附当时的现实,得出了得民心者得天下的观点。当然,即便是改写历史故事以隐晦的方式讽喻现实的小说,并不意味着就十分保险,也经常面临着被禁的局面。像茅盾的小说集《宿莽》在出版前,审查机构就明确要求抽掉《大泽乡》和《豹子头林冲》,原因是这两篇小说借历史故事"鼓吹阶级斗争"。茅盾曾在解释为什么转向历史题材创作《大泽乡》《豹子头林冲》时提到,这么做除了"尝新"的原因外,更主要是出于应对检查制度的考量,"当时也有些考虑:一是写惯了小资产阶级知识分子(因而也受尽非议),也想改换一下题材,探索一番新形式;二是正面抨击现实的作品受制太多,也想绕开去试试以古喻今的路"①。

冯友兰曾将对待中国文化和中国历史的态度分为"信古""疑古"和"释古"三类。改写历史故事的现代小说最常见的是"释古"类,即借用历史的旧瓶来盛装诸如"革命""现代""启蒙""救亡"等新酒。在"释古"的选择上,小说中最常见的是借古事讽现实,即借对历史事件的改写和对历史事件的反思来抒发作者对当下现实的认知。这一类作品最多,像茅盾的小说《大泽乡》,将《史记》中记载的陈胜、吴广起义的历史作为改写对象。这篇小说中,存在着明显的概念化痕迹,试图通过用现实语境对历史进行重构进而注入自己对中国革命问题的看法。在写《大泽乡》之前,茅盾做了大量的准备工作,以便使自己对历史的互文改写符合历史的"真实","埋头于故纸堆中,研究秦国至商鞅以后的经济发展,战国时代一些重要的思想潮流,乃至典章文物等等"②。

---

① 茅盾:《"左联"前期——回忆录(十二)》,《新文学史料》1981 年第 3 期。
② 茅盾:《茅盾全集》第九卷,人民文学出版社 1985 年版,第 539 页。

因此,这篇小说一方面有大量史实为根据,另一方面,小说在史实的基础上进行了合理的虚构,比如对看守戍边农民的秦国军官的描写,对起义前自然环境的合理想象,对声称"祖龙当死"的华山神人的虚构等,都是在历史的基础上予以想象性的细节补充,做到了"三分实七分虚"。这篇小说中,茅盾将自己对农民革命的前途问题,对农民起义的阶级问题的理解,暗含在历史细节的描写和补充之中,尤其是小说的结尾更是一曲革命的号角,"风是凯歌,雨是进击的战鼓,弥满了大泽乡的秋潦是举义的檄文;从乡村到乡村,郡县到郡县,他们九百人将尽了历史的使命,将燃起一切茅屋中郁积已久的忿火"①,这种以呼告、预示和抒情式的结尾方式也是改写历史故事小说中常见的结尾方式,也是革命题材小说中的常见结尾。除了茅盾的这些小说外,巴金的《马拉的死》、郭沫若的《秦始皇将死》《楚霸王自杀》、宋云彬的《玄武门之变》、刘圣旦的《新堰》等改写之作,都是释古之作。

还有一种改写历史故事的小说,它对历史故事的改写,不是简单地为了对当下的现实直接发声,而是与作者的某些创作理念、文学追求和审美理想相关。历史只不过是充当了作者进行各种文学实验的实验田,映射现实也只不过是改写动机很小的一方面,更重要的是对自我创作理念的展现。如冯至的《伍子胥》,写于 1942 年,但酝酿长达 16 年之久。这篇小说虽然也有通过对伍子胥逃亡路上所见所闻的书写来暗讽国统区的黑暗和腐败,但这并不是小说的表达重点。这篇小说并没有按照历史典籍中伍子胥为父复仇的情节主线来安排结构,作者反而有意淡化了这些后世津津乐道的复仇细节,只选取了他逃亡路上的九个片段来再现伍子胥从城父到吴市所经历的精神蜕变过程。这篇小说对历史故事的改写,已经构成了史籍所记载的复仇主线的悖论和解构,复仇只是主人公行动的触发点,小说重在描写复仇者伍子胥的心理转变。这种情节的淡化处理和人物心理情绪的浓墨重彩形成了强烈的张力,使得历史

---

① 茅盾:《大泽乡》,《小说月报》1930 年 10 月第 21 卷第 10 号。

典籍中记载的沉重、压抑的复仇过程变成了小说中诗化的自由成长之路,使小说的主题由历史典籍中的"复仇"变成为一个极具现代哲学意味的"人"的成长史。《伍子胥》中的九个片段,每个片段都是独立成章的,每个片段中的人物彼此是没有关联的,完全是靠伍子胥的逃亡与流浪来串联起来,这种散点式的结构加上全文中大量诗化的抒情话语和象征、暗示、联想技法的使用以及大量富有个性的内心独白浸透于文本中的每一个细节,使得小说中主观抒情氛围极为浓厚,导致小说呈现出"诗化"的特点。"低昂与反覆……散文诗"①,"自我情绪升华而透彻的抒情歌诗"②,这是许多批评家在面对这篇改写之作时的用语。冯至曾在后记中提到了奥地利诗人里尔克的散文诗《旗手里尔克的爱与死之歌》对他创作这篇小说的影响,并直言自己改写历史故事是要将中国民众耳熟能详的逃亡故事,改写成一个"含有现代色彩的'奥地赛'的故事"③。因此,这篇小说的"逃亡"实际上是里克尔诗歌中的"出征"主题的中国化表达。这也可见出,以诗歌闻名于世的冯至,实际上是要借对历史故事的改写来传递出自己对小说的理解特别是对小说"诗化"的理解。这类的作品还有废名的《石勒的杀人》、施蛰存的《鸠摩罗什》等,都是以全新的艺术观念重新审视和重述历史。

如果我们系统阅读和分析这些改自历史故事的现代小说,会发现有如下特点:大部分改自历史故事的现代小说,对历史本身及其逻辑线索还抱有极大的敬意;这些小说依然在追求历史真相,依然是从历史的真实出发进行合理的虚构和想象,主要还是借历史故事来说时代问题;历史与小说的关系还是历史优先,历史话语是小说的背景并对小说的走向有整体的制约作用,历史是小说叙事真实的保证,历史真实和艺术真实的结合才是改写的标准。这些共同的

---

① 吕丁:《冯至的〈伍子胥〉——现代创作略读指导之一》,《国文月刊》1949 年 6 月第 80 期。

② 唐湜:《〈伍子胥〉(书评)》,《文艺复兴》1947 年 3 月第 3 卷第 1 期。

③ 冯至:《伍子胥》,文化生活出版社 1946 年版,第 110 页。

创作理念在 20 世纪 50—70 年代改写历史的小说中得到了很好的延续,比如以罗广斌、杨益言的《红岩》为代表的以革命历史为改写对象的小说以及以姚雪垠的《李自成》为代表的以传统历史题材为改写对象的小说皆是如此。然而,这些现代小说面对历史时所秉持的创作理念在 20 世纪 80 年代之后的小说创作中,却受到了普遍的质疑和排斥。20 世纪 80 年代之后,改自历史故事的小说整体呈现出对历史的反讽与质疑,对历史是否真实持普遍的怀疑态度,对历史的改写不仅仅限于合理的想象与虚构,而是倾向于从根本上进行颠覆与解构,更为极端地甚至认为历史本身也是虚无的;历史决定不了小说,反而是小说在建构历史;历史与真相无关,它和小说一样只不过是一种叙事,所谓的真相只不过是阐释的结果;历史在小说叙事中不是更清晰,反而是如陈晓明所说的那样,"他们企图改写历史,把历史引入一个疑难重重或似是而非的领域"①。这种变化不仅仅体现在一些直接改自历史故事的小说,如潘军根据《史记》《汉书》中项羽的历史故事改写而成的长篇小说《重瞳——霸王自叙》,朱文颖根据《新五代史》中李煜的故事改写的小说《重瞳》、李冯根据《史记》《资治通鉴》中孔子的历史改写而成的长篇小说《孔子》、根据戊戌事变中谭嗣同的历史故事改写而成的小说《谭嗣同》等。这些变化在一些没有直接对应的历史故事,而是以新历史主义姿态对中国传统历史和革命历史叙事成规影响下的作品进行戏仿式的改写之作中,表现得更为激进和明显,如莫言的"红高粱"系列小说,格非的《迷舟》《敌人》,周梅森的《国殇》,苏童的《一九三四年的逃亡》《妻妾成群》,叶兆言的"夜泊秦淮"系列,刘震云的《故乡天下黄花》、海飞的《飞翔的鱼》、顾小虎的《历史三题》、叶至诚的《荧惑星》、薛忆沩的《广州暴动》等,均将历史视为由杜撰与修辞构成的话语体系,对历史真相的追寻往往最终解构了历史,对历史的去伪存真使得历史的真相陷入迷雾最终被引入虚无。这是现代改写历史的小说和当代改写历史的小

---

① 陈晓明:《反抗危机:论"新写实"》,《文学评论》1993 年第 2 期。

说的显著不同。

三、 文学经典

1996 年,荷兰大学教授佛克马的《文学研究与文化参与》一书由北京大学出版社出版,这本书主要收录的是佛克马 1993 年在北京大学的演讲。在这本书里,佛克马提出了一个很重要的问题,即文学经典问题。他从西方和中国经典的历史发展、文学经典与意识形态的关系、影响经典的构成因素、文学经典与批评干预和教学干预的关系等几个方面,提醒我们注意文学经典生成的复杂性。佛克马这本书对文学经典问题的重视,恰好赶上 20 世纪 80 年代中期之后文学研究界有关如何书写文学史的两次讨论的余绪,一次是 1985 年陈平原、钱理群、黄子平三人提出的有关"二十世纪中国文学"的讨论,另一次是 1988 年陈思和、王晓明等人提出的"重写文学史"的讨论。这两次讨论,都是要以新的文学观念重新认识我们的文学史。这两次讨论要对 20 世纪中国文学史的重要作家、文学作品、文学现象进行重估,其中的核心命题就是如何认识文学经典并给予重新定位的问题。虽然这两次讨论较少使用"文学经典"这一术语,但讨论者所秉持的文学史观已经蕴含了对文学经典的理解问题。佛克马对文学经典的阐释与认识,正好与这一波"重写"潮流相应和,并给予这两次讨论以理论支持。在此之后,重写文学史的问题逐渐被何为文学经典、文学经典如何生成以及文学经典的合法性问题取代,成为文学研究界讨论的重心。

虽然学界对文学经典的讨论众说纷纭,但并不妨碍我们对文学经典的认识。如何认识文学经典?给它下一个一劳永逸的定义是非常困难的,但笔者认为至少应该从事实判断和价值判断两个方面去描述它。从事实判断来说,文学经典必定具备一定的原创性、持久性和丰富性等能提取出来的公约数,它是传统留给我们的遗产,正如佛克马提到的罗森格伦的观点所认为的那样,"经典包括那些在讨论其他作家作品的文学批评中经常被提及的作家作品",

"只有知名的作家才可以因比较或解释而被提及"①;从价值判断来说,文学经典以其典范性成为文学意义的最佳载体,它提供的话语系统具备超越地域和时代的价值并在我们文学序列中有不可替代的作用。佛克马曾认为,"文学经典是精选出来的一些著名作品,很有价值,用于教育,而且起到了为文学批评提供参照系的作用"②,哈罗德·布鲁姆认为这些作品被认定为经典的事实依据"在于陌生性,这是一种无法同化的原创性,或是一种我们完全认同而不再视为异端的原创性"③。这说明,文学经典既是一个实体性的概念,同时也是一个功能性概念。前者意味着经典是有着最大公约数、得到历史承认的人类优秀的精神财富,是恒态的经典,后者意味着经典是在比较、筛选和检验的历史进程中不断建构并发挥作用的过程,是动态的经典。这也意味着,文学经典是一个巨大的话语累积层,考察文学经典不能仅限于经典的原生层,还应考察经典的次生层——所谓经典次生层"就是由历代读者阅读经典的当下理解和解释经过时间沉淀而形成的阅读前见,或曰前理解"④。这也说明,改写文学经典作为一种解释和重述文学经典的方式,自身构成了经典动态生成的一部分,这是经典的应有之义,也是文学经典成为改写之源的主要原因。

中国文学经典中被改写次数最多的当属《三国演义》《西游记》《水浒传》《红楼梦》四大名著。仅以小说文类为例,以《西游记》为改写对象的小说,就有罗懋登的《三宝太监西洋记通俗演义》、朱鼎臣的《唐三藏西游释厄传》、董说的《西游补》,杨致和的《西游记传》、汤亭亭的《孙行者》、今何在的《悟空传》、李冯的《另一种声音》、李修文的《大闹天宫》以及钟海诚的《新西游记》

---

① 〔荷〕佛克马、蚁布思:《文学研究与文化参与》,俞国强译,北京大学出版社 1996 年版,第 51 页。

② 〔荷〕佛克马、蚁布思:《文学研究与文化参与》,俞国强译,北京大学出版社 1996 年版,第 50 页。

③ 〔美〕哈罗德·布鲁姆:《西方正典:伟大作家和不朽作品》,江宁康译,译林出版社 2005 年版,第 2 页。

④ 詹福瑞:《试论中国文学经典的累积性特征》,《文学遗产》2015 年第 1 期。

等。以《红楼梦》为改写对象的小说,有尹湛纳希的《一层楼》《泣红亭》《梦红楼梦》、俞达的《青楼梦》、魏秀仁的《花月痕》、秦子忱的《续红楼梦》、临鹤山人的《红楼园梦》、邹弢的《海上尘天影》、小和山樵的《红楼复梦》、陈蝶仙的《泪珠缘》、吴趼人的《新石头记》、邗上蒙人的《风月梦》、顾春的《红楼梦影》等。以《水浒传》为改写对象的,有陈忱的《水浒后传》、青莲室主人的《后水浒》、俞万春的《荡寇志》、褚同庆的《水浒新传》、李冯的《我作为英雄武松的生活片断》等小说。对《三国演义》进行改写的小说有《新列国志叙》《三国志后传》《新三国志》《新三国》《新刻续编三国志引》等。其他艺术门类如戏曲、影视等,以四大名著为改写对象的就更多了。除了四大名著外,像魏晋志怪小说如《搜神记》《列异传》等,唐传奇如《南柯太守传》《柳毅传》《李娃传》《昆仑奴》《虬髯客传》《聂隐娘》《红线传》等,元明清经典戏曲如《窦娥冤》《西厢记》《赵氏孤儿》《倩女离魂》《牡丹亭》等以及“三言二拍”、《聊斋志异》《儒林外史》等小说,也是经常被改写的文学经典。这也说明,文学经典因其典范性和多义性的特点,自然成为文学改写的必然选择。

以上所举的例子,都是直接以文学经典为改写对象的小说。它们或在原著的基础上全面改写故事情节和人物命运,或是抽取主要人物另行敷衍成文,或是在原作的基础上进行续写。在现代小说中,特别是直接改写古代文学经典的作品中,大体是选取主要人物和主要情节,或是将诸多情节加以糅合,再以现代眼光进行审视,进而改写成文。像茅盾以“蒲牢”为笔名发表的小说《豹子头林冲》,写于 1930 年革命文学方兴未艾之时。这部短篇小说是根据《水浒传》中林冲被逼上梁山后处处受王伦排挤而郁郁不得志的故事敷衍而成。小说采用意识流的方式重点描写了林冲投奔梁山后寻找“真命天子”即革命斗争的领导者的内心活动,通过阶级分析的观点,暗示了只有党才是革命事业真正的领导者,只有党才能将革命带上成功的大道。茅盾的另一篇小说《石碣》是根据《水浒传》第七十一回“忠义堂石碣受天文,梁山泊英雄排座次”中玉臂匠金大坚刻石碣的情节并糅合其他章回的情节改写而成,主要讲述天降石碣后,在军师吴用的安排下,以刻石碣的计谋将梁山上不同阶级的好汉团结起来的故事。《石碣》虽然情节与原著颇有不同,但小说中的人物、事件、场景甚至语言都和原著大体相似,合理的虚构并未完全脱离原著,而是在原著的基础上以革命理念为指导进行了想象性移植。在这篇小说里,茅盾将阶级观点附着于古代经典小说,借古喻今来反观革命队伍的复杂性和阶级斗争的艰巨性,以此来回应当时"革命文学"思潮中常常因简单化和概念化的创作倾向所忽略的一些问题。

在当代小说中,对文学经典的改写多以戏仿式的逆向改写为主。这些戏仿之作,大多以戏谑的方式通过改写文学经典来表达和经典文本相反的主题,以此形成对文学经典的解构和颠覆,从而将文学经典的价值话语体系中的崇高与悲壮强行替换成现代人对人性、生存与生命的反讽式思考,在古今差异中形成一种文学叙事张力。在当代小说家中,李冯创作的小说有大量的作品改自古代经典小说,这些小说均是以戏谑的方式对源文本进行解构式的改写,形成了一道独特的创作风景。他的小说《十六世纪的卖油郎》,以丰富的想象力将《醒世恒言》中的《卖油郎独占花魁》、《初刻拍案惊奇》中的《转运汉巧遇洞庭红》、《警世通言》中的《杜十娘怒沉百宝箱》三篇古代小说名篇糅合拼贴而成。在这篇小说中,作者因袭了源文本中的人物姓名、人物身份、主要情节,通过改变叙述视角(将全知视角改为第一人称限知视角)、打乱时序(将三组故事时序打乱,将故事情节拆散并通过强行插入回忆、梦境的方式有意中断叙述过程)、语言杂糅(既有 16 世纪的语言,又大量插入当代语言)以及解构崇高(将源文本本事中的爱情、诚信、友情、义利等予以解构,代之以人性的虚伪和狡诈以及欲望的无止境)等艺术手段,在颠覆和反叛中完成了对源文本价值体系的解构。他的小说《我作为英雄武松的生活片断》改写的是《水浒传》中武松的故事。这是一篇非常奇特的小说,小说表面上看是以第一人称"我"即主人公武松为视角,字里行间却不时跳出这种限知叙事,比如主人公能明确预知自己将杀嫂;小说的时代设定为宋代,却出现了《女友》杂志、《足球世界》画刊、闭路电视、导演等属于当代生活中的词汇;作为《水浒传》和《金瓶梅》的主角武松却能阅读《水浒传》和《金瓶梅》并明确知道这两部小说中所发生的一切,主人公随意游走于古代与当代之间……李冯正是以戏谑的方式对文学经典所构筑的世界进行拆解,从而在荒诞不经中唤醒读者,以实现对现实世界进行反省的目的。李冯的《另一种声音》改写自《西游记》,以唐僧师徒取经归来后的生活为叙事中心。小说以一种滑稽反讽的姿态将唐僧塑造成一个奔波于申请经费用于出版自己翻译的佛经的知识分子,将孙悟空塑造成一个丧失了法力只能靠名气活着却毫无斗志、坐吃等死之人,将猪八戒塑造成一个娶了72 房太太、子孙无数的庄主,将沙僧塑造成一个治学严谨却迂腐至极的老夫子形象。这些在拆解源文本基础上的改写,给具备文学记忆的读者带来一种全新的"震惊"阅读体验,它在解构原著的同时又丰富了观察源文本的视角,有助于挖掘出源文本的多义性。

20 世纪的中国小说中还存在很多对文学经典进行隐性改写的作品。这些改写之作,并不直接"引用"文学经典,而主要是对源文本进行仿作,其目的不是直接对源文本进行转换和改造,不是对源文本进行逆反式的书写,而是将文学经典中的情节结构、人物形象和艺术风格进行隐性的移植式改写。这种隐性改写,不会像直接改写那样,在改文本中原封不动地挪用文学经典的一些明显的、容易被识别的标志比如人物命名、时代背景、叙事语言、故事场景和主要情节等,但是我们能从隐含的互文迹象中发现改文本和源文本的派生关系,并可以通过分解和简化的方式来显示出改文本从源文本中继承的文化记忆。比如张恨水的小说《金粉世家》,被称之为是"民国红楼梦"①,两者在主题选择、人物塑造、情节结构、叙述语言、文体挪用以及批判指向上都有诸多的相似之处。如在主题的选择和处理上,《金粉世家》也如《红楼梦》一样,都是通过对家族主题的书写来表达"人生如梦""人世无常"的悲剧本质。《红楼

---

① 徐文滢:《民国以来的章回小说》,《万象》1941 年 12 月第 6 期。

梦》是通过四大家族的衰亡和宝黛爱情的破灭来传递出对人生本质的悲剧性感受,《金粉世家》是通过金家的衰亡和金燕西、冷清秋的爱情悲剧来表现人生的虚无本质;在人物塑造上,我们也能发现贾宝玉和金燕西、林黛玉和冷清秋的角色设置非常相似,前者都是簪缨豪门里的纨绔子弟,风流倜傥,女性环绕,后者都是旧式家族的闯入者和异类,与家族里的其他人格格不入;《金粉世家》的其他配角的设置也和《红楼梦》有一种互文性,曾有论者就意识到这一点,"在人物设置上,金府的妇女也像贾府一样……除了主角冷清秋外,一个个深藏心机,两面三刀,勾心斗角,争权夺利,犹如王熙凤、夏金桂。金府上的子弟,仗着祖荫,不学无术……恰似贾珍、贾琏、贾蓉、薛蟠之流。在金氏子弟的周围,又围着一批'詹光、单聘仁'式的帮闲……在金铨身上也可见到贾政的影子……在金太太身上,显然也有贾母、王夫人的痕迹"①。还有其他一些相似,比如情节结构上,都是"才子佳人"的情节结构模式,在一些具体情节如冷清秋进金府就明显能看出林黛玉进贾府的痕迹;《一队诗人解诗兼颂祷,半天韵事半韵极酸麻》一章中金燕西和韩清独、杨慎己等人的解诗情节,不难看出《红楼梦》中《林潇湘魁夺菊花诗,薛蘅芜讽和螃蟹咏》的影子;叙述语言上,两者都是文白相交,《金粉世家》的遣词造句都极力地向《红楼梦》靠拢;文体选择上,两者都是章回体小说,都大量使用诗词作为抒发情感、塑造形象、描摹心理以及预设人物命运的手段。张恨水曾在《金粉世家》自序中说:"《金粉世家》之是何命意? 都可不问矣。有人曰:此颇似取径《红楼梦》,可曰新红楼梦。吾曰:唯唯。"②虽然张恨水对《金粉世家》和《红楼梦》的关系不置可否,试图将判断的权力交给读者,但小说中的隐迹却使得读者很容易读出两部作品之间存在着的隐性互文改写关系。

---

① 袁进:《小说奇才张恨水》,上海书店出版社 1999 年版,第 84 页。
② 张恨水:《张恨水选集·金粉世家》,安徽文艺出版社 1985 年版,第 2 页。

20 世纪中国小说中,对文学经典《红楼梦》进行隐性改写影响较大的还有陈蝶仙的《泪珠缘》(1907 年)和"鸳鸯蝴蝶派"徐枕亚的《玉梨魂》(1913 年)。前一部小说对《红楼梦》的移植较为明显,如台湾学者黄锦珠指出的那样,《泪珠缘》中秦府的空间布局就完全仿自大观园,故事背景也如《红楼梦》一样无具体朝代,故事内容也与《红楼梦》中宝黛爱情相似①。《玉梨魂》虽然在故事架构上不如《泪珠缘》那样明确移植《红楼梦》,但两者却有一种隐性的互文关系。黄锦珠考察了晚清到民国间言情小说的发展路径,认为民初的言情小说如《玉梨魂》和晚清的言情小说像陈蝶仙的《泪珠缘》和吴趼人的《恨海》有师承关系②。《泪珠缘》《恨海》都是晚清摹仿《红楼梦》之作,这也提醒我们"鸳鸯蝴蝶派"的开山之作和《红楼梦》之间会存在隐性的互文改写关系。我们说徐枕亚的《玉梨魂》是《红楼梦》派生出来的并不为过,这部小说深处充满了对《红楼梦》的仿作和改写。比如,在男女主人公人物形象的设置上,《玉梨魂》中的何梦霞和白梨影就是《红楼梦》中贾宝玉和林黛玉的化身,甚至小说《玉梨魂》的第一章"葬花"直接将"黛玉葬花"的细节挪用到男主人公身上,葬花时的诗词也处处摹仿《红楼梦》,其他多达 130 余首诗文也多为摹仿《红楼梦》。多愁善感的何梦霞和贾宝玉一样淡于功名,专心诗文古辞野史,"尤心醉于《石头记》"③;在小说风格上,《玉梨魂》和《红楼梦》一样也是哀怨悱恻,感伤缠绵,"《玉梨魂》在故事架构上虽然脱离了《红楼梦》的影子,主题较为接近《恨海》,却在伤春悲秋,多愁善感的情氛中,深深移植了《红楼》遗迹"④。陈平原曾评价说,"在中国,《红楼梦》的魅力实在太大了,后进作家只要牵涉

---

① 黄锦珠:《论清末民初言情小说的质变与发展——以〈泪珠缘〉〈恨海〉〈玉梨魂〉为代表》,《明清小说研究》2002 年第 1 期。

② 黄锦珠:《论清末民初言情小说的质变与发展——以〈泪珠缘〉〈恨海〉〈玉梨魂〉为代表》,《明清小说研究》2002 年第 1 期。

③ 徐枕亚:《玉梨魂》,江西人民出版社 1986 年版,第 9 页。

④ 黄锦珠:《论清末民初言情小说的质变与发展——以〈泪珠缘〉〈恨海〉〈玉梨魂〉为代表》,《明清小说研究》2002 年第 1 期。

儿女情,就无法摆脱其影响。徐枕亚将《玉梨魂》改为《雪鸿泪史》,自评中五次将其与《红楼梦》作比较,足见其写作时确有所本。"①这也足见《玉梨魂》与《红楼梦》之间存在一种互文关系。

综上所述,本节将神话传说、历史故事和文学经典三者视为文学改写的几个主要来源,这些改写对象基本上是一个民族文化中最丰富、最精彩的部分,自然是作家进行互文改写无法回避的范本。同时,神话传说、历史故事和文学经典能成为最主要的改写对象,也与读者被互文所吸引的接受心理相关。萨莫瓦约曾在研究互文性的读者层面后,有过如下的论断:"读者被互文吸引体现在四个方面:记忆,文化,诠释的创造性和玩味的心理。"②从这个论断来看,神话传说、历史故事和文学经典成为 20 世纪中国小说的改写对象,正是符合读者的这种心理的。不论是对神话传说的改写,对历史故事的改写,还是对文学经典的改写,既在记忆和文化层面适应了读者的心理需求,激发了读者的想象和认知,也在诠释的创造性和玩味的心理层面迎合了读者对互文的认知。神话传说、历史故事和文学经典本身是一个民族的文化记忆和心理积淀,和这个民族的读者有着紧密的联系,在对这些源文本进行改写的过程中,源文本里充满着的丰盈的记忆、文化以及知识、情感都会遗留在改文本中。重述神话传说、改写历史故事以及重写文学经典的过程,实际上也是对民族文化的一种全新的诠释过程,充溢着作家的创造力和想象力以及对源文本的理解与认知,因此,这些改写无疑又会带给读者"诠释的创造性"和"玩味的心理"。

第三节　20 世纪中国小说的改写形态

改写是文本生成互文关系常见的文学技巧之一。法国理论家热奈特将这

---

①　陈平原:《清末民初言情小说的类型特征》,《文学史的形成与建构》,广西教育出版社 1999 年版,第 122 页。

②　[法]蒂费纳·萨莫瓦约:《互文性研究》,邵炜译,天津人民出版社 2003 年版,第 82 页。

种派生性的互文关系冠以"超文性"这一术语(热奈特这一术语的译法较多,也译为"承文本性")。他所谓的"超文性",指的是两个文本之间通过移植而非评论所形成的互文关系。萨莫瓦约在研究了热奈特提出的"超文性"概念后,指出了热奈特所说的超文与引用的区别。萨莫瓦约认为,实现超文性的具体手法就是改写,即改文本从源文本"派生"而来,具体做法"包含了对原文的一种转换或模仿","派生的两种主要形式是戏拟和仿作"①。萨莫瓦约在这里实际上是指出了戏拟和仿作是互文性改写的两种常见形态。本节结合 20 世纪中国小说的改写现象,来具体看看存在哪些改写形态,这些改写形态常见的改写路径有哪些。

一、 仿格改写

仿格改写一词中的"仿格",借用的是巴赫金的理论术语。巴赫金在《陀思妥耶夫斯基诗学问题》一文中,考察了"独白型"和"双声型"话语的区别,提到了"仿格体",并将仿格体、讽拟体、对话体等视为一种"双声型"话语,即具有双重指向的话语。在这篇文章中,巴赫金将"模仿他人风格的现象"称之为仿格体,这种仿格体是利用他人的话语达到自己的目的,"在自有所指的客体语言中,作者再添进一层新的意思,同时却仍保留其原来的指向。根据作者意图的要求,此时的客体语言,必须让人觉出是他人的语言才行"②,"仿格体是效仿他人风格,但保留他人风格自身的艺术人物"③,"仿格体使别人指物述事的意旨(即表现事物的艺术意图)服务于自己的目的,亦即服务于自己新的意图"④。

---

① [法]蒂费纳·萨莫瓦约:《互文性研究》,邵炜译,天津人民出版社 2003 年版,第 41 页。

② [俄]巴赫金:《巴赫金全集》第 5 卷,白春仁、顾亚铃译,河北教育出版社 1998 年版,第 250 页。

③ [俄]巴赫金:《巴赫金全集》第 5 卷,白春仁、顾亚铃译,河北教育出版社 1998 年版,第 256 页。

④ [俄]巴赫金:《巴赫金全集》第 5 卷,白春仁、顾亚铃译,河北教育出版社 1998 年版,第 251 页。

形成仿格体的方式,最常见的就是仿格改写。巴赫金所说的"使用别人指物述事的意旨服务于自己新的意图",说的其实就是仿格改写。

仿格改写是一种正向改写或继承性改写,也可称之为解释型改写或赋魅型改写,即改写者对改写对象原生的价值取向整体上予以认同,在不破坏源文本表意完整性的基础上对源文本相关细节予以充实,对源文本中的叙事因果链条予以完善,通过重述与演绎的方式以新的美学观念和艺术追求对源文本的叙事意义予以正向的补充和提升,以服务于自己的意图和目的。仿格改写是在仰望经典的基础上重构经典的一种方式,源文本和改文本之间是一种和谐的、调和的关系。从作者的角度而言,仿格改写的创作者其态度是认真而严肃的,而非戏谑和反讽的;从文本层面而言,改写后的文本大体上继承了源文本的情节、人物、场景并保留了源文本的风格,是对源文本的同质重构;对读者而言,仿格改写是激活读者对文学经典的正向记忆以及对文学经典的创造性阐释和接受的一种有效途径。因此,在 20 世纪中国小说史上,仿格改写是有其文学史价值的。

20 世纪中国小说中的仿格改写现象,以对历史题材的改写居多。历史题材小说之所以成为仿格改写的对象,主要由于创作者在改写历史故事时大多是以托古喻今为目的,它不需要破坏历史本身就能重述历史故事并较容易地将自己的创作意图灌注其中。例如张爱玲根据《史记》中有关项羽与虞姬的记载创作的小说《霸王别姬》,就是一种典型的仿格改写。小说借用了源文本即《史记》中的人物和情节,只是改变了源文本中的男性视角,以女性视角为整个小说的叙事核心,将源文本中以项羽为中心、虞姬为背景的叙事模式,转换为以虞姬为前景,楚汉相争为背景的新的叙事结构。整体而言,改文本并没有对故事情节进行改动,也没有对人物形象进行降格处理,而是在保持源文本历史本事及其表意体系完整性的基础上加入了自己对女性命运的思考。源文本中虞姬的自杀是因为与项羽的爱情并为保住自己因兵败可能失去的贞操,而在改文本,虞姬变成了一个具有现代独立思想和女性意识的形象,她意识到项羽成功后她得到只不过是一个"贵人"的封号,以及"穿上宫妆、整日关在昭华殿的阴沉古黯的房子里",这都是"一个终身监禁"①。因此,她的内心是极端矛盾的。她的自杀完全是主体意识升华的一种体现,即她通过这种方式成功地从男性的附属品中解放出来,这和五四新文化运动以来张扬个体意识和女性意识是有关系的。还有如郑振铎的小说《桂公塘》,是根据《宋史》中有关文天祥的历史记载以及文天祥自著的《指南录》为源文本的改写之作。这篇小说将史书记载的人物如文天祥、杜浒、余元庆、伯颜、吴坚、贾余庆等人直接移植挪用到改文本中,改文本的情节线索也沿用历史典籍中的记载;而且,改文本的主题是要歌颂文天祥的忠心报国和视死如归,这和源文本并无二致,可以说改文本是用白话文对源文本所载的文言文历史故事的仿格改写。郑振铎这篇小说写于 1934 年,正是国内经历九一八事变和一·二八事变之后抗敌形式日渐严峻之时,国内的不抵抗氛围使得郑振铎不得不向历史要素材,通过仿格改写的方式,复活民众对文天祥这位民族英雄的历史记忆,激发起民众的抗敌热情。郑振铎曾在小说刊发时的附记中写下这样的话:"读文天祥的《指南录》,不知泪之何从,竟打湿了那本破书。因缀饰成此篇,敬献给国人所摈弃的抗敌将士们……"②他正是通过"缀饰"也就是继承源文本的主题和风格的仿格改写方式来实现借古讽今的目的,激发抗敌将士的民族危亡意识和英勇不屈的抵抗精神。这类历史题材的仿格改写之作,还有郑振铎的《黄公俊之最后》《毁灭》,刘圣旦的《新堰》《白杨堡》,宋云彬的《玄武门之变》,巴金的《马拉的死》,姚雪垠的《李自成》等。

除了历史题材的小说容易采用仿格改写的方式外,还有一些对民间神话传说进行改写的作品也同样采用这种方法。如沈从文的《龙朱》,是对湘西民间故事和神话传说的仿格改写。他用浓厚的浪漫主义笔调尽情讴歌了湘西苗民的爱情生活,张扬了带有原始生命力的人性继而将其上升为神性。这部小

---

① 张爱玲:《张爱玲小说》,浙江文艺出版社 2002 年版,第 3 页。
② 郑振铎:《桂公塘》,《文学》1934 年第 4 期。

说最初发表于《红黑》1929 年创刊号上,后又陆续收入《从文子集》《从文小说习作选》里,成为沈从文书写湘西世界的代表作。《龙朱》是在湘西苗族民间神话传说的基础上改写而成,是作家特别认可并喜爱至深的一篇小说。金介甫曾回忆说,他让沈从文提供几篇自认为优秀的小说以便翻译成英文,沈从文选了《月下小景》《龙朱》和《媚金·豹子·与那羊》三篇,由此,金介甫感叹说:"这类故事带着神话或传奇所特有的永恒深邃的优美风格……倒像在宣传沈从文博爱、人之神圣和泛神的哲学思想"[1]。的确如此,沈从文将其对爱情、人性、道德以及博爱与美的思考寄寓在这篇小说中,他在自己所写的《〈生命的沫〉题记》一文中说:"我的故事就是《龙朱》同《菜园》,在那上面我解释到我生活和爱憎。我的世界完全不是文学的世界;我太与那些愚暗、粗野、新犁过的土地同冰冷的枪接近、熟习,我所懂的太与都会离远了。……我爱悦的一切还是存在,它们使我灵魂安宁,我的身体却为都市生活揪着,不能挣扎。"[2]在对湘西民间传说的仿格改写中,沈从文增加了一个角色"矮奴",并用带有象征意味的语言将自己对湘西文化的热爱与思索寄寓在白耳族王子龙朱身上,将龙朱塑造成一个集"狮子"与"羊"的优点于一身的"美男子中的美男子"。在《龙珠·写在〈龙朱〉一文之前》一文中,沈从文反省自己:"血管里流着你们民族健康的血液的我,二十七年的生命,有一半为都市生活所吞噬,中着在道德下所变成的虚伪庸儒的大毒,所有值得称为高贵的性格,如像那热情、与勇敢、与诚实,早已完全消失殆尽,再也不配说是出自你们一族了。"[3]基于这样的目的,在书写龙朱和黄牛寨寨主的爱情故事时,作家将源文本进行了

---

① ［美］金介甫:《沈从文笔下的中国社会和文化》,虞建华、邵华强译,华东师范大学出版社 1994 年版,第 239—240 页。

② 沈从文:《〈生命的沫〉题记》,载《沈从文全集》第 16 卷,北岳文艺出版社 2002 年版,第 306 页。

③ 沈从文:《龙朱·写在〈龙朱〉一文之前》,载《沈从文全集》第 5 卷,北岳文艺出版社 2002 年版,第 323 页。

升格处理,即将源文本中的"人性"上升为"神性","把人加以神化"①,以此来反思现代都市人的生存状态,继而思考我们民族中已经丧失了的对具有原始生命力的"爱"与"美"的感受。他的《媚金·豹子·与那羊》等作品,也是在湘西民间神话传说这一源文本的基础上仿格改写而成。

从 20 世纪中国小说发展史来看,仿格改写并不是很耀眼的一种文学现象,仿格改写所产生的文学精品并不是很多。仿格改写的对象通常集中于神话传说和历史故事两个方面,很少有对文学经典进行仿格改写的。其中最主要的原因在于,仿格改写较多地承袭了源文本的情节、风格和结构,容易放不开手脚受制于源文本,还容易被视为是旧瓶装新酒式没有独创性的偷懒行为,改文本也常常被视为是源文本的"影子"而不具备完整的文学价值。像郑振铎的《桂公塘》发表之后,鲁迅就发现了这种仿格改写存在的问题,他在致郑振铎的信中说,《桂公塘》"太为《指南录》所拘束,未能活泼耳"②。《桂公塘》在《文学》杂志发表不久,张香山在《申报·自由谈》上撰文批评了郑振铎的这部小说,认为《桂公塘》"如实地抄袭了历史上现成的材料","这种利用原有的题材,给主人公予以新的作家的思想,制作了一新的文学作品,我可以说,这是种偷懒,这造成了格格不相入的题材与主题"③。对于一个作家而言,独创性是一个作家能否进入经典作家序列的必要条件;对于一部作品而言,独创性是文学文本是否具备典范性和持久生命力的一个重要条件;对于读者而言,它也是每个接受者潜意识里的内在尺度。文学能否成为经典,独创性都是一个很重要的标志,正如哈罗德·布鲁姆在研究过西方 26 位经典作家之后,找到了一部作品成为经典的首要原因,"对于这 26 位作家,我试图直陈其伟大之处,即这些作家及作品成为经典的原因何在。答案常常在于陌生性(strangeness),这是一种无法同化的原创性,或是一种我们完全认同而不再视

---

① [美]金介甫:《他从凤凰来:沈从文传》,新星出版社 2018 年版,第 296 页。
② 鲁迅:《鲁迅全集》第十三卷,人民文学出版社 2005 年版,第 104 页。
③ 张香山:《论以历史的题材为题材的文学作品》,《申报·自由谈》1934 年 12 月 13 日。

为异端的原创性"①。仿格改写是在大量承袭源文本的基础上按自己的目的和意图的改造,依据这一目的和意图设计的主题大体是在源文本所蕴含的主题之内的。改文本对源文本的改写所蕴含的阐释与重述,还属于对源文本的同质同构,是对源文本的"接着讲"和"顺着讲",发挥余地和空间也较为受限。因此,仿格改写受限于源文本的制约,改文本无法像戏仿改写那样可以突破时空、跨越古今、嬉笑怒骂和讽刺戏谑,因而也就无法过多地凸显出和源文本相区别的艺术特性——也就是哈罗德·布鲁姆所说的"陌生性"。而戏仿改写则不同,它是对源文本的"反着讲",源文本和改文本之间是一种紧张的、相悖的、不可调和的和充满裂隙的关系,改文本在对源文本进行有意"误读""歪曲"以及重新再创造,因而反向改写能呈现出更多的"陌生性"和"独创性"。这种陌生性和独创性正是戏仿改写的最终目的,因而具有极大的叙事张力,生产出的改文本往往具有极强的解构效果,这从鲁迅以戏仿改写的方式重构中国古代神话传说和历史故事而成的《故事新编》可以见出。

总之,仿格改写容易让作者背负抄袭者的名声,而戏仿改写则因其"陌生性"容易被视为是一种"创造"。对于这一点,萨莫瓦约对戏仿改写曾有过如下论述,"作者可以通过一种新排列或是未曾有过的表达成为其话题的'所有者',他避开低廉的抄袭者的外衣,穿着价昂的作者新装"②。因此,在 20 世纪中国小说史上,戏仿改写的作品远远要比仿格改写的作品多,整体的艺术成就也比仿格改写的小说要高。

二、 戏仿改写

巴赫金在《陀思妥耶夫斯基诗学问题》一文中,曾将讽拟体与仿格体作为"双声型"话语的代表,讽拟体指的是"作者要赋予他人语言的一种意向,并且

---

① [美]哈罗德·布鲁姆:《西方正典:伟大作家和不朽作品》,江宁康译,译林出版社 2005 年版,第 2 页。
② [法]蒂费纳·萨莫瓦约:《互文性研究》,邵炜译,天津人民出版社 2003 年版,第 60 页。

同那人原来的意向完全相反。隐匿在他人语言中的第二个声音,在里面同原来的主人相抵牾,发生了冲突,并且迫使他人语言服务于完全相反的目的"①。讽拟体得以形成的原因,巴赫金认为是"讽刺性摹仿",也就是我们所说的戏仿改写。

戏仿改写也称之为逆向改写、降格改写或讽拟改写,它是对源文本的讽刺、调笑、变形、游戏和娱乐性的改写,因此,戏仿改写所产生的改文本和源文本之间存在着一种不可调和的关系。戏仿是以夸张戏谑的手法对某一作品的逆向和降格模仿,它通常以解构的姿态,对源文本中的崇高、严肃等进行戏谑式的滑稽模仿,打破文体界限和叙事成规,从而产生异于源文本的话语形态。戏仿往往借鉴源文本的情节、题材和人物,却拆解源文本的叙事成规、预设的文化体系和价值判断,以戏谑否定的姿态和游戏狂欢的想象实现对源文本的解构,从而产生出多元意义。因此,戏仿本质上和互文性所强调的利用旧文本创造新文本的理论指向是最为相似的。作为一种文学技巧,戏仿可以追溯到古希腊作家赫格蒙。亚里士多德的《诗学》中已经明确提到了"戏仿"这一说法,他将一些滑稽模仿式的改写称之为"戏仿",即用滑稽的方式讲述崇高的题材,或者是用崇高的形式讲述琐屑的题材,从而形成一种反差,实现对源文本的"讽刺性摹拟"。这一艺术手法在西方文学中类型繁多,影响较大,并影响到了理论界对它的讨论。20 世纪诸多的理论家,如巴赫金、詹姆逊、戴维·洛奇、琳达·哈琴、克里斯蒂娃、热奈特等人对戏仿多有论述,并将戏仿作为研究小说特别是后现代小说的理论途径。克里斯蒂娃和热奈特等理论家,则将戏仿视为互文性理论的重要组成部分。

萨莫瓦约说:"戏拟的目的或是出于玩味和逆反……或是出于欣赏;戏拟几乎总是从经典文本或是教科书里的素材下手。"②萨莫瓦约这一论断是建立

---

① [俄]巴赫金:《巴赫金全集》第 5 卷,白春仁、顾亚铃译,河北教育出版社 1998 年版,第256 页。

② [法]蒂费纳·萨莫瓦约:《互文性研究》,邵炜译,天津人民出版社 2003 年版,第42 页。

在对西方文学的考察基础上得出的,同样也适合于 20 世纪中国文学。20 世纪中国文学史上的戏仿改写有很多,大多是如萨莫瓦约所说的那样,都是从经典文本着手。如鲁迅的《故事新编》,大多是以"游戏笔墨"对神话、传说进行改写,将源文本中的"神格"降为"人格",在"荒诞"中实现对宏大叙事的颠覆。还有王小波《青铜时代》中的三部小说《万寿寺》《红拂夜奔》和《寻找无双》戏仿改写唐传奇《红线传》《虬髯客传》《无双传》,这些改写之作虚拟了一个"王二"的角色,用以模糊现实与历史、想象与再现的边界,将古代世界与现代世界连为一体,为唐传奇的故事注入现代性的思考。还有如刘震云的《故乡相处流传》,对历史上一些大事件进行了戏拟,以戏谑化和荒诞化的处理方式将古代的曹操与袁绍的官渡之战、慈禧太后西巡、太平天国运动以及当代的大炼钢铁和三年自然灾害等宏大历史或政治事件进行杂糅并置处理,揭示了历史背后人性的异化以及宏大历史背后的粗鄙、荒诞的真相。苏童的《我的帝王生涯》《武则天》对"正史"的戏仿,余华的《鲜血梅花》对武侠小说的戏仿,莫言《红高粱》对革命历史题材的戏仿等,都是以解构的姿态实现对文学经典的再解读。

戏仿之所以以经典文本为解构对象,这实际上与后辈作家为克服前辈作家带来的"影响的焦虑"的抵抗姿态有关。戏仿改写是后辈作家面对前辈作家和文学经典时抵抗布鲁姆所说的"影响的焦虑"所采用的常规动作,这种改写看似要对文学经典的宏大话语体系予以祛魅,实际上却以"陌生化"的方式从反向扩大了读者理解文学经典的途径,放大了文学经典的原有意义和阐释空间。对于这一点,哈罗德·布鲁姆在《影响的焦虑》一书中已经给予了论述。他认为,后辈诗人反抗前辈诗人的"影响的焦虑"时,采用了"魔鬼化"和"逆崇高"的方式,但是,"为了获得任何一种'逆崇高',付出的代价是比前驱的'崇高'更为巨大的压抑。'魔鬼化'旨在把前驱的威力扩大成一个比原有者更为广大的原则。……'魔鬼化'以一种使前驱者失去个性的修正比而开始,而以一种不甚肯定的胜利结束——将新人的中间地带或普遍人性拱手交给前驱者"①。因此,对戏仿改写的认识,不能简单地将其视为一种无意义或者有损经典意义的文学手段,而是应该辩证地看待。琳达·哈琴认为,戏仿并不会消解文学经典本身,只是破坏而不是完全摆脱了文学经典生成过程中被意识形态、权威话语与官方文本所赋魅的部分。因此,她说:"戏仿这一看似内向型的表达形式自相矛盾地使人们直接面对审美与由外在意义构成的世界、与由(过去与现在的)社会意义系统(或者说由历史与政治)构成的话语世界的关系问题。"②"即使自觉意识最强、戏仿色彩最浓的当代艺术作品也没有试图摆脱它们过去、现在和未来赖以生存的历史、社会、意识形态语境,反倒是凸显了上述因素。"③

曾有论者在研究了《故事新编》之后,将鲁迅的戏仿方法分为六种:(1)模拟他人说话却改变意向;(2)转述他人语言却改变其意向;(3)讽拟性的讲述体;(4)人物作为讽拟对象时的语言;(5)语言形式的重复而达到自身的戏拟;(6)语言的象声戏拟。④ 还有论者将戏仿机制分为转述者变调、义理置换、极速矮化和文本格式化四种。⑤ 前者是通过对具体文本的细读得出的微观分析,后者是建立在一种宏观视野上提出的理论总结,这两者对我们深入研究小说戏仿改写的机制非常有帮助。总体而言,戏仿改写的机制离不开"否定"这一关键词,"最基本的、戏拟式的改编是将文学作品中原句的肯定式转变为否定式,反之亦然"⑥。依据这一说法,可以简要地将 20 世纪中国小说中戏仿改写的理论路径和运行机制分为以下几个方面:

---

① [美]哈罗德·布鲁姆:《影响的焦虑》,徐文博译,江苏教育出版社 2006 年版,第 108—109 页。

② [加]琳达·哈琴:《后现代主义诗学:历史·理论·小说》,李扬、李锋译,南京大学出版社 2009 年版,第 31 页。

③ [加]琳达·哈琴:《后现代主义诗学:历史·理论·小说》,李扬、李锋译,南京大学出版社 2009 年版,第 34 页。

④ 郑家建:《历史向自由的诗意敞开——〈故事新编〉的诗学研究》,上海三联书店 2005 年版,第 24—31 页。

⑤ 赵宪章:《超文性戏仿文体解读》,《湖南师范大学社会科学学报》2004 年第 3 期。

⑥ [法]蒂费纳·萨莫瓦约:《互文性研究》,邵炜译,天津人民出版社 2003 年版,第 71 页。

一是主题置换。如鲁迅的《采薇》就将源文本中宣扬不食周粟、为国尽忠的主题予以解构，通过日常琐事中"吃"的"卑微性"来瓦解源文本中赋予的道德意义。施蛰存的《石秀》，将源文本《水浒传》中通过英雄叙事的方式呈现出的人伦道义主题置换为弗洛伊德性本能冲动下的变态复仇主题。郭沫若的《孔夫子吃饭》，源文本的主题是赞扬孔子的知错能改，戏仿改写之后的文本则将主题改为揭露圣人的虚伪自私。李冯的小说《孔子》，将源文本中"匪兕匪虎，率彼旷野"的言传身教、为真理献身的主题置换成堂吉诃德式毫无意义的荒诞旅行主题。这些大量借用和重复源文本的素材却将主题予以置换的戏仿之作，使得改文本中的复合叙事对比源文本而言出现明显裂隙，从而形成一种反讽式的戏谑效果。

二是形象降格。像施蛰存的小说《鸠摩罗什》，根据历史典籍中记载的佛教高僧鸠摩罗什的成佛之路改写而成。小说将源文本中苦心修行的高僧形象予以降格，将修行的信念和性本能冲动之间的斗争作为主要描写对象，从而将鸠摩罗什从神格降为人格，突出表现人的性欲是人类无法克服的魔障。还有如苏童《罂粟之家》中的农民革命者陈茂，既不是像蒋光慈笔下王荣发那样的吃苦耐劳、逆来顺受的农民革命者，也不像梁斌笔下具有彻底革命性的农民革命者朱老忠，而是一个"干遍了枫杨树女人"的采花大盗形象，这和以往革命历史题材小说中的农民革命者形象完全相悖；还有莫言《红高粱》中的农民革命者余占鳌，既是一个杀人越货的土匪又是一个充满民族气节的英雄，这和革命历史题材小说塑造的抗日英雄形象完全不同。李冯的小说《牛郎》戏仿中国四大传说之一的"牛郎织女"，这篇小说中的主人公织女不再是忠贞和贤惠的代表，而是时尚摩登、金钱为上的现代女性，牛郎也变成了到处寻花问柳的"渣男"代表。这些小说通过对此前文学经典所建构的各种形象予以降格，从而产生一种反讽效果。

三是时代倒错。时代倒错也是常见的戏仿手段，它将一些源文本故事时间之外的人物或事件植入改文本，形成一种明显的历史误差和时代倒错，从而在撕裂的文本叙事中产生一种奇特的张冠李戴的误植效果。时代倒错通常是作者有意为之,目的就是扩大源文本和改文本间的裂隙,在巨大反差与悖论中形成戏谑与反讽的效果。比如鲁迅的《奔月》《理水》等小说,将"人的世界"强行植入源文本中"神的世界"和"英雄的世界",使得源文本中"神和英雄的时代"被"人的时代"里大量的世俗化生活事件所充斥、萦绕,由此暗示了从神到人的沉沦堕落背后所预示出的文化的崩朽。还有如聂绀弩的《韩康的药店》,有人将它视为杂文式的小说,实际上也是一种以时代倒错为改写路径的戏仿之作。作者将西汉韩康的故事移植到《金瓶梅》的年代,让韩康和《金瓶梅》中的西门庆之间发生了一些啼笑皆非的事情,用以讽刺国民政府对文化的封杀与钳制。再有如李冯的《另一种声音》戏仿的是《西游记》,他将诸多现代人的生活事件植入主人公孙悟空的生存空间,从而消解了作为神魔英雄孙悟空的高大形象。

四是语言狂欢。一些戏仿作品,大量将当下时代的各种流行语言移植到改文本中,特意制造出一种滑稽效果,这也是一种常见的戏仿改写路径。比如鲁迅的《故事新编》中,将大量现代人生活中的词汇如幼稚园、"好杜有图"、"古貌林"、大学、文化山、莎士比亚、OK、遗传学等镶嵌进改文本,形成一种语言狂欢。有的戏仿作品的语言狂欢,还表现为叙事上大量借用独白、重复、联想、幻觉、设迷、梦境等手法,从而使得语言如同迷宫一般,呈现出一种不真实之感,由此抵消小说中叙事的真实性。比如李冯的戏仿之作《孔子》中,大量采用了内心独白和打破时空界限来实现语言的狂欢,并通过官方语言与民间语言的杂糅来使官腔语言得以贬化,形成一种叙事的反讽,将孔子从圣人变成了凡人。李冯的《英雄》,则通过多重话语讲述视角来实现语言的狂欢。在这篇小说里,他采用了芥川龙之介《竹林中》相似的多重视角,通过无名的讲述到秦王的讲述再又回到无名的讲述来实现语言的狂欢。

表4-2　20世纪中国戏仿改写类小说简表

序号	作者	作品名	戏仿对象
1	鲁迅	《补天》	对古代神话故事"女娲补天"的戏仿
2	鲁迅	《铸剑》	对干宝《搜神记》中的《三王墓》中的干将莫邪的故事以及古代武侠传统的戏仿
3	鲁迅	《奔月》	对古代神话故事"嫦娥奔月"的戏仿
4	鲁迅	《非攻》	对墨子止楚攻宋故事的戏仿
5	鲁迅	《采薇》	对《史记·伯夷列传》中不食周粟的故事的戏仿
6	鲁迅	《起死》	对《庄子·至乐篇》中骷髅还魂故事的戏仿
7	沈从文	《慷慨的王子》	对《法苑珠林》的《佛说太子须大拿经》的戏仿
8	茅盾	《石碣》	对《水浒传》的戏仿
9	茅盾	《豹子头林冲》	对《水浒传》的戏仿
10	茅盾	《大泽乡》	对《史记》中陈胜、吴广起义的戏仿
11	茅盾	《神的灭亡》	对北欧神话中巨人族反抗神族的故事的戏仿
12	茅盾	《耶稣之死》	对《圣经》的戏仿
13	茅盾	《参孙之死》	对《圣经》的戏仿
14	施蛰存	《石秀》	对《水浒传》的戏仿
15	郭沫若	《孔夫子吃饭》	对《吕氏春秋·审分览·郡守篇》中所载孔子故事的戏仿
16	郭沫若	《孟夫子出妻》	对《荀子·解惑篇》中孟子休妻故事的戏仿
17	郭沫若	《秦始皇将死》	对《史记·秦始皇本纪》中秦始皇故事的戏仿
18	郭沫若	《司马迁发愤》	对《史记·太史公自序》中司马迁与任安故事的戏仿
19	郭沫若	《楚霸王自杀》	对《史记·项羽本纪》中项羽故事的戏仿
20	郑振铎	《取火者的逮捕》	对希腊神话的戏仿
21	郑振铎	《亚凯诺的诱惑》	对希腊神话的戏仿
22	郑振铎	《埃娥》	对希腊神话的戏仿
23	郑振铎	《神的灭亡》	对希腊神话的戏仿
24	郑振铎	《黄公俊之最后》	对太平天国黄公俊故事的戏仿
25	聂绀弩	《韩康的药店》	对西汉韩康和《金瓶梅》中西门庆故事进行拼贴戏仿
26	聂绀弩	《鬼谷子》	对鬼谷子故事的戏仿
27	钱锺书	《上帝的梦》	对《圣经》中创世纪故事的戏仿

续表

序号	作者	作品名	戏仿对象
28	张爱玲	《五四遗事》	对五四时期固化的爱情叙事模式的戏仿
29	格非	《追忆乌攸先生》	对伤痕小说模式的戏仿
30	格非	《迷舟》	对战争小说模式的戏仿
31	格非	《敌人》	对侦探小说模式的戏仿
32	苏童	《罂粟之家》	对革命历史题材小说的戏仿
33	苏童	《我的帝王生涯》	对帝王将相类历史演义的戏仿
34	苏童	《新天仙配》	对黄梅戏《天仙配》的戏仿
35	苏童	《碧奴》	对民间传说孟姜女哭长城故事的戏仿
36	余华	《古典爱情》	对古代才子佳人小说叙事模式的戏仿
37	余华	《鲜血梅花》	对古典武侠小说叙事模式的戏仿
38	余华	《河边的错误》	对侦探小说叙事模式的戏仿
39	王小波	《立新街甲一号与昆仑奴》	对唐传奇《昆仑奴》的戏仿
40	王小波	《红拂夜奔》	对唐传奇《虬髯客传》的戏仿
41	王小波	《红线盗盒》	对唐传奇《甘泽谣》的戏仿
42	王小波	《万寿寺》	对唐传奇《红线传》的戏仿
43	王小波	《寻找无双》	对薛调的《无双传》和皇甫枚《绿翘》的戏仿
44	莫言	《红高粱》	对革命历史题材小说的戏仿
45	北村	《张生的婚姻》	对《西厢记》的戏仿
46	刘震云	《故乡相处流传》	对官渡之战、八国联军侵华等正史的戏仿
47	李冯	《我作为英雄武松的生活片段》	对《水浒传》和《金瓶梅》中武松故事的戏仿
48	李冯	《十六世纪卖油郎》	对《卖油郎独占花魁》《转运汉巧遇洞庭红》《杜十娘怒沉百宝箱》的戏仿
49	李冯	《另一种声音》	对《西游记》的戏仿
50	李冯	《牛郎》	对牛郎织女故事的戏仿
51	李冯	《英雄》	对荆轲刺秦王故事的戏仿
52	叶兆言	《追月楼》	对家族题材小说叙事模式的戏仿
53	叶兆言	《状元镜》	对"鸳鸯蝴蝶派"叙事模式的戏仿
54	叶兆言	《半边营》	对《金锁记》的戏仿
55	徐坤	《轮回》	对托尔斯泰《复活》中聂赫留朵夫与玛丝洛娃故事的戏仿

序号	作者	作品名	戏仿对象
56	李洱	《遗忘》	对古代神话故事"嫦娥奔月"的戏仿
57	林长治	《沙僧日记》	对《西游记》的戏仿
58	林焱	《白毛女在1971》	对《白毛女》的戏仿
59	薛荣	《沙家浜》	对革命话剧《芦荡火种》和京剧样板戏《沙家浜》的戏仿
60	李浩	《他人的江湖》	对武侠小说《笑傲江湖》的戏仿
61	李锐、蒋韵	《人间》	对民间传说"白蛇传"的戏仿
62	李修文	《大闹天宫》	对《西游记》的戏仿
63	李修文	《下西洋》	对"郑和下西洋"故事的戏仿
64	李修文	《心都碎了》	对花木兰故事的戏仿

三、 自我改写

自我改写在20世纪中国小说史上并不少见。所谓自我改写,指的是作家在自己创作的前作基础上,重新进行增补、删改、移植与重塑,使得前后文本有明显的承续关系,但在主题、人物、情节、文体、语言、视角甚至是标题等主要环节上又有较大改动,从而使得小说释义方面呈现出明显差异的一种文学行为。我们这里所说的自我改写,并不包括作家因版本变迁所做的修改。版本修改主要是出于文字纠错、语言润色等目的所做的局部打磨和简单改动,往往在标题、主题、人物、情节、文体等方面不会做出大的调整,只是适当地修正了一些文字错讹、更改个别字词或增删个别细节等,这些修改并不会影响小说的释义。版本修改是20世纪中国小说史上一个独特的文学现象,个中原因较多。有的是因为初版本发表在期刊上,在印行单行本时,除了对文字错讹进行修改外,还会因作者心境的变化有意识地对细节进行增补以及对个别措辞进行改动等,像巴金的《寒夜》最初发表在《文艺复兴》时,正是巴金处于心情低谷之际,小说结尾一句为"夜的确太冷了",反衬出作者心境之绝望;等到1962年这篇小说收入《巴金文集》时,作家心境已然有了变化,作家在小说结尾处添上了"她需要温暖"一句,并补上了后记。还有的是因为政治环境的变化引起的修改,像茅盾的《子夜》,初版本刊发于《小说月报》,为应对当时的文学审查,小说对革命活动的描写都用了曲笔,等到新中国成立后政治环境发生了变化,修改本则将工人运动的描写进行了增补;还有如柳青的《创业史》再版时,删掉了初版中梁生宝与改霞的爱情描写,以符合意识形态对"社会主义新人"的认定。有的是修改版对初版本中一些不适合的描写比如性爱描写进行删改,像茅盾的《子夜》初版本中有诸多对女性身体以及性的描写,新中国成立后的单行本则将其一一删改;还有陈忠实的《白鹿原》,初版刊发于《当代》杂志时有大量细致入微关于田小娥与黑娃的性爱描写,在印行单行本时,小说删改了大量直露的性爱描写。还有的版本修改涉及语言方面,比如周立波的《暴风骤雨》再版时,作者对初版本中的一些不必要的方言进行删改,并对一些方言加上注释以适应读者阅读的需要。还有的是因为意识形态的原因进行的修改,比如张洁的《沉重的翅膀》,再版时将初版本中不符合主流意识形态的叙述予以删改。版本修改因为前后文本在总体的释义与解读方面并无大的出入,不是另起炉灶,不能算作严格意义上的自我改写。因此,本书所说的自我改写不包括版本修改,只在狭义层面将主题、人物、情节、文体、语言甚至是标题等主要环节上进行了较大改动的文学行为作为考察对象。

表 4-3　自我改写小说统计简表

序号	作者	源文本	改文本	主要改写之处
1	徐枕亚	《玉梨魂》	《雪鸿泪史》	第三人称改为第一人称;文体改为日记体;删去源文本中的书僮,增加了名为"秋儿"的丫鬟;增加了对白梨影过往的描写;增加了何梦霞和白梨影的诗词应酬;增加了对革命以及何梦霞阵亡的描写;增加了如何找到手稿的情节;删去源文本中的章回名,以时间为改文本章节名;改文本增加了诗词书札,附注了评语。

续表

序号	作者	源文本	改文本	主要改写之处
2	张爱玲	《金锁记》	《怨女》	由短篇改写成长篇;删去源文本中的女儿"长安"的角色;删去二小姐姜云泽的角色;增加了药铺伙计小刘的角色;女主人公的名字由曹七巧变成柴银娣;源文本中曹七巧是被迫卖入姜家,改文本中柴银娣是自愿嫁入姚家的;改文本删去了源文本中女主人公的变态报复举动;改文本增加了对柴银娣嫁入姚家前的生活的描写。
3	张爱玲	《十八春》	《半生缘》	去掉源文本最后一章,删掉了源文本中的"光明的尾巴";故事时间压缩,止于抗战结束,结尾改为开放式结尾;将新中国成立后的内容删除,删除与时事和政治相关的情节,删去文工团、红军北上抗日、自由等一些名词;删去与国共两党有关的政治描述;许叔惠最终结局由源文本中投奔解放区成为社会"新人"变成了从美国留学回国最终成为社会的"多余人";祝鸿才在源文本中落水淹死,改文本未交代;张慕瑾的遭遇由原作中被国民党逮捕不知所终改为被日本人抓去;将张慕瑾改名为张豫瑾,删去顾太太堂叔的名字;源文本中张慕瑾太太丧命是受国民党酷刑拷打而死,改文本改为被日本兵强奸致死;源文本交代沈世钧家经济拮据是由于蒋经国上海打虎期间因投资上当造成的,改文本中沈世钧家经济并未拮据,一直很宽裕。
4	张爱玲	《不了情》	《多少恨》	源文本为张爱玲创作的电影剧本,改文本改为小说;将源文本中的全知全能叙述视角改为女主人公为中心的叙述视角;剧本结尾女主人公坐上去厦门的船其目的是去教书,小说改为去找表哥结婚。
5	张爱玲	《私语》	《雷峰塔》	散文文体改为自传体小说;改文本最初用英文写就,后又自译为中文;增加了姑姑与二伯父争家产的情节;增加了表舅爷被蓝衣社暗杀的情节;增加了姑母与表侄乱伦的情节;增加了母亲与人同居并打胎的情节。

序号	作者	源文本	改文本	主要改写之处
6	汪曾祺	《灯下》	《异秉》	源文本全篇以对话为主,改文本增加了叙述;源文本无中心人物,改文本以王二为中心人物;增加了对源昌烟店的正面描写;增加了对保全堂药店的正面描写;增加了对陈相公日常生活的正面描写;删去了陆二先生这一角色,增加了张汉这一角色;增加了对陈相公的描写;增加了众人讨论何为"异秉"的情节。
7	汪曾祺	《庙与僧》	《受戒》	第一人称限知叙事改为第三人称全知叙事;源文本人物只有三个和尚,改文本除了三个和尚外,增加了明海和小英子的故事,以明海和小英子为中心;源文本中的环境世俗气较浓,改文本则如桃花源般;源文本语言多描述,直接而无美感,改文本简练含蓄,语言诗化色彩浓。
8	汪曾祺	《邂逅》	《露水》	源文本中卖唱艺人的父女角色在改文本中改成夫妻角色;增加了唱词的描写和对话描写;源文本中未交代卖唱艺人的身世,改文本交代了男女艺人的身世,男艺人是因为好赌输掉了杂货铺,老婆也跑了,只能卖唱为生,女艺人在丈夫醉酒溺亡、孩子夭折、戏班解散后不得不以卖唱为生。
9	汪曾祺	《最后的炮仗》	《岁寒三友》	源文本中孟家炮仗店孟老板的故事移植到改文本中陶老板陶虎臣身上;增加了陶虎臣的朋友王瘦吾、靳彝甫二人的故事。

  20 世纪中国小说史上,进行自我改写较有代表性的小说家有徐枕亚、张爱玲和汪曾祺(表 4-3)。徐枕亚的《雪鸿泪史》是 20 世纪第一部日记体小说,最初由《小说丛报》连载,从 1914 年开始,一直到 1916 年才全部刊载完毕。《雪鸿泪史》是以《玉梨魂》为源文本进行的改写。《玉梨魂》出版之后,曾大获成功,为徐枕亚赢得了名声。1914 年《小说丛报》创刊,聘请徐枕亚为主编,于是他将《玉梨魂》重新改写,假托发现了《玉梨魂》中男主人公何梦霞的日记,连载于《小说丛报》上,引起轰动,未及刊完,1915 年即印行单行本。徐枕亚的这两部小说在当时都极为流行,畅销一时,印行几十万册,"创造了当时

书籍发行量的最高纪录"①。这两部小说虽为两个文本，却共用一个故事，即何梦霞(才子)与寡妇白梨影(佳人)因机缘巧合，彼此心生爱慕，由于封建礼教的束缚，只能靠书信传情，难成眷属。白梨影李代桃僵将小姑子筠倩嫁与何梦霞，但二人有婚姻无爱情，筠倩郁郁寡欢而亡，白梨影也因病去世。何梦霞奔赴日本学习，最后回国牺牲在武昌起义战场上。《雪鸿泪史》是《玉梨魂》的改写之作，作者在小说第一章之前附录了《〈雪鸿泪史〉评》，一共十四章，假称找到了何梦霞的日记，简要注明《雪鸿泪史》对《玉梨魂》所做的修改与补充，"书中人物，悉仍《玉梨魂》原本。间有加入者，情节较《玉梨魂》增加十之三四。诗词书札，较《玉梨魂》增加十之五六"②，并在《例言》中解释了改写的原因是"矫正《玉梨魂》之误"③。《雪鸿泪史》对《玉梨魂》的改写，主要体现在：一、将源文本的小说文体改为日记体文体，并将源文本的情节化叙事模式改为抒情化叙事模式，对源文本中空缺和歧义的细节予以增改、重构、清理和解释，这种有意识的改写增强了作家对改文本的叙事介入力度和情绪控制力度，避免了《玉梨魂》被人视为"藉卫道之辞来表达其非非之想"④的尴尬。《雪鸿泪史》带有自叙传性质，是以徐枕亚的亲身经历为蓝本。徐枕亚曾恋上一个寡妇陈佩芬，碍于礼教未能终成眷属，最后陈佩芬撮合小姑子与徐枕亚结婚。这种带有自叙传性质的日记体叙事模式，无疑对五四新小说的影响较为深远，比如鲁迅的《狂人日记》、庐隐的《丽石的日记》就采用日记体，郁达夫的《沉沦》就是一种自叙传，这些都可见出《雪鸿泪史》的影响。二、《雪鸿泪史》将原作中的第三人称改成了第一人称，这在晚清民初的小说史上是一个创举，改变了中国小说叙事完全以全知全能叙述视角一统天下的局面，这种具有实验性的叙述视角选择强化了叙事的真实性和可读性。三、《雪鸿泪史》有意识调整了

① 武润婷：《中国近代小说演变史》，山东人民出版社 2000 年版，第 228 页。
② 徐枕亚：《雪鸿泪史》，内蒙古人民出版社 2000 年版，第 75 页。
③ 徐枕亚：《雪鸿泪史》，内蒙古人民出版社 2000 年版，第 75 页。
④ 王德威：《想象中国的方法——历史·小说·叙事》，生活·读书·新知三联书店 1998 年版，第 20 页。

《玉梨魂》中狭邪言情的分量,增加了对革命内容的描写,以才子佳人模式来言说革命内容。这对 20 世纪 20 年代革命文学"革命加恋爱"的叙述模式有潜在的影响。

张爱玲自我改写现象也较为突出。从 20 世纪 50 年代到 80 年代,张爱玲先后改写了自己的旧作,如将短篇小说《金锁记》改成长篇小说《怨女》,将《十八春》改写成《半生缘》,将自己编剧的《不了情》改写成小说《多少恨》,将散文《私语》改写成小说《雷峰塔》。她的这些自我改写,已经不是简单地在原作上进行增补,而是一种"推倒重写"。这种改写使得张爱玲的小说呈现出鲜明的互文关系,我们亦可从这种改动中发现张爱玲创作观念和人生境遇的变化。《金锁记》改写成《怨女》,改文本保留了一些源文本的要素,比如主角都是女性,情节主线都是围绕一段试图以婚姻的方式改变命运的故事展开等,但小说在人物形象、主题立意以及艺术风格等多有改动。《金锁记》中被金钱的枷锁扭曲了人性的"毒妇"变成了《怨女》中被生活消磨了激情的"怨女",《金锁记》中批判物欲对人性的戕害主题变成了《怨女》中展现为生存委曲求全的"怨女"庸常琐屑的悲哀与无奈的主题,《金锁记》中华丽张扬的"传奇"风格变成了《怨女》中平淡舒缓的"写实"风格,这些改动使我们在阅读和阐释时都有了一个明确的对比参照系。

汪曾祺的自我改写现象也非常突出。汪曾祺的小说大约 160 篇,这些小说进行较大改写以及进行版本修改的篇目较多,甚至有的小说一改再改。像汪曾祺的《异秉》,是对《灯下》的改写,一共改写了两次,前后经历了 30 余年。《灯下》原是在沈从文指导下的一篇习作,发表于《文学杂志》1948 年第 2 卷第 10 期。1978 年,汪曾祺根据回忆重新改写了这篇习作,将其命名为《异秉》。小说《灯下》中,无中心人物和主要情节,作家以一种散点透视的方式展现了三教九流的生存方式,平铺直叙地展现了俗世人生的种种传统习俗与生活惯性。改文本《异秉》则改为以王二为中心,通过王二之眼将俗世的各类人物聚拢,从而凸显出俗世人生里人物对命运的敬畏与顺从这一主题。

自我改写的原因较多,有的是源文本中有诸多含混歧义之处,作者以改写的方式进行明确和澄清,比如徐枕亚的《雪鸿泪史》,就是因为前作《玉梨魂》发表之后,被人批评为"狭邪之作"。因小说主人公有超越礼教的"不端"行为,再加上小说只关风月无关国计民生与社会改良,被视为伤风败俗、导人入邪途之作而备受攻击。因此,徐枕亚改写《玉梨魂》为《雪鸿泪史》正是要修正《玉梨魂》中存在的种种"口实"。有的自我改写还与政治环境的变化和自我心境的变化有关,像张爱玲的《十八春》改为《半生缘》,是她到美国之后的改作。作者创作《十八春》的时候,身处刚刚解放的上海,革命的热潮难免也会影响到作家的创作。因此,源文本《十八春》中有较多对革命进步的向往式表述,并在结尾处留下光明的尾巴,主人公们也都奔赴东北解放区参加革命建设,这可以看作是张爱玲因1945年以来受到各种攻击之后为避祸所表现出的妥协姿态。随着张爱玲移居美国,政治语境发生了变化,源文本中对国民党的揭露、对革命的渴望以及对新社会的向往等倾向与"现实"的元素都被删去。改文本《半生缘》则被改成了张爱玲风格的"传奇","《半生缘》这一易稿才符合《传奇》作者张爱玲的本色"①,这正是因为政治环境的变化引起的改写。还有的自我改写是因为源文本存在叙事遗憾以及作家创作理念发生了变化,像汪曾祺的小说改写大体属于这一类。

自我改写中还有一种情况也是20世纪中国小说史上的一个独特现象,即作家在翻译自己的作品时会进行改写,我们可称之为自译改写。如张爱玲的《秧歌》《赤地之恋》《色,戒》《浮花浪蕊》和《相见欢》等小说,大多创作于张爱玲在香港以及初到美国之时,源文本用英语写成,后来张爱玲陆续将其自译成中文。除了这些作品外,她的《更衣记》《怨女》《五四遗事》等也先后由英文自译成中文,《金锁记》《等》《桂花蒸 阿小悲秋》等作品还被张爱玲由中文

---

① 陈晖:《〈十八春〉在张爱玲小说创作中的价值和意义》,《中国现代文学研究丛刊》2011年第9期。

译成英文。张爱玲自译的动机大多有其现实功利目的,或是为了迎合英美读者的口味,或是为了华人读者的阅读需要。这些自译大多也涉及改写,比如《桂花蒸 阿小悲秋》在由中文译为英文时,张爱玲删除了源文本中阿小的心理活动,还将源文本中阿小的家人在上海定居改为在澳洲做劳工,通过这些改动迎合西方读者的阅读兴趣。除张爱玲外,老舍、鲁迅、林语堂等人都对自己创作的作品进行过自译改写。这也是自我改写中一个较有意味的互文现象。

以上笔者对 20 世纪中国小说的改写形态进行了简要的分类和阐述。这些分类只是对互文改写做了大体的概述,有些类别之间的疆界并不是很清晰,并不能在这些类别中画出一条极为清晰的边界。比如仿格改写和戏仿改写,仿格改写的小说中往往也会涉及戏仿的手法,戏仿改写的小说在整体的戏谑与反讽中,也经常有个别片段是一种仿格改写;还有如自我改写形态中,有的就与仿格改写、戏仿改写有交叉。因此,本节对改写互文类型的分类只是在对大量的小说改写现象研究的基础上所做的粗略总结。这些改写互文形态,其内在的改写路径大体上沿着改写故事、改写语言、改写立意和改写人物四个层面进行。因在具体互文形态的阐述过程中,已大量涉及对改写路径的具体分析和阐述,在此不再单独作为一个理论问题进行展开论述。

第四节　改写的难度:汪曾祺《聊斋新义》改写实验的启示

《聊斋新义》是汪曾祺于 1987 年前后根据《聊斋志异》改写的一组短篇小说,共计 13 篇。其中《捕快张三》(改自《聊斋志异·佟客》)、《同梦》(改自《聊斋志异·凤阳士人》)、《明白官》(改自《聊斋志异·郭安》)、《蛐蛐》(改自《聊斋志异·促织》)、《老虎吃错人》(改自《聊斋志异·虎二题》中的《聊斋志异·赵城虎》)、《人变老虎》(改自《聊斋志异·虎二题》中的《聊斋志异·向杲》)与源文本异题,而《瑞云》《黄英》《石清虚》《画壁》《陆判》《双灯》《牛飞》与源文本题目一致。这组短篇基本都是在《聊斋志异》的基础上进行了增删和改写,只有《捕快张三》是根据源文本《佟客》后附"异史氏曰"而改写,故事与源文本《佟客》实无关系。汪曾祺对《聊斋志异》的改写可谓是一次大胆的尝试,并非是对源文本的简单翻译、修改,而是试图以新的文本修辞方式对源文本进行再次编码和诗学对话,并与源文本及其负载的文化记忆和美学世界展开交流。这种文本的再生产使得改文本与源文本之间既有颠覆解构,又有汇通认同,从而在叙事跨越与文本迁移中进行意义生产,呈现出不同的美学追求与艺术特色。本节我们重点考察汪曾祺《聊斋新义》对《聊斋志异》的改写路径和改写策略,探查改写背后的文学意图及文本再生产的意义,厘清改文本和源文本之间的互文关系,这不仅使我们看到作为中国"最后一个士大夫"的汪曾祺在面对文学经典"影响的焦虑"时是如何进行文学生产的,同时也让我们看到了历史语境下"现代主义"焦虑对文本改编的巨大影响力,进而窥视互文性改写的生产机制、难度与限度。

1987年,汪曾祺在赴美国参加"国际写作计划"期间,在写给其太太施松卿的家书中提到了改写《聊斋志异》的意图。他说道:"我改编《聊斋》,是试验性的。这四篇(笔者按:即《聊斋新义·瑞云》《聊斋新义·黄英》《聊斋新义·蛐蛐》《聊斋新义·石清虚》)是我考虑得比较成熟的,有我的看法。"①在改写期间有其他作家建议汪曾祺再多赶出一些凑集成书,但他认为急于追求数量会有损改文本的质量。汪曾祺还在家书中写道:"改写《聊斋》是一件很有意义的工作,这给当代创作开辟了一个天地。"②当时汪曾祺随行只带了本

---

① 汪曾祺:《美国家书·十》,载邓九平编:《汪曾祺全集》第八卷,北京师范大学出版社1998年版,第121页。

② 汪曾祺:《美国家书·六》,载邓九平编:《汪曾祺全集》第八卷,北京师范大学出版社1998年版,第108页。

《聊斋志异》选本,他"只选了著名的几篇,而这些'名篇'(如《小翠》《婴宁》《娇娜》《青凤》)是无法改写的,即放不进我的思想。我想从一些不为人注意的篇章改写"①。由此可见,汪曾祺改写《聊斋志异》虽然只是一个不尽成熟的文学经典改写实验,"但不是闲得无聊的消遣"②,而是深思熟虑的结果,并且作家本人对改写实验的效果和影响十分期待。汪曾祺曾在《〈聊斋新义〉后记》中提到改写《聊斋志异》的目的就是"改写《聊斋》故事,使它具有现代意识",注入"现代意识"最直接、最有效的方式就是借用源文本的故事情节而改写源文本的立意,这也是汪曾祺对《聊斋志异》进行互文改写的主要路径之一。

就这十三篇改文本的立意而言,汪曾祺改写《聊斋志异》的方式主要有两种:一是基本遵循原著已经呈现出来的"现代"思想,适当裁剪故事情节,提纯立意;二是转换思维,对原故事进行修改、位移和重构,从而区别于原著的立意。汪曾祺《聊斋新义》的立意归类情况大致如下:

表 4-4 《聊斋新义》与《聊斋志异》立意对比

篇目	《聊斋志异》	《聊斋新义》
《瑞云》	不以媸妍易念	容颜变化是爱情中的变量
《捕快张三》	赞赏容忍豁达的态度	反对人性压抑
《同梦》	揭示男权社会形态下女性的悲剧命运	同
《陆判》	赞颂非凡的友谊	自我身份的确认
《双灯》	姻缘自有定数	爱人的聚散决定于爱的有无
《人变老虎》	揭露"官贪吏虐"	同
《蛐蛐》		同
《明白官》		同

---

① 汪曾祺:《美国家书·十》,载邓九平编:《汪曾祺全集》第八卷,北京师范大学出版社 1998 年版,第 141 页。
② 汪曾祺:《〈聊斋新义〉后记》,载邓九平编:《汪曾祺全集》第四卷,北京师范大学出版社 1998 年版,第 238—239 页。

续表

篇目	《聊斋志异》	《聊斋新义》
《老虎吃错人》	歌颂动物的侠义精神	同
《黄英》	自食其力不为贪,贩花为业不为俗	人即是花
《石清虚》	石能择主	人对所爱之物的无功利欣赏
《画壁》	幻由心生	同
《牛飞》	人生具有偶然性	同

　　从情节改写的情况来看,各篇的大体情节没有变动,汪曾祺只是适当删减了源文本中的情节。被删去的情节有的是因为汪曾祺认为过于俗气酸腐,如《黄英》中黄英与马子才结为夫妇;有的是因为情节过于枝蔓庞杂,如《石清虚》中灵石多次被盗复归;有的则是过于诡谲血腥,如《陆判》中朱尔旦妻子被换头后的血腥场面。从整体上来看,汪曾祺对情节的裁剪以及改动是为了将立意贴合现代意识,但是除了《陆判》《瑞云》的结尾显露出与源文本不同的立意,改文本的主题与源文本大部分一致,改文本中的"现代意识"要么是源文本中的立意,要么只选取一个核心的主题,所以汪曾祺的改写并非大刀阔斧地将源文本主题改编得具有现代意识,而是重申了源文本原已呈现出来的"现代意识",并借用源文本情节通过"小改"引发具有现代性的思考。当然,与源文本相比,"在艺术感受和表现手法上汪曾祺明显胜过原作者,所以能对情节枝杈做恰当的删削,在恰当的地方以画龙点睛之笔深化了主题"①。

　　《石清虚》与《黄英》的立意比较相近,前文本的情节比较曲折复杂。爱石之人邢云飞偶得灵石,灵石被不同人觊觎并抢走,但每次都奇迹般地回到邢云飞身边,后来邢云飞死后与灵石共葬,灵石又被偷走,途中灵石选择自行坠地成为碎片。源文本中灵石屡屡历经困难飞回邢云飞身边以及最后灵石自毁是为了印证"石能择主"的主题,意在突出灵石对知己的专一,改文本将源文本

――――――――――

　　①　王柏华:《汪曾祺小说的"传统"与"现代"――从〈聊斋新义〉谈起》,《北京社会科学》2003 年第 2 期。

繁复的故事情节精简,灵石多次被抢复归的情节也简化了,同时主题倾向也有所改变,改文本中"石能择主"的主题虽然还在,但较于源文本的传奇色彩削弱了许多,改文本更倾向于突出邢云飞作为爱石、懂石之人对于灵石纯粹的欣赏和爱。小说《黄英》的源文本主要围绕菊花精陶家姐弟与马子才对种菊的不同态度展开,其主题是"自食其力不为贪,贩花为业不为俗",源文本意在对于一种恣意随性的生活形态的追求,汪曾祺本人大抵是对这种生活形态持赞赏态度,由此捕捉到其中的玄妙在于"人之意即花之意",所以才能"人即是花,花即是人"。此两篇实质上都是关于具有鉴赏力的人对所爱之物的珍爱、欣赏之情,而要拥有这种近乎无功利的鉴赏力,一方面来自个人的天赋异禀,另一方面则是源于个人无限的热爱和专注,这也是以上两篇小说的主人公具有的共性特质。人对物的迷恋、欣赏的过程也往往是一种孤独的审美体验,人对物用尽心力、细致入微的观察,其实也是在反观自我,挖掘自我的过程,这种对自我的审视与观照意识也就是汪曾祺所言的"现代意识"的具体体现。

这种对自我的观照意识也体现在《陆判》中。源文本中对朱妻本人换头后的感受并没有展开过多描写,改文本添加了一段朱妻换头后头与身体不协调的种种闹剧,从而戏谑了朱尔旦。这个情节一方面似是对朱尔旦嫌妻丑的一种讽刺,另一方面汪曾祺着意描写朱妻换头后的不协调也是对自我的一种关注。朱妻换头后的一系列行为虽然荒诞但却值得深思,尤其是她对自我身份的追问和迷茫。这种对自我观照也体现在改写后的《双灯》中,双灯将"缘"解作"爱",双灯与魏二小的离合由爱的有与无决定,这是对爱的尊重也是对自我的遵从。这种对自我的观照还体现在《人变老虎》中。小说源文本中,行乞道士为报恩于向杲,施法帮助向杲变虎复仇,改文本中这一情节变成了向杲自己在极度仇恨的呐喊中变成了老虎,汪曾祺为向杲的个人意志赋予了神力,个人意志是向杲在"人"与"兽"之间来回变换的关键所在。这种观照更体现在《蛐蛐》中,小说中主人公黑子为了父母变成了敢于拼命战斗的蛐蛐,源文本的结局是典型的大团圆式,汪曾祺认为源文本的大团圆式喜剧结尾是"一大败笔"，"这与前面一家人被逼得走投无路的情绪是矛盾的，孩子的变形也失去了力量"①，汪曾祺认为源文本"本应该是一个具有强烈的揭露性的悲剧"②，源文本的喜剧结尾是蒲松龄纠结之后妥协并寻求心理安慰的结果。所以汪曾祺在改文本中没有让黑子复原，并认为改写后的结尾更符合蒲松龄的"初衷"。源文本的喜剧结尾其实可以看作是蒲松龄遵从传统的"善恶有报"价值观的一种愿望诉求，而汪曾祺则是着意于人物内在的"悲剧情感"以及"悲剧命运"。文本中的黑子作为一个个体人，其"变形"是出于无奈，而最后等着死期到来却无力变回人，这种面对死亡的无奈更具有震慑人心的力量，此篇可以看作是中国版的《变形记》。汪曾祺的改写很大程度上是在思考个体在意义世界的可能性，他注重的是对个体生存思索、人类情感的体察、自我意识的关注，可以说是《聊斋志异》中的故事触发了汪曾祺对这些问题的思索，但由此引申的思考的角度是在《聊斋志异》中无法看到的。在这些改文本中，我们能够看到汪曾祺立足现代，努力探寻自我的尝试。正如有论者指出的那样："就本质而言，这样的'现代意识'是从哲学高度和审美视角对中国文学传统中'现代主义'艺术质素的再升发，再认识。"③

此外，《聊斋新义》中的个别改写之作因囿于源文本的主题思想，下笔过于拘谨，并没有跳脱出源文本的立意。汪曾祺自己也意识到这个缺憾，他自我评价道："改写原有的传说故事，参以己意，使成新篇，这样的事早就有人做过，比如歌德的《新美露茜娜》。比起歌德来，我的笔下显然是过于拘谨了。"④如《画壁》《同梦》《明白官》《老虎吃错人》《人变老虎》的改写皆是题

---

① 汪曾祺：《〈聊斋新义〉后记》，载邓九平编：《汪曾祺全集》第四卷，北京师范大学出版社1998年版，第238页。

② 汪曾祺：《〈聊斋新义〉后记》，载邓九平编：《汪曾祺全集》第四卷，北京师范大学出版社1998年版，第238页。

③ 郭洪雷：《汪曾祺小说"衰年变法"考论》，《文学评论》2013年第6期。

④ 汪曾祺：《〈聊斋新义〉后记》，载邓九平编：《汪曾祺全集》第四卷，北京师范大学出版社1998年版，第239页。

为"新义",实则立意不新,只能说汪曾祺所选的这几篇蕴含着现代意识的因子,并且他筛选篇目的主要依据是贴合他的性情,在提纯情节的基础上深化立意,并且倾向于他的审美意趣,但不得不说,在立意的生发和反思方面还有欠缺。

从汪曾祺个人的文学创作体系来看,我们会发现汪曾祺非常青睐重写或改写。他的很多小说在结尾处都会留下"重写"二字,如 1946 年的《最响的炮仗》、1980 年的《异秉》以及 1984 年的《日规》重写过一次,1946 年《复仇》重写了两次,1983 年《职业》重写了三次,1991 年《新笔记小说三篇·樟柳神》也是将古典小说重写了一遍。汪曾祺不仅对自己曾经创作过的小说进行重写,同时也将这种改写冲动延伸到像《聊斋志异》这样的古代经典志怪小说。勒菲弗尔说:"所有的改写,不管目的如何,都反映了特定社会中的某种意识形态和诗学以某种方式对原文的操纵。"①改写蒲松龄的"志怪"小说《聊斋志异》是汪曾祺晚年小说创作的主要成果之一,这一改写行为背后的原因与汪曾祺的美学趣味和阐释焦虑不无关系。

汪曾祺曾多次在演讲、创作谈中倡导"回到现实主义,回到民族传统",这也是他一贯坚持和追求的文学理想和美学趣味。而之所以说"回到",他的解释是因为曾在年轻时受到了西方现代派的影响,在他二十多岁时就有意识地运用意识流来创作小说,但尝试之后汪曾祺并没有将意识流创作方法延续下去,这主要是因为他意识到中国人无论如何学习西方文学,都无法轻易逾越民族之间语言思维的沟壑,而汪曾祺自幼受中国传统文化的浸淫,这是他的根基所在。但正如王干所说:

> 但传统不能与汪曾祺画等号,就像汪曾祺不能和现实主义画等号一样,汪曾祺对传统文化的热爱不是对"三纲五常""君君臣臣父父子子"的推崇,而是"超功利的率性自然的思想",认为是"生活境

---

① Lefevere, Andre, *Translation, Rewriting and the Manipulation of literary Fame*, London and New York: Routledge, 1992, p.vii.

界"，是"美的极致"。①

由此可见，汪曾祺虽然颇受中国传统文化的影响，但对传统文化的接受却是有选择性的。中国文化中有大、小传统之分，"大传统"即社会上层和知识精英奉行的文化传统，主要包含着"他们所倡导的治国理念（如儒家的'仁政''修齐治平'等等，道家的'无为而治'）、道德精神、社会追求等等"②，"小传统"则是社会下层所遵行的文化传统，包括在他们中间流行的谣谚、唱本、评书、神话、传说、宗教、戏曲、道德、礼俗等民间形态的文化。从这个意义上来说，《聊斋志异》就属于"小传统"的范畴。蒲松龄作为在主流文化之外徘徊的知识分子，他搜集的故事素材都是瓜棚柳下流行的民间故事。汪曾祺既钟情于大传统，又对小传统的魅力无法拒绝。他之所以改写《聊斋志异》，大抵是因为与大传统中的诗词歌赋相比，志怪小说的艺术形式更符合汪曾祺个人的喜好，它所展现的另一种真实、生动的人间烟火气息以及诙谐的意趣都与汪曾祺一贯的创作志趣相契合。另外，所谓的大传统与小传统在汪曾祺的创作观念上并非是绝对对立的状态，大传统与小传统本身就并非二元对立的关系，它们之间是相互影响、相互渗透的。作为知识分子的汪曾祺与大传统之间的关系是无法割裂的，并且他所倡导的民族传统既是包容大传统与小传统，也是不排除任何外来影响的传统，就像他所说的现实主义是容纳了各种流派的现实主义一样③，可见他在坚持回到传统文化内核的同时也以开放式的姿态接受外来文化的熏陶。所以，汪曾祺改写《聊斋志异》可以看作是在大传统与西方现代派思想的背景下，试图吸收并超越小传统的一次实验。

如果说汪曾祺的美学趣味和文学观念决定了他将改写的目标定焦于《聊斋志异》，那么，20世纪80年代文坛兴起的"现代主义"思潮无疑是促成他改写《聊斋志异》的直接原因。20世纪80年代，现代主义文学思潮迭起，这种以焦虑、迷

---

① 王干：《汪曾祺与传统》，《文艺争鸣》2017年第12期。
② 王学泰：《传统与小传统》，《社会科学论坛》2000年第8期。
③ 汪曾祺：《汪曾祺自述》，大象出版社2017年版，第262页。

茫和质疑为精神底色的创作意识对彼时的汪曾祺影响颇深。这些现代主义思潮及其创作技法对汪曾祺而言并不陌生。他早在 20 世纪 40 年代就已经汲取过"现代主义"的营养,其创作的《复仇》《小学校的钟声》《待车》等就是用意识流方法来创作的,明显留有西方现代派小说的痕迹。汪曾祺对 80 年代兴起的"现代派"并不排斥,"关于现代派,我的意见很简单:在民族传统的基础上接受外来影响,在现实主义的基础上吸收现代派的某些表现手法"①。即便是基于民族化的立场,汪曾祺是认同并接受西方的现代主义文学和现代派技巧的。

与 40 年代重视"意识流"这一现代派技巧不一样,80 年代的汪曾祺将视线锁定在当时极为流行的"魔幻现实主义"上。"魔幻现实主义"在 80 年代的文坛流行最广、影响最大,也是对 80 年代的汪曾祺诱惑最大、冲击最大的现代派技巧。"魔幻现实主义"对本土文化的坚守,对民间文化的重视,对本民族传统文化和民族审美方式的坚持,与汪曾祺所坚持的"回到现实主义,回到民族传统"文学主张是不谋而合的。汪曾祺"中体西用"文学观念观照下的"魔幻现实主义",使他在中国古典文学经典中找到了《聊斋志异》这样一个最佳的样本。在汪曾祺看来,《聊斋志异》既是直承晋唐小说传统、具备充分民族特色的中国文学经典,又是一部揭露封建主义黑暗的现实主义力作,同时它的志怪传奇叙事有充足的"魔幻"色彩,是同时在"民族传统""现实主义基础""现代派技法"三个方面体现最充分的文学经典。他在改写《聊斋志异》之前看了几篇拉丁美洲的魔幻小说,对此他的"第一个感想是:人家是把这样的东西也叫作小说的;第二个感想是:这样的小说中国原来就有过。所不同的是拉丁美洲的魔幻小说是当代作品,中国的魔幻小说是古代作品。我于是想改写一些中国古代魔幻小说,注入当代意识,使它成为新的东西"②。在他看来,从

---

① 汪曾祺:《我是一个中国人》,载邓九平编:《汪曾祺全集》第三卷,北京师范大学出版社 1998 年版,第 302 页。

② 汪曾祺:《捡石子儿(代序)》,载邓九平编:《汪曾祺全集》第五卷,北京师范大学出版社 1998 年版,第 250 页。

中国的六朝志怪到《聊斋志异》都含有"魔幻主义"的因子,都值得重新处理。蒲松龄的《聊斋志异》将中国古代文人的想象力提升到了新的高度,古人的心念游走于阴阳两界,狐仙之道充盈着文人的情思,哪怕是鬼神亡灵的形迹都充溢着洒脱与诗意,因此,《聊斋志异》的魔幻主义和从拉美传入中国的魔幻现实主义在艺术技法上并无高下之分,两者的主要区别在于前者的观念和主题较为陈旧,缺乏现代意识,故事的思想立意都免不了一种说教意味,充满着宿命论以及道学观念。汪曾祺选择改写《聊斋志异》,一方面是试图找到本民族传统与外来文化的对接点,试图在《聊斋志异》中找到中国古代已有的"魔幻"因素,以此对这一强势话语做出欲拒还迎的回应;另一方面也可以看出他是在试图避开世俗大众的眼光,在"鬼怪"造就的魔幻世界里寻求异于主流的表达方式和精神维度,借由其中怪诞不经的故事情节肆意游弋,施展他在审美上的奇思,寄予他对人间悲苦的同情,对人情欢乐的珍视,以及表达中国式的哲学思考。

在汪曾祺创作《聊斋新义》之前的 1986 年,他曾在《〈晚翠文谈〉自序》一文中谈到了他当时的思想状态以及创作姿态:"我不否认我有我的思维方式,也有那么一点我的风格。但是我不希望我的思想凝固僵化,成了一个北京人所说的'老悖晦'。我愿意接受新观念、新思想,愿意和年轻人对话——主要是听他们谈话。"①此时的汪曾祺已经年过花甲,但他仍然渴望改变,并呈现出开放、包容的创作姿态,这一点尤为难得。西方现代主义话语的强势席卷,对一向注重中国传统精神资源的汪曾祺而言,其带来的阐释焦虑是可想而知的。《聊斋新义》的出现显然就是这一焦虑的产物。就汪曾祺《聊斋新义》对《聊斋志异》在主题立意方面的改写情况来看,汪曾祺有意识通过选择"改写"在中国流传甚广的《聊斋志异》中的故事,借用《聊斋志异》中已有的魔幻形式,通过最直接的主题改写方式注入现代意识,回应当时席卷中国文坛的"魔幻现

---

① 汪曾祺:《〈晚翠文谈〉自序》,载邓九平编:《汪曾祺全集》第四卷,北京师范大学出版社 1998 年版,第 50 页。

实主义",造就一个中国式的现代主义文学范本,给中国当代作家在如何打通中国与西方,如何做到化古为今,如何做到西为中用、古为今用,做出了一个明确的示范,指明一个新的方向。在《聊斋新义》后记中,汪曾祺直言不讳地说:"我想做一点试验,改写《聊斋》故事,使它具有现代意识,这是尝试的第一批。"①所以汪曾祺晚年重新征用现代派手法,对原故事精心筛选、裁剪、提炼故事中的"现代主义"因素。汪曾祺不仅在改写的主题立意上向现代主义贴近,还以前卫、现代的叙述姿态表达对现实中"人"的生存境遇的哲学思考。可见汪曾祺对于"现代主义"的态度是既不刻意排斥,也不盲目推崇,而是客观冷静,试图消除现实主义和现代主义的鸿沟,将现代主义纳入现实主义的框架之中,从而做到"回到现实主义,回到民族传统"这一理论基点上来。

汪曾祺改写《聊斋志异》时正是 20 世纪 80 年代西方文学思潮在中国风起云涌之时,他选择在民族传统文学中寻找与现代主义相契合的元素进行创作的行为并不属于当时的主流,但却能让我们窥探到作家向传统致敬的文学自觉意识以及忠于自我审美意趣的创作个性。这都是汪曾祺改写互文给我们的启示。

不可否认,作为互文性的重要手段,经典改写对于我们考察艺术观念的变迁、意识形态的变迁以及文本的意义生成和文本阐释等方面,都有重要的作用。同样,经典改写的难度也是很大的。正如艾略特所说的那样,经典改写要求作家"把此刻的他自己不断地交给某件更有价值的东西。一个艺术家的进步意味着继续不断的自我牺牲,继续不断的自我消灭"②。"改写者必须在对人的尊重和理解方面,必须在对社会的批判力度和反思深度方面,必须在对道德规范和精神秩序的重建方面,显示出比源文本更高的境界、更大的活力和更

---

① 汪曾祺:《〈聊斋新义〉后记》,载邓九平编:《汪曾祺全集》第四卷,北京师范大学出版社1998 年版,第 238 页。
② [英]托·斯·艾略特:《艾略特文学论文集》,李赋宁译,百花洲文艺出版社 1994 年版,第 5 页。

新的拓展"①,这些都给经典改写提出了极具难度的要求。

汪曾祺的《聊斋新义》自发表以来,学界对它的评价并不是很高。但汪曾祺当时对《聊斋新义》这项改写实验是寄予了很高的期望的,他曾说道:"我觉得改写《聊斋》是一件很有意义的工作,这给中国当代创作开辟了一个天地。"②但这些作品自发表以来都没有引起很大的反响,并没有成为文坛的强音。这也证明,文学经典的改写是存在难度的。下面通过《聊斋新义》来看看改写的难度到底有哪些。

首先,文学经典造成的"影响的焦虑"增加了改写的难度。改写本身并非易事,作家很难克服来自前代作家的强力影响以及读者的阅读惯性和阅读期待的双重焦虑,很难逃脱文学经典构筑的意义场域和文化空间的影响。另外,文学经典存在的合法性往往源于文本的原创性,改写作为对经典的有意识"误读"常常被视为原创性不足,往往被看作经典体系的分支、附属品,背负着衍生、抄袭、低劣和拾人牙慧等不良名声。这种"阅读前见"使得读者在面对改文本时,会以极为挑剔的眼光观照改文本,不自觉地预设了改文本不如源文本的心理预期。这些都使得改写作品处于边缘化地位,得不到应有的平等对待和重视。

其次,艺术成规限制了汪曾祺改写的深度。汪曾祺改写《聊斋志异》,是在融入自己的审美意趣的前提下,将中国古代传统小说进行具有现代意义的转化,"中国的许多带有魔幻色彩的故事,从六朝志怪到《聊斋》,都值得重新处理,从哲学的高度,从审美的视角"③。然而,就汪曾祺的改写来说,《聊斋新义》是对《聊斋志异》的仿格改写,整体上未超出《聊斋志异》的艺术成就,艺术

---

①　李建军:《时代及其文学的敌人》,中国工人出版社 2004 年版,第 214 页。

②　汪曾祺:《美国家书·六》,载邓九平编:《汪曾祺全集》第八卷,北京师范大学出版社 1998 年版,第 108 页。

③　汪曾祺:《〈聊斋新义〉后记》,载邓九平编:《汪曾祺全集》第四卷,北京师范大学出版社 1998 年版,第 238—239 页。

水准也不是汪曾祺作品中最上乘的。汪曾祺主要是以他自己一贯的审美趣味和文学理念来改写源文本,在短篇小说中又追求情节的散文化,因此很难达到他晚年所向往的"深刻"。

再次,从创作实际而言,汪曾祺虽然主张"小改而大动",但最终的效果是"小改而小动",这制约了改写的广度。汪曾祺所说的"小改",主要是针对细节而言。《聊斋新义》多是对源文本细节的修补、裁剪,有些篇目如《画壁》《同梦》《明白官》都与源文本差别不大,而蒲松龄的《聊斋志异》,用传奇笔法描写志怪故事,意象奇特多变、情节曲折奇诡,这些经典的鬼怪之作在读者心里已经打下烙印,而汪曾祺的改文本因强烈的个人风格,如淡化情节,而导致改文本故事性不强,很难给读者留下太深刻的印象。汪曾祺所说的"大动",主要是针对主题而言。事实上,《聊斋新义》对《聊斋志异》主题虽有改动,试图实现他的将"现代主义"与传统古典故事结合的文学主张,试图为原故事注入"现代意识",但就整体而言,改文本的主题较多还是取自原意,或是由原意生发出来的。这些主题在面对那些写作技巧繁多、主题新颖诡谲、小说结构复杂的先锋小说时,并无多少让读者耳目一新的东西。

最后,文学场域的变化也是改写存在难度的重要因素。新时期以来,经历了伤痕文学、反思文学、改革文学之后,中国的文学场域内各种文学思潮和创作方法风起云涌,现实主义、现代主义、后现代主义等各种文学形态此起彼伏。特别是 1985 年之后兴起的小说新潮中,以刘索拉、徐星、莫言、马原、扎西达娃、余华等一大批具有现代意识的作家开始各种极端的形式革命,吸引和聚集了大量读者的目光,形成了以先锋探索为追求目标的文学场域。像 1985 年刘索拉的《你别无选择》、徐星的《无主题变奏》、马原的《冈底斯的诱惑》、扎西达娃的《系在皮绳扣上的魂》《西藏,隐秘的岁月》、莫言的《透明的红萝卜》、残雪的《污水上的肥皂泡》《山上的小屋》,1986 年莫言的《红高粱》、残雪的《黄泥街》《苍老的浮云》、格非的《追忆乌攸先生》,1987 年余华的《十八岁出门远行》《西北风呼啸的中午》《四月三日事件》《一九八六年》、格非的《迷舟》、孙甘露的《信使之函》、苏童的《1934 年的逃亡》,1988 年余华的《河边的错误》《现实一种》《世事如烟》《死亡叙述》《古典爱情》《难逃劫数》等,这些带有先锋性探索的小说实验,垄断并形成了 80 年代中期的文学场域。文学实验更激进、更先锋、探索性更强,成为这一时期文学场域内的竞争逻辑和基本信念。汪曾祺的《聊斋新义》的出现可谓是生不逢时,论先锋、论激进、论探索性,它比不过先锋派小说;论对民族文化的追寻,它比不过寻根文学用西方现代意识反思传统文化那样夺人耳目。因此,作为这一时期文学场域里的另类,《聊斋新义》很难成为文学拼图上最醒目的一块,未能成为文学强音也就是情理之中的了。

总之,通过对汪曾祺《聊斋新义》改写实验的讨论,我们可以看出,改写作为互文性最常见的技巧,不论它是一种承袭式的仿格改写,还是颠覆式的戏仿改写,它对文学经典意义的建构是有意义的。承袭式的仿格改写是在文学经典的基础上对经典的"接着讲",颠覆式的戏仿改写是对文学经典的"反着讲",这些都是经典阐释空间扩大的方式,就像基德尼说的那样,即便是改写者和文学经典之间是一种游离状态,它也是在与经典进行着"一种双向的互惠式对流"①。当然,对文学经典的改写也是一种有难度的写作方式。当下,对文学经典进行互文性改写十分盛行,我们对汪曾祺《聊斋新义》的探讨,无疑是有现实意义的。

小　　结

荷兰学者佛克马曾对改写互文的意义提出过独到的见解。他在论述"为什么互文性和改写能成为文学史写作中的关键性概念"时说:"互文关系给我们的文学史提供了一个有说服力的框架,因为它们让我们更接近艾亨鲍姆的

---

① 陈红薇:《西方文论关键词:改写理论》,《外国文学》2016 年第 5 期。

目标——'学会如何创作一个文学作品'。改写通过给一个更早的文本加上一种新的结构和一种相应的新观念,显示了先后排列的文学事件的传承关系。"①佛克马意在解释文学经典的生成过程中互文性和改写所扮演的重要角色,暗含着互文性链条就是文学史的基本框架这一认定。互文性给文学史提供了一个清晰的传承与延续的框架,改写则让这种传承加入了独创性和个人才能的成分,丰富了文学史的互文框架。因为改写所生产的文本是双重编码的"复合文本",涉及两个文本即源文本和改文本,它是两者合一的互文建构体,始终让两个文本的符号系统之间发生关系、产生对话。从这个角度上来说,改写的意义就在于它总是涉及传承与创造,它的生成总是涉及对源文本的"再编码"和"再功能化",对它的解读总是涉及对双重编码的解读。因此,改写特别是对文学经典的改写,是文学史中重要的互文现象,我们对此应该予以重视。

本章我们通过改写与互文性理论的关系的讨论,提炼出了 20 世纪中国小说改写的对象和形态,并通过对汪曾祺《聊斋新义》的改写实践的梳理和审视,来呈现 20 世纪中国小说改写互文的相关理论问题。我们以汪曾祺《聊斋新义》所做的不算成功的改写实验作为个案,并不是要否认汪曾祺改写实验的意义,而是试图通过考察作为互文手段的经典改写所常见的变形路径、操纵因素及其意义和难度,进而拓宽和加深对改写互文这一文学现象的理解和研究。基于对自己年轻时模仿现代主义的经验以及对西方现代主义历时多年的探察、反思,汪曾祺找到了一条探寻"现代主义"的方式,即回到中国传统中来,从中汲取养料,并以改写经典的方式与时代对话,与西方对话。这正是对 20 世纪 80 年代文学向西方学习而忘记向传统要资源这种单极化思维的反驳。汪曾祺立足本民族文化传统、借鉴西方文学技巧的经典改写实验,现在看来也是我们文学史中非常宝贵也是最稀缺的一种文学实践。进一步来说,在

---

① Douwe Fokkema, "Why Intertextuality and Rewriting Can Become Crucial Concepts in Literary Historiography", *Neohelicon* 30(2003)2, pp.25–32.

当下的文学语境中,互文性改写十分盛行,尤其是对经典文学的改写以及跨媒介改写、改编的文学实践已渐成规模,汪曾祺改写实践的成与败,对我们探寻互文性改写的良性道路有着重要的启示和借鉴意义。

第五章 语图互文：文学叙事中的
修辞互补

2000 年以来,随着大众传媒的兴起,读图时代的来临使得"图像主因型文化取代传统的语言主因型文化",图像从文学(语言)的附属和配角一跃取得"霸权地位",改变了文学的原有格局,图像更是以生产和传播的高效挤压了以语言为载体的文学,图像与语言作为两种异质性存在不可避免地发生了"图文之间的战争"①。西方马克思主义理论家詹姆逊对此也表达过类似的看法:"整个文化正在经历一次革命性的变化:从以语言为中心转向以视觉为中心……以视觉为中心的文化将改变人们的感受和经验方式,从而改变人们的思维方式。"②面对这种现实情景,有人对"图像时代"里文学的生存前景表示担忧,也有学者持乐观态度,认为语图作为两种不同媒介,它们之间的对立和斗争并不如想象的那样大,并试图"在语言与图像之间找到一个节点,以便缓解二者的对立和矛盾,或者使它们的关系最优化直至和谐交融"。基于这种考虑,研究者提出了"语图互文理论",即研究"文学语言和图像语言的不同性

---

① 周宪:《"读图时代"的图文"战争"》,《文学评论》2005 年第 6 期。
② [美]詹姆逊:《快感:文化与政治》,王逢振译,中国社会科学出版社 1998 年版,第 2—3 页。

质及功能,二者的互文关系及其转换规律等"①,也就是研究两者之间的互文共通性问题。

毋庸讳言,图像时代的来临的确有让文学边缘化的可能,语图之间的龃龉和分歧也的确存在,但这并不意味着"文学终结",因为语图之间除了"战争"外,我们还应看到两者之间的异质同构和互文共生的关系。说到异质,是因为从媒介的角度来说,文字叙事和图像叙事所用媒介不同,前者是以语言文字为媒介,即有序排列的书写符号系统,适合进行叙事和论说;后者是通过图像媒介传递出的光影、色彩等以形表意的元素,作用于人的视觉,适合视觉形象的直观传达。虽然媒介不同,但作为表意实践,两者存在着一种互文关系。具体来看,语图互文是一种跨媒介之间的转换和修辞关系,它们虽然属于"异媒介",但两者在本质上具有相似性,并不是截然对立、不可调和的两种形态。亚里士多德曾将一切艺术都视为摹仿自然而来,之所以有各个艺术门类的区分,只是由于摹仿的媒介不同。图像的媒介是颜色与线条,文学的媒介是语言,但两者都是出自人的摹仿天性。因此,作为"摹仿本质论"下的两种艺术形态,它们都是对自然的摹仿,有诸多相似性,并不是不能通分的。因此,从这个角度来说,语图互文具有其本质必然性。

除了亚里士多德所说的摹仿本质论外,我们还可以找到更多的论据来说明语言和图像之间的互文关系是有据可依的。文学是以文字为媒介的,文字作为文学的书写符号,和图像是密切联系在一起的。最初原始人类的书写,离不开图画,图像被视为文字的前身。我们现在所看到的最原始的文字符号,都是以图像的方式来表示的,更接近于对自然物的仿拟。这些图像在历史的演变过程中,渐渐抽象化,简化成一个个线条,才逐渐脱离了原初的图像变成一个自成体系的语言符号。即便如此,以语言文字为媒介的文学和线条颜色为媒介的图像之间,并没有随着媒介的分化和不同而壁垒分明、毫无关系。文学

———————

① 赵宪章:《传媒时代的"语—图"互文研究》,《江西社会科学》2007 年第 9 期。

在发展的历程中,还依然保持着对图像的原初冲动和热烈追求。比如,我们在讨论文学时,"意境"作为诗歌最高审美理想,它强调的也是图像和情感的浑然一体,"诗中有画"依然是我们衡量古代诗歌优秀与否的重要标准;再如,闻一多在讨论现代诗歌的艺术特征时所提出的诗歌"三美"中,绘画美依然是其中一个重要的层面。图像作为文学的原初母体,在文学的发展历程中从未离开过文学。因此,加拿大理论家弗莱将文学原型的讨论直接定格于图像,认为文学原型本身就是心灵图像,"原始意象或原型是一种形象,或为妖魔,或为人,或为某种活动,它们在历史过程中不断重现,凡是创造性幻想得以自由表现的地方,就有它们的踪影,因而它们基本上是一种神话的形象。更为深入地考察可以看出,这些原始意象给我们的祖先的无数典型经验赋以形式。可以说,它们是无数同类经验的心理凝结物。我们呈现出一幅分化为各种神话世界中的形象的普遍心灵生活的图画"①。也就是说,我们的文学原型本身就是图像化的。弗莱在给文学进行定位时,还将文学视为兼具音乐和绘画的特征,"文学似乎是介于音乐和绘画中间:它的词语可以形成节奏,在一端接近声音的音乐序列;词语又可以形成布局,在另一端接近象形的或图画的意向"②。这说明文学与图像作为两种不同媒介,是具有同源性的,两者在文学发展实践中,也经常出现语图互文的现象。

另外,法国理论家热奈特曾将插图视为文学正文本之外的"副文本",认为它本身就和正文本有一种互文关系。热奈特所说的"副文本",指的是一部文学作品中正文之外的附属部分,如"标题、副标题、互联型标题;前言、跋、告读者、前边的话等;插图;请予刊登类插页、磁带、护封以及其他许多附属标志,包括作者亲笔留下的还是他人留下的标志"③。其中,插图就是典型的"副文

---

① 叶舒宪选编:《神话—原型批评》,陕西师范大学出版社 1987 年版,第 100 页。
② 朱刚:《二十世纪西方文论》,北京大学出版社 2006 年版,第 213 页。
③ [法]热奈特:《热奈特论文选 批评译文选》,史忠义译,河南大学出版社 2009 年版,第 58 页。

本",它"为文本提供了一种(变动的)氛围,有时甚至提供了一种官方或半官方的评论"①。热奈特后来还以"大象"和"赶象人"的关系来说明副文本和正文本的密切联系:"副文本只是辅助物、文本的附件。没有副文本的文本有时候像没有赶象人的大象,失去了力量;那么,没有文本的副文本则是没有大象的赶象人,是愚蠢的作秀。"②这也说明,作为副文本的"图像",是正文本中的显性伴随文本,两者相互修辞,共同参与了文本意义的生成。同一个正文本,会因"副文本"如插图、封面、封底、扉页等的不同,让我们对正文本的理解和阐释视角有所不同。热奈特的"副文本"互文理论也说明,文学文本中的语言和图像,作为人类表意的两大符号系统,虽然两种符号的功能有差异,但二者各有优劣,相互补充,是可以形成互文关系的。

本章将从语图两种媒介的互融互渗出发,对语图互文何以能够发生的理论背景特别是中国诗学背景进行考察,进而对 20 世纪中国小说中存在的语图互文现象进行历史梳理,由此揭示出 20 世纪中国小说中语图互文的整体脉络,并将残雪小说与封面的互文关系作为个案,具体考察图像和语言是如何做到互文修辞关系的,以及对我们解读文学作品的意义有何帮助。

第一节 语图互文何以可能:中国诗学 背景下的考察

中国自古就有"左图右史"之说,其最初的作用是用图像来配合文字,相互补充验证,加深理解和记忆。清人阮葵生撰《历代笔记小说大观·茶余客话》中说,"古人左图右史,不独考镜易明,且便于记览也"③,就是这个意思。

---

① [法]热奈特:《热奈特论文选 批评译文选》,史忠义译,河南大学出版社 2009 年版,第58 页。

② 朱桃香:《副文本对阐释复杂文本的叙事诗学价值》,《江西社会科学》2009 年第 4 期。

③ 阮葵生:《历代笔记小说大观·茶余客话(上)》,上海古籍出版社 2012 年版,第 234 页。

随着中国绘画和文学艺术的成熟和完善,中国古代出现了大量的语图互文现象。鲁迅曾说:"古人'左图右史',现在只剩下一句话,看不见真相了。宋元小说,有的是每页上图下说,却至今还有存留,就是所谓'出相';明清以来,有卷头只画书中人物的,称为'绣像'。有画每回故事的,称为'全图'。那目的,大概是在诱引未读者的购读,增加阅读者的兴趣和理解。"①这说明,图文并置、互文共生是中国古老的阅读方式。虽然本书的互文性理论来自西方,但互文现象却是中国古代文学史上源远流长的存在。因此,本章讨论语图互文的可能性,有必要从中国诗学的背景出发来探究。

中国古代的理论家早已意识到了语图之间是一种殊途同归、互文同构的关系。南宋郑樵在《通志略》中对此曾有过精彩的论述:"见书不见图,闻其声不见其形;见图不见书,见其人不闻其语。图,至约也;书,至博也。即图而求易,即书而求难。古之学者为学有要,置图于左,置书于右;索象于图,索理于书。故人亦易为学,学亦易为功,举而措之,如执左契。后之学者,离图即书,尚辞务说,故人亦难为学,学亦难为功。虽平日胸中有千章万卷,及置之行事间,则茫茫然不知所向。""辞章虽富,如朝霞晚照,徒焜耀人耳目;义理虽深,如空谷寻声,靡所底止。二者殊途而同归,是皆从事于语言之末,而非为实学也……以图谱之学不传,则实学尽化为虚文矣。"②郑樵以古人"左图右书"的例子,认为图像与语言是相辅相成,两者是和谐共存相得益彰的,图谱之学的存在,使得语言之"虚文"变成了"实学",两者之间有很大的共通性,语图之间实际上更多的是以互文的方式存在,而不是一种完全异质、相互对抗的姿态呈现。中国古代普遍存在的这种"左图右史"现象也提醒我们,在考察语图互文理论时,不能仅仅关注当下图像时代语图分歧的"现实性",还应考察语图互文的"历史性";考察语图互文历史性不能仅仅从西方话语理论中寻找根据,

---

① 鲁迅:《且介亭杂文·连环图画琐谈》,载《鲁迅全集》第六卷,人民文学出版社 2005 年版,第 28—29 页。

② 郑樵:《通志略·图谱略第一》,上海古籍出版社 1990 年版,第 729 页。

还应从中国传统话语找到历史依据。如果从中国古代诗学入手，不难发现，要研究语图的互文关系即语图的互通性问题，中国古代诗学提供了丰富的论据——中国诗学中的"言象"论、"诗画"论与"虚实"论三组理论话语无疑可以为语图互文提供更多的理论支持。

一、"言象"论与语图互文理论

"言象意"是中国古代诗学中极为重要的一组概念，也是中国古人对世界本源进行一系列哲学追问的回响。从"言尽意"与"言不尽意"两个对立命题所引发的哲学追问和文学之思开始，"言象意"问题一直影响到了中国古代文艺理论的走向。从老子的"道不可言"这一命题引发的对世界本源的玄思和追问，以及言辞能否达意、如何达意成为古代哲学家所要面对的命题，这一命题也逐渐演变成古代诗学中的一个重要问题。老子的"道可道，非常道；名可名，非常名"已经把言与意之间的矛盾清晰地予以呈现，庄子则说"意之所随者，不可以言传也"①，认为"意"是语言所无法诉说的。成书于战国时期的《周易·系辞》中则对"言象意"之间的关系进行了进一步的辨析，认为"书不尽言，言不尽意"。这里的"言"，指附属于卦象的卦辞和爻辞，暗含着语言、文字之义；"意"包含了天道和人道，其含义极为广泛，也暗含着思想之义。鉴于语言或文字无法完全将人们心中的"意"表达出来，《周易·系辞》又进一步发挥和改进了老子的"道、气、象"中的"象"范畴并将这一范畴提到了十分重要的地位，将"立象"作为"尽意"的中介手段。"然则圣人之意，其不可见乎？子曰：圣人立象以尽意，设卦以尽情伪，系辞焉以尽其言，变而通之以尽利，鼓之舞之以尽神。""《易》者，象也。象也者，像也。""圣人有以见天下之迹，而拟诸其形容，象其物宜，是故谓之象。"（《周易·系辞》）这里的"象"，主要指由阳爻和阴爻组成的卦象，也暗含了物象、图像之义。通过"象"这一中介和手

---

① 曹础基：《庄子浅注》，中华书局 1982 年版，第 199 页。

段,圣人之意是可以清晰地传达出来的。《韩非子·喻老》篇也提到了"象":"人希见生象,而得死象之骨,案其图以想象其生也。故诸人之所以意想者,皆谓之象也。"这里的象,既有"案其图"的图像之义,也有想象之义。这些关于言象意的论断,确立了"言象意"的等级秩序和传递流程,也初步揭示出了"言"和"象"之间有着密切的关系。

魏晋时期的王弼在对《周易》进行阐发的过程中进一步确立了"象"的地位,"夫象者,出意者也;言者,明象者也。尽意莫若象,尽象莫若言。言生于象,故可以寻言以观象;象生于意,故可以寻象以观意。意以象尽,象以言著。故言者,所以明象,得象而忘言;象者,所以存意,得意而忘象。犹蹄者所以在兔,得兔而忘蹄;筌者所以在鱼,得鱼而忘筌也。然则,言者,象之蹄也;象者,意之筌也。是故,存言者,非得象者也;存象者,非得意者也。象生于意而存象焉,则所存者乃非其象也;言生于象而存言焉,则所存者乃非其言也。"①在王弼这里,重点是要讨论"言"和"意"的关系,在讨论的过程中,言和象的互文关系第一次直接明示出来。意靠象来显现,象靠言来说明,言与象两者存在着异质同构和相互解释的关系。"言生于象""象生于意",即"意"在先,"意"生"象","象"生言;得意的过程是"寻言以观象""寻象以观意",即先寻"言",后寻"象",再获"意"。"言"和"象"在王弼看来只是一种工具性的存在,最终的目的是得意而忘象、忘言。王弼的"言""象"不再像《周易·系辞》中较为狭义地指称"卦辞"和"卦象",大体可以等同于语言和图像。从这个意义上来说,王弼的"言意之辨"实际上认同了"语言"和"图像"之间是有一种相互表征、互文共通的作用的。

王弼之后,刘勰继承了王弼的思想精髓,在他的文论体系中建构了言—意—象三者关系,明确提出"意象"一词。他在《文心雕龙·神思》中认为,"独照之匠,窥意象而运斤;此盖驭文之首术,谋篇之大端"。这里的"意象",实际

———————————

① 王弼:《王弼集校释》,中华书局2009年版,第609页。

上还是指"意",重点还是要突出"意"。曾有论者这样评论过刘勰所说的"意象"一词:"'意象'作为一个组词虽然被刘勰第一次提了出来,但他所说的'意象'和我国文论史后期所说的'意象',或西方所谓的'image'含义并不尽相同,比之要广泛得多。《文心雕龙》由于是用骈体文写成的,'意象'实际上是一个偶词,其内容实即一个'意'字。"①显然刘勰是延续了王弼的重"意"思想。因此,在这种理论主张下,中国诗论中"诗以意为主"成为主导艺术追求。"意"为"统帅""主人",言和象则成为"仆人""士兵","凡文以意为主,气为辅,以辞彩章句为之兵卫"(杜牧《答庄充书》),"文章以意为主,字语为之役。主强而役弱,则无使不从"(王若虚《滹南诗话》),"无论诗歌与长行文字,俱以意为主,意犹帅也,无帅之兵,谓之乌合"(王夫之《姜斋诗话》),"意似主人,辞如奴婢。主若奴强,呼之不至。穿贯无绳,散线委地。开千枝花,一本所系"(袁枚《续诗品》)。"意"的刻意放大和霸权地位无疑遮蔽了"言"和"象"这两极的自身特质,在同一种艺术理想和艺术追求下,作为工具的语言与图像在强大的"得意"目的观照下,它们之间的差异往往会被有意无意地忽略,而两者之间的共通性和可通分性则被无形放大。即便不少理论家也认识到语言和图像一个以语言文字为自己的表意系统,一个以视觉图像为表意系统,分属不同的表意符号体系,但在"意"的统帅下,"言"和"象"之间的互文共生的异质同构关系被一再提起——魏晋之后兴起的"题画诗"和"诗意画"艺术形式就是语图互文共通的一个历史明证。

二、"诗画"论与语图互文理论

与中国诗学中"言象意"之辨密切相关的,或者说"言象意"之辨的理论结果就是大量的诗论和画论的出现。如果说"言象意"之辨主要是从哲学层面来讨论语言、图像与道之间的关系,那么在美学层面关于"言象意"的讨论则具体落

---

① 敏泽:《中国古典意象论》,《文艺研究》1983 年第 3 期。

实到诗画之间关系的辨析上,诗画之间的关系直接关涉的就是语图之间的关系。

孔子曾将"诗画并提","子夏问曰:'巧笑倩兮,美目盼兮,素以为绚兮。'何谓也? 子曰:绘事后素。曰:礼后乎? 子曰:起予者商也! 始可与言《诗》矣。"(《诗经·卫风·硕人》)孔子在此以"绘事后素"的绘画技巧和《诗经》中对庄姜美貌的语言描写相类比。虽然孔子没有明确地指出诗画之间的差别或者诗画是否一律,但从这种类比可以看出,诗和画之间是有可比性的。孔子之后,中国古人对诗画关系的论述,大体可以分为"诗画有别"和"诗画一律"这两种论断。

从艺术门类而言,诗歌和绘画属于不同的艺术领域。对于画,《尔雅》云:"画,形也。"《广雅》曰:"画,类也。"《说文解字》言:"画,畛也,象田畛畔所以画也。"《释名》则说:"画,挂(上色)也。"对于诗,《说文解字》中说:"诗,志也。从言寺声。"陆机在《文赋》中说:"宣物莫大于言,存形莫善于画。"刘勰在《文心雕龙·定势》篇中说:"绘事图色,文辞尽情。"古人的这些对诗画的说法,已明确表明诗画之间的差异性。诗歌属于语言艺术、时间艺术,重在通过语言文字阐明事理表达情感,绘画属于造型艺术、空间艺术,重在通过造型来保存事物的形态。因此,这种明显的不同使得古代诗学中"诗画有别"论大有市场。从历史层面而言,绘画早于诗歌,图像早于文字这是不争的事实,诗歌与绘画作为两种不同的传播媒介和表意体系,诗画有别是显而易见的。最早的绘画如原始岩画,大约在四五千年前就已出现。这些承载着远古先民图腾崇拜的岩画,题材丰富,风格不一,既有写实的再现,也有抽象的勾勒,它促进了中国象形文字的产生,被认为是古文字的祖先。这样的历史进程也说明,诗画之间虽有千丝万缕的联系,但两者确有不同。

东汉王充持"画不如诗"的观点,他在《论衡·别通篇》中说:"人好观图画者,图上所画,古之列人也。见列人之面,孰与观其言行? 置之空壁,形容具存,人不激劝者,不见言行也。古贤之遗文,竹帛之所载粲然,岂徒墙壁之画哉?"①

---

① 王充:《论衡·别通篇》,载黄晖撰:《论衡校释》,中华书局 1990 年版,第 596 页。

王充是从接受者的立场来比较诗画之间的不同的,在他看来,诗歌在表情达意方面远远胜于绘画。他认为,绘画所画之对象均为"古之列人",人们只能观其面相,而不能察其言行和思想,实在是绘画之所短。而语言文字则可扬长避短,可以将古人的思想和言行完整地表达出来。

北宋的邵雍在《诗画吟》一诗中则看到了诗画在表现事物动静情态时的不同:"画笔善状物,长于运丹青;丹青入巧思,万物无遁形。诗笔善状物,长于运丹诚,丹诚入秀句,万物无遁情。"诗与画都可状物,但诗善状物之"情",即物之动态,画则善状物之"形",即物之静态。这种说法和西方理论家莱辛在《拉奥孔》中对"诗画异质"的论断如出一辙。明李东阳《麓堂诗话》云:"自有诗以来,经几千百人,出几千万语,而不能穷,是物之理无穷,而诗之为道亦无穷也。今令画工画十人,则必有相似而不能必出者,盖其道小而易穷。而世之言诗者每与画并论,则自小其道也。"①他不仅认为诗画有别,还明确指出诗胜于画。明张岱一方面以王维的诗因"身兼二妙"认可"诗画一律"说,但另一方面又明确提出"画"在某些方面无法穷尽"诗":"若以有诗句之画作画,画不能佳;以有画意之诗为诗,诗必不妙。如李青莲诗:'举头望明月,低头思故乡',有何可画?王摩诘《山路》诗:'蓝田白石出,玉川红叶稀',尚可入画,'山路原无雨,空翠湿人衣',则如何入画?又《香积寺》诗:'泉声咽危石,月色冷青松。'泉声、危石、日色、青松,皆可描摹,而'咽'字、'冷'字,则决难画出。故诗以空灵才为妙诗;可以入画之诗,尚是眼中金银屑也。……由此观之,有诗之画,未免板实;而胸中丘壑,反不若匠心训手之为不可及也。"②张岱认为诗画并无高下,但诗画之间的差别是显而易见的,诗歌的表现空间胜于绘画。清代美学家叶燮继承了邵雍的诗画观,他认为:"画者,形也,形依情则深;诗者,情也,情附形则显。"(《己畦文集》卷八《赤霞楼诗集序》)诗重情而画重形,这是诗画之不同,但情与形之间是可以相互渗透的,诗与画之间又有一致

---

①　丁福保辑:《历代诗话续编》下册,中华书局 1983 年版,第 1373 页。
②　张岱:《琅嬛文集》,岳麓书社 2016 年版,第 114—115 页。

性。清代画家方薰则在《山静居画论》中写道:"画境异乎诗境,诗题中不关主意者,一二字点过。画图中具名者必逐物措置。唯诗有不能状之类,则画能见之。"①他看到了书画在使用语言和图像两种介质时具备了不一样的功能。诗歌对无关题旨的地方,可以虚写省略和一笔带过,而绘画具备了写实的特征,凡出现的有名称的事物,必须一个个画下来。另一方面,这也暗含着画有胜诗之处,诗不能完全表达出来的,画却能够再现出来。

"诗画有别"说的出发点是从诗画使用的手段、诗画的效果和对象题材的不同。比如绘画使用线条、颜色等符号,诗使用语言、声音等符号;绘画适宜表现静态的事物,诗适宜表现动态的事物。与之相对的还有一种流行更广、影响更大的"诗画一律"观点,这种观点重点是从艺术追求的本质和主体人格生成的角度,发现了诗与画之间的互文共通性——"诗为有声画"与"画为无声诗"、"诗为无形画"与"画为有形诗"这些说法说的就是诗画间的互文关系。

诗画一律这种观念流行于宋元时期,盖因宋元时期题画诗流行之故。宋元之前,题画诗已经大量出现,早在六朝时就有南朝鲍子卿的《咏画扇》,梁简文帝《咏美人观画》,北周诗人庾信的《咏画屏风》25 首等诗②。到了宋元时期,"作画以求诗"和"因诗而企画"的做法开始流行。"大体宋元之人,或作画以求诗,或因诗而企画。久成风俗,尤盛于北宋中后期。检索诸别集,则其以诗求画、以画求诗诸种现象比比皆是。"③正是在这种现实背景下,"诗画一律"的说法流行一时。

"诗画一律"的提出者是北宋诗人苏东坡。他在评价王维的《蓝田烟雨》时,提出了"诗中有画""画中有诗"的"诗画一律"论:"味摩诘之诗,诗中有画;观摩诘之画,画中有诗。诗曰:'蓝溪白石出,玉川红叶稀,山路元无雨,空

---

① 俞剑华编著:《中国画论类编》上卷,人民美术出版社 1986 年版,第 238 页。
② 夏冠洲:《论题画诗》,《新疆师范大学学报》2003 年第 4 期。
③ 韦宾:《宋元画学研究》,甘肃人民出版社 2009 年版,第 409 页。

翠湿人衣。'此摩诘之诗。或曰：'非也，好事者以补摩诘之遗'。"①后苏轼在《书鄢陵王主簿所画折枝二首》中直接提出"诗画一律"说："论画以形似，见与儿童邻。赋诗必此诗，定非知诗人。诗画本一律，天工与清新。边鸾雀写生，赵昌花传神。何如此两幅，疏澹含精匀。谁言一点红，解寄无边春。"②苏轼从王维的诗画创作中看到了两类艺术之间的相通性和诗画交融的可能性。这种"诗画一律"的思想，除了前文所说的题画诗的流行外，显然与魏晋言意之辨后，经唐五代到宋元，诗画均对"意境"的推崇有关——"意境"成为诗画的共同追求的目标。对意境的独特追求，使得诗画赖以生存的被看作"手段"的"言""象"被放到了比"意境"这一终极目的低的地位，言象之间的异质性不再重要，而作为目的的"意（境）"则一枝独大，甚至到了一叶障目的程度——艺术的最终目的是追求"意境"，只要达到这个目的，采用何种手段已不重要，甚至两者之间的区别也可以视而不见或者殊途同归。诗为有声画，画为无声诗，诗画最终的目的是通过"造境"的方式来达到对"意境"的实现，语言和图像被视为是同源之物。在这一目标下，诗歌与绘画的差别往往被忽略，而它们之间的同一性和互文性则成为关注重点。这种诗画论也是语图互文理论的一个组成要素。

三、"虚实"论与语图互文理论

赵宪章先生在《语图符号的实指和虚指——文学与图像关系新论》一文中指出："语言作为声音符号具有实指性，图像则是虚指性符号。"并用钱锺书的诗崇"实"和绘画尚"虚"的论断作为佐证。③ 钱锺书先生在《中国诗与中国画》一文中就提到过诗崇实、画崇虚的看法："中国传统文艺批评对诗和画有

---

① 于民主编：《中国美学史资料选编》，复旦大学出版社 2008 年版，第 284 页。

② 朱立元主编：《艺术美学辞典》，上海辞书出版社 2012 年版，第 615 页。

③ 赵宪章：《语图符号的实指和虚指——文学与图像关系新论》，《文学评论》2012 年第 2 期。

不同的标准:评画时,赏识王士祯所谓'虚'以及相联系的风格,而评诗时却赏识'实'以及相联系的风格。"在这种标准的规约下,"画品居次的吴道子的画风相当于最高的诗风,而诗品居首的杜甫的诗风只相当于次高的画风"。"用杜甫的诗风来作画,只能达到品位低于王维的吴道子,而用吴道子的画风来作诗,就能达到品位高于王维的杜甫。"①但需要指出的是,从书画艺术发展的历史看,诗崇实和画崇虚的这种美学潮流的出现,大体是以魏晋时期"言意之辨"之后的事,即便如此,魏晋之后诗与画均崇虚这一潮流也是有的;魏晋之前,语言符号和图像符号对"实"与"虚"的追求则较为复杂。

现存的中国原始绘画中,主要以动物、植物和人物为主,如浙江河姆渡出土的陶盆上画的五叶纹植物,临潼姜寨出土的彩陶盆上画着的青蛙,仰韶文化出土的彩陶盆上画的山龟和蛙类,青海大通县上孙家寨出土的马家窑类型彩陶盆上的人类舞蹈图画,这些原始绘画"注重写实,质朴自然"②。这些绘画,都是取材于原始人生活劳动场景或者是以与人类生活密切相关的动植物为主,以写实的风格再现了原始人的生活场景。但也有例外,比如龙山期、仰韶期的彩陶上一些装饰用的纹饰,有些用来表明服用者不同身份的抽象纹饰,因其侧重于象征性,故不追求"实指"性,反而是原始的象形文字更追求"实指"性,"彩陶文化期的花纹,多彩多姿;青铜器的花纹,威重神秘;但两者皆系图案地、抽象地性质,反不如原始象形文字之追求物象。"③显然,在原始文化时期,以象形文字为主的语言符号呈现出"实指"的特点,而以绘画为主的图像符号则呈现出以实指为主、虚指为辅的特点。

先秦时期绘画的主流倾向也是崇"实"的,图像符号系统具有"实指性"。《韩非子·外储说》记载:"客有为齐王画者。齐王问曰:'画孰最难者?'曰:

① 钱锺书:《钱锺书散文》,浙江文艺出版社 1997 年版,第 215 页。
② 阮荣春:《中国美术史》,辽宁美术出版社 2001 年版,第 11 页。
③ 徐复观:《中国艺术精神》,载李维武编:《徐复观文集》第四卷,湖北人民出版社 2002 年版,第 122 页。

'犬马最难。'曰:'孰易者?'曰:'鬼魅最易。'夫犬马,人之所知也,旦暮罄于前,不可类之;鬼魅无形者,故易之也。"这可能是最早的关于绘画崇"实"的理论表述了。鬼魅之所以最容易画,在于鬼魅之"虚";犬马之所以难画,源于犬马之"实"。绘画的难易程度暗含着绘画的标准高下,这也说明在先秦时期的绘画是崇"实"的,图像符号是"实指"。这在先秦的绘画实践中也是有诸多例证的,如 1949 年在湖南长沙陈家大山楚墓出土的《龙凤人物图》和 1973 年长沙子弹库楚墓出土的《人物御龙图》就是先秦绘画崇"实"的有力证据。《龙凤人物图》画的是一位长裙细腰的女子,头挽垂髻并有饰物,两手向前做合掌状,女子上前方画一龙一凤。女子的"长裙细腰"如实地再现了"楚王好细腰"的审美追求,龙凤的出现显然和楚地的巫风相关,也是楚地"引魂升天"宗教仪式的艺术再现。《人物御龙图》则以写实笔法画一"危冠长袍、蓄有胡须、身材修颀、侧身拥剑"的墓主人形象①,其写实水平之高是值得称叹的。

汉代非常注重绘画的教育功能和政治宣教目的,受儒家"成教化,助人伦"思想的影响,汉代的宫殿、庙宇、学堂、衙署中的壁画大体都是再现和演绎社会伦理政治所倡导的忠孝节烈和古代先贤故事,或重彩铺陈清官能吏、功臣勋将的事迹,或描绘宇宙自然中的谶纬瑞应之象等,这些绘画形象鲜明,画风写实。如汉宣帝在麒麟阁图绘霍光、苏武等人肖像,汉明帝在洛阳南宫云台绘东汉建国 28 位功臣勋将的画像,汉景帝之子鲁王刘余在灵光殿绘三皇五帝以及忠臣、孝子、烈士等人的行迹和故事,以达到"恶以诫世,善以示后"的目的。即便是墓室壁画,也都呈现出强烈的写实风格和实指特征。如洛阳烧沟 61 号西汉墓中,墓室绘有日月星象、驱邪打鬼及历史故事,其中,"二桃杀三士"故事以简洁平列的构图画出晏婴设计除三士的各个情节,颇具匠心。画中齐景公的威严、晏婴的机敏、三壮士的鲁莽与悲壮情态等,都有不同程度的表现。后壁上的图画曾被认为是描绘鸿门宴故事。画中人物或沉稳,或激动,表现出

---

① 阮荣春:《中国美术史》,辽宁美术出版社 2001 年版,第 36—37 页。

不同性格与特征,"此墓壁风格古拙,但不失形象之生动传神"①。这些图像符号再现的历史故事有强烈的实指性,和语言符号记载的历史故事互相唱和,形成了一种紧密的互文关系。因此,在这种现实功利性面前,魏晋之前的绘画大体是崇实的,如果以"虚"的面目即图像符号是"虚指"的话,是难以实现其政治教化目的的。

魏晋时期,玄学思辨日益盛行,清谈玄理成为一时之风,王弼的"得意忘言"和嵇康的"越名教而任自然"思想影响了魏晋艺术的美学走向。由于"言意之辨"中对"意"的特殊推崇,加上佛教的传入,这导致了魏晋时期呈现出尚虚贵无的诗性特征,"传神写照""得意忘象""气韵生动"和"澄怀味象"成为这一时期的主导艺术追求。东晋大画家顾恺之曾说:"四体妍蚩本无关妙处",在《魏晋胜流画赞》更是指出绘画的本质是"神"而非"形":"凡生人无有手揖眼视,而前无所对者。以形写神而空其实对,荃生之用乖,传神之趣矣。空其实对则大失,对而不正则小失,不可不察也。一象之明昧,不若悟对之通神也。"顾恺之对艺术的要求是"传神",认为"形"(如"四体妍蚩")与"神"并没多大关系,只注意人物形体的刻画是无法达到传神的目的的。② 刘义庆《世说新语·巧艺》中记载的顾恺之"颊上三毛""置于丘壑"的故事也形象地说明了魏晋时代绘画注重的是写意(写虚)而非写形(写实)。顾恺之画裴楷,为了突出裴楷的"俊朗有识具"而罔顾其真实面貌在其"颊上"凭空添上"三毛",以达到"如有神明"的境界。顾恺之为突出谢幼舆(鲲)的隐士风格和生活情调,将其"置丘壑中","画在岩石里",以达到"传神"的目的。如果说魏晋之前的图像符号偏于实指,注重"形"的真实以此实现实用主义的道德教化功能;魏晋之后,绘画的图像符号偏于虚指,注重"神"的再现以达到"传神写照"的目的。这种变化从魏晋前后绘画类型的变化也能看出。魏晋之前的绘画种

---

① 薄松年主编:《中国美术史教程》(增订本),陕西人民美术出版社2007年版,第59页。
② 叶朗:《中国美学史大纲》,上海人民出版社1985年版,第200—203页。

类主要是用于宣教的人物画,魏晋时期重"意"轻"象"、重"神"轻"形"的山水画逐渐兴起,这无疑和绘画这类图像符号的"写意(崇虚)"追求有关。徐复观曾说,魏晋时期山水画的兴起,原因是"艺术要求变化,要求能扩展作者的胸怀,这在人物画上都不容尽量发挥的;则其所能涵融,作者的精神意境便受到限制。明薛冈下面的一段话,也正说明这一点:'画中惟山水义理深远,而意趣无穷。故文人之笔,山水常多。若人物禽虫花草,多出画工,虽至精妙,一览易尽。'"①绘画这种崇"虚"的风格和"意境"理论兴起后的中国诗歌呈现出的语言的"虚指"现象是一致的。虽然中国不乏《诗经》、乐府以及杜甫的现实主义诗歌传统,但中国诗歌中对语言的实指性的追求并不如西方那般强烈。尤其是在魏晋时期,老庄哲学提出的"虚静"论逐渐演变成文学的追求之后,这种语言的虚指性表现得更为明显。陆机提出的"虚己应物",刘勰提出的"陶钧文思,贵在虚静",虽然这里所说的"虚静"是指主体的一种排除物欲缠绕、专心致志的审美静观状态,并不是直接指出诗歌语词的虚指性。但是,这种极度推崇主体不受干扰,消除心中杂念,达到内在空明与虚无的艺术追求,必然会影响到诗歌语词的指向性,使得诗歌的语言呈现出"虚指"的现象。语言符号和图像符号均有推崇"似"而忽略"真"这种内在追求,在这一目的的规约下,两者之间的差异被缩小,两者之间的相通性、一致性以及互相阐释说明的互文共通性无形中得到了放大和加强。

中国古代诗学追求和西方诗学并不一样。西方一直沿着亚里士多德的写实传统和客体论传统前行,使得西方诗学更看重语言与图像之间的差异性,一个明显的例子就是"诗画异质"说一直占据着主导地位。如古希腊理论家普卢塔克说过:"绘画绝对与诗歌无涉,诗歌亦与绘画无关,两者之间绝不相得益彰。"②莱辛在《拉奥孔》中更是直接反对古希腊画家西摩尼德斯关于"画为

---

①　徐复观:《中国艺术精神》,载李维武编:《徐复观文集》第四卷,湖北人民出版社2002年版,第191页。

②　杨身源、张弘昕编:《西方画论辑要》,江苏美术出版社1990年版,第39页。

无声诗、诗为有声画"的说法,明确提出了"诗画异质"说,"它在诗里导致追求描绘的狂热,在画里导致追求寓意的狂热;人们想把诗变成一种有声的画,而对于诗能画些什么和应该画些什么,却没有真正的认识;同时又想把画变成一种无声的诗,而不考虑到底在多大程度上能表现一般性的概念而不至于离开画本身的任务,变成一种随意任性的书写方式"①。波兰美学家塔达基维奇也认为诗与绘画有本质区别,"视觉艺术表现事物,而诗只表现符号"②。因此,对于语图互文理论能否成立这一问题,如果我们从中国传统文论出发,将中国古代诗学的因子纳入进来予以考虑,我们很容易找到两者发生互文关系共同的理论基础。这也说明,互文性理论虽然是西方话语,却能在中国找到对应的诗学印证,这也在一定程度上体现出这一理论具有普适性。

第二节　媒介跨越与修辞互补:20 世纪中国小说中的"语图互文"现象

　　长期以来,人们将文本中的语言文字作为文学研究的核心对象,对文学正文本以外的"副文本"——封面插图、扉页装帧等缺乏较为系统的研究。当下,伴随着媒介技术的发展,"图像"一词的内涵和外延不断扩大延伸,人类进入新的"读图时代",图像变得和语言一样重要,甚至超过语言,成为人类意义交流的载体。当文学文本中的图像和语言结合在一起,以一种显在互文的方式出现时,图像通过对比、映衬、凸显、修正等方式对文字形成一种互补阐释关系,并由此建立文本阐释的参照系,对未尽的文本意义进行补充说明,拓展了文学意义的空间,共同构成完整的文学生产。特别是若图像为文本创作者亲自制作绘制选取,则更能体现文本创作的作者意图,对读者阐释文本意义具有重要作用。

---

① ［德］莱辛:《拉奥孔》,人民文学出版社 1988 年版,第 3 页。
② ［波兰］塔达基维奇:《西方美学概念史》,学苑出版社 1990 年版,第 162 页。

在人类文明的历史进程中,最初的文字源于简单的图像,故语图之间本存在着天然的联系。为便于我们更直观地了解它们的亲密关系,我们简要梳理一下中国古代的"图文史",即中国自古以来就有"左图右史"的传统。徐康曾在《前尘梦影录》中说"古人以图书并称,凡有书必有图"①。在西晋时期文人就已经将诗与画放到同等位置,对文图的不同作用有了清醒的认知;隋唐时期随着雕版印刷的发明,产生了大量的佛经插图;到了宋代随着城市经济的发展,市民阶层兴起对通俗文艺产生了大量市场需求,从而使得戏曲小说等文学类著作的封面插图艺术极为繁荣,并出现了我国最早的插图本小说——《列女传》;到了明清时期更形成了"无书不图"的现象,大量插图本通俗文学开始涌现。这一简要的历史梳理可以看出,语图互文的历史几乎和文学存在的历史一样长。

语言与图像,二者既可以共存于同一物质载体,如诗画、小说插图,也可以存在不同的载体,如文学改编成电影。不论哪一种语言和图像,它们一旦同时出现,意味着创作者对两种不同符号系统进入一个互动交流的场域,两者之间的对话会产生新的意义内涵。而文学图像作为文学的有机组成部分,它与语言之间的互动对话,对文学的意义生成是有其作用的。文学图像既参与文学语境的建构,又参与了文学进化的历史。本节通过对 20 世纪以来中国小说"语图互文"现象的梳理,展现语图互文的历史及其呈现形态,从而了解语言和图像作为媒介的功能有何不同,图像对文学有何作用,进而理解语图互文在文本意义生产中的作用。

一、 从阳春白雪到下里巴人:晚清到五四之前的语图互文现象

宋元明时期,随着雕版印刷的成熟,图像艺术开始大规模出现。特别是

---

① 杨永德、蒋洁:《中国书籍装帧 4000 年艺术史》,中国青年出版社 2013 年版,第 93 页。

宋代市民阶层的兴起,产生的文人画较之以前的绘画艺术更具个性和人文气息。鸦片战争后,中国在西方文化的裹挟下进入近代社会,工业现代化的摄影与印刷技术与之相伴而来。同时,民族危机日益严峻,为了救亡图存、传播新思想,进行大众传播,诸多文学刊物以图文并茂的方式广泛地向普通受众传播。辛亥革命之后,启蒙成为文学的主题,为对普罗大众进行文学启蒙,文学传播常常借助图像的力量。加上这一时期文学的商业化倾向越来越明显,为了迎合读者与市场需要,文学图像逐步实现了由阳春白雪向下里巴人的转变。

晚清以来,中国出现了大量影响深远的现代出版机构,各种书局如商务印书馆、中华书局等开始创办,对中国近现代的文学传播发挥着举足轻重的作用。1879 年,《申报》老板美查创办的点石斋书局,非常注重文学作品中插图的作用,制作了大量精美的图文,在中国近代文学插图史上占有重要地位。点石斋书局旗下代表刊物《点石斋画报》,是中国近代影响最大的石印版画报,网罗了大批优秀的职业插图画师。这些插图画师不仅为《点石斋画报》创作,同时还全力参与其他文学刊物的插图创作。提到《点石斋画报》,不得不提它的主笔吴友如。吴友如 1884 年起成为《点石斋画报》的主绘,后来又自创《飞影阁画报》,在近现代文学插图史上有着巨大影响力。他的画作受到本土与西洋的双重影响,为文学作品所创作的插图与当时蜕变中的近代文学紧密结合在一起,孕育了中国现代文学图像的雏形。鲁迅曾多次提到近现代许多小说和儿童读物中的形象,多是受到了吴友如的影响。除此之外,点石斋老板美查对文学插图也格外重视,曾经在《申报》上刊登广告,为插图求小说,在当时可谓是极为怪异的举动,但却对晚清文学插图事业大有裨益。

《点石斋画报》开创了以图像为主要叙事手段的时代。以往的文学作品中,图像仅仅是辅助地位,《点石斋画报》则把图像放在主要位置,文字反而成了图像的说明。例如图 5-1 是 1889 年《点石斋画报》第 206 期刊登的《恶姑卖奸》,讲述了厦门某甲男子患有眼疾,其妻被卖货郎某乙觊觎美貌,卖货郎某乙便和某甲妻子的姑姑串通,妄图玷污该妇,最后妇人和其丈夫某甲将卖货郎某乙抓住送官的故事。图像中展现了愤怒的妇人抓着卖货郎的头发,恰逢妇人丈夫某甲推门而入,恶姑在窗户旁偷看的情形。《恶姑卖奸》虽形似小说,但还只能称得上是故事,它的图像与叙事文本形成了一种互文补充的关系。

　　总体而言,《点石斋画报》所刊之事多为新闻、故事等叙事性较强的题材,故其所登之图也充满叙事性,图像的叙述通常是对文本的印证;同时,图像也对文本不足之处进行补充说明,如《恶姑卖奸》一图,画面描绘了当时主要人物的动作神态,同时也刻画出妇人家徒四壁的景象,从而突出了妇人辛劳忠贞的形象。图像人物充满动感,配合文字展演出一段生动的情节。题目、文字与图像相配合,互为补充,共同构筑事件的意义空间,实现对该事件的完整叙述。

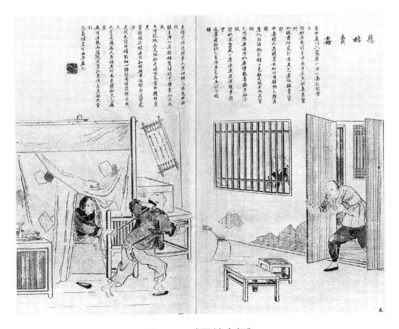

图 5-1　《恶姑卖奸》

　　如果说《点石斋画报》主要是为新闻配图,还缺少对文学的主动追求,那么,同时代的另外一些文学期刊,在刊登文言小说时,还经常配以精彩的插图来予以互证互见。1886 年,上海同文书局的石印本《详注聊斋志异图咏》(图 5-2)在诸多《聊斋》版本中独具一格,是当时文言小说语图配合的典型。该石印本选取每篇故事中的代表性情节、场面等配以相应的图像,同时根据每篇故事的内容,在每幅插图上都题七绝一首,点明图像主旨。此举增强了文本意义的呈现效果,利于读者多维度、立体地领会文本所含的意蕴。"这些图与诗不仅造成了诗文并茂的艺术效果,而且自身就是对《聊斋志异》的一种阐释和接受,可以启发读者的思路,提高阅读兴趣。"①每个故事所配的插图,都是编印者徐润请当时的插图名家所绘,徐润对文中的图像评价道:"图画荟萃近时名手而成……每图俱就篇中最扼要处着笔,嬉笑怒骂,确肖神情"。

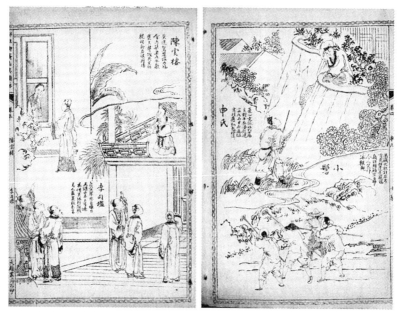

图 5-2 《详注聊斋志异图咏》插图

1902 年,梁启超以日本的《新小说》《太阳》为原型,在日本创办了文学杂志《新小说》,将小说视为改良群治、新民的灵丹妙药,借通俗小说普及新思

---

① 王平主编:《明清小说传播研究》,山东大学出版社 2006 年版,第 723—724 页。

想。这是中国第一份以"小说"为名的文学类杂志,也是中国第一份新文学杂志。梁启超在创刊初期就对文学图像极为重视。《新小说》从 1902 年创刊到 1906 年 1 月停刊,共出版 24 期。除最后一期外,前 23 期皆配有插图或照片,内容以西方名人及世界各地的人文风貌为主。虽然所载图像与刊物所登的文学作品联系不甚紧密,但却十分呼应该杂志创刊的目的"借西方塑造新民",具有启蒙意义。

在《新小说》后出现的《绣像小说》(1903 年),由李宝嘉主编,商务印书馆发行。《绣像小说》为半月刊,所刊十之九为小说,且文章多配以绣像插图,故称为《绣像小说》。该刊曾发表李宝嘉的《文明小史》《活地狱》《醒世缘弹词》《爱国歌》,刘鹗的《老残游记》以及忧患余生(连梦青)的《邻女语》等作品,成为当时影响甚大的文学期刊,引领一时之风潮。《绣像小说》中的作品多是反映清末帝国主义列强对中国的侵略以及清王朝的封建腐朽统治,以文学的方式对时代发声。

在《绣像小说》连载作品中,李宝嘉的《活地狱》被誉为是中国第一部监狱小说,全篇通过 15 个短篇故事深刻揭露了官僚贪污、衙门积弊和监狱黑暗。纵观《活地狱》的插图,所描绘的并不都是故事高潮部分,但却是每一回的主要场景和主要人物之间的互动,是每篇情节发展的推动点。例如图 5-3 系《活地狱》第一回的两幅插图,讲述的是山西阳高县地主黄唐家与同县的巫家是世仇,一日黄唐听说自家某佃户的牛被巫家牵了去,人也被巫家打了一顿。虽无确凿证据,佃户身体也并未有伤,黄唐仍然让佃户装病去衙门告状。县令本来以证据不足驳回,后来却在稿案的怂恿下,为达到图谋黄巫两家的钱财的目的而批准通过。图 5-3 插图便是描绘了当时黄家告状和稿案怂恿县令时的情形。图像人物的神态姿势刻画得生动形象,情节环境描绘细致入微。可以看到,两幅插图绘制的不是情节的高潮部分,但却是小说开篇的关键情节。正是因黄家告状、县令被唆使谋财,才推动了后续情节的展开。可见,插图在情节上的选择,体现了插图作者对小说文本的理解。

图 5-3　《活地狱》第一回绣像插图

在《绣像小说》之后又出现了《新新小说》(1904 年)、《月月小说》(1907年)、《小说林》(1907 年)等著名的文学杂志,这些杂志在一定程度上受《新小说》的影响。如果说《新小说》和《绣像小说》代表晚清小说前期的思潮,《月月小说》《小说林》则是晚清小说思潮后期的典型,在图像选择方面更加偏重中国本土的风土人情。

1910 年,商务印书馆创办的《小说月报》,是其旗下代表性文学刊物,也是中国现代期刊史上影响较大的文学期刊。《小说月报》每月一期,共出版二百五十九期。以 1921 年为界,分为前后两个时期。《小说月报》前期大量刊登了鸳鸯蝴蝶派以游戏、消遣和趣味主义的言情逸事为主的小说,后期则反对鸳鸯蝴蝶派的无病呻吟和言情游戏,成为文学研究会宣传"为人生的艺术"的基地。20 世纪初期的文学刊物,生存时间几乎都是一两年,极少有超过五年以上的,而《小说月报》发行长达二十二年,持续时间为当时同类期刊之最,这也说明这份小说杂志在现代文学出版史上具有重要地位。

这一时期,商务印书馆对《小说月报》的插图设计非常重视,主要插图有

风景名胜、美女名妓、中国画、世界名人等。1910 年第一年第一期的图像有
《三色版印南洋劝业会图》《滴翠楼图》《龙泉山真人宫摄影》《塔影横江(安徽
迎江寺万佛塔)》,以风景名胜为主,以后逐渐增加了如《巴黎之美妇人》之类
的美女图等。商务印书馆后来还成立了
专门的部门对报刊进行封面插图的创
作,中国现代许多著名的书画家如丰子
恺、徐咏青、吴昌硕等都与《小说月报》有
着密切联系,丰子恺早期很多漫画作为
插图就发表在《小说月报》上。《小说月
报》的创刊号在卷首就设置有"图画"栏
目,后来又改为"插画",前期共刊载图画
710 幅左右。例如图 5-4,刊登在 1910
年《小说月报》第一卷第六期上,是为潘
树声、叶诚翻译的美国作家欧文的小说
《不如醉》所作的配图,插图描绘了穷困
潦倒的主人公力勃与狗相依为命的画
面。画面中主人公侧卧在树下,狗一步

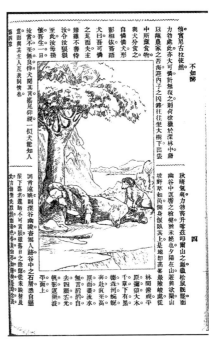

图 5-4 《不如醉》插图

不离地注视守护着。图像居于文本的中间位置,因文生图,实现图文对照,从
而烘托了主人公凄惨命运和狗的忠诚,极具视觉冲击力。

　　《小说月报》从创刊开始就刊登了许多与政治有关的图片,借助图像的方
式向广大市民进行宣传,以实现开启民智的理念。值得一提的是,《小说月
报》特别重视女性解放等问题的讨论,开辟专门栏目讨论女性解放、两性平等
等相关问题,并刊登了大量与女性相关的图片,如国外女性上学的图像、中外
女性政治家、女医生、女工人等肖像。1913 年第四卷第八期刊载译著《印度婚
嫁志异》一文,如图 5-5 所示,杂志选取西方男着西装、女穿婚纱捧鲜花的新
婚照片和印度一组童婚的照片,将"幸福"与"不幸"婚姻家庭的图片进行对

比,充分发挥语图互相阐发、解释补充的作用。

图 5-5 印度"童婚"与西方现代婚礼

在《小说月报》创刊之后的第二年,"鸳鸯蝴蝶派"(简称"鸳蝴派")刊物开始盛兴,如《游戏杂志》(1913 年,上海)、《小说丛报》(1914 年,上海)、《礼拜六》(1914 年,上海)《民权素》(1914 年,上海)等都是"鸳蝴派"代表性文学期刊。这些文学杂志为了供人消遣、迎合小市民阶层口味,以刊载言情小说为主。虽多为言情、游戏笔墨之作,但杂志都非常注重图像的传播功能。

"鸳蝴派"为了应和刊物的整体风格,封面图像考究,在图像和文字的联系上也更加紧密,其中女性形象符号较多。例如王钝根、陈蝶仙主编,中华图书馆发行的《游戏杂志》,在 1913 年 12 月到 1915 年 6 月期间,共出版 19 期,其中封面涉及女性形象的就有 15 幅,且年龄遍及少女到老妇,姿态视角也是多样。刊物内部插图也和文本有较强的互文关系,呈现出语图结合的鲜明特色。如第八期"说部"栏目下的《加波爱儿别传》,配有扎辫女性读书的背影;"弹词"栏目下插入了一名手拿书籍,泪流满面的女子形象(图 5-6)。这些插图较好地变现了栏目本身的意旨。

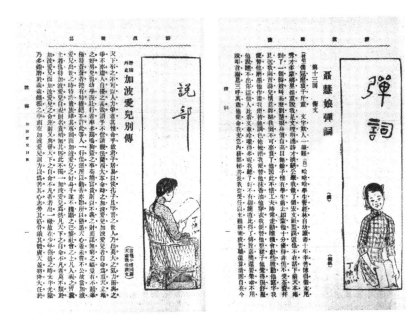

图 5-6 《游戏杂志》插图

《游戏杂志》从创刊初期便设有"画图"栏目,刊登与杂志所发文学作品相关的照片,如作者像、剧照等。值得一提的是在第五期刊登的一张照片(图 5-7),被周瘦鹃作为蓝本撰写成短篇言情小说《情话》,文本与图像一起刊登在了本期的杂志上。

《游戏杂志》还有一个明显的特点,即为图造文。先有图像,再请作家围绕图像进行文字创作。如在第四期出现了作家为图像进行文本创造并赋予意义的情形——第四期刊登了《第二期〈游戏杂志〉中见丁悚所绘矮男长女结婚图戏题

图 5-7 《游戏杂志》图像栏目所登照片

七绝一首》(图5-8)。这种作者以图像为基础进行文学创作的行为,是较为典型的语图互文的例子。

短新郎與長女士結婚之圖

第二期游戲雜誌中見丁悚所繪矮男長女結婚圖戲 超一首

三尺郎君七尺妻書眉須捲衣提裾伴夜來非臥鴛鴦枕湊得頭青脚不齊

图5-8 《游戏杂志》所刊第二期照片及第四期为该照片所作的七绝

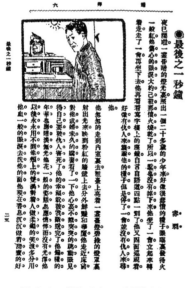

图5-9 《最后之一秒钟》插图

《礼拜六》也是"鸳鸯蝴蝶派"的代表刊物,是当时市民文学期刊中影响较大的一种。创办者周瘦鹃模仿美国《星期六晚邮报》取名,刊名既体现出版时间,也暗含了所载内容的休闲性,盛极一时。《礼拜六》虽为"鸳鸯蝴蝶派"的代表,但所刊作品中亦不时有忧国忧民的题材。例如《礼拜六》第111期刊登作者名为赤羽的短篇小说《最后之一秒钟》(图5-9),文章描写了一位愤世嫉俗、深忧国事的青年在自杀前的心理活动与行为动作。画面中青年满目愁容,透露出无奈与忧愁,桌上的钟表则代表其生命时间的倒数,预示着该青年的悲惨结局。图文结合,以图饰文,从两个维度共同刻画了人物形象。

这一时期的图像,前期主要以传统的"绣像"和"绘图"为主,后期则逐渐转为吸收西洋画法,以古装仕女和时代女性为主。"绣像"只画人物,"绘图"是画情节,大多采用石印技术,线条清晰纤细,笔法细腻逼真。后期较多选用仕女图像和时代女性插图,还加入了写真照片、漫画、山水画和水彩画等,插图也改为铜版插图,颜色更为鲜艳精美。

二、 从休闲消遣到启蒙斗争:五四到新中国成立前的文学图像

五四运动围绕一个"人"字,拉开社会启蒙运动的大幕,给中国文学带来了改造和重构。当时的文学裹挟着各种新思潮,争奇斗艳,开始了轰轰烈烈的文学革命。这段时期木刻版画因其特有的画面表现方式,加上成像快、易传播,给人以硬朗、极具张力的审美感受,在这一阶段发挥着重要的作用。

《新青年》是五四时期的旗帜和号角。在中国由传统开始向现代转型的过程中,《新青年》是新文化运动的大本营,是反封建与进行思想启蒙的重要阵地。《新青年》原名为《青年杂志》,1915 年由陈独秀于上海创办,第二卷开始改名为《新青年》,鲁迅、李大钊、胡适等人任编辑,后成为中国共产党的机关刊物。作为极具影响和历史地位的《新青年》,封面装帧质朴,插图较少,但《新青年》所追求的思想启蒙,对新时代、新社会的渴望可以从其封面上呈现出来。在第一卷六号的封面上,印有不同的人物图像,有卡内基、王尔德、托尔斯泰、富兰克林等杰出的西方名人。图像以文学家为主,部分为政治家、实业家,这与《新青年》一直以来关注欧洲文化、引进西方先进思想是密切相关的。第二卷第二号刊载了刘半农的作品《爱尔兰爱国诗人》,并附有皮亚市、麦克顿那的照片。第七卷第二号,发表了张崧的《罗丹》并用罗丹的雕塑为图像等。这些都表现出《新青年》对西方文化的崇尚和赞赏。

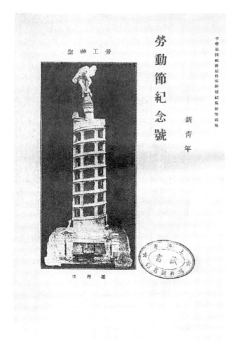

图 5-10　《新青年》劳动节纪念号封面

在《新青年》的封面中,值得关注的是第七卷第六号(图 5-10),即劳动节纪念号,该号的封面全为红色印刷,封面图案为罗丹的雕塑《劳工神圣》。在这一号中刊登了许多与劳动节相关的文章,如李大钊的《五一运动史》、刘秉麟的《劳动问题是什么》、陈独秀的《劳动者底觉悟》、张慰慈的《美国劳动运动及组织》等。该号还对中国各地的劳动状况进行了调查,并配有多幅中国工人的照片,封面、文章、图片共同传递了编者们对劳动者的关注和对现实的反映,呈现出鲜明的政治性。

在这一时期,鲁迅作品的语图互文现象最突出。鲁迅本身十分注重小说插图和封面的设计,曾为众多作品创作过插图、封面。鲁迅讲究插图的"神似","大致一看,动手就做,不必和本书一一相符,这是西洋的插画家很普通的脾气。虽说'神似'比'形似'更高一著,但我总以为并非插画的正轨,中国的画家是用不着学他的——倘能'形神俱似',不是比单单的'形似'又更高一著么?"①他倡导发起的木刻版画运动,为版画的传播发展付出了巨大的努力,为推动中国新文学图像充分民族化奠定了基础,所以鲁迅也被称为中国现代版画之父。图 5-11 所示的便是鲁迅早期的文学作品《坟》(初版于 1912 年)、《呐喊》(初版于 1923 年)、《彷徨》(初版于 1926 年)、《朝花夕拾》(初版于 1928 年),这些作品封面与插图除鲁迅自己创作之外,也专门请人绘制经自己认可后采用的图像,这些封面大多线条硬

---

① 鲁迅:《鲁迅全集》第十卷,人民文学出版社 2005 年版,第 450 页。

朗,画面具有张力,其中鲁迅亲自设计的《呐喊》的封面尤为特点鲜明。虽然该封面没有具体插画,但红与黑为主色调,风格简练凝重,与《呐喊》的文本主题遥相呼应,应被誉为中国新文学封面由传统形态向现代形态过渡的典范。

图 5-11 鲁迅文学作品初版封面
从左至右依次为:《坟》《呐喊》《彷徨》《朝花夕拾》

"书籍的插画,原意是在装饰书籍,增加读者的兴趣的,但那力量,能补助文字之所不及⋯⋯这种画的幅数极多的时候,即能只靠图像,悟到文字的内容,和文字一分开,也就成了独立的连环图画。"①鲁迅已经意识到插画和文本的互文阐释关系,认为两者能做到相得益彰的相互补充。丰子恺也有类似的看法。丰子恺曾说过,"'简笔'与'注重内容'是漫画的两个条件"②。"简笔"是丰子恺插图的艺术表现形式,他的漫画往往只有疏朗的几笔,"注重内容"指的是要和文本的主旨相配合。只有两者结合,才能增加文本的艺

图 5-12 丰子恺绘阿Q

① 鲁迅:《鲁迅全集》第四卷,人民文学出版社 2005 年版,第 458 页。
② 丰陈宝等编:《丰子恺文集》第 4 卷,浙江文艺出版社、浙江教育出版社 1990 年版,第262 页。

术效果。基于这样的艺术论断,丰子恺还曾对鲁迅作品进行多次绘画阐释。丰子恺笔下的阿 Q 形象(图 5-12)至今仍被视为新文学图像的典范之作。

丰子恺曾说:"鲁迅先生的小说,大都是对于封建社会的力强的讽刺。赖有这种力强的破坏,才有今日的辉煌的建设。""我把它们译作绘画,使它们便于广大群众的阅读,就好比在鲁迅先生的讲话上装一个麦克风,使他的声音扩大。"①从这里也可以看出,丰子恺在对鲁迅作品进行图像创作时,是非常尊重原著的,十分注重对原文本意的继承。这从后来他的绘画所取得的反响可以见出。1950 年,丰子恺曾出版了八篇改编自鲁迅小说的连环画,产生了极大的反响。既呈现出了丰子恺本人的创作风格,又把握了鲁迅原作的意旨内涵,达到珠联璧合的效果。例如丰子恺绘画版的《药》(图 5-13),为了突出表现原文本中的"人血馒头"这一中心意象,用 14 幅图像来表现华老栓买药和小栓吃药前后的过程、动作和神态,更加凸显原著所表达"群众愚昧和革命者悲哀"的主旨。

图 5-13　丰子恺绘画版《药》

1934 年,鲁迅和茅盾创办了中国第一本纯文学翻译杂志《译文》。这本杂志除了翻译大量全世界被压迫民族的文学和俄罗斯文学之外,还大力推崇刊发木刻版画,是中国现代文学刊物中刊载木刻版画最多的杂志。鲁迅曾认为

---

① 丰子恺:《〈绘画鲁迅小说〉序言》,载《丰子恺全集》第 4 卷,海豚出版社 2016 年版,第 282 页。

木刻艺术具有"有力"之美，他提倡苏式、德式的新兴版画形式，使得中国文学图像获得进一步发展，也为 20 世纪 40 年代的文学图像中国化奠定了基础。

除鲁迅本人之外，鲁迅的学生在中国文学图像史上也占有重要地位，他的学生陶元庆便是当时优秀的插图艺术家。鲁迅曾赞扬陶元庆的作品"内外两面，都和世界的时代思潮合流，而又并未梏亡中国的民族性"①。特别是陶元庆为许钦文短篇小说集《故乡》所创作的封面（图 5-14），被鲁迅推为经典。图像以绍兴戏《女吊》中的女鬼为原型，红蓝黑为主调，人物身着大红袍，形象诡异、恐怖，表现出凄厉的现代艺术主题，同时也蕴含着中国真实的民俗风土，表现出中国乡土生命的愤怒与不屈，呼应了许钦文乡土小说的文本内涵。

图 5-14　许钦文《故乡》封面

1921 年，商务印书馆对发行已 11 年的文学期刊《小说月报》进行改革。这个时期的《小说月报》顺应历史潮流，呼应时代主题，开始抛弃前期"鸳鸯蝴蝶派"的文学趣味，不断改良，改革后成为文学研究会的机关刊物。刊物以小说为主兼顾诗歌、戏剧、散文，成为倡导"为人生"的现实主义文学的重要阵地，对批判封建文学观念，推动新文学发展起到过积极作用。除了刊登鲁迅、郑振铎、叶圣陶、胡愈之等人的理论文章之外，还连载沈雁冰第一次用茅盾笔名发表的小说《幻灭》《动摇》《追求》，发表了丁玲的处女作《梦珂》，巴金的第一部中篇小说《灭亡》等。所载的作品从不同的侧面描绘了 20 世纪 20 年代的中国社会的时代风貌，具有强烈的现实主义精神，大多成为现代文学经典。

---

① 鲁迅：《当陶元庆君的绘画展览时》，载《鲁迅全集》第三卷，人民文学出版社 2005 年版，第 574 页。

　　《小说月报》在进行了全面改革的第十一卷十二期卷首,发表茅盾所作的《本月刊特别启示》一文,列举了七条栏目,其中四条突出强调了介绍西方文学的宗旨。改革后的《小说月报》提倡宣传西方文学作品及理论,故此后的封面插图也以西方画或西方人物为主,不再像以前那样以刊登风景画、名妓或者作者照片为主。1923 年第 13 卷起,郑振铎任主编。因其本人对插图艺术十分感兴趣,《小说月报》的插图数量开始增加,题材变得多元,艺术视野也更加开阔。郑振铎曾在《小说月报》第十八卷第一号发表文章《插图之话》,该文是中国现代研究中外书籍插图最早的论文。郑振铎认为:"插图是一种艺术,是表白文字已经表白的一部分意思,插图的工作就是补白别的媒介物如文字之类的表白,这因为艺术的情绪是联合的激动","插画的功力在于表现文字内部的情绪与精神"。① 这实际上是一篇支持语图互文的宣言,它肯定了文学图像对文字意义的补充说明作用,认为图像和文本结合才能共同构成文学完整的意义。郑振铎的这些理论,实际上都是语图互文理论的应有之义。

　　20 世纪 20 年代,郭沫若、成仿吾、郁达夫等赴日留学的中国新文化运动代表人物成立了五四新文化运动早期的文学团体——创造社。创造社出版了《创造季刊》《创造周报》《创造日》等一系列文学报刊,这些刊物与《小说月报》相比各类图像减少了不少。在创造社后期转向革命文学后,主要刊物《洪水》《创造月刊》系列杂志的插图普遍增多,封面风格也转向社会写实,与当时报刊的革命主题遥相呼应。特别是在叶灵凤加入创造社以后,绘制了许多在当时极具视觉冲击力的图像。如图 5-15 所示,《创造月刊》第一期第一卷封面原为长发女神,到了第二卷开始转变成一个年轻的铁匠正在铸剑,美学风格由阴柔转为阳刚,凸显出工人阶级的阳刚美与社会变革的力量美,以图像的方式呼应了杂志的革命主题。总的来说,前期叶灵凤为《创造月刊》设计的文学

---

① 郑振铎:《插图之话》,《小说月报》1927 年第 18 卷第 1 期。

图像偏颓废,多用黑白线条,有意摹仿比亚兹莱,后期叶灵凤设计的图像则偏向革命的象征,常常用交错的线条和角锥形、圆弧形图案来传递出革命的攻击力量,颇具艺术冲击力。创造社文学期刊在图像设计上对西洋绘画的引进以及设计风格上的标新立异,影响很大,与《小说月报》上的图像共同推动了新文学图像的成熟。

图 5-15　《创造月刊》第一期第一、二卷封面

在 1927 年大革命失败后,创造社转而开始宣传革命文学,以激进的方式冲击着文学界,陆续推出了《太阳月刊》《文化批判》《现代小说》等革命文学刊物。这些刊物封面插图风格前卫,选取具有冲击力和破坏力的图像来呈现革命的姿态,体现出鲜明的革命价值取向。1925 年加入创造社的叶灵凤,其本身所著的小说在当时也得到了大量的关注,美术专业出身的叶灵凤为自己所作的《灵凤小说集》设计了封面与大量插图。1928 年,叶灵凤主编文艺刊物《戈壁》,其封面和插图也是自己所作。如图 5-16 所示,封面图像被杂乱的线条与尖锐三角形所割裂,视觉效果粗犷刺激,与期刊的革命主题遥相辉映。

图 5-16 《戈壁》封面与插图

20 世纪 20 年代,以"鸳鸯蝴蝶派"为代表的旧派文学期刊逐渐衰落,但其余绪在其他通俗文学期刊还有影响。这一时期,中国迎来新的通俗文学刊物回光返照式的小高潮。《新声》(1921 年,上海)、《半月》(1921 年,上海)、《红杂志》(1922 年,上海)、《红玫瑰》(1924 年,上海)、《紫罗兰》(1925 年,上海)等,这些通俗文学刊物的封面和插图精美繁多,印刷质量高。这些刊物虽仍然注重言情,但滑稽世情作品、反映社会现状的文字明显增多,显示出通俗文学贴近现实、力图进行自我改造的一面,这也是为迎合当时市场需要而生出的改变。这一时期,随着五四新文化运动等成长起来的青年一代审美趣味开始发生变化,旧式通俗杂志的萎缩,从 20 世纪 30 年代开始旧式通俗杂志就已经不多了。许多通俗杂志为赶上时代的革命潮流,纷纷向五四新文艺杂志学习靠拢。如 1932 年创办的《珊瑚》《万岁》等,其封面插图风格与以前的通俗杂志不同,封面和插图表现出与五四新文艺杂志趋同的样子。

除了文学期刊,20 世纪 30 年代文学著作的图像也有了一些变化,比如中国现代新诗集的封面。1926 年,由商务印书馆出版了李金发的《为幸福而歌》,该书封面由李金发夫人波坦所作,描画了金发女性蒙眼在天地间舞动,画面虽然优雅但也透露出颓废的意味,和李金发诗歌的晦涩颓废相互映照。冯乃超的《红纱灯》于1928年4月在上海出版,封面字体扭曲变形,整幅图像由错综复杂的线条图形构成,画面狂热迷乱夸张,极具冲击力。这和他的《红纱灯》中体现出的"在迷茫与颓废之中吟咏希望"具有一致性。

　　1930年左翼作家联盟成立,《北斗》(1931年,上海)为其代表性期刊,创刊号卷首插画是由鲁迅提供的木刻插画《牺牲》(图5-17)。鲁迅在《为了忘却的记念》写道:"我知道这失明的母亲的眷眷的心,柔石的拳拳的心。当《北斗》创刊时,我就想写一点关于柔石的文章,然而不能够,只得选了一幅珂勒惠支夫人的木刻,名曰《牺牲》,是一个母亲悲哀地献出她的儿子去的,算是只有我一个人心里知道的柔石的记念。"①在鲁迅眼中,珂勒惠支是最值得推崇的革命艺术家,"在女性艺术家之中,震动了艺术界的,现代几乎无出于凯绥·珂勒惠支之上——或者赞美,或者攻击,或者又对攻击给她以辩护"②。选用这幅木刻图,看中的是其中蕴含着对受难者的悲悯与被压迫者的革命抗争的再现。由此可见,这是为了纪念柔石的牺牲,更是与杂志的战斗风格取向一致。图像不仅有创作者意图的表达,更添加了甄选人的情感投入,使得图像的意义具有了多维度多层次的特性。

图5-17 《北斗》封面及插图

① 鲁迅:《鲁迅全集》第四卷,人民文学出版社2005年版,第501页。
② 鲁迅:《鲁迅全集》第六卷,人民文学出版社2005年版,第487页。

　　1932 年《文学》杂志创刊,它是因淞沪战火停刊的《小说月报》的延续,仍以刊登小说为主,郑振铎任主编。郑振铎非常重视插图的作用,他认为图与文是相辅相成的,"为什么我对插图那么重视呢? 书籍中的插图,并不是装饰品,而是有其重要意义的。不必说地理、医药、工程等书,非图不明,就是文学、历史等书,图与文也是如鸟之双翼,互相辅助"①。因此《文学》仍保留重视封面设计和插图选择的特色,选用了大量的木刻版画和西式油画。但与《北斗》等左翼期刊的图像选择有所不同的是,《文学》多了一些细腻的生活气息并积极向西方现代艺术学习。

　　1932 年 5 月,新感觉派主要阵地《现代》杂志社创刊,以刊登小说为主。1935 年停刊,出版 34 期,由施蛰存任主编。从第一卷开始,《现代》杂志就设立了《现代文艺画报》栏目,分别刊登作家肖像、漫画、手稿、建筑等照片,以增加杂志销量。主编施蛰存非常注重图片的选取,认为杂志中刊登图片代表着新技术和进步这一价值观。他说:"我做编辑一贯注重刊物上的图版,图文并茂从内容到形式,都会受到读者的欢迎。《现代》杂志上的图版,我非常重视,开始称作'画'报,读者反响很好,到第二卷起专门叫做'现代文艺画报',要求刊载些中外古今文艺上有价值或有趣味的图版,侧重用照片的形式介绍国内外文坛的作家动态、作家手稿、作家相片及所发生的事件,力求选取当时还未见在别的刊物上发表过的图片。"②可以看出,作为主编的施蛰存有着极强的图片自觉意识,这从《现代》刊登的大量照片也可以得到印证。《现代》刊登了周作人、沈从文等人的手稿图片,刊登了李金发、高尔基、高尔斯华绥的照片,还刊登了外国漫画和中外木刻画等,还选用了波德莱尔《恶之花》的插图和卢维《肉与死》的插图,构筑了一个丰富的图像世界。施蛰存作为新感觉派的代表,在封面上多选择超现实主义和立体主义式的绘画(图5-18),显得破碎、抽象,有着明显的现代主义特征,这和新感觉派强调忠实于"感觉"、空间的"破

---

①　郑振铎:《郑振铎文博文集》,文物出版社 1998 年版,第 112 页。
②　林祥主编:《世纪老人的话:施蛰存卷》,辽宁教育出版社 2003 年版,第 59 页。

碎"、唯美主义等文学气质颇为相近。

图 5-18　《现代》封面

　　1934 年,叶灵凤在上海创办了《文艺画报》。叶灵凤的《文艺画报》一改以往粗犷猛烈的战斗风格,叶灵凤在其创刊号《编者随笔》中写道:"不敢教育大众,也不敢指导(或者该说麻醉)青年,更不想歪曲事实,只是每期供给一点并不怎么沉重的文字和图画,使对于文艺有兴趣的读者能醒一醒被其他严重的问题所疲倦了的眼睛,或者破颜一笑,只是如此而已"[1]。该刊虽只出版了四期,但刊登了大量的照片和文学图像。图 5-19 所示是叶灵凤在《文艺画报》第一期刊登的短篇小说《山茶花》的配图。《山茶花》讲述了一名叫苏菲亚的姑娘,跟随马戏团在世界各地演出,观众们赞美她的演技却不知她心里的落寞,直到苏菲亚某天在他国遇见了家乡的一位青年,暗生情愫却又寻君不得。苏菲亚一次受到欺辱后想回国寻找该青年,却又因孝顺听从了父亲的话而继续留在马戏团,最后因思念故乡和青年不小心在高空表演时失神摔落而死。该小说一共选取了四幅图像,前两幅描绘了马戏团老虎表演时的场景,图像隐喻着主人公也如笼中之虎一般"和每个一同表演的孟加拉的老虎,喀萨瓦晚大象一样的没有人知道,没有人了解"[2],又如同图像里马戏团的小丑一样,机械微笑却非真情所发,图像暗示主人公渴望爱情、盼望归根最后却身亡的悲惨命运。

---

①　叶灵凤:《编者随笔》,《文艺画报》(创刊号)1934 年 10 月第 1 期。

②　叶灵凤:《山茶花》,《文艺画报》(创刊号)1934 年 10 月第 1 期。

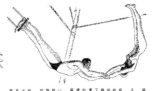

图 5-19 《山茶花》插图

　　1937 年抗日战争全面爆发以后,中国国内又掀起了创刊高潮,这一时期的文学报刊中的图像也多以抵御外辱、救亡图存为主。仅 8 月份在上海创刊的就有《呐喊》《火线》《七月》《高射炮》《民族呼声》等,其中又以《七月》《烽火》为代表。《七月》前后共 32 期,共刊登 58 幅图像,它继承了左翼文学图像的风格,以木刻版画为主,主编胡风还曾专门登载启事寻求木刻版画。木刻版画与杂志内刊载的抗战文学相互补充,相互呼应,在传达救亡图存、团结抗日的精神主题上起了重要的作用。比如《七月》第 5 期封面上,就选取了著名的版画《被枷锁着的中国怒吼了!》(图 5-20)。该作品由李桦所作,刻画了一位蒙住双眼的男子被捆绑在木桩上,他的身体扭曲、发出嘶吼但同时似乎马上就能拿起手边的匕首了。该作品采用了象征的创作手法,把饱受苦难的中国比喻为被束缚住的男性,昭示着中华民族必定会选择抗争、突破桎梏的不屈信念。作品极具视觉冲击力,是 30 年代新兴木刻的代表作。

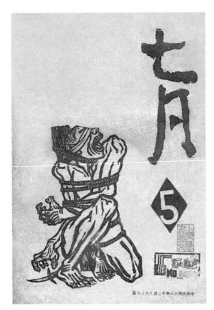

图 5-20 《七月》第五期封面
《被枷锁着的中国怒吼了!》

　　与《七月》有所不同,《烽火》的插图以漫画为主,抗战时期许多优秀的漫画家,如蔡若虹、丰子恺、丁聪等的作品都曾在《烽火》上发表。与硬朗黑白分明的木刻版画相比,漫画则更为夸张和具有讽刺性。

20世纪中国文学中的图像，除了报纸杂志大量采用木刻版画之外，书籍著作也广泛采用木刻版画来作为封面或插图。当时左翼作家出版的文学作品中，往往运用版画来丰富文本内涵，吸引读者，使之更加易于传播。胡风曾主编过一套"七月文丛"，收录了艾青、丁玲、萧军等人的作品，产生很大影响。这套书也继承了《七月》杂志封面插图的装帧艺术风格，大量采用版画图像，与文本表达互补，共同突出了丛书的强烈革命性与民族意识。

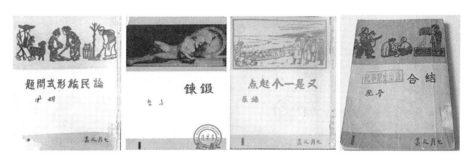

图 5-21 "七月文丛"部分作品封面

1938年《杂志》创刊。作为当时沦陷区的文学期刊，《杂志》为当时地下党人所掌握，采取"中立"姿态作为掩护，是当时最具进步性的文学刊物。张爱玲对《杂志》独爱有加，"当年刊发张爱玲作品最多最精的应该算是《杂志》了"①。当时《杂志》刊登最多的是张爱玲的作品，如《倾城之恋》《金锁记》《茉莉香片》等，张爱玲也亲自为自己的作品绘制插画，与自己的文学作品相得益彰。1943年第11卷第4期，刊登了张爱玲的小说《茉莉香片》，张爱玲为其绘制了两幅图像。其中一幅（图5-22）描绘了男主角和女主角再会时的

图 5-22 《茉莉香片》文本及插图

---

① 谢其章：《张爱玲书影——一个人的杂志史》，《书屋》2004年第1期。

情景。画作十分简单,但人物的神态刻画却能表现出人物的性格特征。男主角聂传庆身体瘦弱,双目紧闭,背对着女主角言丹朱,对她是有抵触的,内心在挣扎,人物整体呈现出颓废压抑的状态。而言丹朱衣着时髦,脸部圆润,正在侧头观察聂传庆,体现出她的善良纯真。

在小说《倾城之恋》中,张爱玲插入主角的面部特写,突出人物神情,使得角色形象更为立体。图 5-23 画的就是《倾城之恋》的女主角白流苏跟随

图 5-23 《倾城之恋》文本及插图

男主角范柳原来到香港以后,在海滩上晒太阳的场景。图像中的白流苏身材丰满,嘴巴微张,比以前更具女人味。图像中的她与小说文本中的她"逐渐感到奇异的眩晕与愉快",形成一种奇妙的互文效果,表现出经过颠沛流离后,白流苏身心都有了一个暂时的庇护地。整个图像"艳"而"异",略带情欲色彩,同时配合文字的描写,图文结合正好表现出流苏想与范柳原关系更进一步的企图。这种语图互文的配合,带给读者更深刻的感受,让主角的形象以及心理更加清晰,充满叙事的张力。

张爱玲是中国现代文学图像史中的代表人物,文学图像在张爱玲的文学世界里有着重要的地位。从八岁为自己的小说绘制插图开始,张爱玲还为其他作家的散文绘制了多幅插图,图像伴随了张爱玲的写作生涯,"她的散文集《流言》是中国现代文学史上唯一一部作者自绘大量插图,凸显个人风格的散文集"①。她本人对插图和封面图像极为重视。例如在《传奇》(1946 年,山河

----

① 陈子善:《出版说明》,载张爱玲:《红玫瑰与白玫瑰》,经济日报出版社 2011 年版。

版)封面中(图5-24),她选取了吴友如《海上百艳图》里的一幅《以永今夕》,并在原画上增添了幽灵般的人形图像。张爱玲本人阐释说,这幅画想要通过比例夸张的人形营造出令人不安的气氛,与小说文本所表达的主题相呼应。那个探出的人形和《流言》中的人形异曲同工,很有可能就是张爱玲内心中的自己,在一旁观察常人的生活及状态,使得文本所表达的思想通过封面图像先行呈现。

图5-24　《传奇》封面及原画

与同期的鲁迅、胡风等相比,延安文学在内容和形式上更具有民族化的生活气息,延安文学中的文学图像大部分反映了军民的日常生活。如1946年现实出版社出版刘白羽的《延安生活》(图5-25),书中采用了多幅剪纸画,生动地描绘了陕北的风土人情与生活面貌。

图5-25　《延安生活》封面及剪纸插图

延安《解放日报》创刊于 1941 年 5 月 16 日,它的"文艺副刊"栏目早期由
丁玲负责,1942 年整风运动后由舒群接任。《解放日报》"文艺副刊"思想活
跃,除了刊登小说、诗歌、散文等文学作品外,还刊登了各种理论文章、翻译小
说、短论、杂感以及木刻画等。特别是 1942 年毛泽东发表《在延安文艺座谈会
上的讲话》(以下简称《讲话》)之后,对如何利用民族形式等问题进行了阐述,
推动了民族风格木刻、民族舞蹈、民间戏曲、民间歌谣等民间艺术的发展。秧
歌这一民间文艺形式开始受到重视,各团体开始陆续成立秧歌队,并将各种新
的艺术元素加入民间秧歌,对民间秧歌进行改造,剔除其中不适合传达革命意
识形态的内容和形式。鲁迅艺术学院就曾将民间秧歌中的伞和棒槌等道具改
成镰刀、斧头,将原来的人物形象改成工农兵等,以贴合《讲话》中对文艺为工
农兵服务的要求。这一时期的"文艺副刊"在刊登小说时,就大量选用反映延
安民众文艺生活的木刻画作为配图,如古元的《秧歌》(图 5-26),成为延安时
期文学插图的潮流。

图 5-26　古元《秧歌》

1943年,胶东大众报社出版了赵树理的小说《小二黑结婚》(图5-27),封面画了主人公小二黑与小芹在窑洞里商量如何应对三仙姑要将小芹许配给一个退役旅长的情形。画面中小二黑半蹲,左手给小芹打气;小芹侧耳倾听,手放在腹前,衣着也非常土气,略显拘谨羞涩。封面图像表现的这一情节是全书转折的关键,图像画风朴素,寥寥几笔,却很好地再现了文中所描绘的情景,体现了封面作者对文本情节的把握。

1946年6月到7月,《解放日报》文艺副刊连续9天刊登了赵树理的中篇小说

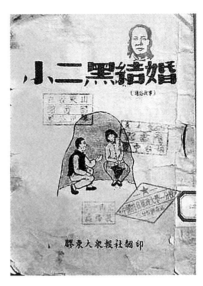

图5-27 《小二黑结婚》封面

《李有才板话》,由罗工柳、杨筼俩人为之配图17幅。这17幅插图均为木刻画,黑白色调线条和刀法结合在一起,画面风格淳朴,富有乡土气息,将李有才的傲骨与硬气以及地主恶霸阎恒元的嚣张及受批斗后的沮丧都刻画出来了。插图和小说风格极为相配,通俗易懂,相互解释,构成了互文共生的关系。插图作者罗工柳回忆说:"《李有才板话》(木刻画插图)是1946年日本投降后在延安刻的。""塑造李有才难度很大。李有才有他的性格,他是很傲慢的,是硬骨头。很简洁的几刀要表达出这些难度很大。""那时艺术家生活在特定的时代,没有那个生活,没接触那些人,可能也刻不出来。我刻《李有才板话》是经过延安文艺座谈会以后,又下了乡,到农村里当乡文书,整天跟农民在一起。这好处很大,我熟悉很多朋友,了解很多他们的性格与个性,我经常画他们,他们的形象都活在我脑子里。所以我画起来很自然,形象自己便出来了。"①我们从画作中明显能看到作者是在对原著进行理解阐释之后进行的再创作。图

---

① 山西省史志研究院编著:《赵树理传》,当代中国出版社2009年版,第67—68页。

5-28 中,左上图中的人物就是阎恒元。他敞着大肚子,摇着大蒲扇,身后是高大的瓦房,表现出他内心的有恃无恐。章工作员到阎家山实施减租减息,被阎恒元所蒙蔽,并没有发动群众发现阎恒元的罪恶。而阎恒元则更加狡猾,退居幕后,安排亲信,一手操纵村政权的改选。这幅图正是表现他诡计多端、嚣张霸道、目中无人的情形。右上图的人物是李有才。画面远处是稀疏的栅栏和茅草屋,近处的李有才衣衫褴褛,面容枯槁,放着几头和他一样瘦弱的山羊,使读者对这个有着鲜明爱憎和风趣幽默的人物形象有了直观的认识。下图是觉醒后的群众在老杨的带领下,集体批斗地主阎恒元的场景。左侧站满了义愤填膺的群众,右侧的阎恒元形单影只,失去了往日的嚣张,在群众的批斗下低下了头,向革命政权认罪伏法。通过对比失衡的画面,插图预示出人民群众的强大力量和地主恶霸终究被打垮的历史趋势,呼应了必须依靠人民群众才能取得革命胜利这一主题。可见,插图对小说的主旨进行了增补性的互文说明。

图 5-28　赵树理《李有才板话》插图

三、 从政治象征到多元审美:新中国成立后的文学图像

1949 年新中国成立后,特别是 1949—1966 年这段时期,中国文学发生了重大变化,史称"十七年文学"。"十七年文学"时期,是我国长篇小说创作出版的一个高潮期。这些小说继承了延安文学的血脉,以讴歌共产党领导下的革命战争及社会主义建设等不同历史时期的重大贡献为主要题材和价值指向,以社会主义现实主义为创作原则,展现了我国人民艰苦卓绝的奋斗历程和除旧布新的时代风貌,在当代文学史上是极为重要的一段。

"十七年文学"特别注重文学的政治表达和意识形态话语的建构,因此,这一时期的文学图像也具有极强的政治象征意味。这一时期,一批革命历史题材的红色经典小说(图 5-29)陆续出版,成为当时影响最大的文学经典,

图 5-29 红色经典小说封面

并影响到了后世文学。这些小说继承了延安文学的精神,以革命现实主义为主潮,将关注的目光放在革命斗争、农村建设以及知识分子的成长等领域,艺术成就较高,在中国文学史上占有相当重要的地位。这些小说主要有"三红一创,青山保林",即《红岩》《红日》《红旗谱》《创业史》《青春之歌》《山乡巨变》《保卫延安》《林海雪原》。这些小说的封面设计有着鲜明的革命指向,带有强烈的时代特点。如红色经典中的"三红"(《红岩》《红日》《红旗谱》)都不约而同地选择红色作为主色调,带有强烈的政治象征。红色作为一个带有革命意指内涵的颜色,成为许多红色经典小说封面设计不可缺少的主要颜色。吴强的《红日》和梁斌的《红旗谱》封面设计较为相同,都是通体红色背景配上金色书名和黑色作者名,《红旗谱》仅仅比《红日》多了一些暗纹。封面的大红背景,喻指着革命的鲜血与激情,带有明显的政治符号意指。《红岩》的封面设计较前两部作品复杂,它的封面由宋广训设计,以红色、黑色和金色为主要色调,红黑搭配给人一种庄严肃穆的视觉感受。红色象征着革命的熊熊火焰,黑色的山峰底座上面是耸峙着红色的岩石和挺拔的青松,象征着革命的坚韧不拔和坚贞不屈,晨曦发出的金色光芒预示着即将到来的光明。柳青的《创业史》和周立波的《山乡巨变》,都是农村革命斗争题材小说,是以农业合作化运动为背景,展现了新农村的社会面貌。两部小说封面以农村房屋和树木为主体,有着浓浓的乡土气息,还不约而同地选用淡绿色作为封面的主体色,预示着农村革命带来的新生与蓬勃的生机。封面设计既有乡土气息,又有革命指向。杨沫的《青春之歌》,封面是以一群昂首挺立的青年学生为主体的木刻画构成,高高飘扬的白色围巾、深邃的表情和直视前方坚毅的目光,以木刻画独有的粗硬线条表现出来,一种青年人的朝气和追寻革命之路的坚决之感扑面而来,呼应着主人公林道静的成长历程。杜鹏程的《保卫延安》,封面前景是一面迎风招展、呈现战斗姿态的红旗,背景是延安的标志性建筑——延安宝塔,封面图像将小说发生的空间形态予以呈现,并暗示了小说的主要书写内容。曲波的《林海雪原》,封面以东北特有的雪原和原始森林为设计主体,延伸至远方的茫茫大雪和错乱倒放的树木令人寸步难行,给人一种原始、冷寂和蛮荒之感,呼应了小说发生的时间和空间。周而复的《上海的早晨》,是"十七年"小说中唯一一部以描写城市题材为主的长篇小说,它以上海为背景,将改造民族工商业作为小说主题,展现了工人阶级的团结和成熟,以及从资产阶级到社会主义过渡的必然趋势。小说封面由著名画家王荣宪设计,他也是《青春之歌》初版封面的设计者。《上海的早晨》封面由一幅上海外滩铅笔速写画组成,它和书名一起对小说发生的空间予以了指引和说明。

　　图5-30是丁玲《太阳照在桑干河上》的不同版本。最左边的是1948年光华书店版,这也是这部小说的初版。初版本封面,左侧白边上是竖体书名,占比约三分之一;右侧以绿色为主色调,上有一幅抽象的扬帆起航的帆船图案,下部是出版时间"1948"字样。封面没有太多对小说内容的指向。第二幅图是《太阳照在桑干河上》重排再版的封面。《太阳照在桑干河上》1953年作为"中国人民文艺丛书"之一,由人民文学出版社出版。封面设计以中国剪纸画为主体,剪纸刻画的是一位戴头巾的农妇正踮脚在果树上采摘果子,脚边还放着一个快装满果子的篮子。这幅图对小说内容构成了补充说明,因为小说中进行土改、打倒地主正是为了果园的重新分配。农妇脸上的笑容以及满满一篮果实,也喻指革命的累累硕果。最右边的封面是1955年人民文学出版社出版的《太阳照在桑干河上》修订第2版。封面人物是正在过桑干河的三位农村干部,其中一位手指向前方,预示着革命的方向。桑干河水倒映着三人的身影,一轮红日正在冉冉升起。从图像封面来看,三个版本的封面图像,由最初的没有对小说内容进行对应说明的装饰性图案,逐渐变成"土改"过后采摘胜利果实的剪纸,到后来变成太阳映照下对(革命)方向的指引,喻指性越来越强。这也说明,随着时代的变化,小说的封面的政治意味指向也越来越浓。

图 5-30 《太阳照在桑干河上》不同版本封面

　　"文化大革命"期间的小说封面设计,大体沿用了"十七年文学"的设计风格,突出图像的政治象征意味,大量借用红旗、太阳等设计元素,对小说主题进行互文性再现。浩然的《金光大道》(图 5-31),初版本由人民文学出版社1972 年出版,是一部完整记载我国农业社会主义改造全过程的长篇小说。小说因对农业合作化改造过程中两个阶级、两条道路和两条路线斗争的描写,符合主流意识形态对合作化运动的看法,加上 1975 年它被改编成同名电影由长春电影制片厂拍摄上映而风靡一时,成为"文化大革命"期间的畅销书,累计印行约 600 余万册。《金光大道》初版本封面图像,由沃土、机器、太阳、人和飞鸟组成,色彩由红色、黑色两种对比鲜明的主色和浅绿底色组成。红色的太阳、黑色的沃土以及居中的红黑相间的农耕机器(染上了太阳的红色和泥土的黑色),组成一幅具有浓郁农村现代化气息的春耕图。封面图像中的"太阳""沃土""机器"具有极强的政治象征意味,将小说所涉及的无产阶级革命路线、农业合作化改造和农村现代化建设——予以图像符号化呈现。另一部影响较大的作品《虹南作战史》,也是以反映农业合作化运动中两条路线斗争为主题的农村题材小说。小说以上海县七一公社号上大队为原型,按照阶级图谱和政治逻辑以"三结合"的模式来进行创作。小说封面图像以绿树、良田、屋舍和红旗为主要元素,色彩以绿色为主色调,白、黑、红搭配,画面清新,充满勃勃生机。绿色作为主色调,这与小说的农村题材不无关系,远处作为点缀的房子与画面中心矗立着的红旗,非常醒目地将小说的政治象征与民众生活关联在一起。

图 5-31　《金光大道》和《虹南作战史》

　　除了单行本小说封面图像外,许多期刊的插图也对文本形成了互文性说明。《人民文学》是当代文学史上重要的文学期刊,笔者以此为例来具体看看有哪些有意味的语图互文现象。1949 年,《人民文学》在北京创刊,它是新中国第一份文学期刊,承担着传达国家意志、宣传新文学政策的重任。与以往的杂志相比,《人民文学》延续了封面插图多版画的特点,设立了专门画页栏目,发表美术、摄影等图像作品,刊登了许多社会主义生产建设的画面,并十分注重推介农村题材小说,以凸显新中国建设发展的成就和人民昂扬的精神面貌。下面以《人民文学》为中心,了解这一时期语图互文的基本概况。

　　作为新中国的第一份国家机关文学刊物,其图像的选择无不透露出严格的政治立场和明显的意识形态性。在 20 世纪 50 年代初期,《人民文学》除了刊登领袖图像以外,插图集中于工农兵的生产建设、军事活动等图像。题材集中,象征性意义强。如第三卷第四期刊登了《修理火车头》(图 5-32),画面以火车头为主体,工农兵们各司其职、热火朝天地工作,显示出了人民高昂的生产建设热情。

图 5-32 《修理火车头》

需要指出的是,《人民文学》在 20 世纪 50 年代之前的图像,与文内具体的文学作品联系并不紧密,仅仅是选取颇具宣传性质的图像来宣传当时生产建设成就。到了 20 世纪 50 年代的中后期,所载的插图开始镶嵌于文本的中间,图文关系开始密切,图像与文本内容开始形成紧密的互文关系。如 1958年 1 月第 1 期开始,《人民文学》连载了周立波的长篇小说《山乡巨变》,一共连载 6 期。在 1958 年第 6 期文中配了两幅插图(图 5-33):

图 5-33 《人民文学》刊发《山乡巨变》时的插图

　　这两幅插图都是一种突出演示性功能的图像处理方式。第一幅图描绘了县委副书记邓秀梅和农业社社长刘雨生到盛佳秀家询问退社一事。画面中邓秀梅双手插兜,短发干练,眼神紧盯盛佳秀,凸显邓秀梅泼辣强势的人物性格。村民盛佳秀正在用围裙擦拭双手,眼睛望向地面,显示出她面对政治话语代言人的县委副书记时的紧张不安和拘谨,也透露出其犹豫不决的性格,为后来的转变埋下伏笔。刘雨生则在一旁手持烟杆,眼神温柔地看着盛佳秀,从画面中也可感受出他与盛佳秀微妙的人物关系。第二幅插图描绘了清溪乡五个农业生产合作社举行联合成立会时的情形。工人代表队伍从乡政府走出,敲锣打鼓,旗帜高展,队伍两旁的松竹茂盛,郁郁葱葱。整个画面丰富热烈,烘托出在经历艰苦斗争以后,合作社取得了伟大的胜利,清溪乡旧貌换新颜,成为真正的巨变乡。

　　周立波的长篇小说《山乡巨变》发表之后,由画家贺友直所作的同名连环画也相继出版,引起极大反响,成为文图相得益彰的典范。贺友直除了仔细研读原著,前往湖南体验生活之外,还学习了中共中央关于合作化的政策化的文件,最后才开始动笔创作连环画。

图5-34　连环画版《山乡巨变》系列封面

贺友直连环画版的《山乡巨变》采用主图边文的形式（图 5-34），对原著的主要内容进行再现。但同时，他又以图像的方式将原文中隐含的意义进行复现，比如对一些政治寓意的体现时，画家非常注意画面的构图设计。图像对语言文本的模仿不是简单的复制，有时会根据自己的理解进行再创造，这对文本意义是一种补充与丰满。

图 5-35　连环画版《山乡巨变》内文图像

例如图 5-35，描述的是王菊生夫妇在刘雨生面前因是否入社的事情假装争吵。画面中左边描绘了王菊生的小女儿一边吃饭，一边似乎在饶有兴趣地看父母吵架。孩子的表现与父母的行为形成鲜明的对比。但是小说当中并没有对王菊生的女儿有过只言片语的描述。画家在这里添加此角色的目的，一是体现了讽刺的效果，二是从侧面暗示这对夫妻的吵架其实是有意为之。当读者从后来的情节中，了解到这是王菊生夫妻故意吵架时，才会对孩子的表现有恍然大悟之感。图像这种添加暗示的艺术手法是可行的，但文字却不能采用这种手法，因为文本在书写矛盾冲突时，往往需要欲扬先抑，先把读者的情绪紧张调动到顶点，再化解它，这样才能产生鲜明的对比效果。如果在文本中贸然插入对一个孩子的描写，不但会打乱叙述节奏，更会使这种效果大打折扣。

1960 年第 3 期的《人民文学》，刊载了李准的短篇小说《李双双小传》，同样配之以插图两幅(图5-36)。

图5-36　《李双双小传》插图

因为该篇小说主要是围绕农村妇女李双双展开,故在文本图像的绘制选择上也单独突出了李双双的个人形象。第一幅图描绘的是李双双为了参加生产运动,伏案撰写大字报的情形。第二幅图则是李双双当了炊事员以后,为大伙做红薯面条的情形。画面选取李双双积极摆脱普通农村妇女的社会身份,以及从丈夫的附庸逃离出来这两个典型事件,烘托了中国农村女性在党的领导下翻身做主人引起的社会地位的变化。

总的来说,《人民文学》在1966年停刊之前,其所刊载的图像大多画风古朴,注重画面的生活性、政治性和民族性,往往选取文学中的关键情节来勾勒,由此凸显对文本的补充说明作用。

1966年到1976年,《人民文学》停刊十年,直到1976年复刊。复刊后的《人民文学》,紧跟时代潮流,推动了新时期文学思潮的解放,引领了文学创作的风向。所刊小说大多简单配了插图,这些配图都有极强的目的性,往往选取小说的"题眼"进行绘制。如刘心武的《班主任》刊发于《人民文学》1977年第11期。这篇被誉为"新时期小说创作的第一株报春的新笋,是新文学潮流当之无愧的发轫点"①

---

① 滕云:《新时期百篇小说评析》,南开大学出版社1985年版,第1页。

的小说,是伤痕文学的开篇之作。《人民文学》在刊发时是以文中图的方式来呈现的(图 5-37)。插图表现的是张老师到石红家进行家访时,学生们围着石红聚精会神地阅读由鲁迅翻译的苏联作家班台莱耶夫的儿童文学作品《表》的情形。插图选取的恰好是文中最高潮的部分,是《班主任》批判主题之所在的关键情节。《班主任》要批判的正是"四人帮"极"左"文艺路线导致的文化专制和文化愚昧带给青少年的"伤痕",而引发这种反思和批判的,正是图中所示的内容——石红等读的书被好孩子谢慧敏认为是"毒草","除非现在报上专门登篇文章,宣布《表》是一本好书"①,谢慧敏这样的好孩子被洗脑引发了班主任的极大担忧;这本书里的小流氓又引出了学生们对差生宋宝琦的关注和评价,此后才有了后文张老师下定决心"救救孩子",即帮助谢慧敏消除"四人帮"的流毒,教育宋宝琦走上正道。插图选取了体现全文思想主旨和矛盾最集中之处来呈现,对这篇小说的创作意图和意义指向进行了视觉化的补充说明。

图 5-37 《班主任》插图

　　1979 年第 7 期的《人民文学》,刊载了蒋子龙的短篇小说《乔厂长上任记》(图 5-38),它被誉为中国改革文学的开山之作。在文本中插入了两幅图像,其中第一幅插图描绘了党委开会商谈选拔新电机厂领导时的情景。画中中间位置的男主角乔光朴眉头紧锁,目光一直注视着手里的香烟;左边副局长徐进亭

_____

① 刘心武:《班主任》,《人民文学》1977 年第 11 期。

正以期待的眼神盯着乔光朴;右边局长霍大道手托下巴,嘴角微笑,似乎胸有成竹。第二幅插图描绘了乔光朴与工程师童贞第一次视察百废待兴的电机厂时的情形。当乔光朴走进车间,发现青年工人杜兵采用"鬼怪式操作法"十分气愤,弯腰仔细审视机器的运行,而杜兵则手摸下巴,在一旁显得十分慌张。

图 5-38 《乔厂长上任记》插图

这两幅图最大的特点就是通过不同人的神态的塑造,立体地呈现不同人物的性格,图文一体丰富了人物的形象与角色特征。画家主要抓住角色外形突出的"图像性效果部分"进行绘制,在画中嵌入标志性符号,如乔光朴居于中心,常年穿着同一款衣服,头发一丝不苟,剑眉耸立,眼神坚毅,着力于人物面部表情、手势、肢体动作的描画,把主角的性格变得"有形"和"可见"。

进入 80 年代,各种文学思潮和文学实验此起彼伏,现代派、先锋派、寻根文学、新写实小说、女性文学等秉持着不同文学观念的文学流派纷纷登上历史舞台。这些流派的审美诉求各不相同,因而这一时期的文学图像也呈现出多元审美的特点。

1984 年,寻根文学的代表作阿城的《棋王》发表在《上海文学》(1984 年第7 期)上,高传琳为这篇小说配图(图 5-39)。阿城的文学创作起步较晚,他最初是画家,专给别人的小说画插图,后来才开始进行小说创作,"说实话,替别人的小说插图,倒勾起自己写小说之念。譬如说反映知识青年生活的小说吧,我就总觉得还不够味儿,至少我自己在这方面的生活,还没有在小说中得到充分体现"①。这也说明,作家阿城绘画经历对其小说创作多少会有影响,他的

---

① 仲呈祥:《阿城之谜》,《现代作家》1985 年第 6 期。

小说叙事的画面感很强。这篇小说的配图是以题图的方式出现,表现小说中的这一段:"棋开始了。上千人不再出声儿。只有自愿服务的人一会儿紧一会儿慢地用话传出棋步,外边儿自愿服务的人就变动着棋子儿。风吹得八张大纸哗哗地响,棋子儿荡来荡去。太阳斜斜地照在一切上,烧得耀眼。前几十排的人都坐下了,仰起头看,后面的人也挤得紧紧的,一个个土眉土眼,头发长长短短吹得飘,再没人动一下,似乎都把命放在棋里搏。"①画面中,王一生出现在最右侧,只有一个坐着的背影,左侧是熙熙攘攘的人群和棋局,两相虚实对比,将王一生的超然物外、齐物顺性的道家做派凸显出来了,这无疑可以加深读者对文本中人物形象的理解。

图 5-39 《上海文学》刊发《棋王》时的配图

20 世纪 80 年代中后期,莫言和先锋派作家群创作了一批学习西方现代主义技巧的小说。这些小说的封面和插图风格都有异于此前的伤痕文学、改革文学和寻根文学。莫言的代表作《红高粱》发表在《人民文学》1986 年第 3 期上。文中配图一幅(图 5-40 左图),描绘的是余占鳌带领东北乡民众在青

---

① 阿城:《棋王》,《上海文学》1984 年第 7 期。

纱帐中伏击日本人的情形。画风粗犷,高粱的蓬勃生长与人物的粗硬线条两相配合,使画面充满了野性的力量,和这篇小说的气质非常贴合。后来,《红高粱》和莫言的其他短篇小说结集成《红高粱家族》(图 5-40 右图),由解放军文艺出版社在 1987 年出版。小说封面以白色为底色,具有膨胀感的红色作为主体颜色,同时又配以冷色调的蓝色、绿色,形成视觉上的反差。红高粱也以抽象化的线条方式蓬勃向上生长,间杂的黑色三角块如同黑头发的人群,暗指高密东北乡以余占鳌为代表的充满野性的人们,红黑配比既预示着我们这个民族的生物特点,也暗示着文学作品中高密东北乡人民的热血与生命力。绿色则代表着希望,暗指的是"我父亲"等一批后来者,他们在先辈的热血下顽强生长,成为我们民族生生不息的力量。这种图像的色彩选择和调配,体现了较强的叙事特色,将小说叙事的时间性转换成了图像叙事的空间性,以另一种修辞方式将莫言小说予以呈现,扩大了文本意义的阐释空间。

图 5-40　《人民文学》刊发《红高粱》时的配图及《红高粱家族》封面

与鲜明热烈的莫言相比,苏童的作品的封面显得细腻精致,透露着江南水乡烟雾迷蒙的南方情调。《妻妾成群》是苏童的代表作之一,曾被改编成多部影视作品,也被翻译成多种文字。其中 1992 年法语版封面(图

5-41 左上图）极具艺术性。图像中一位女性穿着旧式着装,正襟危坐,头部却被牢笼紧锁。这幅图传递出的不仅是故事的背景和主人公的形象,也透露出小说对女性、自由、人性与情爱的思考。牢笼在这里暗含着的不仅是女主角被禁锢在旧户庭院深处的现实处境,更是代表着人的思想自由被束缚的精神处境。封面图像有力地展示了文本内涵,使读者"尚未读文,已知其意"。

1989 年,北京师范大学出版社出版的格非的《褐色鸟群》(图 5-41 右上图),是文学界谈论"先锋文学"时绕不开的一部作品。它是一篇闪耀着博尔赫斯式的诡谲与自我指涉色彩实验性极强的小说,以其多义性和含混性被视为当代中国最玄奥的一篇小说。小说文本不断在迷乱、虚构、否定中进行叙事,其封面选择也极具特色,呼应文本——一个若隐若现的人影不断向路的尽头走去,周围的世界既割裂又统一,路的黑暗的尽头给人以未知的压迫感,作品的内涵由图像与文本的统一阐发,语图互文的意义再次展现。1989 年,马原的小说集《上下都很平坦》(图 5-41 左下图)由上海文艺出版社出版,封面采用抽象的色块和人形组成,简洁神秘,对比强烈,一如这篇小说中所体现出的简洁、力度、哲学意味与神秘气息。1997 年,《马原文集》(图 5-42)由作家出版社出版,分为《虚构》《旧死》《爱物》《百窘》四卷。封面黑色为底,突兀地印有马原的大幅头像,视觉冲击大,介入感极为强烈,无不透露出小说中经常出现的"我就是那个叫马原的汉人"之意味。

1994 年,台湾麦田出版社出版了余华的《活着》(图 5-41 右下图),封面描绘了一个诡异扭曲人形,仿佛一棵弱不禁风的树苗,随时都能倒下,但手上却长出一个代表生机的绿叶。该画面与《活着》文本主题交相辉映:活着本身很艰难,延续生命就得艰难地活着。正因为异常艰苦,活着才具有深刻的含义。封面对应了余华对死亡连缀的生命悲剧的认识以及对主人公福贵坚韧"活着"的思考。

图 5-41　先锋派小说封面

图 5-42　《马原文集》封面

21 世纪以来,随着消费经济的发展,读图时代不期而至来到了我们身边,进入文学场域,在一定程度上改变了语图的力量对比。此前的语图互文关系,大体是以文为主,图像为辅,图像是文字的补充、暗示和说明,21 世纪"读图时代"的到来,图像的地位开始逐步上升,由此前的点缀上升到与语言文字平起平坐甚至一跃成为主人。2003 年,20 世纪 80 年代现代派作家代表之一的刘索拉,出版了一部别样的小说《女贞汤》(海峡文艺出版社,2003 年)。小说分为民间传说、文字拼贴、影剧传媒、在阴间里、在阳世上五个部分,以魔幻现实主义的笔法描绘了四千年后一个大岛上荒诞不经的生与死、爱与恨。刘索拉对小说的文体进行了激进的实验,文白交杂,时空交错,古今杂陈,大量采用戏仿拼贴的方式摘录古书、拼贴报章、插入日记、信件、戏曲等来展现大岛上万花筒般的世界。这部小说最鲜明的特点是全书共有 170 张插图,图像涉及漫画、摄影、版画、民俗画、老上海月份牌等多种类型,读来如同阅读画册,而不是读小说。这些图像,有的是对文字的"描摹",有的则是毫无关系的杜撰,有的是对文字的有意曲解,散乱无章的图像强势介入文本,对文本叙事的时间和空间予以割裂式、不相及的呈现,以此来和小说拼贴式的文体相应和,来和小说内容所呈现的阴阳颠倒、正反混淆与子虚乌有的寓言化表达方式遥相呼应。这本书的图像设计者说:"只不过在书中给出了一种用图像感受文本的方式……我希望《女贞汤》的图文设计能够展示一个读者对这部小说的体验。"①刘索拉在前言里面也写道:"忍痛在夜深人静的时候翻看小样,看着自己笑出声来,不是因为我那些故事中已经有的幽默,而是因为那些画面和我的故事合在一处,混不在理,使故事更加荒谬,把我那么费尽心力而作的'文学'变成了一场星球百年大混战。"②可见,大量图像的出现,并不是对文字的细节说明,而是对文本整体的荒诞性予以视觉化表达。

---

① 刘索拉:《女贞汤》,海峡文艺出版社 2003 年版,第 1 页。
② 刘索拉:《女贞汤》,海峡文艺出版社 2003 年版,第 1 页。

图 5-43　刘索拉《女贞汤》部分插图

　　除了刘索拉小说有大量的文学插图外,潘军的《独白与手势》(人民文学出版社,2000 年)与金宇澄的《繁花》(人民文学出版社,2017 年)中大量的语图互文现象也是值得注意的。潘军 20 世纪 80 年代的小说创作以激进的形式实验和叙事冒险而著称,在先锋派作家群中留下过浓墨重彩的一笔,他的《独白与手势》依旧保有先锋实验的余绪。《独白与手势》分为《白》《蓝》《红》三部,《白》以《独白与手势》为名由《作家》杂志连载,分别刊登在 1999 年第 7—12 期;《蓝》则刊发在《小说家》2000 年第 1 期,《红》以《独白与手势·红》为名,刊发在《作家》2000 年第 12 期,三部曲最后由人民文学出版社结集成单行本《独白与手势·白》《独白与手势·蓝》《独白与手势·红》出版,前两部出版于 2000 年,后一部出版于 2001 年。《独白与手势·白》最初在《作家》杂志发表时,配图 58 幅,单行本又增加到一百幅。这些图像均由作家自己选取或创作,有水墨、油画、素描、宣传、摄影和雕塑等,它们在小说中充当了文本叙事的功能,"这是我的一部重要作品,也是我在小说形式上的一次冒险——我把图画引进了文本——这些图画不再是传统意义上的插图,而是构成了小说叙事的另一个层面。因此,《独白与手势》应该是一个复合的文本,由文字和图画共同构成。图、文之间是互动的"①。在这部小说里,作者将文字难以言说或者需要刻意言说的部分,以图像的直观和俭省来替代,对每一幅图和文字的配合都进行过考虑,它在文本中有着叙事功能,起到了和文字一样的作用。比

---

　　①　潘军:《潘军文集》第 4 卷,文化艺术出版社 2012 年版,第 307 页。

如,《独白与手势·白》小说开头是这样写的:"你眼前的这条小巷,是故事开始时的路。你会注意到这已是经过复制的石板路,而且天空中飘飞的雨丝,也是后来加上去的。"①在图的右侧,潘军配了一幅由石板路构成的林荫小道的图片,对文本开头进行再现,起到了互文说明作用。金宇澄的《繁花》中,作者自绘了 20 幅插图。这些插图以文中图的方式出现,直接置于小说的叙事链条上,或对小说人物、情节和环境进行补充说明,或是对小说的空间叙事予以图像示意,或是对小说人物的臆想进行再现。这些插图有建筑物外景、建筑物内部结构、城市示意图、服饰图、物品图、人物图等,每幅图上还有作者金宇澄的签名。作家以第一人称的视角来对文本进行图像化呈现,为的是增强叙事的真实性,这与作者一直秉持的"非虚构"写作理念是一致的。金宇澄曾在《〈繁花〉创作谈》中有过相关的表达:"《繁花》需要更多面的具体内容,固定上海的缩影,玻璃罩子保持起来的细节与特征,时代和时代的区别,要有这想法,至于做到什么程度,是另一回事。"②插图正是作者在小说中固定文本细节和储存城市记忆的一种方式,这种处理方式也在一定程度上扩大了阅读空间和想象空间。

以上将 20 世纪中国文学中的语图互文现象做了一个简单的梳理。这种梳理只能是粗线条的,难免挂一漏万。但从这些粗线条的梳理中,我们不难发现,作为互文现象中很重要的方面,语图互文对于我们理解正文的意义有着极为重要的作用。插图、封面与一般的图像是有差别的,插图和封面是与正文密切相连的"副文本",图像的创作者在创作图像时,他首先得是语言文本的读者,必须先通过小说的语言媒介进入阅读程序进而深入文本内部,将语言文字在头脑中图像化。也就是说,他的插图和封面已经将文本的语言放入图像背后,这种对文本的摹仿,说明图像是从属于文字的,具有被动性;同时,图像也是对文本的创造性解读,选取什么样的场景和情节予以图像化、如何突出重

---

① 潘军:《独白与手势》,《作家》1999 年第 7 期。
② 金宇澄:《〈繁花〉创作谈》,《小说评论》2017 年第 3 期。

点、如何构图等都隐含着创作者的审美判断和阅读认知，含有主动性。这种带有主动性的图像创作，或是表达某种情感，或是传达某种象征，或是抒发某种情致，它对文本中的文字形成补充，构成了我们文本解读的一部分。陈平原说："抽象的语言表达不清楚，直观的图像让你一目了然；反过来，单纯的图像无法讲述曲折的故事或阐发精微的哲理，这时便轮到文字大放光芒了。"①这也可以看出，语图之间的媒介差异所带来的优长短劣，正是它们能够发挥互补互文功能的原因。

综上所述，我们有必要对这些语图互文现象进行总结。以封面和插图为主体的图像对文字的互文关系，主要体现在这几个方面：一是图像"再现"文本内容。图像具有替代功能，可以代替文字所描绘的内容发挥其替代功能。小说中的图像往往是人物或情节的升华或凝练，是文字的互文再现，能够对文字进行替代性还原。这种互文再现，又因图像传递信息的直接性和冲击力远胜于文字，读者阅读时目光会先接触图像，因而图像还带有了对文本的"预叙"作用。这种预叙实际上也是"再现"的一种。二是图像对文本观念进行"象征"性表达。有些封面和插图，并不是对小说情节的直接说明和真实再现，而是以一种象征和隐喻的方式对文本的寓意进行阐释。比如革命历史题材小说中的图像，对"红色"的极端重视，对日出、高山、大海等自然物的广泛选用，对粗犷线条的喜爱等，看重的都是其背后的"文化象征性"和"政治象征性"。三是图像对文本形成"抒情"。如果说前两种图像功能本质上还是一种叙事功能，注重的是图像的理性形态，它们和文字形成的互文关系是一种显性的互文关系，那么，图像的"抒情"则主要看重的是它的感性形态，和文字的互文关系则较为隐秘。图像有时并不一定是对文字的复现和还原，也不一定带有隐喻象征意味，它有时会作为主观意绪的承载对象，表达出作者或人物的情绪，从而在整体氛围上与文字形成一种隐性的互文关系。

---

① 陈平原：《看图说话》，生活·读书·新知三联书店 2003 年版，第 7 页。

总之,作为语言的互文补充,文学图像中的封面与插图,它以视觉直观的方式参与了文本意义的阐释,同时,这些图像具备意识形态性,承载了一定的意识形态话语的意旨,为文学社会功能的实现起到推动作用;它亦是文学商业化过程中必然出现的图景,对文学传播和文学接受有着重要的作用。从这个意义上来说,文学图像关联着文学的生产方式、传播方式和消费方式,关联着读者的阅读思维与欣赏方式。文学图像既是对作品主旨的高度提炼,同时也是作者个性才情的集中展示。从这个意义上来说,文学图像关联着文学创作观念、艺术审美诉求等。冯骥才曾说过:"你看到过雨果、歌德、萨克雷等人的绘画?只有认真地读过他们的书又读他们的画,你才能更整体和深刻地了解他们的心灵。"①自古以来文学作品中的图像除了对文字进行阐释补充说明之外,还能起到文字所不能呈现的内涵。特别是那些文本作者自身创作或挑选的图像,更是起到增加文字力量的作用,从而使得图像与文本一起共同构筑了文学作品的完整的意义内涵。当下,研究语图互文现象无疑给文学研究提供了一个多元视角,这也是我们研究互文关系不可忽视的一环。

第三节 个案考察:残雪小说封面图像的 "语图互文"现象

先锋作家残雪一直是一个较为独特的存在。与其他先锋作家相比,残雪的作品自成一格,别具特色。当其他先锋作家开始后撤、"先锋性"已经不再明显时,残雪依然坚持着对文学进行各种实验。学界对残雪作品的评价一直也有着不同的声音,褒贬不一。正如有的学者说:"她的作品纯度极高,包容性很强,信息密度很大,结构复杂,思想内涵丰富,具有很高的理解难度。要展现残雪作品的价值,有必要采取各种方式对其文本进行深度分析和研究。"②

---

① 冯骥才:《绘画是文学的梦》,《人民文学》2002 年第 8 期。
② 罗山:《残雪的超越与回归》,《文艺报》2015 年 10 月 19 日。

当下学界对残雪文本的深度分析，大多将残雪视为中国的"卡夫卡"，着眼于魔幻、隐喻、梦魇、存在、荒诞等关键词，鲜有从"语图互文"的角度来研究残雪小说和它的封面之间的对话关系。封面图像作为一种无声的语言和有机存在，它既具有相对独立的意义，又和文学文本关系密切，对文本叙事构成了一种隐喻性的话语补充。反过来，文本语言所塑造的"语象"又对封面进行阐释，从而形成鲜明的语图互文关系。通过残雪小说的封面和文本之间的互文性考释，无疑可以使我们对残雪的小说世界有更深的理解。

在她的小说里，残雪擅长用一系列变异的感觉，通过极富想象力的文字，向读者展示一个荒诞、变形、梦魇般的世界。从她笔下建构的世界中，我们时刻能感受到一种阴郁的气氛。残雪和卡夫卡气质上颇为相似，"阴郁"是他们共同拥有的文学标签。残雪曾写过一篇文章来解读卡夫卡的《乡村医生》，其标题就是"阴郁的生存处境之歌"，可见出二者的精神气质都与这两个字有关。她的这种阴郁，很大部分是源于童年时期的创伤经历——童年的残雪是不幸的，家庭的变故和自身先天气质都是这种阴郁的来源。

残雪的童年和卡夫卡一样，充满了对成人世界的恐惧，阴郁、孤独构成了她童年世界的底色。据残雪回忆，1957 年，她的父亲被打成"右派"，下放劳教；母亲则被送至衡山劳改。全家九口人挤在不足十平方米的平房里，又遇上了自然灾害，生活极为困苦。后来，残雪被送至外婆家生活。残雪的外婆是一位深受楚地巫风影响的旧时代女人，颇有些神经质，经常自己编一些光怪陆离的故事给残雪听，还拿着木棍赶鬼，用唾沫代替药给孩子们治伤。小学的时候，残雪不幸患上了肺结核，和外界几乎隔离。这些童年经历让残雪的世界蒙上了阴郁的色彩。残雪的哥哥曾说："残雪从小瘦弱，极其敏感、神经质。深藏着她的恐惧，她的表现是极为狂傲和怪拗的，她哭起来上气不接下气，同人吵起来，单瘦的小身子直发抖。短跑和跳高成绩在学校一直名列前茅，'就像只麻雀一样'，她曾这样形容自己。比她高大壮实的姐姐，拗手却拗不过她。在姊妹中，只她最具反抗和破坏性,她不理解为何要听大人的话,她绝不驯顺。"①

残雪著
吕芳诗小姐
上海文艺出版社

图 5-44 《吕芳诗小姐》(2011 年)

残雪的阴郁气质,在她的诸多小说中都有显现,比如早期的《黄泥街》《瓦缝里的雨滴》《污水上的肥皂泡》到中期的《苍老的浮云》《布谷鸟叫的那一瞬间》《突围表演》以及后期的《吕芳诗小姐》和《黑暗地母的礼物》等,都延续着这种阴郁气质。这种阴郁气质不仅体现在文字中,还体现在小说的封面设计上——她的小说封面选用"蓝色"来展示人物阴郁的生存处境。这也说明,残雪对图像和文字的隐喻象征性互文关系是非常看重的。

通常认为,蔚蓝在大自然中是天空和大海的颜色,象征着希望和自由。但在先锋作家残雪作品的封面中,这种蓝色的"希望"和"自由"被"阴郁""诡异"和"神秘"所替代。"蓝色与红色的前进和膨胀感相反,给人向后退,向内缩的感觉。它与平静、寒冷、阴影相联系"②,尤其是她小说的封面,不选用明亮的蔚蓝色,常常选用阴冷的深蓝,加上黑色的衬托,配以杂乱细碎的线条和碎块,更与人的阴郁感受相连。残雪从短篇小说到长篇小说,都有大量的以深蓝色为主色调的封面,如《吕芳诗小姐》和《黑暗地母的礼物》。

2011 年,上海文艺出版社出版了残雪的长篇小说《吕芳诗小姐》(图 5-44),这部小说讲述的是一个从小生活在一个多子女家庭而缺少关爱的少女,在 21 岁时同时与众多男子交往的故事。吕芳诗小姐小时生活的环境非常恶劣,全家老老少少全挤在两个小黑屋里,这样的家庭虽然有温暖但更多的却是

---

① 卓今:《残雪评传》,湖南文艺出版社 2007 年版,第 22 页。
② 蔡林编著:《摄影大百科辞典》,四川科学技术出版社 1994 年版,第 1212 页。

阴郁和恐怖。在这部小说人物成长环境的设置中,我们可以轻易看到残雪童年的影子,它几乎就是残雪童年的文学再现。这部小说的封面,主要以深蓝色和黑色构成,封面四周是长方形白边,中间一个短发女性的背影剪影,面对的是广袤的深蓝色的未知空间;剪影身体却成空洞状,身体的主体部分透露出深蓝的底色;女性背影中间还叠加一个蓝色十字架和两只蝴蝶,整个画面有一种奇异的对称与均衡。整个封面的构图给人以恐怖惊悚的视觉感观,以点、曲线的形式呈现的无序状的深蓝色与黑色搭配合成的背景更是增添了压抑与恐怖的气氛。"女性剪影""蝴蝶"与"十字"标志作为主要符号,对应了文本中的几个关键词:女性、欲望、死亡与救赎。这三个图案在构图上有明显的层次之分,可以视为对作品中三种生存空间的暗示。在作品中经常出现三个地点"红楼""贫民楼"和"钻石城",分别有不同的象征含义。"红楼"在书中是吕芳诗小姐与她的情人们相遇的地点,"不过,'红楼'在小说中不仅仅是娱乐场所,还是作者营造的一个让不同人物相遇、让人物的生命力得以激发的极富能动性的生存体验空间"①。封面上的两只"蝴蝶"恰好是欲望的象征。"蝴蝶"在我们的文化象征中有世俗情爱和欲望以及轻薄无行之义,如我们古老的民间传说《梁山伯与祝英台》中的蝴蝶,就是爱情、情欲或者说是死亡的象征。在西方,"蝴蝶"有变形、灵魂、再生等象征含义,如在但丁的诗中用破茧成蝶比喻人的灵魂升天;西方文化中,蝴蝶还是情欲的象征,如弗洛伊德曾将男性佩戴的蝴蝶领结视为女性生殖器官的象征。封面用两只蝴蝶,下面一只暗指欲望,上面一只暗指死亡。残雪谈到这部小说时曾说,"从我开始创作直到今天,我写下的作品里都充满了欲望的……欲望是我创作的核心,它也是我的想象力的黑暗的母亲"②。小说以吕芳诗小姐充当欲望叙事的载体,她的一次次

① 姜玉平:《心灵空间的开拓——论残雪〈吕芳诗小姐〉中的三个空间意象》,《宜宾学院学报》2015 年第 8 期。

② 姜玉平:《心灵空间的开拓——论残雪〈吕芳诗小姐〉中的三个空间意象》,《宜宾学院学报》2015 年第 8 期。

的情欲过程是小说的主线。封面下部那只硕大的蝴蝶,正是吕芳诗欲望的象征,通往小说文本中的欲望叙事。除了欲望之外,小说还涉及另一命题,即死亡。吕芳诗为了真正了解"死亡",住进了公墓"贫民楼",躺进坟墓里亲身体验死亡。经过多次死亡体验,吕芳诗小姐知道了"生"的可贵,灵魂得以化蝶重生,这和封面的另一只蝴蝶恰好相印证。这只蝴蝶停歇在十字架上,同样也寓指死亡与救赎。"十字"标志的含义与"死亡与救赎"有关,封面图中的"十字"标志,隐喻的是文本中主人公所处的第二个意义空间,即贫民楼。贫民楼带来的死亡阴影和救赎可能是我们能从小说轻易读到的。"女性剪影"象征书中的"钻石城",暗指第三个意义空间。"钻石城"人们,如同萨特所说的那样,最终抵达的都指向了虚无。吕芳诗小姐和她的情侣 T 老翁始终无法谋面;"小花"爱恋的"经理"因为有健忘症经常忘记自己爱恋着小花,所以"小花"总也得不到"经理"的爱恋也就不得不忍受单恋的煎熬。这样的情感似有若无极其不真实,就像封面中的"女性剪影"一样"空"与"虚"。通过对封面图像细节的认知,让我们对文本内容有一种先在的直观感受,无疑可以加深我们对文本语言世界的理解;文本的语言建构则又进一步呼应封面的图像,语言与图像的互文共生使得文本的意义空间和阐释疆域被放大。

《黑暗地母的礼物》(图 5-45)是残雪 2015 年出版的长篇小说。小说讲述的是"五里渠"小学师生之间的故事,主要人物有校长、煤永老师、张丹织、小蔓、沙门等,人物众多且关系复杂,就像封面图像展示的那样,人和人都挤在一起,拥挤、逼仄,如同小说中的人物关系。小说中的张丹织是新来应聘的体育老师,她不但对面试她的煤永老师心生暗恋,还和父亲的故交校长发生关系,同时还与校长的工作竞争对手保持着暧昧的情感。残雪自言道:"我要把我这几十年对生命的看法,对人类未来社会的预测,对新型人际关系的建立,全部写进这部小说。"①虽然小说没有再出现她早期小说中

---

① 龚曙光、残雪:《暗影与光亮》,《芙蓉》2016 年第 6 期。

如蜘蛛、死蜻蜓、死蛾子、肿瘤、梅毒等恶心、丑陋、令人窒息的意象，但小说整体的氛围还是以恐怖、阴郁为主。例如，年轻老师与毒蛇共舞且与之热恋，学生到山里实践掉进类似"另一个世界"的黑洞，这些荒诞不经的情节无一不营造着恐怖、阴郁与神秘的氛围。这部小说的封面图像仍然是以蓝色和红色为主，浅蓝色与白色细小方块组合在一起构成了凌乱的背景，加上拥挤变形、表情呆滞的人头像，产生破碎、混杂的视觉效果，一如作品中混乱的人物关系。封面的四周是细长的红色边，人物

图 5-45　《黑暗地母的礼物》（2015 年）

的身体也用红色做修饰，在灰暗的蓝色背景的映衬下极为显眼，仿佛是从人像身体里流出的鲜血。封面通过编码的图像信息，如人像、红色字符等，指涉了文本的内容，和小说情节有了互文关系；非编码的图像信息如杂乱的蓝色，更多的是给我们营造了"意象的迷宫"，赋予了编码的图像信息以强烈的阴郁氛围的暗示。

　　湖南文艺出版社在 2014 年出版了残雪的小说集，一共有五册，分别是《情侣手记》（图 5-46）、《紫晶月季花》（图 5-47），以及《一株柳树的自白》《侵蚀》和《垂直的阅读》。这套小说集收录的是 2003 年到 2013 年十年间残雪创作的短篇小说。在封面主色调的选择上，《侵蚀》与《垂直的阅读》以红色为主，《一株柳树的自白》以亮蓝色为主，《情侣手记》和《紫晶月季花》以深蓝色为主。《情侣手记》包括《树洞》《末世爱情》《小姑娘黄花》等 11 篇作品，它的封面用粗大的线条勾勒出一个斜身跪坐的赤裸男性，双手交叉放在身前挡住男性器官部位，斜歪着头，面部神情忧郁。《情侣手记》是一篇以"猫"的眼睛

为叙述视角,记录了一个报社编辑与黑人男性同性恋的故事。主人公在电梯中拾到了一只流浪猫,从此这只猫开始记录主人每天的生活。从这只"猫"的描述中,我们能够知道,主人公平时的生活枯燥无味,还有过一次自杀的经历,是这只猫救了他。当他遇到爱恋的黑人男人后,生活开始有了不一样的变化。他开始做家务,与同事关系也变得融洽,虽然在调节复杂的同事关系中主人公慢慢变成了一个满嘴谎言、前后矛盾的人,但是这些"变化"却能让他从"主编"晋升为"主任"。我们看到这段特殊的恋爱让主人公从阴郁的情绪中走出

图 5-46 《情侣手记》(2014 年)

来,最终放弃了自杀的念头。但是当主人公重新融入身边的环境后,他与自己恋人的距离也越来越远。这个黑人从此很少出现在主人公的家里,最后"猫"和它的主人共同陷入无尽的等待之中。封面图片中,跪坐男子的身体用蓝色与红色来呈现,是激情与阴郁的结合,这也暗示作品中主人公热恋着黑人男子,但是在这段恋情中自己也倍受痛苦的折磨。这也是借用蓝色来表现作品中四处弥漫的"阴郁"氛围。

《紫晶月季花》收录的作品有《美人》《小潮》《石桌》《雪罗汉》等 12 篇作品。《紫晶月季花》封面主要由两个人形图案

图 5-47 《紫晶月季花》(2014 年)

构成,男性侧面的剪影呈现深黑色,女性的正脸则是一个猫头鹰的形象。封面的色彩以深蓝色偏黑为主,同时"猫头鹰女"还有浅薄的紫色,像紫色的纱巾萦绕其上。《紫晶月季花》写的是煤太太和丈夫金种植月季花的故事。他俩过着貌合神离的生活,内心彼此向对方紧闭,形成了一个阴郁、封闭的空间,外界任何的流动和变化,都会让两夫妻不知所措。这样的情节设置,让我们不由得想起了尤奈斯库的《秃头歌女》,这部小说在某种程度上就是中国版的《秃头歌女》。小说通过这种极端异化的空间设置,让两个人种植月季花的行为从一开始就充满了荒诞感。书中的煤太太有一个怪癖,她喜欢用各种颜色的布料将家具统统盖上,形成一种密闭空间,一如他们生活的房间。封面中的"猫头鹰女"的身上仿佛披上了一张沉重的布料,这是封面对文本内容的凝炼与概括。煤太太还有一个癖好,就是在深夜里从厨房向远方眺望,"她之所以坐在厨房,是因为透过窗子可以看到外面的天空,还有那些树,这让她心里安静。这种时候,回忆起遭难时和孩子们一起的那些时光,她会感到一种幸福的诧异:那真的是她经历过的生活吗? 然而幸福感却是来自目前的这种知足的生活。所以时间一长,她就喜欢起自己的失眠来了。她将自己想象成一只大白鹅,摇摇摆摆地在森林中觅食"①。封面中的"猫头鹰女"双眼凝视前方,就像书中煤太太深夜坐在厨房向外的凝望。对于种植月季花,他们"在屋外的那一块花园用地上,煤太太没有种花,也没有栽树,她用竹条和塑料薄膜支起了一个棚,长长的一条,看上去很滑稽。塑料棚里栽了一种奇怪的植物,是金托外地亲戚买来的种子。种子是小小的月牙形,紫色"②。在金的心中,月季花是一种地下比地上生长得更旺盛的植物,"这种植物是罕见的'地下植物',没有地面部分,埋好之后,它们会一直往下面生长"③。金对月季花的生长非常有信心,他也非常细心地照料月季花,不仅为它们搭盖塑料棚子,在暴风雨

---

① 残雪:《紫晶月季花》,湖南文艺出版 2014 年版,第 156 页。
② 残雪:《紫晶月季花》,湖南文艺出版 2014 年版,第 152 页。
③ 残雪:《紫晶月季花》,湖南文艺出版 2014 年版,第 152 页。

将要来临之际,金还奋不顾身地跳进水中拯救月季花。但是直到最后金和煤太太都没有见到开出花的月季花,因为这个"小小的月牙形""只有米粒那么大小"的花种其实是一颗紫色水晶石。这些荒诞的情节设置,和封面中异化的人形图像,共同构成了残雪小说的阴郁世界。

图 5-48　《残雪文集》(1998 年)

图 5-49　《残雪文集》电子书

图 5-50　《格尔尼卡》(1937 年)

湖南文艺出版社 1998 年出版了《残雪文集》(图 5-48),主要集中收录残雪早期的短篇创作。封面设计简洁大方,只有对书名和作者的简单展示,没用色彩和图案来对文字进行补充说明,图像对小说文本的内容没有进行"再现""象征"和"抒情"。以湖南文艺出版社出版的《残雪文集》为蓝本,网易公司出版了《残雪文集》电子书,对封面进行了重新设计。文集封面的主色调仍然以红色、蓝色为主,画面中构图饱满(图 5-49)。图中人物的动作和飞鸟的图案充满象征意味,绘画风格与西班牙画家毕加索的《格尔尼卡》(图 5-50)相近。绘画《格尔尼卡》表现的是西班牙小镇被纳粹空军轰炸后的场面,所以在画面中我们看到了"丧子的寡母、惨死的士兵、燃烧的残垣、惊慌的民众、嘶吼的马匹、冷漠的牛首……这一切都是用恐怖的画面控诉战争的残酷"①。而残雪早期的短篇小说虽然没有直接描写战争场面的内容,但是有大量对怪诞、神秘、阴冷和诡异的废墟世界的呈现,如《黄泥街》结尾表现出的那样,"一个噩梦在暗淡的星光下悠转,黑的、虚空的大鳖。/空中传来嘴嚼骨头的响声。/猫头鹰蓦地一叫,惊心动魄,焚尸炉里的烟灰像雨一样落下来。/死尸和死蝙蝠正在地上腐烂。/苍白的、影子似的小圆又将升起——在烂雨伞般的小屋顶的上空"②。她的写作,无疑就是本雅明所说的"废墟式"写作,"剧作家从现实的残破废墟般的世界中看不到规范、和谐与意义,于是通过灾难性、零散性、片段性、破碎性、非连贯性的艺术意象来加以表现,如借用舞台上呈现的废墟、死亡、尸体等形象,高度风格化地暗示尘世的一切是悲惨、世俗、破碎和无意义的,从而'寓言'式地展现从废墟和死亡中升起生命的救赎"③。残雪与毕加索都是对人类的生存境遇予以较多关注的艺术家,在创作态度上两个人也有一致的观点,都关注深层的现实并以超现实的方式予以表现。残雪说:"我要

---

① 王晨旭:《毕加索〈格尔尼卡〉鉴赏》,《艺术评鉴》2019 年第 8 期。
② 残雪:《黄泥街》,长江文艺出版社 1996 年版,第 193 页。
③ 复旦大学中文系文艺理论教研室编著:《马克思主义文艺理论发展史》,中国文联出版公司 1995 年版,第 595 页。

写的是深层的东西,不是表面的现实,那个表面的现实跟我要写的东西没有多大关系。"①可见,二者虽不属于同一艺术领域,但在艺术追求上具有一致性。因此,设计者在设计残雪小说的封面时,将设计风格向毕加索的《格尔尼卡》靠拢也就不足为奇了。

封面图像作为作品的有机组成部分,也有讲述文本和阐释文本的功能。从湖南文艺出版社出版的《残雪文集》两个不同时期的封面设计能看出,后期的设计者开始针对残雪作品的特点进行封面构思,捕捉到了残雪文学世界中独有的"蓝色",还原了残雪文学生涯中的"蓝色时期"。"蓝色时期"原来特指的是毕加索绘画创作的一个特殊时期,这个时期"是毕加索的自省初期,对生命和人生感到忧郁和痛苦"②,而且在"蓝色时期"毕加索绘画表现的主题基本上是"死亡、监狱中的场景,以及瞎眼乞丐、流浪汉、杂耍艺人等各种处在可悲处境中的人"③。残雪早期的作品,也是用文字为读者营造了一个阴郁和神秘的"蓝色"空间,对肮脏、恐怖、朽烂、窒息、死亡的废墟般生存环境进行了浓墨重彩的书写,关注的是生活在绿头苍蝇、花斑毒蚊、臭虫、跳蚤、蟑螂、蝎子、满地爬行中异化的人的生存境遇。这也就不难理解,残雪小说的封面为什么大量采用"蓝色"来设计。

除了用"蓝色"封面来展示人物的阴郁生存境遇外,残雪小说的封面还常常用"黄色"和"多色团"来呈现小说中的"梦境"。残雪小说营造的怪诞而奇诡的世界,是通过呓语般的"梦境"来实现的,这也是很多评论家的共识。王绯在残雪初入文坛时就指出了她的小说充满了"梦幻性",无法用现实主义的方式去衡量,"你就会发现她根本就不打算在现实的经验世界里构建自己的小说世界,而是在梦幻中寻求描写的题材;所展示的根本不是视觉领域里多元

---

① 残雪:《残雪文学观》,广西师范大学出版社 2007 年版,第 67 页。
② 冯跃:《毕加索"蓝色时期"作品简析》,《美术教育研究》2014 年第 1 期。
③ 冯跃:《毕加索"蓝色时期"作品简析》,《美术教育研究》2014 年第 1 期。

的客观现实,而是幻觉视象中客体实在性被改造和破坏的主观现实"①。戴锦华认为残雪笔下的文学空间,无论是"山上的小屋"还是"黄泥街""五香街"上的小屋都是被"梦魇"缠绕的小屋。在戴锦华看来,残雪所构建的小屋,"《黄泥街》篇首、篇尾处的歌吟式的段落,如果不是因彼时彼地而采取的一份特定的文化策略,便是一种残雪所特有的惊人反讽:这地狱景观的黄泥街,被残雪书写为一个曾被'我'苦苦追寻的梦境,一个没有人肯承认或记忆的、'死去很久'了的梦。""那是一处被窥视、被窃窃私语、讪笑所充塞着的荒芜,一个被死亡、被恶毒和敌意所追逐着的世界;那永远喋喋不休的抱怨和'对话'发出的词语永远如同触到了玻璃的利物。"②下面以《黄泥街》和《从未描述过的梦境》为例具体看一看小说封面是如何利用颜色和图案来回应文本中的"梦境"的。

　　《黄泥街》是残雪小说中被讨论最多的作品之一。这部小说为我们构筑了一个近乎"噩梦"的空间:家家都养着大蟑螂,这些蟑螂还能像人一样坐在桌边吃饭:米饭里面拌着苍蝇,还埋着一只蒸熟了的大蜘蛛;人的大脚趾长出了鸡爪;齐婆房里的老鼠咬死了一只猫;老郁饲养着一百多只蝙蝠,每天夜里都出来吸人的血;宋婆毫无顾忌地烧吃蝙蝠……借助作者的幻觉和梦呓般的描写,给我们营造了一个极为诡异的"噩梦空间"。如何来用图像的方式表现这个噩梦空间? 残雪的《黄泥街》选用的是大块的土黄色,接近于黄色泥土的颜色。在现实中,长沙有一条"黄泥街",但是在残雪的世界中"黄泥街"是一条被污秽裹挟的街道。2001 年长江文艺出版社出版的《黄泥街》和 2013年花城出版社出版的《黄泥街》的封面,都设计为整洁干净的构图。长江文艺出版社出版的《黄泥街》(图 5-51)的封面,在黄色主色调上加入了中国画的泼墨技法,墨色的晕染逐渐虚化扩展到封面的一半,有实有虚,如同一个梦幻

---

① 王绯:《在梦的妊娠中痛苦痉挛——残雪小说启悟》,《文学评论》1987 年第 5 期。
② 戴锦华:《残雪:梦魇萦绕的小屋》,《南方文坛》2000 年第 5 期。

空间,给人一种眩晕迷离之感。花城出版社出版的《黄泥街》(图 5-52),封面背景是残雪的手稿,以简洁明了的黄色为底色。整体而言,这两幅封面图像,没有采用多种色块进行映衬对比,整体干净不凌乱,这也使得封面风格与作品中文字所建构的世界对比强烈,反差极大。小说中,生活在黄泥街的人行为举止都很怪异,身上脏乱还有溃烂,小说中的故事情节也无法用正常的逻辑进行分析,这种语图之间的悖论性反差,正是语图互文策略中常见的"悖论性修辞策略"。"当语图互文的双方在表意张力走向极端时,一方所表达的意义就可能否

图 5-51 《黄泥街》
(长江文艺出版社,2001 年)

定另一方的意义,从而构成了一种悖论性的表意策略。有时这种悖反的关系仅仅存在于符号之间,就有可能形成一种反问、反讽等类似的修辞效果。"①封面以黄色为底,表面上来呼应《黄泥街》中的"黄",形成一种合力性修辞,实质上,通过封面构图与作品内容风格之间的强烈反差,使得语图之间的关系变成一种反向的破坏性修辞关系,给读者一种反讽式的阅读冲击。

2004 年,作家出版社将残雪二十年来创作的短篇作品做成全集,并将全集命名

图 5-52 《黄泥街》
(花城出版社,2013 年)

① 段德宁:《语图互文修辞的理论基础及其策略》,《河南师范大学学报》2016 年第 1 期。

为《从未描述过的梦境》。全集分为上下两册,是残雪对自己前期创作的一个阶段性总结,收录了包括《污水上的肥皂泡》《山上的小屋》《苍老的浮云》《黄泥街》《公牛》等在国内外都产生了重要影响的经典名篇,共有94篇作品。《从未描述过的梦境》(图5-53)的封面主要由红色、蓝色和黑色以及少许紫色与黄色构成,没有具体的图案。颜色主要集中在封面的右侧和底部,左侧浅灰底色占封面近二分之一,底部是小说集的名字,并且"梦境"两个字用稍大一点的字号加以强调。右侧是红蓝为主的混合颜色,封面的右上角是作家残雪的名字。因为短篇小说集中具体每篇所讲述的内容都不同,所以封面并没有选择具体的小说为创作对象进行构图,而是用色彩组合给读者营造一种梦幻空间。几种颜色的组合并不协调,缺

图5-53　《从未描述过的梦境》
（作家出版社,2004年）

少过渡,混杂无章,再加上突兀的黑色,这和残雪小说所营造的空间一般无二,无不是在提醒读者不要忘记残雪所展示的梦境一直是一个"怪诞而奇诡的世界,一处阴冷诡异的废墟,犹如一个被毒咒、被蛊符所诅咒的空间,突兀、魅人而狰狞可怖"[1]。

从以上分析我们不难看出,残雪小说的封面图像,很少有对故事情节进行描摹的,很少有对故事情节进行解释说明的,更多的是承担着对小说叙事空间进行图像化建构的功能,还有的承担着对作家营造的精神世界和文本情绪进行补充、暗示和隐喻性呈现的作用。同时,封面图像还带有自身特有的审美功能,

---

① 戴锦华:《残雪:梦魇萦绕的小屋》,《南方文坛》2000年第5期。

在叙事与审美的转换修辞之间,使得它在阐释文本和引导读者方面,都发挥着自己的作用。封面设计者作为小说的读者,他对小说文本的理解会反映在他的图像设计里。我们反过来也可以通过封面图像的不同,体会不同的读者对同一文本理解的差异。下面,我们以残雪的中文本和英译本封面图像的比较来加以阐述。

残雪作为在海外影响力较大的中国作家,有大量作品被译为英文在海外传播。她长篇小说《最后的情人》在美国获得 2015 年的最佳翻译图书奖,残雪是唯一获此奖项的中国作家。同一年残雪还获得美国纽斯达克文学奖、英国独立外国小说奖。"英国《独立报》评论认为'残雪的文学看起来超越了她的同辈中人余华、苏童以及 2012 年诺贝尔文学奖获得者莫言的讽刺现实主义'。"①残雪作品在海外大受欢迎,但在国内却未有如此礼遇。这其中的缘由有很多,下面我们尝试从书籍封面的不同,探求国内外读者对残雪的理解与接受的差异。之所以从封面入手,一个很重要的原因就是:封面的设计者本身也是文本读者,他的设计实际上是对文本理解的图像化表达。因此,通过比较封面图像的不同,我们可以从中看出不同国籍的读者对文本阐释的同与异。

中文版《五香街》(图 5-54 左图)《最后的情人》(图 5-55 左图)《新世纪爱情故事》(图 5-56 左图)是残雪最近几年创作的长篇小说。残雪的长篇小说与早年的短篇相比,最大的区别在于"脏"与"丑"的意象减少并逐渐趋于正常,不再以毛骨悚然、恶心荒诞为审美趣味。但是,复杂混乱的人物关系、奇异的梦幻空间以及不合常理的叙事方式,在她的小说中并没有改变,一直延续到这几部长篇中。从封面的构图来看,英文版《五香街》(*Five Spice Street*)(图 5-54 右图)和《最后的情人》(*The Last Lover*)(图 5-55 右图)封面都采取了复制小图构成大图的方式。《五香街》(*Five Spice Street*)封面是一个男子弯着腰,双手抱着腿透过双腿向后看,嘴黑洞洞地张着,闭着双眼,看似微笑实则透露着空洞与模式化的表情。《最后的情人》(*The Last Lover*)英文版封面是一组简笔画勾勒出的"红男绿女"—— 男女相

---

① 叶艳、向鹏:《残雪小说海内外读者接受的差异动因——以〈最后的情人〉的英译为例》,《东方翻译》2017 年第 6 期。

图 5-54　《五香街》中英文版

图 5-55　《最后的情人》中英文版

互背对着，女士坐在男士的肩膀上。图片经过复制拼接后，出现男士坐在女士的头顶，男女双脚相对的姿势。细心的读者会发现，中文版《新世纪爱情故事》的封面与英文版《最后的情人》(The Last Lover)的封面是一样的。从出版时间可知，英文版的《最后的情人》(The Last Lover)借鉴了《新世纪爱情故事》的封面设计。封面图案的重复，有强调之意，有利于增加对故事的记忆，如法国理论家库埃尼亚斯说："重复有助于产生'明白的'（清晰的）意义……重复（意群的增加）和两倍至三倍地翻倍（范式的增加）有利于对故事的记忆，使读者更容易跟上故事的叙事,因为读者的注意力会发生变化,甚至减退,如果不反复讲,很可能会无法弥补。此外,我们可以设想,重复机制借助叙事展开过程中明显的停顿使讲故事的人得以'喘息',并在头脑中为后面的形式做准备。最后,重复具有一种悬置剧情的功能,因为它减缓并冲淡了叙事,暂时地将叙事悬置起来。"①这种重复也说明,《新世纪爱情故事》和《最后的情人》两者在主题上具有诸多的相似性,两者讲述的都是物欲横流的可能世界里发生的爱情故事。的确如此,在残雪的长篇故事中,无论是《五香街》《最后的情人》还是《新世纪爱情故事》,主题都与男女情爱有关,书中的女主人公都与多个异性保持着暧昧的关系。正如封面中多个人物相连接组成图案一样,暗示的正是书中的女主角虽然与多个异性交往,但是从本质上讲每段感情都是一样的荒诞、无聊的存在主义式的困境。

图 5-56　《新世纪爱情故事》中英文版

英文版的《新世纪爱情故事》(*Love in the New Millennium*)(图 5-56 右图)的封面构图非常新颖有特点。一张完整的有浓郁中国风特点的红色布料,中间是一只向下飞的凤凰鸟,周身被花团围绕。这与书中人物的形象特点极为吻合。

---

① 　[法]达尼埃尔·库埃尼亚斯:《副文学导论》,马利红译,暨南大学出版社 2014 年版,第 37 页。

书中以"翠兰"为代表的女性从事着"特殊工作",并且她们以能从事这类工作为荣,认为在这样的工作中找到了自我,发现了自我的价值,甚至有些人因为自己很晚才从事特殊服务而后悔。"凤凰鸟"被花团围绕,无疑是这些女性的象征。封面图像将故事的主人公以隐喻象征的方式凝固下来,以视觉形象的方式向读者传达了创作者的文本意图。

　　中文版《五香街》与《最后的情人》都是单一的颜色构图,没有复杂的配图。小说《最后的情人》呈现的是由幽灵般的人物及其生活构成的迷宫,这些人物由可以随时随地与祖先通灵的马丽亚、在农场里赤裸放浪的里根和埃达、无法区分梦与现实的丽莎以及生活在小说情节里虚实不分的乔等人组成。作家在塑造这些形象时,我们只看到一个个抽象出来的精神实体而不是现实中活生生的人,现实身份、社会关系和生活环境面目不清,所作所为都是没有逻辑性可言的天马行空,加上场景的支离破碎,向我们传达了虚实难解的混沌和难以明言的"幻梦"感。正如残雪自己说的那样,《最后的情人》对于一般读者来说"也许这是一部有些奇异的小说——无视常规,放荡不羁而又过分空灵。就连作者我,在刚写完这部小说之后,心里也充满了重重迷雾的"①。《最后的情人》的封面由虚实相交的蓝色图像组成,和小说中的具体情节或人物并不对应,只是隐约地与文本的虚幻和混沌形成一种隐性的互文关系。小说《五香街》以五香街上"莫须有的奸情"出发,通过五香街人们大量推测和议论外来户"X 女士"与"Q 男士"的奸情串联起了五香街上荒诞、诡异的"性"事,由此对中国两性文化常态进行反思。《五香街》的封面采用了单纯的黄色,"黄色代表所有烦恼的色彩。大多会引起人们的负面联想。例如黄色象征嫉妒、猜忌、吝啬"②,隐约地隐喻着文本中复杂荒诞的人物关系。另外,"黄色还是代表声名狼藉的颜色,具体表现为不良外观的色彩"③。《五香街》中调查"X

---

① 残雪:《黑暗灵魂的舞蹈 残雪美文自选集》,文汇出版社 2014 年版,第 198 页。
② 李晓鲁、徐方、白洋:《黄色在中西方社会的象征效果》,《大众文艺》2018 年第 14 期。
③ 李晓鲁、徐方、白洋:《黄色在中西方社会的象征效果》,《大众文艺》2018 年第 14 期。

女士""性"事的最主要人物就是"寡妇",她之所以对调查一事如此热心,并不是她有一颗求真的心,而是源于对"X 女士"的嫉妒。因为"X 女士"走在五香街上都会引起人们的瞩目与欢呼,而且更有"Q 男士"被"X 女士"的双眼迷得神魂颠倒,年轻人经常夜里去"X 女士"家里举行神秘的仪式。这些事件都勾起了"寡妇"心中的妒忌和猜疑。封面采用这种"黄色"设计,对文本中嫉妒、猜忌和仇恨形成一种隐秘的呼应。

以上对残雪小说封面与正文的语图互文关系进行了简要的梳理,目的是想要通过考察封面设计与作品的呼应关系,发现封面图像和文本正文是如何形成互文修辞的,进而体会到残雪作品阐释的复杂性。"视觉强化了人们的认知,给文字一个阐释的空间;文字给视觉一个思维指向,并进一步开掘思维空间,二者互文,形成了极富意蕴的'暗含话语'。"①残雪小说封面与正文形成互文关系,增加了文本的意义阐释空间,并使得封面图像具备了"暗含话语"。这个"暗含话语"就是封面的图像叙事不是对文本故事情节的再叙事,而是以象征和抒情的方式指向文本的"意绪性"②。小说图像的象征叙事和情绪营造功能远远超出图像的再现叙事功能,这是残雪小说封面一个很重要的特点。从封面图像的这些特点,我们又能反观残雪小说的艺术特点。残雪的小说缺乏严格意义上的叙事性,往往借助带有梦呓般的语言进行寓言化的写作,"梦"成为她小说的核心组成部分,正如美国学者林白芷说的那样,残雪小说中的"梦"的象征"作为一种摆脱了直接的、或抑制的意识的视觉,对于残雪的表达装置的所有组成部分是一个关键"③。残雪小说的文本叙事是混乱的、难以言说的,小说结构如同梦幻一般,所有的人物、场景往往都是一种超验的

---

① 韩丛耀:《图像:一种后符号学的发现》,南京大学出版社 2008 年版,第 249 页。
② 程德培曾依据导致小说表现含义不同的几个要素如结构重心、叙事方式与发生形态等,将小说的程序编配方式分为叙事性编配、意绪性编配和意象性编配三种。残雪小说属于意绪性编配。见程德培:《当代小说艺术论》,学林出版社 1990 年版,第 122 页。
③ 林白芷:《一个抒情表达的整体——残雪短篇阐释》,载萧元编:《圣殿的倾圮——残雪之谜》,贵州人民出版社 1993 年版,第 340 页。

存在。她只为向读者展示一个荒诞、变形、梦魇般的世界,传达出对人类生存困境的极端意绪以及在虚无悲观中的感受与挣扎。因此,她小说的封面,很难将文本中故事情节作为图像还原和再叙事的对象,只能是将文本情绪和象征意蕴予以图像化呈现。也就是说,残雪小说封面图像形成的话语功能、再现功能往往阙如,象征和抒情功能成为主角——这也正印证了美国批评家林白芷对残雪小说的判断——"一个抒情表达的整体"。这种文本的"抒情"性,正是残雪作为先锋作家的一员却异于其他先锋作家最明显的特点。我们从小说封面设计的内在一致性,更能看出她小说文本的特点及其文学实验也具有一种内在延续性。这种封面与文本的互文关系,无疑可以让我们更直观地理解残雪小说先锋精神的恒定性。

小　　结

如前文所述,文学是语言的艺术,作家通过语言与世界建立联系。文学世界中的"语言"与科学、历史、哲学话语中的"语言"相比,文学语言更具有"成像"性的特点。文学语言在使用的过程中,借助读者的想象和联想将文本叙事予以"语象"化呈现。这也说明,"语言"与"图像"本身就有着相互对应的互文关系。两者相互摹仿,相互补充,互为修辞,正如米歇尔所说的那样:"文本为照片做解释、叙述、描写、标记或代言;照片则为文本插图、例示、澄清、寻找理由或编制文献"①。利奥塔在考察感性欲望的实现过程时,也提出过类似的观点,认为图像和话语互为条件,二者只有在一个共同场域内,真理才能向我们敞开,"图形的立场不是要把话语变成真理的反面,或者说真理的否定性呈现。相反,图形立场的成立,图形的真理功能的实现必须要以话语的在场为必要条件。只有在他们的共同在场中,只有在它们以互相遏制、相互侵犯为方

---

① ［美］W.J.T.米歇尔:《图像理论》,陈永国、胡文征译,北京大学出版社 2006 年版,第 81 页。

式的互动中,真理才会向我们突现"①。这些都说明,语言和图像之间虽分属不同的符号体系,但两者并不是决然对立的。语言在某种程度上可以看作是一种用各种语词构成的"内在图像",视觉图像可以被视为"形象的语言",两者完全可以起到互文和互提的效应。

本章从中国诗学背景出发,论证了古代诗学的"言意观""诗画观"和"虚实观"是语图互文性理论存在合法性的理论依据。在对 20 世纪中国小说中的互文现象的梳理和对残雪小说的个案考察中,我们可以进一步明确图像对语言的作用,主要有扩展、提示和折叠三个作用。扩展,即图像扩展了文学的表现方式,将需借助思维的文字转换为借助视觉的图像,大大增强了文本的视觉直观性和表现力。有些封面和卷首插图,在读者还未真正进入文本阅读时,已经对文本形成一种预叙,这也是对文本叙事的一种扩展。提示,即图像是对语言叙事的一种提示。封面对文本的主题意旨或主要情节有一种对应和提示作用,文本中的插图则对正在进行的叙事链条形成某种提示。具体而言,插图无疑是一种叙事的停顿或中断,它的出现,使得故事的某些因素被人为终止,是图像对语言的打断,导致文本的前进过程经历了语言向图像转换进而图像又转为语言的过程。这既是对语言叙事时间的终止,也是视觉空间的打断,这种双重中断,对文本起到一个重点提示的作用。折叠,即是图像以集中的画面和场景,实现了对语言叙事的整合和溶解,将多个情节或场景给予概括性呈现。虽然语言和图像有其异质性和相互龃龉之处,但我们应该看到,图像对文学叙事有重要作用,正如有学者说的那样,"从文学本身的性质来看,它被图像化并不是坏事。'文学是形象思维'是句老话,它所展示的也是一种'图像',不过不同于传媒的图像罢了,后者是直观的、诉诸视觉的图像;前者是思维的、诉诸想象的图像。就此而言,'文学传媒化'无非是将思维的图像转换成视觉的图像,或者说是将'内图像'转换成'外图像'。从理论上说,这不但

---

① [法]让-弗朗索瓦·利奥塔:《话语,图形》,谢晶译,上海人民出版社 2012 年版,第 20 页。

不可能从根本上消解文学,而且还有助于理解文学,特别是有助于大众对于文学的理解"①。这也说明,希利斯·米勒所说的因为图像的兴起必将导致"文学的终结"这一论断是值得商榷的。语图互文将文字媒介和图像媒介进行跨媒介融合,这也是将来文学发展的一条有效路径。

---

① 赵宪章:《传媒时代的"语—图"互文研究》,《江西社会科学》2007 年第 9 期。

结　　语

　　自从克里斯蒂娃自创"互文性"这一概念以来,它不仅成为文学理论研究领域使用频率最高的术语之一,也延及其他领域,如文化研究领域、影视艺术研究领域、语言学研究领域、翻译研究领域,甚至是教育研究领域。这说明,互文性有着极强的理论适用性和话语辐射能力,是我们文学研究必须重视的研究范式和理论资源。

　　文学研究中,互文性之所以有如此大的理论适用性,很大程度在于它具有极强的包容性和开放性。我们知道,互文性理论诞生于结构主义向解构主义过渡的阶段,它虽然以反结构主义的目的出现,但不可避免的先天会带有结构主义的痕迹。互文理论在讨论文本的相似性时,离不开对共同结构和稳定性的考察。克里斯蒂娃认为互文性成立的基础是文本与文本之间的吸收和转化关系,这实际上暗含着对文本共同因素(结构)及其稳定性的预设;同时,互文性作为解构主义的有力武器,又带有解构主义的鲜明特点,它摈弃了具有本质主义色彩的单一性、自主性和独创性,将文本意义的确证置于多重"关系"构成的网络之中,这是一种开放的他者视角。事实上,解构主义本身与结构主义脐带相连,既相反又相成,姿态相异,内里却又有千丝万缕的联系。互文性理论的提出,自然隐秘地带有结构主义和解构主义的双重痕迹。它既有对开放性的内在追求,也有对稳定性的隐秘探寻。

　　总体而言,互文性理论是一种开放性理论,它涉及文学要素的诸多层面。如果我们按照艾布拉姆斯的"文学四要素"来看,互文性涉及文本、作家、读者以及世界四个方面。从文本层面而言,每一个文本都会与其他文本发生联系,即便是独创性很强的文本也不可能是封闭自足的存在,它是不可能离开其他文本构成的网络系统的,它只能是文本网络系统中的一部分。从作家层面而言,作家无疑要面对前辈作家的"影响的焦虑",在前辈作家建构的传统或惯例面前,他们不可避免地会以吸收和改造的方式来参与这个传统。因此,作家的写作都是写作史中的写作,他的创作受到先辈写作的影响并也将自己的写作汇到写作史去,成为历史与惯例中的一部分。就读者而言,每个读者的头脑都不是一张白纸,人类历史文化的长期积淀让读者具有了海德格尔所说的理解的"前结构",因而每个读者都有"前理解"的存在。"前理解"是文学阅读的基础,这种"前理解"使得过去的文本和当下阅读的文本必然形成一种互文性关系,这也是互文性得以实现的基础。从世界层面而言,文本是世界的产物,是某一历史阶段文化产品的一部分,因而,世界作为文学文本的反映对象进入文本之后,这一文本与世界中的其他文化文本特别是社会历史文本之间必然存在着密切的互文关联。

　　从以上分析来看,互文性涉及的不仅仅是文本内部的关系,还涉及文本外部的关系,它的包容性使得文学研究中一些重要问题如文本与文本的特殊关系、文学文本的共时与历时的关系、文学的生成过程、文本意义的阐释与求解、文本批评的合法性等,都可以借用这一理论资源来讨论。可见,互文性理论破除了单极化思维方式,意识到文本意义的生成是由两个或多个有差异也有相似的对象之间的关系来确定的,将"关系"和"对话"视为文学存在的基本方式,将文本视为一个历史话语空间中的生成物。它既向我们展示了文本的构成方式,也向我们暗示了文本的阐释方式。正如乔纳森·卡勒说的那样:"'互文性'有双重焦点:一方面,它唤起人们注意先前文本的重要性,它认为文本自主性是一个误导的概念,一部作品之所以有意义仅仅是因为某些东西先前就已经被写到了。然而就互文性强调可理解性、强调意义而言,它导致我们把先前的文本考虑为对一种代码的贡献,这种代码使意指作用有各种不同的效果。这样互文性与其说是指一部作品与特定前文本的关系,不如说是指一部作品在一种文化的话语空间之中的参与,一个文本与各种语言或一种文化的表意实践之间的关系,以及这个文本与为它表达出那种文化的种种可能性的那些文本之间的关系。因此,这样的文本研究并非如同传统看法所认为的那样,是对来源和影响的研究,它的网撒得更大,它包括了无名话语的时间,无法追溯来源的代码,这些代码使得后来文本的表意实践成为可能。"①互文性理论的这种丰富性和多元性也提醒我们,互文性批评既是合适的、有力的批评武器,同时,我们也要时刻注意,互文性批评可能会存在"无边的互文性"的误区。

"无边的互文性"这一说法,参照的是"无边的现实主义"这一提法改造而成。"无边的现实主义"由法国理论家罗杰·加洛蒂提出,他对现实主义赋予新的尺度,将诸多此前被视为非现实主义的现代艺术如毕加索的绘画、圣琼·佩斯的诗歌和卡夫卡的小说均纳入现实主义行列,为现代艺术找到了现实主义的依据。这种将所有艺术均视为现实主义作品的做法,扩大了现实主义的疆域,同时也模糊了现实主义的边界。加洛蒂对现实主义做"无边界"的理解,看似扩大了现实主义的领域,实际上是取消了现实主义的自身特征,这对现实主义本身是一种自反性解构。因此,国内学界对"互文性"问题的研究,也多少有着"无边的互文性"的研究趋向。理论的开放性是值得推崇的,但没有边界的开放就意味着取消了理论的独特性和针对性。因此,本书为了避免出现"无边的互文性"这一困境,有意将互文性理论限定在诗学的理解之上,将互文现象的考察重点围绕文学文本之间的关系来展开。当然,我们的讨论并不可能完全抛弃广义社会文本,涉及广义社会文本时,只是把它当作打开我们视角的

---

① Jonathan Culler, *The pursuit of signs-semiotics, literaiure, deconstructron*, Ithaca, N. Y: Comell University Press, 1981, pp.103-104.

理论背景和影响因素来谈,并不作为我们研究的重点。因此,基于这样的考虑,本书对 20 世纪中国小说中几个大互文现象的类型进行了区分,围绕文学的传统与创新、文学意义的生成、叙事规范的建立等问题来进行讨论。主题互文主要是从相同主题的文本出发,考察在同一主题的统摄下,文本间存在哪些显性或隐性的互文书写,同与异的背后有哪些潜藏的符码。文类互文主要是从不同文类之间是如何做到文类越界进而形成互文关系的。改写互文是互文技法中最主要并能体现作家创造性的一类技法。我们讨论了改写互文,自然对改写周边的一些技法如拼贴、引用、化用、摹仿等会有更深的了解,这也是为什么本书没有对互文的其他技法进行专章阐释的原因之一,另一个原因就是这些互文技法已经紧密融入各种互文类型中去了,每一种互文类型的存在,都会涉及这些最基本的技法。语图互文是基于 20 世纪文学史上“图志”的大量存在这一历史和当下读图时代的到来带来的“图文战争”这一现实的考量而提出的。因此,梳理了图像与文学的关系就变得既有历史生动性又有现实紧迫性。

不可否认,20 世纪中国文学史是由一系列丰富的互文现象构成的,考察这一现象对于我们理解诸多文学史问题是有帮助的。但是,一本专著不可能穷尽所有的互文现象,不可能面面俱到,我们只能是选择几个重点、有代表性的互文现象来透视 20 世纪中国小说的叙事成规与意义生产过程,展现文本与文本之间错综复杂的内在关系。当然,操作这样一个宏大的理论课题,其难度可想而知,对于这一理论问题的探讨也不可能就此终止,它一定还存在诸多可以继续讨论的话题值得我们进一步去研究深挖。

参 考 文 献

一、中文译著

[瑞士]索绪尔:《普通语言学教程》,高名凯译,商务印书馆1980年版。

[俄]巴赫金著,钱中文主编:《巴赫金全集》,河北教育出版社1998年版。

[法]朱莉娅·克里斯蒂娃:《主体·互文·精神分析:克里斯蒂娃复旦大学演讲集》,祝克懿、黄蓓编译,生活·读书·新知三联书店2016年版。

[法]蒂费纳·萨莫瓦约:《互文性研究》,邵炜译,天津人民出版社2003年版。

[法]热奈特:《热奈特论文集》,史忠义译,百花文艺出版社2001年版。

[法]罗兰·巴特:《一个解构主义的文本》,汪耀进译,上海人民出版社1996年版。

[法]罗兰·巴特:《符号学原理》,李幼蒸译,生活·读书·新知三联书店1988年版。

[法]罗兰·巴特:《S/Z》,屠友祥译,上海人民出版社2000年版。

[法]托多罗夫:《巴赫金、对话理论及其他》,蒋子华、张萍译,百花文艺出版社2001年版。

[法]列维-斯特劳斯:《野性的思维》,李幼蒸译,商务印书馆1987年版。

[法]列维-斯特劳斯:《结构人类学》,陆晓禾等译,文化艺术出版社1989年版。

[法]让-弗朗索瓦·利奥塔:《话语,图形》,谢晶译,上海人民出版社2012年版。

[法]罗杰·法约尔:《批评:方法与历史》,怀宇译,百花文艺出版社2002年版。

[英]戴维·洛奇:《二十世纪文学评论》,葛林译,上海译文出版社1993年版。

[英]戴维·洛奇:《小说的艺术》,王峻岩等译,作家出版社1998年版。

〔英〕贡布里希:《象征的图像》,杨思梁、范景中译,广西美术出版社 2014 年版。

〔英〕特雷·伊格尔顿:《20 世纪西方文学理论》,伍晓明译,北京大学出版社 2007 年版。

〔英〕戴维·洛奇:《小说的艺术》,卢丽安译,上海译文出版社 2010 年版。

〔英〕雷蒙·威廉斯:《关键词:文化与社会的词汇》,刘建基译,生活·读书·新知三联书店 2016 年版。

〔英〕特伦斯·霍克斯:《结构主义和符号学》,瞿铁鹏译,上海译文出版社 1997 年版。

〔日〕西川直子:《克里斯托娃——多元逻辑》,王青、陈虎译,河北教育出版社 2002 年版。

〔日〕狩野直喜:《中国小说戏曲史》,张真译,江苏人民出版社 2017 年版。

〔美〕哈罗德·布鲁姆:《西方正典》,江宁康译,译林出版社 2005 年版。

〔美〕哈罗德·布鲁姆:《影响的焦虑》,徐文博译,生活·读书·新知三联书店 1989 年版。

〔美〕M.H.艾布拉姆斯:《欧美文学术语词典》,朱金鹏、朱荔译,北京大学出版社 1990 年版。

〔美〕E.希尔斯:《论传统》,傅铿、吕乐译,上海人民出版社 1991 年版。

〔美〕刘剑梅:《革命与情爱》,郭冰茹译,上海三联书店 2009 年版。

〔美〕W.J.T.米歇尔:《图像理论》,陈永国、胡文征译,北京大学出版社 2006 年版。

〔加〕诺斯罗普·弗莱:《批评的解剖》,陈慧等译,百花文艺出版社 2006 年版。

〔斯〕阿莱斯·艾尔雅维茨:《图像时代》,胡菊兰、张云鹏译,吉林人民出版社 2003 年版。

〔德〕沃尔夫冈·伊瑟尔:《虚构与想象——文学人类学疆界》,陈定家、汪正龙译,吉林人民出版社 2003 年版。

二、英文著作

1.Julia Kristeva, *Word, dialogue and novel*, in Toril Moi(ed.), The Kristeva Reader, Oxford:Basil Blachwell, 1986.

2.Margaret A.Rose, *Parody:Ancient, Modern, and Postmodern*, Cambridge:Cambridge University Press, 1993.

3.Linda Hutcheon, *A Theory of Parody:The Teachings of Twentieth-Century Art Forms*,

Urbana and Chicago：University Of Illinois Press，2000.

4.Graham Allen，*Intertextuality*，London and New York：Routlege，2000.

三、中文专著

李玉平：《互文性：文学理论研究的新视野》，商务印书馆 2014 年版。

王瑾：《互文性》，广西师范大学出版社 2005 年版。

赵一凡等编著：《西方文论关键词》，外语教学与研究出版社 2006 年版。

赵渭绒：《西方互文性理论对中国的影响》，巴蜀书社 2012 年版。

罗婷：《克里斯特瓦的诗学研究》，中国社会科学出版社 2004 年版。

钱翰：《二十世纪法国先锋文学理论和批评的"文本"概念研究》，北京大学出版社 2015 年版。

史忠义：《20 世纪法国小说诗学》，社会科学文献出版社 2000 年版。

胡亚敏：《叙事学》，华中师范大学出版社 2004 年版。

杨义：《中国现代小说史》，人民文学出版社 2001 年版。

杨义、中井政喜、张中良：《中国现代文学图志》，生活·读书·新知三联书店 2009 年版。

程光炜：《文学想像与文学国家——中国当代文学研究（1949—1976）》，河南大学出版社 2005 年版。

程光炜：《当代文学的"历史化"》，北京大学出版社 2011 版。

陈平原：《中国小说叙事模式的转变》，北京大学出版社 2010 年版。

赵园：《北京：城与人》，上海人民出版社 1991 年版。

陈晓明：《解构的踪迹：历史、话语与主体》，中国社会科学出版社 1994 年版。

丁帆：《中国乡土小说史》，北京大学出版社 2007 年版。

孙郁：《革命时代的士大夫：汪曾祺闲录》，生活·读书·新知三联书店 2014 年版。

格非：《小说叙事研究》，清华大学出版社 2002 年版。

方维保：《红色意义的生成——20 世纪中国左翼文学研究》，安徽教育出版社 2004 年版。

艾晓明：《中国左翼文学思潮探源》，北京大学出版社 2007 年版。

熊权：《"革命加恋爱"现象与左翼文学思潮研究》，人民出版社 2013 年版。

姜辉：《革命想象与叙事传统》，人民出版社 2012 年版。

王寰鹏:《左翼至抗战:文学英雄叙事的当代阐释》,齐鲁书社 2005 年版。

孟悦、戴锦华:《浮出历史地表》,中国人民大学出版社 2004 年版。

卢军:《汪曾祺小说创作论》,社会科学文献出版社 2007 年版。

原小平:《中国现代文学图像论》,新华出版社 2016 年版。

谭桂林:《长篇小说与文化母题》,湖南师范大学出版社 2002 年版。

郭志刚、杨聚臣:《二十世纪中国文学期刊与思潮》,百花文艺出版社 2007 年版。

陈白尘、董健主编:《中国现代戏剧史稿:1899—1949》,中国戏剧出版社 2008 年版。

焦菊隐:《焦菊隐戏剧论文集》,上海文艺出版社 1979 年版。

傅谨:《20 世纪中国戏剧史》,中国社会科学出版社 2016 年版。

王文新:《丰子恺插图艺术研究》,华中师范大学出版社 2014 年版。

周葱秀、涂明:《中国近现代文化期刊史》,山西教育出版社 1999 年版。

赵宪章:《文体与图像》,人民文学出版社 2014 年版。

陆涛:《中国古代小说插图及其语—图互文研究》,南京大学出版社 2014 年版。

韩丛耀:《图像:一种后符号学的发现》,南京大学出版社 2008 年版。

金宏宇:《文本周边:中国现代文学副文本研究》,武汉大学出版社 2014 年版。

金宏宇:《文本与版本的叠合》,中国社会科学出版社 2013 年版。

程文超:《中国当代小说叙事演变史》,中国社会科学出版社 2009 年版。

舒开智:《当代文化与文论视域中的文学经典研究》,武汉大学出版社 2015 年版。

黄鸣奋:《超文本诗学》,厦门大学出版社 2001 年版。

朱晓进:《非文学的世纪:20 世纪中国文学与政治文化关系史论》,南京师范大学出版社 2004 年版。

张光芒:《启蒙论》,上海三联书店 2002 年版。

王春荣:《意义的生成与阐释——新时期文学的主题学研究》,辽宁人民出版社 2007 年版。

王一川:《中国现代卡里斯玛典型》,云南人民出版社 1994 年版。

黄子平:《"灰阑"中的叙述》,上海文艺出版社 2001 年版。

夏志清:《中国现代小说史》,香港中文大学出版社 2001 年版。

程金城:《20 世纪中国文学价值系统(1900—1949)》,敦煌文艺出版社 1996 年版。

王德威:《想象中国的方法:历史·小说·叙事》,百花文艺出版社 2016 年版。

罗岗、顾铮主编:《视觉文化读本》,广西师范大学出版社 2003 年版。

钱穆:《中国文学论丛》,生活·读书·新知三联书店 2002 年版。

南帆:《文学的维度》,生活·读书·新知三联书店 1998 年版。

刘康:《对话的喧声——巴赫金的文化转型理论》,中国人民大学出版社 1995 年版。

曾军:《接受的复调——中国巴赫金接受史研究》,广西师范大学出版社 2004 年版。

李维武编:《徐复观文集》,湖北人民出版社 2002 年版。

袁良骏编:《丁玲研究资料》,知识产权出版社 2011 年版。

高捷等编:《马烽西戎研究资料》,山西人民出版社 1985 年版。

方铭编:《蒋光慈研究资料》,宁夏人民出版社 1983 年版。

李伯钧主编:《叶广芩研究》,陕西师范大学出版社 2014 年版。

袁良骏:《白先勇论》,新华出版社 2001 年版。

符立中:《张爱玲与白先勇的上海对话》,上海书店出版社 2011 年版。

吴俊编:《毕飞宇研究资料》,人民文学出版社 2016 年版。

卓今:《残雪研究》,湖南文艺出版社 2012 年版。

四、论　文

殷企平:《谈"互文性"》,《外国文学评论》1994 年第 2 期。

程锡麟:《互文性理论概述》,《外国文学》1996 年第 1 期。

秦海鹰:《互文性理论的缘起与流变》,《外国文学评论》2004 年第 3 期。

黄念然:《当代西方文论中的互文理论》,《外国文学研究》1999 年第 1 期。

陈永国:《互文性》,《外国文学》2003 年第 1 期。

李玉平:《互文性新论》,《南开学报》2006 年第 3 期。

杨乃乔:《诗学与视域——论比较诗学及其比较视域的互文性》,《文艺争鸣》2006 年第 3 期。

董希文:《互文本:一种挑战传统的文本观念》,《山西师大学报》2006 年第 1 期。

范颖:《论互文解构与互文建构》,《中国文学研究》2005 年第 3 期。

李玉平:《互文性批评初探》,《文艺评论》2002 年第 5 期。

南帆:《论文学传统》,《文艺争鸣》1993 年第 1 期。

邹元江:《梅兰芳的"表情"与"京剧精神"》,《文艺研究》2009 年第 2 期。

陈平原:《中国戏剧研究的三种路向》,《中山大学学报》2010 年第 3 期。

黄子平:《革命·历史·小说》,《当代作家评论》2001 年第 2 期。

王智慧:《激情叙述下的革命言说——蒋光慈小说创作简论》,《中国现代文学研究丛刊》2002 年第 2 期。

赵炎秋:《文字和文学中的具象与思想——艺术视野下的文字与图像关系研究》,《文学评论》2018 年第 3 期。

赵宪章:《小说插图与图像叙事》,《文艺理论研究》2018 年第 1 期。

龚举善:《图像叙事的发生逻辑及语图互文诗学的运行机制》,《文学评论》2017 年第 1 期。

吴秀明、尹凡:《"故事新编"模式历史小说在当下的复活和发展》,《文艺研究》2003 年第 6 期。

黄子平:《汪曾祺的意义》,《作品与争鸣》1989 年第 5 期。

孙郁:《汪曾祺的魅力》,《当代作家评论》1993 年第 1 期。

王爱松:《互文性与中国当代小说》,《文学评论》2017 年第 2 期。

辛斌:《互文性:非稳定意义和稳定意义》,《南京师大学报》2006 年第 3 期。

毛凌滢:《互文与创造:从文字叙事到图像叙事》,《江西社会科学》2007 年第 4 期。

江弱水:《互文性理论鉴照下的中国诗学用典问题》,《外国文学评论》2009 年第 2 期。

贺仲明:《论中国乡土小说的现代性困境》,《南京大学学报》2008 年第 5 期。

龙迪勇:《论现代小说的空间叙事》,《江西社会科学》2003 年第 10 期。

吴义勤:《难度·长度·速度·限度——关于长篇小说文体问题的思考》,《当代作家评论》2002 年第 4 期。

郑波光:《20 世纪中国小说叙事之流变》,《厦门大学学报》2003 年第 4 期。

孟繁华:《左翼文学与当下中国文学》,《中国现代文学研究丛刊》2002 年第 1 期。

张清华:《民间理念的流变与当代文学中的三种民间美学形态》,《文艺研究》2002 年第 2 期。

黄擎:《论当代小说的叙述反讽》,《浙江大学学报》2002 年第 1 期。

谢有顺:《当代小说的叙事前景》,《文学评论》2009 年第 1 期。

罗岗:《"1940"是如何通向"1980"的?——再论汪曾祺的意义》,《文学评论》2011 年第 3 期。

王尧:《在潮流之中与潮流之外——以八十年代初期的汪曾祺为中心》,《当代作家评论》2004 年第 4 期。

杨红莉:《汪曾祺小说"改写"的意义》,《文学评论》2005 年第 6 期。

后　记

　　自从法国符号学家朱丽娅·克里斯蒂娃在 20 世纪 60 年代提出"互文性"这一术语以来,"互文性"就成为文学研究中重要的理论视角和研究方法。互文性理论通常用来考察两个或两个以上文本之间的关系,这里所说的文本,既可以是文学文本,也可以是文学文本之外的其他非文学或非语言的符号系统如社会历史实践等文化文本。前者重点考察语言系统内部文学文本之间的关系,考察某一文本如何通过吸收、引用、重复、修正等方式与其他文本发生互涉关系;后者则考察文学文本和其他类型的非文学文本之间的对话关系,也就是一种跨文化研究。因此,互文性理论具有极大的包容性和自由性,它既可以在文本与文本之间自由穿梭,也可以与文本周边的其他文化文本进行对话;既可以是此作家的文本与彼作家的文本之间的相互照应,也可以是一个作家的前后文本对同一现象的反复书写;既可以以建构的方式发现不同文本之间的同质性、共通性和结构性,还可以以解构的方式摈弃具有本质主义色彩的单一性、自主性和独创性,将文本意义的确证置于多重"关系"构成的网络之中。互文性理论破除了单极化思维方式,将"关系"和"对话"视为文学存在的基本方式,它既向我们展示了文本的构成方式,也向我们暗示了文本的阐释方式。

　　互文性理论的这种开放性,很快引起了中国学界的关注。2000 年以来,国内学界对互文性问题的理论研究成果越来越丰富,相应的文学批评成果也越来越多。彼时笔者正在读研究生,对这一理论热点产生了浓厚的兴趣,奈何学识有限,不敢妄加言说。参加工作后,我的研究方向和兴趣主要集中于文学批评与文学理论,对中国现当代小说的阅读和积累也越来越多,益发觉得这一理论方法如应用于 20 世纪中国小说的解读会有其独到的意义。因此,笔者不揣谫陋,在国内外学者的研究基础上写成此书,算是了却了求学期间的一个心愿。然而,限于笔者学识水平和研究能力,错漏之处在所难免,牵强附会不知凡几,恳请学界同人批评指正。

感谢中国人民大学程光炜教授。程老师是我一直景仰的学者,他在文学批评和当代文学研究方面著作等身,许多学术观点和学术研究方法对我的影响很大。我和程老师的交往只有有限的几次会议交流,这次冒昧地请程老师为本书作序,内心忐忑不安。程老师对我的浅陋之作并没有嫌弃,而是以长者对后辈最大的宽容、爱护、鼓励和提携之情慨然允诺,使我非常感动。

感谢东北师范大学韩东育教授、刘德增老师。因民主党派结对联络事宜结缘,两位老师一直对我的工作和生活非常关心,帮我纾难解困。感谢东北师范大学社科处王春雨教授对本书出版的大力支持,感谢文学院领导和同事一直以来对我工作和科研上的关照。感谢我的研究生侯帅、彭媛、孙祺琪、孟特、杨春雨、窦欣桐、王明爽等在资料整理和核校过程中所做的工作。

本书中的一些章节已经在《文艺争鸣》《中国文学研究》《社会科学战线》《东北师大学报》等刊物刊发,有的文章还被《新华文摘》《中国社会科学文摘》《高等学校文科学术文摘》等刊物转载,在此对这些刊物一并表示最诚挚的谢意。

李明彦

2021 年 3 月

责任编辑：姜　虹
封面设计：石笑梦
封面制作：姚　菲
版式设计：胡欣欣
责任校对：余　佳

图书在版编目(CIP)数据

20 世纪中国小说互文类型研究/李明彦 著. —北京:人民出版社,2021.4
ISBN 978－7－01－023090－0

Ⅰ.①2… Ⅱ.①李… Ⅲ.①小说研究-中国-20 世纪 Ⅳ.①I207.42

中国版本图书馆 CIP 数据核字(2021)第 016755 号

20 世纪中国小说互文类型研究
20SHIJI ZHONGGUO XIAOSHUO HUWEN LEIXING YANJIU

李明彦　著

人 民 出 版 社 出版发行
(100706　北京市东城区隆福寺街 99 号)

中煤(北京)印务有限公司印刷　新华书店经销

2021 年 4 月第 1 版　2021 年 4 月北京第 1 次印刷
开本:710 毫米×1000 毫米 1/16　印张:24.5
字数:334 千字

ISBN 978－7－01－023090－0　定价:90.00 元

邮购地址 100706　北京市东城区隆福寺街 99 号
人民东方图书销售中心　电话 (010)65250042　65289539